BIBLIOTHÈQUE ALLEMANDE
Dirigée par Nicole Bary

LA SEPTIÈME CROIX

Anna SEGHERS

LA SEPTIÈME CROIX

Roman de l'Allemagne hitlérienne

Postface par Christa Wolf

Traduit de l'allemand
par Françoise Toraille

Éditions Métailié
20, rue des Grands Augustins, 75006 Paris
www.editions-metailie.com
2020

Retrouvez-nous sur les réseaux sociaux :

Titre original : *Das siebte Kreuz. Ein Roman aus Hitlerdeutschland*

ISBN : 979-10-226-0993-7
ISSN : 1248-4695

Ce livre est dédié aux antifascistes allemands morts ou vivants. Il a été publié au Mexique grâce à l'amitié et au travail collectif d'écrivains, d'artistes et d'imprimeurs allemands et mexicains.

Personnages

Georg Heisler, évadé du camp de concentration de Westhofen

Wallau, Beutler, Pelzer, Belloni, Füllgrabe, Aldinger, évadés eux aussi

Fahrenberg, commandant du camp de Westhofen
Bunsen, sous-lieutenant à Westhofen
Zillich, sergent-chef à Westhofen

Fischer, Overkamp, commissaires de police

Ernst, un berger
Franz Marnet, ancien ami de Georg, ouvrier aux usines Hoechst

Leni, ancienne maîtresse de Georg
Elli, épouse de Georg
M. Mettenheimer, père d'Elli
Hermann, ami de Franz, employé aux ateliers des chemins de fer de Griesheim
Else, sa femme
Fritz Helwig, apprenti jardinier
Le docteur Löwenstein, médecin juif
Mme Marelli, costumière de théâtre

Liesel Röder, Paul Röder, amis d'enfance de Georg

Katharina Grabber, tante de Röder, propriétaire d'un garage
Fiedler, collègue de Röder
Grete, sa femme
Le professeur Kress
Mme Kress
Reinhardt, ami de Fiedler
Une serveuse
Un marin hollandais, qui risque gros

Chapitre Un

Jamais peut-être n'ont été abattus en notre pays des arbres aussi étranges que les sept platanes plantés sur le côté de la baraque III. Auparavant, ils avaient déjà été décapités pour une raison que l'on apprendra plus loin. À hauteur d'épaule, des planches avaient été clouées en travers des troncs, faisant de loin ressembler ces platanes à sept croix.

Le nouveau commandant du camp – il s'appelait Sommerfeld – les fit immédiatement réduire en petit bois. Il était d'une tout autre trempe que Fahrenberg, son prédécesseur, le vieux guerrier, le "vainqueur de Seeligenstadt" – où son père possède de nos jours encore une plomberie sur la place du marché. Officier colonial avant la guerre, le nouveau commandant du camp avait fait partie des Corps africains, et après la guerre, il avait marché sur Hambourg la rouge en compagnie de son vieux major Lettow-Vorbeck. Tout cela, nous ne l'avons appris que bien plus tard. Si le premier chef du camp était un fou, capable d'accès de cruauté terribles et imprévisibles, le nouveau était un esprit terre à terre dont chaque réaction était prévisible. Fahrenberg était capable de nous faire tabasser tous sans préavis, Sommerfeld de nous faire comparaître en rangs bien ordonnés, de désigner un homme sur quatre et de le faire tabasser. À cette époque-là, cela, nous ne le savions pas non plus. Et même si nous l'avions su ! Quelle importance face au sentiment qui s'empara de nous quand les six arbres furent abattus, suivis du septième ! Un triomphe modeste, certes, mesuré à notre impuissance, à nos tenues de prisonniers. Mais un triomphe tout de même qui permit à chacun de ressentir soudain sa propre force après si longtemps, elle qui avait bien assez, même par nous, été considérée comme l'une des nombreuses forces banales de ce monde, de celles que l'on mesure, que l'on exprime par des chiffres alors que nulle autre ne saurait ainsi atteindre soudain la démesure, devenir imprévisible.

Ce soir-là, pour la première fois, nos baraquements furent eux aussi chauffés. Le temps venait de tourner. Aujourd'hui, je ne suis plus tout à fait certain que les quelques bûches qui vinrent alimenter notre poêle en fonte provenaient véritablement de ce bois-là. À l'époque, nous en étions convaincus.

Nous nous pressions autour du petit poêle pour sécher nos loques et parce que le spectacle inhabituel du feu bouleversait nos cœurs. Le SA de faction nous tournait le dos, regardant comme malgré lui au-dehors par la fenêtre grillagée. La bruine grise et fine, guère plus qu'un brouillard, s'était soudain transformée en une pluie battante que de violentes bourrasques précipitaient contre la baraque. En fin de compte, un SA, un dur à cuire, n'entend, ne voit lui aussi qu'une fois l'an l'entrée en scène de l'automne.

Les bûches crépitaient. Deux petites flammes bleues nous montraient que le charbon était lui aussi incandescent. Nous avions droit à cinq pelletées qui ne permettaient de réchauffer la baraque pleine de courants d'air que pour quelques minutes, sans même parvenir à sécher nos effets. Mais nous n'y pensions pas encore. Nous pensions seulement au bois qui se consumait sous nos yeux. Hans dit doucement, sans remuer les lèvres, jetant un regard en coin vers la sentinelle : "Quelle flambée !" Erwin ajouta : "Le septième." Tous les visages s'éclairèrent d'un sourire faible, étrange, mêlant des sentiments antagonistes, espoir et ironie, impuissance et hardiesse. Nous retenions notre souffle. La pluie frappait tantôt les planches, tantôt le toit en tôle. Le plus jeune d'entre nous, Erich, dit avec un regard de côté, un bref regard rassemblant tout ce qu'il portait en lui et en même temps tout ce qui se trouvait au plus profond de nous tous : "Où peut-il être en ce moment ?"

I

Au début du mois d'octobre, un certain Franz Marnet quittait à bicyclette, quelques minutes plus tôt que d'habitude, la ferme tenue par des parents à lui située sur la commune de Schmiedtheim, dans les contreforts du Taunus. De taille moyenne, trapu, la trentaine, il avait des traits calmes, presque endormis quand il se retrouvait parmi les gens. Mais en ce moment, sur la partie qu'il préférait de son trajet, le raidillon bordé de champs qui menait jusqu'à la chaussée, son visage exprimait une joie de vivre simple et vigoureuse.

Peut-être se demandera-t-on par la suite comment Franz pouvait se réjouir étant donné l'histoire qui était la sienne. Or, justement, il était content, il poussa même un petit cri joyeux quand sa bicyclette cahota sur deux accidents de terrain.

Le lendemain, le troupeau de moutons qui depuis la veille engraissait de son fumier le champ voisin, celui des Mangold, serait conduit jusqu'au grand verger appartenant à ses proches. Aussi prévoyaient-ils de finir aujourd'hui de récolter les pommes. Trente-cinq silhouettes d'arbres, dont les branchages noueux se tordaient en orbes vigoureux dans l'air bleuté, lourdement chargés de pommes reinettes. Toutes si luisantes, si mûres que maintenant, aux premiers rayons du soleil, elles resplendissaient comme d'innombrables petits soleils ronds.

Mais Franz ne regrettait pas de manquer la cueillette. Il avait assez longtemps bricolé à droite et à gauche avec les paysans pour un salaire de misère. Même si au bout de tant d'années de chômage, il ne pouvait que s'en réjouir, et si la ferme de son oncle – un homme tranquille, un type bien – avait été cent fois mieux qu'un camp de travail. Depuis le 1er septembre, il allait enfin à l'usine. Il s'en réjouissait à tous égards, et cela convenait bien aussi à sa famille, car il continuerait à habiter chez eux tout l'hiver comme hôte payant.

Quand Franz longea la ferme voisine, celle des Mangold, ils étaient justement en train d'installer échelles, perches et paniers contre leur imposant poirier mouille-bouche. Sophie, leur aînée, une jeune fille vigoureuse, presque forte sans être pataude, aux attaches délicates, bondit la première sur l'échelle et interpella Franz. Sans comprendre ce qu'elle disait, il jeta un coup d'œil en arrière, rit. Il fut submergé par le sentiment d'avoir sa place dans tout cela. Les gens dont les sentiments, les actions sont marqués de faiblesse auront peine à le comprendre. Pour eux, avoir sa place fait référence à une certaine famille ou à une communauté donnée, ou encore évoque une relation amoureuse. Pour Franz, cela signifiait seulement avoir sa place en cet endroit, avec ses habitants et l'équipe du matin qui se rendait à Höchst, et avant tout, être au nombre des vivants.

Après avoir contourné la ferme des Marnet, il découvrit, par-delà le paysage en pente douce et dégagé, le brouillard à ses pieds. Un peu en dessous, en contrebas de la route, le berger ouvrait tout juste l'enclos. Le troupeau en sortit en se bousculant, épousant aussitôt les contours de la pente, silencieux et dense comme un petit nuage qui tantôt se subdivise en nuages plus petits, tantôt se regroupe, se gonfle. Le berger lui aussi, un gars de Schmiedtheim, cria quelque chose à Franz Marnet. Franz sourit. Avec son cache-col rouge vif, Ernst était un joyeux luron et ressemblait à tout sauf à un berger. Par les fraîches nuits d'automne, des filles de paysans compatissantes venaient des villages voisins le rejoindre dans sa cabane sur roues. Dans son dos, le paysage se déployait en vagues amples et paisibles. Même si de là non plus on ne distingue pas le Rhin, car il est encore à près d'une heure de train de distance, il est pourtant évident que ces vastes pentes vallonnées avec leurs champs, leurs arbres fruitiers et plus bas leurs vignes, la fumée des usines dont on sent l'odeur jusqu'ici, la courbe orientée sud-ouest des voies de chemin de fer et des routes, les endroits qui scintillent et luisent dans le brouillard, et même le berger et son cache-col rouge vif, un bras campé sur la hanche, une jambe en avant comme s'il contemplait non pas des moutons mais une armée – que tout cela indique déjà le fleuve.

On dit de ce pays que la mitraille de la dernière guerre fait toujours ressortir de terre celle de la précédente. Ici, ce sont des collines, pas des montagnes. Chaque enfant peut le dimanche rendre visite à ses proches dans le village situé de l'autre côté pour boire le café accompagné de gâteaux à la pâte sablée, les Streuselkuchen, et être de retour pour l'angélus du soir. Pourtant cette succession de collines fut longtemps le bout du monde – de l'autre côté commençaient les terres indomptées, le pays inconnu. Au long de ces collines les Romains tracèrent le Limes. Tant de générations y avaient versé leur sang depuis qu'ils avaient incendié les autels au soleil édifiés par les Celtes, tant de combats s'y étaient déroulés qu'ils purent alors croire qu'était borné, défriché à tout jamais le monde accessible à leur conquête. Dans son blason la ville située en contrebas n'a conservé ni l'aigle ni la croix, elle arbore la roue celtique, la roue de ce soleil qui fait mûrir les pommes des Marnet. Ici campèrent les légions et avec elles toutes les divinités du monde, celles des villes et celles des campagnes, Dieu des Juifs et Dieu des Chrétiens, Astarté et Isis, Mithra et Orphée. Ici s'ouvrait béant le monde indompté, à l'endroit où en ce moment Ernst, de Schmiedtheim, se campe auprès de ses moutons, une jambe en avant, le poing sur la hanche, et le bout de son écharpe vole comme si le vent soufflait en permanence. Dans la plaine derrière lui, dans le soleil doux et vaporeux, les peuples ont été réduits en charpie. Le Nord et le Sud, l'Est et l'Ouest se sont entremêlés en bouillonnant, mais aucun n'a marqué de sa seule empreinte ce pays qui cependant a gardé quelque chose de chacun. Des empires, telles des bulles colorées, se sont élevés, montant du pays qui s'étend dans le dos du berger Ernst, éclatant presque aussitôt. Ils n'ont laissé ni Limes ni arcs de triomphe ou voies guerrières, seuls quelques anneaux dorés arrachés aux chevilles de leurs femmes. Ils étaient pourtant résistants et indestructibles comme les rêves. Le berger est campé là, si fier, si parfaitement indifférent, comme s'il savait tout cela et ne se tenait ainsi en ce lieu que pour cette raison, peut-être d'ailleurs, alors qu'il ignore tout, en est-il vraiment ainsi. Là où la chaussée débouche sur l'autoroute se rassembla l'armée des Francs quand elle chercha où traverser le Main. Par là passa le moine sur sa monture, gravissant la pente entre la ferme des Mangold et celle des Marnet pour entrer dans le désert absolu et que nul encore venant de là n'avait pénétré, homme frêle sur son petit âne, protégé par la cuirasse de la foi, ceint de l'épée du salut, il apportait les Évangiles et l'art de greffer les pommiers.

Ernst le berger se retourna sur le passage du cycliste. Déjà, il a trop chaud avec son cache-col, il l'arrache et le jette sur le chaume comme un étendard. On pourrait croire qu'il accomplit ce geste devant un millier de paires d'yeux. Mais seule Nelli sa petite chienne le regarde faire. Il reprend sa pose inimitable, ironie et orgueil mêlés, mais cette fois dos à la route, le visage vers la plaine, vers l'endroit où le Main se jette dans le Rhin. Près du confluent se trouve Mayence. Elle fournissait au Saint Empire ses archichanceliers. Et le plat pays entre Mayence et Worms, tout au long de la rive, était lors de l'élection des empereurs envahi par les campements. Tous les ans se déroulaient de nouveaux événements dans ce pays, tous les ans revenaient les mêmes : les pommes mûrissaient et les raisins sous un soleil doucement voilé parmi les soucis et les peines des hommes. Car tous avaient besoin du vin en toutes circonstances, évêques et seigneurs propriétaires terriens pour élire leur empereur, moines et chevaliers pour fonder leurs ordres, les Croisés pour brûler les Juifs, quatre cents d'un coup sur la place de Mayence dont le nom aujourd'hui encore évoque l'incendie, le *Brand*, princes électeurs membres du clergé ou non, puis après l'effondrement du Saint Empire, alors que les fêtes des puissants étaient devenues joyeuses comme jamais, ce furent les Jacobins pour danser autour des arbres de la Liberté.

Vingt ans plus tard, sur le pont flottant de Mayence, un vieux soldat montait la garde. Quand passèrent près de lui les derniers rescapés de la Grande Armée, en haillons, sombres, lui revint le moment où il faisait de même à leur entrée dans la ville, apportant le drapeau tricolore et les droits de l'homme, et il éclata en sanglots. Cette sentinelle aussi fut retirée. Le calme se fit, même en ce pays. Jusqu'ici vinrent aussi les années 1833 et 1848, ténues, amères, deux filets de sang coagulé. Revint un empire, qu'aujourd'hui on appelle le Deuxième. Bismarck fit dresser ses bornes frontalières non pas autour du pays, mais au beau milieu, afin que les Prussiens y trouvent leur compte. Car les habitants n'étaient pas vraiment d'un naturel rebelle, ils étaient seulement trop indifférents, tels des gens qui ont vécu et vivront encore toutes sortes d'aventures.

Quand les gamins s'allongeaient sur le sol derrière Zahlbach, entendaient-ils vraiment les combats de Verdun, ou seulement les incessantes vibrations agitant le sol sous les roues des wagons de chemin de fer et le pas cadencé des armées ? Plus d'un parmi eux se retrouva par la suite devant les tribunaux. Les uns pour avoir fraternisé avec les soldats de l'armée d'occupation, d'autres pour avoir posé des mèches sous les rails. Sur les bâtiments du tribunal flottaient les drapeaux de la commission interalliée.

Depuis moins de dix ans, ces drapeaux ont été amenés, remplacés par les drapeaux noir, rouge, or qui en ce temps-là étaient encore ceux du Reich. Même les enfants s'en sont récemment souvenus, lorsque le 144e régiment d'infanterie a pour la première fois retraversé le pont aux accents de la fanfare. Quel feu d'artifice le soir venu ! Ernst put le contempler de là-haut. Ville enflammée, hurlant d'enthousiasme, par-delà le fleuve ! Des milliers de petites croix gammées dessinant des volutes dans l'eau ! Comme elles filaient au-dessus, les flammèches ensorcelées ! Au matin, le fleuve abandonnant la ville derrière le pont du chemin de fer avait conservé son calme gris bleuté, demeuré pur et sans mélange. Il en a emporté, des étendards, des drapeaux !

Ernst siffle sa petite chienne qui lui rapporte son cache-col entre ses dents.

Maintenant, c'est nous qui sommes ici. Ce qui survient nous concerne.

II

À l'endroit où le chemin de terre rejoignait la chaussée de Wiesbaden se dressait un petit pavillon où l'on vendait de l'eau de Seltz. Pendant tout l'été, soir après soir, les parents de Franz Marnet avaient pesté : pourquoi n'avaient-ils pas pris au bon moment la gérance de ce kiosque, véritable mine d'or tant il y passait de monde ?

Franz avait quitté la maison de bonne heure, car il préférait circuler seul et n'aimait pas se retrouver au milieu de la cohue des cyclistes qui, chaque matin, venant des monts du Taunus, se dirigeaient vers les usines Hoechst. Aussi fut-il un peu contrarié de voir qu'Anton Greiner de Butzbach, un gars qu'il connaissait, l'attendait près du pavillon à eau de Seltz.

Son visage exprimant une joie de vivre simple, énergique, se renfrogna aussitôt. Il se ferma, se durcit. Ce même Franz, prêt peut-être à sacrifier sa vie sans discuter, était en outre contrarié de voir qu'Anton Greiner était incapable de passer devant ce kiosque sans y claquer un peu d'argent, car il avait une petite amie à Höchst qui lui était fidèle, et à qui il glisserait plus tard en douce la tablette de chocolat ou le sachet de bonbons. Greiner se tenait de biais, ce qui lui donnait vue sur le chemin de terre. Que lui arrive-t-il donc aujourd'hui ? se demanda Franz qui au fil du temps avait acquis une certaine sagacité pour déchiffrer l'expression des visages. Il remarqua alors que Greiner, pour une raison particulière, l'attendait avec impatience. Greiner bondit sur sa bicyclette et rejoignit Franz. Ils se hâtaient pour ne pas être rattrapés par la meute qui se densifiait au fur et à mesure de leur descente.

Greiner dit : "Tu sais, Marnet, ce matin, il s'est passé quelque chose."

“Où ? Quoi ?” réagit Franz. À chaque fois qu’on pensait qu’il serait surpris, son visage prenait une expression de somnolence et d’indifférence.

“Marnet, dit Greiner, il a dû se passer quelque chose ce matin.”

“Quoi donc ?”

“J’en sais rien, dit Greiner, mais il s’est passé quelque chose, sûr et certain.”

Franz dit : “Bah, tu dérailles. Que peut-il donc être arrivé, de si bon matin ?”

“J’en sais rien. Mais si je te le dis, tu peux en mettre ta main à couper. Ça doit être quelque chose de complètement fou. Du même genre que le 30 juin*.”

“Ah, tu dérailles, vraiment.”

Franz regardait droit devant lui. Comme il était encore épais, le brouillard à leurs pieds ! La plaine venait vers eux, avec ses usines et ses rues. Autour d’eux, jurons et tintements de sonnettes. Ils furent un moment séparés par des SS motorisés et se retrouvèrent dans deux flots différents. Il s’agissait de Heinrich et Friedrich Messer de Butzbach, les cousins de Greiner, eux aussi allaient prendre leur travail.

“Ils ne t’emmènent pas ?” demanda Franz, comme si ce qu’Anton voulait lui raconter ne l’intéressait pas plus que cela.

“Ils n’ont pas le droit, après, ils sont en service. Alors, tu penses que je déraille…”

“Mais qu’est-ce qui te fait penser…”

“Admettons, je déraille. Bon alors, ma mère, elle doit aller aujourd’hui à Francfort voir l’avocat pour l’héritage. Elle a donc traversé la route, pour porter son lait chez Kobisch, parce qu’elle ne sera pas là au moment du ramassage. Hier, le jeune Kobisch, il était à Mayence, où il commande lui-même le vin pour son restaurant. Là, ils ont

* 30 juin 1934, “Nuit des longs couteaux”, élimination de Röhm et d’environ 90 autres dirigeants de la SA. (*Toutes les notes sont de la traductrice.*)

picolé, le temps a passé, du coup il n'a pris le chemin du retour que très tôt ce matin, et à hauteur de Gustavsburg, on ne l'a pas laissé passer."

"Allons, Anton."

"Eh quoi ? Allons ?..."

"Il y a un moment que la route est fermée à hauteur de Gustavsburg."

"Franz, Kobisch, il est pas tombé sur la tête. Le contrôle a été très pointilleux, il a dit, plein de sentinelles aux têtes de ponts, avec en plus un de ces brouillards. Avant que je rentre dans quelqu'un, a dit Kobisch, et qu'on me fasse une prise de sang où on trouve de l'alcool, alors, adieu mon permis, je préfère retourner à Waisenau, à l'Agneau d'or, boire une dernière chopine.

Marnet se mit à rire.

"Franz, tu peux rire. Tu crois qu'ils l'ont laissé retourner à Waisenau ? Le pont était fermé. Je te le dis, Franz : il y a quelque chose dans l'air."

Ils avaient dépassé la bretelle de sortie. À droite et à gauche, la plaine était nue, rien que des champs de betteraves. Que pouvait-il bien y avoir dans l'air ? Seulement les poussières dorées du soleil, qui grisonnaient au-dessus des maisons de Höchst et devenaient cendre. Franz en eut tout de même l'impression, soudain, ce fut une certitude : Anton Greiner avait raison. Il y avait quelque chose dans l'air.

Ils faisaient tinter leurs timbres pour se frayer le passage dans les étroites ruelles pleines de monde. Les filles gloussaient et poussaient les hauts cris. Aux croisements, aux entrées des usines, quelques lampes à acétylène dont le hasard avait voulu qu'on les essayât aujourd'hui pour la première fois, peut-être à cause du brouillard. Leur lumière dure et blanche déposait sur tous les visages un masque de plâtre. Franz effleura une fille qui grogna, furieuse, et tourna la tête vers lui. Elle avait d'un geste rapide rabattu sur son œil gauche mi-clos, défiguré par un accident, une mèche de cheveux, qui au lieu de la cacher attirait l'attention sur la blessure comme l'eût fait un petit drapeau. Son œil sain, presque noir, s'attarda une seconde sur le visage de Marnet et prit une certaine fixité. Il eut la sensation qu'elle plongeait son regard au plus profond de lui, à l'endroit qu'il gardait clos même pour lui-même. Les sirènes des pompiers sur la rive du Main, la folle lumière crue de l'acétylène, les jurons des gens qu'un camion coinçait contre le mur, n'était-il donc toujours pas habitué, ou était-ce différent ce matin des autres jours ? Il chercha un mot, un regard qu'il aurait pu interpréter en ce sens. Il était descendu de sa bicyclette et la poussait. Il les avait depuis longtemps perdus dans la bousculade, Greiner et la fille.

Greiner se retrouva à nouveau près de lui. "En face, près d'Oppenheim", lança-t-il par-dessus son épaule ; il dut pour cela tant se pencher sur le côté que sa bicyclette lui fut presque arrachée des mains. Leurs entrées étaient très éloignées l'une de l'autre. Une fois le premier contrôle franchi, ils pouvaient ne plus se revoir pendant des heures.

Marnet flairait, épiait, mais ni au vestiaire ni dans la cour ou l'escalier, il ne put déceler la moindre trace, le signe le plus ténu d'une excitation différente de celle des autres jours entre le deuxième et le troisième coup de sirène, sauf que les choses se passaient dans un désordre un peu plus grand, qu'il y avait un peu plus de criailleries – comme tous les lundis matin. Franz lui-même, tandis qu'il cherchait désespérément entre les mots, ou même dans les regards le plus petit signe d'une agitation aussi enfouie soit-elle, râlait comme tous les autres, posant les mêmes questions sur le dimanche écoulé, faisant les mêmes blagues, se changeant avec les mêmes gestes durs et rageurs. Si quelqu'un l'avait épié avec autant d'insistance qu'il le faisait pour ceux qui l'entouraient, il aurait éprouvé une déception semblable. Franz se sentit même envahi d'une pointe de haine envers tous ces gens qui ne remarquaient absolument pas qu'il y avait quelque chose dans l'air, ou ne voulaient pas le remarquer. S'était-il seulement passé quelque chose ? Ce que racontait Greiner restait la plupart du temps du niveau du ragot. À moins que Messer, son cousin, ne l'incite à fourrer son nez dans les affaires de Franz. A-t-il donc pu remarquer quelque chose à ma façon d'être ? se demandait Franz. Et qu'a-t-il au juste raconté ? Des ragots, rien que des ragots. Que ce Kobisch s'est soûlé la gueule chez le marchand de vin.

Le fil de ses pensées se rompit en même temps que cessa le hurlement des sirènes. Il ne travaillait pas à l'usine depuis longtemps, aussi continuait-il à être particulièrement tendu au moment de reprendre le travail, éprouvant presque de la peur. Quand les courroies commençaient à ronronner, leur tremblement se propageait jusqu'à la racine de ses cheveux. Elles émettaient maintenant leur murmure clair, définitif. Franz avait déjà accompli les gestes requis une, deux fois, cinquante fois, sa chemise était trempée de sueur. Il reprit un peu haleine. Ses pensées se renouèrent, même si le lien était lâche, parce qu'il accomplissait avec une précision millimétrique sa tâche à l'emboutisseur. Franz n'aurait jamais pu travailler autrement qu'avec précision, le diable en personne eût-il été son patron.

À l'étage, ils étaient vingt-cinq. Ici, dans l'atelier d'emboutissage, Franz attendait, anxieux, le moindre signe d'excitation, mais cependant, même aujourd'hui, il aurait été contrarié si une seule de ses pièces avait manqué de précision, c'était un trait de son caractère. Pas seulement à cause de la critique qui pouvait lui porter préjudice, mais tout simplement pour les pièces elles-mêmes, qui devaient être parfaites ce jour-là aussi. Et ce faisant il pensait : Oppenheim, a dit Anton. C'est justement la petite ville entre Mayence et Worms. Que peut-il donc se passer de particulier justement là ?

Fritz Messer, le cousin d'Anton Greiner, qui par ailleurs était ici son contremaître, s'attarda un instant près de lui, puis s'approcha de l'ouvrier suivant. Une fois sa moto arrêtée, son uniforme dans l'armoire, c'était un emboutisseur parmi les autres. À part l'intonation, peut-être perçue par Franz seul, qui colora sa voix quand il appela Weigand.

Il s'agissait d'un petit bonhomme d'un certain âge, plein de poils, et surnommé Caboche-Tête-de-pioche. En cet instant, c'était une bonne chose que sa petite voix ronronne aussi claire et fine que la courroie. Tout en aspirant la poussière tombée des pièces, il dit sans remuer les lèvres: "T'es au courant, au KZ? À Westhofen?" Franz, plongeant son regard dans les yeux clairs, presque transparents, de Caboche, vit ces minuscules points clairs qu'il avait si terriblement attendus: comme si au plus profond de l'être brûlait un feu dont seules les dernières étincelles se dispersaient, jaillissant des yeux. Franz se dit: enfin. Caboche était déjà passé au suivant.

Franz décala soigneusement sa pièce, visa les traits de repérage, abaissa la manette, encore, encore et encore, enfin, enfin et encore enfin. Si seulement il avait pu maintenant se précipiter chez son ami Hermann. Soudain, ses pensées s'échappèrent à nouveau. Il y avait dans cette nouvelle quelque chose d'autre qui le concernait de tout près. Quelque chose qui le bouleversait particulièrement, s'était ancré en lui, le travaillait sans qu'encore il sût pourquoi ni de quoi il s'agissait. Donc, un soulèvement dans le camp, se dit-il, peut-être une évasion de grande ampleur. C'est alors que lui vint en quoi cette nouvelle le touchait tout spécialement: Georg... C'est stupide, se dit-il presque aussitôt, de penser à Georg en apprenant cela. Il n'était peut-être plus là-bas. Ou bien, chose tout aussi possible, il était mort. Mais à sa propre voix se mêlait celle de Georg, lointaine, moqueuse: Non, Franz, s'il se passe quelque chose à Westhofen, je ne suis pas mort.

Ces dernières années, il avait vraiment cru penser à Georg comme à tous les autres prisonniers! Comme à l'un des mille êtres auxquels on pense avec rage et tristesse. Il avait vraiment cru que plus rien d'autre ne le liait depuis longtemps à Georg sinon le lien étroit d'une cause commune, d'une jeunesse passée sous les étoiles de la même espérance. Que n'existait plus cet autre lien, douloureux, entrant profondément dans la chair, qui les avait jadis opposés l'un à l'autre. Il s'était forgé la certitude que ces vieilles histoires étaient oubliées. Georg avait changé, tout comme lui, Franz… Il surprit l'espace d'une seconde le visage de son voisin. Caboche lui avait-il dit quelque chose à lui aussi ? Dans ce cas, pouvait-il continuer à emboutir, positionnant soigneusement ses pièces l'une après l'autre ? Si véritablement il s'est passé quelque chose là-bas, pensa Franz, Georg est dans le coup. Puis il se dit à nouveau : il ne s'est sans doute rien passé du tout, et c'est seulement Caboche qui ragote.

Quant à la pause de midi il arriva à la cantine et commanda sa petite blonde (il ne prenait un repas chaud que le soir, chez ses proches, qui lui fournissaient pour midi du pain, de la charcuterie et du saindoux, car après sa longue période de chômage, il voulait mettre de l'argent de côté pour se payer un costume ; mais combien de temps lui serait-il donné de le porter, ce costume, avec en plus, s'il avait assez, une veste à fermeture éclair), il entendit un bruit qui courait : Caboche a été arrêté. Un des hommes affirmait : c'est à cause de ce qui s'est passé hier. Il était fin soûl et s'est donné en spectacle de belle manière… Non, ce n'est pas pour ça, répondait-on, il doit y avoir une autre raison… Quoi d'autre ? Franz paya et s'accouda au comptoir. D'un seul coup tout le monde se mit à parler à voix plus basse, et un sifflement bizarre s'éleva : Caboche, Caboche… Il s'est brûlé la langue, dit quelqu'un à Franz, il s'agissait de Felix, qui travaillait à côté de lui, un ami de Messer. Il regarda Franz avec attention. Les traits réguliers, presque beaux, de son visage, affichaient une mine réjouie. Ses yeux bleus au regard énergique étaient trop froids pour un visage jeune. "Brûlé comment ?" demanda Franz. Felix haussa les épaules, les sourcils, de l'air de quelqu'un qui se retient de rire. Si seulement je pouvais tout de suite aller retrouver Hermann, se redit Franz. Mais aucun moyen de parler à Hermann avant le soir. Il remarqua soudain Anton Greiner jouant des coudes pour atteindre le comptoir. Anton avait dû sous un prétexte quelconque se procurer une autorisation de circuler, car d'ordinaire il ne venait jamais dans ce bâtiment, pas même à la cantine. Pourquoi faut-il toujours que ce soit moi qu'il cherche, se dit Franz, pourquoi est-ce toujours à moi qu'il veut se confier ?

Anton le prit par le bras, mais le lâcha aussitôt comme si ce simple geste risquait d'attirer l'attention, s'installa à nouveau à côté de Felix et siffla sa petite blonde. Puis il revint vers Franz. Il a vraiment de bons yeux, se dit Franz. Il est peut-être un peu borné, mais honnête. Et je l'attire tout comme je suis attiré par Hermann… Anton serra le bras de Franz et se mit à parler, la fin de la pause de midi, l'ambiance de remise en route générale lui furent propices : "De l'autre côté, près du Rhin, à Westhofen, il y a des types qui se sont fait la belle, une espèce de commando disciplinaire. Mon cousin, ce genre de choses, il est au courant. Il paraît que la plupart ont déjà été repris. C'est tout."

III

Il avait longuement réfléchi à la fuite, seul et avec Wallau, avait envisagé une multitude de détails infimes, s'était aussi représenté le cours impétueux d'une nouvelle existence, mais pourtant, dans les premières minutes qui suivirent la fuite, il n'était plus qu'un animal qui s'échappe vers la jungle qui est sa vie, poils et sang encore collés au piège. Depuis que l'évasion avait été découverte, les hurlements des sirènes s'étendaient sur des kilomètres au-dessus de la contrée, réveillant les petits villages alentour qu'enrobait l'épais brouillard automnal. Ce brouillard étouffait tout, même les faisceaux des puissants phares illuminant d'habitude la nuit la plus noire. Maintenant, autour de six heures du matin, ils se noyaient dans le brouillard ouaté, qu'ils teintaient à peine de jaune.

Sous lui, le sol cédait, mais pourtant, Georg s'aplatit davantage. Il risquait de s'enliser avant de pouvoir quitter cet endroit. La végétation, faite de rares broussailles sèches, résistait et l'écorchait, glissant entre ses doigts exsangues et maintenant gelés. Il lui sembla s'enfoncer plus vite et plus profond, il avait le sentiment qu'il aurait depuis longtemps dû être englouti. Il s'était évadé pour échapper à une mort certaine – aucun doute, lui et les six autres, ils les auraient massacrés un de ces prochains jours – et pourtant, la mort dans le marécage lui paraissait simple et sans horreur. Comme s'il s'agissait d'une mort différente de celle qu'il avait fuie, d'une mort dans un univers indompté, parfaitement libre, et non infligée de main d'homme.

Deux mètres au-dessus de lui, sur la digue plantée de saules, les sentinelles couraient avec leurs chiens. Sentinelles et chiens étaient comme possédés, dans le hurlement des sirènes et l'épais brouillard humide. Les cheveux de Georg se dressèrent sur sa tête et les poils sur son corps. Il entendit une voix jurer si près de lui qu'il la reconnut même : c'était celle de Mannsfeld. Donc le coup de pelle que Wallau lui avait asséné sur le crâne peu avant ne le faisait déjà plus souffrir. Georg cessa de se cramponner aux buissons. Il glissa encore plus bas. Il parvint alors seulement à poser ses deux pieds sur l'avancée de terrain qui en cet endroit offrait un point d'appui. C'est un des détails qu'il connaissait aussi au moment où il avait encore eu la force de tout envisager avec Wallau.

Soudain, il se produisit quelque chose de nouveau. Ce n'est qu'un moment après qu'il comprit que ce n'était pas un début, mais une fin : la sirène avait cessé de hurler. C'était cela qui était nouveau, ce silence dans lequel on entendait les coups de sifflet nettement séparés les uns des autres et les ordres, lancés depuis le camp et le baraquement extérieur. Au-dessus de lui, les gardes couraient derrière les chiens en direction de la pointe extrême de la digue plantée de saules. Depuis le baraquement extérieur, les chiens foncent vers la digue, un claquement assourdi, encore un, le bruit d'une chute dans l'eau, les hurlements violents des chiens recouvrent un autre hurlement, faible, incapable de les surmonter, qui ne peut être d'un chien, mais ne correspond pas davantage à une voix humaine, sans doute l'humain qu'ils traînent maintenant n'a-t-il plus rien d'humain. Sûrement Albert, se dit Georg. Il existe un degré de réalité qui donne l'impression que l'on rêve alors qu'on n'a jamais moins été dans le rêve. Voilà, un de pris, pensa Georg, comme on le pense en rêve, un de pris. Car il ne pouvait pas être vrai que désormais, ils n'étaient déjà plus que six.

Le brouillard était encore à couper au couteau. Deux petites lumières surgirent, loin de l'autre côté de la route – on aurait pu les imaginer tout de suite après les roseaux. Ces petits points isolés perçaient plus facilement le brouillard que le large faisceau des projecteurs. Peu à peu les lampes s'allumèrent dans les demeures paysannes, les villages s'éveillaient. Bientôt, les petites lumières dessinaient un cercle. Impossible que tout cela existe, se disait Georg, c'est un rêve qui assemble toutes ces images. Il fut alors violemment tenté de plier les genoux. À quoi bon tenir son rôle dans cette curée? Plier les genoux, un clapotis, et tout est fini... Commence par te calmer, avait toujours dit Wallau. Sans doute Wallau était-il accroupi pas bien loin dans un bosquet de saules. Quand Wallau prononçait cette phrase, s'adressant à l'un ou à l'autre: commence par te calmer – on avait toujours réussi à se calmer.

Georg s'agrippa au taillis. Il rampa lentement, de biais. Il était alors à peut-être six mètres du dernier tronc. D'un seul coup, ébloui par un accès de lucidité qui n'avait plus rien d'un rêve, il fut secoué par une telle crise de panique qu'il resta tout simplement accroché là, sur la pente extérieure, le ventre collé au sol. Ce moment de panique cessa aussi vite qu'il était survenu.

Il rampa jusqu'au tronc. Pour la deuxième fois, la sirène se mit à hurler. Elle résonnait sans doute bien loin au-delà de la rive droite du Rhin. Georg écrasa son visage dans la terre. Calme, calme, lui disait Wallau par-dessus son épaule. Georg reprit haleine, tournant la tête. Les lumières s'étaient déjà toutes éteintes. Le brouillard était maintenant léger, transparent, tissé de filaments d'or. Trois phares de moto filèrent au-dessus de la route, de vraies fusées. Les hurlements de la sirène semblaient s'amplifier, alors qu'ils ne faisaient que diminuer puis augmenter à nouveau, s'insinuant sauvagement dans tous les crânes, à des heures de là. Georg enfonça à nouveau son visage dans la terre, car juste au-dessus de lui, sur la digue, ils revenaient au pas de course. Il ne faisait que lorgner du coin de l'œil. Les projecteurs n'avaient plus rien sur quoi s'accrocher, leur éclat était mat dans la lumière du petit jour. Pourvu que le brouillard ne se dissipe pas tout de suite. Soudain, ils furent trois à dévaler la pente extérieure. Ils étaient à moins de dix mètres. Georg reconnut à nouveau la voix de Mannsfeld. Il reconnut Ibst à ses jurons, mais pas à la voix, un filet tant il enrageait, une voix de femme. Quant à la troisième, si terriblement proche – Georg avait l'impression qu'on pouvait lui marcher sur la tête –, c'était celle de Meissner, qui venait toujours de nuit dans la baraque pour appeler des détenus un par un, lui, Georg, pour la dernière fois il y a deux nuits. Maintenant aussi Meissner fouettait l'air d'une lame après chaque mot, Georg pouvait sentir un courant d'air ténu. Allons, ici, en bas – tout droit – allons, et que ça saute.

Deuxième crise de panique, le poing qui broie le cœur. Maintenant, être tout sauf humain, plonger ses racines, tronc de saule parmi les autres, se recouvrir d'écorce, des branches en guise de bras. Meissner dévala la pente et se mit à hurler, comme fou. Soudain, il s'interrompit. Maintenant, il me voit, se dit Georg. D'un seul coup, il ressentit un calme absolu, plus la moindre once de peur, c'est la fin, adieu, vous tous.

Meissner descendit plus profond pour rejoindre les autres. Ils pataugeaient désormais, parcourant la zone entre la digue et la route. Pour l'instant présent, Georg fut sauvé par le fait qu'il était beaucoup plus près qu'ils ne le croyaient. S'il avait tout simplement détalé, ils l'auraient coincé dans ce secteur. Quelle chose étrange, qu'il se soit dans cette rage aveugle tenu tout de même de manière stricte à son propre plan ! Les plans qu'on édifie soi-même au cours de nuits sans sommeil, quelle puissance ils conservent sur l'instant, lorsque toutes les prévisions sont anéanties, qu'on a alors l'impression que quelqu'un d'autre a tout prévu pour nous. Or cet autre aussi, c'était moi.

La sirène s'interrompit une deuxième fois. Georg rampait de biais, un de ses pieds dérapa. Une hirondelle des marais sursauta si vivement que Georg, effrayé, lâcha prise. L'hirondelle fila comme l'éclair dans les roseaux qui frémirent en un bruissement sonore. Georg tendit l'oreille, assurément tous faisaient en cet instant de même. Pourquoi doit-on être justement un homme et dans ce cas, pourquoi suis-je justement moi, Georg. Les roseaux s'étaient redressés les uns après les autres, personne ne vint, au fond il ne s'était rien passé, sauf un oiseau traversant en zigzag le marécage. Georg cessa pourtant de progresser, genoux à vif, bras usés. Soudain, il entrevit dans le taillis le petit visage blême de Wallau et son nez pointu… Le taillis fut envahi de visages de Wallau.

Cela passa. Il retrouva presque son calme. Il pensa froidement : Wallau, Füllgrabe et moi, on va s'en tirer. Nous trois, nous sommes les meilleurs. Ils ont repris Beutler. Belloni s'en tirera peut-être aussi. Aldinger est trop vieux. Pelzer trop mou. Quand alors il se mit sur le dos, il faisait déjà jour. Le brouillard s'était levé. La fraîcheur dorée d'une douce lumière automnale baignait le paysage qu'on aurait pu qualifier de paisible. À ce moment-là, à environ vingt mètres de lui, Georg reconnut les deux grosses pierres plates, blanches sur les bords. Avant la guerre, la digue servait de chemin carrossable permettant d'atteindre une ferme éloignée et depuis longtemps démolie ou détruite par un incendie. On avait peut-être alors creusé le secteur submergé depuis, tout comme les raccourcis entre digue et route. Sans doute avait-on traîné les pierres jusque là-haut depuis le Rhin. Elles étaient encore séparées par des mottes de terre compactes désormais pleines de roseaux. Une sorte de chemin creux s'était formé, que l'on pouvait parcourir en rampant à plat ventre.

Les quelques mètres jusqu'à la première pierre grise bordée de blanc constituaient le tronçon le plus problématique, presque à découvert. Georg s'ancra profondément dans le taillis, lâchant d'abord une main, puis l'autre. Quand les branches rebondirent, il y eut un petit bruit de frottement, un oiseau s'envola précipitamment, peut-être le même que tout à l'heure.

Accroupi ainsi dans les roseaux, sur la deuxième pierre, il eut l'impression qu'il y était parvenu d'un coup, très vite, comme porté par des ailes d'ange. Si seulement il n'avait pas été maintenant tellement frigorifié.

IV

Que cette insupportable réalité puisse n'être qu'un rêve dont on se réveillerait rapidement, que cet effroyable événement ne soit même pas un mauvais rêve mais seulement le souvenir qu'il laisse, ce sentiment s'était imposé à Fahrenberg, le commandant du camp, bien après que la nouvelle lui eut été transmise. Certes, Fahrenberg, en apparence plein de sang-froid, avait pris toutes les dispositions qu'une telle nouvelle impliquait. En fait, ce n'était pas lui, car même le plus horrible des rêves n'impose la prise d'aucune disposition particulière, un autre les avait prises à sa place, en réponse à une situation qui n'aurait jamais dû se produire.

Quand la sirène se mit à hurler une seconde après qu'il en eut donné l'ordre, il s'écarta, se dirigeant vers la fenêtre, et enjamba avec précaution une rallonge électrique – obstacle dressé par le rêve. Pourquoi la sirène se met-elle à hurler ? Au-dehors, devant la fenêtre, il n'y avait rien : perspective parfaitement adaptée à un temps non advenu.

Il ne s'attarda pas au fait que ce rien était tout de même quelque chose : un épais brouillard. Fahrenberg sortit de sa torpeur quand Bunsen s'empêtra dans l'un des câbles tendus entre le bureau et la chambre. Soudain, il se mit à hurler, non pas contre Bunsen bien entendu, mais contre Zillich qui venait de faire son rapport. Fahrenberg ne hurlait cependant pas encore d'avoir compris ce qu'on lui transmettait, l'évasion de sept détenus politiques d'un coup, mais pour se débarrasser d'un cauchemar. Bunsen, un bel homme, un mètre quatre-vingt-cinq, visage et stature particulièrement harmonieux, se retourna à nouveau, disant : "Pardon", et se pencha pour remettre la fiche dans la prise électrique. Fahrenberg faisait preuve d'une certaine prédilection pour les fils électriques et les installations téléphoniques. Dans ces deux pièces se trouvaient une foule de fils et de prises interchangeables, réparations ou installations y étaient fréquentes. Le hasard voulut que la semaine précédente un politique du nom de Dietrich, originaire de Fulda, électricien de son métier, avait été libéré immédiatement après l'achèvement de la nouvelle installation, qui par la suite s'avéra assez problématique. Bunsen, dont seuls les yeux révélaient un amusement indiscutable que n'accompagnait aucune mimique qui l'eût trahi, attendit que Fahrenberg cesse de hurler, sa rage épuisée. Puis il sortit de la pièce. Fahrenberg et Zillich restèrent seuls…

Bunsen, arrivé sur le pas de la porte, s'alluma une cigarette, mais n'en tira qu'une bouffée, puis la jeta. Il était de repos cette nuit-là, en fait sa permission ne s'achevait que dans une demi-heure, son futur beau-frère l'avait amené en auto de Wiesbaden.

Entre la baraque du commandant, un bâtiment en dur aux murs de brique et la baraque III, bordée sur sa longueur par quelques platanes, se trouvait une sorte de place, qu'ils appelaient entre eux la Piste de danse. Là, en plein air, la sirène vrillait véritablement le cerveau. Quel brouillard stupide, se dit Bunsen.

Ses hommes étaient alignés en formation. "Braunewell ! Clouez cette carte à l'arbre qui est là. Bon, avancez ! On écoute !" Bunsen planta la pointe du compas dans le cercle rouge : "Le camp de Westhofen." Il décrivit trois cercles concentriques. “Il est six heures cinq. L’évasion a eu lieu à cinq heures quarante-cinq. À six heures vingt, un individu progressant à grande vitesse peut avoir au maximum atteint le point que voici. On peut par conséquent l’imaginer en ce moment entre ces deux cercles. Donc : Braunewell ! Entre les villages de Botzenbach et Oberreichenbach : verrouiller la route ! Meiling ! Verrouiller entre Unterreichenbach et Kahlheim. Rien ne doit passer ! Contact entre vous et avec moi maintenu. Nous ne pouvons pas tout passer au peigne fin, le renfort n’arrivera que dans un quart d’heure. Willich ! Notre cercle extérieur touche ici la rive droite du Rhin. Donc : verrouiller le secteur entre le bac et la plaine de Liebach. Occuper cette intersection ! Occuper le bac ! Sentinelles sur la plaine de Liebach !”

Le brouillard était encore si dense que les chiffres de sa montre-bracelet brillaient. Il entendait déjà les klaxons des SS motorisés qui avaient quitté le camp. La route de Reichenbach était désormais barrée. Il revint se camper devant la carte. En cet instant, la sentinelle était déjà sur la plaine de Liebach. Ce qui pouvait être fait dans les premières minutes l’était. Dans l’intervalle, Fahrenberg avait transmis le rapport au commandement central. Il ne devait pas être particulièrement bien dans sa peau, le vieux, le vainqueur de Seeligenstadt. Quant à sa propre peau, Bunsen sentait combien elle lui allait, sa peau, comme taillée sur mesure par le bon Dieu, le grand maître tailleur ! Une fois de plus, quelle chance ! Cette connerie a lieu pendant son absence, mais il revient un tout petit peu plus tôt que prévu, juste à temps pour participer à l’action. Au milieu des hurlements de sirènes, il tendit l’oreille vers la baraque du commandant, se demandant si le vieux avait fini par laisser libre cours à son deuxième accès de fureur.

Zillich était seul avec son chef. Il le gardait à l’œil tout en manipulant avec fébrilité les fiches du téléphone – liaison directe avec le commandement central. Il faudrait dès demain le coffrer à nouveau, ce maudit Dietrich de Fulda pour son travail de cochon. Zillich percevait avec une extrême acuité le temps gaspillé à cause de ces fiches débiles. Des secondes précieuses pendant lesquelles sept petits points s'éloignaient de plus en plus, de plus en plus vite, vers un infini où on ne les rattraperait jamais. Il finit par avoir la centrale, fit son rapport. Ainsi Fahrenberg l'entendit-il pour la deuxième fois en l'espace de dix minutes. Certes, son visage conservait l'expression de dureté inflexible qu'il lui imposait depuis longtemps, même si à cet égard nez et menton étaient un peu trop courts, mais sa mâchoire inférieure se décrochait. Dieu, qui en cet instant lui vint aussi à l'esprit, ne pouvait absolument pas permettre que ce rapport corresponde à la réalité, que sept détenus se soient évadés d'un seul coup de son camp. Il considéra Zillich fixement, qui lui répondit par un lourd regard sombre, chargé de repentir, de tristesse et de culpabilité. Car Fahrenberg avait été le premier à lui accorder une confiance absolue. Zillich n'était pas surpris, il fallait toujours que quelque chose aille de travers quand on se trouvait en pleine ascension. Son horrible blessure par balle ne remontait-elle pas à novembre 1918 ? Sa ferme n'avait-elle pas été vendue aux enchères un mois avant la promulgation de la nouvelle loi ? Et cette maudite bonne femme, c'était six mois après la bagarre qu'elle l'avait reconnu et envoyé en tôle. Ici, pendant deux ans, Fahrenberg lui avait accordé sa confiance pour ce qu'entre eux ils appelaient "l'écrémage" – la composition du commando disciplinaire constitué de détenus sélectionnés et le choix de l'équipe destinée à les encadrer.

Le réveil que Fahrenberg posait par habitude sur la chaise à côté de son lit de camp se mit à sonner : six heures et quart. À cette heure-là, Fahrenberg aurait dû se lever et Bunsen se présenter à son retour de permission. Une journée ordinaire aurait dû commencer, la journée ordinaire de Fahrenberg, l'exercice du pouvoir à Westhofen.

Fahrenberg sursauta. Il recula sa mâchoire inférieure. Puis il finit en quelques gestes de s'habiller. Il se passa la brosse humide dans les cheveux, se brossa les dents. Il s'approcha de Zillich, baissa les yeux vers la lourde nuque et dit : “Ces types, on aura vite fait de les récupérer.” Zillich répondit : “Jawohl, mon commandant !” Puis il ajouta : “Mon commandant...” et fit quelques propositions, suivies ultérieurement dans les grandes lignes par la Gestapo, quand plus personne ne pensait à Zillich. Ses propositions témoignaient d’un raisonnement clair et lucide.

Soudain Zillich s’interrompit, tous deux tendirent l’oreille. Dans le lointain, on discernait un son léger, ténu, a priori inexplicable mais qui couvrait la sirène et les ordres et le frottement des bottes à nouveau perceptible sur la Piste de danse. Zillich et Fahrenberg se dévisagèrent. “La fenêtre”, dit Fahrenberg. Zillich l’ouvrit, le brouillard pénétra dans la pièce et avec lui ce son particulier. Fahrenberg l’écouta un instant, puis sortit, Zillich sur ses talons. Bunsen s’apprêtait à faire rompre la compagnie de SA quand il y eut une bousculade : on traînait vers la Piste de danse Beutler, détenu politique, le premier des évadés repris.

Il se traîna en rampant sur la dernière portion de trajet, aux pieds de la compagnie encore assemblée. Pas à genoux, mais sur le flanc, peut-être avait-il reçu un coup, de telle sorte que son visage se trouvait tourné vers le haut. Au moment où il passa ainsi devant lui, Bunsen remarqua ce qu’avait de particulier ce visage. Il riait. Le fugitif repris, dans son sarrau sanguinolent, du sang lui sortant des oreilles, semblait véritablement se tordre en un rire silencieux révélant ses grandes dents blanches.

Bunsen détourna les yeux de ce visage et considéra celui de Fahrenberg. Fahrenberg fixait de toute sa hauteur Beutler. Il retroussa les lèvres et l’on eut un instant l’impression qu’ils se souriaient mutuellement. Bunsen le connaissait, son commandant, il savait ce qui maintenant allait suivre. Sur son jeune visage se dessina alors ce qui toujours se dessinait quand il savait ce qui allait suivre. Le visage de Bunsen, doté par la nature des traits d’un tueur de dragons ou d’un archange en armure, subissait alors, ailes du nez légèrement gonflées, petit frémissement aux coins des lèvres, la plus horrible dévastation.

Or cette fois-ci, il ne se produisit rien.

Depuis l'entrée du camp, Overkamp et Fischer, commissaires de la criminelle, furent accompagnés jusqu'à la baraque du commandant. Ils s'arrêtèrent tous deux près du groupe formé par Bunsen, Fahrenberg et Zillich, virent ce qui se passait, échangèrent quelques mots rapides. Puis Overkamp, sans s'adresser de manière précise à l'un ou l'autre, dit d'une voix très basse, que cependant la rage tendait ainsi que l'effort pour contenir cette rage : "C'est ce que vous appelez récupérer un détenu ? Félicitations. Il ne vous reste plus qu'à battre le rappel au plus vite et à rassembler quelques médecins spécialistes capables de recoudre les quelques reins, couilles et oreilles de ce type et de le remettre en état pour l'interrogatoire ! Intelligent, intelligent, félicitations."

V

Le brouillard s'était désormais levé au point de flotter tel un ciel bas et floconneux au-dessus des toits et des arbres. Et le soleil, mat et aussi doux qu'une lampe derrière des rideaux de tulle, surplombait la rue cahoteuse du village de Westhofen.

Pourvu que le brouillard ne se dissipe pas tout de suite, se disaient les uns, que le soleil ne nous gâte pas la vendange toute proche. Pourvu que le brouillard s'élève au plus vite, se disaient les autres, que nous récupérions le petit coup de soleil qui nous manque encore.

De tels soucis, ils n'étaient pas très nombreux à les partager à Westhofen même. Il ne s'agissait pas d'un village de vendanges, on y produisait des cornichons. Un peu à l'écart, sur le chemin qui menait de la plaine de Liebach à la route, se trouvait la vinaigrerie Frank. Derrière le large fossé aux bords nets, les champs s'étendaient jusqu'au chemin menant à l'usine. Vinaigre de vin et moutardes, Matthias Frank et Fils. Wallau lui avait dit de se souvenir de cette pancarte. Une fois sorti des roseaux, Georg devait continuer à ramper sur trois mètres à découvert pour retrouver le fossé, plus précisément son bras gauche qui longeait les champs.

Quand il sortit la tête des roseaux, le brouillard était si haut que le bosquet derrière la vinaigrerie était dégagé, et comme Georg avait le soleil dans le dos, ce bosquet sembla s'enflammer spontanément d'un feu violent. Depuis combien de temps était-il en train de ramper? Ses nippes glissaient avec le sol instable. S'il pouvait seulement rester allongé, personne ne le retrouverait. Seuls troubleraient le calme autour de lui de rares croassements, des battements d'ailes. Quelques semaines de patience, puis une croûte de neige gelée recouvrira sans peine ce qui reste. Tu vois, Wallau, comme il est facile de les détruire, tes élucubrations? Wallau n'avait pas imaginé le poids de son corps, qu'il lui fallait maintenant tirer derrière lui, prenant appui des coudes sur la zone découverte. Comme s'il traînait derrière lui le marécage tout entier. Des coups de sifflet retentirent, montant de la plaine de Liebach. D'autres leur répondirent, si terriblement proches que Georg mordit la terre. Rampe, lui avait conseillé Wallau, lui qui avait fait la guerre et les batailles de la Ruhr puis celles du centre de l'Allemagne et avait connu absolument tout ce qu'il était possible de connaître. Continue toujours à ramper, Georg, sans relâche. Ne va surtout pas croire qu'on t'a découvert. Plus d'un a été découvert seulement parce qu'il s'était imaginé l'être et a commis alors une erreur quelconque.

Entre les touffes fanées, Georg parvenait à voir au-delà du bord du fossé. La sentinelle était si proche – à l'endroit où le chemin traversant le champ de cornichons débouchait sur la route de campagne –, si effroyablement proche que Georg n'eut pas peur mais fut pris de rage. L'homme était là, on aurait pu le toucher, campé sur ses deux jambes, adossé au mur en briques, au point que la pire torture, c'était de se cacher au lieu de lui sauter dessus. Il arpentait lentement le chemin longeant l'usine vers la plaine de Liebach – dans son dos, dans cette immensité infinie grise et brune, deux points ardents, deux yeux. Georg pensa que la sentinelle devait être obligée de se retourner pour voir d'où provenait le bruit de crécelle que produisait en ce moment son cœur, alors qu'il battait, même dans cette angoisse mortelle, encore plus doucement qu'une aile d'oiseau. Georg continua à progresser en glissant dans le fossé, parvenant presque à hauteur de l'endroit, sur le chemin, où la sentinelle se tenait encore l'instant d'avant. Wallau lui avait aussi expliqué qu'à cet endroit précis, le fossé passait sous le chemin. Se prolongeait-il au-delà, et de quelle manière, Wallau lui-même l'ignorait. Ce qu'il était capable de prévoir cessait d'ailleurs en ce point. Georg eut alors pour la première fois l'impression d'être complètement abandonné. Calme – seul ce mot demeurait dans son oreille, une sonorité, rien de plus, une voix devenue talisman. Ce fossé, se dit-il, passe sous l'usine, il doit recueillir les eaux usées. Il lui fallut attendre que la sentinelle ait fait demi-tour. Maintenant elle s'arrêtait sur la rive, siffla. Un coup de sifflet lui répondit depuis la plaine de Liebach. Georg comprit alors la distance entre les coups de sifflet, et d'ailleurs, en cet instant, il comprit beaucoup. Chaque point de son cerveau était en alerte, chaque muscle bandé, chaque seconde remplie, la vie tout entière était d'une extraordinaire densité, sans répit, intense. Plongé comme il l'était dans ce cloaque d'où émanait une âcre puanteur, il se sentit soudain faiblir car ce fossé n'était pas un endroit que l'on puisse franchir en rampant, on ne pouvait qu'y mourir étouffé. En même temps la rage le saisit, il n'était pas un rat, pas question pour lui de crever là. Il n'était déjà plus alors entouré par une noirceur de jais, mais par un orage de vaguelettes. Par chance, la surface qu'occupait l'usine n'était pas grande, peut-être quarante mètres de large. Quand il ressortit, de l'autre côté du mur, le champ formait un talus en pente douce vers la route qu'un chemin s'élevant de biais permettait d'atteindre. À l'angle séparant le mur et le chemin se trouvait un tas d'ordures. Georg fut incapable de poursuivre, il fut forcé de s'accroupir pour vomir.

Au même moment, un vieil homme arrivait à travers champs, portant en travers de l'épaule deux seaux attachés par une corde, il allait chercher de quoi nourrir ses lapins auprès du gardien de l'usine, à Westhofen, on l'appelait Compère Cannelle. Ce vieil homme avait déjà été arrêté six fois sur son court trajet. Il avait à chaque fois présenté ses papiers. Gottlieb Heidrich, de Westhofen, dit Compère Cannelle. Voilà, il s'est encore passé quelque chose au camp, se disait-il en traversant très lentement le champ avec ses seaux pour la nourriture des lapins, pareil que l'été dernier quand un de ces pauvres diables avait voulu leur filer entre les pattes, ils l'avaient descendu. Seulement, la sirène avait continué à hurler alors qu'il avait déjà été liquidé. Autrefois, des conneries de ce genre, ici, on ne connaissait pas. Dire qu'il avait fallu qu'on vienne leur planter ce KZ sous le nez. Mais tout de même, maintenant, on arrivait à gagner quelque chose dans le coin, alors qu'avant on tirait le diable par la queue. En essayant de vendre la moindre bricole. D'ailleurs, était-il vrai qu'on pourrait par la suite louer les terres où tous ces pauvres types étaient forcés de trimer là-derrière, pas étonnant qu'ils se barrent. Le loyer serait, paraît-il, plus modéré qu'en face, à Liebau.

Voilà ce que se disait Compère Cannelle, qui à nouveau se retourna, car il voulait savoir pourquoi cet homme incroyablement sale était accroupi au bord du chemin, près d'un tas d'ordures. Quand il vit qu'il était seulement en train de vomir, il fut satisfait, c'était une explication.

Quant à Georg, il n'avait même pas vu Compère Cannelle. Il se remit en route. Il avait eu d'abord l'intention de suivre la direction d'Erlenbach, en s'écartant nettement du Rhin. Maintenant, il n'osait pas traverser la chaussée. Aussi modifia-t-il son projet, si l'on peut encore qualifier de projet ce qui résulte de l'extrême et inexorable contrainte d'un instant donné. Il traversa le champ d'un pas lourd, épaules rentrées, tête basse, s'attendant à être interpellé, à entendre des coups de feu. Il posait le bout du pied sur la terre meuble, tout de suite, j'arrive, me voilà, terre bien-aimée. Ils vont crier, pensait-il, puis tirer, une force énorme lui fit alors ployer les genoux, l'incitant à se jeter tout simplement par terre. Il se dit alors : ils vont seulement me tirer dans les jambes, me prendre vivant, m'emmener en me traînant sur le sol. Il ferma les yeux. Il ressentait, mêlée à la fraîche brise matinale, une surabondance de tristesse, si démesurée que nul être humain ne peut l'affronter. Il continua à tituber, puis s'arrêta, surpris. À ses pieds, sur le chemin de terre, un petit ruban vert. Il le regarda fixement, comme s'il était tombé du ciel à l'instant même pour atterrir là. Il le ramassa.

Alors, surgie du champ, une enfant, debout devant lui dans un tablier à manches longues, une raie séparant ses cheveux. Ils se dévisagèrent. L'enfant regarda son visage, puis sa main. Il retint l'enfant par sa tresse et lui tendit le ruban.

L'enfant se précipita alors vers la vieille femme, sa grand-mère, qui soudain se trouvait elle aussi sur ce chemin. "Eh bien à partir de maintenant, je ne te mettrai plus que de la ficelle pour attacher tes nattes, bien fait !" dit la vieille en riant. S'adressant à Georg, elle ajouta : "Cette gamine, on pourrait lui attacher tous les jours sa tresse avec un nouveau ruban." "Vous n'avez qu'à la lui couper", dit-il. "Non, non", répondit la vieille femme qui commençait à l'examiner attentivement. À ce moment-là, Compère Cannelle cria depuis la vinaigrerie toute proche. "Eh, Mère Fourbi !" Tel était en effet le sobriquet que tous les gens de Westhofen donnaient à la vieille femme, car elle trimballait depuis toujours tout un bric-à-brac, des choses utiles ou inutiles, ce dont on avait justement besoin, du sparadrap, des ficelles, des bonbons pour la toux. En ce moment, de son bras noueux, elle adressait par-dessus le chemin de terre de grands signes à Compère Cannelle, lui qu'autrefois elle avait failli épouser, et autour de sa bouche édentée, de ses petites joues fripées, naquit la vivacité horrible qui accompagne les plaisanteries de personnes très âgées, comme si l'on entendait déjà les petits squelettes s'entrechoquer pour la danse.

Quand Compère Cannelle vit cet étranger d'une saleté repoussante qui peut-être faisait tout de même partie du personnel de la vinaigrerie s'éloigner lentement avec la vieille femme et l'enfant, il fut entièrement rassuré sur un point qui tout de même l'avait préoccupé. Quant à Georg, derrière la femme et l'enfant, il éprouvait le sentiment d'être au nombre des vivants, même seulement pour quelques minutes. Cependant, le chemin de terre ne menait pas uniquement au village, comme Georg l'avait cru, mais formait une fourche, une branche vers le village, l'autre vers la chaussée. La vieille femme avait enfoui le ruban dans une de ses poches où il avait rejoint le reste de son bazar habituel, tenant près d'elle par sa petite natte l'enfant qui retenait ses larmes. Elle marmonnait : "Vous avez entendu ce cirque tout à l'heure, hou-hou ! Ça sonnait drôlement fort. Maintenant, c'est calme ! Ils l'ont repris. Il n'est pas à la fête. Hou-hou !" Elle ricanait et geignait. À l'embranchement, elle s'arrêta : "Tiens, le brouillard s'est levé !"

Georg regarda autour de lui. Oui, vraiment, le brouillard s'était dissipé, le ciel d'automne bleu pâle resplendissait, pur, clair. "Hou-hou", fit la vieille femme, parce que deux, non trois avions piquaient depuis le bleu du ciel, dans un éclat vif, décrivant des cercles de plus en plus serrés tout près du sol, au-dessus des toits de Westhofen, du marais, des champs.

Georg, tout près de la vieille femme qui tenait par la main sa petite-fille, se dirigea vers la chaussée.

Ils firent dix mètres sans rencontrer personne. La vieille femme était désormais muette. Elle semblait avoir tout oublié. Georg, l'enfant, le soleil, les avions, elle ruminait des choses d'autrefois, quand Georg n'était même pas né. Georg se tient tout près d'elle, il voudrait se cramponner à sa jupe. En fait, ce n'est pas réel, ce n'est qu'en rêve qu'il avance avec cette vieille femme qu'il tient solidement par sa jupe, mais elle ne s'en rend pas compte. Il va se réveiller, les hurlements de Lohgerber empliront la baraque...

Sur la droite commençait un long mur couronné de tessons. Ils le longèrent pendant quelques pas, sur les talons l'un de l'autre, Georg en dernier. Soudain, sans coup d'avertisseur, une moto surgit dans leur dos. Si la vieille femme, à cet instant, s'était retournée, elle aurait pu croire que la terre avait englouti Georg. La moto fila et s'éloigna d'eux. "Houhou", grogna la vieille femme, mais elle continua sa marche lente. Georg n'avait pas seulement disparu de son chemin, mais aussi de sa pensée.

Georg était à plat ventre de l'autre côté du mur, les mains tailladées par les tessons, la gauche ouverte sous le pouce, et ses nippes étaient elles aussi déchirées, mettant la chair à nu.

Allaient-ils descendre de leur moto et venir le récupérer ? Des voix provenaient de la petite bâtisse en briques rouges pleine de fenêtres, nombreuses, claires ou graves, puis de nouveau tout un chœur saccadé de voix de garçons. Quel mot voulaient-ils donc encore graver dans sa mémoire, quelle phrase à l'heure de sa mort ? Venant de la direction opposée, une moto se rapprochait, mais elle continua sa route en direction du camp de Westhofen. Georg n'éprouva aucun soulagement, mais c'est alors seulement qu'il ressentit la douleur dans sa main – il aurait voulu pouvoir s'en débarrasser au niveau du poignet en l'arrachant de ses dents.

Sur la gauche, devant la façade latérale du bâtiment rouge, un établissement d'enseignement agricole, il y avait une serre. L'entrée principale et l'escalier se trouvaient de ce côté, juste en face de la serre. Entre la façade sur rue de l'école et le mur, un appentis. Georg l'examina, il l'empêchait de voir plus loin. Il traversa en rampant dans sa direction. À l'intérieur, silence, obscurité. Une odeur de raphia. Ses yeux distinguèrent bientôt les gros ballots de raphia pendus au mur, toutes sortes d'outils, des paniers et des vêtements. Comme désormais plus rien ne dépendait de sa sagacité, mais exclusivement de ce que l'on nomme chance, il se retrouva calme, la tête froide. Il arracha une loque. Il pansa sa main gauche en s'aidant de sa main droite et de ses dents. Il prit son temps pour faire son choix : une grosse veste marron en velours côtelé avec une fermeture éclair, qu'il enfila par-dessus ses hardes pleines de sang et trempées de sueur. Il vérifia aussi les pointures des chaussures. Rien que de la qualité. Seulement, sortir de là, impossible. Il lorgna à travers une fente dans la cloison en planches. Des gens derrière les fenêtres, d'autres dans la serre. Maintenant, quelqu'un descendait l'escalier et pénétrait dans la serre, puis, arrivé devant la porte, s'arrêta et se tourna vers l'appentis. Depuis une des fenêtres, on l'appela, et il regagna le bâtiment de l'école. Maintenant, tout était calme. Le soleil faisait briller les vitres et les parties métalliques d'une machine qui, à moitié emballée, se trouvait à côté de l'escalier.

Georg se précipita d'un bond contre la porte et ôta la clé de la serrure. Il riait tout seul. Il s'assit par terre, adossé à la porte. Il regarda fixement ses chaussures. Il resta ainsi deux ou trois minutes, ultime retour au fond de soi-même, quand au-dehors tout est perdu et qu'on s'en fiche. Si maintenant ils venaient, devait-il frapper à coups de bêche ou de râteau ? Par quoi fut-il sorti de sa torpeur, il l'ignorait, en tout cas ce ne fut pas un élément extérieur, mais peut-être la douleur dans sa main, ou un dernier écho de la voix de Wallau à son oreille. Il remit la clé dans la serrure. Il lorgna par l'entrebâillement de la porte. Impossible de regagner la chaussée en franchissant le mur. Entre son faîte couronné de tessons et le ciel s'étendaient, tirant sur le brun, les dernières ramifications d'un vignoble ; l'air était si limpide qu'on pouvait compter les pieds de vigne de la rangée du haut qui dépassait la bordure marron pâle, avec leurs petites pointes. Alors qu'il regardait ainsi, apathique, ce rang supérieur du vignoble, lui parvint soudain le conseil d'un inconnu, car Georg ne savait plus s'il s'agissait de Wallau lui-même, sur les bords de la Ruhr, d'un coolie de Shanghai ou d'un membre du Schutzbund de Vienne*, l'organisation social-démocrate des

* Organisation paramilitaire viennoise fondée en 1923-1924 par le parti social-démocrate autrichien et dissoute en 1934.

ouvriers : il avait échappé au danger en chargeant sur son épaule un objet insolite, détournant ainsi l'attention de sa personne, car un tel fardeau donne un but au chemin suivi, il suffit pour assigner une identité à celui qui le porte. Celui qui ainsi donnait conseil lui rappela à lui, Georg, dans son appentis, la porte entrebâillée donnant sur le mur garni de tessons, qu'une fois déjà dans une situation analogue un de ses semblables s'était échappé d'une maison viennoise ou d'une cour dans la Ruhr ou d'une ruelle barricadée à Tchapeï. Il ignorait si le visage de cet homme avait les traits familiers de Wallau, était jaune ou marron, mais il comprit son conseil : charge-toi de cette pièce mécanique posée près de l'escalier. Tu dois évidemment sortir d'ici, ça ne marchera peut-être pas, mais c'est la seule issue. Certes, ta situation est particulièrement désespérée, mais la mienne, à l'époque, l'était tout autant...

L'avait-on seulement remarqué, le prenait-on pour l'employé de l'usine fabriquant cette machine ou pour celui dont il portait la veste ? Il passa en tout cas d'abord entre la serre et l'escalier, franchit le portail et parvint au chemin longeant la façade de l'école côté champs. Dans sa main gauche qui avait saisi la pièce, la douleur était si intense qu'elle engourdit même pour de longues minutes toute peur. Georg continua à avancer sur le chemin qui parallèlement à la chaussée longeait quelques maisons, toutes donnaient sur les champs, et peut-être voyait-on le Rhin depuis les fenêtres des étages supérieurs. Le bourdonnement des avions persistait, le bleu du ciel avait fini par triompher de la brume, il était sans doute près de midi. La langue de Georg était brûlante, les nippes rêches, dures comme une croûte, le brûlaient entre peau et veste, une soif inextinguible le torturait. Sur son épaule gauche balançait un peu la pièce mécanique à laquelle pendouillait l'étiquette d'une entreprise. Il s'apprêtait à poser son fardeau et à reprendre haleine quand il fut interpellé.

Il s'agissait sans doute de l'une des deux patrouilles motocyclistes qui l'avait remarqué depuis la chaussée par un intervalle entre deux maisons : silhouette d'un homme qui n'avait rien de suspect avançant à pas lourds dans les champs, un fardeau à l'épaule, se détachant sur le calme ciel de midi. Ils l'interpellèrent car ils interpellaient chacun, sans soupçons particuliers. Quand Georg présenta l'étiquette de l'entreprise, ils lui firent aussitôt signe de reprendre son chemin. Georg aurait peut-être pu poursuivre tranquillement jusqu'à Oppenheim et au-delà – suivant ainsi le conseil de celui qui l'avait aidé à sortir de la baraque. Georg entendait aussi lui-même la petite voix insistante lui dire continue, continue. Mais l'apostrophe de la sentinelle l'avait atteint en plein cœur. Il s'écarta soudain autant que possible de la chaussée avec son fardeau, se dirigea vers les champs proches du Rhin, vers le village de Buchenau. Plus la peur amplifiait les battements de son cœur, plus la voix qui le dissuadait de suivre ce chemin à travers champs s'affaiblissait jusqu'au moment où elle fut complètement réduite au silence par les battements sauvages de son cœur et par les carillons de Buchenau annonçant midi. Carillon clair et amer, glas du condamné. Un ciel vitreux recouvre le village dans lequel il entre maintenant. Il en a lui-même le pressentiment : c'est un piège. Il passe devant deux sentinelles qui le regardent d'un air stupide. Il sent leurs regards dans son dos. À peine a-t-il atteint la rue du village qu'il entend un coup de sifflet derrière lui, léger, qui le transperce de part en part.

Soudain, le village s'embrase. Des coups de sifflet en tous sens. Des ordres : "Rentrez chez vous !" Les portails se mirent à grincer. Georg déposa sa pièce mécanique. Franchissant le portail le plus proche, il se faufila derrière un tas de bois. Le village était cerné. Peu après midi.

À Griesheim, Franz venait d'entrer dans la cantine. Il avait appris à l'instant que Caboche avait été arrêté. Et voici qu'Anton l'agrippe par le bras et lui dit ce qu'il sait.

Au même moment, Ernst le berger frappait à la fenêtre de la cuisine des Mangold. Sophie lui ouvrit en souriant.

Elle était rondelette et vigoureuse, avec de fines attaches. Il lui demanda de lui réchauffer sa soupe de pommes de terre, sa thermos était fichue. Sophie rétorqua qu'il pouvait manger avec eux à l'intérieur. Nelli monterait la garde.

Sa Nelli, répondit Ernst, n'était pas un chien, c'était un petit ange. Quant à lui, il avait tout de même sa conscience, il était payé pour ce travail. "Sophie, dit Ernst, apporte-moi donc la soupe toute chaude aux champs, Sophie, ne me regarde pas comme ça. Quand tu me regardes de tes petits yeux pleins d'or, ça me traverse de part en part."

Il regagna sa carriole en coupant à travers champs. Il chercha un endroit ensoleillé, étala sa couche de journaux, posa son manteau dessus. Il s'accroupit et attendit. Ravi, il regarda Sophie arriver. Comme les petites pommes, se disait-il, toute rondouillette, toute mûre, petites tiges fines, si fines.

Sophie lui apporta sa soupe et un peu des boulettes de pommes de terre avec des morceaux de poires qu'elle avait préparées. Ils étaient allés ensemble à l'école à Schmiedtheim. Elle s'assit à côté de lui. "Bizarre", dit-elle. "Quoi ?" "Que ce soit justement toi le berger."

"C'est aussi ce qu'ils m'ont dit il y a pas longtemps, les gens d'en bas, dit Ernst en faisant un geste dans la direction de Höchst. Vous êtes tout de même un gaillard vigoureux, la nature vous destine à autre chose." Ernst modifiait à toute vitesse l'expression de son visage et le son de sa voix, jouant tantôt le rôle de Meier, au Service du travail, ou de Gerstl du Front du travail, ou celui du maire de Schmiedtheim, Kraus, ou son propre rôle, mais celui-là parfois seulement. "Pourquoi ne laissez-vous pas votre place à un concitoyen plus âgé ?" "À ce moment-là, j'ai répondu que dans ma famille, la fonction de berger est héréditaire depuis l'époque de Willigis", poursuivit Ernst après avoir avalé en vitesse quelques cuillerées de soupe. "De quel Willi ?" demanda Sophie. "C'est aussi ce qu'ils m'ont demandé, les gens d'en bas", répondit Ernst en écrasant sa boulette avec les tranches de poire. "À l'école, vous n'avez sûrement rien écouté, tous autant que vous êtes. Après, ils m'ont demandé pourquoi je ne suis pas marié quand d'autres le sont, ont une descendance et gagnent leur pain au prix de bien plus grands efforts." "Et là, qu'est-ce que tu as dit?" demanda Sophie d'une voix un peu rauque. "Bah, dit Ernst d'un ton innocent, là, j'ai expliqué que j'avais déjà engagé l'affaire." "Comment donc?" dit Sophie d'un ton d'attente. "Parce que je suis déjà fiancé", dit Ernst en baissant les yeux, mais sans manquer de voir que Sophie avait pâli, affichant un air un peu dépité. "Je suis fiancé à la petite Marie Wielenz de Botzenbach." "Ah bon", commenta Sophie, baissant la tête et tirant sa jupe sur ses jambes en la lissant de la main. "Mais elle va encore à l'école, cette petite Marie Wielenz de Botzenbach." "Pas grave, dit Ernst, j'aime bien voir ma fiancée grandir. D'ailleurs, c'est une longue histoire, je te la raconterai à l'occasion." Sophie mordillait une paille. Elle l'avait aplatie et la fit passer entre ses dents. Elle dit comme pour elle-même avec ironie et tristesse: amoureux, fiancé, marié... Ernst, qu'elle amusait bien et à qui rien n'échappait, ni les sentiments qui l'animaient, ni les frémissements de ses mains, empila les deux assiettes après les avoir léchées puis conclut: "Merci, Sophie. Si tu réussis tout aussi bien que ces boulettes, alors, ton mari, tu ne te seras pas payé sa tête. Regarde-moi donc en face, veux-tu bien me regarder. Quand tu me regardes comme ça avec tes deux petits yeux, j'en oublierais la petite Marie au moins à tout jamais."

Il suivit Sophie du regard, elle s'en retournait avec ses deux assiettes qui s'entrechoquaient, puis il appela: "Nelli!" La petite chienne se précipita et lui sauta à la poitrine, lui posa les pattes sur les genoux et le contempla, petite masse noire de dévotion inconditionnelle. Dans un accès de tendresse, Ernst frotta son visage contre le museau, prenant la tête de Nelli entre ses mains: "Nelli, sais-tu qui je préfère, et Nelli, sais-tu aussi comment elle s'appelle, celle qui me plaît le plus au monde parmi toutes celles que je connais? Elle s'appelle Nelli."

Dans l'intervalle, le concierge de l'école Darré avait sonné la fin de la matinée – midi, un quart d'heure après l'heure véritable. Le petit Helwig, apprenti jardinier, avait d'abord foncé vers l'appentis pour récupérer vingt pfennigs dans le porte-monnaie qui était dans sa veste en velours côtelé. Il les devait à un autre élève pour deux billets de la loterie du Secours d'hiver. Il y avait tout au long de l'année des cours dans cette école, destinés pour l'essentiel aux fils et filles des paysans des villages alentour. Mais de l'école dépendait aussi une ferme expérimentale où travaillaient non seulement les élèves, mais aussi quelques jardiniers et apprentis liés par les contrats habituels.

L'apprenti Helwig, un gamin poussé en graine, blondinet aux yeux éveillés, commença par chercher sa veste dans tout l'appentis, d'abord surpris, puis contrarié et enfin nerveux. Il l'avait achetée une semaine plus tôt, alors qu'il sortait tout juste avec sa première petite amie. Il n'aurait pas encore pu s'offrir cette veste s'il n'avait pas gagné une petite gratification dans un concours. Il appela ses camarades déjà installés devant leur déjeuner. La salle de cantine, claire, meublée de tables en bois blanc polies par le frottement, était selon l'habitude décorée presque comme pour une fête avec les fleurs du mois et avec des branchages qui s'entrelaçaient autour des portraits de Hitler, de Darré et des paysages accrochés au mur. Helwig pensa d'abord que ses camarades lui avaient fait une farce. Parce qu'ils le taquinaient d'avoir choisi une veste un peu trop grande et l'enviaient d'avoir une petite amie. Ces jeunes gars aux visages vifs et ouverts sur lesquels les traces de l'enfance se mêlaient à des traits virils, comme c'était le cas pour Helwig, le rassuraient maintenant et se mirent aussitôt à l'aider dans ses recherches. Des cris s'élevèrent bientôt : "Ces taches, ça veut dire quoi ?" L'un des gamins s'exclama : "On a déchiré la doublure de mon vêtement !" "Quelqu'un est entré ici, dirent-ils, ta veste, Helwig, elle a été volée." Le gamin retint ses larmes. Le surveillant de la cantine vint alors les rejoindre. Que fabriquaient-ils donc ici, ces gosses ? Helwig, blême de rage, expliqua que sa veste avait été volée. Un maître qui était de service et le concierge de l'école furent appelés. On ouvrit alors la porte toute grande. On découvrit des taches sur les vêtements et la doublure déchirée d'une vieille veste toute maculée de sang.

Si seulement on s'était contenté d'en arracher la doublure, à la sienne ! Le visage de Helwig n'avait plus rien de viril. Il était redevenu tout à fait enfantin, colère et contrariété mêlées. "Si je le trouve, je le démolis !" proclama-t-il. Il ne se sentit en rien consolé quand Müller découvrit que ses souliers avaient disparu. Fils unique de riches paysans, il pouvait s'en racheter une paire neuve. Mais pour lui, cela signifiait se remettre à économiser, sou après sou.

"Allons, commence par te calmer, Helwig", dit alors le directeur en personne, que le concierge de l'école était immédiatement allé arracher à son déjeuner en famille. "Calme-toi et décris ta veste de façon aussi précise que tu peux. Ce monsieur, qui est membre de la police criminelle, ne pourra te la restituer que si tu la décris de façon précise." "Qu'y avait-il dans les poches ?" demanda le gentil petit monsieur inconnu, quand Helwig eut achevé sa description, ce qui l'amena à nouveau à ravaler sa salive en précisant : "Et en plus, fermeture éclair intérieure." Helwig réfléchit. "Un porte-monnaie avec un mark vingt, un mouchoir, un couteau..." On lui fit lecture de sa déposition complète qu'il dut signer. "Où puis-je aller récupérer ma veste ?" "On te tiendra au courant, mon garçon", dit le directeur.

Cela ne consolait certes pas le petit Helwig, mais son malheur était tout de même transfiguré par le fait que le voleur de sa veste n'était pas un voleur ordinaire. Le gardien de l'école, à peine avait-il inspecté l'appentis, avait tout de suite compris les tenants et aboutissants. Il s'était alors contenté de demander au directeur s'il devait téléphoner.

Quand Helwig redescendit – immédiatement après lui, Müller avait dû décrire ses souliers –, l'accès à toute la zone entre l'école et le mur était déjà interdit. L'endroit où Georg avait sauté par-dessus le mur, abîmant des fruits en espaliers, était repéré. Des sentinelles étaient postées devant le mur et autour de l'appentis. Enseignants, jardiniers, élèves se pressaient devant les barrières. Il avait fallu prolonger la récréation de midi ; dans les grandes marmites, une peau s'était formée à la surface de la soupe au lard et aux pois cassés.

Un jardinier d'un certain âge travaillait à quelques mètres des barrières, paraissant ignorer l'excitation générale, il rectifiait le tracé du chemin. Il était originaire du même village que le petit Helwig. Qui – son visage blême de colère était maintenant rouge, et il avait répondu avec empressement, en prenant l'air important, à toutes les questions – s'arrêta à nouveau auprès du vieux jardinier, peut-être justement parce que ce dernier ne lui posait aucune question. "Il paraît que je vais récupérer ma veste", dit le petit Helwig. "Ah bon", dit le jardinier. "Il a fallu que je la décrive de façon tout à fait précise." "Et tu l'as décrite de façon précise ?" demanda le jardinier Gültscher sans lever les yeux de son travail. "Bien sûr, je devais le faire, n'est-ce pas", dit le gamin. Le concierge de l'école sonna une seconde fois pour le déjeuner. Dans la salle de cantine, tout recommença. Une rumeur était d'ailleurs venue jusque-là : à Liebau et à Buchenau, les Jeunesses hitlériennes étaient elles aussi autorisées à participer aux recherches. Le petit Helwig fut pressé de questions. Mais cette fois, il se taisait. Il semblait lutter contre un nouvel accès de préoccupation, cette fois plus silencieux. Il lui revint cependant que dans sa veste, il y avait en plus du reste une carte de membre de la société de gymnastique de Buchenau. Devait-il la mentionner par une déclaration complémentaire ?

Le voleur, qu'en ferait-il, de cette carte ? Il pouvait tout simplement la brûler avec une allumette. Mais d'où un homme en fuite tire-t-il une allumette ? Il pouvait simplement la déchirer et jeter les morceaux dans des toilettes. Mais un homme en fuite peut-il tout simplement entrer quelque part ? Ah, tout simplement piétiner les morceaux et les enfoncer dans le sol, se dit le garçon, étrangement soulagé. Puis il fit un détour et repassa près du vieux jardinier. Il n'avait pas davantage prêté attention à cet homme originaire de son village que les jeunes n'en prêtent aux vieilles gens qui ont toujours été là et tout au plus de temps en temps meurent. Il s'arrêta à nouveau sans raison derrière le vieux Gültscher qui transplantait ses oignons près de l'endroit où il avait nivelé le chemin. Le petit Helwig était bien vu aux Jeunesses hitlériennes et sur l'exploitation horticole, il faisait partout son chemin de façon tout à fait convenable. C'était un garçon vigoureux, ouvert, adroit. Il était absolument convaincu que ces hommes que l'on enfermait dans le camp de Westhofen y avaient leur place tout autant que les fous à l'asile.

"Dis voir, Gültscher", lança-t-il. "Quoi ?" "Dans ma veste, il y avait aussi ma carte de la société de gymnastique." "Et alors ?" "Est-ce que je dois la rajouter à ma déclaration ?" "Tu as tout déclaré, tu étais obligé de le faire", dit le jardinier.

Il leva pour la première fois les yeux vers le garçon et lui dit : "Ne t'inquiète pas, ta veste, tu vas la retrouver." "Tu crois ?" dit le gamin. "Absolument. Ils le reprendront tôt ou tard, pour sûr. Elle avait coûté combien ?" "Dix-huit marks." "Alors, c'était de la belle camelote", dit Gültscher comme s'il avait voulu réveiller la contrariété du gamin. "Elle va tenir le coup, aucun doute. Tu la porteras pour sortir avec ta petite amie. Et l'autre…" Il fit un signe vague en l'air au-dessus de la campagne. "… L'autre, il sera mort depuis longtemps." Le gamin plissa le front. "Et après ?" dit-il soudain d'un ton rude et grossier. "Rien du tout, dit le vieux Gültscher, absolument rien." Pourquoi donc m'a-t-il donc regardé de cet air-là, tout à l'heure ? se demanda le petit Helwig.

VI

Dans la cour où Georg s'était caché derrière le tas de bois, des cordes à linge étaient tendues en tous sens. Deux femmes sortirent de la maison, l'une vieille et l'autre entre deux âges, portant un panier à linge. La vieille avait un air sévère et dur, la plus jeune avançait penchée, le visage las. "Si seulement nous étions restés ensemble, Wallau, pensait Georg – un nouveau bruit, plus sauvage, parvint depuis les limites du village jusqu'à la ruelle –, en ce moment, tu m'aurais regardé."

Les deux femmes tâtaient le linge. La vieille dit: "Il est trop humide, attends pour le repasser." La plus jeune répondit: "Il est parfait pour le repassage." Elle entreprit de mettre le linge dans le panier. La vieille dit: "Bien trop humide." La plus jeune rétorqua: "Parfait pour le repassage." "Trop humide", dit la vieille. La plus jeune: "Chacune à son idée. Toi, tu aimes repasser sec, moi je préfère humide." Elles dégarnirent les cordes en toute hâte, presque avec l'énergie du désespoir. Au-dehors, le village en état d'alerte! La plus jeune des deux femmes s'écria: "Écoute donc!" La vieille réagit: "Oui, oui." La jeune cria, d'une voix aiguë à s'en briser: "Écoute, écoute!" La vieille dit: "Je ne suis pas encore sourde. Pousse donc le panier jusqu'ici."

Au même instant, un SA sortit de la maison et entra dans la cour. La plus jeune des deux femmes s'écria: "D'où sors-tu encore, armé de pied en cap? Tout de même pas de la vigne."

L'homme hurla: "Vous êtes folles, ou quoi, les bonnes femmes? Vous occuper du linge en ce moment! Vous devriez avoir honte. Un type de Westhofen s'est planqué dans le village. On passe tout au peigne fin." La plus jeune s'écria: "Bah, y a toujours quelque chose. Hier la fête des moissons et avant-hier pour ceux du 144e régiment d'infanterie, aujourd'hui il s'agit de rattraper le fugitif, demain ce sera parce que le Gauleiter traverse le village? Bon, et les betteraves? Et le raisin? Et le linge?" L'homme dit: "Ferme ta gueule." Il tapa du pied: "Le portail, pourquoi il est pas fermé?" Il arpenta la cour d'un pas martial. Un seul des deux vantaux était ouvert; pour fermer complètement le portail, il fallait aussi tirer le deuxième et les emboîter l'un dans l'autre. La vieille femme l'aida à le faire.

Wallau, Wallau, pensait Georg.

“Anna, dit la vieille femme. Tire le verrou.” Elle ajouta : “Il y a un an, à pareille époque, j’y arrivais encore.”

La plus jeune marmonna : “Mais je suis là, voyons.” Elle s’arc-bouta.

Le verrou venait d’être tiré, quand au milieu du vacarme qui emplissait le village on distingua un autre genre de bruit, un bruit particulier, isolé : le claquement rapide et sec de bottes puis les coups frappés contre la porte tout juste fermée. La plus jeune des deux femmes la déverrouilla. Quelques Pimpf, des cadets des Jeunesses hitlériennes, se précipitèrent à l’intérieur, hurlant : “Laissez-nous entrer, état d’alerte, nous fouillons tout. Un type se planque dans le village. Allez, laissez-nous entrer !”

“Halte, halte, dit la plus jeune des deux femmes. Vous n’êtes pas chez vous ici, et toi, Fritz, commence par aller à la cuisine, la soupe est prête.”

“Tu vas les laisser entrer, voyons, maman. T’es obligée. Je vais tout leur montrer chez moi.”

“Où vas-tu tout leur montrer ? Chez qui ?” hurla la femme. La vieille l’empoigna alors par le bras avec une force étonnante. Et les gamins, Fritz à leur tête, sautèrent l’un après l’autre au-dessus du panier à linge, on entendait déjà leurs coups de sifflet depuis la cuisine, l’étable et aussi les chambres. Bing, et voilà, déjà de la casse.

“Anna, dit la vieille femme, ne prends pas tout ça tellement à cœur. Suis mon exemple. Il y a des choses que l’on peut changer. Il y en a qu’on ne peut pas changer. Celles-là, on doit les supporter. Anna, tu m’entends ? Anna, je sais bien, tu as récupéré comme mari le pire de mes fils, Albrecht. Sa première femme était du même acabit. Ici, c’était toujours une vraie porcherie. Tu en as fait une ferme. Cet Albrecht qui autrefois n’allait dans les vignes que comme journalier, quand ça lui chantait, et qui passait une partie de l’année à fainéanter, d’un seul coup, il en a pris de la graine. Les enfants de sa première femme, cette souillon, tu les as complètement transformés, comme si tu les avais vraiment à nouveau mis au monde. Seulement, tu ne tolères rien. Alors qu'en ce moment, il y a des choses que l'on est obligé de supporter. Elles finiront par passer."

La plus jeune des deux femmes réagit sur un ton un peu apaisé, il n'y avait plus dans sa voix que la tristesse que lui inspirait une vie qui en dépit de tant d'efforts véritablement terribles n'avait pas été bénie, même si en revanche le respect lui avait été acquis. "Oui, mais ensuite, il y a eu tout ça." Elle montrait la maison qui retentissait des coups de sifflet stridents et insolents et derrière le portail, le vacarme. "Ça a contrarié mes projets, mère. Et ces enfants que j'avais remis debout, en suant sang et eau, ils sont redevenus l'engeance impertinente qui en fait correspond à leur nature première, Albrecht est redevenu la vraie brute qu'il était. Hélas !"

Du pied, elle repoussa une bûche qui dépassait du tas de bois. Écouta avec attention. Puis, se bouchant les oreilles, elle gémit : "Comme par hasard, c'est à Buchenau qu'il faut que ce gars se planque. Il ne manquait plus que ça. Quel bandit. Un chien enragé qui s'introduit un lundi matin dans un village convenable. Admettons qu'il se fasse la belle, il ne peut pas se cacher dans les marais ? Est-il obligé de nous mêler à tout ça ? N'y a-t-il pas assez de saules au bord de l'eau dans lesquels il pourrait se fourrer ?"

"Attrape le panier, dit la vieille femme. Le linge est trempé. Ça n'aurait pas pu attendre après le déjeuner ?" "Chacune fait comme sa mère le lui a montré. Moi, je repasse humide."

À cet instant précis, dans la rue, derrière le portail, s'élevèrent des hurlements de triomphe qui n'avaient rien d'humain mais rien non plus de bestial. Des créatures dont on avait jusqu'alors ignoré l'existence avaient dû soudain se risquer hors de leurs cachettes – en entendant ces hurlements, les yeux de Georg se mirent à briller comme braise, ses lèvres découvrirent ses dents. Sa gorge se serra comme s'il avait abrité quelque chose qui en cet instant devait sortir en hurlement, se joignant à ses semblables. Mais en même temps, au plus profond de lui-même, douce, pure, claire, s'éleva une voix invulnérable, insurmontable, il sut qu'il était prêt à mourir à l'instant même, ainsi qu'il avait toujours souhaité vivre sans toujours y parvenir, audacieux et calme.

Les deux femmes avaient reposé le panier. Un sombre réseau de rides, esquissé à grands traits pour la plus jeune, dense et ramifié pour la plus âgée, se dessina sur leurs visages blêmissants, éclairés d'une lumière intérieure. Sortant de la maison, les gamins traversèrent la cour et foncèrent dans la rue. Le portail fut à nouveau ébranlé par les coups. La plus âgée fit un effort pour émerger de sa paralysie, empoigna le grand verrou que, peut-être pour la dernière fois de sa vie, elle eut la force de repousser sans aide. Une foule de gamins des Jeunesses hitlériennes, des vieilles, des paysans et des SA se précipitèrent dans la cour, se bousculant et hurlant : "Maman, maman ! Madame Alwin ! Maman, Anna, madame Alwin. On le tient. Regardez, à côté, chez les Wurm, il s'était planqué dans la niche du chien. Alors que Max était aux champs avec Karl. Il avait des lunettes, le type, foutues ! Il n'en a plus besoin. On l'emmène dans l'auto d'Algeier. Juste à côté, chez les Wurm. Dommage. Regarde donc, maman, regarde !"

La plus jeune des deux femmes sortit elle aussi de sa torpeur : elle se dirigea vers le portail, avec le visage de quelqu'un qui se sent attiré vers le seul spectacle qui lui soit interdit. Se haussa sur la pointe des pieds. Jeta un seul regard au-dessus des gens qui se pressaient dans la rue autour de l'auto d'Algeier. Puis se détourna, se signa et rentra en hâte dans la maison. La vieille la suivit en hochant la tête, comme soudain écrasée par l'âge. La corbeille à linge resta en plan. La cour était maintenant silencieuse, vide.

Avec ses lunettes ! se dit Georg. Alors il s'agit de Pelzer. Pourquoi donc était-il venu jusqu'ici ?

Une heure plus tard, Fritz découvrit la pièce de machine dans son emballage appuyée contre le mur extérieur de la ferme. Sa mère, sa grand-mère et quelques paysans s'approchèrent, surpris. Ils déduisirent de l'étiquette de l'entreprise que cette pièce venait d'Oppenheim et était destinée à l'école Darré. Un des membres de la famille Alwin dut alors redémarrer le moteur. Avec l'auto, on était à l'école en quelques minutes. Ils lui demandèrent ce que son frère, qui était retourné aux champs, avait dit de l'arrestation du fugitif.

"Il s'est fait botter le cul?" demanda Fritz en se balançant d'un pied sur l'autre, les yeux brillants. "Botter le cul?" dit Alwin. "C'est à toi qu'il faudrait botter le cul. J'ai vraiment été surpris de voir ce type traité si correctement..."

En effet, on l'avait même, ce Pelzer, aidé à descendre de la voiture d'Alwin. Son corps, tendu pour encaisser les coups de poing, les coups de pied, se relâcha quand on l'empoigna sous les bras et qu'on le fit entrer avec précaution. Privé de ses lunettes, il ne pouvait pas lire sur les visages ce que signifiaient ces précautions. Comme tout était flou! Une lassitude infinie s'empara de cet homme pour qui maintenant tout était perdu. Il ne fut pas conduit à la baraque du commandant, mais dans la pièce où Overkamp s'était installé. "Asseyez-vous, Pelzer", dit le commissaire Fischer d'un ton calme. Il avait les yeux et la voix qui caractérisent les hommes dont le métier est d'aller chercher quelque chose au fond des êtres: des organes, des confessions, des aveux.

Overkamp fumait, assis à l'écart, tassé sur sa chaise. En apparence, il abandonnait Pelzer à son collègue. "Rapide, l'excursion", dit Fischer. Il examina Pelzer, dont le torse vacilla lentement. Puis il reprit son dossier. "Pelzer, Eugen, né en 1898 à Hanau. Exact?" "Oui", dit Pelzer doucement, c'était son premier mot depuis l'évasion. "Que vous vous livriez à ce genre de plaisanteries, un gars comme vous, que vous laissiez un type comme ce Heisler vous convaincre de vous lancer dans une telle aventure... Vous voyez, Pelzer, il y a exactement six heures et cinquante-cinq minutes que Füllgrabe a donné son coup de pelle. Bon sang, bon sang, depuis quand avez-vous manigancé tout ça?" Pelzer garda silence. "N'avez-vous pas tout de suite remarqué, Pelzer, que c'était là une idée pendable? N'avez-vous pas tenté de dissuader les autres?" Pelzer rétorqua doucement, car chaque syllabe le transperçait: "Mais je n'étais au courant de rien." "Allons donc", commenta Fischer, conservant un ton mesuré, doux. "Füllgrabe donne le signal, et vous courez. D'ailleurs pourquoi vous êtes-vous mis à courir?" Pelzer dit: "Ils l'ont tous fait." "Justement. Et vous prétendez que vous n'étiez pas dans le coup? Voyons, Pelzer!" Pelzer dit: "Non." "Pelzer, Pelzer", répéta Fischer. Pelzer ressentait ce qu'éprouve un homme mort de fatigue quand le réveil sonne et qu'il ne veut pas l'entendre. Fischer dit: "Quand Füllgrabe a cogné sur la première sentinelle, la seconde était près de vous, et au même instant, comme convenu, vous vous jetez dessus." "Non", s'écria Pelzer. "Pardon?" dit Fischer. "Je ne me suis pas jeté." "Oui, excusez-moi, Pelzer. La seconde sentinelle était tout près de vous, Pelzer, et à ce moment-là, eux, Heisler et ce... ce Wallau se sont jetés sur la deuxième sentinelle qui se trouvait alors précisément pas loin de vous, Pelzer, comme il était prévu." Pelzer dit: "Non." "Quoi, non?" "Qu'il était prévu qu'elle se tiendrait pas loin de moi. Elle s'est approchée parce que... parce que..." Il tentait de rassembler ses esprits, mais à cet instant, il aurait tout autant pu tenter de soulever du plomb. "Vous pouvez vous adosser", dit Fischer. "Donc: rien de prévu. Au courant de rien. Vous vous êtes contenté de courir droit devant vous, tout simplement. Au moment où Füllgrabe a commencé à frapper, Wallau et Heisler se sont jetés sur la deuxième sentinelle qui ne se trouvait que tout à fait par hasard pas loin de vous. De vous-même, Pelzer! Exact?" "Oui", répondit lentement Pelzer. À ce moment-là, Fischer cria: "Overkamp!" Overkamp se leva, comme si leur relation hiérarchique était inversée. Pelzer, qui n'avait pas remarqué la présence d'une tierce personne dans la pièce, sursauta. Il tendit même l'oreille. "Faisons immédiatement comparaître Georg Heisler pour la confrontation." Overkamp décrocha le combiné. "Entendu", répondit-il. Puis, s'adressant à Fischer: "Pas encore tout à fait en état d'être interrogé." Fischer dit: "Soit complètement, soit pas encore. Qu'est-ce que ça veut dire: pas tout à fait?" Overkamp s'approcha alors de Pelzer. Il dit, d'un ton plus cassant que Fischer mais sans animosité: "Pelzer, maintenant, reprenez-vous! Heisler vient en effet de nous décrire cette scène de manière tout à fait différente. S'il vous plaît, reprenez-vous, Pelzer, rassemblez vos souvenirs et ce qui vous reste de bon sens."

VII

Georg était étendu sous le ciel gris bleu, dans le sillon d'un champ. À environ cent mètres de lui, la route d'Oppenheim. Surtout ne pas rester coincé maintenant. Être en ville pour le soir. La ville, cette caverne, avec ses recoins, ses ramifications. Son plan initial. Atteindre Francfort avant la nuit, en repartir aussitôt pour aller chez Leni. Une fois chez elle, la suite lui paraissait simple. Une heure et demie de train, séparant la mort de la vie, cela devait pouvoir se franchir. Jusqu'à présent, tout ne s'était-il pas passé pour le mieux? Merveilleusement bien, selon ses prévisions? Cependant, il avait environ trois heures de retard sur son programme. Certes, le ciel était toujours bleu, mais du fleuve, la brume s'élevait déjà vers les champs. Les voitures, malgré le soleil de l'après-midi, vont bientôt éclairer la chaussée de leurs phares.

Désir irrépressible, plus fort que toute peur, plus fort que la faim, la soif et le maudit battement dans sa main, les lambeaux qui l'entourent sont depuis longtemps trempés de sang: rester allongé, la nuit vient. Déjà, le brouillard te recouvre, derrière ce voile sur ton visage le soleil est déjà pâle. Pendant la nuit, on ne viendra pas te chercher ici. Un répit t'est offert.

Il tenta de chercher conseil auprès de Wallau. Les conseils de Wallau, on ne les mettait pas en doute. Si tu veux mourir, reste couché. Arrache un lambeau de la veste. Fais-toi un nouveau pansement. Va jusqu'à la ville. Tout le reste est absurde.

Il se tourna sur le ventre. Quand il arracha la loque séchée de sa main, les larmes coulèrent de ses yeux. Puis il se sentit mal à nouveau, quand il vit son pouce, raide, bleu noir, petite masse informe. Il se retourna sur le dos et serra de ses dents le nouveau nœud. Demain, il lui faudrait trouver quelqu'un qui soigne sa main. Il attendit soudain beaucoup du lendemain, comme si le temps qui s'écoule l'entraînait avec lui.

Plus la brume s'épaississait au-dessus du champ, plus les colchiques bleuissaient. Georg les voyait seulement maintenant. S'il ne parvenait pas à atteindre Francfort pendant la nuit, il pourrait peut-être faire parvenir un message à Leni. Dépenser pour cela le mark qu'il avait trouvé dans la veste ? Depuis sa fuite, il n'avait plus pensé à Leni, ou tout au plus comme à une borne sur son chemin, la première pierre grise. Combien avait-il gaspillé de force, de sommeil précieux, pour des rêves ! Pour cette jeune femme, que la chance avait mise sur sa route exactement vingt et un jours avant son arrestation. Mais je n'arrive plus à me la représenter, se dit-il. Wallau, je le vois, et tous les autres. Même si Wallau demeurait le plus net de tous, les autres n'étaient flous que parce que maintenant, dans le brouillard, leurs contours manquaient de clarté. À nouveau, un jour s'achève, un des gardiens marche à ses côtés, lui adresse la parole : “Alors, Heisler, combien de temps allons-nous encore tenir ?” En disant cela, il le regarde d'un air étrangement rusé. Georg se tait. La certitude qu'il est perdu se mêle aux premières pensées vagues l'incitant à fuir.

Les premiers phares filèrent sur la grand-route. Georg franchit le fossé. Dans sa tête un sursaut : vous ne m'aurez jamais. Ce même sursaut le poussa à se hisser sur le camion d'une brasserie. Il fut alors pris de vertige, tant il souffrait, car pour se hisser il avait dû se cramponner de sa main blessée. Ils entrèrent aussitôt, lui sembla-t-il, en vérité seulement un quart d'heure plus tard à Oppenheim, dans une cour donnant sur une ruelle. C'est alors seulement que le chauffeur se rendit compte qu'il avait eu un passager. Il grommela : “Allez, ouste !” Mais, remarquant quelque chose de particulier à la manière dont Georg sauta par terre, aux premiers pas titubants qu’il fit, il tourna de nouveau la tête : “Tu veux peut-être aller jusqu’à Mayence ?” “Oui”, répondit Georg. “Attends”, dit le chauffeur. Georg avait plongé sa main blessée dans sa veste. Jusqu’à présent, il n’avait vu le chauffeur que de dos. Maintenant, il ne voyait toujours pas son visage, car le chauffeur écrivait sur son carnet de livraison appuyé contre le mur. Puis il franchit le porche et traversa la cour.

Georg attendit. La ruelle devant le portail s’élevait en pente douce. Ici, pas encore de brouillard, un jour d’été semblait toucher à son terme, tant la lumière sur les pavés était pleine de douceur. En face, une épicerie, à côté une teinturerie, ensuite un boucher. Les portes des magasins tintinnabulaient. Deux femmes chargées de paquets, un gamin qui mord dans une saucisse. Puissance, éclat de la vie ordinaire, comme il méprisait tout cela. Pouvoir entrer dans ces boutiques, au lieu d’attendre ici, être le compagnon boucher, le commis épicier, être accueilli dans l’un de ces logements. À Westhofen, il se représentait une rue différemment. Il avait cru que chaque visage, chaque pavé serait marqué par l’infamie, que le deuil étoufferait les pas, les voix et même les jeux des enfants. Cette rue, ici, était parfaitement calme, les gens avaient l’air heureux. “Hannes ! Friedrich !” : à une fenêtre au-dessus de la teinturerie, une vieille femme appelait deux jeunes SA se promenant avec leurs fiancées. “Montez donc, je vais vous faire un café !” Meissner et Dieterling se promenaient-ils eux aussi avec leurs fiancées quand ils étaient en permission ? Ils se consultèrent rapidement, chuchotant tous les quatre, puis lancèrent vers l’étage un “oui” sonore et pénétrèrent bruyamment dans la petite maison, la femme referma sa fenêtre avec un bon sourire satisfait, parce qu’elle allait accueillir des hôtes charmants, jeunes, peut-être des parents, et une tristesse comme il n’en avait encore jamais éprouvé de sa vie envahit Georg. Il aurait pleuré, si ne l'avait calmé la voix qui révèle au cœur du rêve le plus triste que tout cela n'aura bientôt plus aucune importance. Pourtant cela compte encore, se dit Georg. Le chauffeur revint, homme vigoureux, petits yeux noirs d'oiseau au milieu de son large visage.

"Monte", dit-il simplement.

Devant la ville, le soir était déjà là. Le chauffeur râlait, se plaignant du brouillard. "Qu'est-ce que tu vas faire à Mayence?" demanda-t-il brusquement. "Je vais à l'hôpital", dit Georg. "Lequel?" "Celui où j'ai déjà été." "T'as l'air d'aimer sniffer le chloroforme", dit le chauffeur. "Moi, vingt canassons ne me traîneraient pas à l'hosto. En février dernier, sur le verglas…" Ils manquèrent emboutir deux voitures qui s'arrêtèrent l'une derrière l'autre. Le chauffeur freina, pesta. Les deux véhicules les précédant venaient d'être autorisés par une patrouille SS à redémarrer. La patrouille s'approcha du véhicule de la brasserie. Le chauffeur leur tendit du haut de son siège ses papiers, puis on entendit: "Et vous, là?" Ça ne se présentait pourtant pas si mal, se dit Georg. J'ai fait deux erreurs. On ne peut malheureusement pas s'entraîner à l'avance. Il avait exactement la même impression que lors de sa première arrestation, quand soudain la maison s'était trouvée cernée – vite, mettre en ordre tous ses sentiments, ses idées, jeter à la vitesse de l'éclair par-dessus bord tout ce qui est ballast, l'adieu le plus absolu, et pour finir…

Il portait une veste en velours côtelé marron, aucun doute à cet égard. Le SS vérifia les indications reçues. Incroyable, le nombre de vestes en velours côtelé qu'on réussit à découvrir entre Worms et Mayence en l'espace de trois heures, avait dit le commissaire Fischer quand peu auparavant Berger lui avait livré un porteur de veste en velours. Ce vêtement semble jouir dans la population locale d'une faveur toute particulière. En dehors de la description des vêtements, l'avis de recherche était établi sur la base du registre d'incarcération de Westhofen datant de décembre 1944. À part la veste, se dit le SS, l'homme ne correspondait en rien à ces indications. Cet homme aurait pu être son père, tandis que le vrai avait son âge, un gars plein de vie au visage lisse, hardi, et celui-ci avait une gueule plate, écrasée, un gros nez et des lèvres retroussées. Il fit un signe de la main : non, ce n'était pas lui. "Heil Hitler !"

Ils poursuivirent quelques minutes en silence, roulant à quatre-vingts. Pour la deuxième fois, le chauffeur de la brasserie freina brusquement sur une route déserte. "Descends !" ordonna-t-il. Georg voulut protester. "Descends !" répéta le chauffeur d'un ton menaçant, son large visage se crispa quand il vit que Georg continuait à hésiter. Il fit mine de le flanquer dehors. Georg sauta. Il se cogna de nouveau la main, gémit. Il continua en titubant, tandis que s'éloignait à vive allure la lumière de son camion de bière, aussitôt engloutie par le brouillard tombé au cours des dernières minutes. À faible distance les uns des autres, des véhicules le dépassaient en pleine vitesse, il n'osait plus en arrêter aucun. Il ne savait pas s'il lui faudrait encore marcher pendant des heures, s'il marchait déjà depuis des heures. Il essaya d'établir à quel endroit il se trouvait, quelque part entre Oppenheim et Mayence – il traversait un petit village aux fenêtres éclairées. Il n'osa pas en demander le nom. Par moments, le regard d'un passant ou d'un habitant penché à sa fenêtre s'attardait avec tant de dureté sur son visage qu'il se passait la main dessus. Quel genre de souliers avait-il donc dérobés qu'ils le portent et le portent encore bien qu'il eût lui-même perdu tout désir, toute volonté de poursuivre ? Il entendit un tintement de sonnettes assez proches. Des rails s'interrompaient devant une petite place qui lui sembla être celle d'un village. Il se trouvait maintenant parmi des gens, au terminus d'un tramway. Il dépensa trente pfennigs sur le mark qu'il avait. Le wagon, d'abord modérément plein, se retrouva bondé à la troisième station, après être passé près d'une usine. Assis, Georg gardait les yeux baissés. S'il ne regardait personne, s'abandonnant seulement à la chaleur, à la foule de ces êtres, il se sentait calme, presque en sécurité. Mais dès qu'un seul des autres passagers le bousculait, l'effleurait du regard, il avait froid dans le dos.

Il lui fallut descendre à la station Augustinerstrasse, puis il suivit les rails, pénétrant plus avant dans la ville. S'il n'y avait pas eu sa main, il se serait senti léger. Cela venait de la rue, de la foule, mais avant tout de la ville, qui ne laisse ou ne semble laisser personne complètement seul. L'une de ces mille portes aurait pu s'ouvrir au passant, il suffisait de la trouver. Dans une boulangerie, il s'acheta deux petits pains. Ces bavardages des femmes, autour de lui, vieilles et jeunes, sur le prix du pain, sur son goût et sur les enfants et les hommes qui allaient croquer dedans – ne s'étaient-ils donc jamais interrompus au long de toutes ces années ? Que t'imagines-tu donc, Georg, se dit-il, ils ne s'interrompent, ne s'interrompront jamais. Il mangeait en marchant. Il tapota la veste de Helwig sur laquelle il y avait un peu de farine. Au travers d'un portail, il aperçut une fontaine dans une cour et quand il vit que des gamins y buvaient, utilisant le gobelet attaché à une chaîne, il entra et fit de même. Puis il reprit sa route, jusqu'à une place très grande, très large, qui en dépit des réverbères et des gens semblait vide, embrumée. À ce moment-là, il aurait bien voulu s'asseoir. Il n'osa pas. Les cloches se mirent à sonner, toutes proches, si fort que le mur contre lequel, épuisé, il s'était appuyé, vibrait. L'espace devant lui se dégageait, aussi se dit-il que le Rhin ne pouvait être loin. Il interrogea une enfant qui lui répondit d'un ton alerte : "Parce que vous avez l'intention de vous jeter à l'eau aujourd'hui même ?" C'est alors seulement qu'il se rendit compte qu'il ne s'agissait pas d'une enfant, mais d'une jeune fille chétive et cependant hardie et avide. Elle hésita, se demandant s'il souhaitait qu'elle l'accompagne jusqu'aux berges du Rhin. Mais au contraire, elle lui avait permis de mener à une conclusion les réflexions qu'il continuait à tourner et à retourner dans sa tête. Plus question d'emprunter l'un de ces grands ponts pour atteindre l'autre rive, il fallait passer la nuit ici, dans cette ville. Car c'est précisément maintenant que les têtes de ponts devaient être doublement gardées. L'objectif le plus inaccessible était aussi le plus raisonnable. Rester sur la rive gauche. Trouver une autre occasion, plus bas, pour traverser. Ne pas aller droit jusqu'à sa ville, mais faire un grand détour. Il suivait des yeux la jeune fille, sans penser à rien de particulier. Y avait-il dans sa démarche claudicante et hâtive quelque chose qui lui rappelait sa petite amie, n'importe quelle jeune fille la lui aurait-elle rappelée ? Pour une fraction de seconde, il retrouva son image. Certes, seulement alors qu'elle s'éloignait, et tout comme cette jeune fille, elle avait ce jour-là une fois de plus haussé les épaules. Les cloches avaient alors cessé de carillonner. Et le calme soudain sur cette place, les vibrations ébranlant le mur contre lequel il s'appuyait avaient cessé elles aussi comme s'il redevenait pierre, faisant reprendre à Georg conscience de la force, de la puissance de ce carillon. Il s'écarta, leva les yeux vers le haut des tours. Il se sentit pris de vertige avant d'avoir repéré la plus haute de toutes les flèches, car au-dessus des deux tours massives proches l'une de l'autre s'élevait encore dans le ciel de ce soir d'automne un clocher solitaire d'une hardiesse et d'une légèreté telles qu'il en eut mal. Puis il pensa soudain que dans un si grand édifice les chaises ne devaient pas manquer. Il chercha une entrée. Une porte, pas un portail. Il fut surpris de parvenir effectivement à entrer. Il s'affala à l'extrémité du banc le plus proche. Ici, se dit-il, je vais pouvoir me reposer. Il regarda alors seulement autour de lui. Même sous le vaste ciel, il n'avait jamais eu à ce point le sentiment de sa propre petitesse. En découvrant les trois ou quatre femmes aussi minuscules que lui, en prenant conscience de la distance qui le séparait du prochain pilier et qui séparait les différents piliers, il comprit qu'il était confronté à un vide sans fin, devant lui, au-dessus de lui, le vide, il éprouva alors un léger étonnement ; le plus surprenant de tout fut peut-être qu'il en oublie un instant jusqu'à sa propre existence.

Mais le sacristain, avançant d'un pas ferme car le lieu lui était familier et il accomplissait la tâche qui lui incombait, mit aussitôt un terme à ces pensées. Il s'approcha, trottinant entre les piliers et proclama à haute voix, d'un ton presque fâché : "Fermeture de la cathédrale", puis, s'adressant aux femmes qui ne parvenaient à se séparer de leur prière, il affirma d'un ton plus docte que consolateur que le bon Dieu serait toujours là le lendemain. Effrayé, Georg avait bondi sur ses pieds. Les femmes, passant devant le sacristain, se dirigèrent lentement vers la sortie, empruntant une porte plus proche d'elles. Georg retourna vers celle par laquelle il était entré. Mais elle était déjà fermée et il dut retraverser la nef en toute hâte pour rattraper les femmes. Un éclair lui traversa l'esprit. Au lieu de se précipiter pour dépasser les femmes, il s'accroupit derrière un grand baptistère et laissa le sacristain fermer.

Ernst le berger a rentré ses moutons. Il siffle son petit chien. Ici, en haut, le soir n'est pas encore tombé. Au-dessus des collines et des arbres, le ciel est seulement jaune pâle comme le linge que les femmes gardent trop long-temps dans leurs armoires. Sur la vallée flotte le brouillard, si épais, si bas, qu'on pourrait croire que la plaine s'est élevée avec ses grandes et petites taches de lumière et que le village de Schmiedtheim, au lieu d'être accroché à flanc de coteau, surplombe la plaine. Les sirènes de Höchst lancent leur hululement qui monte du brouillard, on entend les trains. Changement d'équipe. Dans les villages et dans les villes, les femmes préparent le repas du soir. Déjà, les premières bicyclettes font tinter leurs timbres en bas, sur la grand-route. Ernst monte jusqu'au fossé qui longe la route.

Il fait un pas. Il croise les bras sur sa poitrine. Il regarde à ses pieds, là où la route commence à s'élever, à proximité du restaurant Traube ; un sourire de supériorité railleuse se dessine sur ses lèvres, qui semble s'adresser à Dieu et au monde. Chaque soir, il s'amuse de les voir tous obligés de mettre pied à terre et de pousser leurs bicyclettes.

Dix minutes plus tard, les premiers arrivent à sa hauteur, trempés de sueur, gris, fatigués. "Salut, Hannes !" "Salut, Ernst ! Heil Hitler !" "Aïe, aïe, Paul !"

“Salut, Franz!” “Pas le temps, Ernst”, répondit Franz. Il poussait sa bicyclette sur les accidents de terrain qu’il avait le matin même franchis en cahotant si joyeusement. Ernst se retourna et le suivit du regard. Qu’est-ce qu’il a donc, ce type? se demanda Ernst. Sûrement une histoire de fille. D’un seul coup, il comprit qu’il ne l’aimait pas tellement, ce Franz. Pourquoi, se dit-il, lui faut-il une fille? Si quelqu’un a besoin d’une fille, c’est bien moi. Il toqua à la fenêtre de la cuisine des Mangold.

Franz entra tout droit dans celle des Marnet. “Salut!” “Bonsoir, Franz”, grommela sa tante. La soupe – pommes de terre et saucisses – était déjà servie. Deux petites saucisses par homme, une par femme, une demie par enfant. Les hommes, c’étaient le vieux Marnet, le fils aîné, le gendre, Franz; les femmes: Mme Marnet, Auguste. Les enfants: le petit Hans et le petit Gustav. Pour eux, il y avait du lait, de la bière pour les grands. Et du pain et du cervelas car il n’y avait pas beaucoup de soupe. Mme Marnet avait appris pendant la guerre à traire et abattre les animaux pour nourrir une famille, en s’accommodant des différentes consignes et interdictions.

Assiettes et verres, vêtements et expressions des visages, petits tableaux sur les murs et paroles prononcées, tout indiquait que les Marnet n’étaient ni pauvres, ni riches, ni citadins, ni ruraux, ni pieux, ni incroyants. “Et que le petit n’ait pas tout de suite obtenu de permission, ça prouve qu’il n’arrive pas toujours à faire ses quatre volontés, avec sa tête de cochon”, disait Mme Marnet en parlant du plus jeune de ses fils, enrôlé dans la plaine, à Mayence dans le 144ᵉ régiment d’infanterie, “Ça va lui faire du bien, à ce gamin”. Sur quoi tous à la table, à l’exception de Franz, approuvèrent, car le petit méritait bien d’être maté, et comme il faut encore, de manière générale, que tous ces gamins apprennent à filer doux, c’était une vraie bénédiction.

“Mais voyons, on est lundi aujourd’hui”, dit Mme Marnet en s’adressant à Franz, quand il se leva, son assiette à peine engloutie. Elle espérait que Franz l'aiderait à rentrer les dernières pommes.

Il s'était déjà éclipsé qu'ils ronchonnaient encore. Mais on ne pouvait pas lui reprocher grand-chose, car il avait toujours été accommodant, s'était toujours comporté comme il faut, à part ses éternelles parties d'échecs avec Hermann, le type de Breilsheim. "S'il avait une petite amie, une fille bien, avait dit Auguste, ça ne se passerait pas comme ça."

Franz enfourcha sa bicyclette et prit cette fois la direction opposée, à travers champs vers Breilsheim, autrefois village qui désormais, avec la nouvelle cité, faisait partie de Griesheim. Depuis son remariage, Hermann habitait là, car en qualité de cheminot, il était prioritaire. Il avait d'ailleurs d'un seul coup été prioritaire dans une foule de circonstances, pour toute une série d'avantages, une foule de possibilités de prêts illimités quand au printemps, il avait épousé en secondes noces Else Marnet, une toute jeune cousine des Marnet. Sa femme appartenait à la branche de Schlossborn, perdue au fin fond du Taunus, des péquenots parmi les Marnet, eux-mêmes dispersés dans de nombreux villages. Hermann avait aussi raconté, évoquant avec ses camarades tous les nouveaux avantages de ce mariage : "Oui, notre tante Marnet, la tante d'en bas, va même nous offrir des couverts à dessert en argent. Elle est la marraine d'Else. Tous les ans, pour sa fête, elle lui a offert une petite cuiller en argent." "Ton Else, elle aurait sans doute préféré profiter tout au long de l'année du petit pot de saindoux des Marnet d'en bas", commentaient les camarades. "C'est toujours comme ça avec les cadeaux réservés aux grandes occasions", avait répondu Hermann. "En plus, Else doit encore y aller et donner un coup de main pour la récolte ou pour la lessive et aussi quand on tue le cochon, parce qu'elle fait partie de la famille." Quant à Else, elle s'était surtout réjouie de son service de couverts, et de son installation toute neuve. Elle avait un petit visage bien rond, dix-huit ans, des petits yeux vert mousse. Avait-il eu raison, se demandait Hermann, d'aller chercher cette petite ? Parce qu'elle était très mignonne et jeunette, tandis que lui, il vivait depuis longtemps dans une solitude qui ces trois dernières années lui était devenue insupportable.

En ce moment, Else chantait dans sa cuisine. Sa voix n'était ni particulièrement forte, ni particulièrement pure, mais justement parce que Else se contentait de chanter quand l'envie l'en prenait, elle jaillissait tel un ruisselet, tantôt triste, tantôt joyeuse, selon l'humeur du moment.

Hermann plissa le front, il se sentait vaguement coupable. Ils installèrent l'échiquier entre eux deux. Ils firent, sans penser à rien de précis, les trois coups par lesquels ils avaient coutume d'engager la partie. Puis Franz se mit à parler. Il avait attendu toute la journée ce moment avec une telle intensité que maintenant, soulagé de pouvoir enfin tout raconter, il fit un récit un peu confus. De temps en temps, Hermann posait une brève question. Oui, lui aussi avait entendu des choses vagues. En tout cas, il fallait se tenir prêt à tout. Possible qu'il y ait du vrai dans ces rumeurs, et que quelqu'un se présente soudain qui aurait besoin d'aide. Hermann cacha même à Franz ce qu'il avait entendu de son côté : l'ancien chef de district Wallau, homme de grande qualité, qu'il avait autrefois connu personnellement, s'était évadé du camp de Westhofen. Il avait même entendu dire que Mme Wallau avait été impliquée dans l'évasion, information qui l'inquiétait beaucoup. En effet, si c'était vraiment le cas, personne n'aurait dû être au courant. Quant à ce Georg au sujet duquel Franz l'interrogea à nouveau, non, il n'avait rien entendu dire à son propos. “Il faut réfléchir, dit-il, une évasion réussie, c'est déjà quelque chose.”

VIII

Franz n'était sans doute pas le seul, en cette nuit d'automne, à rester éveillé et à se demander : et si celui qui compte pour moi faisait partie du groupe ? Il n'était sans doute pas le seul à se ronger les sangs en se demandant si, au nombre des évadés du camp, pouvait se trouver celui auquel il songeait. Franz se tournait et se retournait sur son lit dans la petite pièce qu'il avait réclamée depuis qu'il payait pour son entretien. On avait en toute hâte rajouté la veille au soir quelques planches au mur, car la récolte de pommes était surabondante.

Il se releva et mit le nez à la fenêtre, car l'odeur des pommes lui montait à la tête. Quand le mardi on emportait tout pour le marché, il était bien aise. Il n'en avait aucune envie, et était rassasié, mais prit tout de même une dernière pomme, la mangea rapidement et jeta le trognon dans le jardin. La boule de verre plantée sur un poteau, qui de jour brillait d'un bel éclat bleu au-dessus des pensées et giroflées, luisait maintenant d'un éclat d'argent comme si, du haut du ciel, la lune s'était elle-même épandue dans le jardin. Comme le terrain était en pente, le ciel commençait directement après la haute haie le séparant du jardin des Marnet, resplendissant d'étoiles, dans un voisinage paisible.

Franz soupira. Il se recoucha. Pourquoi devrait-il, justement lui, être au nombre des évadés, pensa-t-il à nouveau, pour la centième fois. Puis : lui ou un autre... Pour Franz, celui auquel il pensait, Georg, était son ami de l'ancien temps, mais au fond, était-il vraiment son ami ? À coup sûr, et même mon meilleur, mon seul ami, se dit soudain Franz. Cette prise de conscience le troubla profondément.

Quand avait-il fait la connaissance de Georg? En 27, à la colonie de vacances de l'association Fichte*. Non, bien avant. Ils s'étaient déjà rencontrés sur le terrain de football, à Eschenheim, peu après avoir l'un et l'autre quitté l'école. Lui, Franz, était si mauvais en foot que personne ne se battait pour l'avoir. Aussi se moquait-il de gars comme Georg qui ne pensaient à rien d'autre qu'au football. “Toi, Georg, en guise de tête t'as un ballon sur les épaules.” Les yeux de Georg étaient devenus tout petits, son regard perçant. Et le hasard n'était sans doute pas tout à fait responsable de ce que, l'après-midi

* L'association Fichte, proche du parti communiste allemand, association ouvrière et sportive existant dans toute l'Allemagne et qui fut dissoute en mai 1933.

qui suivit, Georg lui avait envoyé le ballon en plein ventre. À partir de ce moment-là, Franz n'avait pas remis les pieds sur le terrain de foot, qui n'était de toute façon pas le lieu sur lequel il s'ébattait le plus volontiers, même s'il était sans cesse tenté d'y retourner. Il lui arriva même par la suite de rêver qu'il était devenu gardien de but de l'équipe d'Eschenheim.

Quatre ans plus tard, il l'avait retrouvé dans un cours qu'il donnait lui-même dans le cadre d'un camp de vacances de l'association Fichte. Georg, comme il le lui avait expliqué, était arrivé là par le biais du cours de ju-jitsu proposé à un tarif dérisoire ; il affirma n'y participer que pour tromper son ennui. Il ne se doutait pas que ce professeur Franz était son vieux Franz, son minable Franz du terrain de foot, qui d'un seul coup réapparaissait ici dans la peau d'un professeur. Les yeux de Georg se rétrécirent à nouveau, pleins de minuscules petits points de haine, comme s'il y avait quelque chose à venger, une injure ou une honte. Il sembla avoir décidé de pourrir le cours de Franz. Comme ses tracasseries ne trouvèrent pas d'écho, mais suscitèrent seulement l'opposition de l'ensemble des participants, il cessa de lui-même de venir dès le second cours. Sur son beau visage hâlé se lisait souvent une expression de mépris ; il se tenait presque trop droit, comme s'il prenait en pitié tous ceux qui étaient moins beaux et moins forts que lui. Et ce n'est que pour l'aviron ou pour la lutte qu'il s'oubliait, que son visage prenait une bonne expression de gaîté, comme s'il s'était échappé de lui-même. Franz chercha, poussé par une curiosité qu'il ne comprenait pas lui-même, le formulaire concernant Georg : il avait suivi une formation de mécanicien automobile, mais après son apprentissage, il n'avait pas trouvé de travail.

L'hiver suivant, il croisa Georg à la manifestation de janvier*. Il affichait à nouveau son sourire figé, presque

* Manifestation commémorant l'assassinat le 15 janvier 1919 de Karl Liebknecht et Rosa Luxemburg qui se déroula tous les ans entre 1919 et 1933, avant d'être interdite par les nazis.

méprisant. Ce n'est que lorsqu'on chantait que son visage s'adoucissait. Il le rencontra ce jour-là près de la Hauptwache, le poste de garde principal, après la dispersion de la manifestation. Pas de bol pour Georg, la semelle d'une de ses chaussures de sport s'était décollée dans la neige, glissante et collante en ville. Une idée traversa l'esprit de Franz à la vitesse de l'éclair : Georg était de ceux qui auraient suivi la manifestation pieds nus du début jusqu'à la fin. Il l'interrogea sur sa pointure. Georg fit la réponse suivante : "Le fils de ma mère se répare ça tout seul." Franz lui demanda s'il voulait voir quelques photos du camp de vacances sur lesquelles on le voyait. Bien entendu, Georg avait tout à fait envie de voir ce genre de photos, où on le reconnaissait lors d'une compétition de natation ou en train de faire du ju-jitsu. "Pourquoi pas, à l'occasion", dit-il. "T'as quelque chose de prévu ce soir ?" demanda Franz. "Que veux-tu que j'aie de prévu ?" répondit Georg. Ils éprouvèrent alors l'un et l'autre une gêne inexplicable. Ils n'échangèrent plus une parole sur le trajet qui les menait vers la vieille ville. Franz aurait maintenant volontiers trouvé un prétexte pour laisser Georg en plan. Pourquoi donc s'était-il mis ce type sur le dos ? Il avait eu l'intention de lire. Il entra dans une boutique et acheta de la charcuterie, du fromage et des oranges. Georg l'attendait devant la vitrine, sans son sourire habituel, le visage presque sombre, ce que Franz ne comprit pas du tout, alors qu'il l'épiait depuis l'intérieur de la boutique à travers la vitrine, par-dessus l'étal.

À cette époque-là, Franz habitait Hirschgasse, sous un de ces beaux toits d'ardoise bombés. La chambre était petite, et la porte donnait de biais sur la cage d'escalier. "Tu vis ici tout seul ?" demanda Georg. Franz rit : "Je n'ai pas encore de famille." "Donc, tu vis ici complètement seul", répéta Georg, "Bon, bon." Son visage s'était à ce moment-là complètement assombri. Mais Franz devina que Georg vivait entassé avec une très nombreuse famille. "Bon, bon", cela signifiait : eh oui, c'est donc ainsi que tu vis. Pas étonnant que tu t'en sortes.

Franz le questionna : “Tu voudrais peut-être t’installer ici avec moi ?” Georg le regarda fixement. Il n’y avait plus la moindre trace de sourire sur son visage, pas d’orgueil, comme s’il s’était trouvé démasqué beaucoup trop vite pour s’armer de son expression habituelle. “Moi ? Ici ?” “Eh oui.” “Tu parles sérieusement ?” demanda Georg doucement. Franz rétorqua : “Je parle toujours sérieusement.” Mais pourtant, il n’avait pas posé cette question tout à fait sérieusement, la question avait plutôt jailli spontanément. Elle n’était devenue sérieuse, et même grave, qu’ensuite. Georg avait blêmi. Franz avait compris alors seulement que sa proposition improvisée avait pour Georg une importance extrême, constituait un tournant dans sa vie. Il le prit par le bras : “Alors, c’est décidé.” Georg retira son bras.

“Il s’est immédiatement détourné de moi, se disait Franz dans sa chambre remplie de pommes. Il s’est approché de ma petite fenêtre, sa silhouette l’emplissait tout entière. C’était le soir, en hiver. À ce moment-là, j’ai allumé la lumière. Assis à califourchon sur sa chaise, ses beaux cheveux bruns descendant en spirale, drus et raides, depuis son épi, il épluchait des oranges pour nous deux.”

“J’ai pris le broc, se souvint Franz, pour aller chercher de l’eau au robinet de l’escalier. Je me tenais dans l’embrasure de la porte et il m’a fixé depuis sa chaise. Ses yeux gris étaient très calmes et les petits points acérés qui m’avaient toujours effrayé quand j’étais gamin avaient disparu. Il a dit : ’Tu sais, je vais nous repeindre toute cette piaule. Avec cette boîte, je vais te faire une étagère pour tes livres et sur cette belle caisse, là, qui a une serrure, une petite armoire, comme neuve, attends un peu.’”

Peu de temps après, Franz perdit lui aussi son travail. Ils mettaient l’argent de leur chômage en commun, ainsi que leurs gains occasionnels. Un hiver incomparable, pensait Franz, qui ne ressembla en rien à ce qu’il avait vécu auparavant ni à ce qu’il connut par la suite. Une petite chambre sous un toit en pente, désormais repeinte de jaune. Des plaques de neige sur les toits. Ils souffrirent vraisemblablement beaucoup de la faim.

Comme tous ceux qui ont véritablement réfléchi à la faim, l'ont véritablement combattue, leur propre faim était ce qui, face à celle qui régnait partout dans le monde, les impressionnait le moins. Ils travaillaient, apprenaient, allaient ensemble aux manifestations ou aux réunions, ils étaient appelés ensemble à la rescousse dès que dans leur secteur on avait besoin de gens de leur trempe. Et quand ils se retrouvaient seuls, alors surgissait ce qu'ils appelaient "notre monde commun", du simple fait que Georg interrogeait et que Franz répondait, ce monde qui de lui-même rajeunit plus on y séjourne et grandit plus on puise à sa source.

C'est ainsi du moins qu'aux yeux de Franz tout cela se dessinait. Au fil du temps, Georg se fit plus silencieux, posa moins de questions. Sans doute l'ai-je à ce moment-là blessé d'une façon ou d'une autre, se dit Franz. Pourquoi ai-je voulu l'obliger à lire ? J'ai dû le torturer avec tout ça. Georg déclarait sans détour qu'il ne pourrait de toute façon pas tout retenir, que tout cela n'était pas pour lui. Il lui arrivait parfois de passer la nuit chez son vieux copain de foot Paul, qui le mettait en boîte et lui demandait pourquoi il se perchait soudain sur des échasses et passait son temps à discourir. Georg semblait s'ennuyer à mourir quand Franz partait. Il arrivait maintenant qu'il passe de nouveau la nuit dans sa famille, et il n'était pas rare qu'il remonte ici avec son plus jeune frère, un petit diable maigrichon aux yeux rigolards. Franz se dit : À cette époque-là, il commençait à trouver que les choses changeaient. Il était déçu sans en avoir conscience. Sans doute s'était-il imaginé que s'il partageait ma chambre et avait ma compagnie… La chambre, il s'y est vite ennuyé, et moi, je restais différent de lui. Je lui ai sans doute fait sentir une distance, une distance entre lui et moi, là où en vérité il n'y en avait pas, car je ne mesurais pas à la bonne aune.

Vers la fin de l'hiver, Georg se montra préoccupé. Désormais, il était fréquemment absent. Il changeait relativement souvent de petite amie en suivant les principes les plus étranges. Il laissa soudain tomber la plus jolie fille du groupe de l'association Fichte et choisit une gamine fantasque, un peu difforme, modiste chez Tietz. Il fit la cour à la jeune boulangère jusqu'au moment où le mari lui chercha querelle. Puis il se mit à passer le week-end avec une camarade du parti, maigre, petite et portant lunettes. "Elle en sait encore plus long que toi, Franz", dit-il par la suite. Un jour, il affirma : "Tu n'es pas un ami, Franz. Tu ne racontes jamais rien sur toi. Je te présente toutes mes petites amies, les unes après les autres, et je te raconte tout. Mais toi, tu te réserves certainement quelque chose, une relation très élégante, très solide." Franz protesta. "Tu es seulement incapable de t'imaginer qu'on puisse pendant un certain temps vivre seul."

Franz se souvenait : "J'ai fait la connaissance d'Elli Mettenheimer le 20 mars 1928, vers sept heures du soir, peu avant la fermeture de la poste. Nous faisions la queue au même guichet. Elle portait des pendants d'oreilles en corail. La deuxième fois, dans le parc, elle les a ôtés et les a fourrés dans son petit sac, car je l'en avais priée. Je lui avais dit que seules des négresses portaient ce genre de choses à travers les oreilles ou le nez. Elle a ri – en fait, c'était tout à fait dommage. Les coraux faisaient bel effet dans sa chevelure brune."

Il ne l'avait pas présentée à Georg. Un beau soir, ils se rencontrèrent par hasard dans la rue. Par la suite, Georg avait dit : "Bon, bon." Dès que Franz revenait le dimanche soir, Georg lui demandait en réprimant un sourire : "Alors, comment ça s'est passé ?" Les petits points acérés dans ses yeux avaient grandi de manière incroyable. Franz avait plissé le front. "Elle n'est pas ce que tu penses", avait-il répliqué.

Un jour, Elli s'était décommandée. Il en rendit responsable son père, le peintre en bâtiment Mettenheimer, un homme sévère. Il guetta Elli Mettenheimer à la sortie de son bureau. Elle s'éloigna rapidement, lui criant qu'elle était pressée et bondit dans le premier tramway qui passa.

Il nota pendant toute cette semaine-là que Georg l'observait sans relâche. Maintenant, il aurait eu envie de le flanquer dehors. Pour le week-end, Georg se prépara avec un soin tout particulier. En partant, il dit à Franz qui disposait ses livres sur l'appui de la fenêtre et voulait profiter du dimanche pour potasser un cours: "Amuse-toi bien, Franz." Le dimanche soir, Georg rentra, hâlé, joyeux. Il lança à Franz, assis devant l'appui de la fenêtre, comme si dans l'intervalle il n'avait pas bougé de là: "Voilà qui doit aussi être appris." Quelques jours plus tard, Franz rencontra par hasard Elli dans la rue. Son cœur bondit. Elle avait rougi, son visage était brûlant. Elle dit: "Mon cher Franz, je préfère te le dire moi-même. Georg et moi... ne sois pas fâché. On ne peut rien y faire, tu sais, pas moyen de lutter..."

Il avait commenté: "C'est bon", s'éloignant en toute hâte. Il erra pendant des heures dans une obscurité complète où ne brillaient que deux petits points rouges, des pendants d'oreilles en corail.

Quand Franz regagna la chambre, Georg était assis sur le lit. Franz entreprit immédiatement de faire ses malles. Georg l'observait avec une attention extrême. Son regard eut même la force de contraindre l'autre à se tourner vers lui, et pourtant, Franz n'avait qu'un seul désir, ne plus jamais de sa vie entière regarder Georg dans les yeux. Georg sourit faiblement. À ce moment-là, Franz éprouva l'ardent désir de lui flanquer son poing dans la figure, et même dans les yeux. La seconde qui suivit fut sans doute de toute leur vie commune la première au cours de laquelle ils se comprirent l'un l'autre parfaitement. Franz se rendit compte que tous les désirs qui jusqu'à cette seconde avaient déterminé ses actes étaient éteints sauf un seul. Georg souhaita peut-être pour la première fois sincèrement être délivré de toutes les complications, viser un seul et unique but, hors de sa vie embrouillée, perturbée. Il dit calmement: "Franz, tu n'as pas besoin de déménager à cause de moi. Si rester avec moi te répugne – certes, maintenant, je peux comprendre, ça a toujours un peu été le cas –, je ne vais de toute façon pas continuer à habiter ici. Elli et moi, on va tout de suite se marier." Ce n'était pas ce que Franz voulait répondre, mais pourtant, cela lui échappa tout de même : "Toi ? Elli ?" "Oui, pourquoi pas ?" dit Georg. "Elle est vraiment différente de toutes les autres. C'est pour toujours. Son père va d'ailleurs me trouver du travail."

Le père d'Elli, le peintre, qui dès le premier coup d'œil s'était dit que ce gendre-là ne lui convenait pas du tout, exigea un mariage aussi rapide que possible, puisque mariage il devait y avoir. Il paya le loyer d'une chambre car, ainsi qu'il l'exprima, il ne voulait pas être obligé d'avoir sous les yeux la déchéance de sa fille préférée.

Franz, sur son lit étroit dans la resserre aux pommes, les bras croisés sous la tête, se souvenait de chacun des mots qui avaient été prononcés ce soir-là, de chacune des modifications subies par le visage de Georg. Pendant de longues années, il n'avait pas voulu s'en souvenir. Et si quelque chose était tout de même remonté de sa mémoire, il avait sursauté. Maintenant, il laissait tout défiler lentement devant lui. Il ne ressentait que de l'étonnement. Il se disait : cela ne fait même plus mal. Cela m'est indifférent. Il faut que des choses effroyables se soient produites depuis, pour que tout cela ne fasse plus mal.

Trois semaines plus tard, Franz aperçut de loin Georg dans le parc de Bockenheim, assis sur un banc en compagnie d'une femme incroyablement grosse. Il avait passé son bras derrière son dos mais sans réussir à en faire le tour. Elli était retournée chez ses parents sans attendre la naissance de son enfant. Mais le père, c'est ce que Franz apprit par des voisins, avait soudain insisté auprès de sa fille pour qu'elle reparte auprès de son mari, car il pensait : maintenant que tu l'as épousé, et que tu as même un enfant de lui, tu dois t'en accommoder. Dans l'intervalle, Georg avait de nouveau perdu son travail, parce qu'il avait fait de l'agitation à droite et à gauche, comme disait son beau-père. Elli reprit son travail de bureau. Et peu avant son départ, Franz apprit qu'Elli était retournée définitivement dans sa famille.

Un jeu d'enfant consiste à poser sur un dessin polychrome des plaques de verre de couleurs différentes. Selon la couleur du verre, on voit une autre image. À l'époque, Franz utilisait un verre qui ne lui montrait son ami qu'occupé à certains types d'actions. Il n'utilisait pas d'autres plaques. Il le perdit bientôt de vue. Franz n'avait plus aucun plaisir à vivre dans cette ville, il tenta de changer d'endroit. Cette histoire, qui pour un autre se serait peut-être tout simplement conclue par une bagarre, eut donc des conséquences extrêmes pour Franz. Car avec des gens comme lui, tout tire à conséquence. Il retourna donc chez sa mère, qu'il n'avait pas vue depuis plusieurs années. Elle était partie s'installer chez une de ses filles mariée dans le nord de l'Allemagne. Franz resta coincé là-haut. Ce changement élargit de façon positive l'horizon de toute son existence. Il finit même par oublier la raison qui l'avait amené là, et s'épanouit dans cette nouvelle résidence, parmi ses nouveaux camarades. De l'extérieur, il était un des nombreux chômeurs qui se font transférer des registres d'une ville à ceux d'une autre. Vu globalement, il était semblable à un étudiant qui change d'établissement. Il aurait peut-être été heureux s'il avait pu se persuader qu'il aimait vraiment la fille calme et pleine de qualités avec laquelle il vécut un temps.

À la mort de sa mère, à la fin de 1933, il revint près de la ville où il avait vécu autrefois. Trois raisons déterminèrent ce retour : là-haut, dans le Nord, on le connaissait trop, le sol commençait à être brûlant. Ici, on avait besoin de lui, puisqu'il connaissait les gens et le contexte mais était lui-même déjà oublié. Son oncle Marnet lui assurait gîte et couvert. Toutes les connaissances que le hasard amenait à croiser son chemin se disaient en elles-mêmes : autrefois, il tenait un autre langage. Ou bien : encore un qui a retourné sa veste. Un beau jour, Franz se rendit auprès de la seule personne des environs proches qui savait à quoi s'en tenir à son sujet, Hermann, le cheminot. Hermann lui dit calmement, un poil plus calmement même que d'ordinaire, que la nuit précédente, une arrestation funeste avait eu lieu. Parce que en premier lieu l'homme arrêté avait entre les mains tous les contacts, et deuxièmement parce qu'il n'occupait sa fonction que depuis très peu de temps et seulement à la suite des précédentes arrestations. Hermann exprima tranquillement, d'un ton posé, que cet homme pouvait tout déballer, par faiblesse ou par manque d'expérience. Sans qu'il fasse preuve d'un manque de confiance excessif, il était cependant de son devoir d'agir selon ce que lui inspiraient ses doutes : modifier tous les contacts, prévenir ceux sur lesquels l'homme arrêté avait des informations. Il s'interrompit brusquement et demanda à Franz à brûle-pourpoint s'il n'avait pas peut-être connu cet homme autrefois, un certain Georg.

Franz se maîtrisa, pas assez cependant pour empêcher Hermann de noter la stupéfaction qui s'exprimait sur son visage en entendant à nouveau ce nom après plusieurs années. Franz s'efforça de donner en quelques phrases une image qui rendît justice à Georg, ce dont il aurait été incapable même au plus tranquille des moments. Hermann interpréta son trouble à sa manière. Échangeant par-dessus l'échiquier, ils prirent toutes les dispositions nécessaires.

Franz se disait : "Toutes les dispositions que nous avons prises étaient superflues. Nous n'aurions pas eu besoin de modifier les contacts, de prévenir des camarades. Il n'aurait pas été nécessaire que je m'en aille avec le cœur qui bat la chamade."

Quelques semaines plus tard en effet, Hermann lui fit rencontrer un prisonnier politique libéré de Westhofen. Ce dernier parla de Georg. "Ils ont voulu nous montrer en se servant de lui comme d'un exemple la manière de faire tomber à terre en moins de deux un gars fort comme un arbre. Mais le contraire s'est produit. Ils nous ont seulement montré qu'il n'y a rien qui fasse tomber à terre un type de sa trempe. Et ils continuent de le soumettre à la torture. Parce que maintenant, ils veulent sa mort. Son visage affichant tout le temps un sourire qui les rendait fous, et des yeux pleins de drôles de petits points acérés dedans. Mais maintenant, son beau visage est complètement écrasé par les coups. Il s'est complètement ratatiné."

Franz se leva. Il tendit la tête aussi loin qu'il le put par la petite fenêtre. Le silence était total. Pour la première fois, dans ce silence, Franz ne ressentit pas la paix – le monde n'était pas silencieux, il était devenu muet. Il retira involontairement ses mains pour les soustraire à la lumière de la lune, qui comme aucune autre parvient à s'adapter à toutes les surfaces et à s'insinuer dans les failles. "Comment aurais-je pu me douter qu'il est comme il est ? Comment pouvait-on le savoir à l'avance ? Notre honneur, notre réputation et notre sécurité se sont d'un seul coup retrouvés entre ses mains. Tout ce qu'il y a eu avant, toutes ses histoires, tous les coups qu'il a faits, ce n'étaient que des bêtises, c'était secondaire. Mais il était impossible de savoir à l'avance. À sa place, je n'aurais peut-être pas tenu, alors pourtant que j'étais celui qui lui..."

Soudain, Franz se sentit très las. Il se recoucha. Maintenant, il se disait : "Peut-être n'est-il pas du tout l'un de ces évadés. Il est sans doute trop faible pour une telle entreprise. Mais quels que soient ceux qui se sont évadés... Hermann a parfaitement raison : un évadé qui a réussi à s'échapper, c'est toujours quelque chose, ça chamboule tout. C'est toujours un doute jeté sur leur pouvoir absolu. Une brèche."

Chapitre Deux

I

Le sacristain sorti, le portail principal fermé à clé, une fois le dernier bruit dissipé sous la voûte, Georg comprit qu'il disposait maintenant d'un délai de grâce, qu'un répit lui était accordé, si généreux qu'il le confondit presque avec le salut. Pour la première fois depuis son évasion, et même depuis le début de sa captivité, une chaude impression de sécurité l'envahit. La violence de ce sentiment n'eut d'égale que sa brièveté. Il fait un froid de canard dans ce trou, se dit-il.

La pénombre était si profonde que les couleurs des vitraux s'estompèrent. Elle était parvenue au stade où les murs s'écartent, les voûtes s'élèvent, les piliers s'alignent à perte de vue et montent vers ces sphères incertaines qui peut-être ne sont rien, peut-être l'infini. Soudain, Georg se sentit observé. Il lutta contre cette impression qui le paralysait corps et âme. Il sortit la tête de sous le baptistère. À cinq mètres de lui, du haut du pilier le plus proche, le regard d'un homme portant crosse et mitre, appuyé à sa pierre tombale, tombait sur lui. La pénombre atténuait la magnificence de ses habits, leur ampleur, mais pas la netteté de ses traits, simples et mauvais. Ses yeux poursuivaient Georg, qui s'éloigna en courbant le dos.

La pénombre ne venait pas de l'extérieur comme aux soirs ordinaires. La cathédrale elle-même semblait s'évanouir, perdant sa rigidité de pierre. Les vrilles de vigne ornant çà et là les piliers, les visages grimaçants, ici un pied nu transpercé étaient effets de l'imagination, fumée, tout ce monde de pierre s'évaporait, seul demeurait Georg, pétrifié par la peur. Il ferma les yeux. Il inspira plusieurs fois, et tout fut terminé, ou bien l'obscurité s'était encore un peu accrue, devenant ainsi plus rassurante. Il chercha où se cacher. Il se précipita d'un pilier à l'autre. Il courbait l'échine comme s'il était encore épié. Contre le pilier devant lequel il était maintenant accroupi, un homme rondouillard s'appuyait à sa pierre tombale, regard vague et indifférent, en pleine santé, affichant sur son visage épanoui le sourire insolent du pouvoir. Dans chacune de ses mains, une couronne, Georg ne l'avait pas remarqué, dont il coiffait inlassablement deux nabots, les antirois de l'interrègne*. Georg bondit comme si les espaces séparant les piliers étaient surveillés. Il leva les yeux vers cet homme aux vêtements si amples qu'il aurait pu s'enrouler dedans. Il sursauta. Un visage humain, penché vers lui, plein de tristesse et d'inquiétude. Que veux-tu donc encore, mon fils, renonce, tu es déjà épuisé, pourtant tu n'en es qu'au début. Ton cœur palpite, ta main malade t'élance. Georg découvrit un endroit approprié, une niche dans le mur. Il traversa la nef latérale en se traînant sous les yeux de six chanceliers électeurs du Saint Empire, écartant la main comme un chien qui s'est pincé une patte. Il s'assit du mieux qu'il put. Il frottait l'articulation de sa main blessée qui s'était engourdie. Il se frictionna les genoux, les chevilles, les orteils.

Il avait déjà de la fièvre. Il ne fallait pas que sa main lui joue un mauvais tour avant qu'il arrive chez Leni. Chez elle, il serait pansé, il mangerait, boirait, dormirait, on le guérirait. Sursaut d'angoisse. Pour cela, il fallait que cette nuit, qu'il avait souhaitée à l'instant même sans fin, il la franchisse aussi vite que possible. Il tenta une fois de plus

---

* Excommunié par plusieurs papes, dont Innocent IV, l'empereur Frédéric II est condamné et déposé en 1245. Sur le conseil du pape, les archevêques de Mayence et de Cologne élisent deux antirois, le premier en 1246, le second en 1247.

d'imaginer Leni. Un miracle qui parfois réussissait, parfois échouait, selon le lieu et l'heure. Cette fois, il se produisit : une jeune fille mince, dix-neuf ans, jambes fines, très longues, des yeux bleus presque noirs sous de longs cils, un visage pâle et mat. Telle était la trame de ses rêves. À la lumière du souvenir, depuis leur séparation, cette jeune fille qui dans la réalité lui avait presque semblé tout sauf jolie, un peu cocasse avec ses longs bras et ses longues jambes donnant à sa démarche l'allure d'un vol malhabile, était devenue une sorte de créature fantastique, telle qu'on en rencontre parfois seulement dans certaines légendes. Chaque jour la faisait émerger d'un nouveau rêve plus tendre, plus aérienne. Maintenant encore, appuyé pour ne pas s'endormir contre ce mur glacial, il déversait sur elle un flot de mots d'amour. Elle ne pouvait que s'asseoir dans son lit, se disait-il, prêter l'oreille à travers l'obscurité.

Une foule innombrable de semblables déclarations, de grandes aventures irréelles avaient suivi l'unique moment où ils avaient été vraiment ensemble. Dès le lendemain, il avait dû quitter la ville. Gardant à l'oreille ses protestations faites sur le ton d'un désespoir monocorde : je vais t'attendre ici jusqu'à ton retour. Si tu dois fuir, je pars avec toi.

De là où il se trouvait, il parvenait toujours à distinguer les traits de l'homme près du pilier d'angle. En dépit de l'obscurité, le visage gagnait en netteté sous l'effet de la distance. Sur ses lèvres tordues, l'ultime offre, l'offre extrême : la paix au lieu de l'angoisse mortelle, la grâce au lieu de la justice.

La situation du petit appartement que Leni partageait à Niederrad avec une de ses sœurs plus toute jeune et la plupart du temps absente pour son travail était favorable, on pouvait s'y cacher, fuir. Des réflexions de ce genre l'avaient poursuivi dès qu'il avait franchi le seuil de la petite chambre, alors qu'il avait oublié tout le reste, ses amours précédentes ainsi que de longues périodes de sa vie antérieure. Même quand les murs de la chambre se resserrèrent comme des haies infranchissables, dans sa tête, l'idée qu'en cas de nécessité, il pourrait ici trouver refuge ne s'était pas éteinte. Quand un jour, à Westhofen, on était venu le chercher en lui annonçant de la visite, il avait un instant craint qu'ils soient tombés sur Leni. Dans un premier temps, il n'avait absolument pas reconnu la femme qu'on lui avait alors présentée. Ils auraient aussi bien pu mettre devant lui la première fille de ferme du village voisin, tant cette Elli qu'ils avaient ramenée lui était étrangère.

Il devait être sur le point de s'endormir. La frayeur le réveilla. La cathédrale résonnait, grondait. Un rai de lumière la traversait de part en part – passant au-dessus de son pied étendu devant lui. Devait-il fuir ? Était-il encore temps ? Pour aller où ? Les portes principales étaient toutes cadenassées, sauf une, par où pénétrait la lumière. Il pourrait peut-être encore échapper à ses poursuivants en se réfugiant sans être vu dans une des chapelles latérales. Il prit appui sur sa main blessée, poussa un cri et s'écroula. Désormais, il n'osait plus tenter de franchir en rampant la bande de lumière. La voix du sacristain s'éleva : "Espèces de souillons, sales bonnes femmes, tous les jours un nouveau problème !" Ses paroles grondaient comme les trompettes du Jugement. Une vieille femme, sa mère, s'écria : "Mais le voilà, ton sac." Suivit la voix de sa femme, renvoyée par les murs et piliers, un véritable hurlement de triomphe. "Je le savais bien, qu'en faisant le ménage je l'avais posé entre les bancs." Les deux femmes s'éloignèrent. On aurait cru que des géantes passaient en traînant les pieds. La porte fut à nouveau verrouillée. Seul l'écho demeura, se brisa, puis un nouveau grondement s'éleva, comme s'il ne pouvait prendre fin, qui se perdait dans les recoins les plus éloignés, continuait à trembler alors que Georg avait retrouvé son calme.

Il s'appuya de nouveau contre son mur. Ses paupières étaient lourdes. L'obscurité était désormais complète. Le reflet de l'unique lampe suspendue dans l'obscurité était si faible qu'il n'éclairait plus les voûtes mais soulignait seulement combien étaient impénétrables les ténèbres. Oppressé,

Georg, qui auparavant ne souhaitait que cela, respirait avec difficulté.

Maintenant, il faut que tu ôtes ces guenilles, lui conseilla Wallau, plus tard, tu seras trop faible. Il obéit, comme il avait toujours obéi à Wallau, et fut surpris de se sentir ce faisant moins épuisé. Wallau avait été amené au camp deux mois après lui. "Ainsi, c'est toi Georg." Ces quatre mots par lesquels cet homme qui était son aîné l'avait salué lui firent pour la première fois prendre conscience de sa propre valeur. Un détenu remis en liberté avait parlé de lui, au-dehors. Alors qu'à Westhofen il était torturé à mort, dans les villages et les villes de sa terre natale s'édifiait l'opinion qu'on avait de lui, stèle indestructible. Même maintenant, se disait Georg, même ici entre ces murs froids comme glace : même s'il ne pouvait m'être donné dans toute mon existence de ne rencontrer Wallau qu'à Westhofen, je serais prêt à tout assumer à nouveau… Pour la première, mais aussi peut-être pour la dernière fois au cours de sa jeune existence, était née une amitié dans laquelle il ne s'agissait pas de briller ou de se faire tout petit, de s'accrocher fermement ou de s'abandonner complètement, mais seulement de montrer qui on était et d'être aimé pour cela.

À ses yeux, l'obscurité paraissait maintenant moins dense. La chaux recouvrant le mur luisait faiblement telle une neige fraîchement tombée. Il sentait de tous ses membres la masse sombre de son corps se découper sur cette clarté. Devait-il à nouveau changer de place ? À quel moment ouvre-t-on avant la messe ? Il restait jusqu'au matin une quantité innombrable de minutes garantissant sa sécurité. Autant de minutes que par exemple le sacristain a de semaines. Car en fin de compte, le sacristain lui non plus n'est pas en sécurité pour toujours.

Bien loin de lui, vers le maître-autel, s'élevait un pilier isolé, clairement visible car la lumière courait le long de ses cannelures. Cet unique pilier clair semblait maintenant porter la voûte tout entière. Mais comme tout était froid ! Un monde du gel, comme si jamais une main, une pensée humaine ne l'avaient touché. Comme s'il était retrouvé sur un glacier. De sa main valide, il frictionna ses pieds et toutes ses articulations. Dans ce refuge, on peut mourir de froid.

"Trois sauts périlleux. C'est le maximum pour le corps humain." Belloni, son codétenu, le lui avait expliqué en détail. Belloni de son nom d'artiste, Anton Meier à la ville, avait été arrêté à la descente de son trapèze. On avait découvert dans ses bagages quelques lettres expédiées de France par la Loge internationale des artistes. Comme on l'avait souvent tiré de son sommeil pour faire des démonstrations de son art ! Un homme sombre, silencieux, un bon camarade, mais très différent. "Ah non, il existe peut-être trois artistes vivants qui y parviennent, l'un ou l'autre peut réussir à l'occasion, mais ce n'est jamais une performance durable." Il s'était spontanément adressé à Wallau, affirmant que pour sa part, il tenterait quoi qu'il arrive de s'évader. Car de toute façon, ils ne sortiraient plus d'ici. Il se fiait, pour cette évasion, à sa forme physique et à l'aide que ses amis étaient prêts à lui accorder. Il avait indiqué à Georg une adresse où il avait l'intention de laisser pour lui des vêtements et de l'argent, à tout hasard. Sans doute un type bien, mais trop différent pour qu'on arrive vraiment à savoir que penser de lui. Georg ne voulait pas recourir à cette adresse. Il avait l'intention d'envoyer Leni dès le jeudi matin chez de vieux amis de Francfort. Si Pelzer avait pu associer son intelligence aux muscles de Belloni, il s'en serait vraisemblablement tiré. Quant à ce brave Aldinger, ils l'avaient sans doute déjà rattrapé. Il aurait pu être le père de tous ces vauriens qui peut-être en ce moment lui arrachaient les cheveux, crachaient dans son vieux visage de paysan, il n'avait pas perdu sa dignité alors même qu'il semblait ne plus avoir toute sa tête. Il avait été dénoncé par le maire du village voisin, une vieille querelle entre familles.

De tous les sept, Füllgrabe était le seul qu'il connaissait déjà auparavant. Il avait souvent contribué à la collecte en tirant un mark de la caisse de son magasin. Il n'avait, même au plus profond du désespoir, jamais pu faire taire une certaine amertume. Il disait avoir glissé dans le mouvement, affirmant qu'on l'avait circonvenu, que jamais il n'avait réussi à dire non.

Albert n'est peut-être déjà plus en vie. Des semaines durant, il avait tout supporté, protestant du caractère dérisoire de l'infraction qu'on lui reprochait, quelque affaire de devises, jusqu'au moment où, devenu fou furieux, il avait été transféré dans la section pénitentiaire de Zillich. Comme il devait en avoir supporté, des coups effroyables, cet Albert, avant que de son cœur usé l'étincelle jaillisse sous les coups.

Je vais finir par crever de froid ici, se dit Georg. On me retrouvera. On montrera le pan de mur aux enfants. Ici, par une nuit d'automne, on a retrouvé un prisonnier évadé, il était mort de froid, en ces temps de violence sauvage. Quelle heure est-il ? Bientôt minuit. Il se dit, plongé dans une obscurité nouvelle, absolue : y a-t-il parmi ceux d'avant quelqu'un qui se souvient de moi ? Ma mère ? Elle passait son temps à râler. Elle se traînait sur ses pieds malades dans la ruelle, la Schimmelgässchen, petite, grosse, avec son énorme poitrine qui ballottait doucement. De toute façon, je ne la reverrai jamais, se disait Georg, même si je reste en vie. De toute son apparence physique, il n'avait jamais perçu de manière consciente que ses yeux, des yeux jeunes, marron, qu'assombrissaient reproche et désarroi. En ce moment, il s'en voulait d'avoir à l'époque, face à cette Elli, qui avait été trois mois sa femme, eu honte de la poitrine de sa mère et de sa bizarre robe du dimanche. Il pensa à son copain d'école, le petit Paul Röder. Pendant dix ans, ils avaient joué aux billes ensemble, dans la même ruelle, et au foot dans les dix années qui suivirent. Ensuite, il l'avait perdu de vue, parce qu'il avait changé alors que le petit Röder était resté le même. En ce moment, il pensait à son visage rond, parsemé de taches de rousseur, comme à un paysage aimé et dont l'accès lui était interdit à jamais... Il pensa aussi à Franz. Il était bon avec moi, se dit Georg, il s'est donné beaucoup de mal pour moi. Merci Franz. Ensuite, nous nous sommes brouillés. Mais pourquoi donc ? Que peut-il être devenu ? Un homme tranquille, un homme bien, fidèle.

Georg retint son souffle. Le reflet d'un vitrail traversait le bas-côté, sans doute éclairé depuis l'une des maisons situées de l'autre côté de la place de la cathédrale ou par un phare de voiture, immense tapis resplendissant de toutes couleurs soudain déroulé dans les ténèbres. Nuit après nuit, en vain et pour personne, jeté sur les dalles de la cathédrale vide, car des hôtes tels que Georg, ici aussi, il n'y en avait que tous les mille ans.

Cette lumière extérieure qui avait servi peut-être à calmer un enfant malade, à dire adieu à un homme, répandait aussi tant qu'elle brûlait toutes les images de la vie. Ici, sans doute s'agit-il du couple chassé du paradis, se dit Georg. Là, ce sont sans doute les têtes des vaches contemplant l'étable dans laquelle est couché l'enfant qui n'a trouvé d'autre refuge. Et là, il doit s'agir de la Cène, quand il savait déjà qu'il allait être trahi. Voici le soldat qui l'a frappé de sa lance quand il était déjà sur la croix... Lui, Georg, il y avait longtemps qu'il ne connaissait plus toutes les images. Nombreuses étaient celles qu'il n'avait jamais connues, car chez lui, à la maison, il n'y avait déjà plus tout cela. Tout ce qui abolit la solitude peut être réconfort. On peut le trouver en pensant aux souffrances infligées à d'autres, non seulement au même moment, mais aussi jadis.

Puis au-dehors cette lumière s'éteignit. L'obscurité fut totale. Georg pensa à ses frères, en particulier au plus jeune, qu'il avait élevé, avec une tendresse plus proche de celle qu'on porte à un chaton qu'à un enfant. Il pensa à son propre enfant, qu'il n'avait vu qu'une seule fois. Puis il ne pensa plus à rien de particulier. Des visages vinrent et repartirent, tantôt flous, tantôt d'une netteté extrême. Certains apportaient avec eux des portions de ruelle, d'autres des cours d'école et des terrains de sport, certains le fleuve et d'autres des nuages et des bois. Leur flot se déversait sur lui, pour lui permettre de se raccrocher à ce qui lui avait été cher. Puis tous les contours s'effacèrent, il ne parvenait à se rappeler ni le visage de sa mère ni aucun autre. Ses yeux étaient las, comme s'il avait contemplé réellement tout cela. Très loin, bien loin pensait-il de la cathédrale, une lueur s'éleva, bigarrée. Au-dehors une auto passait. Quand ses phares frappaient un des vitraux, le reflet était projeté sur le sol. Puis venait l'obscurité quand la lumière atteignait un pan de mur.

Georg prêtait l'oreille. Le moteur continuait à tourner. Il entendit des gloussements et les rires d'hommes et de femmes se serrant dans une voiture manifestement bien trop petite. Ils démarrèrent. En une succession rapide, les couleurs des vitraux furent jetées entre les piliers, s'éloignèrent toujours plus de Georg. Sa tête tomba sur sa poitrine. Il s'endormit. Il bascula et tomba sur sa main blessée. La douleur le réveilla. Devant lui, sur la paroi, la chaux commençait à luire. À l'inverse de ce qui s'était passé le soir, d'abord l'obscurité commença à se dissiper, puis piliers et murs furent le lieu d'un scintillement incessant, comme si cette cathédrale était un édifice de sable. Frappées par la lueur la plus ténue du jour naissant, les images des vitraux s'éveillaient, non pas lumineuses mais noyées dans des teintes sourdes, sombres. Au même moment, le scintillement cessa et tout se figea à nouveau. L'immense voûte de la nef centrale se pétrifia sous la loi qui avait au temps de la lignée impériale des Hohenstaufen présidé à sa construction, guidée par la sagesse de quelques architectes et portée par l'inépuisable force du peuple. La voûte sous laquelle Georg s'était réfugié se figea, cette voûte, déjà majestueuse au temps des Hohenstaufen. Les piliers et tous les visages grimaçants, les têtes d'animaux sur les chapiteaux, les évêques sur leurs pierres tombales devant les piliers, eux aussi se figèrent, retrouvant leur fière vigilance au cœur de la mort, en compagnie des rois dont le couronnement les remplissait d'une fierté démesurée.

Il est plus que temps, se dit Georg. Il se faufila hors de son abri. Il resserra de ses dents et de sa main valide le petit tas de guenilles. Il glissa le petit baluchon entre une dalle et un pilier. Son corps tout entier tendu, les yeux ardents, il attendait l'instant où le sacristain ouvrirait.

II

Au même moment, le berger Ernst saluait sa Nelli d'un son venu des profondeurs de sa gorge et si familier à la chienne qu'elle en tremblait de joie. "Nelli, dit le berger, elle n'est donc pas venue, cette Sophie, quelle bécasse. Elle ne sait pas où trouver son bonheur. Mais ça ne nous a pas empêchés de dormir, Nelli, on n'a pas le cœur brisé."

Le silence régnait encore chez les Mangold, mais dans l'étable des Marnet, quelqu'un s'affairait déjà bruyamment. Ernst prit sa serviette et le petit sac en toile cirée renfermant son nécessaire de toilette et de rasage puis se dirigea vers la pompe des Marnet. Frissonnant de froid mais aussi de contentement, il se savonna, se frictionna le cou, la poitrine, se lava les dents. Il accrocha ensuite son miroir de poche au grillage du jardin et commença à se raser. "T'as un peu d'eau chaude pour moi ?" demanda-t-il à Auguste, qu'il avait vue dans son miroir arriver avec ses seaux de lait. "Oui, viens donc", dit Auguste. "Vraiment, le mariage t'a bien adoucie, Auguste", dit Ernst. "Avant, t'étais bien trop grincheuse à mon goût."

"T'as bu quoi de si bon matin qui te délie autant la langue ?" demanda Auguste. "Même pas un café, répondit Ernst, ma bouteille thermos est fichue."

Bien loin de là, au bord du Main, dans un épais brouillard, les lampes s'allumaient, accompagnées de grognements et de bâillements. Une jeune fille franchit le portail de la toute dernière maison de Liebach, quinze ou seize ans, un mouchoir noué autour de la tête. Il était si blanc qu'au-dessous ses sourcils finement dessinés ressortaient particulièrement. Son visage exprimait une calme attente, nourrie de la certitude que comme tous les matins, celui qu'elle attendait allait surgir d'une minute à l'autre sur le chemin derrière le mur de la cour, elle regardait non pas dans la direction d'où il devait venir mais devant le portail, droit devant elle. À ce moment-là le jeune Helwig, élève de l'école Darré, surgit de derrière le mur, s'apprêtant à passer sous le porche. La jeune fille, presque sans un mot, sans un sourire, leva les bras. Ils s'enlacèrent, s'embrassèrent, sous les regards que leur lançaient par l'une des fenêtres de la cuisine deux femmes, la grand-mère de la jeune fille et une cousine plus toute jeune, de l'air ni désapprobateur ni approbateur qu'on porte sur les choses qui arrivent tous les jours. Car en dépit de leur jeunesse, les deux enfants passaient pour fiancés. Ce jour-là, Helwig, après l'échange de baisers, prit le visage de la jeune fille entre ses deux mains. Ils jouaient à qui rira le premier sans avoir ni l'un ni l'autre vraiment le cœur à rire, ils se regardaient seulement dans les yeux. Ils étaient parents éloignés, comme presque tout le monde au village, et avaient donc les mêmes yeux, d'un marron plus transparent, plus clair qu'il n'est habituel dans la région. Leurs yeux profonds, clairs et, comme on dit, innocents, ne clignaient pas. Sans doute parle-t-on à juste titre d'innocence, car comment mieux exprimer ce qu'ils avaient de particulier ? Aucune faute n'avait encore troublé leur clarté, aucun pressentiment de ces choses auxquelles le cœur, subissant les pressions de la vie, doit se mêler et dont il prétendra par la suite n'avoir rien compris – mais dans ce cas, pourquoi a-t-il battu si vite, avec une telle angoisse ? –, aucune peine, sauf de trouver le temps encore bien long jusqu'aux noces. Ils se regardaient dans les yeux, ces yeux si clairs, à s'y perdre. La jeune fille battit soudain des paupières : "Fritz, maintenant, tu vas la récupérer, ta veste." "J'espère bien", dit le garçon. "À condition qu'elle n'en ait pas trop subi", reprit la jeune fille. "Tu sais, cet Alwig, celui qui a fini par le coincer, c'est une brute."

La veille, dans les villages, on n'avait parlé que de l'évadé récupéré dans la ferme d'Alwig… Plus de trois ans auparavant, à l'ouverture du camp de Westhofen, quand avaient été construits des baraquements et des murs, quand on avait planté des barbelés puis posté des sentinelles, quand ensuite la première colonne de détenus avait traversé le village, sous les huées et les coups de pied – à l'époque déjà les Alwig étaient de la partie ainsi que des gars du même acabit –, quand à la nuit tombée on entendait des cris et des hurlements de triomphe et deux ou trois fois des coups de feu, tous éprouvaient une angoisse diffuse. À l'idée de ce voisinage, les gens se signaient. Plus d'un, passant à bonne distance du camp pour aller au travail, avait bientôt vu les détenus se livrer sous bonne garde à des travaux à l'extérieur du camp. Plus d'un avait pensé en son for intérieur : "Pauvres diables." On n'avait d'ailleurs pas tardé à se demander à quoi rimaient leurs travaux de terrassement. Dans la même période, à Liebau, un jeune marinier avait en public maudit le camp. Ils étaient immédiatement venus l'arrêter. Il y avait été détenu pendant quelques semaines, pour lui permettre de voir comment les choses se passaient à l'intérieur. À sa sortie, il avait un air bizarre, ne répondant à aucune question. Il avait trouvé du travail sur un remorqueur et par la suite, comme ses proches l'avaient expliqué, il était resté de manière définitive en Hollande ; cette histoire avait à l'époque causé de l'étonnement dans le village. Un jour, deux douzaines de prisonniers avaient traversé Liebau pendant leur transfert vers le camp, avant même d'y avoir été livrés, ils étaient dans un état tel qu'un sentiment d'horreur avait saisi les gens et qu'une femme du village avait pleuré sans se cacher. Le soir même, le nouveau maire du village, un homme jeune, avait convoqué la femme, qui était sa tante, lui faisant comprendre que ses pleurnicheries nuisaient de manière irrémédiable non seulement à elle-même mais aussi à ses fils, ses cousins, dont l'un était en outre son beau-frère. D'ailleurs, les jeunes gens du village, gars et filles, avaient pu expliquer de façon précise à leurs parents les raisons de la présence du camp, à qui il était destiné, des jeunes gens qui prétendaient toujours tout savoir mieux que les autres – à ceci près qu'auparavant, les jeunes prétendaient mieux savoir ce qui était bien et bon, alors que désormais, ce qu'ils savaient mieux était funeste. Il n'était certes pas possible d'entreprendre quoi que ce soit contre le camp, sans compter qu'on avait vu arriver toutes sortes de commandes de légumes et de cornichons, se développer maints échanges fructueux résultant de la concentration et de l'entretien d'un nombre important d'individus.

Mais quand la veille, de bon matin, les sirènes s'étaient mises à hurler, quand dans toutes les rues les sentinelles avaient jailli de terre, quand le bruit de l'évasion s'était répandu, quand ensuite vers midi, dans le village voisin, un fugitif avait réellement été capturé, d'un seul coup, le camp, auquel on s'était depuis longtemps accoutumé, avait en quelque sorte été édifié à nouveau, pourquoi donc justement ici, chez nous ? À nouveau, des murs avaient été élevés, des barbelés tendus. Ce groupe de détenus qui récemment, venant de la gare voisine, avait été poussé comme du bétail à travers la rue du village – pourquoi, pourquoi, pourquoi donc ? Cette femme que son neveu, le maire, avait près de trois ans plus tôt rappelée à l'ordre, la veille au soir, elle avait pour la deuxième fois pleuré sans cacher ses larmes. Était-il donc nécessaire, alors qu'on le tenait, ce fugitif, de lui écraser les doigts avec le talon au moment où il se cramponnait, là-haut, au rebord du véhicule ? Tous les Alwig avaient toujours été brutaux, mais désormais, c'étaient eux qui donnaient le ton. Comme il était blême, cet homme, au milieu de tous ces jeunes paysans vigoureux, resplendissants de fraîcheur.

Toutes ces discussions, le jeune Helwig les avait entendues. Depuis qu'il savait un peu réfléchir, le camp existait et avec lui, tous les arguments justifiant sa présence. Il ne connaissait rien d'autre. Car le camp avait été construit quand il était petit garçon. Voici qu'en quelque sorte il l'était pour la deuxième fois, alors qu'il était presque un jeune homme.

Ceux qui s'y trouvaient ne pouvaient pas tous être des vauriens et des fous, disaient les gens. D'ailleurs, ce marinier qui y avait été enfermé, ce n'était pas un vaurien. La mère de Helwig, une femme calme, avait protesté : “Non.”

Le jeune Helwig l'avait regardée. Il se sentait le cœur un peu serré. Pourquoi avait-on congé ce soir? Il avait envie de sa compagnie habituelle, de bruit, de luttes amicales, de marches. Il avait grandi dans un vacarme endiablé de trompettes, de fanfares, de saluts martiaux, "Heil!", de pas cadencés. Soudain, ce soir-là, tout avait cessé pendant deux minutes, la musique, les roulements de tambour, on avait pu percevoir les sons ténus, subtils, d'ordinaire inaudibles. Pourquoi le vieux jardinier l'avait-il regardé ainsi ce midi? Il y avait aussi des gens pour le féliciter. Sa description exacte, précise, disaient-ils, avait permis de retrouver le fugitif.

Le petit Helwig suivit le chemin qui remontait à travers champs en franchissant une butée. Il aperçut l'aîné des Alwig dans un champ de betteraves et l'appela. Alwig, déjà rouge, suant à la tâche, s'approcha du chemin. Tout ce qu'il a déjà fait à l'heure qu'il est, se dit Helwig, comme s'il lui fallait prendre sa défense. Alwig lui décrivit ce qui s'était passé comme on décrirait une partie de chasse. Jusqu'à cet instant, il n'avait été qu'un paysan qui se rend plus tôt que d'autres dans son champ. Maintenant, en faisant sa description, il était le Sturmführer Alwig, un homme capable de devenir un Zillich, si on lui en donnait l'occasion. Zillich lui-même n'était-il pas autrefois rien qu'un Alwig, un paysan, là-haut, près de Wertheim-sur-le-Main? Lui aussi s'était levé tôt, lui aussi avait sué sang et eau, même si cela n'avait servi à rien, parce qu'à l'époque, sa ferme minuscule avait été vendue aux enchères. Helwig le connaissait même, ce Zillich, qui parfois venait de Westhofen quand il était en permission, s'installait au café et parlait des affaires du village – la description de la chasse à l'homme fit baisser les yeux à Helwig. "Ta veste, dit Alwig pour conclure, qu'est-ce que j'en sais? Ça doit être un autre fugitif, il faudra que tu l'attrapes toi-même, Fritz. En tout cas, mon type, il n'avait pas de veste." Helwig haussa les épaules, plus soulagé que déçu; il se remit d'un pas lourd en route vers l'école, dont la façade de couleur ocre resplendissait par-delà les champs.

III

Le peintre en bâtiment Alfons Mettenheimer, soixante-deux ans, qui travaillait depuis trente ans pour l'entreprise de décoration intérieure Heilbach, Francfort, reçut une convocation de la Gestapo pour ce fameux mardi matin.

Quand un être est confronté à une situation inhabituelle, inconcevable, il cherche dans cet inconcevable un lien aussi ténu soit-il avec sa vie habituelle. Aussi sa première pensée fut-elle de se décommander auprès de son entreprise. Il fit donc appeler au téléphone le gérant, M. Siemsen, pour lui dire qu'il avait besoin de sa journée. Siemsen fut contrarié de cette défection de son peintre, car le chantier de la maison Gerhardt, située dans la Miquelstrasse, devait être livré en fin de semaine – le nouvel occupant, Brandt, avait demandé que soit désinfecté par fumigation tout ce qui lui rappelait les Juifs, vœu que l'entreprise Heilbach s'était empressée de satisfaire. En cet instant précis, Siemsen, criant dans le combiné, demandait : "Mais que s'est-il passé ?" "Je ne peux pas vous le dire maintenant", répondit Mettenheimer. "Au moins, viendrez-vous après le déjeuner ?" "Aucune idée." Il sortit dans les rues animées, parmi tous ces gens qui allaient au travail. Il se sentait séparé d'eux, alors qu'il était auparavant l'un des plus insignifiants d'entre eux, aurait pu prendre la place de chacun, cet homme vieilli au cours de la vie la plus banale qui soit, qui avait connu les joies et les peines les plus quotidiennes.

Tout être devant qui se dresse l'éventualité du malheur se rassure aussitôt en pensant à la force indomptable qui est la sienne. Pour l'un, c'est son idéal, pour l'autre sa foi, un troisième pensera seulement à sa famille. Bien des gens n'ont absolument rien. Pas de force indomptable, le vide. Toute la vie extérieure et ses horreurs peuvent les envahir, les remplir jusqu'à les faire exploser.

Après s'être rapidement assuré que "Dieu" était toujours à sa place, auquel d'ordinaire, abandonnant à sa femme les visites à l'église, il n'avait guère coutume de penser,

Mettenheimer s'assit sur le banc à l'arrêt de bus où il était monté ces jours derniers pour se rendre à son travail dans les quartiers ouest de la ville.

Sa main gauche se mit à trembler. Mais il ne s'agissait que des derniers soubresauts visibles. Le premier saisissement était passé. Il ne pensait en cet instant ni à sa femme ni à ses enfants, il ne pensait qu'à lui-même. À lui-même qui se sentait enfermé dans un corps fragile, susceptible, allez savoir pourquoi, d'être torturé.

Il attendit que sa main cesse de trembler. Puis il se leva pour continuer à pied. Il avait tout son temps. Il était convoqué à huit heures et demie. Mais il préférait attendre sur place. Ce qui montrait d'ailleurs aussi qu'à sa manière, il était courageux.

Il descendit donc la Zeil, la rue la plus commerçante de Francfort, jusqu'à la Hauptwache. Sa convocation ne pouvait avoir pour cause que Georg, l'ancien mari de sa fille Elli, celle du milieu, or ce Georg était détenu depuis des années. Il ne pouvait rien s'être produit de nouveau depuis que lui-même, l'ancien beau-père, avait fin 1933 été entendu dans cette affaire. À l'époque, son opposition énergique à ce mariage avait été clairement établie tout comme le fait qu'il partageait l'avis de ceux qui l'interrogeaient au sujet de Georg Heisler. Ils lui avaient alors conseillé de convaincre Elli de divorcer. Ce qu'il n'avait pourtant pas fait. La situation présente n'avait rien à voir avec cela, se dit Mettenheimer, il s'agissait de tout autre chose.

Il s'assit sur le banc le plus proche. Cette maison-là, au numéro 8, j'en ai aussi refait toutes les tapisseries. Comme ils se disputaient, le mari et la femme, fleurs ou rayures, bleu ou vert pour le devant. Du coup, je leur ai conseillé le jaune. "J'ai collé votre papier peint, mes amis, et je vais continuer. Je connais mon métier."

Le gamin: c'était l'unique raison expliquant qu'ils attendent quelque chose de lui. Il n'avait jamais été de ces pères qui s'engagent avec les curés dans des querelles théologiques, et jusqu'à Pâques seulement, sa petite dernière fréquentait l'école. Cette petite Lisbeth au nez en trompette ne lui semblait pas être de force à se battre pour la foi. C'est d'ailleurs ce qu'il avait déclaré au curé, qui avait fait quelques discrètes allusions. La petite pouvait sans souci satisfaire à toutes les exigences de l'école, aller où se rendaient toutes les autres gamines. Pas question qu'elle se tourne vers des choses à moitié interdites, mais seulement qu'elle fasse comme les autres, tout simplement. À l'exception peut-être des fêtes carillonnées. Il considérait qu'ils étaient, sa femme et lui – en dépit de toutes les bêtises qu'on mettait maintenant dans la tête des gamines – capables d'élever leur fille Lisbeth pour en faire quelqu'un de bien. Il se sentait même capable de faire de même avec l'enfant de sa fille Elli, cet enfant sans père.

"Vous vous êtes occupé chez vous d'Alfons, le fils de votre deuxième fille, Elisabeth, Elli pour la famille, d'abord à plein temps de décembre 1933 à mars 1934, puis, de mars 1934 à aujourd'hui, en journée ?"

"C'est exact, monsieur le commissaire", dit Mettenheimer. Il se demandait : que veut-il donc à cet enfant ? Il ne peut tout de même pas m'avoir convoqué à cause de lui ? Et d'où tire-t-il donc toutes ces informations ?

Le jeune homme assis dans un fauteuil sous le portrait de Hitler n'avait pas trente ans. La pièce semblait séparée en deux zones, comme si une ligne de démarcation entre deux latitudes traversait le bureau, Mettenheimer était trempé de sueur, il avait le souffle court – tandis que le jeune homme qui lui faisait face était dispos, à n'en pas douter l'air qu'il respirait était frais.

"Vous avez cinq petits-enfants. Pourquoi vous occupez-vous particulièrement de celui-là ?" "Ma fille est toute la journée au bureau." Mais que me veut-il donc, se demandait Mettenheimer, je ne vais tout de même pas me laisser intimider par ce blanc-bec. Son bureau, une pièce ordinaire. Un jeune homme ordinaire… Il s'essuya le visage. Le jeune commissaire l'observait attentivement de ses jeunes yeux gris. Le peintre serra dans son poing son mouchoir tire-bouchonné.

“Enfin, les foyers pour enfants, ça existe. Votre fille gagne sa vie. Elle gagne 125 marks depuis le 1er avril de cette année. Donc elle peut subvenir aux besoins de l’enfant.”

Mettenheimer changea son mouchoir de main.

“Pourquoi aidez-vous justement celle-là de vos filles, alors qu’elle peut parfaitement subvenir à ses besoins ?”

“Elle est seule, dit Mettenheimer. Son mari…”

Le jeune homme lui lança un bref regard. Puis il dit : “Asseyez-vous, monsieur Mettenheimer.”

Mettenheimer s’assit. Il eut soudain l’impression que sinon, il serait tombé par terre l’instant d’après. Il enfonça son mouchoir dans la poche de son manteau.

“Le mari de votre fille Elli a été interné en janvier 1934 au camp de Westhofen.”

“Monsieur le commissaire !” s’écria Mettenheimer, faisant mine de se relever, puis retombant sur sa chaise. Il déclara d’un ton calme : “Je n’ai jamais rien voulu savoir de cet homme. Je lui ai interdit définitivement ma maison. À la fin, ma fille ne vivait plus avec lui.”

“Au printemps 1932, votre fille habitait chez vous. En juin-juillet de la même année, elle est retournée vivre avec son mari. Puis elle est revenue chez vous. Votre fille n’a pas divorcé.”

“Non.”

“Pourquoi ?”

“Monsieur le commissaire, répondit Mettenheimer, cherchant son mouchoir dans ses poches de pantalon, c’est certes contre notre volonté qu’elle a épousé cet homme…”

“Et pourtant, vous, son père, vous ne lui avez pas conseillé le divorce.”

La pièce n’était en fait pas une pièce ordinaire. C’est justement ce qu’elle avait d’effroyable, elle était silencieuse, claire, tachetée d’ombres légères provenant du feuillage d’un arbre, une pièce tout à fait ordinaire donnant sur un jardin. Ce qui était effroyable, c’était justement que ce jeune homme était l'être le plus banal qui soit, yeux gris, cheveux clairs séparés par une raie, et pourtant, il savait tout, son pouvoir était sans limites.

"Vous êtes catholique?" "Oui." "Et étiez pour cette raison opposé à un divorce." "Non, mais le mariage..."

"... pour vous, est sacré? N'est-ce pas, pour vous le mariage avec une canaille est quelque chose de sacré?"

"On ne peut pas savoir à l'avance si quelqu'un restera une canaille ou pas", dit Mettenheimer à voix basse.

Le jeune homme le dévisagea un moment puis dit: "Vous avez mis votre mouchoir dans la poche gauche de votre manteau." Soudain, il tapa sur la table. Il dit, haussant le ton: "Comment donc avez-vous élevé votre fille pour qu'elle tombe sur ce genre de voyou?"

"Monsieur le commissaire, j'ai élevé cinq enfants. Tous m'ont fait honneur. Le mari de ma fille aînée est commandant. Mon fils aîné..."

"Je ne vous ai pas posé de questions au sujet de vos autres enfants. Je vous interroge au sujet de votre fille Elisabeth. Vous lui avez permis d'épouser ce Heisler. À la fin de l'an passé, vous l'avez personnellement accompagnée à Westhofen."

À ce moment-là, Mettenheimer comprit qu'il lui restait un atout, l'ultime atout pour une situation désespérée, une force indomptable, sa volonté de fer. Il répondit, parfaitement calme: "C'est un chemin difficile à parcourir pour une jeune femme." Il se disait: ce jeune homme a l'âge de mon dernier fils. Comment donc me parle-t-il? Que se permet-il? Il n'a pas dû avoir de chance avec ses parents, ni avec ses maîtres... La main posée sur son genou gauche se remit bien sûr d'elle-même à trembler. Mais il poursuivit néanmoins avec calme: "C'était mon devoir de père."

Le silence se prolongea un instant. Mettenheimer considéra sa main, toujours tremblante, en fronçant le front.

"Vous n'aurez sans doute plus l'occasion d'assumer ce devoir, monsieur Mettenheimer." Mettenheimer sursauta: "Il est mort?"

Si l'interrogatoire avait eu comme objectif d'en arriver là, le commissaire devait être déçu. Il y avait dans l'intonation du peintre en bâtiment l'expression incontestable d'un sincère soulagement. Vraiment, la mort de ce type aurait tout réglé d'un coup. Étranges obligations que l'artisan s'était lui-même imposées dans ces quelques moments décisifs de son existence, avec ses tentatives tantôt rusées tantôt douloureuses pour y échapper.

"Pourquoi imaginez-vous donc qu'il est mort, monsieur Mettenheimer ?"

Mettenheimer bafouilla : "Vous m'avez interrogé... je n'ai aucun avis particulier."

Le commissaire bondit. Il se pencha presque par-dessus la table. Puis son intonation se fit très douce : "Pourquoi donc, monsieur Mettenheimer, supposez-vous que votre gendre est mort ?"

Le peintre saisit de la main droite sa gauche, toujours tremblante. Il répliqua : "Je ne suppose rien du tout." Son calme avait disparu. Des pensées d'un tout autre genre détruisaient en lui tout espoir d'être débarrassé à tout jamais de ce type, de ce Georg. Il lui vint à l'esprit que des jeunes gars de sa trempe, si ce qu'on disait était vrai, on les soumettait à des tortures qui faisaient de leur mort un supplice inconcevable, et que sa mort avait dû être accompagnée d'atroces souffrances. Comparée à de telles voix, celle du commissaire, coupante et saccadée, n'était que la voix ordinaire d'un homme sans importance qui s'octroie on ne sait quelle fonction.

"Vous devez tout de même avoir eu une raison quelconque de supposer que ce Georg Heisler est décédé ?" Puis soudain, il se mit à hurler : "Ne racontez pas de sornettes ici, monsieur Mettenheimer."

Le peintre avait sursauté. Maintenant, il serrait les dents et regardait sans mot dire le commissaire. "Votre gendre était un jeune homme vigoureux, sans maladie particulière. Il faut donc que ce que vous prétendez repose sur quelque chose."

“Mais je n’ai rien prétendu.” Il avait retrouvé son calme. Il avait même lâché sa main gauche. S’il flanquait maintenant de sa main droite une baffe en pleine figure à ce jeune type, que se passerait-il ? Il le descendrait d’un coup de pistolet. Visage rouge, une tache blanchâtre à l’endroit où sa main, la main du peintre, se serait portée. Pour la première fois depuis sa jeunesse, de sa vieille tête lourde surgit une idée d’une intrépidité irréalisable nulle part au monde. Il se dit : oui, si je n’avais pas une famille ! Il retint un sourire en récupérant du bout de la langue le coin de sa moustache. Le commissaire le regardait fixement. “Maintenant, écoutez attentivement, monsieur Mettenheimer. Nous voulons vous mettre en garde, sur la base de vos propres déclarations qui confirment et sur quelques points même complètent nos propres observations. Vous mettre en garde dans votre intérêt et dans celui de toute votre famille, dont vous êtes somme toute le chef. Abstenez-vous de toute démarche, de toute déclaration qui aurait en quelque façon un lien avec celui qui fut le mari de votre fille Elisabeth Heisler. Si vous deviez éprouver la moindre hésitation, avoir besoin d’un conseil quel qu’il soit, ne vous adressez ni à votre femme ni à aucun membre de votre famille, ne cherchez pas davantage l’assistance d’un prêtre, mais adressez-vous à notre commissariat central et demandez le bureau 18. Vous me comprenez, monsieur Mettenheimer ?”

“Tout à fait, monsieur le commissaire”, dit Mettenheimer. Il n’avait pas compris le moindre mot. On l’avait mis en garde contre quoi ? Qu’est-ce qui avait été confirmé ? Quelles hésitations pourrait-il avoir ? Le jeune visage qu’il aurait l’instant d’avant voulu gifler était soudain devenu de granit, image impénétrable du pouvoir.

“Vous pouvez disposer, monsieur Mettenheimer. Vous habitez 11 Hansastrasse. Vous travaillez à l’entreprise Heilbach ? Heil Hitler !”

L’instant d’après, il était dans la rue. Une chaude et douce lumière d’automne baignait la ville, et la foule joyeuse semblait plongée dans une atmosphère de fête qu’elle ne connaît par ailleurs qu'au printemps. La foule l'entraînait avec elle, tout simplement. Que me voulaient-ils ? se demandait-il. Pourquoi donc m'ont-ils convoqué ? C'était peut-être tout de même à cause de l'enfant d'Elli ? Ils ont le pouvoir de vous ôter – voyons, comment dit-on – le droit de garde. D'un seul coup, il retrouva son entrain. Il en était arrivé à l'idée qu'un service officiel quelconque lui avait pour une quelconque raison administrative posé une certaine question. Comment cela avait-il donc pu le perturber à ce point ? Il n'avait plus la moindre envie de se torturer les méninges sur le sujet. Il avait envie de sentir l'odeur de la colle, d'enfiler sa blouse de peintre, de retrouver la vie ordinaire, de s'y plonger si profondément que personne ne pourrait le découvrir. Au même moment, le tram 29 approchait. Il écarta les gens et bondit dedans. Il se trouva à son tour poussé par un homme qui avait sauté derrière lui, un homme un peu rondouillet portant un feutre davantage posé qu'enfoncé sur sa tête. Un homme à peine plus jeune que lui. Ils étaient hors d'haleine l'un comme l'autre. "À notre âge, dit Mettenheimer, ce sont de drôles de plaisanteries." L'autre répondit d'un ton courroucé. "Que tu dis !"

Quand Mettenheimer arriva sur son chantier, Siemsen l'accueillit en lui disant : "Si j'avais su que vous n'alliez pas tarder. J'ai cru qu'il y avait le feu chez vous ou que votre femme était tombée dans le Main."

"Une simple affaire administrative, dit Mettenheimer. Il est quelle heure ?"

"Dix heures et demie."

Mettenheimer enfila sa blouse. Il se mit immédiatement à ronchonner. "Vous avez collé la bordure en premier, une fois de plus. Ça ressemble à quoi ? Elle ne ressort pas. Tout ça parce que vous avez peur que le papier peint dégouline. Vous n'avez qu'à faire attention. Faut retirer tout ça, y a rien d'autre à faire." Il marmonna : "Encore une chance que je sois arrivé." Il se mit à bondir d'une échelle à l'autre comme un écureuil.

IV

Georg avait réussi. Dès l'ouverture de la cathédrale, il s'était métamorphosé en fidèle matinal. Il n'était que l'un des rares hommes parmi toutes ces femmes. Le sacristain l'avait lui aussi reconnu. Tiens donc, encore un qui a été touché, se dit-il avec satisfaction, il était moins une… Georg mit un certain temps à se redresser. Il se traîna péniblement vers la sortie. Il n'en a guère pour plus de deux jours, se dit Dornberger, une fois dans la rue, il va s'écrouler. Son visage gris était empreint d'un mal mortel.

S'il n'y avait pas eu cette poisse avec sa main ! Pourquoi faut-il qu'une minuscule erreur bousille tout ! Quand, où est-ce que ça m'est donc arrivé ? Sur ce mur hérissé de tessons, il y a environ vingt-quatre heures… Les gens l'entraînèrent avec eux hors de la cathédrale, par une porte donnant sur une courte ruelle. Entre des maisons basses aux vitrines déjà éclairées, elle débouchait sur une grande place dont le brouillard effaçait les limites. Et pourtant, place et ruelles grouillaient de monde. Les stands installés sur la place s'ouvraient. Dès la porte, on respirait l'odeur du café et des gâteaux frais, car la pâtisserie de la cathédrale se trouvait tout à côté. Et tous ceux qui sortaient de la messe avaient au moins l'œil attiré par les tartes présentées dans la vitrine.

Quand l'air humide et frais lui frappa le visage, Georg ne put se retenir, ses jambes se dérobèrent sous lui et il se retrouva assis par terre. Deux vieilles demoiselles sortaient de la cathédrale, deux sœurs qui ne s'étaient jamais mariées. L'une lui mit de force cinq pfennigs dans la main, l'autre s'emporta : "Tu sais bien que c'est défendu." La plus jeune se mordit les lèvres. Depuis cinquante ans elle se faisait remettre à sa place.

Georg ne put s'empêcher de sourire. Comme il l'avait aimée, la vie. Il en avait tout aimé, les petites boules sucrées sur le gâteau et même le son que l'on ajoutait au pain pendant la guerre. Les villes, les fleuves, tout le pays, ses habitants, Elli, sa femme, Lotte, Leni, la petite Katherine, sa mère, son petit frère. Les slogans qui réveillent les gens ; les chansonnettes accompagnées à la guitare ; les phrases que Franz lui lisait, pleines de grandes idées qui avaient bouleversé sa vie ; et jusqu'aux cancans des vieilles femmes. Comme tout cela avait été bon, à part quelques moments désagréables. Maintenant encore, tout restait cher à son cœur. Quand il rassembla ses forces, adossé au mur, mourant de faim, considérant d'un air misérable le marché qu'on était justement en train d'installer dans le brouillard, à la lueur des réverbères, son cœur fut traversé par une vague de chaleur, comme si tout cet amour lui était rendu malgré tout, venant de tout et de tous, même si c'était peut-être la dernière expression d'un amour douloureux, désespéré. Il franchit les quelques pas qui le séparaient de la pâtisserie. Il devait conserver cinquante pfennigs, la monnaie rendue, capital indispensable. La femme versa sur un morceau de papier une pleine assiette de miettes de gâteaux et de croûtes brûlées. Elle jeta un bref regard à sa veste qui lui paraissait de trop bonne qualité pour un tel en-cas.

Ce regard ramena Georg à la réalité. Une fois dehors, il enfourna toutes les miettes. Mastiquant très lentement, il se traîna au bord de la place. Les réverbères, toujours allumés, étaient déjà inutiles. On commençait à distinguer la rangée de façades d'en face à travers la brume de ce matin d'automne. Georg poursuivit son chemin, s'enfonçant toujours plus profond dans un réseau compliqué de ruelles qui entourait le marché comme un entrelacs de fils dont il finit tout de même par sortir. Georg lut sur une plaque : Dr Herbert Löwenstein. Voilà celui qui sera obligé de m'aider, se dit-il. Il monta l'escalier.

La première cage d'escalier normale depuis combien de mois ? Il sursautait au craquement des marches comme s'il entreprenait un cambriolage. Ici aussi, l'odeur du café. Derrière les portes, une journée normale commence, avec des bâillements, des enfants que l'on réveille et le bruit des moulins à café.

À son entrée dans la salle d'attente, il y eut un moment de silence. Tous le dévisagèrent. Deux groupes de patients. Sur le canapé près de la fenêtre, une femme et un enfant, ainsi qu'un homme relativement jeune en imperméable; près de la table un vieux paysan et un citadin d'un certain âge avec un petit garçon, et maintenant Georg. Le paysan poursuivit son propos: "Me v'là ici pour la cinquième fois, et il ne m'a pas vraiment soulagé, mais un peu tout de même, un peu. Pourvu que ça dure jusqu'à ce que notre Martin revienne de l'armée et jusqu'à son mariage." On entendait dans sa voix à l'accent monotone que parler le faisait souffrir. Mais il supportait, pour éprouver le plaisir qu'il y a à se confier. Il ajouta: "Et vous?" "Ce n'est pas pour moi que je suis ici, répondit l'autre sèchement, c'est à cause de ce gamin. C'est l'unique enfant de mon unique sœur. Le père de l'enfant lui a interdit, à ma sœur, d'aller chez Löwenstein. Alors, le gamin, je l'ai amené à sa place." Le vieux, tenant de ses deux mains son ventre où sans doute se cachait sa souffrance, dit: "Comme si y avait pas d'autre médecin." L'autre répondit d'une voix indifférente: "Vous aussi, vous êtes ici." "Moi? Je suis déjà allé chez tous les autres, chez le docteur Schmidt, le docteur Reisinger, le docteur Hartlaub." Soudain, s'adressant à Georg: "Et vous, pourquoi vous êtes ici?" "À cause de ma main." "Mais ce n'est pas un spécialiste des mains, il s'occupe de ce qu'on a à l'intérieur." "J'ai aussi des problèmes à l'intérieur." "Un accident d'auto?" La porte de la salle d'attente s'ouvrit. Le vieux, aveuglé de douleur, prit appui sur la table et sur l'épaule de Georg. Alors, non seulement la peur, mais l'irrépressible angoisse d'un enfant envahit Georg, celle qu'il éprouvait dans les salles d'attente, quand il était aussi petit que ce gamin au teint jaune. Et comme autrefois, il n'arrêtait pas de tirailler les franges du dossier de son fauteuil.

Coup de sonnette à la porte d'entrée. Georg sursauta. Mais il s'agissait seulement du patient suivant, une adolescente aux cheveux sombres qui passa devant la table.

Il se retrouva enfin devant le médecin qui lui demanda son nom, son adresse, son métier. Il répondit en donnant des indications au hasard. Les murs bougeaient déjà autour de lui, il glissa dans un précipice de verre et de nickel, un précipice d'une propreté absolue. Pendant qu'il sombrait, une voix le rendait attentif à l'appartenance raciale du médecin. Et cette odeur, qui lui rappelait l'épilogue de tous les interrogatoires, au moment de la teinture d'iode et des pansements. "Asseyez-vous", dit le médecin.

Il s'était dit dès la porte que ce patient faisait une impression extrêmement défavorable. Il savait quels seraient les symptômes : pas de blessures béantes, pas de tumeur, un voile ténu sur les yeux et au-dessous, qui chez cet homme était déjà une épaisse ombre noirâtre. Quel pouvait être son problème ? Il était désormais habitué à des patients qui se précipitaient à son cabinet à la toute première heure pour que les voisins ne remarquent rien, quand il y avait urgence, comme autrefois on allait chez la sorcière. Il entreprit de défaire les chiffons qui lui servaient de pansement. Un accident ? Oui. Au-delà de la fascination intense que suscitait immédiatement en lui toute blessure, toute maladie, car il était médecin au plus profond de lui-même, rien qu'en regardant cet homme, il ressentit à nouveau un malaise, cette fois plus intense qu'auparavant, qu'est-ce que c'était que ce pansement ? Fait avec la doublure d'une veste. Il le déroula très lentement. Et cet homme, quel genre d'homme était-ce ? Vieux ? Jeune ? Son embarras grandit, lui étreignant la gorge, comme si depuis dix-neuf ans qu'il soignait des malades, jamais la mort n'avait été aussi proche de lui.

Il regarda la main, désormais mise à nu devant lui. Elle était certes en piteux état, mais cela ne justifiait pas le signe gravé tel un mauvais présage sur le front et inscrit dans les yeux de l'homme – pourquoi cet homme était-il à ce point épuisé ? Il venait pour sa main. Il souffrait à coup sûr aussi d'une autre maladie, qui peut-être lui demeurait inconnue à lui-même. Maintenant, il fallait extraire les éclats de verre. L'homme avait besoin d'une piqûre, sinon il allait lui tomber dans les pommes. L'homme avait indiqué être mécanicien auto. "Dans quinze jours vous pourrez reprendre le travail", dit-il. L'homme ne répondit pas. Va-t-il supporter la piqûre ? Mais le cœur de cet inconnu, même s'il n'est pas au mieux de sa forme, n'est pas si mal en point. Alors, cet homme, quel est son problème ? Pourquoi le médecin ne suivait-il pas sa tendance habituelle : chercher à découvrir de quelle maladie il souffrait ?

Pourquoi l'homme, après l'accident, ne s'était-il pas précipité à l'hôpital le plus proche ? Les saletés qui souillaient la plaie y étaient depuis au moins une nuit. Il voulut l'interroger, dans le but aussi de détourner son attention quand il attaquerait sa main avec la pincette. Le regard de l'homme l'en empêcha. Il hésita. Il examina à nouveau la main avec attention, jeta ensuite un rapide coup d'œil au visage de l'homme, à sa veste, le considéra tout entier. L'homme fit une brève grimace, lui lança un coup d'œil en biais mais soutint son regard.

Le médecin se détourna lentement, se sentant alors blêmir, lèvres exsangues. En se regardant dans la glace au-dessus du lavabo, le voile noirâtre s'était déjà déposé sur son propre visage. Il ferma les yeux. Il se savonna les mains et les lava avec une infinie lenteur, laissa l'eau couler. J'ai une femme et des enfants. Pourquoi se présente-t-il chez moi ? Devoir trembler à chaque coup de sonnette. Avec tout ce qu'on m'inflige jour après jour.

Georg fixait le dos blanc du médecin. Il se disait : mais pas seulement à vous.

Le médecin laissait l'eau éclabousser ses mains. Insupportable, ce qu'on m'inflige. Et maintenant, par-dessus le marché, encore ça. Devoir autant souffrir, ce n'est pas possible.

Georg, sourcils froncés, pendant que l'eau s'écoulait comme celle d'une source : mais vous n'êtes pas seul à souffrir.

Le médecin ferma alors le robinet, se sécha les mains avec une serviette propre, percevant pour la première fois l'odeur du chloroforme comme ne le faisaient d'ordinaire que ses patients – pourquoi cet homme s'est-il adressé à moi ? Comme par hasard ? Pourquoi ?

Il rouvrit le robinet. Il se lava alors les mains pour la deuxième fois. Cela ne te regarde absolument pas. Ce n'est qu'une main qui est venue à ta consultation, une main malade. Qu'elle sorte de la manche d'un mauvais garçon ou qu'il y ait au-dessus une aile d'ange, tu peux bien t'en moquer complètement. Il ferma de nouveau le robinet et s'essuya les mains. Puis il prépara sa seringue. En remontant la manche de Georg, il remarqua que sous sa veste, l'homme ne portait pas de chemise. Cela ne me regarde pas, se dit-il, ce qui me regarde, c'est la main.

Georg renfonça sa main pansée dans la veste et dit : "Merci beaucoup." Le médecin avait voulu lui demander de payer, mais l'homme avait remercié sur un ton qui suggérait qu'il avait été soigné gratuitement. Il titubait en sortant de la pièce, mais le médecin eut alors tout de même l'impression que la maladie, pour l'essentiel, se situait dans la main.

Georg était en train de descendre l'escalier quand sur la dernière volée de marches un petit bonhomme en bras de chemise se planta devant lui : "Vous venez du deuxième étage ?"

Georg répondit vite par un mensonge parce qu'il n'avait pas le temps de réfléchir pour savoir ce qui était préférable, vérité ou mensonge. "Du troisième." "Ah bon", rétorqua le bonhomme, c'était le concierge, "je m'étais dit que vous veniez de chez Löwenstein".

Arrivé dans la rue, Georg aperçut deux maisons plus loin, sur une marche devant une porte d'entrée, le vieux paysan de la salle d'attente. Il fixait d'un œil vague le marché. Le brouillard avait monté. La lumière automnale brillait sur les parasols dressés tels des champignons au-dessus des stands. Tous les fruits et légumes s'y étalaient, appétissants, disposés sans artifice, comme de simples plates-bandes un peu soignées. On eût dit que les paysannes avaient apporté jusqu'au marché des secteurs entiers de leurs champs et jardins. Mais la cathédrale, où était-elle donc maintenant ? Derrière les maisons de trois ou quatre étages, les parasols du marché et les chevaux, derrière les camions et les bonnes femmes, la cathédrale avait complètement disparu.

C'est seulement en rejetant la tête en arrière que Georg vit la tour la plus haute, huppe dorée par laquelle on aurait pu empoigner la ville pour la soulever en l'air. Quand il s'avança un peu, dépassant le paysan qui le suivait d'un œil fixe, il vit, loin au-dessus des toits, saint Martin sur son cheval, déchirant son manteau. Georg se faufila dans la foule particulièrement dense. Toutes ces pommes, ces grappes de raisin, ces choux-fleurs dansaient devant ses yeux. Il fut d'abord saisi d'un désir si intense qu'il aurait voulu pouvoir plonger son visage dans ce marché et croquer dans tout cela à pleines dents. Mais ensuite, il ne fut plus que dégoût. L'état dans lequel il se trouva alors était le plus dangereux qui soit pour lui. Épuisé, au bord du vertige, trop faible pour réfléchir, il titubait entre les stands. Il avait fini par se retrouver dans le secteur des poissonniers. Adossé à une colonne Morris, il regardait l'un d'eux en train d'écailler et de vider une énorme carpe. L'homme l'emballa dans une feuille de journal et le tendit à une demoiselle. Il pêcha ensuite avec sa louche des petits poissons, incisant prestement chacun de son couteau puis en balança une poignée sur la balance. Georg, envahi par le dégoût, ne pouvait s'empêcher de l'observer avec attention.

Depuis sa marche d'escalier, le vieux paysan de la salle d'attente avait suivi des yeux Georg d'un air d'indifférence, jusqu'au moment où il l'avait perdu de vue. Il contempla un moment encore les gens qui allaient et venaient dans le soleil d'automne. La douleur lui obscurcissait le marché tout entier. Son torse ballottait de droite et de gauche. Ce bandit, il m'a pris dix marks pour un tel résultat, pas un pfennig de moins que Reisinger. Pas question d'entamer une querelle avec celui-là. Mais à ce Juif, il allait envoyer son fils, il lui montrerait de quel bois il se chauffait. Il se cramponna à son bâton pour se redresser. Il se traîna à travers la place jusqu'à un distributeur automatique. En regardant par la fenêtre, il revit Georg adossé à la colonne Morris avec sa main pansée de frais. Il le regarda avec une telle insistance que Georg tourna la tête vers la fenêtre, éprouva un sentiment de malaise. De l'endroit où il se trouvait, il ne pouvait certes pas voir derrière la fenêtre, mais il se ressaisit et prit la direction du Rhin en longeant les étals de poisson.

Au même moment, Franz avait déjà embouti des centaines de petites feuilles. À la place de Caboche, qui avait été arrêté, un garçon tout jeune se pointa pour passer l'aspirateur. Tous furent d'abord saisis d'étonnement, car on s'était accoutumé à Caboche. Mais le gamin était si gai, si insolent, qu'il récupéra lui aussi immédiatement un surnom : Petit-pain-d'épices. Et désormais, au lieu de Caboche-Tête-de-pioche, on disait Pain-d'épices-Petit-pain-d'épices.

La veille au soir et le matin même, au vestiaire, tout le monde s'était excité non tant sur l'arrestation de Caboche que sur l'augmentation soudaine du nombre de plaquettes d'aluminium qu'il s'agissait d'emboutir, et qu'ils n'avaient d'ailleurs pas encore très bien comprise. La plupart d'entre eux n'y avaient vu clair qu'au cours de leur journée de travail. Quelqu'un avait expliqué quel élément de quelle partie de la machine avait été remplacé afin qu'on puisse abaisser le levier quatre fois au lieu de trois en une minute. La raison en était que les plaquettes une fois mises en place se retournaient d'elles-mêmes après chaque pression, alors qu'auparavant, il fallait les retourner pour les mettre dans la nouvelle position. Un autre dit alors qu'en fin de compte, l'essentiel, c'était une augmentation de salaire au premier du mois, sur quoi un troisième, plus âgé, avait affirmé qu'il n'avait jamais été si éreinté que la veille, mais le deuxième rétorqua que c'était toujours comme ça le lundi soir.

En d'autres circonstances, de telles conversations, leur origine, le tour qu'elles prenaient, tout cela aurait donné à Franz matière à longues réflexions. C'était le type de fait initial qui déclenche une foule de conséquences, chacune en son genre plus importante que le point de départ, démasquant les êtres, faisant surgir par éclairs leur véritable visage. Cette fois, Franz fut déçu, et même troublé de voir que la nouvelle qui le préoccupait jour et nuit ne parvenait pas à irriguer peu à peu le sol aride de la vie ordinaire.

Si je pouvais tout simplement aller voir Elli et l'interroger, se disait Franz. Vit-elle à nouveau chez ses parents ? Non, pas question de prendre un tel risque. Sauf si le hasard voulait que je la rencontre quelque part.

Il allait s'informer prudemment dans la rue pour savoir si Elli était retournée chez ses parents. Peut-être n'habitait-elle plus la ville. Ainsi donc, tout cela le travaillait encore. La blessure qu'on lui avait infligée autrefois, stupidement, par jeu, le travaillait encore. Mais c'était bien ainsi – à tout jamais.

Tout ça, c'est des bêtises, se disait Franz, cette Elli, elle a sans doute grossi, s'est empâtée. Si je l'avais revue, j'aurais sans doute été reconnaissant envers Georg de m'en avoir détaché, dans le temps. D'ailleurs, elle ne me concerne pas du tout.

Il décida de prendre son vélo après le boulot pour aller à Francfort. Il avait quelques achats à faire dans un magasin de la Hansagasse, ce qui lui permettrait de demander des nouvelles de la famille Mettenheimer... Petit-pain-d'épices s'approcha de lui et l'attrapa par le coude ; Franz releva un peu les avant-bras, et rata sa pièce, la surprise lui fit encore rater la suivante, et la troisième elle aussi manquait de précision : Franz, rouge pivoine, eut envie de se jeter sur le gamin. Qui lui fit une grimace – dans la lumière vive, le visage de Petit-pain-d'épices était blanc comme neige, les yeux brillants d'insolence cernés des cercles bleus de la fatigue.

Soudain, Franz vit et entendit tout l'atelier comme il l'avait vu dès la première minute cinq semaines plus tôt, à son arrivée. Il entendit le son vibrant des courroies qui déchirait le cerveau, traversant toutes les pensées sans recouvrir le bruit ténu du frottement produit par le ruban de métal guidé entre les rails. Il vit les visages, qui dans cette même lumière régulière étaient mis à nu et ne frémissaient que toutes les trois secondes au moment d'abaisser les leviers. Ils ne frémissent qu'à ce moment-là, se dit Franz. Il oublia que l'instant d'avant, il aurait voulu se jeter sur Petit-pain-d'épices pour la seule raison qu'il avait raté une pièce.

Pas très loin de Franz, à peut-être une demi-heure à vélo, une foule s'était assemblée dans une des rues animées proches de la gare centrale de Francfort. Les gens se décrochaient le cou. Dans un pâté de maisons dont faisait partie un grand hôtel, la chasse était lancée pour arrêter un type en train d'escalader une façade. Personne ne s'étonnait de voir qu'intervenaient pour cela non seulement des policiers en grand nombre mais aussi des SS. On racontait que le type avait plusieurs fois réussi à échapper aux poursuivants, il venait d'être pris sur le fait dans une chambre d'hôtel, il avait, disait-on, fauché quelques bagues et colliers de perles. "Un vrai film, s'exclamaient les gens, il ne manque que Greta Garbo." Un sourire étonné, un peu réjoui, flottait sur les visages. Une jeune fille poussa un cri. Tout en haut, au bord du toit de l'hôtel, elle avait vu ou cru voir quelque chose. La foule des spectateurs devenait de plus en plus nombreuse, de plus en plus impatiente. À tout instant on attendait un spectacle curieux, un être mi-fantôme, mi-oiseau. Voici qu'arrivaient les pompiers avec leurs échelles et leurs filets. Au même moment se produisit une bousculade sur l'arrière de l'hôtel Savoy. Un jeune homme avait surgi d'une cave par une petite porte et, en jouant des coudes, il avait tenté de se frayer un chemin à travers la foule. Mais cette foule, que la longue attente et toutes ces histoires de dangereux voleur avaient rendue sauvage, avide de capturer un coupable, s'était refermée sur le garçon, l'avait tabassé et l'avait traîné jusqu'à la sentinelle la plus proche qui avait alors constaté qu'il s'agissait d'un simple serveur intérimaire allant prendre son train.

Car l'individu réellement recherché était déjà perché sur le toit du Savoy, derrière une cheminée. Il s'agissait de Belloni, Anton Meier dans la vie de tous les jours, mais où était-elle, cette vie de tous les jours ? À ce Belloni, artiste, qui était demeuré jusqu'au bout un inconnu pour Georg et pour ses amis, même s'il s'agissait sans doute d'un gars bien, à ce Belloni lui-même n'avait pas échappé qu'il était resté un inconnu pour Georg. Pour édifier la confiance, il aurait fallu rester plus longtemps ensemble. De l'endroit où il était, Belloni ne pouvait pas voir les environs immédiats, ni les ruelles pleines de gens qui suivaient fiévreusement cette chasse à l'homme, brûlant d'y participer. Au-dessus du parement de fer forgé qui délimitait la pente du toit, il ne distinguait que l'extrême limite de la plaine, et vers l'ouest, voyait au-dessus de lui le scintillement du ciel bleu pâle et silencieux, pas un oiseau, pas un nuage. Tandis qu'en bas la foule attendait, sur son toit, il faisait de même, calme et hardi à la fois, comme il y avait été entraîné dès l'enfance, ce qui contribuait dans son métier à charmer les gens sans qu'ils comprennent vraiment tout à fait ce qui les charmait à travers la simplicité de ses tours. Belloni avait l'impression que son attente là-haut durait depuis déjà un bon moment, si bien que s'ils avaient été sur ses talons, les poursuivants auraient dû le découvrir.

Trois heures plus tôt, on avait voulu l'arrêter dans un appartement qui appartenait à la mère d'un ancien ami. Cet ami avait jadis fait partie de la même troupe que lui, jusqu'au moment où un accident du travail l'avait contraint à quitter le métier. Mais la police, parmi d'autres dispositions, avait aussi établi la liste de tous les membres de toutes les troupes auxquelles il avait appartenu. Il n'avait pas été plus difficile de surveiller ces personnes que de cerner quelques pâtés de maisons. Belloni avait sauté par la fenêtre, avait traversé quelques ruelles, s'était réfugié dans le quartier de la gare centrale, où par deux fois il s'en était fallu d'un cheveu qu'il ne soit coincé, et était entré dans l'hôtel par la porte tambour. Dans les nouveaux vêtements qu'il s'était procurés la veille, bien qu'il soit en fuite, il se comportait avec un tel calme, de manière si appropriée, qu'on le laissa traverser le hall – Belloni avait un peu d'argent. Il avait une fois encore retrouvé quelque espoir de pouvoir partir par le train. Il y avait de cela une demi-heure à peine. Maintenant, il avait perdu tout espoir, mais même sur ce dernier tronçon de son chemin, celui d'où l'espoir a disparu, il voulait défendre sa liberté. Pour cela, il lui fallait maintenant gagner le toit en contrebas de la maison voisine. Prudemment, calmement, il se laissa glisser de quelques mètres sur la pente jusqu'à atteindre une petite cheminée en maçonnerie, tout près du grillage. Il continuait à penser qu'on ne l'avait pas repéré. À travers le grillage, il voyait la foule entourant la masse sombre du pâté de maisons. Il comprit qu'il était perdu. Et pire encore. Cette foule se pressait dans les ruelles pour, pensa-t-il, empêcher un fugitif comme lui de s'échapper. Belloni pouvait maintenant embrasser toute la ville du regard, ses regards portaient par-delà le Main et les usines Hoechst, jusqu'aux pentes du Taunus. Parmi l'entrelacs de rues et ruelles de la ville tout entière, l'encerclement du pâté de maisons ne représentait qu'une petite boucle noire. L'espace infini et scintillant semblait vouloir l'inviter à un art qu'il ne maîtrisait pas. Devait-il tenter de descendre ? Tout simplement attendre ? Ces deux solutions étaient absurdes, les gestes de la fuite comme ceux du courage. Mais il n'aurait pas été Belloni si, entre ces deux attitudes insensées, il n'avait pas choisi la seconde. Il laissa ses jambes descendre jusqu'à ce que ses pieds atteignent le grillage.

Dès le moment où il s'était replié derrière la deuxième cheminée, Belloni avait été découvert. "Vise les pieds", dit un des deux types planqués derrière un panneau publicitaire au bord du toit de l'immeuble voisin. L'autre visa et tira comme le premier lui en avait donné l'ordre, surmontant une légère impression nauséeuse ou seulement d'excitation. Puis tous deux, agiles et hardis, se hissèrent sur le toit de l'hôtel à la poursuite de Belloni. Car en dépit de la douleur, Belloni n'avait pas lâché prise et se cramponnait fermement. Il fila entre les cheminées, prenant de biais un des coins du toit, laissant une ultime trace. Puis il roula jusqu'au grillage. Rassembla une dernière fois toutes ses forces. Prit son élan par-dessus le grillage bas avant qu'ils puissent le récupérer.

Il s'était écrasé dans une des cours de l'hôtel, en fin de compte les spectateurs furent contraints de battre en retraite sans avoir rien vu. Dans les suppositions des badauds, dans les récits surexcités des femmes, il continua à planer au-dessus des toits pendant des heures, mi-fantôme, mi-oiseau. Quand vers midi il mourut à l'hôpital, car il n'était pas mort sur le coup, ils furent deux là aussi à discuter à son sujet : "Vous êtes seulement chargé d'établir le certificat de décès", disait le plus jeune des deux médecins à son aîné, "les pieds ne vous regardent en rien. Ce n'est pas de ça qu'il est mort". Surmontant une légère impression nauséeuse, le plus âgé fit comme le plus jeune lui en avait donné l'ordre.

V

Il était donc maintenant dix heures et demie. La femme du sacristain dirigeait une batterie de femmes de ménage selon le programme qui régissait de manière précise l'entretien de la cathédrale de Mayence. Il prévoyait que chaque recoin de la cathédrale soit visité une fois par an. Les femmes de ménage n'intervenaient cependant que sur des secteurs précis, carrelages, parois, escaliers, bancs. La mère et la femme du sacristain étaient seules à s'occuper, munies de leurs balais plus délicats et de leurs accessoires de nettoyage compliqués, des trésors nationaux sacrés, propriété du peuple allemand.

C'est pourquoi la femme du sacristain découvrit derrière la pierre tombale d'un archevêque le petit baluchon. Il aurait mieux valu que Georg le fourre sous un banc. "Eh bien, regarde-moi donc ça", dit-elle à son mari, le sacristain Dornberger, qui sortait justement de la sacristie. L'homme examina la trouvaille, se fit son idée et dit à sa femme : “Allez, avance !” Puis, avec ce petit tas de guenilles, il traversa une cour et se rendit au musée du diocèse. “Père Seitz, dit-il, regardez-moi ça.” Le père Seitz, la soixantaine tout comme son sacristain, étala le petit baluchon sur une vitrine dans laquelle, exposée sur une pièce de velours, était présentée une collection de croix de baptême datées et numérotées. Un bout de treillis crasseux. Le père Seitz leva la tête. Ils se regardèrent droit dans les yeux. “Pourquoi donc m'apportez-vous cette loque crasseuse, mon cher Dornberger ?” “C'est ma femme”, répondit le sacristain en parlant avec une certaine lenteur pour laisser au père Seitz le temps de réfléchir, “elle vient de découvrir ça derrière l'évêque Siegfried von Epstein”. Le prêtre le regarda, interloqué : “Mais voyons, Dornberger, sommes-nous le bureau des objets trouvés ou un musée diocésain ?” Le sacristain s'approcha tout près de lui. Il dit en baissant la voix : “Je ne devrais pas plutôt le porter à la police ?” “La police ?” demanda le père Seitz, stupéfait. “Parce que vous déposez à la police le moindre gant de laine que vous découvrez sous un banc ?” Le sacristain marmonna : “Ce matin, on racontait des choses…” “Des choses, des choses. On n'en raconte donc pas assez à votre goût ? Voulez-vous qu'on raconte demain que chez nous, dans la cathédrale, les gens se déshabillent et se rhabillent ? Ça pue vraiment. Vous savez, Dornberger, y a de quoi attraper du mal. Moi, ces haillons, je les brûlerais. Et je ne voudrais même pas le faire dans ma cuisinière, c'est répugnant. Tiens, je vais directement le mettre là-dedans.”

Dès le 1er octobre, le petit poêle en fonte chauffait. Dornberger y fourra les chiffons et s'écarta. Une odeur infecte de haillons brûlés se répandit. Le prêtre entrebâilla une fenêtre. La gaîté avait disparu de son visage, devenu sérieux, et même sombre. Il s'était à nouveau passé quelque chose qui aussi bien pouvait s'échapper par la fenêtre entrebâillée que prendre l'épaisseur d'une épouvantable histoire capable en fin de compte de vous étouffer.

Au moment où la chemise dans laquelle il avait sué sang et eau se transformait en un mince ruban de fumée qui aux yeux de M. le curé Seitz s'échappait bien trop lentement en répandant une puanteur excessive par la fenêtre entrebâillée, Georg était descendu jusqu'au Rhin et, après avoir franchi la route, suivait maintenant à pas lents le cours du fleuve sur le chemin sablonneux qui longe les berges. Autrefois, encore enfant, il lui était arrivé de venir jusqu'ici. Depuis les villages et petites villes situés à l'ouest de Mayence, les possibilités de traverser par bateau ou en prenant des bacs étaient innombrables. Lorsqu'il y avait réfléchi, surtout la nuit, tout cela lui avait semblé insensé, espoir vide, tributaire de mille hasards. Mais quand il se retrouva sur ses deux jambes, progressant entre les hasards et les possibilités qui s'offraient, au cœur du danger, tout lui sembla moins désespéré. Le fleuve, ses remorqueurs abaissant leurs cheminées pour passer sous les ponts, la rive opposée et sa bande de sable clair surmontée d'une rangée de maisons basses, les contreforts du Taunus à l'horizon, tout cela avait pour Georg la netteté extrême d'un paysage de champ de bataille, quand le danger est grand, quand tous les contours s'exacerbent, quand leur netteté augmente jusqu'au moment où ils semblent se mettre à trembler. Sur la place du marché, il avait encore redouté que ses forces ne lui permettent même pas d'atteindre la rive. Maintenant, alors qu'il avait pour projet de s'éloigner le plus vite possible de la ville et de progresser en remontant le Rhin d'au moins trois heures, sa faiblesse diminua un peu et le sol qu'il foulait lui sembla plus ferme. Il se remémora les heures écoulées. Qui m'a vu ? Qui pourrait me décrire ? Entré dans ce cercle de questions, il était déjà pour ainsi dire perdu. La peur, c'est quand une certaine représentation commence à croître sans mesure en recouvrant tout le reste. Et comme tombée du ciel, sur ce chemin tranquille, alors qu'aucun regard ne le suivait, elle le frappa ! Nouvel accès de peur, comme une fièvre paludéenne, revenant à intervalles de plus en plus longs. Il s'appuya à la balustrade. Le ciel et l'eau s'étaient assombris, cela dura de longues secondes. Puis cet état se dissipa, de lui-même, comme Georg le pensa ; en guise de récompense, le monde ne lui apparaissait désormais plus obscur ni surréel, mais dans son éclat habituel et quotidien, eaux calmes, mouettes dont les cris ne détruisaient pas le silence mais lui conféraient sa perfection. Eh oui, c'est l'automne, se dit Georg, les mouettes sont de retour.

Près de lui, quelqu'un s'était appuyé à la balustrade. Il jaugea son voisin, un marinier en pull-over marron foncé. Quand on se penche ici par-dessus la balustrade, on ne reste pas longtemps seul, la chaîne se forme, mariniers en repos, pêcheurs qui n'ont pas envie de lancer leur ligne, vieux. Car l'eau qui s'écoule, les mouettes, les bateaux que l'on charge et décharge, tout cela bouge pour eux, qui, complètement immobiles, regardent le spectacle. Ils étaient déjà cinq ou six à côté du marinier. "Une veste comme celle-là, ça coûte combien, par ici ?" demanda le marinier. "Vingt marks", répondit Georg. Il voulait s'éloigner, mais la question avait déclenché quelque chose dans sa tête.

Franchissant la chaussée au pied de la balustrade, un marinier rondouillard, presque chauve, s'avançait. "Ohé !" On l'appelait d'en haut, les appels lui tombaient sur le crâne. Il leva les yeux et rit. Il attrapa les pieds du marinier au-dessus de lui qui se raidit. Une, deux, en dépit de son embonpoint le gros bonhomme se hissa, sa grosse tête chauve surgissant entre les jambes du marinier qui était au-dessus de lui. Les formules se croisèrent : "Comment ça va-t-y ?" "Pas mal", répondit le nouveau venu, on entendait à ses intonations qu'il était hollandais. À ce moment-là, venant de la ville, un petit bonhomme s'approchait avec ses ustensiles de pêche et un petit seau comme en ont les enfants pour jouer au sable. "Voilà qu'arrive aussi Gredin-Menu-fretin", dit le gros type. Il éclata de rire, parce que pour lui, ce Gredin-Menu-fretin, sa canne à pêche et son petit seau, faisaient partie de l'appontement de la ville comme la roue de son blason. “Heil Hitler !” s’écria Menu-fretin. “Heil, Menu-fretin !” répondit le Hollandais. “On t’y prend”, lança un gars dont le nez était de travers à la suite d’un coup de poing, mais on avait l’impression que ce n’était que provisoire et qu’il allait tout de suite se remettre droit, “tu l’achètes au marché, ta friture.” S’adressant au Hollandais : “Quoi de neuf dans le vaste monde ?” “Y a toujours du nouveau, dit le Hollandais, mais chez vous aussi, il s’en passe, des choses !” “Oui, chez nous tout va comme sur des roulettes, dit le gars au nez de travers, tout marche au doigt et à l’œil. Maintenant, nous n’avons vraiment plus besoin d’un Führer, d’un guide.” Ils le regardèrent tous d’un air ébahi. “Nous en avons déjà un, et le monde entier nous l’envie.” Tout le monde éclata de rire, sauf lui, qui appuyait son doigt sur son nez. “Dix-huit marks ?” dit le marinier s’adressant à Georg. “J’ai dit vingt”, répondit ce dernier. Il gardait les paupières baissées parce qu’il avait l’impression que l’éclat même de ses yeux suffirait à le trahir. Le marinier tâtait l’étoffe. “Elle est agréable à porter ?” demanda-t-il. “Oui, dit Georg, seulement c’est pas un truc qui protège vraiment. Un paletot de laine tient plus chaud.” “Ma fiancée m’en tricote un tous les ans.” “Oui, et alors, ça vient du cœur”, dit Georg. “On échange ?” Georg ferma les yeux comme pour réfléchir. “Enfile-la donc !” “Viens avec moi au pissoir”, dit Georg. Il laissa les rieurs s’esclaffer tout leur soûl. Il ne fallait pas qu’ils remarquent que sous sa veste il n’avait pas de chemise.

Une fois l’échange conclu, il se mit à courir plus qu’à marcher, descendant le Rhin. Bien droit dans sa nouvelle veste, le marinier revint du pissoir et se dirigea vers la balustrade, son large visage exprimait une fois de plus la certitude d’avoir roulé quelqu’un, une main sur la hanche, l’autre levée en signe de salut. Garder la veste aurait été dangereux, se disait Georg, faire un échange l’était aussi. Ce qui est fait est fait. Soudain, derrière lui, quelqu’un l’appela : “Hé !” Gredin-Menu-fretin rappliquait avec son seau et sa canne à pêche, le suivant d’un pas léger, sautillant comme un gamin. “Et vous allez où comme ça?” demanda-t-il. Georg indiqua le fleuve: “Toujours droit devant, en suivant le Rhin.” “Vous n’êtes pas d’ici?” “Non”, répondit Georg. “Je sors d’un hôpital du coin. Je vais dans ma famille.” Menufretin dit: “Si ma compagnie vous convient. Je suis un être particulièrement sociable.”

Georg garda le silence. Il lui lança à nouveau un rapide regard de biais. Georg avait toujours dû, même tout petit, lutter contre un profond sentiment de malaise quand il sentait que quelque chose clochait chez quelqu’un, quand son intelligence ou son esprit dérapait ou qu’il avait un quelconque problème physique. C’est seulement Wallau, au camp, qui l’avait complètement guéri de telles réactions. “Ici, Georg, tu trouves vraiment l’illustration de ce qui peut amener quelqu’un à ce genre de comportements.” Ce détour ramena Georg à Wallau. Il fut envahi d’une mélancolie incontrôlable. Tout ce qui fait désormais ma vie, c’est à lui que je le dois, même s’il me faut mourir aujourd’hui. Le bonhomme continuait son bavardage. “Étiez-vous déjà ici récemment, quand il y a eu la grande fête? Tout ça fait une drôle d’impression. Étiez-vous là avant, pendant l’occupation*? Quand ils traversaient la ville sur leurs petits chevaux barbes, les Marocains en manteaux rouges, ces Indiens avec leurs couvertures de laine? Tout ça fait une drôle d’impression, les Français, ils donnaient une tout autre allure à la ville, un petit brouillard bleu gris. Mais pourquoi courez-vous comme ça, si je peux me permettre cette question, avez-vous prévu d’arriver en Hollande d’ici ce soir?” “On y arrive en descendant par là?” “Ma foi, d’abord vous vous retrouvez à Mombach, où poussent les asperges. C’est là qu’ils habitent, vos parents?” “Plus bas.” “À Budenheim? Heidesheim? Ils sont paysans?” “En partie.” “En partie”, répéta l’autre. Est-ce que je dois m’en débarrasser? se demanda Georg, mais comment, bon Dieu? Non,

* L’occupation française après la Première Guerre mondiale et jusqu’en 1930.

il vaut toujours mieux être deux, être plusieurs. Parce que alors, on est mieux dans le coup. – Ils dépassèrent le petit pont mobile qui franchissait l'ancien port aux radeaux, appelé Flosshafen. "Mon Dieu, comme le temps passe vite quand on est en société", constata Menu-fretin, comme si quelqu'un l'avait chargé de faire passer le temps. Georg regardait au-delà du Rhin. En face, tout près, sur une île, trois maisons blanches et basses se blottissaient les unes contre les autres, se reflétant dans l'eau. Ces maisons, dont celle du milieu ressemblait à un moulin, avaient pour lui quelque chose de familier et d'attirant, comme si un être cher y habitait. Passant au-dessus de l'île, le pont du chemin de fer s'élançait vers la rive d'en face. Ils franchirent la tête du pont, gardée par une sentinelle. "Belle allure", dit d'un ton d'admiration Menu-fretin. Georg le suivit, quittant le chemin pour gagner la prairie. À un moment donné, il s'arrêta et renifla. "Un petit noyer!" Il se pencha et mit deux ou trois noix dans son petit seau. Georg se précipita pour en chercher, les cassa d'un geste sauvage en tapant du talon sur une pierre. Le bonhomme se mit à rire. "Les noix, on dirait que vous en êtes fou!" Georg se ressaisit. Il transpirait, était épuisé. Ce type ne pourrait tout de même pas le coller éternellement. Il faudrait bien qu'il finisse par jeter sa ligne. "Patience et longueur de temps..." répondit ce dernier à la question prudente de Georg. Des taillis de saules lui rappelaient Westhofen. Son malaise augmentait. "Et voilà", dit Gredin-Menu-fretin.

Georg regardait devant lui, le regard vide. Ils étaient arrivés à l'extrémité d'une presqu'île. Devant eux, à droite, à gauche, le Rhin, on n'allait pas plus loin. Quand il eut fini d'examiner le visage catastrophé de Georg, Gredin-Menu-fretin se mit à rire. "Bisque, bisque... Je vous ai bien roulé, je me suis bien fichu de vous. Parce que vous étiez si pressé. Hein, vous ne saviez pas..." Il avait déposé sa canne à pêche et son seau et se frottait les cuisses. "Au moins, j'ai eu de la compagnie", dit-il. Il n'avait pas la moindre idée de ce qu'une seconde auparavant sa dernière heure avait été toute proche. Georg s'était détourné et avait caché son visage de sa main valide. Il dit en prenant terriblement sur lui : "Bon, au revoir." "Heil Hitler !" répondit le bonhomme. Mais au même moment, les branches des saules s'écartèrent, un policier dont la lèvre supérieure s'ornait d'une petite moustache et le front d'une mèche unique dit d'un ton satisfait : "Heil Hitler, Gredin-Menu-fretin. Allons, montre-moi donc ton permis de pêche." La réponse fusa : "Mais je ne suis pas en train de pêcher." "Alors, ta canne à pêche ?" "Ben je l'ai toujours avec moi comme le soldat son fusil." "Et ton petit seau ?" "Regardez donc dedans. Trois petites noix." "Menu-fretin, Menu-fretin", dit le policier. "Bon, et vous ? Vous avez des papiers ?" "C'est mon ami." "Alors raison de plus", répondit le policier, ou c'est ce qu'il s'apprêtait à dire, car Georg était à pas lents et mine de rien entré dans le bosquet de saules, puis il pressa le pas, écarta les branches et se mit à courir, à courir. "Halte !" cria le policier, plus du tout content de lui, plus du tout d'humeur joyeuse, mais d'un ton tout à fait digne d'un policier, hurlant : "Halte-là ! Halte !"

Soudain, ils furent deux à le poursuivre au pas de course, le policier et le petit bonhomme. Georg les laissa tous deux le dépasser. Quelle puanteur rappelant Westhofen, l'éclat des flaques qui brillaient, et en plus des coups de sifflet, et son cœur battant si fort qu'il allait finir par le trahir. En face, sur la rive proche, une baignade, des poutres que l'eau atteignait, au milieu un radeau. "Le voilà", cria Menu-fretin. Sur la rive se déclencha un concert de sifflets, il ne manquait plus que les sirènes. Mais pire que tout, s'enfoncer, quelle malédiction, des jambes en coton, sombrer dans l'irréel, parce que tout cela ne pouvait pas arriver, parce que tout cela, ce n'est qu'un rêve, mais on court, court et court. Il s'étala de tout son long ; en travers sur des rails, remarqua-t-il. Dans sa course, il s'était éloigné de la rive et était entré dans le périmètre d'une usine. Derrière le mur, un ronron régulier, mais plus de coups de sifflet, pas de voix humaines. "Fini", dit-il, sans savoir lui-même ce qu'il voulait dire par ce mot, était-il arrivé au bout de ses forces ou avait-il surmonté sa faiblesse. La tête vide, il attendit un moment une aide extérieure, ou simplement de se réveiller, ou un miracle. Mais pas de miracle, et pas davantage d'aide extérieure. Il se releva et continua d'avancer. Il parvint sur une large chaussée avec un double réseau de rails, vide parce qu'elle n'était pas bordée de rangées de maisons mais par différents bâtiments d'usine. Comme il se dit que maintenant, la rive risquait d'être surveillée, il reprit la direction de la ville. Quatre heures de perdues ! Elle doit m'attendre maintenant, se dit-il avant que lui revienne dans son égarement que Leni ne pouvait pas l'attendre, puisqu'elle n'était au courant de rien. Personne pour l'aider, personne pour l'attendre. Il n'y aurait donc ici personne qui attende, qui puisse l'aider ? Sa main lui faisait mal, il était à nouveau tombé dessus ; souillée, la belle gaze !

Sur une petite place, une extension du grand marché, on démontait des stands. Un convoi de camions était arrêté devant un troquet. Il entra. Il entama sa pièce de cinq pfennigs et s'assit devant un verre de bière. Son cœur bondissait dans sa poitrine comme s'il s'y était trouvé au large. Mais à chaque bond, il se heurtait brutalement à la paroi. Je ne tiendrai pas longtemps le coup, se dit-il. Quelques heures peut-être, mais pas plusieurs jours.

Un client installé à la table voisine le dévisagea avec insistance. Aurais-je donc déjà rencontré ce type aujourd'hui ? Il faut que je fonce, que j'attaque comme un chien enragé, pas moyen de se débiner. Allez, Georg, vas-y !

Il y avait pas mal de monde dehors et à l'intérieur, des clients, des gens du marché. Il examina tout attentivement. Il y avait là un jeune homme en train d'aider une vieille femme à décharger son véhicule, Georg alla vers l'homme au moment où, s'éloignant de la voiture, il se dirigeait vers les paniers. "Eh, vous ! Elle s'appelle comment, la femme, là-haut ?" "Avec le chignon ? Mme Binder." "Oui, dit Georg, j'ai un message pour elle."

Il attendit près des paniers jusqu'au moment où le moteur démarra. Il s'approcha alors de la voiture. Il demanda en levant la tête : "Vous êtes bien Mme Binder ?" "Quoi, quoi donc ?" demanda la femme d'un ton de méfiance et de surprise. Georg la fixa d'un regard impérieux. "Laissez-moi monter une minute, dit-il, je vous dirai en route de quoi il s'agit, je vais dans la même direction." La voiture démarrait. Georg se cramponna. Très lentement, avec une foule de détails compliqués, il commença à raconter une histoire d'hôpital, de parents éloignés. Pendant ce temps-là, l'homme assis à la table voisine était sorti et s'était adressé au jeune gars auquel Georg avait parlé. "Qu'est-ce qu'il vient de vous demander ?" voulut-il savoir. "S'il s'agissait bien de Mme Binder", répondit le gars, surpris.

VI

Mettenheimer, le peintre en bâtiment, rentrait déjeuner chez lui quand son chantier n'était pas loin. Aujourd'hui, il alla manger dans un restaurant, commanda des côtelettes de porc et de la bière. Il paya une soupe de pois au petit apprenti. Puis il lui commanda aussi une bière et l'interrogea du ton assuré d'un homme qui a lui-même déjà élevé plusieurs fils. Un homme passa la porte, s'assit et commanda une petite blonde. Mettenheimer le reconnut à son feutre neuf, ils avaient le matin même pris le même wagon de la ligne 29. L'espace d'un instant, il éprouva un léger malaise, dont il n'eut guère conscience lui-même. Il cessa de bavarder avec l'apprenti et engloutit les dernières bouchées. Il se dépêcha de regagner son chantier pour rattraper ce qu'il considérait comme mal fait à cause de son retard du matin. Il n'avait rien dit à sa femme de la convocation. Il décida alors de ne pas lui en parler non plus après coup. D'ailleurs, il voulait à tout prix oublier cet interrogatoire, cette convocation incroyable. Il n'arrivait pas à en trouver le sens. Il n'y en avait sans doute pas. Parmi tous les habitants de cette ville, ils étaient sans doute nombreux dans la même situation, des gens cueillis au hasard. Mais seulement, nul n'en soufflait mot à quiconque. Mettenheimer ronchonnait du haut de son perchoir, ils avaient tout de même collé la bordure à travers l'oriel. Il voulait descendre de son échelle et aller vérifier le rez-de-chaussée. Mais il fut soudain pris d'un tel vertige qu'il resta accroupi. Les rires des peintres se payant la tête de l'apprenti qui n'avait pas sa langue dans sa poche lui parvenaient à travers la vaste maison vide, bien plus distincts que ne l'avaient jamais été les voix des anciens ou des futurs habitants étouffées par le mobilier, par tous les tapis, tous les meubles. Le peintre vacilla sur son échelle. À ce moment-là, dans la cage d'escalier, une voix lança : "Fin de la journée, on débauche !" Il lança en retour : "Jusqu'à nouvel ordre, c'est moi qui décide qu'on débauche !"

À l'arrêt du 29, il retrouva le petit homme au chapeau de feutre qui de bon matin était venu jusque-là avec lui puis avait bu une bière dans le même restaurant. Il a sans doute à faire par ici, se dit Mettenheimer. Il prit lui aussi le 29.

Mettenheimer lui adressa un signe de tête. Il se souvint alors qu'il avait aujourd'hui encore oublié chez le gardien le paquet de laine destiné à sa femme. Déjà la veille, il s'était fait disputer pour cela. Aussi redescendit-il et fit-il demi-tour. Il se hâtait, pour attraper avec son petit paquet le tram suivant. Il était maintenant très las. Il se réjouissait en pensant à son dîner, et surtout au retour chez lui. Soudain, son cœur se serra, envahi d'un malaise étrange, glaçant. L'homme au feutre neuf qu'il avait laissé dans le 29 précédent était soudain dans celui-ci, sur la plateforme avant. Mettenheimer changea de place, parce qu'il n'en croyait pas ses yeux. Il ne s'était pas trompé. Maintenant, il connaissait déjà le chapeau, la nuque rasée de près, les bras courtauds. Il n'avait pas eu l'intention de changer, il prévoyait d'aller jusqu'à la Zeil et de parcourir la fin du trajet à pied. Mais du coup, il descendit à la Hauptwache et prit le 17. Il poussa un soupir de soulagement, il était seul. Mais à peine avait-il atteint la plateforme du 17 qu'il entendit dans son dos des pas précipités, un souffle court, quelqu'un qui bondissait. L'homme au feutre l'effleura rapidement du regard, un regard parfaitement indifférent et cependant tout à fait précis. Il lui tourna le dos, car quand Mettenheimer descendrait, il serait de toute façon obligé de passer devant lui. Mettenheimer comprit alors que l'homme allait descendre derrière lui, qu'il était impossible de lui échapper. Son cœur battait la chamade, terrorisé. Sa chemise, qui avait depuis longtemps séché sur lui, était à nouveau trempée. Que me veut-il ? se demandait Mettenheimer. Qu'ai-je fait ? Que vais-je donc encore faire ? Il ne put s'empêcher de se retourner à nouveau. Dans la foule de chapeaux des nombreux passants du soir, des chapeaux d'été attardés, des feutres précoces, l'homme qu'il attendait avançait en se hâtant modérément, comme s'il savait à l'avance que ce soir le peintre n'avait plus la moindre envie de faire d'escapade imprévue. Le peintre traversa la rue. Avant de franchir le seuil de sa maison, il se retourna d'un geste brusque, pris d'un soudain accès de courage, comme il arrive aux gens qui dans un coin de leur cœur sont prêts, dans des situations particulières, à résister. Le visage du poursuivant était tout près de lui, un visage bouffi et mou avec de mauvaises dents. Ses vêtements, mis à part le chapeau neuf, étaient plutôt élimés. Le chapeau n'était d'ailleurs peut-être pas neuf, mais seulement moins minable. L'homme tout entier n'avait en fin de compte rien d'extraordinaire. Pour Mettenheimer, ce qui était extraordinaire, c'était l'inexplicable contradiction entre cette poursuite obstinée et son air d'indifférence absolue.

Une fois dans son entrée, Mettenheimer déposa son paquet sur les marches de l'escalier et entreprit de fermer la porte de l'immeuble, maintenue ouverte dans la journée par un crochet fixé au mur du vestibule. "Mais pourquoi fais-tu ça, papa ?" demanda soudain sa fille Elli, justement en train de descendre l'escalier. "Il y a du courant d'air", lui lança Mettenheimer. "Et ça te dérange là-haut, dans ton appartement?" dit Elli. "À huit heures, ça sera fermé." Le peintre la regarda fixement. Il sentait par tous les pores de sa peau que de l'autre côté de cette rue étroite, l'homme posté là les observait, lui et sa fille.

Au fond de lui-même, c'était celle de ses filles qu'il préférait. L'homme qui montait la garde de l'autre côté le savait peut-être. Quel secret mouvement d'affection voulait-il surprendre? Quelle action ouvertement délictueuse? N'y a-t-il pas un conte dans lequel un père promet au diable l'être qu'il croisera en premier sortant de sa maison? Jusqu'à maintenant, il avait caché à toute la maisonnée que cette enfant avait sa préférence, il se l'était caché à lui-même. Pourquoi en allait-il ainsi, il l'ignorait, même maintenant. Deux sentiments antagonistes l'expliquaient peut-être. Elle était belle, et lui avait toujours causé du souci. Il était heureux quand ses enfants, devenus adultes, lui rendaient visite. Mais quand Elli entrait, son cœur palpitait là où joies et souffrances sont les plus sincères. Il lui avait tapissé en imagination mainte maison splendide – elle avait emprunté mainte enfilade de pièces, et son charme n'avait rien à envier à celui des pimbêches froides et peu causantes qui découvraient leurs futures demeures sous la conduite de leurs maris. Elli lui effleura le bras. Sur son visage, auquel l'épaisse chevelure recouvrant de bouclettes tempes et nuque donnait l'apparence d'un visage d'enfant, se dessina une expression de tristesse mêlée de tendresse. Elle se souvint de ce jour où son père, sur un banc, dans une auberge de Westhofen, avait serré sa tête contre lui et d'un ton rude, l'avait persuadée de pleurer tout son soûl. Ils n'avaient jamais par la suite reparlé de ce jour. Et pourtant, sans doute y repensaient-ils l'un et l'autre à chaque fois qu'ils se voyaient. "J'emporte ce paquet de laine, dit Elli, puisque je vais m'y mettre tout de suite." Le peintre, qui sentait l'homme de l'autre côté de la rue percer de ses regards ce paquet, eut alors lui-même l'impression que sa fille fourrait dans son sac à provisions un objet funeste, et pourtant, il savait qu'il ne contenait rien que quelques pelotes de laine de couleurs vives. Le visage d'Elli avait repris sa sérénité. De ses yeux d'un brun doré comme sa chevelure émanait maintenant une chaude lueur se répandant sur tout son visage. Ce type, ce Georg, n'avait-il donc pas d'yeux, pour la laisser tomber ? pensait le père. La sérénité de sa fille lui transperçait le cœur. Il tenta de se poster devant elle, afin qu'aucun regard ne puisse l'atteindre. Qu'un piège lui soit tendu, se dit-il à nouveau – pas à son enfant, elle était innocente. Mais Elli était grande et vigoureuse, lui petit et ratatiné. Il ne pouvait la masquer. Au moment où elle sortit, droite, avançant d'un pas léger, balançant son sac à provisions, il balaya la rue d'un regard anxieux. Il soupira, soulagé. Son poursuivant venait de se tourner vers l'étal du marchand de savons. Elli passa sans qu'il la remarque. Le peintre ne vit pas qu'un jeune homme alerte portant une petite moustache sortit précipitamment du restaurant qui jouxtait la boutique du marchand de savons, donnant au passage un coup de coude furtif au type coiffé d'un feutre. Leurs regards se croisèrent, reflétés par la devanture. Tels des pêcheurs qui fixent la même eau pour y suivre du regard les mêmes poissons, ils voyaient tous deux se refléter l'autre côté de la rue, la porte de la maison et le peintre lui-même. Tu veux que je précipite ma famille dans le malheur, se dit Mettenheimer, tu ne réussiras pas. Soudain rassuré sur son propre compte, il gravit les marches. L'homme au feutre pénétra dans l'auberge d'où venait de sortir le jeune type à moustache. Il s'installa à la fenêtre. L'autre, à grands pas élastiques, eut vite fait de rattraper Elli, tout en se disant que les jambes et les hanches de cette jeune personne facilitaient sa fastidieuse mission.

Mettenheimer, en entrant dans leur pièce à vivre, trébucha sur l'enfant d'Elli en train de jouer par terre à un jeu de construction. Elle l'avait laissé pour la nuit. Pourquoi ? Sa femme haussa les épaules. On pouvait le lire sur son visage, elle en avait gros sur le cœur, mais son mari ne posa pas de question. N'importe quel autre soir, il aurait été heureux de voir l'enfant, là, il demanda : “Elli, ça lui sert à quoi d'avoir une chambre ?" L'enfant lui agrippa l'index et se mit à rire. Mais il n'avait aucune envie de rire. Il écarta l'enfant. En ce moment, chacun des mots prononcés le matin pendant l'interrogatoire lui revenait. Et il n'avait plus du tout l'impression d'avoir seulement rêvé tout cela. Son cœur pesait d'un poids de plomb. Il s'approcha de la fenêtre. Le marchand de savons juste en face avait descendu son volet roulant. Il savait que l'une de ces ombres indistinctes aux fenêtres de l'auberge avait les yeux rivés sur sa maison. Sa femme l'appela pour le dîner. À table, elle dit ce qu'elle disait toujours : "J'aimerais bien savoir quand tu vas enfin changer les papiers chez nous."

Dans l'intervalle, revenant du travail, Franz était descendu de bicyclette peu avant la Hansastrasse. Indécis, il poussait son vélo, s'interrogeait : devait-il vraiment demander des nouvelles de Mettenheimer dans un des magasins ? Se produisit alors ce qu'il avait espéré et peut-être aussi redouté. Le hasard lui fit croiser Elli. Il se cramponna à son vélo. Elli, perdue dans ses pensées, ne le vit pas. Elle n'avait pas du tout changé. Ses mouvements calmes étaient un peu ralentis par la mélancolie – déjà autrefois, c'était le cas, alors qu'il n'y avait aucune raison à cela. Elle portait d'ailleurs toujours ses boucles d'oreilles. C'était bien. Elles lui plurent beaucoup dans son épaisse chevelure brune. Si Franz avait été homme à trouver des mots pour ses sentiments, il aurait sans doute dit que cette Elli de ce soir était encore bien plus elle-même que celle de son souvenir. Comme cela lui fit mal qu'elle le dépasse sans le voir alors qu'en réalité, elle ne pouvait pas le voir, et d'ailleurs, il ne le fallait pas. Comme la première fois, à la poste, il aurait aimé la prendre tout simplement dans ses bras et l'embrasser sur la bouche. Pourquoi donc ne puis-je posséder, se dit-il, ce qui m'est destiné ? Il s'oubliait lui-même. Il oubliait qu'il était un être de peu d'allure, traits simples, sans vivacité manifeste, pauvre, lourdaud. Il laissa cette fois encore Elli passer sans le voir – tout comme ce jeune gars à la petite moustache dont il ne remarqua pas qu'il y avait un lien entre lui et la jeune femme.

Puis il fit faire demi-tour à son vélo. Il la suivit en pédalant pendant dix minutes environ, jusqu'au moment où elle entra dans la maison où elle vivait en sous-location avec son enfant.

Il regarda la maison qui engloutit Elli, la considéra de haut en bas. Puis il regarda les environs. En face de la porte d'Elli, une pâtisserie. Il y entra, s'assit.

Il n'y avait là qu'un seul autre client, cet homme mince, jeune, assez fringant, avec sa petite moustache. Assis à la fenêtre, il regardait au-dehors. Franz ne prit pas davantage garde à lui. Il avait conservé assez de bon sens pour ne pas se précipiter dans la maison à la suite d'Elli. Mais la journée n'était pas encore finie. Elli ressortirait peut-être. En tout cas, il avait l'intention de passer un long moment assis là, et d'attendre.

En haut, dans sa chambre, Elli s'était changée, peignée, coiffée, et avait fait tout ce qu'elle pensait devoir faire pour que l'invité qu'elle attendait ce soir-là vienne vraiment, reste pour le dîner et peut-être, éventualité qu'Elli n'écartait pas complètement, jusqu'au lendemain matin. Pour finir, elle passa un tablier sur sa robe toute propre. Puis elle alla dans la cuisine de sa logeuse, assaisonna deux escalopes et prépara la poêle, de la graisse, des oignons, il suffirait de la mettre sur le feu quand on sonnerait.

La logeuse, une femme de cinquante ans non dénuée d'aspérités, qui aimait les enfants et s'accommodait de l'existence dans toute sa vigueur, la regardait faire avec un sourire. "Vous avez tout à fait raison, madame Heisler, dit-elle, on n'est jeune qu'une fois." "Pourquoi raison ?" demanda Elli. Soudain, son visage avait changé d'expression. "De dîner pour une fois avec une personne qui n'appartient pas à votre famille." Elli avait une réponse sur la langue : "Je préférerais de loin dîner toute seule." Mais elle ne dit rien. Elle sentait bien qu'elle attendait d'entendre la porte de la maison claquer et des pas assurés gravir les marches. Certes, oui, elle attendait, mais elle espérait peut-être tout autant qu'un obstacle puisse surgir. Je vais aussi préparer un pudding, se dit-elle. Elle mit du lait à chauffer, y versa la poudre et mélangea. S'il vient, c'est bien, se dit-elle soudain, mais s'il ne vient pas, c'est bien aussi.

Elle attendait certes un peu; mais quelle misérable attente comparée à celle qui avait été la sienne autrefois…

Semaine après semaine, nuit après nuit, elle avait attendu les pas de Georg, et en ce temps-là, elle avait encore osé opposer la vitalité de sa jeunesse au vide des nuits. Aujourd'hui elle pressentait que cette attente ne pouvait avoir été dénuée de sens ou ridicule, mais qu'elle représentait quelque chose de bien meilleur, plus fier que sa vie végétative actuelle, qui avait perdu la force de l'attente. Maintenant, je suis comme tout le monde, se dit-elle tristement, rien n'a plus pour moi d'importance particulière. Non, si son ami ne venait pas, elle ne passerait pas la nuit qui venait à patienter. Elle bâillerait et s'endormirait.

Lorsque Georg lui avait dit pour la première fois qu'elle n'avait plus besoin d'attendre, elle ne l'avait pas du tout cru. Elle était certes retournée chez ses parents, mais ce faisant, elle n'avait que changé le lieu de l'attente. Si cela avait pu le faire venir, Georg lui serait alors revenu. Mais l'attente n'a aucun pouvoir magique, elle n'a aucune influence sur l'autre, elle appartient seulement à celui qui attend, et c'est justement pour cette raison qu'elle exige du courage. Elli n'en avait d'ailleurs tiré aucun bénéfice si ce n'est cette calme tristesse jamais bavarde qui embellissait parfois à l'improviste son beau et jeune visage. C'est aussi ce que pensait en ce moment sa logeuse, observant Elli dans ses préparatifs culinaires. "Quand vous aurez fini vos escalopes, votre pudding sera refroidi", dit-elle pour la réconforter.

Quand une dernière fois Georg avait affirmé qu'elle ne devait plus attendre – son ton n'était pas hostile, mais ferme, décidé, il ne supportait pas qu'elle attende –, quand, par des mots calmes, sensés, Georg lui avait expliqué que le mariage n'était pas un sacrement et que même l'enfant à venir n'était pas un destin inéluctable, Elli avait enfin résilié le loyer de la chambre qu'ils occupaient ensemble et qu'elle n'avait pas cessé de payer en cachette.

Elle continua cependant à attendre, même la nuit où son enfant naquit. Quelle autre nuit aurait été plus propice à un retour soudain ? Le peintre était parvenu après quelques jours de recherches en tous sens à lui amener cet homme épouvantable, son gendre. Par la suite, il regretta de l'avoir fait, quand il observa sa fille après la rupture. S'il avait déconseillé à Elli d'abord le mariage, puis le divorce, il reconnaissait désormais que sa fille ne pouvait en aucun cas patienter davantage. Aussi se rendit-il au terme de la deuxième année auprès des services compétents dans le but de retrouver son gendre. Même ses propres parents ignoraient où il était fourré… Mais cette deuxième année qui se terminait, c'était l'année 1932. Elli calmait son enfant que les pétards et les vœux échangés pour 1933 avaient réveillé. Impossible de retrouver Georg. Redoutait-on de trop chercher, ou Elli s'était-elle contentée du bonheur que lui apportait son enfant – tout cela s'estompa un peu. Elle se souvenait encore de ce matin où elle avait cessé d'attendre. Un klaxon d'automobile ou un bruit analogue l'avait réveillée sur la fin de la nuit. Elle avait entendu des pas dans la rue, peut-être ceux de Georg. Ils avaient dépassé la porte de la maison. Le son de plus en plus faible de ces pas avait vu faiblir l'attente d'Elli. Leur ultime écho en avait marqué la fin. Il ne s'agissait pas d'une prise de conscience, d'une décision. Sa mère avait fini par avoir raison, et tous les gens d'un certain âge. Le temps guérit tout, et, faute de bois, le feu s'éteint. Elle s'était alors endormie rapidement. Le lendemain était un dimanche. Elle dormit jusqu'à midi. Le visage coloré, fraîche, Elli apparut dans la salle à manger.

Au début de 1934, Elli fut convoquée. On lui apprit que son mari avait été arrêté et interné à Westhofen. Maintenant, dit-elle à son père, il était enfin retrouvé et on pouvait engager le divorce. Son père la considéra d'un air étonné, comme on le fait d'un bel objet précieux qui soudain présente un défaut. "Maintenant", dit-il seulement. "Pourquoi pas maintenant ?" "Là où il est, ça va lui faire un choc." "Pour moi aussi, il y en a eu, des chocs", dit Elli. "Mais enfin, c'est tout de même encore ton mari." "C'est fini, une fois pour toutes", dit Elli.

"Vous n'êtes pas obligée de rester à la cuisine, dit la logeuse. Quand ça sonnera, je mettrai les escalopes dans la poêle."

Elli regagna sa chambre. Au pied de son lit, le petit lit d'enfant, vide aujourd'hui. Son invité aurait déjà dû être là, mais Elli ne s'attarda pas à cette idée. Elle ouvrit le paquet, tâta la laine et commença à monter ses mailles.

L'homme dont en ce moment elle espérait la venue, un peu, mais sans passion, un certain Heinrich Kübler, elle l'avait rencontré par hasard. Le hasard, quand on s'y abandonne vraiment, n'est pas du tout aveugle, comme on le dit, mais rusé et spirituel. Il suffit que l'on s'y fie complètement. Si on bricole et qu'on s'en mêle soi-même, il n'en sort que des bêtises dont on le rend à tort responsable. Quand on lui laisse tranquillement tout pouvoir et lui obéit parfaitement, il parvient en général là où il faut, rapidement, avec impétuosité, sans détour.

Une camarade de bureau avait persuadé Elli de venir à une soirée dansante. Elle avait d'abord regretté de l'avoir accompagnée. Derrière elle, un garçon de café avait laissé tomber un verre. Elle s'était retournée, et Kübler, qui au même moment traversait la salle, s'était retourné en même temps qu'elle. Il était grand, cheveux foncés, de grandes dents – une légère ressemblance avec Georg dans l'allure et dans le sourire avait éclairé le visage d'Elli, ce qui avait attiré l'attention de ce Kübler, il s'était arrêté, s'était approché. Ils avaient dansé jusqu'au matin. Vu de près, il ne ressemblait bien sûr en rien à Georg. C'était un garçon comme il faut. Il était depuis venu souvent la chercher pour aller danser, et le dimanche, il l'emmenait dans le Taunus. Ils s'embrassaient et y prenaient plaisir.

Elle lui avait parlé en passant de son premier mari. "J'ai joué de malchance", voilà comment elle exprimait maintenant cela. Heinrich persuada Elli de se débarrasser une fois pour toutes de ce Georg. Elle décida de régler l'affaire toute seule.

Un beau jour lui parvint une autorisation de visite pour le camp de Westhofen. Elle se hâta d'aller trouver son père. Elle ne lui avait plus demandé conseil depuis bien longtemps. "Tu dois y aller, dit le peintre. Je t'accompagnerai." Elli n'avait pas demandé cette autorisation dont elle n'avait d'ailleurs que faire. Cette autorisation avait en fait une autre origine.

Comme rien n'avait eu raison du détenu, qu'on le batte, qu'on le frappe, qu'on le prive de nourriture ou de lumière, on avait eu l'idée de faire venir sa femme. Femme et enfant, cela joue d'ordinaire pour la plupart des hommes.

Elli prit donc un jour de son congé au bureau, et Mettenheimer à l'entreprise. Ils avaient gardé secret auprès de la famille ce déplacement embarrassant. Pendant le trajet, Elli aurait voulu être avec son Heinrich dans une prairie du Taunus, Mettenheimer aurait voulu être en train de poser son papier peint. En quittant le train, alors qu'ils marchaient côte à côte sur la grand-route, laissant derrière eux quelques villages de vignerons, Elli, comme redevenue petite fille, prit la main de son père. Elle était sèche et sans force. Ils avaient tous deux le cœur serré.

Quand ils passèrent les premières maisons de Westhofen, les gens leur jetèrent un regard de vague pitié, un peu comme s'ils entraient dans un hôpital ou dans un cimetière. Comme elle faisait mal, toute cette activité, cette agitation satisfaite des villages de vignerons... Pourquoi ne fait-on pas partie de tout cela? Pourquoi ne peut-on faire rouler au travers de la rue ce tonneau jusqu'au tonnelier? Pourquoi n'est-on pas soi-même la femme à sa fenêtre qui astique sa passoire? Pourquoi ne peut-on aider à nettoyer la cour avant l'installation du pressoir? On doit au contraire passer au milieu de tout cela, avancer sur ce chemin étrange, étreint par une insupportable angoisse. Un garçon au large crâne encore rasé de près comme en été, plus marinier que paysan, s'approcha d'eux et dit d'un ton grave et calme : "Passez là-haut, en contournant le champ, jusqu'au mur." Une vieille femme qui était peut-être sa mère regarda par la fenêtre et fit un signe de tête. Veut-elle me consoler ? se demanda Elli, mais Georg ne me concerne plus du tout. Ils montèrent en longeant le champ. Ils longèrent un mur garni de tessons de verre. À main gauche, une petite usine : Matthias Frank et Fils. Ils distinguaient déjà le portail et la sentinelle. Le portail donnait sur la grand-route, s'ouvrant à l'angle aigu formé par les deux murs de ce qui était désigné comme le camp intérieur ; il constituait par conséquent son seul point de contact avec la grand-route. Le Rhin était quelque part là derrière, on le devinait sans le voir. Des eaux mortes, stagnantes, apparaissaient par endroits dans la campagne marron, brumeuse.

Mettenheimer décida d'attendre Elli à la terrasse d'une auberge. Maintenant, il fallait qu'elle continue seule. Elli avait peur. Mais elle se dit qu'elle n'avait plus rien en commun avec Georg. Elle ne voulait se laisser émouvoir ni par sa situation particulière ni par son visage familier, son regard, son sourire.

À ce moment-là, Georg était depuis longtemps déjà à Westhofen. Il avait derrière lui des douzaines d'interrogatoires, des souffrances, des tortures comme elles sont d'ordinaire supportées par toute une famille qui subit le passage d'une guerre ou tout autre malheur. Ces tortures allaient se poursuivre, le lendemain ou à la prochaine minute, Georg savait alors déjà que seule la mort pouvait lui apporter secours. Il connaissait la force terrible qui s'était jetée sur sa jeune existence, il connaissait aussi sa propre force. Il savait désormais qui il était.

Dans un premier temps, Elli pensa que l'homme qu'on avait amené n'était pas le bon. Elle porta ses mains à ses oreilles – mouvement particulier par lequel elle s'était toujours autrefois assurée que ses boucles d'oreilles étaient bien à leur place. Puis ses bras retombèrent. Elle fixait l'étranger debout entre les deux SA. Georg était de haute taille, celui-là était presque aussi petit que son propre père, il pliait les genoux. Elle le reconnut alors à son sourire. C'était celui d'autrefois, reconnaissable entre tous, joie et mépris mêlés, par lequel il l'avait jaugée à leur première rencontre. Ce qu'il s'agissait désormais de jauger, c'était certes tout autre chose qu'une jeune femme que l'on s'apprête à souffler à un ami trop cher. Il tenta dans sa tête détruite par la torture de former une pensée. Pourquoi donc a-t-on amené cette femme ? À quoi veulent-ils en venir ? Il redouta, tant il était épuisé, tant il souffrait physiquement, de ne pas discerner une chose importante, un piège.

Il fixait Elli. Elle était pour lui un être aussi étrange qu'il l'était pour elle : son petit chapeau de feutre aux bords relevés, ses cheveux frisottés, ses boucles d'oreilles. Il l'examinait. Il entreprit de se remémorer ce qu'elle avait autrefois eu à voir avec lui – bien peu. Cinq, six paires d'yeux épiaient en même temps le moindre mouvement de son visage encore défiguré par les derniers coups de poing. Il faut que je dise quelque chose à cet homme, pensa Elli. Elle dit : "L'enfant va bien." Il tendit l'oreille. Son regard se fit perçant. Que pouvait-elle avoir voulu dire ? Elle voulait à coup sûr exprimer quelque chose de particulier, peut-être lui apportait-elle un message. Il avait peur d'être trop faible pour en comprendre le sens. Il répondit d'un ton d'interrogation : "Ah bon ?" À ce moment-là, elle l'aurait tout de même reconnu à son regard. Il était suspendu avec autant de force et d'attente fiévreuse que la première fois à ses lèvres entrouvertes. Quelle nouvelle allait en sortir, capable de remplir à nouveau sa vie de force, de tension ? Elle parla, après une longue pause torturante, pendant laquelle elle cherchait sans doute les mots justes : "Il va bientôt entrer au jardin d'enfants." "Oui", dit Georg. Quelle torture que de devoir avec sa tête en miettes penser si vite et avec tant d'acuité. Que voulait-elle donc lui transmettre par ces mots, il va entrer au jardin d'enfants? Il va bien et il va entrer au jardin d'enfants. Sans doute cela a-t-il un rapport avec ces changements dont avait parlé Hagenauer quand il avait été interné il y a quatre mois, après l'arrestation des derniers membres de la direction. Il sourit plus franchement. Elli demanda: “Tu veux voir sa photo?” Elle fouilla dans son petit sac à main sur lequel étaient maintenant fixés, outre les yeux de Georg, les paires d'yeux des gardiens. Elle en sortit une petite photo collée sur un bout de carton, un enfant en train de jouer avec une crécelle. Georg se pencha vers la photo en plissant le front avec effort pour distinguer un détail important. Il leva les yeux, regarda Elli, puis à nouveau la photo. Il haussa les épaules. Il considéra Elli d'un air sombre, comme si elle s'était moquée de lui. Le garde cria: “La visite est terminée.” Ils sursautèrent tous deux. Georg se hâta de demander: “Comment va ma mère?” Elli s'exclama: “Bien.” Cette femme qui lui était restée étrangère, pour qui elle éprouvait presque de l'aversion, elle ne l'avait pas vue depuis un an et demi. Georg poursuivit: “Et mon petit frère?” Soudain, il parut se réveiller, son corps tout entier frémit. Elli ne semblait pas trouver moins effrayant de lui voir reprendre d'une seconde à l'autre une allure humaine. Georg s'écria: “Comment va...” mais fut empoigné, à droite et à gauche, on lui fit faire demi-tour et il fut emmené.

Elli fut incapable de se souvenir de la manière dont elle était revenue vers son père. Elle savait seulement qu'il l'avait serrée contre lui et que l'aubergiste, sa femme et deux autres femmes assistaient à la scène mais qu'elle s'en moquait. Une des femmes lui avait tapoté l'épaule, l'autre avait effleuré ses cheveux. La femme de l'aubergiste, à la fin, avait ramassé son chapeau tombé par terre et avait soufflé dessus pour en chasser la poussière. Personne n'avait prononcé un seul mot. Le mur était trop près pour cela. Sa plainte était restée muette, la pitié le fut tout autant.

Quand ils furent rentrés chez eux, Elli s'était assise et avait écrit à Heinrich. Elle lui demandait de ne pas venir la chercher au bureau, de ne plus jamais venir.

Heinrich l'avait tout de même guettée à la sortie du bureau. Il avait cherché à lui faire avouer que ce Georg l'avait à nouveau subjuguée, voulait savoir si elle l'aimait encore, si elle avait pitié de lui, et même si elle était prête à le reprendre quand il sortirait. Elli avait tout écouté, surprise – considérations nébuleuses et dénuées de sens à propos d'une situation que l'on est seul à vraiment connaître. Elle répondit calmement. Non, elle n'aimait plus Georg. Elle ne retournerait jamais auprès de lui, même s'il était libre, c'était fini une fois pour toutes. Mais tout d'un coup, depuis qu'elle avait vu Georg, elle n'éprouvait plus aucun plaisir à se retrouver avec Heinrich, plus aucune envie, c'était tout.

Heinrich se campa en travers du chemin, comme Franz l'avait fait autrefois, il y a quelques années, quand soudain Georg la lui avait prise. Mais Heinrich, dans la mesure où il n'était lui-même pas très sérieux, ne croyait pas au caractère définitif d'un refus. Qu'est-ce que ça voulait dire ? Si encore elle avait continué à aimer Georg. Mais là... Quel intérêt y avait-il pour Georg à ce qu'elle reste seule ? Il ne l'apprendrait même pas, et ne le croirait sûrement pas, si plus tard elle se trouvait avoir l'occasion de le lui dire. Que de difficultés imaginaires.

Il y avait déjà presque un an de tout cela. Ce soir, elle avait invité Heinrich, lui avait préparé des escalopes, un pudding. Elle s'était faite belle pour lui. Comment est-ce revenu brusquement ? se demanda Elli. Pourquoi ai-je tout de même de nouveau envie de lui... Elle n'avait rien eu à décider, pas de choix difficile. Il ne s'était rien produit de particulier, sinon qu'une année, c'est bien long. Quel ennui d'être seule soir après soir. Elli n'était pas vraiment faite pour ça. Elle était une fille comme il y en a tant. Heinrich avait fini par avoir raison. Pourquoi tout cela pour un homme qui vous était déjà pas mal étranger ? Pendant cette année, le visage terriblement défiguré par les coups de poing avait d'ailleurs un peu perdu de sa netteté. Sa mère avait eu raison, et avec elle tous les gens un peu âgés : le temps guérit tout et la braise finit toujours par s'éteindre.

Au fond de son cœur, Elli conservait cependant le léger espoir qu'un hasard quelconque empêche Heinrich de venir. Elle n'aurait pas pu s'expliquer ce qui avait changé, puisque aussi bien elle l'avait invité elle-même.

En bas, dans sa pâtisserie, Franz regardait au-dehors, vers la rue. Les réverbères s'allumèrent. Le jour avait été très chaud, mais maintenant, plus rien ne pouvait faire illusion, l'été était bien loin. La petite pâtisserie était chichement éclairée. Au comptoir, la femme s'agitait bruyamment. Elle espérait sans doute que les deux clients tenaces finiraient par s'en aller. Soudain, Franz empoigna la petite table à deux mains. Il ne pouvait en croire ses yeux. Entre les réverbères, près de la porte de la maison où habitait Elli, Georg arrivait, un bouquet à la main. Franz sentit un tourbillon de folie l'envahir. Tout s'y rassemblait : effroi et joie, rage et peur, bonheur et jalousie. Puis cela s'effaça, car l'homme s'était rapproché. Franz se calma et se traita d'imbécile. Cet homme, il ne ressemblait que très vaguement et de loin à Georg, et en fait seulement quand on pensait à lui.

Entre-temps, la patronne se trouvait débarrassée d'au moins un des deux clients. Le jeune monsieur avait balancé l'argent qu'il devait et s'était précipité au-dehors. Franz commanda un autre café avec une part de gâteau.

Quand la sonnette de la porte d'entrée retentit, le visage d'Elli s'éclaira tout de même. L'instant d'après, Heinrich était dans la pièce. Il avait à la main des œillets. Il considérait d'un air désolé la jeune femme assise sur le bord de son lit, elle ne semblait pas vraiment l'avoir attendu et maintenant, sur ses genoux, les pelotes de laine de toutes les couleurs l'empêchaient de se précipiter. Elle leva la tête. Puis elle attrapa le sac où elle enfouit avec une lenteur que la gêne rendait exagérée ses aiguilles et son tricot. Elle se leva et prit les œillets des mains de Heinrich. De la cuisine provenait déjà le fumet de la viande en train de cuire. Cette brave Mme Merkler. Elli ne put retenir un sourire. Mais

Heinrich affichait un air si grave qu'elle arrêta de sourire. Le sérieux avec lequel il la regardait lui fit détourner le visage. Il la prit par les épaules, la serra plus fort jusqu'à ce qu'elle relève la tête et le regarde. Oubliant tout le reste, Elli ne pensait plus maintenant qu'une chose : quelle chance que cet homme soit tout de même venu. À ce moment-là, on entendit des cris et des bruits de pas dans l'escalier et devant la porte du palier. Quelqu'un avait-il vraiment crié "Gestapo !", ou n'était-ce qu'une simple pensée ? Les mains de Heinrich glissèrent, son visage se figea et celui d'Elli, l'instant d'avant joyeux et ardent, se figea lui aussi, comme s'il n'avait encore jamais souri, ne pourrait plus jamais le faire.

Franz était certes d'esprit lent et mettait du temps à associer les idées, mais il put assez facilement interpréter ce qu'il parvint à voir depuis l'endroit où il se trouvait dans la pâtisserie.

La petite rue tranquille fut un court instant le lieu d'une agitation considérable, même si elle resta discrète. Une grande voiture particulière bleu sombre stoppa au carrefour voisin. Au même moment, un taxi s'arrêtait devant la porte de la maison d'Elli. Presque au même moment, un deuxième taxi arrivait, il ne dépassa pas le premier mais, ralentissant un peu, le suivit de près.

Du premier, trois jeunes hommes en tenue de ville étaient descendus et y étaient remontés après une courte incursion dans la maison, embarquant une quatrième personne. Franz n'aurait pu jurer que cette quatrième personne était l'homme qu'il avait une seconde confondu avec Georg, car les types qui l'accompagnaient avaient de façon délibérée ou par hasard masqué la vue entre la portière de la voiture et la porte de la maison. Mais il l'avait remarqué, le quatrième personnage ne les accompagnait pas tout simplement en marchant normalement, entre les gestes brefs et rapides de ses compagnons, il semblait ivre ou malade. Quand alors ils démarrèrent, sans que dans l'intervalle on eût coupé le moteur, le deuxième taxi passa lui aussi lentement devant la porte de la maison d'Elli, ayant marqué l'arrêt aussi peu que possible. Deux passagers se précipitèrent dans la maison, revinrent, encadrant une femme.

Quelques passants s'étaient arrêtés un court instant. De certaines fenêtres, peut-être certains avaient-ils regardé en bas. Mais, sous les réverbères, la petite portion de pavé devant la porte de cette maison était intacte et nette, il n'y avait pas eu d'accident, pas de taches de sang. S'ils émettaient des hypothèses, ils se retiraient avec elles dans l'intimité de leurs familles.

Franz s'attendait à être lui aussi arrêté à tout moment. Mais il réussit à quitter le quartier avec sa bicyclette sans être inquiété.

Donc, Georg fait partie des fugitifs, se dit Franz, ils surveillent ses proches, celle qu'ils considèrent comme sa femme, et sans doute aussi sa mère. Ils supposent qu'il est ici, dans la ville. Peut-être y est-il vraiment caché. Comment pense-t-il réussir à sortir de là ?

Malgré les récits de ce compagnon de captivité, jamais Franz ne s'était représenté le Georg d'aujourd'hui, tel que l'avait vu Elli. Mais le souvenir du Georg d'autrefois s'empara de lui, violent et précis à la fois. Il le vit si nettement devant lui qu'il faillit pousser un cri. Les hommes, aux siècles précédents, en des temps également sombres, avaient crié de même quand soudain, dans la bousculade d'une rue ou d'une fête étourdissante ils avaient cru apercevoir devant eux l'être unique que ce souvenir interdit qui en même temps était leur conscience leur donnait l'illusion de voir. Il vit le visage adolescent de Georg, son regard insolent et triste, sa sombre et belle chevelure retombant épaisse depuis l'épi. Il vit la tête de Georg appuyée dans ses mains, une tête posée sur deux épaules, une tête, comme une chose, une tête mise à prix. Franz partit à toute allure, comme s'il avait lui aussi été menacé.

Complètement retourné, désemparé, il arriva chez Hermann, mais par chance, cette émotion ne se voyait pas clairement sur ses traits un peu grossiers et lourds. Il ne lui fut même pas possible de seulement libérer son cœur de ce qui l'oppressait. Hermann n'était pas rentré du travail. "Une réunion", avait dit Else, qui regardait avec des yeux ronds Franz, tout perturbé qu'il était, des yeux purs et en même temps pleins de curiosité.

Elle se dit qu'elle devait le consoler et lui proposa des bonbons à la réglisse qu'elle gardait dans une boîte. Hermann lui achetait souvent des sucreries, parce que l'éclat que son premier cadeau, une chose si insignifiante, avait fait naître sur son petit visage l'avait ému. Franz, qui lui aussi ne voyait en elle qu'une enfant, lui passa la main dans les cheveux, ce qu'il regretta aussitôt, et rougit : "Bon, donc il n'est pas là", dit-il d'un ton presque désespéré, perdu dans ses pensées, et un soupir s'éleva de sa poitrine. Elle le suivit des yeux tandis qu'il poussait sa bicyclette en montant la rue et, telle une enfant, elle était profondément touchée par cette douleur qu'elle ne comprenait pas.

Les Marnet ont un peu attendu Franz puis ont commencé à manger sans lui. Ernst le berger a pris sa place. Maintenant Ernst ressort devant la maison pour apporter un os à sa Nelli. Au moment où il quitte la cuisine chaude, mal aérée, et se retrouve dans le champ, son visage se métamorphose, il pousse un soupir. Aujourd'hui, le brouillard n'est pas épais. Dans un large rayon, on distingue les lumières de nombreux villages, de petites villes, de voies de chemin de fer, d'usines, les usines Hoechst, Opel à Rüsselsheim. Une main sur la hanche, son os à la main, Ernst regarde tranquillement autour de lui. Son visage affiche une joie fière, comme s'il venait d'entrer en ce lieu à la tête des siens, venant d'un obscur temps lointain, et contemplait désormais la terre enfin soumise, ses fleuves, ses millions de lumières. Il s'immobilise comme un conquérant face à ses conquêtes. N'est-il pas véritablement entré en ce lieu à la tête des siens, venant d'un obscur temps lointain, n'a-t-il pas soumis le pays à sa volonté, la terre sauvage et les fleuves ?

Ernst fait un geste, il entend un bruit derrière le champ, un grincement. C'est la bicyclette poussée par Franz qui gravit la pente. Sur le visage du berger, l'instant d'avant encore lumineux, presque sublime, la curiosité joue son petit jeu rapide et rusé. Pourquoi Franz rentre-t-il si tard, pourquoi arrive-t-il par ce côté? "On a tout mangé", dit Ernst. Il a, de son regard insolent et vif, déjà compris que Franz n'est pas vraiment joyeux. Il n'éprouve aucune pitié, seulement de la curiosité, et l'expression de son visage signifie: mon petit Franz, comme elle doit être petite, la mouche qui t'a piqué!

Sans qu'aucun mot soit échangé, Franz se sent repoussé par ce gars, par son air froid et moqueur qui d'ordinaire l'amuse. Son indifférence, elle le dégoûte, d'avance le dégoûte l'indifférence des gens auxquels il doit maintenant se mêler pour manger sa soupe, et tout autant celle des étoiles qui justement commencent à briller au-dessus de lui.

VII

Georg avançait, s'enfonçant dans le soir si vaporeux, si calme qu'il lui semblait ne jamais pouvoir être découvert. À chaque pas, il se disait que le suivant serait le dernier. Mais chaque nouveau pas n'était que l'avant-dernier. Peu après Mombach, il avait dû descendre de la voiture qui allait au marché. Ici, il n'y avait plus de ponts, mais à chaque village un ponton. Georg les avait laissés derrière lui l'un après l'autre. Le moment n'était pas encore venu de passer sur l'autre rive. Tout le mettait en garde, instinct et raison réunis – quand les forces humaines sont tendues dans une seule et unique direction.

Comme la veille au soir, il perdit le sens du temps. Sur le Rhin résonnaient les cornes de brume. Sur la grand-route qui longeait le Rhin, légèrement surélevée par une digue, des lumières isolées passaient en ronronnant, à intervalles de plus en plus grands. Une île toute proche, plantée d'arbres, lui masqua la vue sur l'eau. Derrière les roseaux brillaient les lumières d'une ferme, qui n'inspirèrent à Georg ni crainte ni confiance. On eût dit des feux follets, tant la région était vide de toute présence humaine. L'île qui lui bouchait la vue s'étirait en longueur, ou bien elle avait déjà atteint ses bornes. Ces lumières provenaient peut-être d'ailleurs d'un bateau ou de la rive opposée, que nulle île boisée ne lui masquait plus maintenant, mais le brouillard. On pouvait aussi périr de manière simple ici, de banal épuisement. Être en ce moment deux minutes avec Wallau, quel que soit l'enfer…

Si Wallau parvient à atteindre une certaine ville des bords du Rhin, on peut espérer qu'il pourra y trouver de l'aide pour quitter le pays. Il s'y trouve des gens qui attendent et ont déjà préparé la prochaine étape de la fuite.

Lorsque Wallau avait été emprisonné pour la deuxième fois, sa femme avait eu la certitude qu'elle ne reverrait pas son mari. Quand elle s'était vu opposer un refus brutal, presque menaçant, à sa demande d'une autorisation de visite – elle s'était rendue elle-même de Mannheim, où elle vivait désormais, jusqu'à Westhofen –, cette femme avait pris la décision de sauver son mari, à tout prix. Elle s'en tint à cette décision avec la force surnaturelle des femmes qui s'attaquent à des projets irréalisables en commençant par mettre à l'écart leur intelligence ou cette part de leur intelligence qui est là pour soupeser les chances de succès d'une entreprise. La femme de Wallau ne s'en tint pas à l'expérience, aux informations venues de droite et de gauche, mais à deux ou trois récits légendaires de fuites réussies. Beimler, de Dachau, Seeger, d'Oranienburg. Et les légendes transmettent toujours une part d'information, d'expérience. Elle savait aussi que son mari, de toute la force qui anime les êtres particulièrement lucides, n'avait qu'un ardent désir, celui de vivre, de continuer à vivre, et qu'il comprendrait le moindre signe, aussi ténu soit-il. Son refus de distinguer entre le possible et l'impossible ne l'empêcha pas d'agir en mainte circonstance avec habileté.

Pour nouer des relations, pour transmettre des informations, elle s'appuya sur ses deux garçons, d'autant plus que l'aîné, que son père jadis avait instruit comme il se doit, fut alors informé du plan de sa mère et brûlait passionnément d'agir ; ce garçon solide aux yeux sombres, portant l'uniforme des jeunesses hitlériennes, davantage brûlé qu'éclairé par cette flamme presque trop intense pour son cœur.

Maintenant, au soir du deuxième jour, Mme Wallau savait que la fuite du camp lui-même avait réussi. Elle ne pouvait pas savoir quand il entrerait dans Worms et atteindrait le cabanon où se trouvaient l'argent et les vêtements qui lui étaient destinés, ni s'il y était déjà passé la nuit précédente. Ce cabanon appartenait à une certaine famille Bachmann. L'homme était conducteur de tramway. Les deux femmes étaient allées ensemble à l'école trente ans auparavant ; leurs pères déjà étaient amis, et par la suite il en fut de même pour leurs maris. Elles avaient porté ensemble tous les fardeaux de la vie ordinaire et en outre, au cours des trois dernières années, ceux d'une vie qui ne l'était plus. Bachmann pour sa part n'avait guère été incarcéré que brièvement au début de 1933. Depuis, il avait du travail et n'était pas inquiété.

C'est cet homme, le conducteur de tramway, qu'attendait en ce moment Mme Bachmann, tandis que Mme Wallau attendait son mari. Très inquiète, ce qui s'exprimait par les petits mouvements saccadés, comme décousus, de ses mains, Mme Bachmann attendait son mari, qui pourtant n'en avait que pour dix minutes depuis le garage des trams pour regagner son appartement en ville. Peut-être avait-il dû remplacer un collègue à l'improviste, et dans ce cas, il ne serait là que vers onze heures. Mme Bachmann s'occupa de ses enfants, ce qui lui permit de retrouver un peu son calme.

Rien ne peut arriver, se disait-elle pour la millième fois, rien ne peut sortir. Et même si ça sort, personne ne peut prouver quoi que ce soit contre nous. De l'argent, des vêtements, il peut les avoir volés, tout simplement. Nous habitons ici, en ville, aucun d'entre nous n'a mis les pieds au cabanon depuis des semaines. Si seulement on pouvait vérifier, poursuivit-elle pour elle-même, que tout est encore là. C'est difficile à supporter. Sa femme, à Wallau, comment elle fait ?

Elle, la femme de Bachmann, avait dit autrefois à celle de Wallau : "Tu sais, Hilde, tout ça, les hommes, les nôtres aussi, ça les a complètement transformés." L'autre avait répondu : "Wallau, lui, rien ne l'a transformé." La femme de Bachmann avait dit : "Une fois qu'on a vraiment vu la mort de près." Alors, Hilde : "Ça n'a aucun sens. Et nous ? Et moi ? À la naissance de mon aîné, j'ai failli crever. L'année suivante, un de plus." La femme de Bachmann avait réagi : "Les types de la Gestapo, ils savent tout de chacun." "Tout, tu exagères. Ils savent ce qu'on leur dit."

Quand Mme Bachmann se retrouva seule, ses membres reprirent leurs mouvements saccadés. Elle alla chercher un ouvrage de couture qui la calma. Personne ne peut rien prouver contre nous, se disait-elle. On parlera d'effraction.

Maintenant, son mari montait vers leur étage. Le voilà donc tout de même. Elle réchauffa son dîner. Il vint à la cuisine sans dire un mot. Avant même que sa femme se soit tournée vers lui, elle avait, non seulement dans son cœur, mais sur toute la peau eu l'impression qu'avec son entrée dans la pièce, la température avait baissé de plusieurs degrés. "Un problème ?" lui demanda-t-elle en voyant son visage. L'homme ne répondit pas. Elle déposa l'assiette pleine entre ses coudes. Devant son visage, la soupe fumante. "Otto, dit-elle, tu n'es pas malade ?" Il ne répondit pas davantage.

Elle sentit alors la terreur l'envahir. Mais, se disait-elle, il ne peut pas y avoir de lien avec le cabanon, puisqu'il est là. Il est évident que ça lui pèse ; si seulement tout était fini. "Tu ne veux plus manger ?" demanda-t-elle. L'homme ne répondit pas. "Tu n'es pas obligé d'y penser tout le temps, dit la femme, sinon, y a de quoi devenir fou." Les yeux mi-clos de l'homme lançaient des éclairs, pleins de détresse. Mais la femme s'était remise à coudre. Quand elle le regarda à nouveau, son mari avait refermé les yeux. “As-tu un problème?” dit alors la femme. “Qu’est-ce que tu as?” “Rien”, répondit l’homme.

De quel ton il dit cela! Comme si la femme lui avait demandé s’il n’avait plus rien au monde et que, sincère en cela, il lui répondait: rien. “Otto, dit-elle, en continuant à coudre, peut-être que tu as tout de même quelque chose.” Mais son mari, vide, calme, répéta: “Rien, rien du tout.” Quand elle le regarda alors en face, levant rapidement les yeux de son ouvrage, elle sut qu’il n’avait véritablement rien. Ce qu’il avait eu un jour, il l’avait perdu.

La femme se sentit alors envahie d’un froid de glace. Elle rentra les épaules et s’assit de biais, comme si ce n’était pas son mari, assis au bout de la table, mais... Elle cousait, cousait; elle ne pensait pas, elle ne posait pas de questions, parce que risquait alors de venir la réponse qui détruirait sa vie.

Quelle vie d’ailleurs! Sans doute une vie ordinaire avec les combats ordinaires pour le pain et les chaussettes des enfants. Mais une vie forte, hardie aussi, participant dans son ardeur à ce qui valait d’être vécu. Si elle y ajoutait ce qu’elle avait entendu dire à leurs pères, toutes deux, les épouses de Bachmann et de Wallau, alors qu’elles étaient deux gamines à tresses dans une ruelle; rien qui n’eût trouvé écho entre leurs quatre murs, les luttes pour la journée de dix, de neuf, de huit heures. Des discours dont on faisait même lecture aux femmes pendant qu’elles ravaudaient les trous des chaussettes, ces trous véritablement diaboliques, les discours, de Bebel à Liebknecht, de Liebknecht à Dimitroff. Les grands-pères déjà, c’est ce qu’on avait fièrement raconté aux enfants, avaient été en prison parce qu’ils faisaient grève et manifestaient. Bien sûr, à l’époque, on n’était pas encore exterminé, assassiné pour cela. Quelle vie limpide. Faudrait-il que tout cela soit maintenant, pour une seule question, et même une seule idée, perdu, trahi... Mais l’idée s’impose déjà à elle. Qu’a donc son mari? Mme Bachmann est une femme simple, elle éprouve de la tendresse pour son mari. Ils ont été amants, ils sont ensemble depuis longtemps. Elle n'est pas comme Mme Wallau, qui a beaucoup appris. Mais l'homme assis au bout de la table, ce n'est pas son mari. C'est un hôte indésirable, un étranger qui met mal à l'aise.

D'où vient-il donc ? Pourquoi si tard ? Il est détruit. Il y a déjà longtemps qu'il n'est plus le même. Depuis qu'il a été soudain libéré, il n'est plus le même. Tandis qu'elle avait alors poussé des cris de joie, son visage à lui était resté vide et las. Veux-tu donc qu'il lui arrive ce qui est arrivé à Wallau ? Non, voilà ce qu'elle voudrait penser. Mais une voix plus vieille, bien plus vieille que la femme et en même temps bien plus jeune a déjà répondu : oui, ça vaudrait mieux. "Je ne supporte plus son visage", pense la femme. Comme si l'homme l'avait entendue, il se leva et alla vers la fenêtre, tournant le dos à la pièce, alors que pourtant la jalousie était baissée.

Georg avait sans doute dépassé en titubant plusieurs cabanons semblables à celui qu'il finit par trouver. Il n'y avait dedans que quelques paniers qui sentaient le moisi et ne servaient plus à rien.

Maintenant, dormir, rien d'autre, se dit Georg, rien d'autre. Dormir et ne plus se réveiller. Il alla se recroqueviller dans un coin, et heurta au passage les paniers empilés, qui s'affalèrent. La peur qu'il en eut le réveilla. Le brouillard s'était dissipé. Par la porte béante tombait sur le sol piétiné la lueur de la lune, silencieuse comme la neige. On distinguait nettement les anciennes traces et celles de Georg, toutes fraîches.

Georg s'endormit pour de bon. Pendant peut-être seulement deux minutes. Il rêva qu'il était arrivé à destination. Il passait les doigts dans l'abondante et soyeuse chevelure de Leni. Il y enfouit son visage et respira, il savait qu'enfin tout cela n'était plus un rêve, mais la réalité. Il enroula une mèche autour de son poignet, qu'elle ne puisse plus lui échapper. Il heurta un objet du pied ; cliquetis de verre. Il se réveilla à nouveau, dans un sursaut de frayeur. Oui, c'est vrai, se dit-il, troublé, car il n'y avait plus jamais pensé alors qu'il était éveillé, j'avais ce jour-là renversé quelque chose – une lampe. Elle avait eu un rire un peu rauque, et sa voix l'était aussi, qui n'arrêtait pas de lui répéter avec l'entêtement d'une femme ivre : ça va nous porter bonheur, Georg, ça va nous porter bonheur.

Il sentait sa tête si douloureuse, une douleur tranchante et clairement localisée, qu'il porta machinalement la main à l'endroit sensible pour voir s'il saignait. Plus question de dormir. J'ai vraiment cru, se dit-il, pouvoir être auprès d'elle à l'heure qu'il est. Ses pensées s'égaraient en tous sens et lui revenaient sans perspective nouvelle. Le vide qui régnait dans sa tête fut bientôt pur et simple désespoir.

Bien loin de là, un frémissement parcourut le champ, homme ou bête. Il se rapprocha peu à peu sur la terre meuble, sans vraiment se renforcer, des pas légers, courts. Georg rassembla nerveusement des objets devant lui, des sacs, des paniers. Maintenant, c'était déjà trop tard. Le cadre de la porte s'emplit et l'espace s'assombrit. L'ombre d'une femme, il s'en rendit compte en voyant l'ourlet d'une robe. Elle appela doucement : "Georg?" Georg faillit crier, souffle coupé.

"Georg", reprit la femme, un peu déçue. Elle s'assit alors par terre à l'intérieur du cabanon, près de la porte. Georg voyait ses chaussures de ville et ses bas épais, et entre ses genoux la robe en toile grossière sur laquelle reposaient ses mains. Son cœur battit si fort qu'il se dit que ça la ferait sursauter. Mais elle épiait d'autres bruits. Des pas fermes arpentaient le champ. Elle dit d'un ton joyeux : "Georg." Elle serra les genoux et tira sa jupe dessus et à ce moment-là, Georg vit aussi son visage. Il lui sembla d'une beauté extrême. Quel visage ne l'aurait pas été dans cette lumière et dans l'attente de l'amour.

L'autre Georg se pencha dans l'encadrement de la porte et s'assit à côté d'elle. "Tu vois, tu es donc là", dit-il. Il ajouta d'un ton de contentement : "Et je suis là." Elle l'étreignit d'un geste tranquille, elle appuya son visage contre le sien, sans l'embrasser, et peut-être même sans désir de le faire. Ils échangèrent quelques paroles à voix si basse que même le vrai Georg ne parvint pas à comprendre ce qu'ils disaient. Pour finir, l'autre Georg se mit à rire. Le calme fut ensuite tel que le vrai Georg pouvait entendre l'autre passer sa main dans ses cheveux ou sur son vêtement. Disant en même temps : "Mon trésor." Puis : "Tu es tout ce que j'ai au monde." La jeune femme répondit : "Ce n'est pas vrai du tout." Il l'embrassa avec fougue. Les paniers s'écroulèrent, sauf ceux que Georg tenait devant lui. La femme reprit d'une voix transformée, plus claire : "Si tu savais comme je t'aime." "Ah, vraiment ?" dit l'autre Georg. "Oui, plus que tout… Non", s'écria-t-elle soudain. L'autre Georg éclata de rire. La fille reprit d'un ton fâché : "Non, maintenant, Georg, va-t'en." "Je pars, je pars", dit l'autre Georg. "Tu seras bientôt complètement débarrassée de moi." "Pourquoi ?" "Eh bien, le mois prochain, je pars à l'armée." "Ah mon Dieu." "Pourquoi ? C'est pas un problème. Enfin, fini tout cet entraînement tous les soirs, et pas une minute de libre." "Tu vas être dressé pour de bon." "C'est autre chose, dit l'autre Georg, on est enfin soldat pour de bon, le reste, ce n'est que jouer à la petite guerre. C'est exactement ce que dit Algeier. Dis voir, l'hiver dernier, tu n'es pas allée danser à Heidesheim avec lui ?" "Et pourquoi pas ? répondit la fille. Je ne te connaissais pas encore. Ce n'était pas comme maintenant." L'autre Georg éclata de rire. "Pas comme ça ?" Il la tenait serrée, la fille ne disait plus rien. Bien plus tard, elle répéta d'une voix triste, comme si son amoureux avait disparu dans une tempête ou dans les ténèbres : "Georg." Il répondit, tout heureux : "Oui."

À nouveau, ils étaient assis comme au début, la fille les genoux relevés, une main de l'homme entre les siennes. Ils regardaient tous deux au-dehors dans une complète harmonie, partagée avec le champ et la nuit paisible. "Là-bas, tu vois, en face, nous nous sommes promenés", dit l'autre Georg. "Maintenant, je dois rentrer à la maison." La fille dit : "J'ai peur quand tu t'en vas." "Mais je ne pars pas encore à la guerre, répondit l'homme. Seulement à l'armée." "Ce n'est pas ça que je veux dire, répondit la fille, je veux dire quand tu me quittes, là, tout de suite." L'autre Georg rit : "T'es un drôle de petit poussin. Voyons, je peux revenir demain. Ne va pas te mettre à pleurer." Il l'embrassa, sur les yeux, le visage. "Tu vois, maintenant, tu ris", dit-il. La fille répondit : "Chez moi, le rire et les larmes, c'est du pareil au même."

Quand l'autre Georg repartit, traversant le champ et que la fille le suivit des yeux dans une lumière blême qui n'était déjà plus argentée, mais couleur farine, le vrai Georg se rendit compte qu'elle n'était pas belle du tout, elle avait un visage rond, plat, et il eut très peur pour elle que l'autre Georg ne revienne pas le lendemain. Si on l'avait laissé faire. Lui, le vrai, il serait venu. Elle avait aussi sur le visage une expression vaguement apeurée. Elle se ressaisit, comme si elle avait voulu distinguer très loin d'elle un tout petit point stable. Elle soupira, se leva. Georg fit un léger mouvement. Devant la porte, il n'y avait plus maintenant qu'une lueur ténue provenant de la lune, et elle disparut aussi, l'aurore était en train de poindre.

Chapitre Trois

I

Au cours de cette même nuit, Heinrich Kübler avait été transféré à Westhofen pour confrontation. Tout d'abord pétrifié, il s'était ensuite laissé emmener de chez Elli sans un mot. Mais, pendant le trajet, il avait soudain été pris d'un accès de fureur, gesticulant comme un homme de bon sens attaqué par des brigands.

Presque évanoui après les terribles coups par lesquels on l'avait aussitôt maîtrisé, mains attachées, abruti, incapable de trouver à sa situation l'ombre d'une explication, il avait passé le trajet à ballotter comme un sac sur les genoux et entre les bras de ses gardes. À l'arrivée au camp, la SA, avertie, s'apprêtait à l'accueillir, mais voyant que le prisonnier avait déjà été tabassé, elle sut que l'ordre donné par les commissaires de ne pas toucher aux prisonniers avant l'interrogatoire ne pouvait plus valoir pour celui-là, car il avait trait aux prisonniers encore intacts à leur arrivée. L'espace d'un instant, le calme fut complet, s'éleva alors brièvement le bourdonnement grave comme le ronron d'un insecte qui toujours vient d'abord, suivi du hurlement aigu de l'individu, puis pendant de longues minutes rage déchaînée, ensuite peut-être à nouveau le silence, "peut-être" parce que jamais une autre personne ne fut présente, ni jamais ne put décrire avec précision un tel moment, sans que domine le bruit sauvage et ininterrompu des battements de son propre cœur l'accompagnant.

Heinrich Kübler fut rossé à en être méconnaissable, et pour finir, on l'emmena, inconscient. Fahrenberg fut informé : reprise du quatrième évadé – Georg Heisler.

Depuis la catastrophe qui deux jours auparavant avait bouleversé son existence, le commandant Fahrenberg avait aussi peu trouvé le sommeil qu'aucun des fugitifs. Ses cheveux avaient d'ailleurs commencé à grisonner. Son visage à se ratatiner. Quand il pensait à ce qui pour lui était en jeu, quand il tentait de se représenter clairement tout ce qu'il avait perdu, il se crispait, geignait et se tordait au milieu d'un embrouillamini de fils impossible à démêler, de câbles téléphoniques aux nœuds inextricables pour des liaisons téléphoniques devenues inutiles.

Entre les deux fenêtres, le portrait de son Führer, qui, c'est l'idée qu'il s'était forgée, lui avait conféré son pouvoir. Presque, pas tout à fait, un pouvoir sans limites. Dominer les êtres, corps et âme, décider de la vie et de la mort, pas moins que cela. Des hommes adultes, pleins de force, que l'on fait aligner devant soi, et on peut les briser, vite ou lentement, leurs corps l'instant d'avant encore droits tombent à quatre pattes, l'instant d'avant hardis, insolents, les voilà gris, balbutiant dans une angoisse mortelle. Certains ont été réduits à merci, d'autres transformés en traîtres, d'autres encore ont été remis en liberté, la nuque courbée, la volonté brisée. En général, le pouvoir en soi avait eu un goût parfait; parfois, un obstacle s'était présenté, au cours de certains interrogatoires, comme par exemple avec ce fameux Georg Heisler. Cet élément fragile, glissant, qui en fin de compte peut complètement empêcher que l'on savoure l'instant, qui s'évanouit entre les doigts, insaisissable, impossible à capturer, qu'on ne peut ni tuer ni blesser, espèce de bestiole ondoyante comme un petit lézard. Lors des interrogatoires de Heisler: son regard, son sourire avaient toujours subsisté, lueur éclairant sa gueule, en dépit des coups et des coups. La précision d'une imagination qui parfois est l'apanage des fous lui fit voir pendant qu'on lui transmettait le rapport le sourire de Georg peu à peu s'éteindre, recouvert par quelques pelletées de terre.

Arriva Zillich. "Mon commandant", il respirait avec peine, atterré… "Quoi ?" "C'est pas le bon qu'on a ramené."

Il se figea, Fahrenberg se dirigeait droit vers lui. Zillich n'aurait sans doute pas bougé même si Fahrenberg l'avait frappé. Jusqu'à maintenant, Fahrenberg ne lui avait fait aucun reproche, sans qu'on sache vraiment pourquoi. Mais même ainsi, le sentiment sourd et total d'une responsabilité, d'un désespoir envahissait le corps puissant et trapu de Zillich, lui montait à la gorge. Il avait le souffle court. "Celui qu'ils ont pris dans l'appartement de la femme de Heisler hier soir à Francfort, c'est pas celui que nous cherchons, ils ont confondu." "Confondu ?" répéta Fahrenberg. "Oui, confondu, ils ont confondu", répéta à son tour Zillich, comme si leurs langues à tous deux se repaissaient de ce mot. "Un type quelconque avec lequel cette bonne femme s'est consolée. J'ai regardé à quoi il ressemblait. Même si ce gars, sa gueule, elle est bousillée à tout jamais, je sais reconnaître mes petits." "Confondu", répéta Fahrenberg. Il semblait soudain réfléchir à un point précis. Zillich l'observait sans un geste, les yeux cachés sous ses lourdes paupières. Puis Fahrenberg fut à nouveau saisi d'un de ses accès de colère. Il se mit à hurler : "Qu'est-ce que c'est que cet éclairage ? Il faut vous cogner la tête dedans ? Il n'y a personne ici qui sache changer un plafonnier ? Personne, personne ici ? Et dehors ? Quelle heure est-il donc ? Qu'est-ce que c'est que ce brouillard ? Bon Dieu de bon Dieu, pareil tous les matins." "C'est l'automne, mon commandant." "L'automne ? Ces saloperies d'arbres, là-bas, faut les dégager. Allez, coupez-moi ces arbres, et que ça saute."

Cinq minutes après, une sorte d'agitation industrieuse régnait dans la baraque du commandant et alentour. Quelques détenus, sous la surveillance des SA, décapitaient les platanes plantés sur la longueur de la baraque 3. L'un des détenus, électrotechnicien de son métier, sous bonne garde, déplaçait lui aussi quelques lampes. Tandis que l'on entendait jusqu'à l'intérieur le craquement des derniers branchages des arbres abattus et le grincement de la scie, à plat ventre dans la baraque, il tripatouillait les interrupteurs. À un moment donné, il leva les yeux et son regard croisa celui de Fahrenberg. "Je n'avais jamais de ma vie, confia-t-il deux ans plus tard, vu un tel regard. Je me suis dit : ce type, il va me danser sur le dos à m'en faire craquer les vertèbres. Mais il s'est contenté de me donner un petit coup de pied dans les fesses en disant : 'Allez, que ça saute, que ça saute.' Pour finir, mes lampes avaient été testées et elles marchaient, puis on les éteignit, maintenant, on voyait clair, parce que les platanes avaient été abattus et aussi parce que le jour s'était levé."

Heinrich Kübler, toujours évanoui, avait entre-temps été pris en charge par le médecin du camp. Les commissaires Fischer et Overkamp étaient certes convaincus que les affirmations de Zillich correspondaient à la réalité, cet homme n'était en aucun cas Georg Heisler, mais certains, après avoir examiné l'homme tabassé au point d'être méconnaissable, avaient réagi d'un haussement d'épaules, incrédules. Le commissaire Overkamp sifflotait sans discontinuer, on aurait cru des petites bulles qui l'aidaient quand les jurons ne suffisaient plus. Fischer attendait, l'écouteur coincé entre la tête et l'épaule, qu'Overkamp ait sifflé tout son soûl. Overkamp n'avait pas besoin de lumière. Leur bureau demeurait obscur, volets clos, une lampe de bureau ordinaire suffisait et le projecteur de cent bougies de temps en temps pour certains interrogatoires. Fischer retint l'envie qui l'avait pris d'en illuminer le visage de son supérieur pour qu'il cesse enfin de siffler. À ce moment-là, un appel de Worms suffit à l'interrompre. Fischer hurla : "Ils ont récupéré Wallau." Overkamp empoigna l'écouteur, griffonna. "Oui, tous les quatre", dit-il. Puis il ajouta : "Mettre l'appartement sous scellés." Puis : "Ramenez-le ici." Ensuite, il donna lecture de ses notes : "Donc : avant-hier examen attentif des listes disponibles dans les villes entrant en ligne de compte, repérage d'un certain nombre de personnes, outre la famille de Wallau. Toutes soumises hier à nouvel interrogatoire. Dont cinq – bien entendu maintenant toutes hors de cause – retenues dans la dernière liste après deuxième interrogatoire ; soupçons renforcés concernant un certain Bachmann, contrôleur de tram, interné pendant deux mois en 33, libéré afin de surveiller ses relations – cette surveillance, souvenez-vous, nous a l'an dernier, dans l'affaire Wieland, mis sur la piste de l'adresse clandestine d'Arlsberg – plus d'activité politique depuis –, a nié en bloc lors des premier et deuxième interrogatoires, mais hier, sous la menace, a craqué. La femme de Wallau a déposé des affaires dans une cabane de jardin près de Worms, il prétend n'avoir su ni pourquoi ni de quoi il s'agit, mis sous surveillance et relâché pour établir d'autres contacts éventuels. Wallau, arrêté à vingt-trois heures vingt dans ce secteur de jardins ouvriers, refuse pour l'instant de parler. Bachmann toujours chez lui, n'a pas pris son service à six heures, suicide envisagé, aucune information transmise par la famille à l'heure actuelle. – Halte !" dit Overkamp.

Il fit communiquer par Fischer l'information à la presse et à la radio, juste à temps pour les nouvelles du matin. Overkamp avait combattu le point de vue contraire selon lequel publier ces nouvelles dans leur intégralité pour susciter la coopération du public ne serait efficace que s'il était question de deux, au plus de trois évadés, nombre précis et plausible que l'on pouvait adapter aux circonstances de l'évasion contre laquelle une communication adaptée pourrait retourner l'opinion publique. Rendre en revanche publique une tentative d'évasion plus importante n'était pas nécessairement utile aux recherches, car un nombre de sept, six ou même cinq évadés ne laissait pas seulement de la marge à la hausse pour un nombre encore supérieur mais ouvrait aussi la porte à des suppositions de toutes sortes, sentiments, doutes, rumeurs. Entre-temps, tout cela était caduc, puisque la capture de Wallau permettait d'atteindre l'effectif plausible.

"Fritz, t'as entendu, à l'instant ?" demanda la fille au garçon sans même lui dire bonjour, dès qu'il franchit le porche. Le fichu tout propre qu'elle venait de nouer autour de ses cheveux avait dû être blanchi sous un soleil et sur une herbe particuliers. “Entendu quoi?” répliqua le garçon. “Y a un moment, à la radio”, répondit la fille. Le garçon reprit: “À la radio. Le matin, c'est la course. Paul va à la vigne avec le père, ma mère s'occupe de livrer le lait, moi je la remplace à l'étable. Tout ça avant sept heures et demie. Je me fiche bien de ce que raconte le poste.” “Oui, mais aujourd'hui, reprend la fille, on a parlé de Westhofen. Les trois évadés, on dit qu'ils ont assommé Dieterling, le SA, avec une bêche, qu'ils ont fait un cambriolage à Worms, qu'ils se sont séparés pour partir dans trois directions différentes.”

Le garçon répondit calmement: “Tiens donc. Bizarre. Hier, au café de la Carpe, ils racontaient, Lohmeier, qui travaille au camp, et Mathes, que le type qui a pris un coup de bêche avait eu du bol, un coup en biais au-dessus de l'œil, et il lui a juste fallu un sparadrap. Trois, tu dis…” “Dommage, dit la fille, qu'ils n'aient justement pas encore repris le tien.” “Ah, ça fait belle lurette qu'il ne l'a plus, ma veste, répondit Fritz Helwig. Le mien, il n'est tout de même pas si bête. Il ne va pas, le mien, se trimballer longtemps dans les mêmes fringues. Le mien, il va se dire que ses vêtements ont été décrits. La veste, il l'a peut-être vendue quelque part, et maintenant, elle est accrochée sur un cintre dans une armoire inconnue dans une boutique inconnue. Ou bien il l'a balancée dans le Rhin, les poches pleines de cailloux.”

La fille le regarda d'un air étonné. Il affirma: “Au début, ça m'a fait mal au cœur…” Ajoutant: “Maintenant, je m'y suis fait.” Il vint alors tout près d'elle, rattrapant le temps perdu: il la prit par les épaules, la secouant un peu, l'embrassant un peu. Il la serra fort pendant quelques secondes, avant de poursuivre son chemin. Il se disait: il sait qu'il n'en sortira pas vivant s'ils le reprennent. En se disant cela, il pensait au seul des évadés qui le concernait. Cette nuit, il était passé en rêve près du jardin d'Allgeier. Et là, derrière la barrière, entre les arbres fruitiers, il avait vu l'épouvantail, un vieux chapeau noir, quelques bouts de bois, par-dessus sa veste en velours. Ce rêve, tout à fait drôle maintenant, cette nuit, il lui avait inspiré une peur panique. En cet instant aussi, ses bras mollirent. Du foulard de la fille, silencieuse, appuyée contre lui, s'élevait l'odeur délicate et fraîche du linge tout juste blanchi. Il la respirait pour la première fois, comme si venait d'entrer dans son univers quelque chose qui en faisait apparaître plus nettement les éléments, grossiers ou délicats.

Quand dix minutes plus tard, en arrivant à l'école, il tomba sur le jardinier, celui-ci l'entreprit à nouveau: "Alors, toujours rien ?" "À propos de quoi ?" "Au sujet de la veste. Voilà déjà qu'on en parle à la radio." "La veste ?" demanda Fritz Helwig, inquiet, car sa petite amie ne le lui avait pas dit. "Quand on l'a vu pour la dernière fois, il portait..." raconta le jardinier. "Elle doit déjà être trempée de sueur sous les bras." "Ah, fiche-moi la paix", cria le garçon.

Quand Franz entra dans la cuisine des Marnet pour avaler en vitesse son café avant de sauter sur sa bicyclette, Ernst le berger était assis près de la cuisinière et étalait de la compote sur son pain. Il dit: "T'as entendu, Franz ?" "Quoi ?" "Le type d'ici qui est dans le coup..." "Qui ? Dans le coup de quoi ?" demanda Franz. "Ah, quand on n'écoute pas la radio, répliqua Ernst, on n'est pas au courant des derniers rebondissements." Il s'adressait à la famille assemblée autour de la table de cuisine, ils en étaient à leur deuxième café – ils avaient déjà quelques heures de travail derrière eux – trier les pommes – deux grossistes étaient attendus le lendemain matin à Francfort, à la halle du marché. "Et si tout d'un coup vous découvrez le type au fond de votre grange, vous faites quoi ?"

"On boucle la grange", répondit le gendre. "On descend à vélo jusqu'à la cabine téléphonique et on appelle la police." "Pour ça, pas besoin de la police, rétorqua le beau-frère, on est assez nombreux pour le garrotter et l'emmener à Höchst en voiture. Pas vrai, Ernst ?" Ernst le berger mettait tellement de compote sur son pain que c'était plus de la compote au pain que du pain à la compote. "De toute façon, demain, je ne suis plus ici, je serai en face, chez les Messer." "Il peut aussi se planquer dans la grange des Messer", reprit le gendre ; Franz suivait cet échange, comme pétrifié. "Il peut se planquer n'importe où, bien sûr, reprit Ernst, dans le premier arbre creux, dans la première vieille grange venue. Mais à l'endroit où justement je regarderai, là, il n'y sera pas, c'est sûr." "Et pourquoi ?" "Justement parce que je n'y regarderai pas, dit Ernst. J'aurais pas envie de le voir." Silence. Tous fixaient Ernst, dont la grande tartine de compote entourait la bouche comme le mors d'un cheval. "Toi, tu peux te le permettre, Ernst, dit la mère Marnet, tu n'as pas de ferme, tu n'as rien à toi. Si demain ce pauvre diable est pris et qu'il raconte où il a passé la nuit d'avant, ça peut t'envoyer en tôle." "En tôle ?" dit le vieux Marnet, un petit paysan silencieux qui, mangeant la même nourriture, menant la même vie que sa femme, s'était ratatiné quand sa femme avait gonflé. "On te fourre au camp et t'en ressors plus. Et tes affaires, elles deviennent quoi ? Toute la famille précipitée dans le malheur."

"Je ne peux pas en juger", dit Ernst. De sa langue d'une longueur et d'une souplesse incroyables il se nettoya la bouche, les enfants le regardaient faire, étonnés. "J'ai juste quelques meubles à Oberursel qui me viennent de ma mère, et mon petit livret de caisse d'épargne. Je n'ai pas encore de famille, je n'ai que mes moutons. À ce point de vue, je suis comme le Führer, je n'ai ni femme ni enfant. Mais le Führer, avant, il avait une gouvernante ; j'ai lu qu'il a assisté en personne à son enterrement." À ce moment-là, Auguste, la fille des Marnet, s'écria soudain : "Il y a une chose que je peux te dire, Ernst, la Sophie Marnet, je lui ai mis les points sur les *i* à ton sujet. Comment peux-tu lui raconter des contes à dormir debout, lui dire que tu es fiancé à la petite Marie de Botzenbach. Alors que l'avant-dernier dimanche, tu as présenté ta demande à Ella." Ernst répondit : "Ce genre de demande n'a strictement rien à voir avec mes sentiments pour la petite Marie." "Mais c'est purement et simplement de la bigamie", dit Auguste. "Pas du tout, ce n'est pas de la bigamie, c'est une prédisposition", répondit Ernst. "Il tient ça de son père", expliqua Mme Marnet. "Quand il est tombé au front, toutes ses petites amies ont chialé avec la mère d'Ernst." Ernst demanda : "Et vous aussi, madame Marnet, vous avez chialé ?" Elle jeta un coup d'œil furtif à son petit paysan maigrichon et répondit : "J'ai sûrement écrasé une petite larme moi aussi."

Franz avait écouté avec autant d'attention que s'il avait attendu des pensées et paroles échangées dans la cuisine des Marnet qu'elles puissent d'elles-mêmes s'attarder sur le sujet qui lui tenait à cœur. Pas la moindre trace – les pensées et paroles allaient plus loin, s'égayaient allègrement en tous sens. Franz tira sa bicyclette de la grange. Cette fois, il ne se rendit même pas compte de sa descente vers Höchst – les autres vélos autour de lui, les criailleries dans les ruelles étroites, tout cela n'était qu'un fond sonore.

"Tu ne l'as pas connu ? demanda quelqu'un au vestiaire. Toi qui étais déjà là ?" "Justement lui, dit Franz, son nom ne me dit rien du tout." "Regarde donc", dit un autre en lui fourrant le journal sous le nez. Franz baissa les yeux, on voyait les photos de trois hommes. Même si revoir Georg lui fit l'effet d'un coup en pleine face – car d'une certaine manière, c'étaient des retrouvailles, ce Georg sur la photo de l'avis de recherche était à moitié vrai, entre le Georg tel qu'il était maintenant et le Georg de son souvenir –, les deux photos d'inconnus à sa droite et à sa gauche le touchaient tout autant et l'emplissaient de honte, parce qu'il ne pensait toujours qu'à l'un d'eux. "Non, dit-il, cette photo ne me dit rien. Tout ce qu'on ne retient pas." La feuille passa par quelques douzaines de mains. "On le connaît pas", c'était la réponse, et "Bon Dieu, trois d'un coup, peut-être même davantage. – Pourquoi se sont-ils fait la belle ? – Quelle question. – Massacré à coups de bêche. – Ils n'ont vraiment aucune chance. – Pourquoi ? Ils sont dehors. – Pour combien de temps ? – Je ne voudrais pas être dans leur peau. – Regarde, celui-là, il est déjà bien vieux. – Celui-là, il me dit tout de même quelque chose.

– Ils étaient sûrement de toute façon fichus, ils n'avaient plus rien à perdre." Une voix, calmement, un peu pressée peut-être parce que celui qui parlait se penchait sur son casier ou rattachait son lacet, déclara : "S'il y a la guerre, qu'est-ce qu'on va faire des camps ?" Une impression de froid s'abat sur les gens qui se préparent, se hâtant et se bousculant. La voix, sur le même ton, ajoute : "La sécurité intérieure, quels seront alors les ordres qu'elle donnera ?"

Qui donc vient de dire cela ? On n'a pas vu le visage, parce qu'à ce moment-là, l'homme était penché. Mais cette voix, on la connaît. Qu'a-t-il donc dit exactement ? Rien qui soit défendu. Un bref silence, et personne ne sursaute au deuxième coup de sirène. Pendant qu'ils couraient en traversant la cour, Franz entendit derrière lui quelqu'un demander : "Au fait, Albert, il y est toujours ?" et un autre répondre : "Je crois que oui."

Binder, le vieux paysan qui était dans la salle d'attente de Löwenstein, avait voulu crier à sa femme d'éteindre la radio. Depuis son retour de Mayence, il se tordait sur son canapé protégé par une toile cirée – il lui semblait qu'il était plus malade qu'avant. Soudain, il prêta l'oreille, gueule ouverte. Il en oublia la vie et la mort qui s'affrontaient dans son corps. Il hurla, ordonna à sa femme de l'aider au plus vite à enfiler son manteau et ses chaussures. Il fit mettre en marche l'auto de son fils. Voulait-il se venger du médecin qui ne pouvait tout de même rien pour lui, du patient à la main bandée qui hier était tranquillement reparti, alors que, comme il l'avait entendu à l'instant, il méritait pourtant lui aussi la mort ? Ou s'imaginait-il en se comportant de la sorte se mêler plus assurément à la foule des vivants ?

II

Pendant ce temps-là, Georg avait rampé hors de son cabanon avant d'avoir fait courir à quelqu'un le risque de le découvrir. Il se sentait si mal en point que mettre un pied devant l'autre lui semblait dénué de sens. Mais l'élan qu'apporte le jour nouveau, plus puissant que les terreurs nocturnes, entraîne chacun de ceux qui ont su attendre sa venue. Les plants d'asperges trempés lui battaient les jambes. Le vent se leva, si léger qu'il ne fit que légèrement dissiper le brouillard. Même s'il l'empêchait de rien voir, Georg sentait la présence du jour nouveau qui passait au-dessus de lui et balayait tout. Les petites baies sur le feuillage des asperges se mirent bientôt à briller dans la lumière du soleil bas. Georg crut d'abord que c'était aussi le soleil qui brillait derrière la rive brumeuse, jusqu'au moment où, s'approchant, il remarqua le feu brûlant sur la langue de terre. Lentement, mais distinctement, le brouillard se dissipa et il vit quelques bâtiments bas ainsi que la pointe sans arbres et entourée de bateaux arrimés à leurs pontons, et l'eau qui s'écoulait sans entraves. Devant lui, au beau milieu du champ, près du chemin menant de la route à la rive, se trouvait la maison d'où en pleine nuit pouvaient être venus les amoureux. Soudain, de la presqu'île parvinrent des roulements de tambours qui le firent claquer des dents. Comme il était trop tard pour se cacher, il poursuivit son chemin, crispé, prêt à tout. Mais la campagne restait silencieuse. Dans la maison paysanne, rien ne bougeait, seules des voix d'enfants lui parvenaient depuis la langue de terre qui, seulement parce qu'il ne s'agissait pas de voix d'hommes, lui semblèrent d'une beauté extrême, limpides comme des voix d'anges, et voilà que déjà un clapotis de rames se faisait entendre, approchant de la rive, tandis que sur la langue de terre, on éteignait le feu.

Si tu ne parviens plus à éviter les gens, lui avait enseigné Wallau, tu dois aller droit vers eux pour te fondre dans la masse.

Ces gens auxquels il ne pouvait plus échapper maintenant, c'étaient environ deux douzaines de garçons qui, hurlant comme des Indiens sauvages qui pénètrent le territoire de chasse d'une tribu ennemie, bondirent de leurs barques, portèrent à terre leurs sacs à dos, leurs ustensiles de cuisine et leurs récipients, leurs toiles de tentes et leurs étendards. Le brouhaha se calma et deux petits groupes se formèrent, répondant ainsi, comme le remarqua Georg, aux ordres d'un gamin maigre aux cheveux blond pâle, qui d'un filet de voix par ailleurs encore très enfantine transmettait d'un ton cassant une foule de consignes raisonnables. Deux gamins trimballaient la vaisselle et les récipients suspendus par leurs anses ou leurs anneaux à une perche, se dirigeant vers la demeure paysanne, escortés par quatre camarades lourdement chargés et par deux tambours, tous précédés par un septième qui portait leur petit drapeau. Georg, assis dans le sable, les suivait du regard, non comme s'il avait quitté l'enfance, mais comme si on venait à l'instant même de la lui ravir. "Bougez-vous", ordonna le gamin sec aux autres, qui dans l'intervalle avaient dû venir au rapport et constituer les groupes. Le maigrichon venait de remarquer la présence de Georg. Une partie des gamins cherchaient des pierres plates, on les entendait déjà compter les ricochets sur l'eau. Les autres s'assirent à cinquante centimètres de Georg dans l'herbe d'un talus autour d'un gamin de petite taille tout brun et bouclé qui sculptait un bout de bois sur ses genoux. Georg prêtait l'oreille pour entendre les conseils et les commentaires des garçons, il s'en oubliait presque lui-même. Quelques-uns prenaient des postures et parlaient à la manière d'enfants qui se savent observés par un adulte qui sans s'en rendre compte les attire.

Le gamin brun bondit sur ses pieds, passa devant Georg, prit son élan, visage sérieux, tendu, et jeta l'objet qu'il venait de sculpter haut dans les airs. Il retomba à ses pieds comme tout ce qui obéit aux lois de la gravité – et le gamin sembla extrêmement déçu. Il ramassa l'objet, l'examina en plissant le front et se rassit, se remit à limer – la curiosité de ses camarades se transforma en railleries. Georg, qui avait tout observé, dit en riant : "Tu veux fabriquer un boomerang." Le gamin le regarda en face, d'un air calme et plein d'énergie qui plut beaucoup à Georg. "Je ne peux pas t'aider, parce que ma main est blessée, dit-il, mais je pourrais peut-être t'expliquer…" Son visage s'assombrit. Hier, des gamins comme ceux-là n'avaient-ils pas débusqué Pelzer à Buchenau ? Celui-là, avec son beau regard calme, avait-il lui aussi tambouriné contre le portail de la ferme ? Le garçon baissa les yeux. Les autres se pressaient plus autour de Georg qu'autour du garçon en train de sculpter. Presque sans s'en rendre compte, Georg était maintenant déjà complètement entouré par la meute des garçons. Il n'avait même pas eu besoin de jouer de la flûte comme le charmeur de rats. La meute tout entière flairait avec son instinct intact que cet homme portait sur ses épaules un fardeau, aventure ou mystérieux malheur ou fatalité. Ils n'en avaient bien sûr pas clairement conscience. Ils se contentaient de serrer Georg de tout près, bavardaient, lorgnant sa main bandée.

À ce moment-là, à Westhofen, Overkamp avait déjà sous les yeux le rapport signalant que sinon Georg Heisler lui-même, du moins sa dernière écorce physique, la veste brune en velours côtelé à fermeture éclair, était tombée dans les mains de l'État. Le marinier s'était la veille au soir, après le troc, rendu avec la veste chez un fripier dans l'intention de boire la somme qu'il en tirerait. Sa fiancée lui tricotait suffisamment de pull-overs et ce troc avait été pour lui une vraie aubaine. Mais le fripier avait été particulièrement mis en garde quant aux avis de recherche, car il avait souvent vendu des objets interdits, et avait même déjà subi une perquisition. Le marinier avait commencé par se lamenter de devoir abandonner ce splendide vêtement à la police ; il se calma quand on lui garantit qu'il serait indemnisé. Il n'eut aucun mal à justifier son alibi, il y avait bien une demi-douzaine de témoins de l'échange. Il leur semblait que le protagoniste de l'échange avait pris en compagnie d'un troisième larron la direction de Petersau. L'interrogatoire fit rapidement émerger le nom de ce compagnon : Gredin-Menu-fretin.

Ce dernier fut retrouvé séance tenante. Overkamp prit les dispositions découlant de la déposition du marinier. Il lui semblait que dans cette situation jusqu'à tout récemment complètement bloquée soufflait un vent nouveau. Parmi les rapports qui lui étaient parvenus ressortait maintenant en outre la déclaration d'un certain Binder de Waisenau. Il affirmait avoir la veille, dans la salle d'attente du docteur Löwenstein, remarqué un homme suspect correspondant à l'avis de recherche, avait ce matin même croisé l'homme en question avec sa main bandée de frais qui se dirigeait vers le Rhin – il fallait faire comparaître immédiatement tous ces gens. De leurs déclarations, on pouvait déduire le chemin suivi par Heisler dans sa fuite jusqu'à hier midi, ce qui permettait aussi de déduire la suite de son itinéraire.

Insensiblement, les garçons avaient quitté le talus et s'étaient rassemblés tout autour de Georg, serrés près de lui, si bien que le jeune sculpteur de boomerang frisotté se retrouvait à l'écart, jusqu'au moment où ils détournèrent la tête comme un seul homme, parce qu'une barque isolée approchait, venant de l'île. Un homme chargé d'un sac à dos en descendit, accompagné d'un gamin poussé en graine qui, on s'en rendit compte alors, présentait des traits très réguliers, hardis, et qui n'étaient plus seulement ceux d'un gamin, dans un visage tout en longueur et pâle. "Donne", dit-il aussitôt au sculpteur, puis il s'avança, lança l'objet en l'air avec un élan particulier, d'un geste calme, qui le fit tourbillonner tandis que son corps tournait sur lui-même.

Pendant ce temps-là, le deuxième petit groupe était revenu de l'intérieur de la maison paysanne. L'enseignant félicita d'un ton sec le maigrichon qui avait tout organisé rapidement et correctement. Puis il s'agit à nouveau de faire mettre en ordre les enfants et de les répartir. Ils se mirent en route. Georg se leva lui aussi. "Monsieur le professeur, vous avez là de bons garçons", dit-il. "Heil Hitler", compléta le maître. Son visage hâlé était très jeune, mais cette jeunesse presque retenue avec effort lui conférait une sorte de fixité. "Oui, c'est une bonne classe." Georg ne dit rien de plus, mais l'enseignant ajouta tout de même : "L'effectif de base était déjà de bonne qualité. J'en ai tiré ce que j'ai pu. Heureusement, à Pâques, au passage au niveau supérieur, j'ai suivi ma classe." On dirait que pour cet homme, dans la vie, garder sa classe est important, se dit Georg. Il n'avait même pas besoin de faire effort pour échanger calmement avec lui. Soudain, la nuit fut loin derrière lui. La vie ordinaire s'écoule si calmement que son flot entraîne celui qui y met le pied. "Y a encore loin jusqu'au ponton ?" "Moins de vingt minutes, dit le maître, nous y allons nous aussi." Il faut qu'il me fasse passer sur l'autre rive, se dit Georg, il va m'emmener. "On avance, on avance", disait le maître aux gamins, sans remarquer la force mystérieuse qui émanait de l'étranger parce qu'il y avait lui-même également déjà succombé. Le grand échalas arrivé avec lui dans la barque continuait à marcher à ses côtés. Il posa la main sur son épaule. Georg, s'il lui avait été permis de choisir parmi tous ces gamins un compagnon de randonnée, n'aurait sûrement pas élu le beau gars qui marchait à côté du maître, ni le maigrichon au front intelligent, mais le petit gars au boomerang. Le regard limpide de ce gamin s'arrêtait souvent sur lui, comme s'il voyait plus que les autres enfants. "Donc, vous avez passé la nuit dehors ?" "Oui, dit le maître, dehors, dans la plaine, nous avons une auberge. Mais pour les besoins de l'exercice, nous avons passé la nuit à côté de la maison. Hier soir et ce matin, nous avons cuisiné en plein air. Hier, à l'aide de plans, nous avons déterminé la manière dont on prendrait de nos jours la colline d'en face, et nous sommes remontés de plus en plus avant dans l'histoire, vous voyez, la manière dont s'y est prise une armée de chevaliers, comment ont fait les Romains…" "On aimerait bien retourner en classe avec vous, dit Georg, vous êtes un bon maître." "On fait bien ce qu'on aime faire", répondit l'homme.

Ils avaient parcouru la presqu'île sur toute sa longueur, marchant au bord de l'eau. À côté d'eux, le fleuve et son courant dégagé. On se rendait compte que la prairie qui masquait tout avec ses quelques taillis et groupes d'arbres n'était qu'un étroit petit triangle parmi d'innombrables langues de terre en bordure des rivages et prairies. Georg se dit : si je réussis à traverser, je pourrai dès ce soir être auprès de Leni.

"Vous avez fait la guerre ?" demanda le maître. Georg comprit que cet homme qui pouvait avoir le même âge que lui le croyait bien plus vieux. Il répondit : "Non." "Dommage, vous auriez pu en parler à mes gamins. Je saisis toutes les occasions." "Vous auriez été déçu, répondit Georg, je ne raconte pas bien." "Mon père est comme ça, il ne nous a jamais parlé de la guerre." "J'espère que ces gamins vont conserver leurs membres entiers." Le maître répondit : "J'espère qu'ils les garderont", et il avait accentué le dernier mot. "Je veux dire que j'espère qu'ils garderont leurs membres et pas seulement en ayant évité d'être engagés." Le cœur de Georg se mit à battre, il voyait devant lui les poteaux et les marches du ponton. Pourtant, le besoin, l'habitude qu'il avait d'agir sur les autres étaient en lui si forts qu'il répondit à son tour : "Vous êtes engagé corps et âme en tant que professeur, c'est aussi une façon de s'engager."

"Ce n'est pas l'engagement dont je parle en ce moment", dit le maître. Ses paroles étaient aussi destinées au garçon qui, très droit, avançait à ses côtés. "Je parlais de l'engagement suprême, à la vie à la mort. On ne peut pas s'y soustraire – mais comment donc en sommes-nous venus à parler de cela ?" Il considéra à nouveau ce compagnon inconnu marchant à ses côtés. Si le trajet avait été plus long, il aurait volontiers confié ses pensées à cet homme. Combien de confidences sont offertes en chemin à qui sait se taire ! "Nous voilà arrivés. Dites, ça vous dérangerait d'emmener quelques gamins avec vous ?" "Non, pas du tout", répondit Georg dont le cœur battait la chamade. "Mon collègue m'a promis de prendre les gamins dans sa classe pendant que nous irons ramasser ce qui traîne sur le sable ; je vais attendre l'arrivée du bateau." Le petit boomerang va peut-être venir avec moi, se dit Georg…

Mais quand pour la troisième fois ils se mirent en rangs et furent comptés, le petit boomerang fut affecté au groupe du maître.

Gredin-Menu-fretin fut rapidement présenté à Westhofen. Il s'avéra que c'était un bon observateur, précis et spirituel. Des oisifs de son genre ont coutume de tout examiner à la perfection. Comme ils n'en viennent jamais à agir, les observations qu'ils ont faites s'inscrivent dans leur crâne comme un trésor inexploité. Ce qui leur permet souvent de devenir des auxiliaires inestimables de la police. Il rapporta donc avec force détails aux commissaires combien son compagnon de route de la veille avait été saisi d'un accès de panique quand ils avaient atteint la pointe de la Petersau. "Son pansement était tout frais, dit-il, de la gaze blanche comme neige, une vraie réclame pour Persil. Cet homme, il lui manquait au moins cinq dents, peut-être trois en haut et deux en bas, parce que en haut, le trou était plus important qu'en bas. Et sur un des côtés", et il se passa l'index recourbé dans sa propre bouche, "il y avait une coupure, comment dire, comme si quelqu'un avait voulu fendre sa propre gueule jusqu'à son oreille gauche".

Gredin-Menu-fretin fut libéré à grand renfort de Heil et de merci. Il ne manquait plus que l'identification de la veste. On pourrait alors faire placarder dans toutes les gares et à toutes les têtes de ponts, dans tous les postes de police et postes de garde, à tous les appontements et dans toutes les auberges, sur le réseau du pays tout entier, les signalements complètement mis à jour.

"Fritz, Fritz", la nouvelle était arrivée à l'école Darré, "ta veste est retrouvée !" Quand il entendit cela, Fritz sentit tout se mettre à tourner autour de lui. Il se précipita au-dehors. Derrière l'appentis, on avait achevé de remettre le chemin en état. Fritz regarda dans la serre. Le jardinier Gültscher était en train de récupérer lui-même les graines des bégonias doubles pour les trier immédiatement. "Ma veste a été retrouvée." Sans se retourner, l'homme dit : "Alors dans ce cas-là, ils sont sur ses talons. Eh bien, réjouis-toi."

"Me réjouir ? Une veste complètement trempée de sueur, crade, une veste salopée par un type comme ça !"

"Va la regarder, peut-être que ce n'est pas la tienne."

"Il arrive", s'écrièrent les gamins. On entendait déjà les pots d'échappement du moteur dans l'air tranquille. La trace que dessinait le bateau, traversant le fleuve, un peu plus claire que l'eau alentour, persista à peu près le temps qu'il lui fallut pour atteindre la rive. Le soleil matinal frappait directement le foulard noué autour du cou du marinier, un oiseau en plein vol, le mur blanc du quai sur la rive, un clocher d'église bien loin dans les collines ; comme si tout cela valait d'être retenu profondément et à jamais. Au moment de descendre les quelques marches menant au ponton, encore trop tôt car le bateau n'était pas si proche que cela, Georg sentit au plus profond de lui-même quelque chose se séparer de ce qui voudrait à tout jamais demeurer, impérissable, l'un emporté par le grand fleuve, l'autre lové sur ses rives, cramponné de toutes ses fibres à ces villages, ces quais, ces vignobles. Les gamins eux aussi étaient maintenant silencieux. Car quand en un lieu le silence peut naître, il plonge plus profond que tambours et trompettes.

Georg aperçut la sentinelle sur le ponton de l'autre rive. Cet homme était-il toujours posté à cet endroit ? S'y trouvait-il à cause de lui ? Les gamins l'entouraient, l'entraînèrent au bas des marches, se serrant autour de lui pour embarquer. Mais Georg ne faisait que lorgner vers la sentinelle.

"Écartez vos têtes, les gars, laissez-moi passer, je vais sauter. Si les choses tournent de travers, c'est pas la pire des fins." Il releva la tête. Dans le lointain, il distinguait le Taunus, où il avait souvent été, autrefois, tantôt pour la cueillette des pommes, avec – mais avec qui était-ce donc ? Franz. En ce moment, il doit de nouveau y avoir des pommes, voyons donc, c'est l'automne. Y a-t-il plus belle chose au monde ? Et le ciel n'est plus embrumé, mais gris bleu, sans un nuage.

À ce moment-là, les gamins interrompirent leurs bavardages, regardant vers l'endroit où l'homme dirigeait si bizarrement ses regards, sans y distinguer rien de particulier, l'oiseau s'était peut-être déjà envolé. La femme du marinier était en train d'encaisser le prix du passage – ils avaient déjà dépassé le milieu du fleuve. Immobile, la sentinelle suivait des yeux le bateau en train d'approcher. Georg plongea sa main dans l'eau sans quitter le militaire des yeux. Tous les gamins l'imitèrent. Ah, tout ça, c'est un rêve, mais quand on va t'emmener, te livrer, te torturer, tu penseras avec tristesse que tout aurait pu être si simple pour toi.

Pas plus de cinq minutes en automobile de l'école Darré jusqu'à Westhofen. Fritz s'était imaginé Westhofen comme un lieu proche de l'enfer. Mais il n'y avait là que des baraques propres, une grande place balayée de frais, quelques sentinelles, quelques platanes décapités, le silence ensoleillé d'un matin d'automne.

"Vous êtes Fritz Helwig ? Heil Hitler ! On a retrouvé votre veste. La voilà." Fritz jeta un regard en biais vers la table. Sa veste s'y trouvait, marron, neuve, pas du tout salie ni ensanglantée, comme il l'avait imaginé. Il n'y avait qu'une tache sombre sur l'ourlet d'une des manches. Il jeta un regard d'interrogation à l'un des commissaires. Qui lui sourit en acquiesçant de la tête. Fritz s'approcha de la table, tapota la manche. Il retira sa main.

"Eh bien, voici votre veste, dit Fischer. N'est-ce pas ? Enfilez-la", dit-il en souriant, parce que Fritz continuait à hésiter. "Allez, dit-il en haussant le ton, ou bien n'est-ce peut-être pas elle ?" Fritz baissa les yeux. Il dit à voix basse : "Non." "Non ?" dit Fischer. Fritz secoua la tête d'un air assuré, dans la stupeur causée par ses paroles. "Regarde-la attentivement", dit Fischer. "Et pourquoi n'est-ce pas ta veste ? Tu remarques une différence ?" Fritz commença, les yeux baissés, d'abord avec hésitation, puis avec force détails, à expliquer pourquoi ce n'était pas sa veste. La sienne, la poche avait une fermeture éclair alors que celle-ci avait un bouton. À cet endroit, il y avait un petit trou, fait par un crayon, alors que la doublure ici était intacte. Cette veste avait en guise d'attache un ruban portant le nom du fabricant alors que la sienne, parce que l'attache se déchirait toujours, en avait deux cousues aux manches par sa mère. Plus il parlait, plus lui revenaient des différences, car plus il la décrivait, plus il se sentait à l'aise. Pour finir, il fut interrompu brutalement et congédié. De retour à l'école, il déclara : “C'était pas du tout la mienne.” Tous ses camarades, surpris, éclatèrent de rire.

Pendant ce temps-là, Georg était depuis longtemps descendu, entouré de ses gamins, et il était passé devant la sentinelle. Après avoir pris congé de tous, il poursuivit sur la route qu'empruntaient les automobiles et qui mène d'Eltville à Wiesbaden.

Overkamp continuait à siffloter pour lui tout seul son petit air habituel, jusqu'au moment où, à la table voisine, Fischer eut les mains qui se mirent à trembler. Ce gamin, il aurait attrapé avec joie sa veste, il s'était tellement lamenté de sa perte. Encore heureux qu'il ait été honnête et ne l'ait pas reconnue. Puisque cette veste n'était pas la veste volée, l'homme qui avait troqué la veste n'était pas celui que l'on recherchait. On avait donc arrêté le docteur Löwenstein pour rien. Même s'il était exact que l'homme qu'il avait pansé la veille était bien l'homme qui avait troqué la veste.

Overkamp aurait continué à siffler pendant des heures, si une secousse n'avait ébranlé le camp tout entier. Quelqu'un entra en trombe : “On ramène Wallau.”

Par la suite, le déroulement de cette matinée fut raconté par un de ses témoins. “L'arrestation de Wallau avait fait sur nous autres, détenus, à peu près la même impression que la chute de Barcelone ou l'entrée de Franco à Madrid ou un événement de ce genre d'où il semble résulter que l'ennemi a de son côté toutes les puissances de la terre. L'évasion des sept prisonniers avait eu pour l'ensemble des détenus les pires des conséquences. Mais tous supportèrent la privation de nourriture, de couvertures pour dormir, l'intensification extrême du travail forcé, les interrogatoires pendant des heures et les coups, les menaces, avec détachement, et même parfois d'un air narquois. Notre sentiment, nous étions incapables de le cacher, excitait encore davantage nos tortionnaires. Pour la plupart d'entre nous, ces évadés étaient à ce point une partie de nous-mêmes qu'il nous semblait que nous les avions envoyés en émissaires. Même si nous avions tout ignoré de leur projet, nous avions l'impression d'avoir réussi une entreprise rare. Pour nombre d'entre nous, l'ennemi semblait tout-puissant. Tandis que ceux qui sont forts peuvent sans souci parfois se tromper, sans rien y perdre, parce que même les plus puissants des hommes sont toujours des hommes – et d'ailleurs, leurs erreurs ne font que les rendre plus humains –, ceux qui se targuent de leur toute-puissance n'ont pas le droit de jamais se tromper, car ils sont tout-puissants ou ne sont rien du tout. Quand on réussissait à mettre en défaut, même de manière dérisoire, le pouvoir absolu de l'ennemi, alors, on avait réussi en tout. Ce sentiment se transforma d'abord en effroi, puis bien vite en désespoir quand ils furent repris et ramenés l'un après l'autre, relativement vite et, comme il nous sembla, avec une facilité déconcertante. Au cours des deux premiers jours et des deux premières nuits, nous nous étions demandé s'ils allaient aussi récupérer Wallau. Nous le connaissions à peine. Après son transfert au camp, il n'avait passé que quelques heures parmi nous, puis avait immédiatement été à nouveau emmené pour interrogatoire. Nous l'avions vu deux ou trois fois après de tels interrogatoires, un peu titubant, une main serrée sur son ventre, de l'autre il nous adressait un signe minuscule, comme pour dire que cela ne voulait rien dire de définitif et qu'il nous fallait retrouver le moral. Au moment où ce fameux Wallau fut alors repris et ramené, plusieurs d'entre nous pleurèrent comme des enfants. Nous nous disions que nous étions désormais tous perdus. Maintenant, Wallau serait lui aussi assassiné comme tous les autres l'avaient été. Dès le premier mois qui suivit la prise de pouvoir de Hitler, des centaines de nos chefs avaient été assassinés, partout dans le pays, chaque mois, d'autres l'étaient. Ils étaient exécutés publiquement, ou torturés à mort dans les camps. Toute une génération avait été exterminée. C'est ce que nous pensions par ce matin terrible et nous le dîmes aussi, pour la première fois, nous dîmes qu'il nous faudrait quitter cette vie, tant de nous assassinés, éliminés de la surface du globe, qu'il nous faudrait périr sans descendance. Presque sans exemple dans l'histoire, une telle catastrophe, la pire qui puisse frapper un peuple, avait déjà frappé le nôtre, et voilà que maintenant elle allait s'abattre sur nous : un no man's land allait s'étendre entre les générations, que les anciennes expériences ne parviendraient pas à franchir. Quand on lutte, tombe, et qu'un autre reprend le drapeau et lutte et tombe aussi, et que le suivant le reprend et doit à son tour tomber, c'est un ordre naturel, car on n'obtient rien sans en payer le prix. Mais si personne ne veut reprendre le drapeau, parce que personne ne connaît plus sa signification ? Alors, nous eûmes pitié de ces jeunes gars qui faisaient la haie pour accueillir Wallau, lui crachaient dessus, le regardaient d'un air bovin. Voilà qu'on arrachait du sol de ce pays ce qu'il produisait de meilleur, parce qu'aux enfants on avait enseigné que c'était de la mauvaise herbe. Tous ces garçons et ces filles, là dehors, une fois qu'ils avaient derrière eux la Hitler Jugend, l'organisation des Jeunesses hitlériennes, puis le service du travail et l'armée, ils étaient semblables aux enfants de la légende qui, élevés par des bêtes, finissent par déchirer leur propre mère."

III

Ce matin-là, Mettenheimer s'était rendu à son travail avec la ponctualité habituelle. Il décida au fond de son cœur que quoi qu'il puisse advenir, il ne se préoccuperait de rien sinon de la tâche qui lui incombait. Ni l'interrogatoire subi la veille, ni sa fille Elli, ni l'ombre au chapeau rigide qui lui collait aux talons, aujourd'hui encore, ne devaient le moins du monde le gêner pour accomplir son travail de bon artisan. Menacé comme il se sentait soudain l'être, espionné de toutes parts, risquant constamment d'être arraché à ses papiers peints, il vit son métier lui apparaître sous un nouvel angle, presque sublime, et qui lui était donné dans un monde devenu chaotique par celui qui donne aux hommes des métiers.

Comme il n'avait, tant il voulait être à l'heure après les défaillances de la veille, encore rien entendu ni lu ce matin-là, il ne remarqua pas non plus les regards échangés par les peintres à son arrivée. Dans sa hâte silencieuse, rythmée seulement par les consignes qu'il transmettait en un grognement, tous aujourd'hui s'empressaient comme jamais de le seconder, sans même qu'il s'en rendît compte. Les gens ne voyaient évidemment dans le zèle rageur dont il faisait preuve en rien l'effet de pensées élevées sur le sens de leur métier, mais au contraire la dignité d'un vieil homme dont la famille vient d'être frappée de malheur et de honte. Son meilleur ouvrier, Schulz, justement en train de l'aider à une tâche précise, dit soudain après avoir lancé un regard de biais vers le petit visage du vieil homme : "Ça peut arriver partout, Mettenheimer." "Quoi ?" répondit Mettenheimer. Sur un ton un peu affecté mais sincère comme celui que l'on prend pour présenter ses condoléances, parce qu'on ne dispose pas encore des termes adaptés au sentiment que l'on éprouve, mais seulement des formules de circonstance, ce même Schulz ajouta : "De nos jours, ça peut arriver dans n'importe quelle famille allemande." "Et qu'est-ce qui peut arriver dans n'importe quelle famille allemande ?" demanda

Mettenheimer. Pour Schulz, c'en fut trop, il s'énerva. Sur le chantier, une bonne douzaine d'ouvriers s'affairaient en ce moment pour l'installation intérieure. Schulz faisait partie de ceux qui appartenaient depuis de longues années à l'équipe permanente de l'entreprise. Dans une telle communauté, les conditions de vie des uns ou des autres ne restent jamais longtemps des secrets. Tous savaient que Mettenheimer avait plusieurs jolies filles, que la plus jolie d'entre elles, contre l'avis du vieux, s'était fourvoyée dans un mariage raté. À cette époque-là, faire équipe avec le vieux Mettenheimer, ce n'était pas un cadeau. L'ancien gendre s'était retrouvé au camp de concentration, on le savait aussi. Et en écoutant la radio, en lisant le journal, ce matin, les souvenirs étaient remontés, ce que la mine austère du vieux ne semblait que confirmer. Il n'aurait pas eu besoin de se dissimuler devant lui, Schulz. Il ne lui vint pas à l'esprit que Mettenheimer était celui qui en savait le moins sur toute l'affaire.

Au moment de la pause de midi, quelques-uns descendirent chez la concierge pour réchauffer leur gamelle. Ils proposèrent avec une insistance excessive à Mettenheimer de les accompagner. Mettenheimer ne prit pas garde au ton, il accepta, car dans sa hâte, il avait oublié son casse-croûte, et ne voulait pas aller au bistro. Son suiveur ne monterait pas jusque-là. Ici, il était en sécurité, sur ce palier dans la cage d'escalier que cette équipe soudée de peintres réunissant jeunes et vieux avait choisi pour leur repas de midi. Ils taquinaient le jeune apprenti, le faisant pas mal courir à droite et à gauche, tantôt auprès de la concierge pour lui demander du sel, tantôt au troquet pour de la bière. "Maintenant, laissez-lui donc le temps de manger, à ce gamin", dit Mettenheimer.

Parmi cette bonne douzaine de gens présents, certains considéraient l'État comme une sorte d'entreprise, du même genre que l'entreprise Heilbach. Si on leur faisait comprendre que leur travail soigné était apprécié à sa juste valeur et s'ils touchaient un salaire à leur point de vue équitable, tout le reste leur était indifférent. Les objections que formulaient ce genre de personnes ne s'attachaient pas au fait pur et simple qu'ils continuaient à remettre en état contre une rétribution médiocre des demeures dont les propriétaires étaient des gens puissants, mais à des questions parfois étranges, par exemple religieuses. Ce Schulz au contraire, qui aurait voulu consoler Mettenheimer, dès le début il avait été contre l'État et continuait à l'être. Il était capable de distinguer entre ce qui, dans le cadre des compétitions professionnelles* et autres, était poudre aux yeux et ce qui avait du sens. Il savait aussi que ce qui avait du sens était bénéfique pour le travail et pour celui qui en attendait quelque chose. Que l'on appâte toujours l'homme par la nourriture dans laquelle il mord. Ceux qui réussissaient à percevoir qu'au fond de son cœur, comme on dit, Schulz était resté le même le suivaient. Cependant, dire "rester le même" ne convient pas, car il est complètement différent de transformer l'essentiel en actes ou au contraire de le cacher au plus profond de soi. On comptait aussi dans leur équipe un nazi endurci, Stimbert. Tous le considéraient comme un mouchard et un fanfaron. Mais cela leur pesait bien moins qu'on aurait pu le croire. Ils étaient sur leurs gardes et l'évitaient, même ceux qui avaient plus ou moins les mêmes opinions que lui. Ils le considéraient tous à peu près comme, dans tout type de groupe, dès la toute première année d'école, on considère ces individualistes, ces types bizarres, qui surgissent inévitablement partout, un rapporteur maladif par exemple ou seulement un gars obèse.

Or, assis dans la cage d'escalier pour leur casse-croûte, ils se seraient tous jetés sur ce Stimbert et l'auraient rossé sans prendre de gants s'ils avaient vu l'expression vulgaire, maladive, avec laquelle il observait Mettenheimer que, s'arrêtant de boire et de manger, tous regardaient. Il avait

* Les compétitions professionnelles furent organisées entre 1934 et 1939 sous l'égide du Front allemand du travail associé à l'organisation des Jeunesses hitlériennes et à l'organisation étudiante national-socialiste.

attrapé sans intention particulière un journal qui traînait, fixait un point précis, avait blêmi. Tous se rendirent compte qu'il découvrait la situation maintenant seulement. Tous retinrent leur souffle. Lentement, Mettenheimer releva la tête : derrière la feuille de papier imprimé, ses traits étaient complètement ravagés. Ses yeux reflétaient les sentiments de quelqu'un qui vient d'être précipité en enfer. Quand il leva les yeux, ils l'entouraient tous, les peintres, les tapissiers. Et même le gamin, l'apprenti, était là, il avait enfin réussi à s'asseoir et voilà qu'il avait arrêté de manger. Derrière lui, le brutal Stimbert souriait d'un air insolent et mauvais. Mais sur tous les autres visages, on lisait souci et respect. Mettenheimer reprit son souffle. Il ne se retrouvait pas en enfer, il demeurait homme parmi les hommes.

Pendant cette même pause de midi, Franz, à la cantine, écoutait les propos échangés autour de lui. L'un disait : "Moi aussi, ce soir, je vais aller au cinéma Olympia, à Francfort." "Qu'est-ce qu'on y joue ?" "*La Reine Christine.*" "Moi, je préfère ma poupée à votre Greta", réagit un troisième. Le premier reprit : "Ce sont deux choses complètement différentes, se bécoter ou regarder." "Comment pouvez-vous encore y prendre plaisir, dit un troisième, pour moi, vite, à la maison." "Ce qu'on gagne en trimant ainsi, c'est tout au plus le billet de cinéma." Franz prêta l'oreille, en apparence somnolent, au fond de lui-même brisé. Une fois de plus, lui semblait-il, tout avait échoué. Ce matin, il y avait pourtant eu cette minute, comme une brèche. Soudain, il sursauta. Ce cinéma Olympia, voilà l'idée qu'il s'était torturé à trouver toute la matinée. C'est seulement en passant par l'appartement des parents d'Elli qu'il pourrait l'atteindre sans dommage. Monter lui-même ? La porte d'entrée n'était-elle pas surveillée ? Le courrier aussi ? Je vais y faire un saut à vélo après le boulot, se dit-il. J'achèterai deux billets, et peut-être que mon projet va réussir. Sinon, ça ne fera de mal à personne.

Georg poursuivait son chemin sur la route de Wiesbaden. Il décida d'aller jusqu'au prochain viaduc. Il n'y avait rien à attendre de particulier de cet objectif. Peu importait, il lui fallait un but, toutes les dix minutes. Il laissa les véhicules relativement nombreux le dépasser. Des camions chargés de marchandises, des transports de troupes, un avion en pièces détachées, des voitures particulières venant de Bonn, de Cologne, de Wiesbaden, des Opel, un nouveau modèle qu'il ne connaissait pas. Auquel faire signe? À celui-là? À aucun? Il avançait, avalait la poussière. Une voiture étrangère, un homme assez jeune au volant, seul. Georg leva la main. Le conducteur s'arrêta aussitôt. Il avait, quelques secondes auparavant, remarqué Georg marchant au bord de la route. Ennui et solitude mêlés, qui peuvent faire croire que l'on s'est senti dès le début attiré par une certaine personne, il eut même l'impression que le signe de Georg, il l'avait à proprement parler attendu. Il débarrassa la place à côté de lui des couvertures, imperméables et de tout un petit bazar. Il demanda: "Pour aller où?"

Ils se mesurèrent rapidement du regard. L'étranger était grand, maigre, un peu pâle, ses cheveux eux aussi étaient sans couleur. Dans ses calmes yeux bleus derrière des cils clairs, pas d'expression particulière, ni sérieuse, ni joyeuse. Georg dit: "Vers Höchst." Il sursauta, apeuré d'avoir prononcé ces paroles. "Ah, dit l'étranger. Moi, Wiesbaden, mais pas grave, pas grave. Vous froid?" Il s'arrêta derechef. Il posa une de ses couvertures à carreaux sur les épaules de Georg, qui s'y enroula complètement. Ils se sourirent. Alors, l'étranger démarra. Georg détacha ses regards du profil tourné vers lui, gonflé par un chewing-gum, et considéra les mains qui tenaient le volant. Ces mains sans couleur, telles des nageoires, étaient plus éloquentes que le visage. Deux anneaux ornaient la main gauche, il pensa que l'un d'eux était une alliance, jusqu'au moment où, à un mouvement du conducteur, il se rendit compte que la bague était seulement tournée, vers l'intérieur de la main brillait une pierre jaunâtre et plate. Georg était très contrarié d'observer tout cela avec une telle attention, mais il ne pouvait s'en empêcher. "Ici, plus long en passant par le haut, dit l'étranger, mais plus beau." "Pardon ?" "En haut, forêt, ici, poussière." "Par le haut, par le haut", dit Georg. Ils prirent un embranchement, montèrent d'abord insensiblement entre les champs. Mais bientôt, saisi d'une sorte d'angoisse, Georg vit les hauteurs se rapprocher. On sentait déjà l'odeur de la forêt. "Beau jour", dit l'étranger. "Quels noms en allemand ces arbres ? Non, par là, forêt entière. Toute rouge ?" Georg répondit : "Des hêtres." "Des hêtres. Bien, hêtres. Vous connaissez couvent Eberbach, Rüdesheim, Bingen, Lorelei ? Très beau." Georg répondit : "Nous, nous préférons par ici." "Ah, bon, d'accord. Vous voulez boire quelque chose ?" Il s'arrêta pour la deuxième fois, dévissa le bouchon d'une gourde. Georg prit une gorgée, fit la grimace. L'étranger se mit à rire. Ses dents étaient si blanches, si grandes qu'on aurait pu les croire fausses si la gencive n'avait été fortement rétractée.

Pendant dix minutes, ils suivirent une pente raide. Georg ferma les yeux, respirant les enivrantes odeurs de la forêt. Tout en haut, en lisière du bois, la voiture s'engagea dans une trouée. L'étranger se retourna, poussant des Oh ! et des Ah ! Il invita Georg à contempler le paysage. Georg tourna la tête, gardant les yeux fermés. Regarder ce panorama à ses pieds, toute cette eau, ces champs et ces bois, il en était à ce moment-là incapable. Ils s'engagèrent un peu sur le chemin puis firent demi-tour. La lumière du jour pénétrait en flocons dorés la hêtraie. Parfois, cette lumière floconneuse bruissait, car il s'agissait en fait de feuilles en train de tomber. Georg se raidit. Il était au bord des larmes. Il était tout de même déjà très affaibli. Ils s'enfoncèrent dans la campagne, longeant d'abord la lisière du bois. L'étranger dit : "Votre pays, très beau." "Oui, le pays", dit Georg. "Pardon ? – Beaucoup forêt, routes bonnes. Peuple aussi. Très propre, grand ordre." Georg restait silencieux. Par moments, l'étranger le regardait, parce qu'à la manière des gens venus d'ailleurs, il prenait l'individu pour son peuple. Georg ne regardait plus l'étranger, mais seulement ses mains, énergiques et sans couleur et qui suscitaient en lui une vague répulsion.

Laissant la forêt derrière eux, ils traversèrent un champ fraîchement fauché puis des vignobles. À travers le silence total, apparemment sans la moindre présence humaine, le paysage avait quelque chose d'une jungle, tant la végétation y était dense. L'étranger jeta un regard de biais à Georg et saisit alors son regard acéré, fixé sur ses mains. Georg sursauta, effrayé. Mais l'étranger, ce drôle d'oiseau, ne s'arrêta vraiment à cet instant que pour remettre en place le chaton de sa bague, pierre tournée vers le haut. Il la montra à Georg : "Vous aimer beaucoup ?" "Oui", répondit Georg d'un ton hésitant. "Prenez, si aimer", dit tranquillement l'étranger avec son sourire qui n'était que retroussement des lèvres. Georg répondit d'un ton catégorique : "Non", et comme l'étranger ne retirait pas aussitôt sa main, il répéta d'un ton dur, comme si on voulait le contraindre : "Non, non." Il aurait pu le vendre, se dit-il alors, personne ne le connaît, cet anneau. Maintenant, il était trop tard.

Son cœur battait de plus en plus fort. Depuis quelques minutes, depuis qu'ils avaient quitté la lisière de la forêt qui surplombait la vallée et roulaient ici, à travers le silence, une idée avait germé dans sa tête, l'embryon d'une idée, qu'il n'arrivait pas encore à appréhender. Mais son cœur, comme s'il comprenait plus vite que sa raison, battait la chamade. "Bon soleil", dit l'étranger. Il ne dépassait pas le cinquante. Si je le faisais, se dit Georg, qu'est-ce qui conviendrait le mieux ? En tout cas, ce type, ce n'est pas une demi-portion. Ses mains, à ce type, c'est pas des chiffes, il va se défendre. Il laissa lentement, très lentement ses épaules glisser vers le bas. Du bout des doigts, il touchait déjà l'extrémité de la manivelle proche de son soulier droit. Un coup sur la tête et le flanquer dehors. Il peut rester ici longtemps. M'avoir rencontré, pour lui, ce sera de la faute à pas de chance. Les temps sont durs. Une vie en vaut une autre. Avant qu'il soit retrouvé, je serai loin de ce pays, avec cette belle, si belle bagnole. Il retira son bras, repoussa de son soulier gauche la barre de métal. "Le vin, ici, quel nom?" demandait l'étranger. Georg, la voix rauque, répondit: "Hochheim." Ne t'affole donc pas tant, disait Georg à son cœur, du ton du berger Ernst parlant à sa petite chienne. Je ne vais rien faire de tout ça, calme-toi donc; bon, si tu y tiens vraiment, je vais descendre ici.

À l'endroit où le chemin, sortant du vignoble, abordait la route, il y avait une borne: Höchst, deux kilomètres.

Heinrich Kübler n'était toujours pas en état d'être interrogé, mais, après avoir été soigné et remis sur pied, il était tout de même à peu près présentable. Tous les témoins retenus à cette fin défilaient devant lui, le fixaient. Il les dévisageait à son tour, y compris ceux qu'il n'aurait pas reconnus même s'il avait été parfaitement conscient: Compère Cannelle, le paysan Binder, le médecin Löwenstein, le batelier, Gredin-Menu-fretin, tous ces gens qui n'auraient jamais croisé sa route si les voies de la Providence avaient été suivies. Compère Cannelle dit d'un ton réjoui: "P'têt ben qu'oui, p'têt ben qu'non." Gredin-Menu-fretin fit de même, et pourtant, il savait parfaitement que ce n'était pas celui-là. Mais les personnes qui ne sont pas concernées regrettent toujours que la situation ne parvienne pas à son dénouement. Binder affirma d'un ton presque sombre: "C'est pas lui, juste il lui ressemble." Löwenstein apporta la preuve décisive: "Il n'a rien à la main." En effet, du corps de l'homme qu'on leur présentait, seule la main était restée intacte.

Là-dessus, tous les témoins, à l'exception de Löwenstein, revinrent aux frais de l'État à leur point de départ. Compère Cannelle se fit reconduire près de la vinaigrerie. Traversant un univers qu'assombrissaient des nuages de souffrance, Binder regagna Waisenau et se retrouva sur son canapé, son entreprise s'avérait parfaitement inutile, car il lui fallait tout autant mourir qu'avant son départ. Gredin-Menu-fretin et le batelier se firent déposer à Mayence, près du ponton où s'était la veille déroulé l'échange.

Peu après, l'ordre fut donné de remettre Elli en liberté en maintenant la surveillance de sa personne et de son domicile. Peut-être le véritable Heisler tenterait-il tout de même d'entrer en contact avec elle. Kübler, dans l'état dans lequel il était à cet instant précis, ne pouvait pour le moment être remis en liberté.

Elli, dans sa cellule, s'était d'abord sentie comme pétrifiée. Le soir venu, quand elle fut autorisée à s'étendre sur le bat-flanc, elle était sortie de cette rigidité et avait tenté de trouver un sens aux événements récents. Heinrich, elle le savait, était un brave garçon, fils de parents honorables, il ne lui avait pas raconté de boniments. Pouvait-il s'être rendu en quoi que ce soit coupable de la même façon que Georg ? Certes, il lui était arrivé de râler au sujet des impôts, des quêtes incessantes, de ce qu'on pavoise pour un oui ou pour un non, et contre le sempiternel rata, mais il l'avait fait ni plus ni moins que tout le monde. Le père d'Elli aussi, il lui arrivait de râler quand quelque chose lui déplaisait et qu'il voulait que cela cesse, et son beau-frère de la SS râlait pour le même sujet, parce que tout ça lui plaisait bien mais n'était pas encore parfait. Heinrich avait peut-être écouté un émetteur interdit chez quelqu'un, ou bien quelqu'un lui avait prêté un livre interdit. Mais Heinrich n'était fana ni de radio, ni de livres. Il avait toujours exprimé l'idée qu'on doit être doublement prudent quand on joue un rôle dans la vie publique, comme il pensait le faire par l'intermédiaire de la pelleterie de son père, dont il était actionnaire.

Georg, quelques années auparavant, n'avait pas seulement abandonné Elli avec l'enfant, qui poussait bien, ni avec quelques souvenirs dont certains étaient encore brûlants, alors que d'autres étaient déjà guéris, mais aussi avec quelques vagues représentations de tout ce qui pour lui, Georg, donnait sens à la vie.

Au contraire de la plupart des gens pendant leur première nuit d'incarcération, Elli s'était vite endormie. Elle était épuisée comme un enfant qui en a vécu davantage qu'il n'en peut supporter. Le lendemain, elle s'était seulement sentie angoissée en pensant à son père. Elle n'avait pas repris ses esprits, tout cela était bien trop incompréhensible, mais elle se trouvait dans un état irréel mêlant l'attente et le souvenir. Elle n'avait pas peur. L'enfant était en sécurité dans la famille – elle était prête à tout, ses réflexions, sans qu'elle en ait conscience, étaient dominées par cette certitude.

Quand au début de l'après-midi elle fut extraite de sa cellule, elle était prête, animée d'une sorte de courage qui ne traduisait peut-être qu'une forme d'accablement.

Les déclarations de son père et de sa logeuse avaient permis de se faire une idée assez claire des conditions dans lesquelles elle vivait. Son élargissement était déjà ordonné, dans la mesure où, dans la situation qui était la sienne, si le fugitif devait chercher à l'approcher, elle serait bien plus utile en liberté, et ne protégerait sûrement pas l'homme dont elle voulait se débarrasser pour en prendre un autre. Le bref interrogatoire n'avait pas d'autre objectif. Elli répondit à toutes les questions ayant trait au passé, aux anciennes relations de son ex-mari, elle le fit de manière fragmentaire, d'un ton hésitant, non par ruse, mais parce que cela correspondait à sa nature, elle avait d'ailleurs peu de souvenirs de cette partie de leur vie commune. Au début, des amis étaient venus chez eux, en effet, mais ils s'appelaient tous par leurs prénoms. Bien vite, ces visites, pour elle dénuées d'intérêt, avaient cessé ; Heisler passait ses soirées à l'extérieur. Interrogée sur l'endroit où elle avait fait sa connaissance, elle avait répondu : "Dans la rue." Elle n'avait même pas pensé à Franz.

Elli s'entendit dire qu'elle pouvait rentrer chez elle, mais qu'en cas de deuxième arrestation, elle risquait de ne plus jamais revoir ni son enfant, ni ses parents, si elle commettait la folie, dans l'affaire du fugitif Heisler, d'entreprendre quoi que ce soit sans en informer l'administration ou de négliger de transmettre la moindre information.

À ces mots, Elli ouvrit la bouche ; elle porta ses mains à ses oreilles. Quand elle se retrouva l'instant d'après en plein soleil, il lui sembla avoir passé des années loin de sa ville natale.

Sa logeuse, Mme Merkler, l'accueillit sans mot dire. Sa chambre était dans un désordre épouvantable. Par terre, des pelotes de laine, des vêtements d'enfants, des coussins ; flottant par-dessus le parfum du bouquet d'œillets apporté par Heinrich, tout frais dans son vase. Elli s'assit sur son lit. Sa logeuse entra. Le visage mauvais, elle lui donna sans ambages congé au 1er novembre. Elli ne protesta pas. Elle regardait seulement la femme avec de grands yeux, cette femme qui avait toujours été bonne pour elle. Cette rupture de bail était d'ailleurs le résultat de longues réflexions, de menaces violentes, de reproches amers que la logeuse s'était adressés à elle-même, de sa préoccupation angoissée pour son fils unique, qui était à sa charge, et en fin de compte, d'une sorte de résignation.

L'après-midi était bien avancée. Georg, arrivé à Höchst, avait attendu avec anxiété le changement d'équipe, qui remplirait ruelles et troquets. Maintenant, il était coincé dans l'un des premiers trams bondés quittant la ville.

Mme Merkler, la logeuse, se tenait là, dans la chambre d'Elli, indécise, comme si elle attendait que lui viennent spontanément les paroles de consolation, d'encouragement qu'elle pourrait adresser à cette jeune femme qu'elle avait toujours appréciée, sans pour autant que ces mots soient trop gentils, ce qui l'aurait engagée à respecter les commandements de la pure bonté.

"Ma chère madame Elli, finit-elle par dire, ne m'en tenez pas rigueur, la vie est ainsi faite. Si vous saviez ce qu'il y a au fond de mon cœur." Même en cet instant, Elli garda silence. On sonna à la porte du palier. Les deux femmes sursautèrent, si effrayées qu'elles se regardèrent d'un air hagard. Elles attendaient l'une et l'autre des cris, du vacarme, une porte que l'on force. Mais il y eut seulement un deuxième coup de sonnette, discret, retenu. Mme Merkler se ressaisit. Aussitôt après, elle lança à travers le couloir d'un ton soulagé : "C'est seulement votre père, madame Elli."

Mettenheimer n'avait jamais rendu visite à sa fille dans cet appartement dont il pensait, même si le sien n'avait rien de somptueux et n'était pas vaste, qu'il n'était en rien un lieu convenable pour sa fille. Comme il avait dans l'intervalle entendu diverses rumeurs au sujet de l'arrestation d'Elli, il pâlit de joie en la voyant devant lui, en parfaite santé. Il prit sa main entre les siennes, la serra, la caressa, ce qu'il n'avait encore jamais fait. "Que devons-nous faire, dit-il, que devons-nous faire ?" "Rien du tout, dit sa fille, nous ne pouvons rien faire." "Mais s'il vient ?" "Qui ?" "Cet homme, ton ancien mari ?" "Il ne viendra sûrement pas chez nous, dit Elli d'un ton triste et calme, il n'en aura pas l'idée." Sa joie à l'arrivée de son père, qui montrait qu'elle n'était pas complètement seule au monde, s'évanouit car son père était encore plus désemparé qu'elle-même. "Mais si, rétorqua Mettenheimer, un homme aux abois est prêt à tout." Elli secoua la tête. "Mais s'il vient tout de même, Elli, s'il monte chez moi, dans mon appartement, parce que ta dernière adresse, c'était chez moi ? Cet appartement est surveillé, le tien aussi. Si je me mets tout à l'heure à la fenêtre et que je le vois arriver, alors, quoi ? Est-ce que je dois tout simplement le laisser venir, se jeter dans le piège ? Est-ce que je dois lui faire un signe ?" Elli regarda son père, qui lui semblait avoir complètement perdu la tête. "Non, j'en suis sûre, dit-elle tristement, il ne reviendra plus jamais."

Le peintre se tut ; sur ses traits se dessina, ouvertement, sans détour, le tourment torturant sa conscience. Elli le regardait, surprise et attendrie. "Dieu du ciel", il prononça ces trois mots d'un ton d'implorante sincérité, de prière. "Qu'il ne vienne pas ! S'il vient, quoi qu'il arrive, nous sommes perdus." "Pourquoi, perdus quoi qu'il arrive, papa ?" "Comment ne peux-tu pas comprendre ? Imagine, il approche, je lui fais un signe pour le prévenir. Ensuite, qu'est-ce qui va m'arriver à moi, qu'est-ce qui va nous arriver ? – Ou imagine qu'il approche, mais je ne lui fais aucun signe. Ce n'est pas mon fils, c'est un étranger, pire qu'un étranger. Donc, je ne lui fais pas signe. Il est pris. Peut-on agir ainsi ?"

Elli répondit : "Calme-toi donc, mon cher papa, il ne viendra pas."

"Mais alors, si c'est chez toi qu'il vient, Elli. Si d'une façon ou d'une autre il a appris ton adresse actuelle ?"

Elli voulut répliquer, et il ne fut clair pour elle qu'en entendant la question qu'elle serait alors obligée de l'aider, quel que soit le prix à payer, mais pour épargner son père, elle répéta seulement : "Il ne viendra pas."

Le peintre méditait en silence. Que le malheur épargne sa porte, que cet homme épargne son seuil. Que sa fuite réussisse au plus vite. Qu'il soit plutôt… repris avant de réussir ? Non, il ne souhaitait pas cela même à son ennemi. Mais pourquoi fallait-il donc qu'il se trouve, justement lui, confronté à de telles questions, des questions qui le dépassaient ? En fait, tout cela était le résultat de ce qu'une gamine stupide était tombée amoureuse. Il se leva et dit d'un ton changé : "Au fait, ce type qui est venu hier soir chez toi, c'était qui donc ?"

Arrivé dans le couloir, il se retourna : "Voilà une lettre pour toi."

Cette lettre avait été glissée peu auparavant sous la porte de sa cuisine. – Elli examina l'adresse : Pour Elli. Elle l'ouvrit après le départ de son père. Juste un billet de cinéma dans une feuille vierge repliée. Peut-être de la part d'Else. Cette amie lui procurait parfois des places bon marché. Ce petit ticket vert lui sembla tombé du ciel. Sinon, elle serait sans doute restée jusqu'à la nuit assise au bord de son lit, les mains sur les genoux. Est-ce permis ? se demanda-t-elle, quand on est à ce point plongé dans le malheur, a-t-on le droit d'aller au cinéma ? Ce n'est peut-être pas convenable. Stupide, c'est justement à ça que servent les cinémas. Surtout maintenant, vraiment.

“Il reste d’hier soir deux escalopes froides”, dit la logeuse. Surtout maintenant, se dit Elli, ces escalopes sont dures comme du bois, mais pas empoisonnées. Mme Merkler regarda, complètement ébahie, la jeune femme triste, délicate, assise silencieuse à la table de la cuisine, et qui engloutit l’une après l’autre deux escalopes froides. Surtout maintenant, se dit Elli. Elle passa dans sa chambre, ôta ce qu’elle avait sur le dos et se prépara, fit sa toilette, des pieds à la tête, propre et nette, enfila ses plus beaux dessous et ses vêtements les plus présentables, se brossa les cheveux jusqu’à ce qu’ils brillent, soyeux. Cette jolie Elli frisée, qui la regardait de ses tristes yeux marron dans le miroir, elle trouvait la vie un tout petit peu plus supportable. S’ils me surveillent vraiment, comme le prétend mon père, parfait, ils ne pourront rien déduire de mon attitude.

“Tout ça, c’était rien que des racontars”, dit, une fois rentré, Mettenheimer à sa femme complètement perturbée. “Elli est dans sa chambre, elle va très bien.” “Pourquoi ne l’as-tu pas ramenée?” Les quelques membres de la famille Mettenheimer qui vivaient encore sous le toit des parents se mirent à table pour le repas du soir. Le père, la mère, la plus jeune sœur d’Elli, cette petite Lisbeth au nez en trompette justement, qui ne lui avait pas semblé prête à être à l’avant-garde en matière de foi, s’était justement changée pour la soirée des Jeunesses hitlériennes, douce et mignonne comme toutes ses sœurs, et l’enfant d’Elli, le petit-fils, un tablier en toile cirée sur le ventre, un peu angoissé par le silence qui planait au-dessus de la table, et qui du coup gesticulait avec sa grande cuiller dans la fumée s’élevant au-dessus du plat.

Mettenheimer mangeait lentement, les yeux fixés sur son assiette, pour éviter que sa femme lui pose des questions. Il louait Dieu de ce qu’elle ne soit pas avisée au point de comprendre la menace qui pesait sur eux tous.

En fait, Georg n’était qu’à une demi-heure à pied de lui. Il descendit du tram et en prit un autre en direction de

Niederrad. Plus il approchait de son but, plus il lui semblait être attendu, on prépare sa couche, son repas ; en ce moment même, sa petite amie cherche à entendre les bruits dans l'escalier. Puis quand il descendit, il ressentit une tension proche du désespoir ; comme si son cœur refusait de prendre pour de bon le chemin qu'il avait suivi en rêve de si nombreuses fois.

Il traversa comme des souvenirs les quelques rues tranquilles avec leurs jardinets devant les maisons. La conscience du présent s'était éteinte en lui et ce faisant toute conscience du danger. Autrefois, le feuillage ne bruissait-il pas au bord de la route ? se demandait-il sans même sentir qu'il repoussait lui-même le feuillage du bout de sa chaussure. Comme il résistait, son cœur, à l'idée d'entrer dans cette maison ! Ce n'était plus un battement, c'était une force impétueuse qui l'ébranlait – il se pencha à la fenêtre de la cage d'escalier, en cet endroit se rencontraient les jardins et cours de plusieurs maisons ; des rebords de murs, des balcons au sol pavé étaient jonchés des feuilles tombant sans relâche d'un imposant marronnier. Quelques fenêtres étaient déjà éclairées. Ce spectacle avait calmé son cœur au point qu'il parvint à poursuivre son ascension. L'ancienne plaque portant le nom de la sœur de Leni était toujours près de la porte, avec, au-dessous, une nouvelle plaque, petit travail d'incrustations, gravé d'un nom inconnu. Drelin, drelin ? N'y avait-il pas jadis un jeu d'enfant qui commençait ainsi ? Drelin, drelin ? Il frappa doucement. "Entrez", répondit la jeune personne en tablier rayé à manches longues. Elle ne fit qu'entrebâiller la porte.

"Est-ce que Mlle Leni est à la maison ?" demanda Georg, parlant moins bas qu'il l'aurait voulu, car il était enroué. La femme le regarda fixement, dans son visage respirant la santé, ses yeux bleus ronds comme des billes de verre prirent un air catastrophé. Elle voulut refermer la porte, il mit son pied dans l'entrebâillement. "Elle est là, Mlle Leni ?" "Personne ne s'appelle comme ça ici, lança la femme d'un ton rauque, fichez-moi le camp, et que ça saute." "Leni", dit-il d'un ton calme, ferme, comme pour implorer sa Leni d'autrefois de quitter pour lui cette bonne femme raide en tablier en qui elle avait été changée comme par sorcellerie, mais en vain. La femme le fixait avec l'expression de cette peur obscène avec laquelle sans doute les gens ainsi métamorphosés dévisagent ceux qui sont restés eux-mêmes. Il ouvrit vivement la porte, repoussa la femme dans le couloir, referma la porte derrière lui. La femme lui échappa à reculons par la porte de la cuisine restée ouverte. Elle avait une brosse à chaussures à la main. "Mais enfin Leni, écoute-moi donc, c'est moi. Tu ne me reconnais pas ?" "Non", dit la femme. "Alors, qu'est-ce qui t'a fait peur ?" "Si vous ne sortez pas immédiatement de cet appartement, dit la femme soudain hardie et arrogante, vous allez voir ce que vous allez voir. Mon mari sera là d'une minute à l'autre."

"C'est à lui ?" demanda Georg. Sur un petit banc, deux bottes noires vernies à haute tige. À côté, deux souliers de femme. Une petite boîte de cirage ouverte, quelques chiffons. Elle répondit : "Absolument !" Elle s'était réfugiée derrière la table de la cuisine. Elle cria : "Je compte jusqu'à trois. À trois, vous aurez filé, sinon..." Il rit. "Sinon quoi ?" Il ôta de sa main la chaussette, une chaussette noire usée qu'il avait trouvée quelque part en chemin et enfilée pour cacher le pansement. Elle le regarda faire, bouche bée. Il fit le tour de la table. Elle leva le bras pour se protéger le visage. D'une main, il l'empoigna par les cheveux, de l'autre, il abaissa violemment son bras. Il dit du ton sur lequel sans doute on s'adresserait à un crapaud dont on saurait qu'il a jadis été un être humain : "Arrête, Leni, reconnais-moi. Je suis Georg." Les yeux de la femme s'écarquillèrent. Il la tenait fermement, cherchant à lui ôter des mains la brosse à chaussures – en dépit de la douleur dans sa propre main blessée. Elle gémit, implorante : "Mais je ne te connais vraiment pas." Il la lâcha, recula d'un pas. Puis il dit : "Bon, alors file-moi l'argent et les vêtements." Elle resta un instant silencieuse, puis répliqua, enhardie, à nouveau arrogante :

“Nous ne donnons rien à des inconnus. Nous ne donnons qu’au Secours d’hiver, et directement.”

Il la regarda fixement, mais d’un autre regard. Dans sa main, la douleur diminuait, et avec elle la conscience que tout cela lui arrivait à lui. Il sentait seulement vaguement que sa main saignait à nouveau.

Sur la table de cuisine, sur la nappe à carreaux bleus, deux couverts étaient mis. Dans les ronds de serviette en bois étaient gravées des croix gammées malhabiles – bricolage enfantin. Des tranches de saucisson, des radis, du fromage, joliment agrémentés de persil ; à côté quelques petites boîtes ouvertes, comme on en achète dans les magasins de produits naturels, deux sortes de pain, du Pumpernickel et du Knäckebrot. Il passa sa main valide sur la table, fourra dans sa poche tout ce qui lui tombait sous les doigts. Les yeux en billes de verre le suivaient.

Il se retourna à nouveau, la main sur la poignée de porte.

“Tu ne veux sans doute pas me refaire mon pansement ?” Elle fit par deux fois non, secouant la tête d’un air grave.

En redescendant, il prit appui à la même fenêtre de la cage d’escalier. Il s’accouda pour enfiler la chaussette sur sa main. Elle ne dira tout de même rien à son mari, parce qu’elle a peur. Elle n’a pas le droit de m’avoir connu. Maintenant, les fenêtres étaient presque toutes éclairées. Toutes ces feuilles de marronniers, se dit-il. Comme si l’automne lui-même se trouvait à l’intérieur de cet arbre, puissant au point de recouvrir toute une ville de son feuillage.

Il se traînait au bord de la route, poursuivant son chemin. Il voulait s’imaginer que sa Leni venait de l’autre bout de la rue, à grandes enjambées, comme sans toucher terre. C’est alors seulement qu’il comprit qu’il ne pourrait plus jamais aller rejoindre Leni, et pire encore, qu’il ne pouvait plus rêver de le faire. Ce rêve était brisé, fracassé. Il s’assit sur un banc et se mit sans y prendre garde à mâchonner un bout de biscotte. Il faisait frais, le soir tombait et il se faisait beaucoup trop remarquer en restant assis là, il se releva donc aussitôt et reprit son chemin en suivant les rails, car il n'avait plus de quoi payer un billet. Et maintenant, où aller avant la nuit ?

IV

Overkamp referma la porte à clé derrière lui, pour rester seul pendant quelques minutes avant l'interrogatoire de Wallau. Il classa ses fiches, relut les informations recueillies, regroupa, souligna, relia des notes entre elles par un système particulier de lignes. Ses interrogatoires étaient célèbres. Overkamp, disait Fischer, aurait arraché même à un cadavre des déclarations utiles. Les annexes dont il agrémentait ses rapports d'interrogatoires étaient, selon lui, de véritables partitions.

Overkamp entendit derrière la porte le bruit discontinu, saccadé, produit par des hommes exécutant le salut militaire. Fischer entra, referma la porte à clé. Sur son visage s'affrontaient mécontentement et amusement. Il vint s'asseoir tout près d'Overkamp qui lui indiqua d'un haussement de sourcils de prendre garde à la présence des sentinelles devant la porte et à l'entrebâillement de la fenêtre.

"Quoi encore ?" Fischer raconta à voix basse : "L'affaire lui a monté à la tête, à ce Fahrenberg. Ça va le rendre fou. Il l'est déjà. Quoi qu'il arrive, il va sauter. Il faut qu'on accélère le mouvement. Écoutez donc, il y a encore du nouveau.

On ne peut tout de même pas construire une chambre forte spéciale pour les trois évadés qui ont été repris. Nous nous sommes donc entendus avec ce monsieur pour qu'il ne touche plus à ces trois-là avant qu'on ait récupéré tous les autres. Après, si ça lui chante, il peut en faire de la chair à pâté, on s'en moque. Et voilà qu'il a de nouveau donné l'ordre qu'on les lui amène. Devant sa baraque, il y a des arbres. Je veux dire ces machins qui ne sont plus des arbres. Il les a fait tailler pas plus tard que ce matin. Et voilà qu'il les fait mettre contre les arbres, comme ça…" Fischer écarte les bras. "Contre ces machins garnis de clous pour que les types ne puissent pas s'y adosser, il a fait rassembler tous les détenus et leur a tenu un discours, il aurait fallu que vous l'entendiez, Overkamp. Il a juré que les sept arbres seront tous occupés avant le début de la semaine prochaine. Et vous savez ce qu'il m'a dit? Vous voyez, je tiens parole, ils n'ont pas pris un coup." "Il veut les laisser comme ça combien de temps?" "C'est justement pour ça qu'on s'est engueulés. Parce que comment voulez-vous qu'ils soient encore en état de subir un interrogatoire au bout d'une heure, une heure et demie? Bon, il se contentera de les exhiber ainsi jour après jour à l'ensemble du camp. Mais c'est la dernière plaisanterie qu'il pourra se permettre à Westhofen. Je crois qu'il s'imagine que s'il réussit à les récupérer tous les sept, il pourra rester."

Overkamp répondit: "Si ce Fahrenberg se retrouve tout en bas de l'échelle, il va s'écraser si magistralement qu'il rebondira aussitôt et se retrouvera quelques degrés plus haut sur une nouvelle échelle."

"Je me suis cueilli ce Wallau sur son troisième arbre", dit Fischer. Il se leva d'un bond et ouvrit la fenêtre. "Les voilà qui l'amènent. Pardonnez-moi de vous donner un conseil, Overkamp." "Et ce conseil serait?" "Faites-vous apporter de la cantine un bifteck cru." "Pour quoi faire?" "Vous ferez plus facilement parler ce bifteck en tapant dessus pour l'attendrir que l'homme qu'on vous amène."

Fischer avait raison. Overkamp en eut immédiatement la certitude quand l'homme fut devant lui. Il aurait tout aussi bien pu déchirer les feuilles posées sur son bureau. Cette citadelle était imprenable. Un petit homme épuisé, un vilain petit visage, des cheveux foncés formant triangle à partir du front, d'épais sourcils, entre lesquels un trait séparait le front en deux. Une inflammation des yeux, rétrécis de ce fait, un nez large, un peu massif, la lèvre inférieure mordue et remordue.

Le regard d'Overkamp se fixe sur ce visage, lieu de l'action à venir. Il lui faut maintenant pénétrer cette citadelle. Si, comme on l'affirme, elle est barricadée contre la peur et contre toutes menaces, il existe tout de même d'autres moyens pour venir par la ruse à bout d'une citadelle qui meurt de faim, rongée d'épuisement. Overkamp les connaît tous, ces moyens. Il sait en user. Wallau de son côté sait que cet homme devant lui connaît tous les moyens possibles. Il va maintenant commencer à poser ses questions. Il va d'abord par ses questions faire surgir les points faibles de la citadelle, recourant pour commencer aux questions les plus simples. Il te demandera ta date de naissance, et cela suffira pour que tu lui révèles sous quelle étoile tu es né. Overkamp observe le visage de l'homme comme on le fait pour étudier la topographie d'un lieu. Il a déjà oublié par quel sentiment il a été saisi dès l'entrée de Wallau. Il est revenu à son principe : une citadelle imprenable, ça n'existe pas. Son regard se détourne de Wallau, il relit une de ses fiches. Puis il ponctue un mot du bout de son crayon et revient à Wallau. Il lui demande poliment : "Vous vous appelez Ernst Wallau ?"

Wallau répond : "À partir de maintenant, je ne fais plus aucune déclaration."

Sur ce, Overkamp : "Donc, vous vous appelez Wallau ? J'attire votre attention sur le fait que pour chaque question, votre silence vaut affirmation. Vous êtes né à Mannheim le 8 octobre 1894."

Wallau se tait. Il a prononcé ses paroles ultimes. Si on présente un miroir devant sa bouche morte, aucun souffle ne le troublera.

Overkamp ne quitte pas Wallau des yeux. Il est presque aussi immobile que le prisonnier. Le visage de ce Wallau a blêmi d'un ton, le trait qui sépare son front en deux est un peu plus noir. Le regard de l'homme est dirigé droit devant lui, il traverse les choses du monde qui soudain est devenu de verre, transparent, il traverse Overkamp et la cloison en planches et les sentinelles appuyées au-dehors, il transperce tout et se dirige vers le noyau qui n'est plus transparent et résiste au regard des mourants. Fischer, qui assiste lui aussi sans un geste à l'interrogatoire, tourne la tête et suit le regard de Wallau. Mais il ne voit rien d'autre que le monde plein de sève, d'abondance, opaque et sans noyau.

“Votre père se nommait Franz Wallau, votre mère Elisabeth Wallau, née Enders.”

En guise de réponse, le silence, venant des lèvres mordues et remordues. – Un homme a existé qui s’appelait Ernst Wallau. Cet homme est mort. Vous venez de recueillir ses dernières paroles. Il a eu des parents qui s’appelaient ainsi. Maintenant, à côté de la pierre tombale du père, on pourrait ériger celle du fils. S’il est vrai que vous êtes capable de contraindre des cadavres à faire des déclarations, je suis plus mort que tous vos autres morts.

“Votre mère vit à Mannheim, au 8 Mariengässchen, chez sa fille Margarete Wolf, née Wallau. Non, halte : vivait. Elle a été transférée ce matin à l’asile de vieillards, 6 An der Bleiche. À la suite de l’arrestation de sa fille et de son gendre soupçonnés d’assistance à évasion, l’appartement du 8 Mariengässchen a été mis sous scellés.”

Du temps où je vivais encore, j’avais une mère et une sœur. Plus tard, j’ai eu un ami qui a épousé ma sœur. Tant qu’un homme est vivant, il a toutes sortes de relations, toutes sortes de liens. Mais cet homme est mort. Et quelles que soient les choses étranges qui sont, après ma mort, arrivées à ces êtres dans ce monde étrange, elles ne me concernent plus en quoi que ce soit.

“Vous avez une femme, Hilde Wallau, née Berger. De cette union sont issus deux enfants, Karl et Hans. Je tiens à préciser à nouveau qu’en tout état de cause j’interprète votre silence comme un oui.” Fischer étend la main et décale l’abat-jour de la lampe de cent bougies qui éclaire brutalement le visage de Wallau. Ce visage reste tel qu’il était dans la pénombre du soir. Même une lumière de mille bougies ne pourrait déceler des traces de douleur, de peur ou d’espoir sur les visages sans traces et définitifs des morts. Fischer remet l’abat-jour dans sa position première.

Quand j’étais encore en vie, j’ai aussi eu une femme. Nous avons alors aussi eu des enfants. Nous les avons élevés dans notre foi commune. Et pour mari et femme, ce fut une grande joie de voir leurs enseignements porter fruit. Comme elles s'élançaient, les petites jambes, lors de la première manifestation ! Et cette fierté, cette crainte sur les petits visages à l'idée que les lourds drapeaux pourraient leur glisser des mains ! Quand j'étais encore en vie, dans les premières années suivant la prise de pouvoir de Hitler, quand je continuais à faire tout ce qui donnait sens à ma vie, je pouvais sans souci confier à ces garçons les endroits où je me cachais, à une époque où d'autres enfants trahissaient leur père auprès de leurs professeurs. Maintenant, je suis mort. Que leur mère se débrouille toute seule pour s'en tirer avec les orphelins.

"Hier, votre femme a été arrêtée en même temps que votre sœur pour complicité d'évasion. Vos fils ont été transférés au centre d'éducation d'Oberndorf pour être élevés dans l'esprit de l'État national socialiste."

Quand l'homme dont les fils sont évoqués ici était encore en vie, il avait tenté à sa manière de s'occuper des siens. Maintenant, on aura tôt fait de voir ce que valait l'attention que je leur ai vouée. Bien des gens d'une autre trempe que deux enfants naïfs sont déjà tombés dans le panneau. Et les mensonges ont une telle saveur, la vérité est si aride. Des hommes pleins de force ont renié leur vie. Bachmann m'a trahi. Mais deux jeunes garçons, cela aussi peut arriver, n'ont pas dévié d'un poil. En tout cas, ma paternité a pris fin, quoi qu'il advienne.

"Vous avez participé à la guerre mondiale et vous vous êtes battu au front."

Quand j'étais encore en vie, je suis parti à la guerre. J'ai été blessé par trois fois, sur la Somme, en Roumanie et dans les Carpates. Mes blessures ont guéri et pour finir, je suis revenu du front en bonne santé. Si désormais je suis mort, en tout cas je ne suis pas tombé à la guerre.

"Vous avez adhéré à la Ligue spartakiste dès le mois de sa création."

Cet homme, alors qu'il était encore en vie, en octobre 1918, avait adhéré à la Ligue spartakiste. Mais quel intérêt maintenant ? Vous pourriez tout autant convoquer Karl Liebknecht en personne à un interrogatoire, il vous répondrait tout autant, parlerait tout aussi fort. Laissez les morts ensevelir leurs morts.

"Allons, dites-moi, Wallau, vos anciennes idées, vous y adhérez toujours, aujourd'hui encore ?"

Ça, il aurait fallu me le demander hier. Aujourd'hui, je ne peux plus répondre. Hier, j'aurais été obligé de crier "oui", aujourd'hui, je peux me taire. Aujourd'hui, d'autres répondent à ma place : les chants de mon peuple, le jugement de ceux qui vivront après nous...

Autour de lui, le froid s'installe. Fischer grelotte. Il voudrait faire signe à Overkamp de mettre fin à cet interrogatoire inutile.

"Ainsi donc, Wallau, vous avez préparé votre évasion à partir du moment où vous avez été affecté au commando de travail spécial ?"

Il m'est arrivé plus d'une fois au cours de mon existence d'être obligé de fuir devant mes ennemis. Parfois, j'y suis parvenu, parfois j'ai échoué. Par exemple, un jour, ça s'est mal terminé. Je voulais m'évader de Westhofen. Mais maintenant, j'ai réussi. Maintenant, je me suis échappé. Les chiens, c'est en pure perte qu'ils reniflent ma trace qui s'est perdue à l'infini.

"À ce moment-là, vous avez confié votre projet en tout premier à votre ami Georg Heisler ?"

Quand j'étais encore au nombre des vivants, dans cette vie qui était la mienne, j'ai fini par rencontrer un jeune gars nommé Georg. Je lui étais attaché. Nous avons partagé souffrance et joie. Il était bien plus jeune que moi. Tout en ce jeune Georg m'était cher. Tout ce qui dans la vie m'avait été cher, je le retrouvais en ce jeune homme. Maintenant, il y a autant de liens entre lui et moi qu'entre un mort et un vivant. Puisse-t-il parfois se souvenir de moi, quand il en trouvera le temps. Je sais que cette vie était riche et intense.

"C'est seulement au camp que vous avez fait la connaissance de ce Heisler ?"

Pas de flot de paroles, c'est le flot d'un silence glacial qui franchit les lèvres de l'homme. Même les sentinelles qui, dehors, écoutent derrière la porte, haussent les épaules, la situation leur pèse. S'agit-il encore d'un interrogatoire ? Sont-ils encore trois, à l'intérieur ? – Le visage de l'homme n'est plus blafard mais lumineux. Overkamp se détourne d'un geste brusque, il fait un point avec son crayon, la mine se brise.

"Pour ce qui est des conséquences, vous ne pourrez vous en prendre qu'à vous-même, Wallau."

Quelles conséquences peut-il y avoir pour un mort que l'on balance d'une tombe dans une autre ? Même le monument haut comme une maison édifié sur l'ultime tombeau ne peut avoir de conséquences pour le mort.

On emmène Wallau. Entre les quatre murs demeure le silence qui ne veut se dissiper. Fischer, immobile, est assis sur sa chaise, comme si le prisonnier était encore là, il continue à fixer l'endroit où il se tenait. Overkamp taille son crayon.

Dans l'intervalle, Georg avait atteint le marché aux chevaux. Il avançait, avançait, en dépit de ses pieds brûlants. Il ne devait pas s'écarter des gens, il ne devait s'asseoir nulle part. Il maudit la ville.

Avant d'avoir pesé le pour et le contre, il se retrouva dans une ruelle adjacente à la Schillerstrasse. Il n'y était jamais venu. Il prit presque sur-le-champ la décision de donner suite à la proposition de Belloni. La voix de Wallau l'y incitait. Maintenant, l'artiste de petite taille et son visage grave ne lui semblaient plus impénétrables. Les hommes qui passaient à côté de lui l'étaient, eux. Comme l'enfer avait été familier, comparé à cette ville !

Il était déjà dans l'appartement que Belloni lui avait décrit quand son ancienne méfiance revint – quelle odeur étrange ! Nulle part il n'avait de sa vie senti cela. La vieille femme jaunâtre aux cheveux noirs comme du cirage séparés par une raie l'avait examiné avec attention et sans mot dire.

Est-ce peut-être la grand-mère de Belloni ? s'était demandé Georg. En fait, cette ressemblance ne provenait pas de la parenté, mais d'une communauté de métier.

"C'est Belloni qui m'envoie", dit Georg. Mme Marelli inclina la tête. Elle ne semblait trouver à cela rien de particulier. "Attendez ici un instant", dit-elle. La pièce était jonchée de vêtements de toutes formes et de toutes couleurs, l'odeur, encore plus intense que dans le couloir, l'étourdissait presque. Mme Marelli lui dégagea une chaise. Elle passa dans la pièce voisine. Georg regarda autour de lui. Son regard allait d'une jupe étincelant de paillettes noires à une couronne de fleurs artificielles, d'un manteau blanc avec une capuche à oreilles de lapin à un petit drapeau en soie violette. Il était trop épuisé pour rien comprendre à ce qui l'entourait. Il baissa les yeux et regarda sa main sous la chaussette. Dans la pièce voisine, on chuchotait. Georg sursauta. Il s'attendait à se sentir empoigné, à entendre claquer les menottes qui se referment. Il se releva d'un bond. Mme Marelli revenait, dans les bras des habits, du linge. Elle dit : "Allez, changez de vêtements." Il dit avec hésitation : "Je n'ai pas de chemise." "En voilà une", répondit la femme. "Et votre main, qu'est-ce qu'elle a ?" demanda-t-elle brusquement. "Ah, c'est pour ça que vous avez arrêté." Georg dit : "Ça saigne à travers le pansement. Non, je préfère ne pas ouvrir. Donnez-moi donc un bout de tissu." Mme Marelli apporta un mouchoir. Elle le jaugea de la tête aux pieds. "Oui, Belloni avait indiqué vos mensurations. Il a un œil de tailleur. C'est vraiment un ami pour vous. Un brave homme." "Oui." "Vous étiez engagés ensemble ?" "Oui." "Pourvu que Belloni tienne le coup. Cette fois, il ne m'a pas fait bonne impression. Et vous, qu'est-ce qui vous arrive donc ?" Elle considéra en hochant la tête son corps amaigri, mais sa curiosité n'était pas différente de celle d'une mère qui a mis au monde une foule de fils, si bien qu'elle a des comparaisons pour presque tout ce qui peut se produire au monde, qu'il s'agisse du corps ou de l'âme. Seules de telles femmes sont capables de calmer même le diable en personne. Elle aida Georg à changer de vêtements. Les petits yeux de la femme, scintillants de paillettes, lui demeuraient impénétrables, mais pourtant sa méfiance disparut.

“Le ciel n’a pas voulu m’accorder d’enfants, dit Mme Marelli, mais je pense d’autant plus à vous en faisant des petits points sur vos affaires. Je vous le dis à vous aussi : il faut tâcher de tenir. Vous êtes deux bien beaux amis. Vous voulez vous regarder dans la glace ?” Elle le mena dans la pièce voisine, qu’occupaient son lit et sa machine à coudre. Là aussi, tout était plein de vêtements bizarres. Elle orienta différemment les panneaux du grand miroir à trois faces presque pompeux. Georg se voyait maintenant de profil, de face, de dos, portant un chapeau rigide et un imperméable jaunâtre. Son cœur, resté pendant des heures tout à fait raisonnable, se mit soudain à battre la chamade quand il se vit.

“Maintenant, vous êtes présentable. Si on est mal fagoté, on n’a vraiment aucune chance d’arriver à quelque chose. Chez nous, on dit que là où un petit chien a déjà pissé, les autres vont aussi se soulager. Il faut encore que je vous fasse un paquet de vos vieilles nippes.” Il la suivit dans la première pièce. “J’ai fait le compte, même si Belloni pensait que ce n’était pas nécessaire. J’ai horreur de faire les comptes. Par exemple, regardez-moi ce capuchon, presque trois heures de travail. Mais dites-moi, est-ce que je peux prendre à quelqu’un qui a besoin d’un costume de lièvre pour une seule et unique soirée un quart de ses gages pour les retouches ? Alors, voyez-vous, Belloni m’a donné vingt marks. Je ne voulais pas accepter ce travail, je ne répare que de façon exceptionnelle des costumes de ville. Je pense que douze marks, ce n’est pas exagéré. Donc, en voici huit. Saluez Belloni de ma part quand vous le verrez.” “Je vous remercie”, dit Georg. Dans la cage d’escalier, il lui revint une trace de méfiance, il redouta que la porte de l’immeuble soit surveillée. Il était presque en bas quand la femme lui cria qu’il avait oublié le petit paquet avec ses vêtements.

"Monsieur, monsieur!" criait-elle. Il n'y prit pas garde et se précipita dans la rue vide et silencieuse.

"Franz ne semble pas du tout avoir l'intention de rentrer ce soir", dit-on là-haut, chez les Marnet, "partage donc sa crêpe aux enfants".

"Franz n'est plus le même, dit Auguste, depuis qu'il travaille en bas, à Höchst. Il ne lève plus le petit doigt pour nous."

"Il est fatigué", dit Mme Marnet, qui aimait bien Franz.

"Fatigué, reprit son mari, le petit paysan tout ratatiné, moi aussi, je suis fatigué. Si je pouvais n'avoir que des journées de travail clairement délimitées! Pour moi, c'est la journée de dix-huit heures." "Eh, souviens-toi donc, dit Mme Marnet, avant la guerre, quand tu travaillais à la briqueterie, le soir, t'étais complètement moulu."

"Mais Franz, ce n'est pas parce qu'il s'est épuisé à la tâche qu'il ne vient pas, bien au contraire, il doit être attiré par quelque chose, à Francfort ou à Höchst", dit Auguste vers qui tous les regards se dirigèrent, tandis que, les narines dilatées à force de commérages, elle sucrait la dernière crêpe. Sa mère demanda: "Il a fait une allusion?" "À moi non." "Je me suis toujours dit, ajouta le frère, que Sophie en pinçait pour Franz. Il aurait vraiment pu trouver son lit tout fait." "Sophie, elle en pincerait pour Franz?" dit Auguste. "Il y a le feu." "Le feu!" Tous les Marnet étaient stupéfaits. Vingt-deux ans plus tôt, les couches de Sophie Mangold séchaient au vent dans le jardin voisin, elle dont aujourd'hui sa copine Auguste prétendait qu'elle était brûlante. "S'il y a le feu, dit le petit paysan, des étincelles dans ses petits yeux, il lui faut des petits copeaux." Oui, un petit copeau dans ton genre, se dit Mme Marnet qui n'avait jamais pu sentir son mari. Ce qui pour autant ne l'avait pas un instant rendue malheureuse en mariage. Malheureuse, avait-elle enseigné à sa fille avant son mariage, on ne peut l'être que si on est amoureuse.

Franz, au moment où sa cousine Auguste partageait en deux moitiés identiques, si tant est qu'il est humainement possible de le faire, la crêpe qui lui était destinée, pénétrait dans la salle du cinéma Olympia déjà plongée dans l'obscurité. Les gens grognèrent, car en se faufilant avec maladresse entre les sièges pour gagner sa place, il cachait en partie les actualités.

En arrivant, Franz a déjà noté que la place voisine de la sienne est occupée. Puis il a entraperçu le visage d'Elli, blanc, figé, yeux grands ouverts. Il regarde maintenant lui aussi l'écran, et serre ses coudes contre lui, car le bras reposant sur l'accoudoir qui sépare les deux fauteuils est celui d'Elli.

Pourquoi n'était-il pas possible d'effacer les années, d'enserrer de sa main le poignet de sa voisine ? Il suivit des yeux son bras, remontant jusqu'à l'épaule, jusqu'au cou. Pourquoi ne pouvait-il caresser son épaisse chevelure brune, ces cheveux qui donnaient justement l'impression d'attendre une caresse ? À son oreille brillait un petit point rouge. Personne ne lui avait-il donc offert d'autres boucles d'oreilles ? Il plissa le front. Pas un mot, pas une pensée de trop. Quand tout à l'heure, à l'entracte, il adressera la parole à la gentille petite assise par hasard à côté de lui, rien de remarquable à cela, même si Elli est sous surveillance ici, en plein cinéma. La honte soudain l'envahit à cause de toutes ces pensées qui s'entremêlaient dans sa tête et dans son cœur. Cette séquence des actualités, qui pendant de longues secondes jetait sur les gens des images du monde entier, une porte brusquement ouverte puis refermée tout aussi brusquement, elle aurait n'importe quel autre soir suffi à emplir ses pensées. De même qu'on peut de la main masquer jusqu'au soleil, l'événement le plus récent, l'évasion de Georg, masquait ce soir tout le reste. Même si ce reste était le monde ébranlé par les guerres et qui l'ébranlait à son tour. Mais ces deux morts affalés l'un sur l'autre dans la rue d'un village avaient peut-être été eux aussi un Franz et un Georg.

Maintenant, je vais acheter des amandes grillées, se dit-il quand la lumière revint. Il passa devant Elli pour quitter la rangée. Elle le regarda de tout près – comme on peut regarder quelqu'un sans le reconnaître. Donc Else n'est pas venue, se disait Elli, la place de cinéma, est-ce qu'elle vient d'elle ? La vieille femme à côté de moi est peut-être sa mère ? En tout cas, quelle chance d'être ici, au cinéma. Que l'entracte finisse, que l'obscurité se fasse à nouveau.

Quand il revint, elle regarda Franz. Une lueur éclaira son visage : elle semblait le reconnaître. Des souvenirs vagues dont elle ne savait plus elle-même s'ils étaient heureux ou tristes. “Elli”, dit Franz. Elle le regarda yeux grands ouverts. Elle eut l'impression d'un soulagement avant même de penser vraiment à Franz lui-même. “Comment vas-tu donc ?” demanda Franz. Le visage d'Elli s'assombrit. Elle en oublia même de lui répondre. Il dit : “Je sais, je sais tout. Maintenant, ne me regarde surtout pas, Elli, écoute bien ce que je te dis. N'arrête pas de prendre des amandes, grignote. J'étais devant chez toi hier – regarde-moi et souris…”

Elle se comporta très habilement. “Mange, mange”, disait-il. Il parlait vite, à voix basse. Il suffisait qu'elle réponde par oui ou par non. “Réfléchis à ses amis, tu en connais peut-être que je ne connais pas. Réfléchis, qui a-t-il connu ici ? Il va peut-être tout de même venir en ville. Regarde-moi, ris. Il ne faut pas que nous restions ensemble tout à l'heure. Viens demain de très bonne heure à la grande halle du marché, j'y donne un coup de main à ma tante. Commande des pommes, je pourrai alors te les livrer et nous pourrons parler. Tu as tout compris ?” “Oui.” “Regarde-moi.” Dans son jeune regard, il y avait presque trop de confiance, et seulement du calme. Il aurait pu s'y trouver autre chose, se dit Franz. Elle se força à rire. Quand la salle s'obscurcit, elle lui lança un dernier regard furtif avec son vrai visage, son visage sérieux. À ce moment-là, elle aurait peut-être elle aussi aimé lui prendre la main, rien que pour soulager l'angoisse qu'elle éprouvait.

Franz écrasa dans sa main le sachet vide. Puis lui vint l'idée qu'il ne pouvait rien y avoir entre Elli et lui tant que Georg était d'une façon ou d'une autre dans ce pays. Il pourrait s'estimer heureux de la revoir furtivement sans lui faire courir de risque, sans en courir lui-même.

Mais en ce moment, elle était assise auprès de lui. Elle était vivante, et lui aussi. Un frémissement de bonheur, aussi faible et fragile qu'il fût, l'emporta sur tout ce qui pesait sur lui. Il se demandait si elle voyait vraiment le film que fixaient ses yeux écarquillés. Il aurait été déçu de savoir qu'Elli, s'oubliant et oubliant tout le reste, suivait de tout son être la poursuite sauvage qui se déroulait à travers la campagne enneigée. Franz ne regardait plus. Il baissa les yeux vers le bras d'Elli et parfois jetait un bref regard vers son visage. Quand la fin fut arrivée et que la lumière revint, il sursauta. Avant qu'ils se séparent dans la cohue, leurs mains se frôlèrent comme celles d'enfants auxquels on a défendu de jouer ensemble.

V

Georg se sentait plus détendu, étranger à lui-même dans ce manteau marron tirant sur le jaune. J'ai plus d'une raison de te demander pardon, Belloni... Et maintenant? Les rues allaient bientôt se vider, les gens rentreraient chez eux, sortant de tous les cafés et cinémas. La nuit s'étendait devant lui, un gouffre, alors qu'il avait espéré y trouver un toit. Il avançait, exténué, automate portant des vêtements et mû par un ressort. Il avait eu l'intention d'envoyer dès le lendemain Leni chez un de ses anciens amis, Boland. Maintenant, il était obligé d'y aller lui-même. Pas d'autre solution. Une chance d'avoir au moins ces vêtements. Il réfléchit au trajet à suivre, le plus court possible. Choisir des rues, tourner et retourner cela dans sa tête qui ne voulait plus que dormir, le torturait tout autant que de se traîner pour de bon dans les rues. Il arriva à destination peu avant dix heures et demie. Deux voisines prenaient longuement congé l'une de l'autre, aussi la porte d'entrée était-elle ouverte. Au troisième étage, la fenêtre éclairée était celle de Boland. Jusque-là, tout se déroulait comme prévu. La maison encore ouverte, les gens encore éveillés. Il ne douta pas que Boland fût celui qu'il cherchait. Le meilleur de ceux qui entraient en ligne de compte. De loin le meilleur – pas besoin de se triturer davantage les méninges pour le savoir. C'est le bon, se répéta Georg alors qu'il était déjà dans l'escalier. Son cœur battait calmement, peut-être parce qu'il n'écoutait plus les mises en garde inutiles, cette fois-ci, elles n'étaient peut-être vraiment plus nécessaires.

Il reconnut la femme de Boland. Elle n'était ni vieille ni jeune, ni belle ni laide. Un jour, au cours d'une grève, elle avait, Georg s'en souvint, accueilli un enfant qui s'était rajouté aux siens. L'enfant sans parents, peut-être parce que le père était en tôle, avait été amené le soir dans la salle de réunion. Boland l'avait alors pris par la main et monté chez lui pour solliciter sa femme, et était revenu sans l'enfant. La soirée s'était poursuivie en discussions au sujet d'une manifestation. L'enfant, pendant ce temps-là, avait trouvé des parents, des frères et sœurs, il avait eu un dîner. “Mon mari n'est pas là”, dit la femme. “Vous pouvez aller le retrouver, en face, au bistro.” Elle était un peu surprise, mais pas méfiante. “Est-ce que je peux l'attendre?” “Malheureusement, ce n'est vraiment pas possible”, dit la femme, d'un ton non pas méchant, mais ferme. “Il est déjà tard, j'ai un malade à la maison.”

Il faut que je le guette, se dit Georg. Il redescendit quelques marches et s'assit dans l'escalier. Et si quelqu'un ferme la maison maintenant? Quelqu'un peut alors rentrer avant Boland et me découvrir, me poser des questions. Boland peut aussi revenir accompagné. Je peux peut-être le guetter depuis la rue, ou bien entrer dans le bistro. Sa femme ne m'a pas reconnu, le professeur ce matin m'a cru aussi vieux que son père. Il se faufila au-dehors, passant entre les deux voisines qui en étaient encore à se dire au revoir.

C'était peut-être justement le troquet où avait ce jour-là été amené l'enfant. Toute la compagnie était sur le départ, un peu pompette, pas trop, riant si fort que par les fenêtres, on leur faisait "Chut". Presque tous des SA, seuls deux hommes en civil, l'un d'eux était Boland. Il riait lui aussi, même si c'était à sa façon, sans bruit, tranquillement. Il n'avait pas changé. Il quitta les autres, encadré par deux SA. Les trois hommes avaient cessé de rire, ils souriaient. Ils habitaient le même immeuble, car l'un d'eux tourna la clé dans la serrure – quelqu'un venait effectivement de verrouiller –, suivi par les deux autres.

Georg savait que les hommes que fréquentait Boland ne permettaient aucune conclusion à son sujet. Il savait que les chemises des hommes qui l'accompagnaient n'avaient pas grande signification. Au camp, il avait entendu suffisamment de choses et savait de quoi il retournait. Il savait que la vie des gens avait changé, leur apparence, leurs fréquentations, les formes que prenait leur combat. Tout cela, Georg le savait et Boland aussi, s'il était resté le même. Georg savait tout cela, mais ne le sentait pas.

Georg ressentait ce qu'il avait ressenti au cours des dernières années, ce que l'on ressentait à Westhofen. Il n'avait pas le temps à ce moment-là de laisser sa raison lui expliquer pourquoi ces chemises s'imposaient de manière inévitable aux compagnons de Boland tout comme ces compagnons s'imposaient à lui. En les voyant, son sentiment était le même qu'à Westhofen. Boland n'était marqué au front d'aucun signe qui aurait permis de le reconnaître pour ce qu'il était. Il pouvait être digne de confiance. Georg ne le sentait pas. Il pouvait l'être, ou ne pas l'être.

Que faire maintenant ? se disait Georg. Il avait déjà agi, il avait déjà quitté la rue de Boland. La ville s'anima une dernière fois, derniers échos avant la nuit.

"Cette femme, Bachmann, à Worms, on a été obligé de la coffrer." "Pourquoi ?" demanda Overkamp d'un ton rude. Il avait exprimé son opposition à cette arrestation qui ne ferait que susciter la curiosité et l'excitation de la population, alors qu'afficher au grand jour que la police ménageait la famille Bachmann aurait été le meilleur moyen de l'isoler. "Quand on a décroché Bachmann, dans sa mansarde, sa femme s'est mise à hurler qu'il aurait dû faire ça la veille, avant d'être interrogé, et qu'il ne valait pas sa corde à linge. Elle ne s'est même pas calmée quand on a emporté l'homme. Elle gueulait à en rendre fou tout le voisinage, hurlant qu'elle était innocente et ainsi de suite." "Et le voisinage, il s'est comporté comment?" "Comme ci comme ça. Je demande les rapports?" "Non, non, dit Overkamp, ça ne nous concerne plus du tout, ça relève de nos collègues de Worms. On a assez à faire comme ça."

Georg ne pouvait pas se transformer en courant d'air. Il se dit: ce sera la première venue.

Mais quand elle sortit de derrière la baraque qui se dresse au beau milieu de la rue de Forbach, derrière la gare de marchandises, cette première venue, elle était encore pire que ce qu'il aurait pu imaginer. Il n'aurait pas eu envie de l'effleurer même du bout des doigts. La chair pendouillait mollement de sa tête toute en longueur. À la faible lueur des réverbères, il eût été incapable de dire si la touffe châtain clair lui poussait directement sur le crâne ou était accrochée à son bonnet pour faire joli. Il se mit à rire: "C'est tes cheveux, ça?" "Oui, mes cheveux." Elle le regarda d'un air indécis et une lueur d'humanité éclaira sa tête de mort. "Je m'en moque", décida-t-il, il avait parlé tout haut.

Elle lui lança à nouveau un regard de côté. Puis elle s'arrêta au coin de la Tormannstrasse, hésitant sans s'en rendre compte, en fait seulement pour arranger pour de bon son visage et sa poitrine. Ce fut un échec, c'était inévitable. Elle soupira même. Georg se dit: d'une manière ou d'une autre, maintenant, elle va rentrer chez elle, aller quelque part. Il y aura quatre murs. Une porte qui ferme à clé. Il lui prit le bras d'un geste cordial. Ils s'en furent d'un bon pas. Elle fut la première à apercevoir le policier au coin de la Dahlmannstrasse. Elle entraîna Georg sous un porche. “En ce moment, la surveillance est renforcée”, dit-elle. Ils avancèrent bras dessus bras dessous, évitant soigneusement le policier, traversant quelques rues. Ils finirent par arriver. Une petite place, ni carrée ni circulaire mais l’un et l’autre à la fois, comme quand un enfant dessine un cercle. Et la place, les toits d’ardoise imbriqués les uns dans les autres semblaient à Georg désagréablement familiers. Et si j’avais autrefois, à un moment donné, vécu ici avec Franz ?

Sur les marches, il leur fallut traverser un petit groupe, deux gars, deux filles. L’une des filles était en train de nouer le foulard du garçon qui avait presque deux têtes de moins qu’elle, et en tirait les pointes vers le haut. Lui, le petit, les rabattit aussitôt vers le bas, la fille les redressa derechef. L’autre gars, visage rasé de près, louchait un peu et était très bien habillé. La deuxième fille, portant une longue robe noire, était d’une grande beauté, petit visage pâle dans un nuage d’or scintillant. Mais impossible à cet instant de faire l’échange, inimaginable. De toute façon, tout cela était parfaitement indifférent. Et en plus, cette incroyable beauté allait s’avérer, il l’espérait, pur produit de son imagination. Il se retourna à nouveau. Les quatre jeunes le considérèrent cette fois avec attention. Et c’était vrai, soudain, la fille était moins belle, avec son nez pointu. Un des gars lança : “Bonne nuit, poupée.” Celle de Georg rétorqua : “Bonne nuit, petit coq.” Au moment où elle ouvrit la porte, le petit mec ajouta : “Bonne chance.” À quoi elle répondit : “Ta gueule, petit Goebbels !”

“C’est ça que t’appelles un plumard ?” Elle se mit alors à pester sans retenue : “T’as qu’à aller à l’hôtel Englischer Hof, ou Kaiserstrasse…” “Ça va, calme-toi, dit Georg. Écoute-moi bien. Il m’est arrivé un truc qui ne te regarde absolument pas. Un sacré souci pour moi. Depuis, je n’ai pas fermé l’œil. Si tu arrives à ce que je m’endorme, je te donnerai tout ce que tu voudras, je ne serai pas pingre et j’ai de quoi.” Elle le regarda d’un air étonné. L’éclat qui brillait dans ses yeux faisait penser à une tête de mort qu’on éclaire de l'intérieur. Elle proclama alors d'un ton résolu : "Marché conclu."

À ce moment-là, on cogna à la porte. Le petit mec passa sa tête. Jeta un coup d'œil circulaire comme s'il avait oublié quelque chose. La fille se précipita et l'engueula, mais s'interrompit soudain parce que d'un clin d'œil, il lui faisait signe de le rejoindre au-dehors.

Georg les entendit tous les cinq chuchoter derrière la porte, s'efforçant de ne pas faire le moindre bruit, et du coup, cela ressortait d'autant plus. Pourtant, il ne comprenait pas un traître mot ; ce n'étaient que chuchotements, qui soudain cessèrent. Il porta la main à son cou. La pièce venait-elle de rétrécir, ses quatre murs, le plafond, le sol s'étaient-ils emboîtés les uns dans les autres ? Il se dit : filons !

Déjà, la fille revenait. Elle dit : "Ne me regarde pas d'un air si ronchon."

Elle lui tapota le menton. Il écarta sa main d'un geste brusque.

Mais ensuite, quel miracle, il avait vraiment dormi. Des heures ? Des minutes ? Löwenstein avait-il pour la troisième fois ouvert le robinet en un geste d'indécision désespérée ? Georg reprit peu à peu conscience. Avec la conscience vont revenir immédiatement de terribles douleurs, en cinq, six endroits de son corps. Mais il continua à se sentir étonnamment frais, en forme. Il avait donc vraiment dormi. Je vais lui donner tout ce que j'ai, pensa-t-il. Mais qu'est-ce qui l'avait donc réveillé ? La lampe était pourtant éteinte. Seule tombait, par la petite fenêtre, la lueur du réverbère de la cour sur la tête du lit. Quand il s'assit, son ombre se posa, énorme, sur le mur d'en face. Il était seul. Il prêta l'oreille, attendit. Il avait d'ailleurs l'impression d'entendre un bruit dans l'escalier ; un faible bruissement de pieds nus ou les pas d'un chat. Il éprouvait une angoisse indicible, confronté à sa propre ombre qui s'élevait, gigantesque, jusqu'au plafond. Soudain, l'ombre sursauta comme pour s'abattre sur lui. Un éclair lui traversa l'esprit : quatre regards acérés avaient fixé son dos quand tout à l'heure il avait gravi les marches. La tête du petit gars dans l'embrasure de la porte. Le clin d'œil. Les chuchotis dans l'escalier. Il se mit d'un bond debout sur le lit, puis sauta de la fenêtre dans la cour. Il retomba sur un tas de choux. Il continua à avancer, brisa une vitre, en fait c'était inutile, le verrou aurait cédé bien plus vite. Il heurta un obstacle, il y eut une chute mais il ne sentit que plusieurs secondes après que c'était une femme. Il se cogna à un visage, deux yeux ébahis plongés dans les siens, une bouche, qui lui hurla à la figure. Ils s'empoignèrent sur le sol comme si, terrorisés, ils se cramponnaient l'un à l'autre. Il traversa la place en zigzag puis fonça dans l'une des ruelles qui soudain s'avéra être celle où des années auparavant il avait vécu heureux. Il en reconnut comme dans un rêve les pierres et même la cage d'oiseau au-dessus de l'atelier du cordonnier, puis la porte qui menait à la cour donnant accès aux autres cours, enfin à celle qui menait à la Baldwinsgässchen. Si la porte est verrouillée, tout est fini, se dit-il. La porte était verrouillée. Mais une porte verrouillée, quelle importance, car ce qui était derrière lui lui donnait la force de l'enfoncer. Mesurer les choses à l'aune des anciennes forces, désormais caduques, cela n'avait plus de sens. Il courut, traversant les cours, et reprit haleine dans une entrée, prêtant l'oreille, ici tout était encore calme. Il ouvrit le verrou et se retrouva dans la Baldwinsgässchen. Il entendit les coups de sifflet, ne provenant encore que de la place toute proche, Antonsplatz. Il reprit sa course à travers un dédale de ruelles. À nouveau comme en un rêve, quelques endroits étaient restés inchangés, d'autres complètement métamorphosés. Ici, la Sainte Vierge trônait encore au-dessus du portail, mais à côté, la ruelle s'interrompait, s'ouvrait une place inconnue qu'il n'avait encore jamais vue. Il la traversa pour pénétrer dans un dédale de ruelles, il se retrouvait dans une autre partie de la ville où flottait l'odeur de la terre et des jardins. Franchissant une petite barrière, il se retrouva dans un coin, derrière une haie d'ifs. Il s'assit et reprit haleine, puis il rampa encore un peu et resta étendu, soudain à bout.

Il n'avait pourtant jamais été aussi lucide. Il retrouva alors enfin ses esprits, pour la première fois non seulement depuis qu'il s'était échappé par la fenêtre, mais depuis le tout début de sa fuite. Quel vide affreux autour de lui, et, s'imposant à lui, froide, évidente, la certitude que son entreprise était vouée à l'échec. L'instant d'avant, il parcourait ses anciens quartiers, sous l'emprise d'un impératif qu'il ne comprenait plus, comme un somnambule. Désormais, il était réveillé pour de bon et voyait où il se trouvait. La tête lui tourna, il se cramponna aux branches. Jusqu'à présent, il s'était sorti indemne de tout, guidé par des forces dont ne bénéficient que les somnambules et qui se dissipent au réveil. Peut-être même sa fuite aurait-elle pu de la sorte connaître une fin heureuse. Mais il était hélas complètement réveillé, lucide, retrouver l'état antérieur n'était pas simple affaire de volonté. La peur le glaçait. Il se ressaisit cependant, en dépit de sa solitude. Je vais me maîtriser, maintenant et à tout moment, se dit-il, je me conduirai jusqu'au bout comme il faut. Les branches lui glissèrent entre les doigts, il lui resta dans la main quelque chose de gluant, il regarda : une grosse fleur, il ne se souvenait pas d'en avoir jamais vu de si grosse. L'impression de vertige, de sentir le sol bouger violemment sous ses pieds était si intense qu'il se hâta d'empoigner à nouveau les branches.

Comme il se sentait parfaitement réveillé ! Comme il était pénible d'être à ce point lucide. Ainsi, il lui semblait être lamentablement abandonné par sa bonne étoile.

Sans doute avait-on établi le chemin qu'il avait suivi dans sa fuite, diffusé son signalement. Radio et journaux le gravaient peut-être déjà inlassablement dans tous les cerveaux. Nulle part il ne courait plus grand danger que dans cette ville ; sur le point de périr pour le plus dérisoire, le plus banal des motifs : il avait fait confiance à une fille. Maintenant, il vit Leni telle qu'elle était réellement jadis, ni pleine d'élan ni casanière, mais prête, pour l'amour de n'importe quel chéri, à traverser le feu, à préparer la soupe ou à distribuer n'importe quels tracts. Si à l'époque il avait été turc, pour l'amour de lui, elle l'aurait aidé à prêcher la guerre sainte à Niederrad.

Des pas se firent entendre sur le chemin longeant la barrière. Un homme passa, tenant une canne. Le Main ne devait pas être loin, Georg ne se trouvait pas dans un jardin, mais dans un parc au bord du fleuve. Il reconnut derrière les arbres les maisons lisses, blanches, du quai Obermain. Il entendit les trains et aussi, pour la première fois à cet instant, même s'il faisait encore nuit, la sonnette d'un tramway.

Il devait s'éloigner d'ici. Sa mère était à coup sûr sous surveillance. Sa femme, cette Elli qui portait son nom, tout autant. Chacun de ceux qui dans cette ville avaient déposé un petit caillou sur la route de sa vie pouvait l'être. Surveillés, ses quelques amis, et ses maîtres peut-être aussi, ses frères, ses petites amies. Cette ville tout entière n'était qu'une nasse dans laquelle il était déjà pris. Il lui fallait s'échapper en se faufilant au travers des mailles. Cependant, cette fois, il était vraiment à bout. Il lui restait à peine la force de franchir la barrière. Comment parvenir à quitter la ville en reprenant le chemin par lequel il était arrivé la veille, comment aller vingt fois plus loin, jusqu'à la frontière ? Autant rester accroupi ici jusqu'à ce qu'on le découvre. Il se rebella, furieux, comme si quelqu'un l'avait cru capable d'accepter une telle proposition. Même s'il n'avait plus la force que d'un mouvement infime vers la liberté, ce mouvement, aussi dénué de sens, aussi inutile fût-il, il voulait l'avoir fait.

Tout près du pont le plus proche, les dragueuses commençaient à travailler. En ce moment, ma mère doit entendre ce bruit, se dit-il. Mon petit frère aussi.

Chapitre Quatre

I

Avant même la fin de cette nuit qu'il avait passée sans fermer l'œil, l'ancien maire d'Oberbuchenbach, Peter Wurz, désormais maire des villages réunis en une même commune d'Ober- et d'Unterbuchenbach, avait quitté le lit où il se torturait, puis, traversant la cour à pas furtifs, était allé s'asseoir sur le tabouret de traite dans le coin le plus sombre de l'étable. Il s'épongea le front. Depuis que la radio avait diffusé la veille les noms des évadés, hommes, femmes et enfants du village essayaient de le coincer. Est-il vraiment vert de frousse ? A-t-il vraiment une crise de goutte ? S'est-il tout d'un coup complètement ratatiné ?

Buchenbach s'étend au bord du Main, en remontant le cours du fleuve, à quelques heures de marche de Wertheim, mais à l'écart de la nationale ainsi que du fleuve, comme pour se soustraire à toute circulation. Autrefois, il y avait deux villages, Ober- et Unterbuchenbach, au long d'une rue qui leur était commune, entaillée exactement en son milieu par un chemin qui de part et d'autre gagnait les champs. L'année précédente, ce carrefour était devenu place commune du village où l'on avait, en présence de l'administration et dans le cadre de festivités et de discours de toutes sortes, planté le "chêne de Hitler". Ober- et Unterbuchenbach avaient été fusionnés dans le cadre de la réforme administrative et du remembrement rural.

Quand un tremblement de terre anéantit une ville florissante, quelques édifices délabrés voués à la démolition s'écroulent toujours. Et parce que le poing insolent qui étouffait le droit étranglait aussi quelques vieilles habitudes inutiles, les fils du vieux Wurz et leurs acolytes de la SA se campaient fièrement, affichant un air provocateur, devant tous les paysans qui s'étaient opposés à la fusion.

Assis sur son tabouret de traite, Wurz se tordait les mains à s'en faire craquer les articulations. Les vaches, qu'il n'était pas l'heure de traire et dont les pis n'étaient pas encore douloureux, demeuraient parfaitement indifférentes. À chaque seconde, Wurz sursautait, se ressaisissait pour sursauter à nouveau l'instant d'après. Il se disait : il pourrait aussi se glisser ici, me guetter. – L'homme qu'il redoutait à ce point était Aldinger, ce vieux paysan dont Georg et ses compagnons de Westhofen considéraient qu'il n'avait plus toute sa tête.

L'aîné des fils Wurz avait un certain temps été pour ainsi dire fiancé à la plus jeune des filles Aldinger, on voulait juste attendre quelques années. On aurait pu réunir les champs et même les deux petites vignes sur l'autre rive du Main, et parce qu'il ne valait plus la peine de faire du vin, on pourrait par la suite y commencer une autre culture. À l'époque, Aldinger était maire d'Unterbuchenbach. Puis, en 1930, sa fille était tombée amoureuse d'un employé aux travaux publics de Wertheim. Aldinger l'avait laissée suivre son inclination, c'était une relation tout à fait avantageuse à ses yeux, le garçon avait un salaire, le couple s'était installé à la ville. En février 33, le gendre avait séjourné brièvement au village sans qu'on se casse la tête à savoir pourquoi. Comme tant d'ouvriers des petites villes dont les idées étaient bien connues, il avait préféré dans cette première phase d'arrestations et de répression se planquer à la campagne, chez des parents. Il était déjà reparti quand Wurz, incité à cela par ses fils, dénonça cette visite à la police nationale. Dans le même temps, alors que la fusion des deux communes était imminente, Aldinger avait rassemblé autour de lui des gens qui pensaient que si lui-même ne pouvait pas rester maire, Wurz ne devrait pas davantage rester en fonction, mais qu'un troisième homme devrait prendre la tête de la nouvelle commune résultant de la fusion. Ce groupe avait le soutien du curé, qui vivait et exerçait son ministère à Unterbuchenbach, puisque aussi bien l'église et le presbytère y étaient édifiés.

Le gendre fut alors effectivement recherché, car pendant des années, il avait collecté les cotisations de son syndicat ainsi que les abonnements à un petit journal ouvrier. Cependant, aucun habitant de Buchenbach, en dépit des préjugés fréquents au village envers les étrangers, n'avait rien remarqué de particulier dans le comportement de cet homme tranquille quand il lui arrivait de donner un coup de main chez Aldinger pour rentrer la récolte en échange de pain et de charcuterie pour sa famille, cinq personnes désormais. Il avait juste eu un différend avec les fils Wurz, au café, eux qui à ce moment-là déjà faisaient les yeux doux aux SA. C'est ce qui par la suite les avait incités à conseiller leur père.

Wurz avait été presque choqué en constatant le succès de ce conseil. Aldinger avait effectivement été embarqué. La seule chose qui avait importé à Wurz, c'était d'éloigner Aldinger le temps qu'il soit lui-même confirmé dans ses fonctions. Il aurait même pris un malin plaisir à se réjouir du dépit d'Aldinger. Mais cela n'avait pas vraiment marché – pour d'obscures raisons, Aldinger n'était pas revenu. Les premiers mois, la position de Wurz avait été difficile. Les habitants d'Unterbuchenbach l'évitaient, lui avaient gâché chaque cérémonie officielle, chaque célébration à l'église. Mais ses fils l'en avaient consolé ainsi que leurs amis : ils affirmaient que les hommes nouveaux, le Führer et Wurz tout autant, devaient persévérer pour accomplir leur tâche, en dépit de débuts difficiles et des attaques subies.

Quand on regarde Buchenbach d'un avion, on voit avec plaisir le village s'étendre de manière bien ordonnée, nette, avec son clocher et ses petits champs, son petit bois. Quand on le traverse en voiture, ce qu'on découvre est un peu différent, mais seulement quand on a l'envie et le temps de regarder avec attention. Certes, les chemins sont très propres et l'école fraîchement peinte, mais pourquoi la vache, alors qu'elle est pleine, est-elle attelée à la charrette ? Pourquoi l'enfant qui a rempli son tablier de l'herbe ramassée regarde-t-il d'un air craintif autour de lui ? Ni depuis l'avion, ni en traversant le village, on ne peut voir le paysan Wurz assis sur son tabouret. On ne peut pas voir qu'il n'y a dans aucune étable plus de quatre vaches, que les deux villages fusionnés ne comptent que deux chevaux en tout. Pas plus en survolant le village qu'en le traversant, on ne peut voir que l'un des deux chevaux appartient à un fils Wurz, et que le second a été attribué à son propriétaire il y a environ cinq ans de manière pas très convenable après le règlement d'une assurance incendie. (L'organisation paysanne a récemment été sollicitée en vue de la réouverture du procès.) Ce village tranquille, propre, est pauvre, d'une pauvreté extrême, comme tout village qui exhale la pauvreté par tous ses pores.

Hitler ne parviendra jamais à modifier la nature du sol, voilà ce qu'on a entendu au début. Il ne peut pas nous rapprocher davantage de la vigne. Jamais Alois Wurz ne nous prêtera son cheval de trait. Une moissonneuse-batteuse à crédit pour tout le village ? De toute façon, c'était prévu.

La fête de la moisson ? N'y avait-il donc pas à chaque automne un manège, des baraques foraines ? Mais en revenant de Wertheim, le lundi, les gamins avaient dit qu'on n'avait encore jamais connu pareilles festivités. Avait-on de mémoire d'homme déjà vu trois mille paysans assemblés ? Un tel feu d'artifice ? Entendu ce genre de musique ? Et en fin de compte, qui a remis la gerbe au représentant du chef de l'organisation paysanne* ? Ce n'est pas Agathe, la fille d'Alois Wurz, mais la petite Hanni Schulz III originaire d'Unterbuchenbach, qui est loin de rouler sur l'or.

* Richard Darré met en place dès l'été 1931 une organisation politique paysanne dont il est le chef. Il organise la propagande à destination de la paysannerie qui vote de manière écrasante en faveur du parti national-socialiste lors des élections de mars 1933.

Impossible de rapprocher le village un peu plus de la ville, toujours pas de marché à jour fixe. Mais la ville vient à nous toutes les semaines, la voiture qui amène le cinéma ambulant. Lors des projections, à l'école, on voit le Führer à Berlin, on voit le monde entier, la Chine et le Japon, l'Italie et l'Espagne.

Sur son tabouret, Wurz se disait : Aldinger, il était de toute façon fichu. À la fin, où était-il donc passé ? On ne pensait plus à lui.

Ce qui avait le plus frappé les gens de Buchenbach, c'était l'affaire de la propriété domaniale d'État. Ça avait toujours été le domaine. Voilà qu'on y édifiait une espèce de village modèle. Trente familles venues de tous les villages des alentours y furent installées. Pour l'essentiel des paysans qui s'entendaient encore à l'ouvrage et avaient beaucoup d'enfants. À Berblingen, on avait été chercher le forgeron, le cordonnier à Weilerbach, nombreux étaient les villages où l'on avait choisi une seule famille, et l'an prochain, on en prendrait d'autres. Chaque village espérait. C'était comme le gros lot. Chacun connaissait une famille concernée, au moins au village voisin. Plus d'un comprit lentement, parmi ceux qui à cause d'Aldinger étaient hostiles à Wurz, que ce Wurz, quand à l'époque il avait autorisé ses fils à rejoindre la SA, avait misé juste. Si on voulait pouvoir prétendre profiter du domaine, si on voulait tout au long de l'année garder un peu l'espoir d'accéder au village du domaine, il fallait au moins ne pas trop montrer son hostilité à Wurz, car les dossiers passaient par ses mains. Il ne fallait d'ailleurs pas se montrer trop souvent chez les Aldinger : un cercle discret les isolait peu à peu. En outre, on ne demandait plus de nouvelles d'Aldinger, il était peut-être déjà mort pour de bon. Sa femme allait en permanence vêtue de noir, elle serrait les lèvres, se rendait souvent à l'église, ce qu'elle avait toujours eu tendance à faire. Les fils d'Aldinger n'allaient jamais au troquet.

C'était seulement hier matin, quand la radio avait annoncé l'évasion, que tout avait de nouveau changé. Maintenant, plus personne n'aurait voulu être dans la peau de Wurz. Aldinger avait toujours été robuste, il saurait bien se procurer un fusil pour peu qu'il parvienne à gagner le village. Ce qu'avait fait ce Wurz, c'était vraiment une grande injustice : il avait porté faux témoignage contre son prochain. À cause de lui, tout le village est encerclé. Les troupes d'assaut de la SA, auxquelles appartiennent ses propres fils, gardent la propriété. Ça ne lui servira à rien. Aldinger, le coin, il le connaît, il va surgir d'un seul coup, et d'un seul coup, Wurz va prendre la balle qu'il mérite, on ne sera pas surpris. Toute cette surveillance ne lui servira à rien. Il faudra bien qu'il aille un jour sur l'autre rive du Main. Il faudra bien qu'il aille au bois.

Wurz sursauta. Quelqu'un arrivait à pas feutrés. Il reconnut l'aînée de ses belles-filles, la femme d'Alois, au bruit que font les seaux à lait qui s'entrechoquent. "Qu'est-ce que tu fabriques donc ici ? demanda la femme. La mère te cherche." De la porte de l'étable, elle le suivit des yeux, le vit se traînant à travers la cour comme si c'était lui l'intrus. Elle eut un rictus. Wurz n'avait cessé de la faire tourner en bourrique à force de lui donner des ordres depuis qu'elle avait épousé un des fils d'ici ; il avait bien mérité ce qui lui arrivait.

II

Même si le dossier Belloni, du moins en lien avec Westhofen, fut clos par sa mort, d'autres dossiers relevant d'autres services restaient ouverts. Ils n'étaient ni poussiéreux ni en train de moisir, comme on le prétend d'ordinaire de ce genre de documents. Seul Belloni était en train de se décomposer, ses dossiers avaient gardé toute leur fraîcheur. Qui donc l'a approvisionné ? Qui lui a parlé ? Quels sont ces gens, il doit donc encore y en avoir dans la ville ? À force d'écouter ce qui se disait dans les cafés et restaurants d'artistes, on était dès le mercredi soir remonté jusqu'à Mme Marelli, que tous connaissaient un peu. La nuit n'était pas achevée – Wurz, le maire d'Unterbuchenbach, était encore sur son tabouret

– qu'ils gravissaient déjà l'escalier menant chez elle. Pas encore couchée, assise sous la lampe, elle cousait de minuscules écailles métalliques sur une petite jupe appartenant à une artiste qui était le mercredi soir montée sur la scène du théâtre de variétés Schumann et devait prendre le premier train pour son engagement du jeudi. À l'arrivée des policiers qui lui intimèrent l'ordre de les suivre sur-le-champ pour un interrogatoire dans le cadre d'une affaire urgente, elle sembla atterrée, mais c'était parce qu'elle avait promis à la danseuse de lui remettre cette jupe en mains propres à sept heures du matin. L'interrogatoire en tant que tel, elle s'en moquait, elle n'en était pas à son premier. De plus, un uniforme de SA ou de SS la laissait aussi froide que la lueur jetée par les insignes de la police secrète ; soit elle était de ces rares personnes qui sont dénuées de tout sentiment de culpabilité, soit l'expérience de son métier lui avait appris comment à l'aide de simples accessoires et de costumes interchangeables on produit d'étranges effets. Elle ajouta à la jupe à demi terminée un petit sachet d'écailles métalliques ainsi que de quoi coudre, écrivit un billet, noua le petit paquet à la porte de l'appartement puis suivit calmement les deux représentants de la police secrète, sans poser de question, car ses pensées restaient attachées à la jupe accrochée à la poignée de porte et son étonnement ne se manifesta que lorsqu'ils se retrouvèrent à l'hôpital.

"Cet homme, vous le connaissez ?" demanda un des deux commissaires. Elle souleva le drap. Les traits réguliers, presque beaux, de Belloni n'étaient que légèrement altérés, ils semblaient embrumés. Les commissaires attendaient une de ces explosions de douleur sauvage, feinte ou sincère, qu'en semblable circonstance les vivants se croient obligés d'exprimer devant les morts. Mais la femme se contenta de pousser un léger "Oh !" sur un ton qui pouvait signifier : quel dommage !

"Donc, vous le reconnaissez ?" dit le commissaire. "Bien entendu, dit la femme. Le petit Belloni !"

"Quand avez-vous parlé pour la dernière fois à cet homme ?"

"Hier – non, avant-hier matin, dit la femme. J'ai même été surprise qu'il vienne si tôt. Il m'a demandé de lui faire quelques points à sa redingote. Il était de passage..."

Elle chercha involontairement la redingote du regard. Les commissaires l'observaient, tout en se confirmant mutuellement d'un mouvement de tête que cette femme disait sans doute vrai, même si on ne pouvait tout de même pas en jurer. Ils attendirent tranquillement qu'elle ait peu à peu laissé s'écouler le flot son récit. Il se poursuivait, goutte à goutte. "Ça lui est arrivé pendant la répétition ? Ils ont donc fait leur répétition ici ? Il est donc remonté sur scène ici ? Ils avaient pourtant l'intention d'aller à Cologne par le train de midi."

Les commissaires gardaient silence. "Il m'avait dit, poursuivit la femme, qu'il avait un engagement à Cologne. Je lui ai même demandé : mon cher petit, tu as retrouvé la forme ? C'est arrivé comment ?"

"Madame Marelli !" hurla le commissaire. La femme leva les yeux d'un air surpris, mais pas inquiet. "Madame Marelli", reprit le commissaire avec le ton sérieux et grossier, mais tout sauf naturel, sur lequel les membres de la police criminelle transmettent ce genre d'informations, car seul l'effet produit leur importe, et non le contenu de la nouvelle : "Belloni n'est pas mort dans l'exercice de sa profession, il a eu un accident pendant sa fuite." "Pendant sa fuite ? Mais quelle fuite ?"

"Il s'est évadé du camp de Westhofen, madame Marelli."

"Quoi, quand ? – Le camp, il y a été il y a deux ans. N'avait-il pas depuis longtemps été remis en liberté ?" "Il était toujours interné, il s'est évadé. Vous prétendez que vous l'ignoriez ?"

"Oui", dit seulement la femme, mais sur un ton qui confirma définitivement aux commissaires qu'elle n'avait rien su de toute l'affaire.

"Absolument, pendant sa fuite. Hier, il vous a menti."

"Hélas. Le pauvre diable !" réagit la femme.

"Pauvre ?"

“Parce que vous croyez qu’il était riche ?” dit Mme Marelli.

“Assez bavardé, ce n’est pas le moment !” coupa le commissaire. La femme plissa le front. “Bon, asseyez-vous, calmez-vous. Attendez, on va vous faire apporter un café, vous n’avez rien dans le ventre.”

“Aucune importance, dit la femme avec une tranquille dignité. Je peux attendre d’être rentrée chez moi.” Le commissaire reprit : “Je vous prie de nous raconter de manière précise comment s’est déroulée la visite de Belloni. Quand est-il arrivé, qu’attendait-il de vous ? Mot pour mot ! Halte, minute ! Belloni est mort, mais ça n’empêche pas que pèsent sur vous de lourds, de très lourds soupçons. La suite dépend entièrement de vous.”

“Mon garçon, dit la femme, vous faites sans doute erreur quant à mon âge. J’ai les cheveux teints. J’ai soixante-cinq ans. J’ai travaillé dur toute ma vie, même si nombreux sont ceux qui, ne connaissant pas le métier, se font une fausse idée de notre travail. Et même maintenant, je dois continuer. De quoi me menacez-vous donc en fait ?” “De la prison”, répondit l’homme sèchement. Mme Marelli ouvrit de grands yeux de chouette. “Parce que votre petit ami, que vous êtes susceptible d’avoir aidé dans sa fuite, il avait pas mal de choses sur la conscience. S’il ne s’était pas lui-même rompu le cou, alors, peut-être…” Il fendit vivement l’air du plat de la main. Mme Marelli sursauta. Mais il s’avéra que c’était parce qu’un détail lui était revenu. Elle retourna près du lit où reposait Belloni, avec une expression comme pour dire qu’avec tous ces bavardages on avait oublié l’essentiel, et ramena le drap sur le visage du mort. Elle ne faisait pas ce geste pour la première fois, c’était évident.

À ce moment-là pourtant, ses genoux se dérobèrent. Elle s’assit et dit calmement : “Faites tout de même venir du café.”

Les commissaires perdaient patience, chaque seconde comptait. Ils se postèrent à droite et à gauche de sa chaise, bien rodés à travailler ensemble, leurs questions se croisaient.

“Quelle est l’heure exacte de son passage ? Comment était-il habillé ? Pourquoi est-il venu vous voir ? Que voulait-il de vous ? Quels termes a-t-il employés ? Comment vous a-t-il payée ? Avez-vous toujours le billet sur lequel vous lui avez rendu sa monnaie ?”

Elle l’avait même sur elle, dans son sac à main. Le numéro du billet fut relevé, le montant rendu comparé avec la somme qu’on avait retrouvée sur le mort. Il en manquait pas mal. Belloni a-t-il fait quelques emplettes avant sa balade aventureuse sur les toits ? “Non, répondit la femme, il en a laissé une partie chez moi, c’était une dette qu’il avait.”

“Vous avez déjà dépensé cette somme ?” “Parce que vous pensez que je vais détourner l’argent d’un mort ?” dit Mme Marelli. “On est venu chercher cet argent ?” “Le chercher ?” dit Mme Marelli d’un ton qui n’était plus aussi assuré, car elle avait bien compris qu’elle avait dit quelques mots de plus que ce qu’elle voulait.

Les commissaires mirent un terme à l’entretien. “Merci, madame Marelli. Maintenant, nous allons vous raccompagner en voiture. Cela nous donnera l’occasion de faire une petite inspection chez vous.”

Overkamp ne savait pas s’il devait siffler d’étonnement ou sonner l’alarme quand parvint à Westhofen l’information selon laquelle avait été découvert dans l’appartement de Mme Marelli le pull-over que l’évadé Georg Heisler s’était procuré auprès du marinier en échange de la veste en velours. Heisler aurait pu déjà être à nouveau sous les verrous si on ne s’était pas fié aux déclarations de l’apprenti jardinier, de cet imbécile de gamin. Ne pas reconnaître sa propre veste ! Était-ce seulement possible ? Y avait-il là une entourloupe ? Quoi ? Ainsi donc, Heisler s’était bel et bien rendu dans sa ville d’origine. Restait à savoir s’il continuait à tenter de s’y cacher jusqu’au moment où s’ouvrirait un chemin sûr pour quitter le pays, ou si, dans ses nouveaux habits et peut-être même muni de nouveaux subsides, il avait déjà pris la poudre d’escampette. Les recherches furent intensifiées. Toutes les voies permettant de quitter la ville, les carrefours, les gares, les ponts, les bacs furent surveillés avec autant de rigueur que si une guerre avait éclaté. Dans les nouveaux avis de recherche, une somme de cinq mille marks fut mise sur la tête de chacun des évadés.

Comme Georg en avait eu l'intuition pendant la nuit, sa ville avec tous ceux qui d'une manière ou d'une autre avaient un jour croisé sa route, cette communauté qui porte et entoure chaque existence, parents par le sang, amours et maîtres, patrons et amis fut transformée en un réseau de pièges vivants. Qui se resserrait et se perfectionnait heure après heure grâce au travail de la police.

Ce petit arbre, affirma Fahrenberg, il a poussé pour Heisler. La planche clouée en travers est un peu basse. Il sera obligé de se courber. Et Fahrenberg pourrait, pour sa part, se remettre pendant le week-end des fatigues endurées, c'était, dit-il, ce que lui soufflait sa voix intérieure. “Votre voix intérieure”, répéta Overkamp. Il considéra Fahrenberg de l'œil du professionnel habitué à sonder les gens. Cet homme était véritablement à bout.

Fahrenberg, tout jeune, avait conclu pendant la guerre un mariage d'urgence. Sa femme déjà relativement avancée en âge et deux filles presque adultes partageaient avec ses propres parents la maison sur la place du marché au rez-de-chaussée de laquelle se trouvait la plomberie familiale. On attendait un mariage qui permette la reprise de l'affaire. Son frère aîné, qui y travaillait, était tombé au front. Lui, Fahrenberg, aurait dû mener à bien des études de droit. Les habitudes prises pendant la guerre, la période incertaine, l'avaient empêché de compenser à force de travail ce que son intelligence ne maîtrisait pas sans effort. Plutôt que d'aider son vieux père à poser des tuyaux à Seeligenstadt, il voulut contribuer au renouveau de l'Allemagne et, avec sa troupe de SA, partir à la conquête de petites villes et avant tout de sa ville natale où jusqu'alors il passait pour un bon à rien. Faire le coup de feu dans les quartiers ouvriers, tabasser des Juifs et finir par faire mentir toutes les sombres prophéties de son père et des voisins en revenant en permission avec des épaulettes, de l'argent en poche, des compagnons, du pouvoir.

De tous les fantômes qui avaient poursuivi Fahrenberg au cours des trois dernières nuits, le plus fantomatique était un sosie en bleu de travail, plombier en train de dégager une canalisation bouchée. Ses yeux brûlaient par manque de sommeil. La dernière information, la découverte du pull-over, lui sembla apporter réponse à toutes ses prières nocturnes, quand il implorait dans sa détresse que soient repris les prisonniers, que lui soit épargnée la pire des punitions : être dépossédé de son pouvoir.

D'abord, manger, me rassasier, se dit Georg, sinon je ne tiendrai pas cent pas de plus. À quelques minutes d'ici, j'ai vu un distributeur automatique, et aussi l'arrêt de tram. Il sentit comme une lame lui transpercer le cœur. Il lui sembla recevoir un coup de poignard, eut l'impression de basculer vers l'avant, l'air était tout noir. Plusieurs fois, au camp, il avait éprouvé la même sensation après des journées particulièrement éprouvantes. Ensuite, à sa grande déception, cela avait cessé sans laisser de trace, comme si la lame n'était pas restée plantée mais était simplement entrée puis ressortie. Cette fois, il était en colère. Il s'était imaginé sa fin d'autre manière, il aurait voulu résister, hurler contre la foule.

À quoi bon, se dit-il. Déjà, il s'était remis debout, avançait. Il secoua son manteau humide et froissé. Il traversa le bras du Main supérieur. Ça aussi, ça aurait été cocasse, lui mort derrière une barrière, alors qu'on était en train de mettre la ville sens dessus dessous pour le retrouver.

Comme soudain elle était jeune, cette ville, calme et pure. Elle émergeait du brouillard, la plus tendre des lumières la parsemait de petites taches, les arbres et le gazon, les ponts et les maisons, et la chaussée elle-même, tout exhalait la fraîcheur de l'aube. Lucide, froid, il se dit qu'en tout cas s'être évadé du camp, c'était déjà quelque chose, quelle que puisse être l'issue. Wallau a peut-être déjà quitté le pays, se dit-il, Belloni à coup sûr. Il semble qu'il avait du soutien dans cette ville. Quelle erreur ai-je donc commise pour être resté coincé ? À la périphérie, les rues étaient encore vides. Derrière le théâtre, la vie commençait, comme si le jour progressait depuis le centre-ville. À son entrée dans le buffet, Georg huma l'arôme du café, l'odeur des soupes, et aperçut derrière les vitres du pain, des plats, faim et soif lui firent oublier peur et espoir. Il changea auprès de la caissière un mark sur ce qui lui venait de Belloni. Le sandwich glissa avec une lenteur désespérante vers l'ouverture du distributeur. Attendre que la tasse se remplisse du mince filet de café, encore fallait-il le pouvoir.

Le buffet était relativement plein. Deux jeunes types coiffés de casquettes de la compagnie du gaz avaient porté leurs tasses et leurs assiettes jusqu'à l'une des tables contre laquelle étaient appuyées leurs caisses à outils. Ils mangeaient en bavardant jusqu'au moment où l'un d'eux s'interrompit brusquement. Il ne se rendit pas compte que son ami le regardait d'un air étonné, puis tournait la tête dans la même direction que lui.

Georg, rassasié, quitta alors le buffet sans regarder ni à droite ni à gauche. À ce moment-là, il frôla le gars qui justement avait sursauté en l'apercevant. "Tu le connaissais, ce type ?" demanda l'autre. "Fritz, répondit le premier, tu le connais aussi. Tu l'as connu, autrefois." L'autre le regarda d'un air d'hésitation. "C'était Georg, sûr et certain", reprit sans tourner autour du pot le premier, encore sous le coup de l'émotion. "Oui, Heisler, l'évadé." L'autre dit alors, souriant à moitié, avec un regard en biais : "Bon Dieu, tu aurais pu gagner un pactole !"

"Moi, j'aurais fait ça ? Et toi, tu l'aurais fait ?"

Ils se regardèrent soudain droit dans les yeux avec le terrible regard propre aux sourds-muets ou à des animaux très intelligents, à toutes les créatures dont la raison est emprisonnée à vie et incapable de communiquer. Puis dans le regard de l'un jaillit l'éclair qui libéra sa langue : "Non, dit-il, moi non plus je ne l'aurais pas fait." Ils récupérèrent leurs sacs, autrefois, ils étaient très amis, puis les années étaient venues où ils n'échangèrent plus de propos sérieux dans la peur mutuelle de se livrer à l'autre, si par hasard il avait changé. Ils étaient restés les mêmes, cela venait de surgir au grand jour. Ils quittèrent le buffet dans cette amitié retrouvée.

III

Depuis sa remise en liberté, Elli était surveillée nuit et jour afin de causer la perte de son ancien mari pour peu qu'il soit encore dans la ville et cherche à entrer en contact avec sa famille d'autrefois. La veille, au cinéma, cette surveillance ne s'était pas relâchée un seul instant. La porte de son immeuble était restée sous observation pendant toute la nuit. Les mailles du filet jeté sur sa jolie tête n'auraient pas pu être plus étroites. Mais comme dit le proverbe, même le filet le plus serré est pour l'essentiel fait de trous. Elli avait bien été vue en train de discuter pendant l'entracte avec le spectateur qui occupait le siège voisin du sien, mais sur le trajet qui l'avait menée au cinéma puis dans la salle elle-même, elle avait rencontré une demi-douzaine de connaissances, et pour finir l'un d'eux l'avait attendue à la sortie et l'avait raccompagnée. En fait, un simple fils d'aubergiste.

Les Marnet furent surpris quand au petit matin Franz proposa de transporter les paniers de pommes au marché et de conduire sa cousine et sa tante jusqu'aux halles avant d'aller au travail. C'était un changement radical par rapport à son comportement des derniers temps.

Au moment où les autres descendirent, Franz était déjà en train de s'occuper du chargement. "Tu peux tout de même prendre le temps de boire tranquillement un café", lui dit Auguste, radoucie. Alors qu'ils descendaient vers la ville dans la voiture brinquebalante, la lune et les étoiles continuaient à briller.

Dans sa petite chambre où flottait encore l'odeur des pommes pourtant placées dès la veille dans les paniers, Franz avait toute la nuit tourné et retourné les pensées dans sa tête. Si j'étais à la place de Georg, à supposer qu'il soit vraiment dans les parages, à qui pourrais-je bien m'adresser ? Tout comme la police, à partir de toutes ses fiches et fichiers, de tous ses rapports, tissait ce qu'elle savait de la vie antérieure du fugitif en un filet de mailles de plus en plus serrées, Franz resserrait lui aussi les mailles de son filet parce que remontaient de sa mémoire tous ceux auxquels, il le savait, Georg avait un jour eu affaire. Parmi eux, plusieurs n'avaient laissé aucune trace sur le moindre formulaire d'enregistrement, sur le moindre document officiel. Un savoir d'un tout autre genre était nécessaire pour retrouver leur trace. Les noms de certains d'entre eux figuraient sans doute aussi sur les listes de la police. Pourvu qu'il n'aille pas s'adresser à Brand, se dit Franz, qui doit avoir travaillé ici il y a quatre ans. Ni surtout à Schumacher. Celui-là, il serait même capable de le dénoncer... Mais alors, qui ? La grosse caissière auprès de qui il l'avait vu assis à la fin de l'histoire avec Elli ? Le professeur Stegreif, auquel il a parfois rendu visite ? Le petit Röder, il était attaché à lui, c'était son copain de classe et de foot. Un de ses propres frères ? – Des gars pas sûrs et sans aucun doute surveillés.

Les Marnet vendaient occasionnellement leur production sur un marché qui se tenait dans l'une des rues de Höchst. Ce n'est qu'au printemps, quand on ne trouvait par ailleurs que des produits poussés sous serre, qu'ils apportaient à la halle du marché de Francfort leurs légumes primeurs et à l'automne leurs meilleures variétés de pommes. Leur situation était suffisamment bonne pour qu'ils ne soient pas obligés de trouver acquéreur même pour la part la plus infime de leur production. Leur priorité, c'était d'assurer la subsistance de la famille. Si une année ou l'autre ils manquaient de liquidités, un des enfants pouvait aller gagner de l'argent à l'usine.

La vigoureuse Auguste avait aidé Franz au déchargement. Mme Marnet installait soigneusement son étalage. Un petit couteau dans une main, une pomme entamée pour faire goûter le chaland dans l'autre, elle attendit aussitôt l'acheteur important qui était annoncé.

Si Elli vient vraiment, se dit Franz, ce sera maintenant. Il y avait un bon moment qu'il avait déjà remarqué ici ou là une épaule, un chapeau, un petit morceau de quelque chose qui aurait pu devenir Elli, si ce quelque chose s'était décidé à se diriger vers lui. Il découvrit ou crut découvrir alors son petit visage, blême de fatigue. Ce visage disparut immédiatement derrière une pyramide de paniers. Il craignait de s'être trompé, puis ce visage se rapprocha peu à peu comme si quelqu'un, avec hésitation, exauçait son vœu le plus cher.

Elle le salua d'un haussement de sourcils. Il constata avec surprise combien elle avait parfaitement compris les consignes qu'il lui avait si furtivement transmises quand il la vit faire mine d'un air parfaitement naturel d'acheter des pommes. Comme si elle ignorait que Franz était avec les Marnet, elle s'obstinait à lui tourner le dos. Elle dégusta avec lenteur un petit morceau de pomme. Elle marchanda pour faire baisser le prix de ce qui resterait à Mme Marnet après la commande dont elle attendait l'acheteur. Comme toutes les bonnes ruses, ce marchandage feint réussit parce que Elli le prenait tout de même vraiment à cœur. Elle s'était régalée du petit morceau, elle ne voulait pas, même pour un tel achat, se faire avoir. Elle n'aurait pu mieux feindre, même si elle avait pu imaginer de quelle surveillance sans faille elle était l'objet.

Le jeune homme à moustache qu'Elli avait peut-être fini par remarquer avait été remplacé par une grosse femme à l'allure d'infirmière ou de prof de couture. Pour autant, le moustachu n'avait pas fini son service, il faisait toujours partie du groupe de personnes chargées de la surveiller. Il était posté dans la pâtisserie. Elli avait certes pendant son trajet regardé autour d'elle pour vérifier si elle était réellement suivie, comme son père, comme Franz le supposait. Elle s'imaginait que son poursuivant serait dans son dos et qu'il s'agirait d'un homme. Or elle n'avait remarqué personne sinon cette brave femme rondouillette qu'elle avait vite perdue de vue parce qu'en fait, cette grosse dame avait, à un endroit convenu, transmis Elli à un agent venant à sa rencontre. Mais tout se passa bien, personne ne prêtait encore attention à Franz. Car Elli menait sans nervosité une affaire qui ne pouvait en masquer une autre. Elle n'échangea pas le moindre mot avec Franz qui pour sa part s'adressa exclusivement à Mme Marnet. “On peut tout à fait déposer les paniers chez les Behrend, je les monterai après le travail, de toute façon, il faut que j'y repasse.” Certes, Auguste avait bien sa petite idée sur cet empressement, mais que l'acheteuse fût elle-même la fille qui deux fois en une même journée avait attiré Franz en ville, cette idée ne lui traversa pas l'esprit. Son opinion sur Elli était faite : une vraie asperge, un chapeau de champignon, une asperge à la tête frisottée. Si elle se trimballe un jour de semaine à six heures du matin avec ce genre de corsage, qu'est-ce qu'elle doit se mettre sur le dos le dimanche. Quand Elli s'éloigna, elle dit à Franz : “Elle n'a pas besoin de beaucoup de tissu pour se faire une jupe, c'est un sacré avantage.” Franz garda pour lui ce qu'il pensait et répliqua : “Tout le monde ne peut pas avoir les fesses de Sophie Mangold.”

Georg avait attendu près du Grand Théâtre de Francfort, à l'arrêt du 23. Quitter la ville, au plus vite ! Il se sentait pris à la gorge. Ce matin, le manteau de Belloni, dans lequel hier encore il se sentait en sûreté, le brûlait. Le retirer ? Le fourrer sous le banc ? – Il y a un village à deux heures d'Eschersheim, ce jour-là, nous avions été jusqu'au terminus, en remontant la chaussée d'Eschersheim. Comment s'appelait-il donc, ce village ? C'est là qu'habitaient ces vieux chez qui autrefois, pendant la guerre, j'avais passé des vacances, je leur ai rendu ensuite plusieurs fois visite. Mon Dieu, comment s'appelaient-ils donc ? J'ai tout oublié. Et le village, il s'appelle comment ? C'est là que je veux aller. Là-bas, je pourrai souffler. Ils sont si vieux, ils ne sont au courant de rien. Mes amis, vous vous appelez comment ? Il faut que je puisse souffler chez vous. Mon Dieu, ces noms, envolés…

Il avait sauté dans le 23. Quoi qu'il arrive, je dois sortir d'ici. Ne pas aller tout à fait jusqu'au terminus. Les terminus sont toujours surveillés. Il avait récupéré un journal abandonné. Il le déplia pour se masquer. Les gros titres lui sautaient au visage et çà et là une phrase ou une photo.

Des barbelés électrifiés, une chaîne de sentinelles, des fusils-mitrailleurs n'avaient jamais pu empêcher les événements du monde extérieur de parvenir à l'intérieur du camp de Westhofen. Les gens que l'on enfermait à Westhofen étaient d'une telle trempe que, sans être mieux informés sur de nombreux événements se produisant bien loin, ils les comprenaient mieux que dans maint village perdu dans la campagne, dans maint foyer. Par l'effet d'une sorte de loi naturelle, selon un circuit mystérieux, ce petit groupe de gens enchaînés, misérables, semblait relié aux points chauds du monde. Aussi, quant au quatrième matin suivant son évasion Georg regarda le journal – au cours de cette même semaine d'octobre, en Espagne, les combats faisaient rage autour de Teruel, et les troupes japonaises envahissaient la Chine –, il ne fut pas vraiment surpris et une pensée furtive lui traversa l'esprit : voici donc ce qui s'est passé. C'étaient les titres donnés aux vieilles histoires qui avaient fait battre son cœur. Désormais, pour lui, seul comptait l'instant présent. Quand il tourna la page, son regard tomba sur trois photos rectangulaires. Elles lui étaient horriblement familières. Il regarda aussitôt ailleurs. Les images demeurèrent devant ses yeux : Füllgrabe, Aldinger et lui. Il se hâta de replier entièrement son journal et le mit dans sa poche. Il regarda rapidement à droite, à gauche. Un vieil homme près de lui le dévisagea – il lui sembla qu'il le soumettait à un examen détaillé. Soudain, Georg quitta d'un bond la voiture.

Je préfère ne pas reprendre le tram, se dit-il, dans un wagon, on est coincé. Je vais quitter la ville à pied. Il franchit la place de la Hauptwache*, porta sa main à son cœur qui lui sembla s'arrêter, puis se remit aussitôt à battre normalement. Georg poursuivit d'ailleurs sa marche, sans peur, sans espoir. Ma tête, qu'est-ce qui lui arrive donc? De toute façon, je suis fichu si je ne me souviens pas du nom du village mais si ça se trouve, c'est s'il me revient que je serai vraiment fichu. Peut-être que là-bas, tout le monde est déjà au courant et que personne ne voudra prendre le moindre risque. Il longea le musée et traversa un petit marché en pleine rue. Il passa par la rue d'Eschenheim, près des fenêtres du *Frankfurter Zeitung*, le journal local. Il marcha jusqu'à la tour d'Eschenheim, puis traversa la rue, il pressait le pas car depuis quelques minutes, le sentiment d'une menace s'infiltrant par tous les pores de sa peau ne cessait d'augmenter. Une seule pensée surgit de son cerveau: je suis surveillé. À ce moment-là, il n'éprouvait aucune crainte, se sentait plutôt calmé, soulagé, l'ennemi devenait visible. Il sentait sur sa nuque une paire d'yeux le suivant sans relâche depuis le petit îlot situé au milieu de la rue passant sous la tour, comme si sa peau percevait tout avec une acuité croissante au fur et à mesure que sa tête devenait insensible. Au lieu de longer les rails, il entra dans le jardin public puis, soudain, s'arrêta, comme obligé de se retourner. Un homme se détacha du groupe immobile sous la tour et traversa, se dirigeant vers Georg. Ils grimacèrent un sourire et se serrèrent la main. L'homme, c'était Füllgrabe – le cinquième des sept évadés. Il était élégant comme un mannequin dans une vitrine. Le manteau jaune de Belloni ne soutenait vraiment pas la comparaison. Incroyable! Füllgrabe avait pourtant juré qu'il ne remettrait pas les pieds dans la ville. Par tous les diables, pourquoi avait-il agi autrement? Il s'était toujours gardé une petite porte de sortie. Immobiles, ils semblaient incapables de mettre un

* Une des places principales de Francfort-sur-le-Main.

terme à leurs salutations, face à face, coudes raides. Pour finir, Georg dit : "Entrons là."

Ils s'assirent sur un banc, au soleil, dans la verdure. Füllgrabe grattait le sable du bout du pied. Ses chaussures étaient aussi élégantes que son costume. Il a eu vite fait de s'équiper, songea Georg.

Füllgrabe dit : "Tu sais où j'étais sur le point d'aller ?" "Eh bien ?" "Mainzerlandstrasse !" "Et pourquoi ?" dit Georg. Il serra son manteau autour de lui pour ne pas entrer en contact avec celui de Füllgrabe. Soudain, une idée lui traversa l'esprit. Est-ce vraiment Füllgrabe ? Füllgrabe serra lui aussi son manteau. Puis il dit : "As-tu oublié ce qu'il y a dans cette rue ?" Georg répondit d'un ton las : "Eh bien, quoi donc ?" "La Gestapo", dit Füllgrabe. Georg garda silence. Il attendait que cette étrange apparition s'évapore.

Füllgrabe reprit : "Georg, sais-tu seulement ce qui se passe à Westhofen ? Sais-tu qu'ils les ont tous repris ? Sauf toi et moi et Aldinger ?"

Devant eux, dans le sable, sous le soleil ardent, leurs deux ombres se confondaient. Georg dit : "Et comment tu le sais ?" Il s'écarta davantage encore, pour que se dessinent deux ombres bien distinctes. Füllgrabe répondit : "Tu n'as sans doute pas lu de journal." "Si, là." "Eh bien, regarde, dit Füllgrabe. Qui recherchent-ils ? – Toi, moi, et le grand-père. Lui, il a sûrement déjà pris un coup, et il est quelque part dans un fossé. Il ne peut pas avoir tenu longtemps. Il n'y a plus que nous deux." Soudain, il frotta rapidement sa tête contre l'épaule de Georg. Georg ferma les yeux. "S'ils en recherchaient un de plus, il serait aussi sur la liste. Non, non, les autres, ils les ont repris. Ils ont repris Wallau, et Pelzer, et l'autre – il s'appelait comment – Belloni. Beutler, je l'ai moi-même entendu crier." Georg s'apprêtait à dire : "Moi aussi", sa bouche s'ouvrit, mais aucun son n'en sortit. Ce que disait Füllgrabe était exact, fou mais exact. Il cria : "Non !" "Chut", fit Füllgrabe. "Ce n'est pas vrai", dit Georg. "Pas possible, ils ne peuvent pas récupérer Wallau, lui, il n'est pas du genre à se faire prendre." Füllgrabe se mit à rire.

"Dans ce cas-là, que faisait-il à Westhofen ? Georg, mon cher Georg ! Nous étions tous fous, et le plus fou de nous tous, c'était Wallau." Il ajouta : "Maintenant, assez de tout ça." Georg dit : "Assez de quoi ?" "De cette folie... en tout cas moi, j'en suis guéri. Je vais me rendre." "Te rendre où ?" "Je vais me rendre !" dit Füllgrabe avec entêtement. "Mainzerlandstrasse ! Je laisse tomber, c'est le plus raisonnable. Je veux sauver ma tête, je ne supporterai pas cinq minutes de plus cette danse infernale pour au bout du compte être tout de même repris. On ne fait pas le poids." Il parlait très calmement – de plus en plus calmement. Il prononçait un mot après l'autre avec une simplicité monotone. "C'est la seule issue. Passer la frontière, impossible, le monde entier est contre toi. C'est miracle que nous soyons encore libres tous deux, miracle. Nous allons y mettre de notre plein gré un terme avant qu'ils nous reprennent, parce que sinon, plus question de miracle. Alors, fin de partie. Pas difficile d'imaginer ce que Fahrenberg fait de ceux qu'il a récupérés. Tu te souviens de Zillich, de Bunsen ? Et de la Piste de danse ?"

Déjà, Georg éprouvait une terreur irrépressible, paralysante, impossible d'y résister. Füllgrabe était rasé avec soin. Ses cheveux clairsemés étaient bien coiffés, il semblait sortir de chez le coiffeur. Était-ce vraiment Füllgrabe ? Il poursuivit : "Donc tu te souviens. Tu te souviens de ce qu'ils ont fait de Körber dont il se disait qu'il avait prévu de s'enfuir. Alors qu'il n'en avait pas la moindre intention. Tandis que nous..."

Georg se mit à trembler. Füllgrabe le considéra un instant, puis il poursuivit : "Crois-moi, Georg, j'y vais de ce pas. C'est sans doute ce qu'il y a de mieux à faire. Et tu vas venir avec moi. J'étais justement en train de me rendre là-bas. C'est Dieu lui-même qui nous a réunis. J'en ai la certitude."

Sa voix était usée. Par deux fois, il fit un signe de tête. "La certitude !" dit-il à nouveau. Soudain, Georg sursauta. "Tu es fou !" répéta-t-il. "On va voir qui de nous deux est fou, fou pour de bon !" dit Füllgrabe du ton posé qui au camp lui avait valu la réputation d'être très accommodant, très raisonnable, car jamais il n'avait élevé la voix. "Allons, rassemble tes esprits ou ce qu'il en reste, regarde autour de toi, mon ami, tu vas crever très vite, ça va être très désagréable, sûr, si tu ne viens pas avec moi, mon petit gars. Allons, viens!" "Tu es toqué, dit Georg. Ils vont se tordre de rire si tu te pointes. Parce que tu crois quoi?" "Rire? Ils peuvent bien rire! Mais qu'ils me laissent vivre. Regarde donc autour de toi, mon ami, tu n'as pas d'autre solution. Si on ne te récupère pas aujourd'hui, ça sera demain, et tout le monde s'en souciera comme d'une guigne. Allons, mon gars, mon gars! Ce monde, il a tout de même un peu changé. Personne ne se soucie plus de nous. Allez, viens avec moi. C'est la solution la plus futée, vraiment la plus futée. Rien d'autre ne nous sauvera. Viens, Georg."

"Tu es complètement fou."

Jusqu'à ce moment-là, ils avaient été seuls. Mais une femme portant une coiffe de nounou venait de s'asseoir au bout du banc. D'un geste expert, elle balançait doucement la voiture d'enfant. Une imposante voiture pleine de coussins, de dentelles et de rubans bleu clair avec un minuscule enfant endormi qui de toute évidence ne l'était pas encore assez. Elle orienta la voiture d'enfants de biais par rapport au soleil et sortit son ouvrage. Elle jeta un bref coup d'œil aux deux hommes. Elle était de ces femmes dont on dit qu'elles ont du caractère, ni vieille ni jeune, ni belle ni laide. Füllgrabe lui rendit son regard, grimaçant un sourire; une terrible crispation avait tendu son visage tout entier. Georg l'observa et eut un haut-le-cœur. "Viens!" dit Füllgrabe en se levant. Georg le retint par le bras. Füllgrabe s'arracha à son emprise d'un mouvement plus violent que celui par lequel Georg le retenait, si bien que son bras frappa le visage de Georg. Füllgrabe se pencha vers Georg et lui dit: "Il n'est pire sourd que celui qui ne veut pas entendre. Adieu, Georg." "Non, attends encore", dit Georg. Füllgrabe se rassit effectivement. Georg dit: "Ne fais pas ça, c'est de la folie! Se jeter soi-même dans la gueule du loup! Tu vas y rester, ce sera vite fait. Ils n'ont encore jamais fait preuve de clémence. Rien ne les impressionne. Allons, Füllgrabe, Füllgrabe !" Venu tout près de Georg, Füllgrabe dit alors d'un ton changé, empreint d'une grande tristesse : "Georg, mon cher Georg, viens donc ! T'as toujours été un type bien. Viens donc avec moi. Aller là-bas tout seul, c'est terrible, tu sais."

Georg fixait la bouche d'où sortaient ces mots, il regardait entre des dents qui, à cause des espaces les séparant, semblaient trop grosses, celles d'une tête de mort. Ses jours étaient comptés, à coup sûr. Peut-être même était-ce une question d'heures. Il est vraiment déjà fou, pensa Georg. Il souhaitait ardemment que Füllgrabe s'éloigne au plus vite et le laisse derrière lui, seul, sain et sauf. Sans doute Füllgrabe avait-il au même moment pensé la même chose de Georg. Il regarda Georg d'un air atterré, comme s'il comprenait alors seulement à qui il avait affaire. Il se leva et s'éloigna d'un pas rapide. Il avait disparu si vite derrière les buissons que Georg eut le sentiment d'avoir seulement rêvé cette rencontre.

Il fut alors saisi d'un accès de panique, aussi soudain, aussi violent qu'à la première heure de sa fuite, quand tout près du camp il était resté cramponné à des branches de saules. Il fut pris de sueurs froides, ébranlé corps et âme de quelques violents et rapides soubresauts. Cet accès ne dura que trois minutes mais il était de ceux qui font blanchir les cheveux. La première fois, il portait sa tenue de détenu, les sirènes hurlaient, maintenant, c'était pire. La mort était tout aussi proche, mais elle n'était pas dans son dos, elle était partout. Impossible de lui échapper, il sentait sa présence dans son corps – on eût dit que la mort elle-même était un être vivant, comme sur les tableaux anciens, créature accroupie derrière le massif d'asters ou derrière la voiture d'enfant, qui peut surgir de sa cachette, proche à la toucher.

Soudain, cet accès cessa. Il essuya la sueur qui perlait à son front comme s'il sortait victorieux d'un combat. C'était d'ailleurs le cas, même s'il croyait avoir seulement souffert. Qu'est-ce qui vient donc de m'arriver ? Qu'est-ce qui vient de m'être raconté ? Peut-il être vrai, Wallau, qu'ils t'ont repris ? Que vont-ils faire de toi ?

Du calme, Georg. Tu crois qu'ailleurs, on t'épargnera ?

Serais-tu allé en Espagne si tu avais pu ? Crois-tu que là-bas, on nous épargne ? Qu'être pris dans des barbelés, avoir une balle dans le ventre, c'est mieux ? Et cette ville qui aujourd'hui a peur de t'accueillir, quand elle sera sous un tapis de bombes, elle saura ce qu'est la peur. Mais Wallau, je suis seul, en Espagne on n'est pas aussi seul, ni même à Westhofen. On n'est nulle part aussi seul que je le suis. – Du calme, Georg. Tu es en bonne compagnie, en très bonne compagnie. Un peu dispersée en ce moment précis, mais ce n'est pas grave. Toute une foule : des morts et des vivants.

Derrière le grand massif d'asters, derrière le gazon, derrière les buissons marron et verts, peut-être sur une aire de jeux ou dans un jardin, on eût dit qu'une balançoire allait et venait. Georg se dit : il faut à nouveau que je reparte de zéro, que j'examine tout point par point. D'abord, dois-je vraiment quitter la ville, ça m'avance à quoi ? Ce village – ah, il s'appelait Botzenbach. Ces gens – ah, oui, Schmitthammer, c'était leur nom. Sont-ils sûrs ? Sûrs, rien ne le prouve. Et quand bien même ils le seraient, à quoi bon ? Comment donc vais-je pouvoir aller plus loin ? Franchir la frontière sans aide, il y a de quoi se faire pincer mille fois. Je n'aurai bientôt plus du tout d'argent. Me débrouiller comme jusqu'à présent sans argent, comptant çà et là sur le hasard, maintenant, je suis trop faible. Ici au moins, dans cette ville, je connais du monde. Une fille ne m'a pas accueilli, et après ? Qu'est-ce que ça prouve ? Il y a forcément d'autres gens. Ma famille, ma mère, mon frère ? Impossible – tous sous surveillance. Elli, qui est venue me voir l'autre jour. Impossible – sous surveillance, à coup sûr. Werner, qui a été interné avec moi ? Surveillé lui aussi. Seitz, le curé qui est supposé avoir aidé Werner à sa sortie – impossible, il est tout à fait probable qu'on le surveille. Qui peut-il rester comme ami ?

Dans la période qui avait précédé son arrestation, dans la vie précédant la mort, il y avait eu des gens auxquels on pouvait faire une confiance aveugle. Franz avait été l'un d'eux – mais Franz était bien loin, croyait Georg. Ses pensées s'arrêtèrent tout de même un instant sur lui. Gaspillage, s'il songeait aux quelques minutes dont il disposait pour réfléchir. C'était tout de même une consolation de pouvoir se dire qu'existait quelque part l'être dont il avait besoin en ce moment. Si cet être existait, la solitude actuelle de Georg n'était que le fait du hasard. Oui, Franz était celui qu'il fallait. Mais les autres ? Il les jaugea l'un après l'autre. Cette évaluation était étonnamment simple ; le premier tri se faisait avec une rapidité déconcertante, comme si le danger qui pesait en ce moment sur lui était une sorte de composé chimique révélant de manière inexorable la constitution profonde de ce qui fait un être humain. Quelques douzaines de personnes traversèrent son esprit, qui sans doute étaient en train de se livrer à leurs occupations, prenaient sans grand appétit un repas. Sans se douter de l'effroyable évaluation dont ils faisaient en cet instant l'objet. Un Jugement dernier sans sonneries de trompettes, par un beau matin clair d'automne. Pour finir, Georg en garda quatre.

Auprès de chacun d'entre eux, il en était convaincu, il pourrait trouver refuge. Comment parvenir jusqu'à eux ? Il eut soudain l'impression qu'à cet instant précis, des sentinelles venaient d'être postées devant chacune des quatre portes. Il ne faut pas que j'y aille moi-même, se dit-il. Il faut qu'un autre le fasse à ma place. Un autre auquel personne ne doit pouvoir penser, qui n'a rien à voir avec moi et qui pourtant est prêt à tout pour moi. Il entreprit à nouveau de les passer tous en revue. Il eut de nouveau l'impression d'être seul, comme si jamais des parents ne l'avaient mis au monde, s'il n'avait pas grandi avec des frères, n'avait jamais joué avec d'autres gamins – ni lutté avec des camarades. Des foules de visages, vieux ou jeunes, lui traversaient la tête. Il scrutait, épuisé, cette agitation qu'il avait lui-même suscitée, à moitié troupe de fidèles, meute à moitié. Soudain, il découvrit un visage tout parsemé de taches de rousseur, ni vieux ni jeune ; car vraiment, le petit Paul Röder, sur les bancs de l'école, on aurait dit un petit homme et à son mariage, il ressemblait à un jeune lors de sa confirmation. À douze ans, ils s'étaient offert de manière plus ou moins honnête leur premier ballon de foot, moitié en grugeant, moitié en travaillant pour se le payer. Ils étaient inséparables jusqu'au moment où d'autres pensées, des amitiés d'un autre ordre, avaient déterminé la vie de Georg. Toute l'année pendant laquelle il avait vécu avec Franz, il n'avait pu se défaire d'un sentiment de culpabilité envers le petit Röder. Il n'avait jamais réussi à expliquer à Franz pourquoi il avait honte de comprendre des idées que Röder pour sa part ne comprendrait jamais. Il aurait parfois voulu redevenir petit et oublier tout ce qu'il avait appris pour continuer à ressembler à son petit copain de classe. Un embrouillamini de souvenirs d'où très vite se dégagea un seul et unique fil. À quatre heures, j'irai à Bockenheim. Chez les Röder.

IV

Midi. Dans le nouveau secteur qui est le sien, de l'autre côté de la grand-route, pour Ernst, le berger, le travail est moins pénible, mais le paysage moins vaste. Les moutons restent plus facilement ensemble. Vers le bas, les champs des Messer atteignent la route. Derrière, les fermes des Mangold et des Marnet empêchent Ernst de voir plus loin. Dans le haut, les champs sont bornés sur une bonne longueur par une hêtraie. Qui elle aussi appartient aux Messer. Séparée du reste de la grande forêt par un barbelé. Derrière, il y a encore un bout de terre dont les Messer sont également propriétaires. C'est de leur cuisine que monte le fumet d'un rôti mariné. Eugenie elle-même est déjà en train de se rendre aux champs avec une petite marmite. Ernst soulève le couvercle, ils regardent ensemble dedans – Ernst et sa Nelli. “C'est tout de même bizarre, dit le berger à sa petite chienne, une soupe aux pois qui sent le rôti mariné." Eugenie se retourne à nouveau. C'est une cousine des Messer qui en même temps tient la maison. "Chez nous, mon ami, on mange aussi les restes." "Mais nous ne sommes pas des poubelles, Nelli et moi", dit Ernst. La femme lui lance un bref regard et rit : "Ne vous mettez pas mal avec moi, Ernst, dit-elle. Chez nous, il y a deux plats, quand vous aurez fini, apportez donc votre assiette à la fenêtre de la cuisine." Elle s'éloigne rapidement, c'est une femme un peu forte, plus toute jeune, mais sa démarche est belle et souple. Autrefois, sa chevelure était si noire, luisante comme une aile de merle, Ernst l'a entendu dire. Ses parents étaient des gens bien ; elle aurait peut-être même pu épouser le vieux Messer lui-même, mais elle a tout gâché quand, en 1920, il a pris au général Mangin de la commission interalliée l'idée de faire monter ici ses deux régiments. Nuage gris bleu se traînant vers le haut de la route, qui se partage entre les plaines et les villages, sur les collines, ici et là, accents stridents d'une musique entraînante venue d'ailleurs. Capotes de soldats étrangers accrochées dans l'entrée, odeur étrangère dans l'escalier, vin étranger qu'une main étrangère te verse, mots d'amour étrangers jusqu'au moment où l'étranger te devient familier et où le familier doucement devient étranger. Quand alors près de huit ans plus tard le nuage gris bleu s'éloigna, redescendit la route et quand cette marche entraînante, mais étrangère, ne fut plus même présente dans l'air, mais une dernière fois encore seulement dans les oreilles, Eugenie se pencha très loin à la fenêtre de la soupente des Messer. Elle y avait trouvé abri quand la maîtresse de maison mourut lors de ses cinquièmes couches. Ses propres parents étaient morts, qui les avaient jetés dehors, elle et son petit Français – le petit de l'occupation, qui va à l'école à Kronberg. Le père du gamin boit depuis belle lurette son apéritif sur le boulevard de Sébastopol. Personne ne parle plus de tout ça. On s'est habitué. Eugenie aussi s'est habituée. Son visage a perdu ses couleurs, même si elle est restée belle. Du plus profond de sa poitrine s'est élevée une plainte sourde quand elle a compris que ce gris bleu qu'elle suivait des yeux n'était plus depuis longtemps une armée d'occupation mais un brouillard bien réel. Tout ça, c'est déjà bien loin. Pour le gros Messer, ce vieux hibou, Eugenie, c'est une chance inespérée, se dit Ernst. J'aimerais savoir si cette histoire des deux plats, c'était décidé d'emblée, ou si l'idée ne lui en est venue qu'après coup.

Franz était maintenant si épuisé qu'il lui semblait entendre la courroie siffler à travers sa tête : pour autant, il ne commit pas de maladresse, peut-être parce que pour la première fois il ne craignait pas que cela puisse se produire. Il se demandait seulement s'il parviendrait, tout à l'heure, à parler en tête à tête à Elli en lui livrant les pommes.

Alors qu'il se disait que dans quelques heures il aurait à nouveau devant lui cette Elli pour qui il avait toujours soupiré, une idée lui traversa la tête : tout cela pourrait aussi être vrai, réel. Ils ne se rencontraient pas pour aider Georg, mais pour eux-mêmes. Lui, Franz, ne livrait pas des pommes afin de se faufiler à travers les mailles du filet tendu par ceux qui les épiaient, aucune menace ne pesait sur eux, personne ne courait le moindre danger. Franz tentait de s'imaginer que tout simplement il avait réussi à se procurer deux paniers de pommes pour le premier hiver de leur vie commune, comme le font des centaines de gens. Leur était-il donc impossible d'avoir leur part de la vie ordinaire ? Toujours et partout, cette ombre ?

Franz se demanda un instant, un seul instant, si ce bonheur simple ne pouvait pas contrebalancer tout le reste. Un peu de bonheur ordinaire, tout de suite, au lieu de cette lutte terrible, impitoyable pour le bonheur ultime d'une humanité dont lui, Franz, ne ferait alors peut-être plus partie. Bon, nous pouvons maintenant faire cuire des pommes dans notre four, voilà ce qu'il dirait. Ils se marieraient en novembre, au son des fifres et des flûtes – et dans la cité de Griesheim, en dehors de la ville, ils aménageraient leurs deux petites pièces. Quand alors il partirait au travail, chaque matin, il saurait tout au long de la journée que le soir, Elli serait là. Des problèmes ? Des retenues sur salaire ? La pression du rendement ? Le soir, dans sa petite chambre proprette, tout cela s'effacerait. S'il était là, comme en ce moment, emboutissant une pièce après l'autre, il pourrait constamment se dire : ce soir, Elli. Mettre le drapeau à sa fenêtre ? L'insigne au revers de sa veste ? Rendons à Hitler ce qui lui revient. Laissez-les, Elli et lui prenaient plaisir à tout ce qu'ils partageaient, l'amour, le sapin de Noël, le rôti du dimanche et les sandwichs des jours de semaine, les minces avantages accordés aux jeunes mariés, leur petit jardin et les excursions organisées par l'entreprise. Un fils naissait, ils étaient heureux. Maintenant, bien sûr, il fallait mettre de l'argent de côté et remettre à l'année suivante la sortie en bateau de l'Organisation de loisirs "Kraft durch Freude*". On était encore relativement satisfait du nouveau tarif de rémunération. Mais comment avaient-ils pu imaginer que le nombre de pièces fabriquées augmenterait tout de même ? À force, ce harcèlement, ça finit par faire un peu trop. Ne grogne pas si fort, dit Elli. Pas de chicaneries, Franz – surtout en ce moment. Car ils avaient eu leur deuxième enfant. Mais heureusement, Franz était passé contremaître et ils avaient pu rembourser les quelques dettes qu'ils avaient dû contracter auprès du père d'Elli. Si seulement Elli n'avait pas eu peur d'être à nouveau enceinte. Franz disait : si ça doit faire des enfants pour la guerre, non merci. Cette fois, Elli se mit à pleurer. Ils calculèrent en tous sens, d'un côté toutes les dépenses, de l'autre toutes les réductions pour familles nombreuses. Mais en faisant ces calculs, Franz se sentait oppressé. Sans vraiment savoir pourquoi. Comme s'il avait un vague souvenir – calculer de la sorte, ce n'était pas convenable. Elli suivit alors un conseil avisé, et pour cette fois, les choses s'arrangèrent. Ils purent même se préinscrire pour l'excursion en bateau, la

* Organisation de loisirs populaires contrôlée par l'État national-socialiste.

mère d'Elli s'occuperait de l'aîné des enfants et sa sœur du petit. C'est aussi cette sœur qui lui apprit le salut hitlérien. Elli est restée mignonne, toute fraîche. Pendant la journée, Franz se dit pourvu que ce soir elle me prépare quelque chose de bon et pas une fois de plus du ragoût.

Un beau matin, Franz arrive à l'usine et, à la place de Caboche-Tête-de-pioche, c'est un inconnu qui balaie les détritus. Alors, Franz demande : "Où il est, Caboche ?" et quelqu'un répond : "Caboche a été arrêté." "Arrêté, Caboche ? demande Franz. Et pourquoi donc ?" "Pour avoir fait circuler des bruits", dit quelqu'un en levant le nez de ses pièces à emboutir. "Quel genre de bruits ?" demande Franz. "À propos de Westhofen : des types se sont évadés lundi." "Quoi ? De Westhofen ? s'étonne Franz. Parce qu'il y en a encore qui vivent là-bas ?" Alors, un des emboutisseurs, un homme très calme, tout sec, aux traits avachis, auquel Franz n'a jamais vraiment prêté attention : "Tu croyais que tous ceux qui s'y trouvaient y crevaient ?" Franz sursaute, inquiet, et bredouille : "Non, non… seulement, qu'il y en ait encore dedans…" L'emboutisseur esquisse un vague sourire et se détourne. Si je n'étais pas obligé de rentrer à la maison ce soir, se dit Franz, si je pouvais de nouveau parler avec quelqu'un du genre de ce type-là. Tout à coup, Franz sait qu'il l'a connu autrefois, cet emboutisseur, avant. Quelque part dans son ancienne vie il s'est trouvé proche de lui, il le connaît depuis longtemps, il l'a connu avant de connaître Elli, avant…

Franz avait sursauté, voilà qu'il venait vraiment de louper une pièce. Il n'y était pour rien, Petit-pain-d'épices dont tous chantaient les louanges, parce que au bout de trois jours il époussetait jusque sous les leviers des machines comme l'avait fait Caboche-Tête-de-pioche qui avant son arrestation remplissait cette tâche à longueur d'année.

Sur la plateforme du tramway de la ligne 3, Georg se disait : est-ce que ça n'aurait pas été mieux à pied ? En contournant la ville par l'extérieur ? Ne s'était-il pas fait davantage remarquer en choisissant ce trajet ? – Ne te triture pas les méninges sur ce que tu n'as pas fait, lui conseillait Wallau, tu gaspilles tes forces pour rien. Ne saute pas en marche, n'essaye pas tantôt ceci, tantôt cela. Affiche un air calme, assuré.

À quoi bon ces conseils qui ne t'ont servi à rien pour toi-même ? Il avait perdu la voix de Wallau. À chaque minute, il avait jusqu'alors réussi à retrouver le son de sa voix, qui soudain avait disparu. Ce n'était pas le bruit de toute une ville qui la recouvrait, elle s'était tue. Le tramway venait de quitter la ville en décrivant une courbe. Il eut soudain l'impression qu'il n'était pas possible qu'il traverse ainsi la ville, vivant, en plein jour. C'était contraire à toute vraisemblance, à toute probabilité. Ou bien il n'était pas lui-même ou alors – il sentait le courant d'air glacé sur ses tempes, coupant, comme si le tramway de la ligne 3 venait de pénétrer dans un autre univers. Il était sans doute depuis longtemps sous surveillance. Pourquoi avait-il donc fallu qu'il rencontre, justement lui, ce Füllgrabe ? Qui sans doute était déjà tenu en laisse. Son regard, ses mouvements, sa prétendue intention – seul un fou ou un homme tenu en laisse se comporte de la sorte. Comment se fait-il qu'on ne m'ait pas immédiatement coffré ? Très simple : on veut attendre pour savoir où je vais. On veut voir qui va m'accueillir.

Il se mit alors à chercher qui était son poursuivant. L'homme à barbichette et lunettes qui avait un air de professeur ? Le gars en bleu d'ouvrier ? Le vieux qui était peut-être en train de transporter jusqu'à son jardin un arbuste soigneusement emballé ?

Dans les dernières secondes, une marche militaire avait émergé du bruit de la ville. S'approchant rapidement, elle gagnait en intensité, imposant à tous les bruits, à tous les gestes, son rythme clairement marqué. Les fenêtres s'ouvraient, les enfants sortaient en courant, franchissant les porches, d'un seul coup la rue fut comme bordée de spectateurs – le conducteur freina.

Déjà, la chaussée tremblait. On entendait déjà les hourras monter du bout de la rue. Le 66e régiment d'infanterie était depuis quelques semaines cantonné dans la nouvelle caserne. Quand il traversait un quartier, l'accueil était toujours joyeux. Les voilà enfin : tambours et trompettes, le tambour-major lance sa canne, le petit cheval exécute sa petite danse. Ils sont là ! Enfin – les gens lèvent le bras bien haut pour le salut hitlérien. Le vieux fait de même, calant son arbuste du genou. Ses sourcils frémissent au rythme de la musique. Ses yeux brillent. Son fils est-il de la partie ? C'est une marche qui retourne les gens, un frisson leur parcourt le dos, leurs yeux luisent. Quel charme magique, fait à parts égales d'antiques réminiscences et d'un oubli total ? On pourrait imaginer que la dernière guerre dans laquelle ce peuple a été précipité fut la plus joyeuse des entreprises, n'apportant que bonheur et prospérité. Femmes et jeunes filles sourient, comme si leurs fils et leurs amoureux étaient invulnérables.

Comme ils ont eu vite fait d'apprendre à marcher au pas, en quelques semaines, ces gars – les mères qui, inquiètes à juste titre, retournent chaque pfennig en se demandant "pour quoi faire ?", tant qu'on jouera cette marche, elles donneront de bon cœur leur fils, des morceaux de leurs fils. Pour quoi faire ? Pourquoi ? Cette question, elles la poseront doucement quand l'écho de la musique se sera tu. Alors, le conducteur remettra le moteur en marche, le vieux se rendra compte qu'une des petites branches de son arbuste est cassée, il va grogner. L'espion, s'il y en a vraiment un dans les parages, sursautera.

Car Georg a bondi à bas de la plateforme. Il est entré à pied dans Bockenheim. Paul habitait au 12 Brunnengasse. Les sévices, les coups de pied, rien ne lui avait fait sortir cela de la tête – il n'avait même pas oublié comment s'appelait la femme de Paul : Liesel, née Enders.

Dans les dernières minutes, il avait progressé très vite, avec assurance, sans regarder autour de lui. Dans une ruelle donnant sur la Brunnengasse, il s'arrêta devant une vitrine pour reprendre haleine. En apercevant son visage dans la glace derrière l'étalage, il dut se cramponner à une barre. Comme il était pâle, cet homme qui se retenait d'une main, et ce manteau jaunâtre qui n'était pas à lui et les traînait, lui et sa tête coiffée d'un chapeau melon !

Est-ce que je peux vraiment monter chez les Röder ? se demanda-t-il. Qu'est-ce qui me permet de croire que je suis débarrassé du mouchard si toutefois j'étais suivi ? Et ce Paul Röder – pourquoi faudrait-il donc que ce soit précisément lui qui risque tout pour moi ? Pourquoi tout à l'heure me suis-je assis sur ce banc ?

V

Au troisième gauche, le nom de Röder figurait sur un petit bout de carton, tracé soigneusement, avec précision, entouré d'un cercle rappelant un blason. Georg s'appuya au mur, fixant ce nom, comme s'il avait eu des petits yeux bleu clair, des taches de rousseur, des petits bras, des petites jambes, du bon sens et du cœur. Tandis qu'il dévorait du regard ce petit carton, il comprit que le vacarme, les bruits divers qu'il avait entendus dès le rez-de-chaussée provenaient justement de cet appartement. Il entendait le va-et-vient d'un jouet roulant par terre, un enfant annonçait les noms des gares, un autre criait "En voiture!", la machine à coudre les accompagnait de son ronron, et une voix de femme dominait l'ensemble, elle chantait : *L'amour est enfant de Bohême, il n'a jamais, jamais connu de loi...* Cette voix s'élevait si forte, elle semblait si puissante que Georg crut qu'elle venait de la radio, quand soudain elle se brisa dans les aigus. Le bruit fut plutôt renforcé qu'étouffé par les accents de la marche qui l'instant d'avant résonnait dans la rue, si bien que Georg se dit à nouveau que cela venait du dehors, jusqu'à ce qu'il comprenne qu'au même étage, un poste de radio avait été allumé pour couvrir la voix de Liesel Röder. Georg se souvint que, jeune fille, Liesel avait parfois été choriste remplaçante. Parfois,

Paul l'avait emmené au poulailler pour admirer sa Liesel dans les guenilles d'une contrebandière ou dans les culottes d'un page. Liesel avait toujours été, comme on dit, d'humeur enjouée. L'abîme qui soudain l'avait séparé de Röder quand il était allé habiter avec Franz, cet abîme qu'il n'avait pas voulu mais qui avait été fatal, Georg en avait d'abord pris conscience en pensant à la femme de Röder, à son foyer. S'installer chez Franz, cela ne signifiait pas seulement apprendre à faire siennes certaines pensées, prendre part aux luttes, cela voulait aussi dire se comporter différemment, s'habiller autrement, accrocher d'autres tableaux au mur, trouver belles d'autres choses. Paul pourrait-il à tout jamais supporter cette Lisbeth pataude, pourquoi leur fallait-il toute cette bimbeloterie ? Pourquoi ont-ils économisé pendant deux ans pour se payer un canapé ? Georg s'ennuyait chez les Röder et il cessa de les fréquenter. Jusqu'au moment où ce fut avec Franz qu'il s'ennuya, que leur chambre lui parut nue. Pris dans une telle confusion de sentiments inaboutis, de pensées à demi conscientes, Georg, qui était encore un jeune gars à l'époque, s'était souvent arraché brutalement à ses amitiés du moment. Cela lui avait valu la réputation d'être imprévisible. Il était pour sa part toujours parti de l'idée qu'on pouvait par une action effacer la précédente, un sentiment par le sentiment opposé.

Georg, tout en prêtant l'oreille, avait déjà le pouce sur le bouton de la sonnette. Jamais, même à Westhofen, il n'avait éprouvé une si amère nostalgie. Il retira sa main. Pouvait-il entrer ici, où l'on allait peut-être l'accueillir sans méfiance ? Une pression sur le bouton de sonnette risquait-elle de disperser cette famille aux quatre vents ? Leur valoir à tous la prison, la maison de redressement, la mort ?

Soudain, il eut comme un éblouissement douloureux. C'était par épuisement, se dit-il, qu'il s'était abandonné à cette idée. N'avait-il pas, rien qu'une demi-heure plus tôt, la certitude d'être suivi depuis longtemps ? S'imaginait-il vraiment qu'un type comme lui pouvait si facilement se débarrasser de ses poursuivants ?

Il haussa les épaules. Il redescendit quelques marches. Au même moment, quelqu'un montait depuis la rue. Georg se tourna vers le mur ; il laissa l'homme, Paul Röder, le dépasser. Il se traîna jusqu'à la fenêtre la plus proche dans la cage d'escalier, s'appuya et prêta l'oreille. Mais Röder n'entrait pas encore chez lui ; il s'arrêta, écoutant lui aussi. Soudain, il fit demi-tour et revint sur ses pas. Georg reprit sa descente. Röder se pencha par-dessus la balustrade et cria : "Georg !" Georg ne répondit pas, continua à s'éloigner. Mais en deux bonds, Röder fut sur ses talons, il lança : "Georg", l'empoigna par le bras : "C'est toi, oui ou non ?"

Il rit et secoua la tête : "Tu sors de chez nous ? Tu ne m'as pas reconnu, à l'instant ? Je me suis dit : est-ce que ce n'était pas Georg ? Dis donc, t'as vraiment changé..." Et soudain, vexé : "Il t'a fallu trois ans pour que le petit Paul te revienne à l'esprit ? Allez, maintenant, suis-moi."

Devant ce flot de paroles, Georg avait gardé silence, il le suivit sans mot dire. Ils se retrouvèrent devant la grande fenêtre de l'escalier. Röder considéra Georg de haut en bas. Quoi qu'il puisse alors penser, son petit visage était trop ponctué de taches de rousseur pour avoir l'air sombre. Il dit : "T'es tout vert. Es-tu vraiment toujours le vieux Georg ?" La bouche de Georg frémit, il avait la gorge sèche. "C'est vraiment toi ?" demanda Röder très sérieusement. Georg eut un rire. "Viens, viens !" dit Röder. "Maintenant, je suis vraiment étonné de t'avoir reconnu, dans la cage d'escalier." "J'ai été longtemps malade", dit Georg tranquillement. "Ma main n'est pas encore guérie..." "Quoi, t'as perdu des doigts ?" "Non, j'ai eu de la veine." "Ça t'est arrivé où ? T'es resté ici tout ce temps-là ?" "J'étais chauffeur à Cassel", dit Georg. D'un ton calme, en quelques mots, il évoqua le lieu, les circonstances, tels qu'il les tenait du récit d'un codétenu. "Maintenant, tu vas voir, Liesel, elle va en faire une tête !" dit Röder. Il appuya sur la sonnette. Georg entendit le son ténu, aigrelet, puis un ouragan de portes qui claquent, de cris d'enfants et la voix de Liesel. "Alors là, j'en reviens pas." Il fut pris dans un tourbillon de nuages sur des robes à fleurs, de papiers peints envahis de petits tableaux, de visages parsemés de milliers de taches de rousseur, de petits yeux apeurés – puis ce fut l'obscurité, le silence. La première chose que Georg perçut à nouveau fut la voix de Röder, qui réclamait d'un ton impérieux: "Du café, du café, tu entends, pas de l'eau de vaisselle!" Georg se redressa sur le canapé. Il revenait à grand-peine de l'évanouissement dans lequel il s'était réfugié, se retrouvait dans la cuisine de Röder. Ça lui arrivait de temps en temps, déclara-t-il, rien de grave. Pas la peine que Liesel s'embête à moudre du café.

Il étendit ses jambes sous la table de cuisine, posa sa main bandée sur la toile cirée, entre les assiettes. Liesel Röder avait beaucoup grossi, elle ne serait plus rentrée dans des culottes de page. Le chaud regard un peu lourd de ses yeux bruns s'attarda brièvement sur le visage de Georg. "Bon, dit-elle, ce que tu peux faire de plus malin en ce moment, c'est de manger. On boira après." Elle mit la table, prépara le repas. Röder installa ses trois aînés autour de la table. "Attends, je vais te découper ça, Georg, ou peux-tu tout piquer avec ta fourchette? Chez nous, c'est tous les jours qu'on se serre la ceinture, qu'on se contente du plat unique du dimanche de solidarité. Tu veux de la moutarde, du sel? Bien manger, bien boire, esprit et corps sont d'accord." Georg demanda: "On est quel jour?" Les Röder rirent: "Jeudi." "Tu m'as donné ta paire de saucisses, Lisbeth", dit Georg, qui cherchait de toutes ses forces à s'adapter à cette soirée ordinaire, tout comme on peut s'adapter au plus extrême danger. Tandis qu'il mangeait de sa main intacte, alors que les autres mangeaient eux aussi, tantôt Liesel, tantôt Paul lui jetaient un bref regard, et il sentit alors qu'il les aimait et qu'eux aussi lui avaient gardé leur affection.

Tout à coup, il entendit dans l'escalier des pas, se rapprochant de plus en plus – il tendit l'oreille: "Qu'est-ce que tu écoutes donc?" lui demanda Paul. Les pas montèrent plus haut. Sur la toile cirée, à côté de sa main blessée, un cercle marquait l'endroit où avait un jour été posée une tasse brûlante. Georg prit son verre de bière et le plaqua sur le rond décoloré comme pour y appliquer un coup de tampon : “Advienne que pourra.” Paul, interprétant ce geste à sa façon, ouvrit la bouteille de bière et servit son ami. Le repas s’acheva lentement, lentement les verres se vidèrent. Paul dit : “Tu habites de nouveau chez toi, chez tes parents ?” “Provisoirement.” “Ta femme, c’est complètement fini ?” “Laquelle ?” Les Röder rirent. Georg haussa les épaules. “Elli !” Georg haussa les épaules. “Fini.”

Il se ressaisit. Regarda autour de lui. Tous ces petits yeux étonnés. Il dit : “Eh bien, vous n’avez pas chômé depuis la dernière fois.” “Tu ne sais donc pas que le peuple allemand doit se multiplier par quatre ?” dit Paul, les yeux rieurs. “Tu n’écoutes peut-être pas quand le Führer parle ?” “Si, j’écoute. Mais il n’a tout de même pas dit que c’est le petit Paulo Röder, de Bockenheim, qui doit tout faire tout seul.” “Maintenant, dit Liesel Röder, ce n’est plus si compliqué d’avoir des enfants.” “Compliqué, ça ne l’a jamais été.” “Arrête, Georg, s’écria Liesel, ça y est, tu retrouves tes esprits. – Enfin, c’est vrai, à la maison, on était cinq, et vous ?” “Fritz, Ernst, moi et Heini : quatre.” “Personne ne s’était jamais occupé de nous, dit Liesel, maintenant, les choses bougent.” Paul, les yeux rieurs, dit : “Liesel vient de recevoir les félicitations officielles de la direction nationale.” “Oui, je viens de les recevoir, c’est à moi qu’elles étaient adressées !” “Peut-être faut-il te féliciter de cette grande prouesse ?” “Blague à part, Georg, toutes ces réductions, ces primes, 7 pfennigs par heure, ça se voit. Dispense de retenues, et tout un paquet de couches de première qualité !” “Comme si la solidarité national-socialiste avait pu se douter, dit Paul, que les trois premiers les avaient complètement usées à force de chier dedans.” “Ne l’écoute pas, dit Liesel, mon Paulo, ses petits yeux, ils ont drôlement brillé, il était joyeux comme au temps de nos fiançailles, quand on est parti en excursion l’été dernier…” “Vous êtes allés où ?” “En Thuringe, et on a visité la Wartburg avec Luther et le tournoi des chanteurs et le Venusberg. En plus, c’était une sorte de récompense. Non, vraiment, jamais il n’y a eu nulle part au monde de choses pareilles." "Jamais", dit Georg. Il pensait : tant de menteries, jamais. Il dit : "Et toi, Paul ? Comment tu t'en sors ? Tu es content ?" "Je ne peux pas me plaindre", dit Paul. "Deux cent dix par mois, c'est toujours quinze marks de plus que ce que j'ai gagné dans la meilleure année de l'après-guerre, en 29. Et ça n'a duré que deux mois – mais cette fois, c'est du solide." "Ça se voit dans la rue, dit Georg, que tout va bien." Sa gorge se serrait de plus en plus et son cœur brûlait.

Paul dit : "Ben oui, que veux-tu : c'est ça, la guerre." Georg dit : "Est-ce que cela ne fait pas une impression bizarre ?" "Quoi ?" "Ce que tu dis là, de fabriquer des trucs pour qu'ensuite les gens crèvent là-bas ?" Paul dit : "Bah, le malheur des uns fait le bonheur des autres. Si tu veux te mettre à ruminer tout ça – tu vois, Liesel – aujourd'hui, c'est vraiment du café. Notre Georg, faut que ça lui arrive plus souvent, de tourner de l'œil chez nous." Georg affirma : "C'est mon meilleur café depuis trois ans." Il tapota la main de Liesel, en pensant : filer... mais pour aller où ?

Röder lui dit : "Tu as toujours eu tendance à croire à des fariboles, mon p'tit Georg, et ça t'a avancé à quoi ? Tu la fermes, ta grande gueule. T'es bien plus silencieux. Autrefois, tu m'aurais décrit par le menu tout ce que j'ai sur la conscience." Il éclata de rire. "Tu te souviens, l'ami, le jour où tu t'es pointé chez moi, les joues rouges d'excitation ? Je venais de perdre mon boulot : et pourtant, tu voulais à tout prix que je t'achète quelque chose – au sujet des Chinois. Moi, justement moi ! Et justement un petit bouquin sur les Chinois. Comme par hasard, les Chinois !"

"Alors cette fois, ne m'entreprends pas avec les Espagnols", dit-il d'un ton sec, et pourtant Georg gardait silence. "Ne te lance pas sur ce sujet. Ils sont fichus, même sans Paul Röder. Tu vois, ils ont résisté et sont tout de même fichus. Et ce ne sont pas mes quelques petites prunes qui vont y changer grand-chose." Georg se taisait. "Tu m'as toujours bassiné avec ce genre de choses tordues qui sont bien loin de nous."

Georg dit alors: "Si c'est pour eux que tu les fabriques, tes petites prunes, alors ce n'est pas bien loin."

Dans l'intervalle, Liesel avait débarrassé la table, fait manger tous les enfants, et maintenant: "Dis bonsoir à papa, et aussi à l'ami Georg."

"Maintenant, je vais coucher mes petits, dit Liesel. Pour bavarder, vous n'avez pas encore besoin de lumière." Georg se dit: il ne me reste pas d'autre solution, je n'ai pas le choix. Il lança mine de rien: "Écoute, Paul, ça te pose un problème si je dors ici, chez vous, cette nuit?" Paul dit d'un ton un peu surpris: "Non, pourquoi ça me poserait problème?" "Tu sais, à la maison, je me suis disputé, ça a chauffé, faut que ça refroidisse." "Chez nous, tu peux t'installer comme chez toi", dit Röder.

Georg appuya sa tête dans ses mains. Entre ses doigts, il lorgnait Röder. Il aurait peut-être eu un air sérieux si son visage n'avait pas été plein de petites taches rigolotes. Il dit: "Tu continues à te chamailler pour tout et n'importe quoi? T'en avais, des plans de toutes sortes. À cette époque-là, je t'ai dit 'laisse-moi en dehors de tout ça, Georg'. Je ne supporte pas les choses qui ne servent à rien, je préfère des patates à l'eau. Ces Espagnols, d'ailleurs, c'est tous des gars comme toi. Je veux dire – comme toi avant, mon ami. Maintenant, j'ai l'impression que tu fais moins de bruit. Dans ta Russie non plus, ils n'ont pas réussi. Au début, ça ressemblait à quelque chose, et on s'est parfois dit à soi-même: peut-être, qui sait? Maintenant..." "Maintenant?" dit Georg. D'un geste vif, il se cacha les yeux de la main. Paul avait tout de même senti se poser sur lui un regard vif, filtrant entre deux doigts. Interloqué, il dit: "Maintenant, tu le sais bien." "Quoi?" "Comment tout y est sens dessus dessous!" "Quoi?" "Qu'est-ce que j'en sais, je n'arrive pas à retenir tous ces noms."

Liesel revenait. "Viens te coucher, Paul. Faut pas m'en vouloir, Georg, mais..." "Georg, il voudrait dormir ici cette nuit, Liesel, chez lui y a du grabuge." "T'es un sacré gaillard", dit Liesel. "Qu'est-ce qui t'arrive?" "C'est une longue histoire, dit Georg, je te raconterai demain." "Oui, assez bavardé pour ce soir, sinon Paul ne sera pas d'attaque, il sera complètement à plat." "Je me doute bien, dit Georg, qu'on ne lui fait pas de cadeau." "J'aime mieux un peu de pression et gagner quelques marks en plus", dit Paul. "Je préfère quelques heures supplémentaires à des exercices de défense anti-aérienne." Georg dit : "Et vieillir un peu plus vite." "Alors, avec une nouvelle guerre, tu peux y arriver de toute façon, à vieillir un peu plus vite. Tout ça n'a rien de si extraordinaire, Georg, il n'y a pas de quoi en faire tout un plat." – "J'arrive, Liesel." Il regarda autour de lui et dit : "Juste une question, Georg, avec quoi on va te couvrir ?" "Donne-moi mon manteau, Röder !" "Qu'est-ce qu'il est bizarre, ton manteau, Georg, mets seulement le coussin sur tes pieds, n'écrase pas les roses de ma Liesel." D'un seul coup, il demanda : "Au fait, entre nous, votre chamaille, c'était à cause de quoi ? À cause d'une fille ?" "Bah, dit Georg, à cause… à cause du môme, de Heini. Tu sais bien comme il a toujours été attaché à moi !" "Tu parles, attaché ! Je l'ai croisé il n'y a pas longtemps, votre Heini, il va sur ses seize, dix-sept ans ? Vous autres, les fils Heisler, vous êtes tous de beaux gars, mais votre Heini, il a drôlement poussé. Ils lui ont mis des lubies dans la tête, lui ont fait miroiter qu'il pourrait plus tard entrer dans la SS."

"Quoi ? Heini ?" "Voyons, tu le sais mieux que moi", dit Röder. Il s'était tout de même rassis à la table de la cuisine. Le visage de Georg pile devant lui, comme tout à l'heure dans l'escalier, une question bête lui traversa à nouveau l'esprit : était-ce bien Georg ? Ce visage avait à l'instant eu l'air à nouveau complètement transformé. Röder aurait été incapable de dire en quoi consistait cette transformation, car ses traits demeuraient parfaitement calmes. Mais c'était justement ça, ce qui arrive à une pendule qui d'un seul coup s'arrête. "Avant, chez vous, y avait du grabuge parce que Heini était de ton côté, et maintenant…" "C'est vrai, ce que tu racontes sur Heini ?" demanda Georg. "Mais comment ça se fait, tu n'es pas au courant ?" demanda Röder. "En fait, tu n'arrives pas de chez toi ?"

Tout à coup, le cœur du petit Röder se mit à battre la chamade. Il commença à pester. “Manquait plus que ça. Tu me racontes des salades. On ne te voit pas pendant trois ans d'affilée, ensuite tu te pointes et tu racontes des salades. T'as toujours été comme ça. Tu racontes des salades à ton copain Paul. T'as donc vraiment pas honte. Qu'est-ce que t'as sur la conscience ? Y a quelque chose, me prends pas pour un imbécile. Donc, tu ne viens pas de chez toi. T'étais où, pendant tout ce temps-là ? T'as vraiment l'air d'être dans le pétrin. T'as mis les voiles ? – Qu'est-ce qui t'arrive donc ?” “T'as peut-être quelques marks à me donner ? dit Georg. Il faut que je file tout de suite, évite que Liesel s'en rende compte.” “Mais qu'est-ce qui t'arrive ?” “Vous n'avez pas la radio ?” “Non, dit Paul, avec la voix de ma Liesel, et avec le boucan chez nous, de toute façon…” “Parce qu'on parle de moi à la radio, dit Georg. Je me suis évadé.” Il regarda Röder droit dans les yeux. D'un seul coup, Röder avait blêmi, au point que les taches de rousseur semblaient se mettre à scintiller sur son visage. “Mais tu t'es enfui d'où, mon Georg ?” “Je me suis enfui de Westhofen, je… je…” “Toi, de Westhofen ? – Parce que c'est là que tu étais pendant tout ce temps ? Toi alors ! Mais ils vont te massacrer, s'ils te retrouvent.” “Oui”, répondit Georg. “Et tu veux repartir d'ici, maintenant, sans savoir où aller ? Tu perds la tête.” Georg continuait à regarder Paul en face, son visage lui sembla un ciel parsemé d'étoiles. Il dit avec calme : “Mon cher Paul, mon ami, je ne peux tout de même pas… toi et toute ta famille. Vous êtes parfaitement heureux tous ensemble et moi, maintenant… Comprends-tu seulement ce que tu dis ? S'ils montent jusqu'ici ? Ils me suivaient peut-être.”

Röder dit : “Alors de toute façon il est trop tard. S'ils viennent, il faudra dire que je ne suis au courant de rien. Ces quelques phrases, là, nous ne les avons tout simplement pas échangées. Tu comprends, nous ne les avons pas échangées. Qu'une vieille connaissance se pointe de façon imprévue, ça peut toujours arriver. Comment pourrais-je savoir où tu as traîné tes guêtres?" Georg dit: "Quand nous sommes-nous vus pour la dernière fois?" "La dernière fois que tu es monté chez nous, c'était en décembre 1932, le 26, le lendemain de Noël. Ce jour-là, tu as mangé toutes nos étoiles à la cannelle." Georg dit: "Ils vont t'interroger, t'interroger. Tu n'as pas idée des moyens qu'ils ont inventés." Dans ses yeux tourbillonnaient toutes les petites étincelles acérées qui effrayaient Franz gamin.

"Pas besoin de voir le diable là où il n'est pas. Pourquoi faudrait-il qu'ils tombent justement sur notre appartement? Ils ne t'ont pas vu entrer, sinon ils seraient déjà montés. Pense plutôt à la suite. Comment vas-tu sortir de mes quatre murs? – Faut pas m'en vouloir, mon Georg, mais je préfère te savoir dehors que dedans." Georg répondit: "Il faut que je quitte cette ville, ce pays! Que j'aille retrouver mes camarades!" Paul éclata de rire: "Tes camarades? Commence par trouver tous les trous où ils sont planqués." Georg répondit: "Plus tard, quand l'heure sera venue, je pourrai t'en montrer quelques-uns, de ces trous. Chez nous, à Westhofen, il y a quelques douzaines de types que personne ne connaît. Si d'ici là nous ne sommes pas aussi planqués tous les deux dans ce genre de trous." "Eh, mon pote, dit Paul, j'ai seulement pensé à une personne en particulier – à Karl Hahn d'Eschersheim, qui autrefois..." Georg dit: "Laisse tomber!" Lui aussi pensait à une personne en particulier. Wallau, était-il donc déjà mort? Dans un monde qui continuait d'autant plus sa course folle qu'il restait étendu là, immobile? Il l'entendit répéter "mon pote", un seul mot, qui avait traversé non seulement l'espace mais aussi le temps.

"Georg, mon pote!" reprit le petit Röder. Georg sursauta. Paul le considérait d'un air effrayé. L'espace d'un instant, le visage de Georg lui avait à nouveau semblé étranger. Sa propre voix lui sembla étrangère elle aussi quand il demanda: "Oui, Paul?" Paul dit: "Je pourrais dès demain matin aller voir certains de ces gens, pour me débarrasser de toi." Georg dit: "Je vais essayer de nouveau de me souvenir de ceux qui habitent ici. Mais ça fait déjà plus de deux ans." "Tu ne te serais pas fourré dans ce guêpier si à l'époque tu n'avais pas été complètement sous l'emprise de ce Franz. Tu te souviens ? C'est vraiment lui qui t'a mis dans le coup, parce que avant... Aller à une réunion, participer à une manifestation, ça nous est arrivé à tous. Il nous est arrivé à tous de piquer une colère. Et tout le monde a connu des moments d'espoir. Mais ton Franz... c'est lui."

"C'était pas Franz, dit Georg, c'était quelque chose qui était plus fort que tout le reste." "Ça veut dire quoi, plus fort que quoi ?" dit Paul tout en basculant l'accoudoir du canapé de la cuisine afin d'installer Georg chez lui pour la nuit.

VI

Ce soir-là, tous les enfants de la sœur d'Elli se penchaient à la fenêtre pour assister à la livraison des pommes. C'étaient les enfants de ce gradé SS que son beau-père, le vieux Mettenheimer, s'était lors de son interrogatoire félicité d'avoir pour gendre. Elli savait que Franz ne viendrait que quand toute la famille vaquerait à ses diverses occupations, le beau-frère avec sa compagnie, les enfants dans leurs foyers de jeunesse, sa sœur, sans que cela fût certain, à la réunion de son groupe de femmes.

Cette sœur avait quelques années de plus qu'Elli, un peu plus de poitrine, des traits un peu plus rudes qui ne reflétaient pas, comme ceux d'Elli, une légère mélancolie, mais plutôt l'entrain. Son mari, Otto Reiners, de jour employé de banque, était le soir membre de la SS, et la nuit, quand il arrivait qu'il soit à la maison, un mélange des deux. Elli n'avait pas remarqué en arrivant dans le couloir sombre que le visage de Mme Reiners, qui lui ressemblait beaucoup, exprimait la stupéfaction, le désarroi.

Quand les enfants, quittant la fenêtre, se précipitèrent vers Elli, que tous aimaient bien, Mme Reiners fit un geste qui semblait signifier qu'il était trop tard pour préserver les enfants d'une catastrophe. Elle murmura : "Pourquoi viens-tu, Elli ?" Elli lui avait annoncé par téléphone la livraison des pommes. Ensuite, Reiners avait donné l'ordre à sa femme de ne pas accepter cette livraison ou de la payer elle-même. En tout cas, pour l'instant, Elli n'avait plus le droit de monter chez eux. Quand sa femme lui avait demandé s'il avait perdu la tête, il lui avait pris la main, lui expliquant pourquoi elle n'avait plus d'autre solution que de choisir entre Elli et sa propre famille.

Mme Reiners était de toutes les filles Mettenheimer celle qui avait fait le plus beau mariage. Elle avait choisi la raison et s'y était tenue. Reiners, ancien membre des Stahlhelm, la Ligue des soldats du front*, était devenu un partisan enthousiaste du nouveau régime, il bouffait du Juif, se répandait en propos hostiles à l'église, ce qu'elle avait pris comme un trait de caractère de son mari dont il lui fallait s'accommoder. Elle allait aux réunions de femmes, aux soirées organisées par la défense aérienne, et pourtant elle s'y ennuyait. Elle pensait devoir agir ainsi dans l'intérêt de son couple et de sa famille, considérant sa vie avec Reiners et avec ses enfants comme une affaire tout à fait maîtrisable faite d'équilibre et de compromis. Elle était d'ailleurs assez avisée pour garder pour elle combien elle s'amusait de voir que Reiners n'avait exprimé aucune réticence quand il avait été question pour ses enfants de faire leur communion et remplir leur devoir de chrétiens lors des fêtes carillonnées. Il avait l'impression que ces questions étaient un peu épineuses, garder une porte de sortie en cas de besoin lui semblait préférable.

En voyant Elli au milieu des enfants, qui lui ôtaient son chapeau, tiraillaient ses boucles d'oreilles, se pendaient à ses bras à les arracher, elle eut clairement conscience de ce qui s'était passé au cours des derniers jours et comprit la portée

* La Ligue des soldats du front, Stahlhelm, fondée en 1918, est opposée à la République de Weimar. En 1933, elle est autorisée à se maintenir sous contrôle nazi jusqu'à sa dissolution en 1935. Ses membres les plus jeunes et les plus vaillants intègrent le corps de réserve des SA.

de l'ordre de son mari. Choisir entre Elli et mes enfants, ça n'a aucun sens ! Et pourquoi donc faudrait-il que je choisisse ? Faire un tel choix, est-ce seulement possible ? Elle apostropha brusquement ses enfants, leur ordonnant de laisser Elli tranquille et de disparaître.

Une fois les enfants sortis, elle demanda à Elli le prix des pommes. Elle compta la somme et la posa sur la table. Comme Elli refusait, elle lui mit de force l'argent dans la main puis garda entre les siennes la main refermée et tenta doucement de la convaincre. "Tu comprends bien !" dit-elle pour finir. "Nous pouvons nous voir chez les parents. On a encore parlé de lui aujourd'hui à la radio. Elli, ma chérie, pourquoi n'as-tu pas, autrefois, pris mon petit beau-frère ? Il était fou de toi. Tu n'es pour rien dans tout cela. Reiners, tu le connais. Sais-tu d'ailleurs seulement ce qui peut encore te tomber dessus ?"

En d'autres circonstances, après de tels propos, le cœur d'Elli se serait arrêté de battre, mais là, elle se dit : pourvu qu'elle ne me flanque pas dehors avant que Franz n'arrive avec les pommes. Aussi répliqua-t-elle calmement : "Qu'est-ce qui peut donc encore me tomber dessus ?" "Reiners dit qu'il est tout à fait possible qu'ils t'enferment de nouveau, y as-tu pensé ?" "Oui", répondit Elli. "Et tu restes parfaitement calme, tu te balades tranquillement, tu achètes des pommes pour l'hiver ?"

"Parce que tu crois qu'ils me mettront moins à l'ombre si je n'en achète pas ?" Elli s'est toujours baladée à moitié en somnambule, se disait sa sœur, avec ses yeux baissés, ses longs cils comme des rideaux devant ses yeux. Elle lui dit : "Pas besoin que tu attendes les pommes." À ce moment-là, Elli répliqua, rapide, lucide : "Non, c'est moi qui ai passé commande, pas question qu'on se fasse rouler. Ne laisse pas ton Reiners te rendre folle. Ces quelques minutes ne vont pas suffire à ce que j'empoisonne votre appartement. D'ailleurs, c'est déjà fait."

"Tu sais quoi, reprit la sœur après un instant de réflexion, voici la clé de la mansarde, tu y montes, tu essuies les planches, tu mets les bocaux sur l'armoire. Après, tu glisseras la clé sous le tapis." Elle était toute contente d'avoir quand même trouvé une solution pour faire sortir Elli de l'appartement sans la renvoyer. Elle attira sa sœur contre elle, voulut l'embrasser, ce qu'elle ne faisait d'ordinaire que le jour de sa fête. Elli écarta la tête, et le baiser lui tomba dans les cheveux.

Quand la porte se referma derrière elle, sa sœur s'approcha de la fenêtre. Il y avait déjà quinze ans qu'ils habitaient cette petite rue calme. Ses yeux pleins de bon sens virent eux aussi ce soir-là ces maisons ordinaires auxquelles elle était habituée comme on voit des maisons depuis un train qui roule. Dans son cœur froid naquit un doute, même s'il prit la forme habituelle de réflexions domestiques : à quoi bon tout cela…

Pendant ce temps-là, Elli avait ouvert la fenêtre de la mansarde pour chasser l'odeur de renfermé. Sur les petites étiquettes des bocaux de conserve, sa sœur avait noté d'une écriture appliquée les noms des fruits et l'année. Pauvre sœur. Elli éprouva une pitié étrange et inexplicable pour sa sœur aînée, elle à qui pourtant la chance avait souri. Elle s'assit sur une malle et attendit, les mains sur ses genoux, les paupières closes, comme le matin même elle avait attendu sur sa couche, comme elle attendrait demain Dieu sait où.

Franz gravit les marches avec ses paniers de pommes brinquebalants. Voilà tout de même un ami, se dit Elli, et tout n'est pas seulement menace. Ils vidèrent précipitamment les paniers, leurs mains se frôlaient. Elli regarda Franz à la dérobée. Il gardait silence, tendait l'oreille. En fin de compte, les autres pouvaient monter là-haut sous un prétexte ou un autre. Hermann ne serait sans doute pas ravi de cette rencontre, même si tout s'était bien passé. Il dit : "Tu as réfléchi ? Tu crois qu'il est ici, dans cette ville ?" "Oui, dit Elli, je le crois." "Qu'est-ce qui te fait croire ça ? Parce que tout de même, ça fait un bout de chemin pour arriver ici. Où tout le monde le connaît." "Oui, mais il y connaît aussi beaucoup de gens. Il compte peut-être sur une petite amie qu'il a dans le coin…" Tandis qu'elle parlait, son visage s'était un peu crispé. "Il y a trois ans, juste avant son arrestation, un jour, je l'ai aperçu de loin à Niederrad. Il ne m'a pas vue. Il était avec une fille. Pas seulement en lui donnant le bras, ils se tenaient par la main, une fille comme ça peut-être…" "Peut-être et en même temps tu es tellement certaine !" "Oui, certaine. Parce que ici, il a quelqu'un, une fille ou un ami. Et la Gestapo le pense aussi, ils continuent à me suivre et surtout…" "Surtout… ?" "Parce que je le sens, dit Elli. Je le sens ici… et ici." Franz secoua la tête. "Ma chère Elli, tes suppositions ne pèseraient pas lourd pour la Gestapo."

Ils s'assirent sur la malle. C'est alors seulement que Franz regarda Elli de toute son attention. L'espace d'un instant, il la considéra de haut en bas, instant qu'il prit sur ce peu de temps qui leur était accordé, ce temps horriblement bref dans lequel leur vie s'inscrivait. Elli baissa les yeux. Même si jusqu'à ce moment elle avait complètement oublié Franz, même si en ce moment aussi elle avançait comme sur un fil, le vide sous ses pieds, et même si c'était une question de vie ou de mort qui les avait réunis dans cette resserre à pommes, que pouvait donc Elli au fait que son cœur s'envola le temps de quelques battements dans l'attente de l'amour ? Franz lui prit la main et dit : "Chère Elli, je voudrais maintenant surtout te mettre dans un de mes deux paniers à pommes vides, te porter au bas de l'escalier, te déposer dans ma voiture et partir avec toi. Dieu sait que c'est ce que je voudrais par-dessus tout, mais c'est impossible. Crois-moi, Elli, au long de toutes ces années, j'ai ardemment souhaité te revoir, mais pour le moment, il ne faut plus que nous nous retrouvions ensemble."

Elli se disait : "Toutes sortes de gens me disent combien ils m'aiment et qu'ils ne peuvent plus se retrouver avec moi."

Franz reprit : "As-tu déjà pensé qu'ils peuvent de nouveau t'arrêter, comme ils le font souvent avec les femmes d'évadés ?" "Oui", dit-elle. "Tu n'as pas peur ?" "Non, à quoi bon ?" dit Elli. Pourquoi faut-il que ce soit justement elle qui n'ait pas peur, se demanda Franz. Il eut un très léger soupçon. L'idée qu'elle prenait encore plaisir à conserver un lien, quel qu'il fût, avec Georg. Il demanda, sans transition apparente : "Le type qu'ils ont arrêté l'autre soir chez toi, c'était qui ?" "Ah, une connaissance", répondit Elli. Il faut avouer, ce qui n'est pas à son honneur, qu'elle avait déjà presque oublié Heinrich. Espérons que le pauvre gars a retrouvé ses parents ! Tel qu'elle le connaissait, après une expérience aussi désagréable, lui non plus ne se pointerait plus jamais chez elle. Il n'était pas de cette trempe-là.

Tous deux, se tenant encore par la main, regardaient dans le vague. Une tristesse que rien ne peut combattre leur serrait la gorge.

Franz dit d'un ton complètement différent, sèchement même : "Bon, Elli, tu t'es demandé qui d'autre, parmi ceux qu'il a connus quand il était encore ici, serait susceptible de l'accueillir ?"

Elle commença à énumérer quelques noms, dont deux ou trois amis que Franz avait connus autrefois. Impossible, si Georg avait encore les idées claires, qu'il se précipite chez eux tête baissée. Deux ou trois noms parfaitement inconnus qui troublèrent Franz, puis un camarade de classe, le petit Röder, auquel Franz avait déjà pensé, ainsi qu'un vieux professeur, depuis longtemps retraité, et qui n'habitait plus ici.

Franz se dit : de deux choses l'une, ou bien Georg est démoli et ne réfléchit plus du tout, ce qui rend toutes nos suppositions inutiles, on ne peut rien prévoir, ou bien il réfléchit – et alors, il pense obligatoirement comme moi –, en outre, Hermann doit connaître ceux qu'il a fréquentés tout à la fin, avant son arrestation. Mais il ne faut pas qu'en sortant de chez Elli j'aille directement chez Hermann. De nouveau des heures et des heures de perdues. Il oublia la femme. Il se leva d'un bond, et la main d'Elli glissa de son genou sur lequel elle s'était attardée. Il se hâta de fourrer le panier vide où il avait voulu enfourner Elli, dans l'autre. Elli paya les pommes, il lui rendit la monnaie. À ce moment-là, il lui vint une idée : "S'ils nous interrogent, tu m'as donné cinquante pfennigs de pourboire." Il s'attendait à moitié à ce qu'on l'arrête à sa sortie de la maison.

Cette tension passée, Franz une fois sorti de la maison, une fois qu'il eut quitté la rue avec son véhicule vide et brinquebalant, alors seulement lui revint qu'il n'avait pas dit au revoir à Elli. Ni envisagé avec elle un moyen de se retrouver par la suite.

Là-haut, chez les Marnet, il fit les comptes, sans oublier le pourboire : "C'est pour toi", lui dit Mme Marnet, qui se sentit très généreuse. Quand Franz eut avalé quelques bouchées et regagné sa soupente, Auguste dit : "Aujourd'hui, il a dû se faire rembarrer, ça se voit." Son mari dit : "Il va finir par revenir vers Sophie."

Quand Bunsen entrait quelque part, les gens avaient le sentiment de devoir lui présenter des excuses pour l'exiguïté d'une pièce si basse de plafond. Sur son beau visage plein de hardiesse s'exprimait une sorte de volonté de relativiser en soulignant qu'il n'était que de passage.

"J'ai vu qu'il y avait encore de la lumière chez vous, dit-il, on a tous vraiment eu une belle journée." "Oui, asseyez-vous", dit Overkamp. Cette visite ne le ravissait vraiment pas. Fischer libéra la chaise sur laquelle il s'installait pendant les interrogatoires et s'assit sur le petit banc placé contre le mur. Les deux hommes étaient épuisés. Mais Bunsen dit : "Vous savez quoi, j'ai un schnaps dans ma piaule."

Il se releva d'un bond, ouvrit la porte et lança dans la nuit : "Hé, hé." On entendit le bruit de talons grattant le sol ; comme si au-dehors le monde s'était éteint, le brouillard franchissait le seuil comme une vapeur. Bunsen dit : "J'ai été content de voir que vous aviez encore de la lumière. Pour parler franc, je ne supporte plus cette situation." Overkamp pensa : bon sang, manquait plus que ça ! Des histoires de conscience, y en a pour au moins une heure et demie. Il dit : "Mon cher ami, ce monde, tel qu'il est, offre en fin de compte un nombre relativement limité de possibilités, ou bien nous maintenons un certain type d'hommes derrière des barbelés et veillons soigneusement et bien mieux que jusqu'à présent à ce que tous restent à leur place – ou c'est nous qui sommes derrière et les autres qui nous surveillent. Et parce que la première situation est la plus raisonnable, il faut, pour qu'elle perdure, qu'un certain nombre de conditions, parfois très désagréables, soient remplies." "C'est justement ce que j'ai voulu dire", rétorqua Bunsen. "Ce que je n'arrive plus à supporter, c'est justement ces rodomontades de notre vieux – de Fahrenberg." "Mon cher Bunsen, dit Overkamp, là, c'est à nouveau vous que cela regarde." "Pour l'instant, depuis que ce Füllgrabe a été amené dans l'après-midi, il croit dur comme fer qu'il va tous les récupérer. Vous en pensez quoi, Overkamp?" "Je m'appelle Overkamp, pas Habacuc le Prophète. Je ne suis pas un prophète, ni un grand, ni un petit, et ici, je trime dur."

Il se disait: ce type continue à se faire des idées, uniquement parce que lundi matin, il a tout seul pris une série de mesures qui relevaient de ses responsabilités.

Le plateau fut apporté avec le schnaps et les petits verres. Bunsen les remplit, siffla un verre, un deuxième, puis un troisième. Overkamp le considérait d'un air professionnel. Sur cet individu, le schnaps faisait un effet particulier. Il n'était sans doute jamais vraiment ivre, mais dès le troisième petit verre, il changeait un peu d'attitude et de façon de parler. Même la peau de son visage était un peu plus détendue. Il dit: "En même temps, je ne crois pas du tout que ces quatre types ressentent quoi que ce soit et le cinquième, ce Belloni, il ne ressent vraiment plus rien même si sa casquette et son vieux frac pendouillent ici. Mais les autres, quand on les amène là, ils le sentent – ça leur fait quelque chose quand on aligne les types sur la Piste de danse –, aucune envie de regarder ce qui se passe mais ils sont obligés. Ces quatre-là, comme ils se doutent de ce qui les attend – quand on se doute de ça, c'est ce que j'ai entendu dire, on se moque de tout le reste et on n'éprouve rien du tout. En plus, c'est juste que rester debout leur est inconfortable, mais les clous ne les piquent pas, y a que Füllgrabe qui s'est mis à gémir de déception. Est-ce qu'on va encore s'occuper de lui cette nuit? Permettez-moi d'y être!" "Non, mon cher." "Et pourquoi non?" "C'est le service – l'affaire est épineuse, mon ami." "Oui, pour vous", dit Bunsen dont les yeux brillaient. "Confiez-moi Füllgrabe pendant cinq minutes, et je vous dirai si c'est par hasard qu'il a rencontré Heisler." "Il se peut qu'il vous raconte qu'il avait rendez-vous avec Heisler si vous lui flanquez un coup de pied dans le ventre. Mais je continuerai à vous dire que c'était par hasard. Pourquoi? Parce que Füllgrabe, il suffit de le secouer et les déclarations tombent comme des prunes de l'arbre. Parce que j'ai une image de Füllgrabe, une image de Heisler. Parce que jamais mon Heisler n'aurait accepté un rendez-vous en plein jour en ville avec Füllgrabe."

"S'il est resté assis sur le banc, comme Füllgrabe vous l'a raconté, il faut qu'il ait attendu quelqu'un. A-t-on transmis sa photo à tous les chefs d'immeubles et d'îlots?"

"Mon cher Bunsen, dit Overkamp, remerciez donc les autres de tout ce qu'ils prennent en charge." "Santé." Ils trinquèrent.

"Vous ne pourriez pas un peu ouvrir la tête de ce Wallau, il doit y avoir dedans le nom de celui qu'attendait son copain. Attelez donc Füllgrabe et Wallau ensemble."

"Mon cher Bunsen, votre idée, on dirait Marie Stuart, belle mais infortunée. Si cela vous intéresse, nous avons apporté la plus extrême attention à l'interrogatoire de Wallau, voici le compte rendu!"

Il attrapa une feuille blanche posée sur sa table. Bunsen la regarda fixement. Il sourit. Ses dents étaient un peu trop petites pour son visage à l'expression hardie. Des petites dents de souris. "Laissez-moi donc votre Wallau jusqu'à demain matin."

"Emportez donc ce bout de papier, dit Overkamp, et faites-lui cracher le sang dessus." Il remplit lui-même le verre de Bunsen. Qui, comme tous ceux qui sont aux trois quarts ivres, se cramponnait à un seul et unique visage. Il ne prêtait aucune attention à Fischer, qui, parce qu'il ne buvait jamais, assis sur son banc, tenait à la main son verre plein, prenant garde de ne pas tacher son pantalon. D'un haussement de sourcil, Overkamp lui fit un signe. Il se leva alors, fit laborieusement le tour de la table en contournant Bunsen, et décrocha le combiné. "Ah, pardonnez-moi, dit Overkamp, mais le service, c'est le service."

"Il se donne des airs d'archange dans son armure de saint Michel", dit Fischer dès qu'ils eurent réussi à mettre Bunsen dehors. Overkamp ramassa la petite cravache restée près de la chaise et la regarda d'un rapide coup d'œil en lorgnant entre deux doigts, comme il avait coutume de considérer des centaines d'objets de ce genre, précautionneusement, pour ne pas effacer d'empreintes digitales. Il dit : "Votre saint Michel a oublié son épée." Il appela la sentinelle qui gardait la porte. "Allez, rangez-moi tout ça ! Nous avons fini ! Laissez les sentinelles !"

Pour la troisième fois ce soir-là, Hermann demanda à son Else si Franz n'avait laissé aucun message. Else répondit pour la troisième fois que Franz avait demandé l'avant-veille à le voir et n'était pas revenu depuis. Comment se fait-il, se disait Hermann, qu'au début Franz n'ait parlé que de l'évasion, comme si plus rien d'autre n'existait, et que d'un seul coup il ne se manifeste plus ? Pourvu qu'il n'entreprenne rien de sa propre initiative. Ou lui est-il arrivé quelque chose ?

Dans sa cuisine, Else chantonnait de sa voix grave, un peu âpre, qui parfois donnait l'impression d'une petite abeille fredonnant l'histoire de la petite églantine. Ce murmure calmait soir après soir les reproches que se faisait Hermann d'avoir épousé cette enfant qui ne savait rien, ni de lui, ni de quoi que ce soit. Et même ce soir-là Hermann se dit que sans la petite, sa vie, dans sa solitude, dans la tension qui l'emplissait, aurait été dure à supporter. Hermann avait déjà appris l'arrestation de Wallau. Il s'arracha à la vision d'un corps ensanglanté gisant sur le sol que l'on brise en le bourrant de coups de pied et en le frappant parce qu'il recèle au fond de lui-même des forces indomptables. Il s'arracha aussi à lui-même, à l'image s'imposant à lui de la fragilité de son propre corps qui pouvait être brisé, et dont il espérait qu'il recelait lui aussi de telles forces. Ses pensées rejoignirent les évadés qui n'avaient pas été repris. Et surtout ce Georg Heisler, parce qu'il était du coin, qu'il était en fin de compte possible qu'il cherche à se planquer par ici. Ce que Franz en avait dit était, au goût de Hermann, par trop mêlé de sentiments peu clairs. Il s'était déjà fait sa propre image à partir de tout ce qu'il savait par ailleurs de Heisler qu'il n'avait lui-même jamais vu. Celle d'un homme qui ne se ménage jamais, capable de jeter du lest pour triompher. Pour ce qui lui avait encore manqué à cet égard, son codétenu Wallau pouvait avoir joué son rôle, se disait Hermann. Il connaissait un peu Wallau, il pouvait sans effort se mettre à sa place. Il faudrait bien vite avoir prêts de l'argent et des papiers, se dit Hermann. Pour la deuxième fois, ses pensées firent un bond, il s'arracha à la vision d'un individu isolé, pourchassé et qui pouvait surgir ici ou là. Il était en train de réfléchir, réussirait-il dès le lendemain à se rendre à la seule adresse où on pourrait se procurer à tout hasard l'indispensable ? Pour l'instant, c'est tout ce que je peux faire et je vais le faire, se dit-il, ce qui le calma. Dans la cuisine, la petite abeille susurrait le chant de la roue du moulin. Sans ma petite Else, se dit Hermann, je serais peut-être tout de même moins calme. Ainsi, tout est bien.

Franz se jeta sur son lit. Il était tellement épuisé qu'il s'endormit tout habillé. Il se retrouva dans la mansarde avec Elli, pour rattraper les adieux. Voici qu'elle avait perdu une de ses boucles d'oreilles, tombée dans les pommes. Ils se mirent à la chercher. Il pensait avec angoisse au temps qui s'écoulait, mais il fallait la retrouver, cette boucle d'oreille, et il y avait vraiment beaucoup de pommes, toutes les pommes du monde. "Là", s'écria Elli, mais la boucle d'oreille glissa seulement plus loin comme une petite bête à bon Dieu et ils continuèrent à chercher au milieu des pommes. Ils n'étaient plus seulement deux à chercher, tout le monde s'y était mis. Mme Marnet farfouillait dans les pommes, et Auguste et ses enfants, et le vieil instituteur retraité, et le petit Röder avec ses taches de rousseur. Ernst le berger, avec son foulard rouge et sa Nelli, fouillait aussi. Anton Greiner et son cousin SS Messer, et même Hermann cherchaient au milieu des pommes, et le chef du canton de l'année 1929. Celui-là, au fait, qu'est-ce qu'il est devenu ? Sophie Mangold cherchait, et Caboche-Tête-de-pioche. Et aussi la grosse caissière avec laquelle Franz avait surpris Georg tout de suite après sa rupture avec Elli, elle fouillait dans les pommes en soufflant. C'est alors qu'une idée lui traversa la tête. En fin de compte, il peut aussi être chez elle. Elle était énorme, mais c'était vraiment quelqu'un de bien. Maintenant, les pommes avaient disparu et, perché sur son vélo, il dévalait la rue vers Höchst. Comme il s'y attendait, la caissière était dans le kiosque où on vendait de l'eau de Seltz, elle portait d'ailleurs les boucles d'oreilles d'Elli, mais pas du tout question de Georg. Franz enfourcha son vélo et fila à nouveau, sa peur augmentait, il se sentait plutôt poursuivi que suivant une trace. Jusqu'au moment où lui vint l'idée que Georg ne pouvait qu'être à la maison, où sinon ? Bien sûr, il était dans la chambre qu'ils partageaient. Quelle épreuve, remonter là-haut ! Mais Franz se ressaisit, il remonta, entra. Georg était assis à califourchon sur sa chaise, les mains cachant son visage. Franz se mit à rassembler ses affaires, toute leur vie ensemble était maintenant arrivée à son terme après tout ce qui s'était passé, quel souvenir amer. Les regards de Georg le suivirent, chaque geste était douloureux, mais il devait faire ses malles. Pour finir, il fut tout de même obligé de se retourner. Alors Georg ôta ses mains de son visage. Son visage était sans traits, le sang coulait de ses narines, de sa bouche, et même de ses yeux. Le cri de Franz resta coincé au fond de sa gorge, mais Georg dit d'un ton calme : "Tu n'as vraiment pas besoin de déménager à cause de moi, Franz."

Chapitre Cinq

I

La loi selon laquelle les sentiments humains s'enflamment avant de refroidir ne s'appliquait pas à la femme de cinquante-quatre ans assise à sa fenêtre dans la Schimmelgässchen, ses jambes malades étendues sur une deuxième chaise, car cette femme était la mère de Georg.

Depuis la mort de son mari, Mme Heisler partageait cet appartement avec la famille de son fils cadet. Elle avait encore grossi. Dans ses yeux marron un peu enfoncés on lisait la peur et le reproche tels qu'ils apparaissent chez les gens qui sont en train de se noyer. Comme ses fils étaient habitués à cette expression ainsi qu'aux brefs soupirs qui sortaient de sa bouche ouverte, telle une vapeur émanant de pensées, ils avaient à cet instant l'impression que leur mère ne comprenait pas bien ce qu'on essayait de lui faire entrer dans la tête ou du moins n'en mesurait pas la portée.

"S'il vient, disait le cadet, il ne prendra sûrement pas l'escalier, il va passer par les cours. Il grimpera par le balcon comme autrefois. Il ne sait pas que tu ne dors plus dans ton ancienne chambre. Le mieux, c'est que tu restes dans la chambre où tu es. Va te coucher."

Les épaules et les jambes furent agitées de soubresauts, elle était trop lourde pour se remettre toute seule debout. Le benjamin s'empressa de dire : "Tu te couches, tu prends ta valériane et tu tires ton verrou, hein, maman." Le cadet renchérit : "C'est ce qu'il y aurait de mieux à faire." C'était un homme lourdaud, rustre, qui faisait plus que son âge. Sa grosse tête était rasée et récemment, une flamme s'échappant du fer à souder lui avait grillé cils et sourcils, ce qui donnait à son visage une expression figée. Autrefois, il était beau gosse, comme tous les fils Heisler. Maintenant, c'était un digne représentant de la SA, tout en lui était devenu grossier, s'était épaissi. Mais le petit, Heini, était tel que l'avait décrit Röder. Stature, forme du crâne, cheveux, dents – comme si ses parents l'avaient conçu selon les consignes d'un manuel décrivant la race aryenne. Avec un rire forcé, le cadet fit alors mine de traîner leur mère sur ses deux chaises jusqu'à son lit. Il s'interrompit, parce qu'un regard jailli des yeux de sa mère l'avait atteint, on eût dit que le message qu'il exprimait avait exigé d'elle un effort extrême. Il lâcha les chaises, baissa la tête. Heini dit: "Tu m'as compris, n'est-ce pas? Tu dis quoi, maman?"

Elle ne disait rien du tout, elle se contentait de regarder à nouveau le plus jeune de ses fils, puis son cadet et à nouveau le plus jeune. Comme il devait être endurci, ce gamin, pour supporter son regard! Le cadet s'approcha de la fenêtre. Il contemplait la ruelle nocturne. Mais le benjamin ne faisait aucun effort pour supporter le regard de sa mère, il ne le remarquait même pas.

"Allez, va donc te coucher, dit-il, pose ta tasse près de ton lit. Qu'il vienne ou non, c'est pas ton problème. Et tu ne dois même pas penser qu'il existe. Tu nous as, nous trois."

Le cadet écoutait, le visage tourné vers la ruelle. Il était surpris – il parlait une de ces langues, le petit Heini, le petit frère chéri de Georg. Il participe à la curée comme si de rien n'était. En fin de compte, il veut prouver aux gamins des Jeunesses hitlériennes de sa rue, et aussi aux grands, que Georg, pour lui, c'est du vent, et pourtant, autrefois, il ne le quittait pas d'une semelle. Le petit, ils l'ont retourné encore bien plus que lui-même, qui a l'impression d'avoir été mis sens dessus dessous. Il y a un an et demi, il était entré dans la SA parce que le souvenir de ses cinq années de chômage le terrifiait. Oui, ce sentiment d'horreur avait été l'un des rares raisonnements menés par son intelligence obtuse et peu encline à cet exercice. De tous les frères Heisler, il était le moins évolué, le plus stupide. Si tu n'adhères pas aujourd'hui, demain tu perds ton boulot, lui avait-on dit. Dans sa tête massive et paresseuse survivait encore l'ombre de l'idée que tout cela n'était qu'à moitié sérieux. Que les choses définitives étaient encore à venir. Que ce n'étaient que fantômes qui s'évanouiraient. De quelle manière? Grâce à qui? Quand? Il n'en savait rien lui-même. En voyant le petit Heini s'adresser ainsi à leur mère, avec une telle insolence, une telle froideur, ce même Heini que Georg avait traîné à toutes les manifestations, juché sur ses épaules, et qui maintenant avait la folie des grandeurs, rêvant d'écoles du Führer, de SS et de SS motorisée, son sang ne fit qu'un tour. Il se détourna de la fenêtre et fixa le petit, qui était en train de dire: "Bon, je descends voir les Breitbach, tu vas te coucher, maman. Tu as bien tout compris?" À leur surprise à tous deux elle répondit alors: "Oui."

Elle n'arrivait vraiment plus à réfléchir. Elle dit d'un ton guilleret: "Apporte-moi ma valériane." Je vais la boire, se dit-elle, pour éviter que mon cœur me joue des tours. Et je vais aussi me coucher pour qu'ils s'en aillent. Ensuite, j'irai m'asseoir à côté de la porte, et si j'entends Georg arriver par derrière les cours, je hurlerai: Gestapo.

Depuis trois jours, on lui expliquait, et surtout la femme de son fils cadet et son Heini, qu'elle avait une très grande famille, indépendamment de Georg, trois fils, six petits-enfants, on lui montrait tout ce qu'elle risquait de détruire par manque de réflexion. La mère était restée muette. Auparavant, Georg n'était qu'un de ses quatre fils. Il lui avait causé bien du souci. Sans cesse, il y avait eu des plaintes, de la part des professeurs et des voisins. Il s'était toujours disputé avec son père et avec ses deux frères aînés. Il s'était querellé avec le cadet qui se fichait de tout, ce qui mettait Georg hors de lui; et avec l'aîné, il se querellait parce qu'il s'énervait pour les mêmes raisons que Georg mais que sur ces mêmes sujets son avis différait.

Ce frère aîné vivait maintenant avec sa famille à l'autre bout de la ville. Il était au courant de l'évasion par la presse et par la radio. Même si depuis l'incarcération de Georg il ne s'était guère passé de jour qu'il ne pense à lui, maintenant il occupait toutes ses pensées. S'il avait seulement su comment l'aider, il ne se serait pas ménagé, n'aurait pas davantage ménagé sa famille. Au boulot, on lui avait dix fois demandé si ce Heisler était un parent. Et dix fois, sur le même ton, qui suscitait autour de lui le silence, il avait répondu : "C'est mon frère !"

Autrefois, la mère avait préféré l'aîné des frères, et par moments le benjamin. Elle avait aussi éprouvé un grand attachement pour le cadet qui était gentil avec elle, peut-être était-il le plus gentil de tous dans sa manière fruste et primitive.

Maintenant, rien de tout cela ne comptait plus. Car, contrairement à ce qui se passe d'ordinaire dans la vie, plus l'absence de Georg avait duré, plus les nouvelles qu'on recevait de lui s'étaient faites rares, plus ses traits étaient devenus nets pour elle et plus ses souvenirs s'étaient faits précis. Son cœur se fermait aux divers projets, aux espoirs manifestes des trois fils qui vivaient gaillardement auprès d'elle. Il s'emplissait peu à peu de ceux de l'absent, du quasi disparu. La nuit, assise dans son lit, elle se remémorait tous les détails depuis longtemps oubliés : la naissance de Georg, les petits accidents de ses premières années, sa grave maladie quand elle avait failli le perdre, l'époque de la guerre, alors qu'elle fabriquait des grenades et se débrouillait seule avec ses fils et qu'un jour Georg avait été accusé de vol dans un champ, les petits triomphes auxquels elle avait tout de même pu se raccrocher, son maigre salaire, un professeur qui avait chanté les louanges de Georg, un maître artisan qui l'avait trouvé digne d'être embauché, une victoire lors d'une fête sportive. Elle se souvint, à moitié fière, à moitié fâchée, de sa première petite amie, et de toutes les filles qu'il avait eues par la suite. De cette Elli qui était restée pour elle une étrangère. Elle ne lui avait même pas amené l'enfant, et ensuite – ce bouleversement brutal survenu dans la vie de son fils ! Non qu'il eût introduit dans la famille un élément étranger ! Seulement, ce qui avait chez son père et ses frères constitué un trait de caractère isolé, un mot lancé, parfois une grève, parfois un tract, pour lui, c'était devenu l'élément décisif, son être tout entier.

Comme si quelqu'un avait voulu lui démontrer qu'elle n'avait que trois fils, ce quatrième, il vaudrait mieux qu'il ne soit pas né, qu'il n'ait jamais vécu, elle inventait mille arguments contraires. – Combien d'heures Heini avait-il passées à expliquer que la ruelle était verrouillée, l'appartement surveillé, la Gestapo à son poste ? Et qu'elle devait penser à ses trois autres fils ?

Maintenant, elle abandonnait ces trois fils. Qu'ils se débrouillent tout seuls. Le seul qu'elle n'abandonnait pas, c'était Georg. Le fils cadet observait les lèvres de sa mère en perpétuel mouvement. Elle pensait : mon Dieu, tu dois l'aider. Si tu existes, aide-le. Si tu n'existes pas – elle se détourna de ce secours incertain. Elle lançait sa prière vers tous, vers la vie comme un grand tout, pour autant qu'elle la connût, et aussi vers les zones les plus incertaines et les plus obscures, où rien ne lui était connu, mais où peut-être il y avait encore des êtres humains en mesure d'aider son fils. Quelqu'un, ici ou là, que sa prière pourrait attendrir.

Le deuxième fils revint près de la chaise de sa mère. Il dit : "Je n'ai pas voulu le dire tant que Heini était là, avec lui, on ne sait jamais. J'ai parlé avec Zweilein, le plombier…" La femme le regarda d'un œil vif. Elle eut vite fait de poser sans difficulté ses pieds par terre. "Son appartement est bien placé, il donne sur deux ruelles en même temps. Georg arrivera sûrement du Main s'il vient par ici ! Bien sûr, Zweilein, je ne lui ai pas vraiment parlé, un geste du pouce, un clin d'œil."

Il montra à sa mère, un geste du pouce, un clin d'œil, son échange avec Zweilein. "Et il a fait pareil, un geste du pouce, un clin d'œil. Zweilein, il reste vigilant, il guettera bien Georg pour qu'il ne fonce pas tête baissée dans notre ruelle."

À ces mots, les yeux de la mère s'éclairèrent. Ses traits, l'instant d'avant encore affaissés comme une pâte étalée sur la planche, reprirent leur fermeté et leur vigueur, comme si sa chair avait retrouvé son âme. Elle se cramponna au bras de son fils pour se redresser complètement. Puis elle dit: "Mais s'il vient tout de même de la ville?" Le fils haussa les épaules. La femme poursuivit, se parlant surtout à elle-même: "Et s'il fait un saut chez Lorchen, elle s'est mise avec Alfred, ils le dénonceront." Le fils répondit: "Qu'ils le dénoncent, je n'en jurerais pas. Mais il arrivera par le Main. Et Zweilein le guettera."

La femme dit: "Il est perdu s'il vient ici." Le fils répondit: "Même dans ce cas-là, il n'est tout de même pas complètement perdu."

II

Le jour se leva, et pourtant dans les villages situés sur les rives du fleuve on n'en remarquait rien à cause du brouillard. Dans la dernière maison de Liebach, la lampe de la cuisine était encore allumée quand la jeune fille sortit dans la cour. Elle frissonna. Elle franchit le porche et posa les seaux qu'elle portait. Sur son visage se lisaient le calme et la sérénité avec lesquels elle attendait le garçon que tous considéraient comme son fiancé.

Elle était transie. Le brouillard avait vite fait de traverser les vêtements; tout devenait gris, même le fichu enserrant ses cheveux. Elle crut entendre les pas du garçon, leva déjà les bras. Mais personne sous le porche. Pas d'inquiétude, seule une légère surprise se marqua sur son visage, elle continua à attendre. Elle agita les bras pour se réchauffer. Elle pénétra sous le porche et regarda vers le bas. Un brouillard à couper au couteau! Va-t-il s'élever, ou retomber? Voilà deux ombres en train de gravir la pente, l'une d'elles doit être Fritz. Ça ne peut qu'être lui. Ah non. Les ombres entrent dans une maison qui n'est qu'ombre elle aussi. La jeune fille se détourne. Pour la première fois son visage exprime l'espace d'un instant la déception de cette attente vaine. Eh bien, il viendra cet après-midi. Elle soulève ses seaux, les emporte dans l'étable, regagne la maison avec les seaux vides. Par trois fois déjà, dans la cuisine, on a essayé de se passer de la lampe. Mais on l'a toujours rallumée. Sinon, la grand-mère ne peut pas trier les lentilles, ni avec ni sans lunettes. L'aînée des cousines passe des betteraves à la moulinette, la plus jeune pousse les balayures dehors par la porte. Vite, la mère remplit les deux seaux que la jeune fille lui tend. Aucune des quatre femmes n'a remarqué que Fritz n'est pas venu. La jeune fille se dit : elles ne voient vraiment rien.

"Fais donc attention", dit la mère parce qu'une louche de bouillie pour le bétail a été renversée.

Au moment où la jeune fille traverse pour la deuxième fois la cour avec ses seaux, on entend dans le lointain tinter la clochette du magasin. Elle carillonne parce que Gültscher va s'acheter du tabac. Fritz attend devant la porte. Il a reçu hier une nouvelle convocation. On n'arrête pas de l'interroger à cause de la veste. Oui, mais pourtant ce n'est pas du tout la tienne, a demandé sa mère. À elle aussi, il a fermement répondu non.

Il a ruminé toute la nuit pour savoir ce qu'on peut bien lui vouloir encore. Le matin même, il a tourné les boutons du poste. Les évadés avaient été décrits – sur sept, plus que deux – et il s'était dit que ça sentait le roussi. Ils avaient peut-être déjà repris celui qu'en lui-même il appelait le sien. Le sien pouvait avoir dit : Oui, c'est cette veste-là !

Pourquoi se retrouvait-il soudain seul au monde ? Il ne pouvait demander conseil ni à son père ni à sa mère, et pas davantage aux camarades qu'il aimait bien. Il ne pouvait même pas demander à Martin, son chef d'escouade, auquel il vouait une confiance aveugle. Une semaine plus tôt, tout allait bien, il se sentait en lui-même lucide et calme, le monde était en ordre. Si Martin, son chef, lui avait alors donné l'ordre de tirer sur le fugitif, il aurait tiré. Si son chef d'escouade lui avait seulement donné l'ordre de faire le guet dans le cabanon, le poignard à la main jusqu'à ce que le fugitif y vienne à pas de loup pour dérober la veste, avant même qu'il puisse la voler, il l'aurait poignardé.

À ce moment-là, il avait vu arriver le jardinier Gültscher et se mit en quelque sorte à suivre ce vieil homme qui aurait pu être son père, un homme maussade, la pipe au bec. C'était quelqu'un à qui on pouvait confier bien des choses.

"Voilà qu'ils m'ont de nouveau convoqué." Gültscher jeta un rapide coup d'œil au garçon. Il resta silencieux. Ils marchèrent sans mot dire jusqu'au magasin. Fritz attendit, Gültscher ressortit, il bourrait sa pipe, ils reprirent leur marche. Fritz ne pensait plus à sa petite amie, c'était comme s'il n'en avait jamais eu. Il dit : "Pourquoi est-ce qu'ils me convoquent de nouveau ?" "Si ce n'était vraiment pas ta veste..." "Je leur ai expliqué ce qu'elle avait de différent, ma veste. Mais si maintenant ils l'ont repris, l'homme à la veste ! Parce qu'ils n'en cherchent plus que deux !"

Gültscher continuait à se taire. C'est en ne posant pas de question qu'on reçoit la réponse la plus précise. "Et si maintenant il dit : mais oui, c'est ma veste..." Gültscher dit alors : "Possible. Ils peuvent s'en être occupés assez longtemps pour ça." Entre ses paupières plissées, il observait le garçon avec une extrême attention. Il l'observait ainsi depuis déjà deux jours. Fritz fronça les sourcils. "Oui... tu crois ? – Et moi, je deviens quoi ?" "Voyons, Fritz, des vestes comme ça, il y en a des centaines."

Ils suivaient d'un pas lourd le chemin qui montait vers l'école, sûrs de leur direction en dépit du brouillard. Ce n'était pas une seule idée, mais une tempête d'idées qui tourbillonnaient dans la tête de l'homme. Il n'aurait pu dire en quoi le garçon qui avançait à côté de lui se distinguait de ses camarades. Il n'aurait même pas pu affirmer que c'était le cas. Et pourtant, il y avait là quelque chose qui clochait ! Il doutait aussi peu qu'Overkamp qu'il y avait quelque chose de tordu dans cette histoire de veste. Il pensait à ses propres fils. Pour moitié ils lui appartenaient à lui, et pour moitié à l'État nouveau. À la maison, ils lui appartenaient. À la maison, ils lui donnaient raison – ce qui était au sommet de l'État était resté en haut et ce qui était en bas y était resté. Mais au-dehors, ils enfilaient tous deux les chemises qu'on leur demandait de porter et criaient Heil quand on l'attendait d'eux. Avait-il fait tout ce qui était en son pouvoir pour stimuler leur opposition ? Pas le moins du monde ! Parce que ça aurait signifié la destruction de la famille, la prison, le sacrifice de ses fils. Il aurait été obligé de choisir – c'est là que se creusait un fossé. Pas seulement pour lui, Gültscher, mais pour bien des gens. Mais comment un homme pouvait-il prendre une telle décision, franchir un tel fossé ? Il y avait pourtant des gens, ici, dans le pays – et au-dehors encore plus. Tous ceux d'Espagne dont il se disait qu'ils étaient vaincus, alors que de toute évidence ils ne l'étaient pas encore. Tous, ils l'avaient derrière eux, ce fossé, ils l'avaient franchi. Par centaines de milliers ! Des gens qui avant étaient comme lui ! Si cette veste avait été volée à un de ses propres fils, quel conseil lui aurait-il donné ? Était-il juste de conseiller Fritz, le fils d'autres parents ? Quelle décision, quel monde ! Il dit : "Une chose est certaine : toutes ces vestes ont été livrées au même moment par l'usine. Il suffit à la Gestapo de leur téléphoner. Les fermetures éclair sont identiques au millimètre près. Les poches sont toutes les mêmes. Mais si par exemple une clé ou un crayon a fait un trou dans la doublure, même la Gestapo ne peut rien prouver, c'est ça la différence, tu dois t'y cramponner dur comme fer."

III

Cette nuit-là, à Westhofen, Füllgrabe avait été réveillé cinq fois pour être interrogé, et à chaque fois, c'était au moment où, épuisé, il se rendormait. Comme il avait, en se livrant, prouvé que la peur seule était son moteur, on savait aussi comment le guérir s'il continuait à s'obstiner. Overkamp mettait enfin la main sur des traces sérieuses de Heisler lui-même, après n'être tombé que sur des indices discutables et des vêtements qu'il était censé avoir portés. Lors du cinquième interrogatoire, Füllgrabe s'était certes montré réticent au sujet de leur rencontre, même si c'est lui qui l'avait révélée quand des menaces concrètes l'avaient contraint à retracer heure par heure son évasion. Il avait sursauté et s'était agité sur sa chaise. Soudain, la machinerie de l'interrogatoire avait semblé se gripper, elle qui jusque-là avait tourné si régulièrement. Un quelconque élément inutile sembla soudain mêlé à la peur qui avait huilé tous les rouages de son cerveau. Mais il suffisait que Fischer décroche le téléphone et demande à Zillich de venir, son seul nom était efficace. Le sentiment de peur effaça les autres sentiments, devenus secondaires. La perspective de mourir dans d'atroces souffrances prédominait, bien plus forte que la pure et simple existence. Le Füllgrabe de l'instant présent, gris et tremblant, l'emportait sur un autre lui-même oublié depuis longtemps qui avait encore connu des accès de courage, que l'espoir avait encore pu toucher. Des détails dérisoires l'emportèrent sur la rigueur du compte rendu. Jeudi, peu avant midi, j'ai rencontré Georg Heisler près de la tour d'Eschenheim. Il m'a conduit à un banc du jardin public, dans le premier chemin à gauche en partant du grand massif rond d'asters. J'ai essayé de le convaincre de se rendre en même temps que moi. Il n'a rien voulu savoir. Il portait un manteau jaune, un chapeau melon, des chaussures de ville à lacets, ni neuves ni usées. Je ne sais pas s'il avait de l'argent. Je ne sais pas ce qu'il faisait dans le parc d'Eschenheim. Je ne sais pas s'il attendait quelqu'un. Il est resté assis sur ce banc. Je me dis maintenant qu'il y attendait quelqu'un, parce que c'est lui qui m'a conduit vers ce banc et qu'il y est resté. Oui, je me suis retourné, il était resté assis.

Cette déclaration avait déjà été suivie d'instructions adressées aux différentes instances de la ville et qui leur étaient déjà parvenues au moment où Paul Röder était sorti de chez lui aux premières heures du jour. Certains des chefs d'îlots étaient déjà informés mais n'avaient pas encore répercuté la consigne aux chefs d'immeubles. Car dès qu'ils s'échappent des émetteurs radio et des fils du télégraphe, les événements se retrouvent livrés aux mains des hommes.

La femme du chef d'immeuble de Röder avait été surprise de voir son locataire partir au travail bien plus tôt que d'ordinaire. Quand son mari entra dans le couloir, chargé d'un seau de savon noir dont il lui versa un peu dans son baquet, elle lui fit part de son étonnement. Les gardiens n'éprouvaient aucune hostilité envers les Röder, mais pas davantage de sympathie, certains se plaignaient parfois quand Mme Röder chantait à des heures indues, sinon, il s'agissait de locataires très accommodants et sociables.

Röder suivit jusqu'à l'arrêt de bus les rues embrumées. Il sifflotait tout seul. Un quart d'heure jusqu'à la ville, un quart d'heure pour en revenir, ça lui laissait une demi-heure pour une deuxième visite si la première ne menait à rien. Il avait expliqué à sa Liesel qu'il devait partir de bonne heure pour réussir à voir son ami Melzer, le gardien de but de l'équipe de Bockenheim. En partant, il lui avait dit : "Occupe-toi bien de Georg d'ici mon retour." Cette nuit-là, il était resté éveillé, allongé en silence auprès de sa Liesel, jusqu'au moment où il avait tout de même fini par dormir un peu.

Röder arrêta de siffler. Il était parti sans café, avait la bouche sèche. La journée à peine entamée, la soif, l'asphalte même, tout lui semblait plongé dans la nuit, chargé d'une menace persistante : il te faut avoir peur, imagine dans quel pétrin tu te fourres. Röder se répétait : Schenk, 12 Moselgasse, Sauer, 24 Taunusstrasse. Ces deux personnes, il fallait qu'il aille les voir maintenant, avant le travail. D'après Georg, ils ne pouvaient avoir changé ni l'un ni l'autre, aucun doute à leur égard. Ils l'aideraient, c'était certain, en le conseillant, en lui donnant asile, en lui procurant des papiers, de l'argent. Schenk avait travaillé à la cimenterie, au moins à l'époque de Georg. C'était un homme calme, aux yeux clairs, ni son apparence extérieure ni son tempérament ne présentaient une quelconque particularité. Il n'apparaissait ni spécialement téméraire ni spécialement spirituel, car son humour irriguait pour ainsi dire toutes ses paroles et sa vie entière exprimait la hardiesse. Et Schenk présentait toutes les caractéristiques de ce qui pour Georg relevait du mouvement et avait donné sens à sa vie. Oui, si une catastrophe avait saigné à blanc le mouvement, mettant un terme à sa progression, Schenk aurait trouvé en lui-même assez de ressort pour la lui faire poursuivre. S'il n'en restait plus que l'ombre de ce qu'il avait été, Schenk protégeait cette ombre de la main. S'il subsistait quoi que ce soit d'une organisation et de ses chefs, Schenk devait savoir où les trouver. C'est à tout le moins ce qui s'était imposé à Georg pendant la nuit.

De tout cela, Röder n'aurait pas compris grand-chose, il y parviendrait peut-être plus tard, si jamais Georg avait lui-même un jour la possibilité de tout lui expliquer. Le temps ou pas, compris ou pas, Röder apportait son aide. Oui, à partir de ce matin-là, ils étaient tous trois entre ses mains. Pas seulement Georg, mais aussi Schenk et Sauer.

Après cinq années de chômage, un mois avant l'arrestation de Georg, Sauer avait été engagé par le bureau des Ponts et Chaussées de la ville. Il était encore jeune. Doué professionnellement, et justement pour cette raison désespéré de ne rien faire. Son intelligence avait fini, au bout de quelques centaines de livres, de mots d'ordre, de réunions, de proclamations, de discours, quelques centaines de discussions, par le mener à l'endroit où il avait rencontré Georg. Ce dernier considérait qu'à sa façon il était aussi sûr que Schenk. En toutes choses, Sauer suivait sa raison qui ne lâchait jamais ce qu'elle avait découvert, elle était incorruptible et ne pouvait être abusée, même si parfois son cœur cherchait à le convaincre de céder un tout petit peu et de suivre une pente où la vie est plus facile, pour se relever ensuite, reposé, prêt à se justifier de mainte façon.

Sauer, 24 Taunusstrasse, se répétait Paul, Schenk, 12 Moselgasse.

Melzer surgit alors au coin de la rue, comme par enchantement. Ce fameux Melzer qui lui avait servi de prétexte auprès de Liesel. “Hé, Melzer, tu tombes à pic, aurais-tu pour nous deux invitations pour ce dimanche ?” “Tout est possible”, dit Melzer. Tu crois vraiment, Paul, s’éleva une petite voix à l’intérieur de Röder, douce, avisée, que tu vas t’en servir, de ces invitations pour dimanche, que tu en auras besoin ? “Oui, dit Paul à voix haute, j’en ai besoin.” Melzer exprima son point de vue sur le match. “Niederrad – Westend.” Soudain, il sursauta. Il devait rentrer chez lui, immédiatement, déclara-t-il, avant que sa mère ne se réveille, il revenait de chez sa fiancée, ouvrière chez Casella, et sa mère, propriétaire d’une petite papeterie, ne pouvait pas sentir sa belle-fille. Paul connaissait la petite papeterie, il connaissait la jeune fille ainsi que la mère, il se sentait en terrain familier, en sécurité. Il suivit Melzer du regard, l’air réjoui. Puis revint la petite voix, douce, avisée, ce Melzer, tu ne le reverras peut-être jamais. Furieux, Röder se dit : bêtises que tout ça, il m’invitera même à son mariage.

Un quart d’heure plus tard, il descendait la Moselgasse en sifflotant. Arrivé devant le 12, il s’interrompit. Par chance, la porte de la maison était déjà ouverte. Il se précipita au quatrième. Sur la porte, un nom inconnu – Röder fit la grimace. Une vieille femme en robe de chambre ouvrit la porte opposée et lui demanda qui il cherchait. “La famille Schenk n’habite plus ici ?” “Les Schenk ?” demanda la vieille femme. Elle prit un ton particulier pour lancer vers l’intérieur de son appartement : “C’est quelqu’un qui demande les Schenk.” Une femme plutôt jeune se pencha par-dessus la balustrade du dernier étage et la vieille lui cria : “Il demande des nouvelles des Schenk !”

Le visage las et bouffi de la femme prit un air de consternation. Elle portait une robe de nuit à fleurs sur une grosse poitrine tombante. Comme Lisbeth, se dit Paul. Et d’ailleurs, toute cette cage d’escalier n’était pas sans rappeler la sienne. Son voisin de palier Stümbert était lui aussi un SA plus tout jeune et aux trois quarts chauve, portant l'uniforme un peu comme l'homme qui se présenta déboutonné et en chaussettes parce qu'il s'était jeté directement sur son lit après une nuit d'exercice. "Vous voulez voir qui ?" demanda-t-il à Röder, comme s'il n'en croyait pas ses oreilles. Paul expliqua : "Les Schenk doivent de l'argent à ma sœur pour le tissu d'une robe. Je viens encaisser pour elle. J'ai choisi le moment où on trouve les gens chez eux."

"Ça fait déjà trois mois que Mme Schenk n'habite plus ici", dit la vieille femme. L'homme ajouta : "Pour encaisser de l'argent, vous devrez aller jusqu'à Westhofen." Il eut soudain l'air tout gaillard. Il s'en était donné, du mal, pour prendre les Schenk sur le fait, en train d'écouter l'émetteur interdit. À force de ruse, il était arrivé à ses fins. Les Schenk avaient joué les braves gens bien dociles. Heil Hitler ! par-ci, Heil Hitler ! par-là. Mais impossible de m'en faire accroire sur les gens qui vivent à deux pas de chez moi. "Mon Dieu !" s'exclama Röder, ajoutant : "Bon alors, Heil Hitler !" "Heil Hitler !" répliqua l'autre, en chaussettes, esquissant un salut, bras levé, les yeux brillants en se remémorant les faits.

Röder l'entendit rire derrière lui. Il s'épongea le front, étonné qu'il soit humide. Pour la première fois depuis qu'il avait revu Georg, et peut-être même depuis l'enfance, il éprouvait dans la région du cœur une sorte de froid que bien sûr même en ce moment il ne qualifiait pas de peur. Il avait plutôt l'impression d'être menacé par une maladie contagieuse, lui qui depuis toujours était en bonne santé. Cela lui était particulièrement pénible et il résistait. Il descendit l'escalier d'un pas ferme pour chasser l'impression que ses genoux allaient flancher. La femme du chef d'immeuble l'attendait au bas des marches : "Chez qui vouliez-vous aller ?"

"Chez les Schenk, dit Röder, je fais les encaissements pour ma sœur, parce que les Schenk lui doivent de l'argent pour le tissu d'une robe." La locataire de l'étage mansardé descendait justement sa poubelle. Elle dit à la femme du chef d'immeuble: "Il a demandé les Schenk." Celle-ci considéra Röder de la tête aux pieds. Arrivé dans l'entrée de l'immeuble, il l'entendit crier vers l'intérieur de son appartement: "Y a quelqu'un qui voulait voir les Schenk."

Röder se retrouva dans la rue. Il s'essuya le visage de sa manche. Jamais personne ne l'avait dévisagé d'un air aussi étrange. Quelle mouche avait piqué Georg de l'envoyer chez les Schenk? Comment se faisait-il que Georg ignorait que Schenk était à Westhofen? Envoie-le au diable, ce Georg, lui lança la petite voix douce au fond de lui-même, ça te facilitera la vie. Maudis-le, il te mène à ta perte. Il n'y peut rien, se dit Röder, ce n'est pas de sa faute. Il reprit sa route en sifflotant. Il traversa la Metzgergasse. Son visage s'éclaira. Il franchit l'un des porches ouverts. Dans la grande cour, au pied de maisons de plusieurs étages, il y avait le garage appartenant à l'entreprise de transports de sa tante Katharina. Elle était déjà au milieu de la cour, en train de crier au milieu des conducteurs. Elle était un jour, disait-on dans la famille, tombée sur l'entrepreneur de transports Grabber, un type qui picolait, avait appris à boire elle aussi, était devenue vulgaire et d'humeur sombre. Il se racontait aussi dans sa famille une deuxième histoire, il y était question d'un enfant que la tante Katharina avait soudain mis au monde pendant la guerre, onze mois après la dernière permission de l'entrepreneur. Toute la famille avait alors brûlé de curiosité: il allait en faire une tête quand il finirait par avoir une deuxième permission. Il n'y eut pas de deuxième permission, car il tomba au front. Quant à l'enfant, il n'avait pas dû devenir bien grand, car Paul ne l'avait jamais vu.

Il s'était toujours senti attiré par cette femme, répulsion et curiosité mêlées. Parce qu'il aimait la vie, il aimait bien son grand visage revêche marqué par une existence qui l'avait vraiment cabossé. Il en oublia même Georg pour de longues minutes, il s'oublia lui-même, écoutant avec un sourire cette femme et ses jurons qui pour lui aussi étaient inhabituels. C'est vraiment la dernière personne chez qui j'aurais envie de travailler, se dit-il. Cependant, il voulait lui parler d'un des frères de Lisbeth qu'elle devait embaucher, un gars qui avait toujours la poisse et avait perdu son permis de conduire après un accident. Ça peut attendre ce soir, se dit Paul. La soif le taraudait, il entra par la porte de derrière dans le troquet qui donnait sur la cour en se contentant de faire un signe de la main à la tante, se demandant si elle avait remarqué son salut pendant qu'elle rouspétait. Un petit vieux au nez rouge, qui était encore ou déjà dans la salle donnant sur la cour, s'approcha, son petit verre à la main : "Santé, Paulo !" Je m'en payerai un autre ce soir, se dit Paul, une fois que j'aurai réglé le reste.

Dans son estomac vide, le schnaps formait une petite boule brûlante. Les rues s'animaient. Déjà, le temps était compté. Et au fond de lui-même, Paul entendait la petite voix de souris couiner, rusée et douce : oui, une fois que ! Régler le reste ! T'es vraiment celui qu'il faut pour ça ! Hier, à la même heure, tu étais heureux !

Hier, à la même heure, il était allé chercher en vitesse chez le boulanger deux livres de farine pour sa femme. Elle n'a même pas préparé ses brioches à la vapeur, se dit Paul. J'espère que ça va être pour aujourd'hui. Il était arrivé devant le numéro 24. Il considéra d'un air étonné la cage d'escalier, très bien tenue, avec des tapis sur les marches fixés par des tringles de laiton. Il éprouva une certaine méfiance, des gens comme lui pouvaient-ils espérer trouver de l'aide dans ce genre de maison ?

Röder poussa un soupir de soulagement en découvrant depuis l'escalier le nom gravé en lettres gothiques sur la petite plaque métallique qu'il tapota d'un air surpris avant de sonner. Sauer, Architecte. Röder était fâché de sentir son cœur battre la chamade. Une accorte jeune personne portant tablier blanc lui ouvrit, ce n'était même pas la maîtresse de maison, seulement la domestique. La maîtresse de maison se présenta aussitôt après, elle aussi jeune et jolie, sans tablier, tout aussi brune que la première était blonde : "Quoi ? Maintenant ? Mon mari ?" "C'est professionnel, deux minutes seulement." Son cœur s'était calmé. Il pensait : pas mal, le cadre de vie de ce Sauer… "Entrez", dit la femme.

"Entrez, par ici !" s'écria l'homme. Röder regarda à la dérobée à droite et à gauche. Il était d'un naturel curieux. Même en ce moment, le tube de verre au long du mur d'où provenait la lumière et les cadres de lits en nickel attiraient ses regards. Tout ce qu'offre la vie valait d'être ressenti, regardé, goûté, il le ressentait confusément, cela l'empêchait de s'en tenir exclusivement à un point particulier, aussi terrible fût-il. Il suivit la voix, franchissant la deuxième porte. Son cœur se serrait d'inquiétude, mais Röder découvrit tout de même avec étonnement la baignoire insérée dans le sol et dans laquelle on ne montait pas mais se plongeait, et le miroir à trois faces au-dessus du lavabo. "Heil Hitler", lança l'homme sans se retourner. Röder le voyait dans le miroir, sa tête émergeant de la serviette nouée autour de son cou. La mousse à raser recouvrait d'un masque le visage inconnu. Seuls les yeux le fixaient par miroir interposé d'un regard perçant chargé d'intelligence. Röder cherchait ses mots. "Je vous en prie", dit l'homme. Il affûta sa lame de rasoir avec le plus grand soin. Le cœur de Röder battait à tout rompre, celui de Sauer ne battait pas moins fort. Cet homme, il ne l'a jamais rencontré. Il n'est jamais venu au bureau des Ponts et Chaussées. Des visiteurs inconnus à des heures inhabituelles, cela pouvait tout vouloir dire. Ne surtout rien savoir. Ne connaître personne. Ne pas se faire avoir. "Alors ?" reprit-il. Sa voix était rude, mais Röder ne connaissait pas sa voix habituelle. "Je suis chargé de vous saluer de la part d'un ami commun", dit Paul. "Vous souvenez-vous de lui ? Il a participé dans le temps avec vous à cette belle partie de canoë sur la Nidda." Là, se dit l'autre, si je me blesse, ça sera un test. Il commença à se raser, aucune force dans les poignets. Il ne se coupa pas, ne tremblait pas. Voilà, il a fini, se dit Paul, pourquoi n'essuie-t-il pas son visage, pourquoi ne me parle-t-il pas normalement ?

D'habitude, il ne doit pas passer aussi longtemps à se tripoter le visage. Il semble plutôt d'un genre expéditif. – Sauer dit : "Je ne comprends rien à ce que vous me dites. Que me voulez-vous ? Vous me saluez de la part de qui ?" "De votre partenaire de canoë", répéta Röder. "Sur la barque *Annemarie.*" Il surprit dans le miroir le regard en coin de l'autre. Sauer se mit un peu de mousse sur les sourcils, les essuya du coin de la serviette. Puis il continua de se raser. Sans vraiment ouvrir la bouche, il reprit : "Je ne comprends toujours pas un traître mot. Pardonnez-moi. D'ailleurs, je suis pressé. Vous n'avez sans doute pas la bonne adresse."

Röder s'était rapproché d'un pas, il était bien plus petit que Sauer. Maintenant, il voyait la moitié gauche du visage de Sauer dans le miroir latéral. Il lorgna sous la mousse mais n'aperçut que son cou maigre, menton pointé en avant. Sauer se disait : comme il m'épie ! Mais il ne verra pas mon visage. Il peut toujours m'épier. Comment ont-ils fait pour tomber sur moi ? Donc, tout de même soupçonné. Tout de même surveillé. Comme il renifle autour de moi ! Sale petit rat ! Il reprit : "Eh bien, c'est donc votre ami qui s'est trompé d'adresse. Je suis très pressé, je vous prie de ne pas me déranger plus longtemps… Heidi !"

Röder sursauta. Il n'avait pas remarqué qu'ils étaient trois. Derrière la porte, il y avait une enfant, elle serrait entre ses dents une petite chaîne de cou, elle l'observait en silence sans doute depuis le début. "Montre-lui l'escalier !" Röder, en suivant l'enfant dans le couloir, se disait : salaud ! Il a tout compris. Ne veut prendre aucun risque, peut-être à cause de cette môme. Parce que moi, je n'en ai pas, des enfants ?

Quand il eut claqué la porte, Sauer s'essuya le visage en faisant ouf, comme Röder l'en avait pensé capable. Il se précipita vers la fenêtre de la chambre à coucher, et d'un geste brutal, le souffle court, il remonta le volet roulant. Il aperçut à nouveau Röder au moment où il traversait la rue. Me suis-je comporté comme il le fallait ? Que va-t-il rapporter à mon sujet ? Du calme, je ne suis sûrement pas le seul. Ils sont peut-être en ce moment en train de mettre à l'épreuve quelques douzaines de personnes. Curieux prétexte ! Et comme par hasard cette évasion ! Pas si bête, ce prétexte ! Quelque chose a tout de même dû les mettre sur la piste de ma relation d'autrefois avec Heisler. Ou demandent-ils systématiquement la même chose à tout le monde ?

Soudain, il eut froid dans le dos, se demanda : et si c'était sérieux, si ce n'était pas une ruse de la Gestapo ? Si c'est vraiment Georg qui l'a envoyé ! Si ce n'était pas un mouchard ? Allons, si ce n'était pas seulement une rumeur et si Georg Heisler se trimballait vraiment ici, dans sa propre ville, il y avait d'autres moyens pour parvenir jusqu'à lui. Ce drôle de petit bonhomme, c'était juste pour fouiner. Balourd, maladroit ! Il poussa un soupir de soulagement. Il revint devant le miroir pour se coiffer. Son visage avait blêmi comme blêmissent les bruns, on dirait que leur peau se fane. Le miroir lui renvoyait le regard de ses yeux gris clair qui le perçaient plus profond que ne l'avaient jamais fait des yeux étrangers. Quel air irrespirable ! Cette maudite fenêtre, toujours condamnée ! Il se savonna à nouveau rapidement le visage. – Mais tout de même, il faut qu'ils aient eu une raison de m'envoyer cet appât. Dois-je m'enfuir ? Ai-je seulement encore le temps de demander si je dois le faire sans mettre ainsi d'autres personnes en danger ? Il se mit à se raser, mais cette fois, ses mains tremblaient. Aussitôt, il se coupa, pesta.

Ah, j'ai encore le temps de passer chez le coiffeur – Tribunal du peuple et fin de partie –, deux jours après l'arrestation. Arrête de frimer, mon ami. Imagine-toi donc un accident d'avion.

Cet homme d'environ quarante ans, en bonne santé, maigre, inspirant la confiance, noua sa cravate. Il se montra les dents. Il y a une semaine, je disais à Hermann : ces messieurs perdront leurs postes avant que nous perdions les nôtres, et je vous construirai encore dans toute la nouvelle république quelques routes convenables.

Il revint à la fenêtre de la chambre. Il jeta un coup d'œil vers la rue vide par laquelle le petit homme s'était évaporé peu auparavant. Il grelotta. Il n'avait pas l'air d'un espion, ce bonhomme. Il ne se comportait pas du tout comme un mouchard. Sa voix était sincère. De quelle autre manière Georg pouvait-il me contacter ? Cet homme, c'est lui qui me l'a envoyé.

Il en était maintenant presque convaincu. Mais que pouvait-il faire d'autre ? Il n'avait aucune preuve. Même le plus mince soupçon aurait vraiment dû l'amener à renvoyer cet homme. Il se dit : je suis innocent.

Pour Georg, il aurait fait tout ce qui était humainement possible. Il ne souhaitait pas seulement, comme c'est souvent le cas, être capable de tout faire, il aurait vraiment agi – entre quels murs Georg attendait-il sa réponse ? Comprends-moi, Georg, je n'avais pas le droit d'agir inconsidérément.

Puis il se redit : c'était peut-être tout de même un mouchard. Le nom du bateau ? On peut l'avoir découvert depuis longtemps. Pas besoin d'avoir eu mon nom. Georg n'a pas parlé, c'est certain. On frappa : "Monsieur Sauer, le café est servi." "Comment ?" "Le café est servi !" Il haussa les épaules. Il enfila sa veste, qui portait au revers l'insigne du parti et la Croix de fer de première classe. Il regarda autour de lui comme s'il cherchait quelque chose. Il y a des moments où même le lieu le plus familier, le mobilier le plus délicat se métamorphosent en une sorte de décharge d'ordures où traîne une foule d'objets qui ne peuvent plus servir à personne. Il récupéra sa serviette en cuir avec un air de dégoût.

Quand la porte de l'entrée claqua pour la deuxième fois, la femme assise avec l'enfant à la table du petit-déjeuner dit : "Qui était-ce donc ?" "Sans doute M. Sauer", dit la domestique en versant le café. "Impossible", répondit la femme.

"C'était bien lui !" C'est impossible, se disait la femme. Sans café, sans dire au revoir. Elle se ressaisit. L'enfant la regardait. L'enfant ne dit rien. Elle avait immédiatement senti le courant d'air glacial qui émanait du petit homme aux taches de rousseur.

Röder avait sauté dans le tramway, ce qui lui permit de passer juste à temps à la pointeuse. Il n'avait pas arrêté une seconde de pester après Sauer. Ses jurons silencieux contre Sauer ne se transformèrent qu'au moment où il se brûla le bras à la fin de la première heure de travail. Cela ne lui était pas arrivé depuis des lustres. – "Vite, à l'infirmerie !" lui conseilla Fiedler. "Sinon, tu ne toucheras rien si ça empire. Je vais reprendre ton poste." Röder répondit : "Ta gueule !" Sous ses lunettes de protection, Fiedler le regarda d'un air surpris. Möller se retourna : "Eh, vous autres !"

Paul s'occupait du tuyau de sa presse, ravalant la douleur. Il est vraiment obligé de crier, ce connard ! Pourquoi c'est lui le contremaître ? Dix ans de moins que moi.

Vieilli un peu plus vite, voilà ce qu'avait dit Georg. En ce moment, il attend chez moi, attend, attend. Pourvu que Liesel prépare ses brioches. Au moins quelques-unes, se disait Paul, surveillant attentivement l'aiguille du compteur, lèvres pincées, il coulait le métal dans son tuyau. Quand Fiedler lui faisait signe que les capsules de verrouillage étaient serrées, il ouvrait le tuyau, et remontait prestement sa jambe gauche – un mouvement qui n'était en rien nécessaire, mais qu'il avait adopté depuis toujours. Parmi ces hommes à demi nus, bien bâtis, Paul avait l'allure d'un agile kobold sans âge. Tout le monde l'aimait bien, parce qu'il faisait des blagues et supportait qu'on le taquine. Ça fait vingt ans que vous m'aimez bien, se disait Röder avec colère, mais ça suffit. Cherchez-vous un autre amuseur. – Je vais devenir fou si je n'ai pas vite à boire. Seulement dix heures, est-ce possible ? – Soudain, Beutler surgit, il lui étala rapidement un peu de pommade sur le bras et posa une compresse dessus. "Merci, merci, Beutler." "Pas de quoi !" C'est Fiedler qui lui a dit de le faire, pensa Röder. Tous de braves types. Je n'ai vraiment aucune envie de partir d'ici. Demain, je veux être là de nouveau. Ce maudit Möller, s'il savait quelque chose à mon sujet. Et Beutler ? S'il savait qui est chez moi ? Beutler, c'est un brave type. Et après ? Jusqu'à un certain point. Il me fait un pansement, mais s'il allait se brûler lui aussi ? Fiedler ? Il lui jeta un coup d'œil rapide comme l'éclair. Oui, il est différent, se dit-il, comme s'il venait de le découvrir en regardant ainsi ce Fiedler qui était debout à côté de lui d'un bout à l'autre de l'année.

Encore une bonne heure, se dit-il ensuite. Si Georg ne trouve rien de plus avisé, il faudra qu'il reste chez moi la nuit prochaine encore. Il était sûr de ce Sauer à en mettre la main au feu. Heureusement qu'il m'a, moi.

"Tu peux tout de même mélanger d'une main, si tu ne peux rien faire d'autre, dit Liesel à Georg. Coince le saladier entre tes genoux !" "C'est pour quoi faire ? Je veux toujours d'abord savoir pourquoi je fais quelque chose." "Des brioches à la vapeur nappées de crème à la vanille." Georg dit : "Alors là, je suis prêt à mélanger jusqu'à après-demain."

Mais il venait tout juste de commencer à le faire qu'il se sentit en sueur. Il était encore tellement faible. La nuit précédente, pourtant, avait été calme, il l'avait passée dans un demi-sommeil maladif. Des deux, il en a forcément trouvé un, Schenk ou Sauer, se dit Georg, sûrement. Schenk ou Sauer, tout en mélangeant la pâte, Schenk ou Sauer.

De la rue s'élevaient le bruit de tonneaux roulant et des voix fraîches d'enfants chantant la très ancienne comptine du hanneton. Hanneton, vole, vole, ta maîtresse est à l'école, ton papa est à la guerre, ta maman en Poméranie, la Poméranie est en flammes… Mais quand donc avait-il éprouvé si fort le désir d'être un hôte bienvenu, derrière une fenêtre toute simple ? Sous un porche obscur, à Oppenheim sur le Rhin, il avait attendu ce chauffeur qui par la suite l'avait jeté hors du véhicule. En ce moment, dans la pièce voisine, Liesel était en train de retaper les lits, disputait un des garçons, apprenait à l'autre à compter jusqu'à dix, faisait un ourlet à la machine, remplit un broc, calma des sanglots, perdit en dix minutes patience presque dix fois, pour la retrouver dix fois, puisant à quelle source inépuisable ? Quand on y croit, on a confiance. Mais à quoi donc croit-elle, Liesel ? Eh bien, à l'essentiel. Au sens de ce qu'elle fait.

"Allez, Liesel, viens donc, reprise une chaussette, assieds-toi donc à côté de moi." "Maintenant ? Les chaussettes ? Il faut d'abord nettoyer l'écurie, sinon tu vas crever sous la crasse." "Est-ce que j'ai assez mélangé la pâte ?" "Ça suffira quand je verrai des bulles monter."

Si elle savait ce qui m'arrive, est-ce qu'elle me chasserait ? Peut-être, ou peut-être pas. Des Liesel comme elle, écrasées de boulot, habituées à tous les revers, en général, elles ont du courage.

Liesel transporta la lessiveuse de la cuisinière au trépied, mit la planche à laver devant sa poitrine et se mit à frotter avec tant d'ardeur que les muscles se dessinaient sur ses bras ronds. "Pourquoi te presses-tu tant, Liesel ?" "Tu appelles cela se presser ? Parce que entre deux couches de bébé, je devrais faire une piroutette ?"

Au moins, j'aurai encore une fois vu tout cela de l'intérieur. Est-ce que ça va continuer ? Toujours comme ça ? Liesel était déjà en train d'étendre quelques pièces de linge en travers de la cuisine. "Bon, maintenant, passe-moi ton saladier, regarde, des bulles, voilà à quoi ça ressemble." Sur les traits rudes de Liesel qui ne se doutait de rien se dessinait une joie enfantine. Elle déposa le saladier de pâte sur la cuisinière, le couvrit d'un torchon. "Pourquoi tu fais ça ?" "Il ne faut pas de courant d'air, tu ne le savais pas ?" "J'ai oublié, Liesel, il y a bien longtemps que je n'ai pas regardé comment on fait."

"Tenez votre monstre en laisse !" hurla Ernst le berger. "Nelli, Nelli !" – Nelli tremble de rage quand elle flaire le chien de Messer, un gros chien de chasse roux. Il s'arrête à la lisière de la forêt, remue la queue et tourne sa grosse tête aux larges oreilles pendantes vers son maître, M. Messer.

Messer n'a pas de laisse, pas besoin d'ailleurs, car la Nelli et son excitation, son chien s'en moque. Il a pu batifoler à sa guise, maintenant, il est content de rentrer. Le vieux Messer avec son gros ventre enjambe avec précautions le barbelé qui sépare la parcelle boisée qui lui appartient de la forêt de Schmiedheim. C'est un bois de hêtres avec une ligne de conifères en lisière. La pointe qui appartient aux Messer est plantée uniquement de conifères. Ils s'étendent en petits groupes isolés jusque derrière la maison que leurs cimes dépassent.

Allez, on va retrouver ta maîtresse, susurre monsieur Messer. Il a son fusil de chasse à l'épaule. Il revient d'une visite à son beau-frère, le frère de sa défunte épouse qui est garde forestier à Botzenbach.

La maîtresse, ça doit être Eugenie, se dit Ernst. Drôle de maîtresse. Nelli continue à trembler de rage aussi longtemps que les effluves laissés par le chien de Messer flottent au-dessus du champ. "Ernst, s'il te plaît ! crie Eugenie. Je vais te poser ton repas sur le rebord de la fenêtre."

Ernst s'assied en biais pour garder les moutons à l'œil. Deux paires de saucisses bouillies, de la salade de pommes de terre, des concombres, et un verre du vin de Hochheim de la veille au soir. "Tu veux de la moutarde sur tes concombres ?" "C'est jamais trop piquant pour moi." Eugenie mélange la salade sur le rebord de la fenêtre. Des mains douces, blanches, mais si nues ! "Et ton Messer, il ne va pas finir par y passer un petit anneau ?" Eugenie répond d'un ton calme : "Mon cher Ernst, il est temps pour toi aussi de te marier. Alors, les affaires des autres ne te tourneront plus tout le temps dans la tête." "Ma chère Eugenie, qui veux-tu que j'épouse ? Il faudrait qu'elle ait le petit cœur de Marie, les petits pieds dansants d'Else, le petit nez de Selma, le petit derrière de Sophie et le petit livret de caisse d'épargne d'Auguste." Eugenie rit doucement. Quel rire ! Ernst l'écoute avec une intense attention. Ce rire, il est resté intact, un son tendre et doux, qui ne trompe pas. Il aimerait trouver comment faire de nouveau rire Eugenie. Mais le voilà sérieux. "Oui, l'essentiel, dit-il, elle devrait le tenir de vous." "Je n'ai vraiment plus l'âge, dit Eugenie. Et cette chose essentielle, c'est quoi ?" "Une certaine sérénité, une telle – liberté – quand on l'aborde trop directement, alors d'un seul coup plus rien ne permet d'y accéder, et du coup, on ne peut pas la décrire, parce que justement elle est inaccessible, voilà justement l'essentiel."

"Ah, tu es fou", dit Eugenie. Mais elle coince une nouvelle bouteille de vin de Hochheim entre ses genoux, la débouche, en verse une rasade à Ernst.

"Chez vous, on se croirait aux noces de Cana. D'abord l'amertume, puis la douceur. Et ton Messer, il ne rouspète pas ?" "Mon Messer ne me le reproche pas, dit Eugenie, tu vois, et c'est pour ça que je l'aime bien."

À la cantine des ateliers des chemins de fer de Griesheim, Hermann sortit sa bière pour accompagner les casse-croûtes qu'Else lui donnait, de la mortadelle et du pâté de foie, toujours la même chose. Sa première épouse avait eu davantage d'imagination pour lui préparer ses casse-croûtes. Une femme calme, pas très belle, sauf ses yeux clairs, mais intelligente et résolue, et même capable, à l'occasion, de se lever dans une réunion pour exprimer son opinion. Comment aurait-elle vécu avec lui la période actuelle ? Hermann avala son pain accompagné des quatre tranches régulières de charcuterie qui avait toujours le goût de ce genre d'idées. En même temps, il prêtait l'oreille alentour.

"Maintenant, ils ne sont plus que deux, hier, on parlait encore de trois." "Y en a un qui a tabassé une femme." "Et pourquoi ?" "Il avait fauché du linge en train de sécher sur la corde. Elle s'est pointée juste à ce moment-là." "Qui a fauché du linge en train de sécher ?" demanda Hermann, alors qu'il avait tout compris. "Un des évadés." "Un des évadés ? Quels évadés ?" reprit Hermann. "Ceux de Westhofen, de qui d'autre veux-tu qu'on parle ? Il lui a flanqué des coups de pied dans le ventre." "Et on dit que ça s'est passé où ?" demanda Hermann. "Ça n'est pas précisé." "Comment savoir que c'était un des évadés, dit alors un autre, c'était peut-être tout simplement un voleur de linge.” Hermann regarda l’homme ; un soudeur plus tout jeune, un de ceux qui pendant l’année écoulée s’était tellement enfermé dans le silence qu’on ne pensait plus à lui alors qu’on le voyait tous les jours. “Et après, même si c’en était un !” dit un jeune type. “Il ne peut pas s’acheter des chemises chez le fripier. Si une bonne femme le prend sur le fait, il ne peut pas lui dire : auriez-vous la gentillesse de me repasser cette chemise ?” Hermann considéra cet homme qui avait été embauché la veille et qui lui avait dit : pour moi, l’essentiel c’est d’avoir de nouveau un fer à souder entre les mains, pour le reste, on verra. “Il est sûrement comme une bête sauvage, dit un troisième, il sait bien que si on l’attrape, couic.” Hermann regarda ce troisième qui sabrait l’air du plat de la main. Tous lui jetèrent un bref regard. Un silence, et l’essentiel va suivre, ou plus rien. Mais le jeune qui venait d’être embauché laissa libre cours à ses pensées. Il dit : “Dimanche, ça va être un grand jour.” “À ce qu’on dit, nos collègues de Mayence, faut pas leur en promettre.” “On va aller au moins jusqu’à la trouée de Bingen.” “Il y aura même une nounou sur le bateau, ils pensent à tout !” Hermann plante sa question comme on enfoncerait un clou dans une matière visqueuse prête à se rétracter : “Ceux qui restent encore, les deux, c’est lesquels ?” “Qui restent de quoi ?” “Des évadés.” “Un vieux, un jeune.” “Le jeune, il paraît qu’il est du coin.” “Les gens ont de l’imagination”, dit le soudeur, de nouveau présent comme s’il retrouvait les siens au retour d’un long voyage. “Pourquoi viendrait-il se réfugier dans sa propre ville, où des centaines de gens le connaissent ?” “Ça présente aussi des avantages pour lui, les gens dénonceront plus facilement un étranger. Par exemple, vous voyez-vous me dénoncer ?” Celui qui parle, c’est un homme solide comme un cheval. Hermann l’a connu autrefois, tantôt il faisait le service d’ordre dans une salle de réunion, tantôt lors d’une manifestation, poitrine en avant, comme pour dire “Tout est possible”. Au cours des trois dernières années, il a parfois essayé de le sonder, et le type n’a jamais semblé comprendre. Soudain, Hermann a l'impression qu'il en comprend plus qu'il ne le laisse voir. "Je te dénoncerais d'un cœur tranquille, pourquoi pas? Si tu cesses d'une façon ou de l'autre d'être mon camarade, alors tu cesses de l'être bien avant que je cesse d'être le tien en te dénonçant." Celui qui a parlé ainsi, c'est Lersch, l'homme de confiance des nazis, sur le ton particulièrement net que prennent les gens quand des points de vue s'opposent. Le petit Otto, son visage de gamin exprimant la tension, boit ses paroles. C'est Lersch qui assure la formation du petit – au fer à souder et dans les jeux du mouchardage. Hermann considère rapidement le garçon, premier commandant dans la Hitler Jugend, mais pas un lourdaud, un jeune plutôt silencieux qui sourit rarement, une tension extrême dans tous ses gestes. Hermann a souvent réfléchi à son sujet, lui qui, comme on dit, est soumis aveuglément à Lersch. L'homme plus tout jeune cependant répond avec calme: "Exact, avant que quelqu'un me dénonce, il doit réfléchir et se demander si j'ai vraiment fait quelque chose qui fait que je cesse d'être son camarade."

Sortant de la cantine, ils furent nombreux à se retirer dans leur coin. Hermann ne fit plus aucune remarque. Il replia le bout de papier froissé qui avait enveloppé son casse-croûte et le mit dans sa poche pour qu'Else puisse le lendemain le réutiliser. Il était presque certain que Lersch l'observait, flairait en lui quelque chose d'insaisissable qu'il finirait bien par surprendre quelque part, au détour d'un mot. Cette fois, tous bondirent, soulagés, quand la sonnerie marquant la fin de la pause retentit, parce que du dehors était mis un terme à ce que rien ne pourrait de l'intérieur interrompre.

Ce même midi, une bande d'enfants rentrant chez eux par les petites rues de Wertheim se mit à se quereller ou plutôt à jouer, ils formèrent deux groupes opposés et se battirent. Ils avaient pour la plupart jeté par terre, de part et d'autre, leurs affaires de classe.

Soudain, un des coqs de combat s'interrompit, furibard, ce qui déstabilisa le jeu. Un petit vieux en haillons était au bord de la route, il fouinait dans leurs affaires. Il avait récupéré une croûte de pain oubliée. "Hé, vous là-bas!" dit un des gamins. Le vieux s'en fut à pas lents en ricanant. Les garçons le laissèrent sans le tracasser. D'ordinaire, ils étaient prêts à n'importe quelle bêtise, mais là, ils prirent leurs cliques et leurs claques et s'en furent. Le vieux leur avait paru plus que repoussant avec son ricanement et son visage sauvage et barbu. Comme d'un commun accord, ils ne parlèrent pas de lui.

Le vieux sortait lentement de la ville, prenant la direction opposée. Arrivé près d'une auberge, il réfléchit, se mit à rire et entra. La patronne était en train de servir quelques charretiers ; entre deux, elle versa au vieux le petit schnaps qu'il avait commandé. Il se remit vite debout et ressortit en ricanant, sans payer, haussant les épaules et dodelinant du chef. La patronne hurla : "Où il est passé, ce type ?" Les charretiers voulurent le poursuivre. Mais l'aubergiste, qui parce que c'était vendredi devait passer en coup de vent chez le poissonnier et ne voulait pas de grabuge à ce moment-là, retint sa femme et ses clients. "Laissez tomber !"

Le vieux continua tranquillement son chemin. Il traversa la petite ville, ne suivant pas la rue principale mais passant par le petit marché. D'un pas assez assuré, plus droit qu'auparavant et l'air plus tranquille, il gravit la colline en longeant les jardins qui bordaient la ville.

Entre les maisons, le chemin était encore pavé, s'interrompant pour des marches aux endroits les plus raides, mais arrivé dans les collines, il se transformait en chemin de campagne tout à fait ordinaire qui, s'écartant du Main et de la chaussée, menait plus profond à l'intérieur du pays. Tout près des limites de la ville, un autre chemin similaire s'efi détachait, qui tombait sur la chaussée ; et la rue principale du bourg, avec ses réverbères et de nombreux magasins, n'était en fin de compte que la portion de chaussée qui traversait la ville. Mais pour les paysans qui venaient non pas des villages au bord du Main en suivant la chaussée, mais de villages à l'écart, la partie du chemin montant en escalier que le vieil homme avait laissée derrière lui était le chemin le plus court pour atteindre le petit marché local.

Ce vieil homme, c'était Aldinger, le sixième des sept évadés, depuis que Füllgrabe s'était rendu de son plein gré. À Westhofen, personne n'aurait cru sérieusement qu'Aldinger puisse dans son évasion parvenir ne serait-ce que jusqu'à Liebach. On pensait que s'il n'était pas repris dans l'heure, ce serait pour la suivante. Depuis, on en était au vendredi et Aldinger avait atteint Wertheim. La nuit, il dormait dans les champs, il avait été une fois pris pendant quatre heures dans un camion de meubles par un livreur. Il avait échappé à toutes les patrouilles, non pas à force de ruse, sa tête n'était plus de la partie. Déjà au camp, on doutait de son bon sens. Il était resté muet pendant des jours et des jours pour se mettre soudain à glousser en réaction à un ordre. Le hasard aurait pu des centaines de fois conduire à son arrestation. La blouse qu'il avait volée masquait à peine sa tenue de prisonnier. Mais aucune de ces éventualités ne s'était présentée.

Aldinger ignorait toute réflexion, tout calcul. Il ne connaissait que la direction à suivre. La position du soleil le matin, à l'heure de midi, au-dessus de son village. Si la Gestapo, au lieu de mettre en branle pour sa recherche un appareil subtil et puissant, avait tracé une ligne droite allant de Westhofen à Buchenbach, elle l'aurait vite récupéré quelque part sur cette droite.

Parvenu au-dessus de la ville, Aldinger fit une pause et regarda autour de lui. Le tressaillement de son visage cessa, son regard se durcit, son sens de l'orientation, ce sens quasi inhumain, s'apaisa au fond de lui, car il était devenu superflu. Arrivé à cet endroit, Aldinger reconnaissait les lieux. Autrefois, il y faisait une fois par mois arrêter sa charrette. Ses fils descendaient les paniers jusqu'au petit marché local. Pendant ce temps, il contemplait le paysage. Son village n'était d'ailleurs pas bien loin – toutes ces collines se reflétant dans l'eau, certaines boisées, d'autres couvertes d'habitations, et le fleuve lui-même qui se contentait de tout refléter pour tout abandonner derrière lui, même les nuages, les barques dans lesquelles dérivaient les hommes, mais pour quoi faire en fin de compte ? Autrefois, à ses yeux, tout cela était loin et s'éloignait de l'essentiel. Autrefois, tout ça, c'était la vie dans laquelle il voulait revenir, pour laquelle il s'était évadé. Autrefois, c'était le nom que portait désormais le pays qui commençait derrière la ville. Autrefois, ainsi se nommait son village.

Au cours des premiers jours à Westhofen, quand les premières insultes, les premiers coups de poing avaient martelé sa vieille tête, il avait connu la haine et la colère, et aussi le désir de vengeance. Mais les coups étaient tombés plus dru, leur violence s'était accrue, et sa tête était vieille. Peu à peu, tous ses désirs de se venger de ces actes barbares s'étaient retrouvés brisés, et jusqu'à leur souvenir. Mais ce que les coups avaient laissé derrière eux était demeuré puissant, fort.

Aldinger tourna le dos au Main et continua sa calme progression sur le chemin de terre, entre les ornières creusées par les charrettes. Il regardait autour de lui, mais sans inquiétude, se fixant désormais en guise de but des points fixes successifs. Son visage avait perdu de sa sauvagerie. Il descendit sans hâte une petite colline, en gravit une autre. Il traversa un petit bois de pins et une petite zone de reboisement. Le secteur semblait vide de toute présence humaine. Aldinger traversa un champ en jachère puis un champ de betteraves. Il faisait encore assez chaud. Ce n'était pas seulement ce jour-là, l'année tout entière semblait immobile. Aldinger ressentait déjà l'autrefois dans tous ses membres.

Ce jour-là, Wurz, le maire de Buchenbach, n'était pas allé aux champs comme il en avait eu l'intention ou s'était vanté de vouloir le faire, mais s'était enfermé dans son bureau, terme par lequel il désignait son salon, une petite pièce sentant le renfermé et pleine de bazar, qui lui servait d'office municipal et de salle de l'état civil. Ses fils lui avaient suggéré d'aller aux champs sans se faire de bile, car ils voulaient avoir un père héroïque. Mais Wurz s'était tout de même plié à la volonté de sa femme qui n'arrêtait pas de geindre.

Buchenbach était toujours cerné par les sentinelles, la ferme de Wurz faisait en outre l'objet d'une surveillance particulière. Ça faisait rire les gens. Il ne viendrait sûrement pas à l'idée d'Aldinger de se précipiter jusque dans son village. Il chercherait et trouverait une autre occasion de lui faire sa fête, à Wurz. Combien de temps envisageait-il donc de maintenir cette garde rapprochée ? Coûteuse plaisanterie, assurément. Parce que en fin de compte, ces jeunes SA délégués à sa protection, c'étaient des fils de paysans dont on avait besoin dans leurs fermes.

L'épicière Schulz avait aperçu Wurz dans la salle de l'état civil. Elle le raconta au fiancé de sa nièce qui l'aidait dans sa boutique où on trouvait tout ce qui est indispensable à un village. Ce fiancé était de Zigelhausen, et il était arrivé quelques heures plus tôt que prévu dans l'auto du vétérinaire, apportant quelques caisses de bric-à-brac. Il avait l'intention de demander dans la soirée à Wurz de publier les bans. Aussi quand la tante lui dit “Il est à l'état civil”, il attacha un faux col et Gerda, sa fiancée, entreprit de se changer. Le jeune homme fut prêt le premier, il traversa la rue. Devant la porte était posté le factionnaire de la SA, qui connaissait bien entendu le fiancé. “Heil Hitler!” Le fiancé était membre de la même section, non qu'il lui fût impossible de vivre sans porter une chemise brune, mais il voulait pouvoir travailler, se marier et hériter en paix, ce qui dans le cas contraire lui aurait sans aucun doute été rendu impossible. Le factionnaire comprit à son allure qu'il venait pour les bans, et rit en le voyant toquer à la fenêtre du salon. Mais Wurz ne répondit pas.

Il était assis à son bureau, sous le portrait de Hitler. Quand l'ombre avait glissé sur la fenêtre, il s'était fait tout petit dans son fauteuil. Quand on avait toqué, il avait glissé par terre, avait rampé en contournant le bureau pour se planquer derrière la porte. “Entrez donc, vous deux”, disait au-dehors la sentinelle, car Gerda était venue elle aussi, portant jupe et chemisier. Le fiancé était en train de frapper à la porte, abaissant la poignée, car de l'intérieur personne ne répondait "entrez", mais le verrou était tiré. Le factionnaire vint à la rescousse, frappa cette fois à coups de poing en criant : "C'est pour une publication de bans !"

Alors Wurz poussa le verrou, haletant, et regarda d'un air hébété le fiancé qui lui présentait les papiers requis. Wurz se ressaisit au point de réussir à débiter son petit boniment sur la paysannerie comme racine de l'unité du peuple de l'importance de la famille dans l'État national-socialiste et du caractère sacré de la race. Gerda écouta tout ce discours d'un air sérieux, son fiancé hocha la tête. Une fois dehors, il dit au factionnaire, "C'est un beau tas de merde que tu dois protéger, camarade !", cueillit une capucine et la mit à sa boutonnière. Il prit ensuite sa fiancée par le bras et ils arpentèrent la rue du village, firent le tour de la place du village, du petit chêne hitlérien qui ne pouvait encore répandre son ombre ni sur leurs enfants ni sur leurs petits-enfants, mais tout au plus sur quelques escargots et quelques moineaux, ils se rendirent au presbytère pour s'y présenter comme futurs époux puisqu'ils venaient de faire publier les bans.

Aldinger avait laissé derrière lui l'avant-dernière petite colline. Il s'agissait du Buxberg, la colline au buis. Maintenant, il progressait très lentement, comme un homme mort de fatigue mais qui sait qu'il n'est pas question de pause. Il ne se retournait plus, ici, il connaissait le moindre recoin. Aux derniers champs de Ziegelhausen se mêlaient déjà quelques champs de Buchenbach. Même si à l'époque le remembrement avait fait beaucoup de bruit, vu de là-haut, le paysage était toujours aussi rapiécé que le tablier des enfants de la campagne. Aldinger gravit la colline avec une lenteur infinie. Son regard était incertain, mais pas émoussé ou impatient, il brillait de l'éclat d'un but inattendu, indéfinissable.

En bas, à Buchenbach, c'était comme d'habitude l'heure de la relève des sentinelles. Le factionnaire posté devant la maison de Wurz avait également été relevé. Il entra dans l'auberge où deux autres factionnaires tout juste relevés eux aussi vinrent le rejoindre. Ils espéraient tous trois qu'en sortant de chez le curé, le fiancé, leur camarade, passerait et payerait un coup. Wurz, fatigué par le déjeuner et par les émotions qu'il venait de vivre, posa sa tête sur le bureau, sur les papiers des fiancés, leurs arbres généalogiques et leurs certificats médicaux.

La femme d'Aldinger avait porté à ses enfants leur repas aux champs. Ils avaient tous mangé ensemble en plein air. Autrefois, dans la famille Aldinger, il y avait parfois eu des différends comme dans toutes les familles. Depuis l'arrestation du vieux, elle s'était repliée sur elle-même. Ils ne s'exprimaient plus guère à haute voix, non seulement en public, mais en privé également, et ne parlaient même pas de l'absent.

Se conformant aux ordres, un des factionnaires avait comme toujours suivi la femme, ne la quittant pas des yeux. Maintenant, Mme Aldinger, paysanne vêtue de noir, maigre comme un clou, passait devant les deux autres qui étaient postés à la sortie du village. Elle ne regardait ni à droite ni à gauche, comme si rien de cela ne la concernait. Elle ne semblait pas davantage percevoir le factionnaire devant sa maison. On aurait tout aussi bien pu charger de cette surveillance le maigre cerisier du jardin voisin.

Aldinger avait maintenant atteint la crête. Ce sommet n'était guère haut perché pour la majorité des jeunes gens. En tout cas on découvrait le village à ses pieds. Le chemin était bordé sur quelques mètres de bosquets de noisetiers. Aldinger s'y assit. Il resta là un moment, très calme, à moitié à l'ombre, entre les branches apparaissaient par intermittence des morceaux de toits et des portions de champs. Il était sur le point de s'endormir quand il sursauta un peu. Il se releva, ou tenta de le faire. Il embrassa la vallée du regard. Mais cette vallée ne lui apparaissait pas dans l'habituelle lueur de midi, dans la douce lumière de tous les jours. Une clarté froide et austère se répandait sur le village, éclat et vent réunis, si bien que tout prit soudain une netteté inconnue et de ce fait, tout redevint étranger. Puis une ombre épaisse s'abattit sur le paysage.

Plus tard dans l'après-midi, deux petits paysans vinrent cueillir des noisettes. Ils poussèrent des cris aigus. Ils coururent retrouver leurs parents qui étaient aux champs. Le père considéra l'homme. Il envoya un des enfants chercher un autre paysan, Wolbert, dans le champ voisin. Et Wolbert s'exclama: "Mais c'est Aldinger!" Alors, le premier paysan le reconnut aussi. Grands et petits, dans le bosquet, contemplaient le mort. Puis les deux hommes confectionnèrent une civière au moyen de quelques bâtons.

Ils le portèrent au village, passant devant les sentinelles. "Qui amenez-vous donc?" "Aldinger. Nous l'avons trouvé." Ils le portèrent, qu'auraient-ils pu faire d'autre, dans sa propre maison. Ils dirent pareillement au factionnaire posté devant: "Nous l'avons trouvé." Et le factionnaire fut trop interloqué pour les arrêter.

Quand soudain on amena son mari, la femme sentit ses genoux faiblir. Mais elle se ressaisit comme elle aurait dû le faire si c'était de son champ qu'on l'avait ramené mort. Devant la porte de la maison, les voisins étaient déjà assemblés, et il y avait aussi la sentinelle en faction devant cette porte, et deux qui venaient de prendre leur faction à l'entrée de la rue du village ainsi que les trois SA qui étaient à l'auberge, et les jeunes fiancés revenant de chez le curé. Les sentinelles n'étaient restées à leur poste qu'à l'autre bout de la rue ainsi qu'autour du village où on les avait plantées pour empêcher Aldinger de s'y introduire. Et devant la porte de Wurz demeura aussi un moment le factionnaire chargé de le protéger de la vengeance.

Mme Aldinger ouvrit le lit dont les draps étaient restés intacts depuis l'arrestation de son mari. Mais quand on amena l'homme et qu'elle vit dans quel état de crasse, d'abandon il était, elle le fit déposer sur son propre lit. Elle mit d'abord de l'eau à chauffer. Puis l'aîné de ses petits-enfants fut envoyé aux champs pour en ramener le reste de la famille.

Sur le seuil, les gens s'écartèrent devant l'enfant qui avait déjà les lèvres serrées et les yeux baissés de ceux chez qui repose un mort. L'enfant fut rapidement de retour avec ses parents, ses oncles et tantes. Sur les visages des fils on lisait le mépris que leur inspirait le rassemblement de curieux, qui dès qu'ils furent entre leurs quatre murs fit place à une sombre tristesse. Mais bientôt, le mort se comportant comme tous les morts, leur tristesse fut la tristesse pleine de retenue de bons fils pleurant un bon père.

Les choses reprirent alors leur cours normal. Ceux qui entraient dans cette maison ne criaient plus Heil Hitler et ne tendaient plus le bras, mais se découvraient et serraient la main des gens. Les sentinelles SA qui avaient manqué de peu pourchasser et tabasser à mort un vieil homme s'en retournèrent pour une fois vers leurs champs avec des mains innocentes et des consciences libres de tout fardeau. En passant sous les fenêtres de Wurz, on faisait la grimace. La crainte de mettre en jeu un avantage recherché pour soi-même ou pour l'un des siens ne poussait plus personne à cacher son mépris. On se demandait plutôt pourquoi c'était justement Wurz qui avait en ce moment le pouvoir. Maintenant, on ne le voyait plus auréolé de ce pouvoir, mais tel qu'on l'avait vu pendant ces quatre journées, faisant dans son froc. Et on considérait désormais d'un autre regard le village appartenant au domaine, dans la mesure où c'est à lui qu'il incombait de sélectionner les candidats. La moindre remise d'impôts eût été préférable ! Cela méritait de courber le dos devant Wurz ?

Les deux belles-filles aidèrent Mme Aldinger à laver son mari, à le coiffer, à l'habiller de ses meilleurs vêtements. On fourra au feu ses loques de détenu. Elles aidèrent aussi à faire bouillir de l'eau, le deuxième baquet qui permit que le mort soit enfin propre et dont on garda le reste pour la toilette de la famille avant que tous revêtent leurs habits du dimanche.

Cet autrefois dans lequel Aldinger avait voulu revenir ouvrait bien grand ses portes. On le déposa maintenant sur son propre lit. Proches et amis s'assemblèrent pour la veillée funèbre et à chacun on offrit des petits gâteaux. La tante de Gerda se hâta d'ouvrir la caisse pleine de bricoles que le fiancé lui avait apportée dans l'auto du vétérinaire; car maintenant, les Aldinger auraient sans doute besoin de savon, de ruban noir, de bougies. Tout maintenant était comme il se devait, car le mort avait réussi à déjouer les sentinelles encerclant le village.

Rapport transmis à Fahrenberg: sixième évadé retrouvé. Retrouvé, mort. Comment? Cela ne concernait plus Westhofen. C'était une affaire entre le bon Dieu, les instances de Wertheim, celles de l'organisation paysanne de son canton et le maire du village.

Après ce compte rendu, Fahrenberg sortit sur la place qu'on appelait la Piste de danse. SA et SS, pour autant que cela leur incombait, avaient déjà pris position. Les ordres crépitaient. Morte de fatigue, sous le poids de la crasse et du désespoir, la colonne des détenus défila pourtant selon les ordres, rapide et silencieuse comme le soupir échappé à des âmes défuntes. Deux platanes demeurés intacts et flanquant sur sa droite la porte de la baraque du commandant rougeoyaient des couleurs de l'automne, illuminés par les derniers éclats de lumière, et de la plaine s'élevait le brouillard vers ce lieu maudit. Bunsen, posté devant ses SS, avec son visage de chérubin, semblait attendre les ordres de son Créateur. Des dix ou douze platanes qui auparavant se dressaient à gauche de la porte, tous avaient la veille encore été abattus sauf les sept arbres dont on avait besoin. Devant ses SA, Zillich lança l'ordre d'y attacher les quatre évadés vivants. Chaque soir, quand cet ordre retentissait, un frémissement courait parmi les détenus qui au plus profond d'eux-mêmes se mettaient à trembler, faiblement, comme l'ultime frisson avant que tout se fige. Car les SS veillaient strictement à ce que nul ne bouge même le petit doigt.

Mais les quatre hommes attachés aux arbres ne tremblaient pas. Aucun d'eux, pas même Füllgrabe. Il regardait droit devant lui, bouche ouverte, comme si la mort ellemême lui avait hurlé au visage de se comporter enfin comme un homme digne de ce nom. Et sur son visage aussi flottait un reflet de cette lumière comparée à laquelle la lampe de service d'Overkamp n'était qu'un misérable lumignon. Pelzer gardait les yeux clos, son visage avait perdu toute délicatesse, toute hésitation, toute faiblesse, il était devenu hardi, coupant. Ses idées étaient concentrées, non qu'il eût douté ou cherché à se justifier, mais pour comprendre l'inexorable. Il sentait aussi que Wallau était debout près de lui. De l'autre côté de Wallau se tenait cet Albert qui avait été tabassé immédiatement après l'évasion. À la demande d'Overkamp, on l'avait rafistolé tant bien que mal. Il ne tremblait pas lui non plus. Il était lui aussi bien au-delà. Huit mois auparavant, à la frontière du Reich, dans sa redingote à la doublure bourrée de devises, il s'était trahi en tremblant. Maintenant, suspendu plus que se tenant sur ses jambes, il se retrouvait à cette étrange place d'honneur qu'il n'aurait jamais rêvé d'atteindre, à la droite de Wallau, et son visage humide était parsemé de taches de lumière. Seuls les yeux de Wallau étaient animés d'un regard. Quand on le conduisait devant les croix, son cœur presque pétrifié palpitait à nouveau. Georg était-il parmi eux? Ce qu'il regardait maintenant d'un regard fixe, ce n'était pas la mort, c'était la colonne des détenus. Et parmi les anciens visages, il en découvrit même un nouveau. C'était celui d'un type qui avait passé la nuit à l'infirmerie. Il s'agissait de ce Schenk chez qui Röder était passé le matin afin de chercher un point de chute pour Georg.

Fahrenberg s'avança. Il donna l'ordre à Zillich de retirer les clous de deux des arbres. Ils se retrouvèrent là, nus et vides, tout à fait semblables aux croix que l'on plante sur les tombes. Maintenant, seul un arbre demeurait vide avec ses clous, tout à gauche, à côté de Füllgrabe. Le sixième évadé a été retrouvé, proclama Fahrenberg. August Aldinger. Mort, comme vous pouvez le constater ! Il n'a qu'à s'en prendre à lui-même de sa propre mort. Nous n'attendrons plus très longtemps le septième, il est en route. L'État national-socialiste poursuit sans pitié chacun de ceux qui ont porté atteinte à l'intégrité de la communauté nationale, il protège ce qui est digne de sa protection, il châtie qui a mérité châtiment, il élimine qui doit l'être. Dans notre pays, il n'y a plus d'asile pour des criminels en fuite. Notre peuple est sain, il se débarrasse des malades, il extermine les fous. Depuis l'évasion, il s'est écoulé moins de cinq jours. Le résultat – ouvrez grand vos yeux, retenez bien le message.

Puis Fahrenberg regagna la baraque. Bunsen fit avancer de deux mètres la colonne des détenus. Il ne restait plus désormais qu'un espace étroit entre les arbres et le premier rang. Pendant le discours de Fahrenberg et les ordres qui le suivirent, le jour était tombé. Sur sa gauche comme sur sa droite, la colonne était enserrée entre les SA et les SS. Au-dessus de la place et derrière elle, le brouillard. À cette heure-là, tous se crurent perdus. Ceux qui parmi les détenus croyaient en Dieu se dirent qu'il les avait abandonnés. Ceux qui ne croyaient à rien laissèrent le vide les envahir, tout comme on peut pourrir encore vif. Ceux parmi les détenus qui ne croyaient à rien d'autre qu'à la force qui anime l'être humain se dirent que cette force ne vivait plus qu'en eux, que leur sacrifice était devenu inutile et que leur peuple les avait oubliés.

Fahrenberg s'était assis derrière la table. De sa place, il pouvait voir les croix par l'arrière, il voyait de biais les SA et les SS, et la colonne, il la voyait de face. Il entreprit de rédiger son rapport. Mais il était lui aussi bien trop énervé pour ce genre de tâche. Il attrapa l'écouteur, enfonça un bouton, raccrocha.

Quel jour était-on ? Bien sûr, ce jour était sur son déclin, mais il en restait tout de même trois avant le terme qu'il s'était fixé. S'il a suffi de quatre jours pour en retrouver six, on devrait être en mesure d'en retrouver un en trois jours. En outre, ce seul individu était cerné. Il ne trouverait plus une minute de sommeil. Et malheureusement, lui non plus, Fahrenberg, ne le retrouverait pas.

Dans la baraque, l'obscurité était presque complète. Il alluma la lampe. Cette lumière venant de la fenêtre de Fahrenberg projeta les ombres des arbres jusque devant le premier rang de la colonne. Depuis combien de temps étaient-ils debout ? Faisait-il déjà nuit ? Toujours aucun ordre et les tendons des hommes attachés étaient en feu. Soudain, trois rangs avant la fin de la colonne, quelqu'un poussa un cri – cela fit sursauter les quatre hommes attachés à leurs clous –, puis bascula vers l'avant, entraînant dans sa chute l'homme devant lui. Il se tordit sur le sol et se mit à hurler sous les coups de pied et de poing qui s'abattirent sur lui. Les SA étaient omniprésents.

Au même moment, chapeaux sur la tête, en imperméables, serviettes à la main, les commissaires Fischer et Overkamp quittaient le camp intérieur, accompagnés par une ordonnance qui portait leurs bagages. Overkamp avait achevé sa mission en ce lieu. La recherche de Heisler ne justifiait plus sa présence à Westhofen.

Deux ordres, et tous reprirent la position. L'homme qui s'était effondré et celui qui était devant lui avaient déjà été dégagés. Sans regarder ni à droite ni à gauche, les deux commissaires gagnèrent la baraque du commandant, passant entre les croix et la première rangée de détenus alignés, ne semblant pas remarquer que la voie qu'ils suivaient était bordée de bien étranges façades. L'ordonnance chargée de son fardeau fit halte devant la porte, considérant ce qui l'entourait. Les deux hommes ressortirent au bout d'un court instant et passèrent à nouveau devant les détenus. Cette fois, le regard d'Overkamp s'attarda sur les arbres. Wallau le fixa. Overkamp hésita de façon presque imperceptible. Sur son visage naquit une expression faite de sentiments mêlés : je te reconnais, désolé, tu ne peux t'en prendre qu'à toi-même. S'y ajoutait peut-être aussi une once de respect.

Overkamp le savait, ces quatre hommes étaient perdus dès son départ du camp. Tout au plus les laisserait-on encore en vie jusqu'au moment où le septième serait ramené. À condition qu'on ne fasse pas de bêtise avant ou ne perde patience.

Depuis la Piste de danse, on entendit le moteur démarrer. Les cœurs se serrèrent. Seul, parmi les quatre hommes entravés, Wallau était encore capable de le savoir avec certitude : maintenant, ils étaient perdus. Mais Georg, avait-il été retrouvé, était-il en chemin vers le camp ?

"Ce Wallau, il va y passer le premier", dit Fischer. Overkamp acquiesça de la tête. Il connaissait Fischer depuis longtemps. Ils étaient tous deux animés d'esprit patriotique et avaient gagné au front toutes les décorations imaginables. Ils avaient déjà eu l'occasion ici et là de travailler ensemble au service du régime. Overkamp, dans son métier, avait coutume de recourir aux méthodes habituelles dans la police. Des interrogatoires musclés, pour lui, c'était un travail comme un autre. Qui ne l'amusait pas vraiment, il n'y prenait aucun plaisir. Il avait toujours considéré les gens qu'il était chargé de poursuivre comme des ennemis de l'ordre tel qu'il se le représentait. Aujourd'hui encore, il considérait ainsi ceux qu'il était en train de rechercher. Dans cette perspective, les choses restaient claires. Elles perdaient leur clarté seulement quand il se demandait pour qui en fin de compte il travaillait.

Mais Overkamp s'arracha à ces considérations liées à Westhofen. – Restait l'affaire Heisler. Il regarda sa montre. On les attend dans une heure dix à Francfort. À cause du brouillard, leur voiture ne roulait plus qu'à quarante à l'heure. Overkamp essuya le pare-brise. Il reconnut une sortie de village éclairée par un réverbère. "Hé, halte !" cria-t-il soudain.

"Stop, on descend, Fischer ! Vous avez déjà bu du cidre cette année ?" Pendant qu'ils descendaient de voiture, se retrouvant dans les brumes flottant sur cette campagne solitaire et fraîche, la tension liée à leur travail se dissipa, ainsi que ce sentiment de malaise auquel ils n'avaient en cet instant aucune envie de réfléchir. Ils entrèrent dans l'auberge de village où Mettenheimer avait attendu sa fille quand elle avait reçu inopinément une autorisation de visite pour Westhofen qui ne lui avait fait aucun plaisir.

Quand Paul Röder remonta chez lui après sa journée de travail, Georg n'eut pas besoin de l'interroger. La manière dont s'était conclue la recherche de planques se lisait sur son visage.

Liesel s'attendait à ce que ses brioches soient accueillies par des Oh ! et des Ah ! de gourmandise. Mais les deux hommes chipotèrent comme pour des rutabagas. "Tu t'es fait mal ?" demanda Liesel à Paul. "Pourquoi donc ? Ah oui, un coup de malchance." Il montra son bras brûlé. Liesel était presque contente d'avoir une raison expliquant leur mastication muette et ingrate. Elle examina la plaie. Depuis l'enfance, elle était accoutumée à toutes sortes d'accidents professionnels frappant les familles. Elle alla chercher une pommade quelconque. Soudain, Georg dit : "Pour ma main, un bandage n'est plus vraiment nécessaire. Liesel, puisque tu joues les infirmières, donne-moi donc un pansement."

Paul regarda sans mot dire sa femme dérouler sans grande surprise la bande de gaze. Les aînés des enfants observaient, lorgnant par-dessus le dossier de la chaise de Georg qui sentit un regard. Les petits yeux brillants de Röder le considéraient d'un air sévère, froid. "Tu as eu de la veine, Georg, dit Liesel, que les éclats ne te sautent pas dans les yeux."

"De la veine, de la veine !" dit Georg. Il examina sa paume. Liesel l'avait pansée de façon plutôt habile et n'avait entouré que le pouce. S'il tenait sa main comme il faut, elle n'avait pas l'air blessée. Liesel cria : "Attends ! Non !" Elle ajouta : "On aurait pu le nettoyer." Georg s'était levé, se hâtant de fourrer le vieux bandage dans le fourneau où il restait encore un peu de braise après la cuisson des brioches. Röder l'avait suivi du regard, sans un geste. "Ça pue…" dit Liesel, ouvrant grand la fenêtre, à nouveau un ruban de fumée nauséabonde s'élevait dans une ville, l'air montait vers l'air, la fumée vers la fumée. – Maintenant, le médecin peut dormir tranquille. Quelle imprudence que d'aller chez lui ! Comme il avait des mains adroites ! Le cœur et l'intelligence dans les mains !

"Écoute, Paul, dit Georg d'un ton gaillard, te souviens-tu de Moritz la Fripe ?" "Oui", dit Paul. "Tu te souviens de ce jour où nous avons tourmenté le vieux jusqu'au moment où il s'est plaint à ton père et où ton père t'a flanqué une raclée, le vieux était à côté et criait : pas sur la tête, monsieur Röder, ça va le rendre idiot, sur le cul, sur le cul ! Ce bonhomme, finalement, c'était un type bien, non ?" "Oui, un type très bien." "Toi, ton père t'a frappé de l'autre côté, dit Paul, sinon, tu serais plus futé."

Pendant trois minutes, ils s'étaient sentis soulagés. Maintenant, les choses telles qu'elles étaient revenaient leur écraser le cœur, inéluctables, insupportables. "Paul", dit Liesel inquiète. Pourquoi ce regard vague ? Elle ne prêtait aucune attention à Georg. Tout en débarrassant la table, elle n'arrêtait pas de lorgner vers son mari, jetant un dernier coup d'œil depuis la porte en emmenant ses enfants au lit.

"Georg, mon ami, dit Paul quand elle eut refermé derrière elle, maintenant, les choses sont comme elles sont. Il faut dégotter une solution plus astucieuse. Mais cette nuit, il faudra encore que tu dormes ici."

Georg répondit : "En ce moment, ma photo est affichée dans tous les commissariats, t'en as conscience ? Et qu'on la présente à tous les chefs d'îlots ? Que les chefs d'îlots la montrent aux chefs d'immeubles ? Peu à peu, l'information circule." "Est-ce qu'on t'a vu monter ici hier ?" "Je ne peux pas en jurer, le couloir était vide."

"Liesel, dit Paul, tu sais, j'ai tellement soif, je ne sais pas pourquoi, une de ces soifs, va donc chercher de la bière."

Liesel rassembla les bouteilles vides. Soumise, elle descendit. Mon Dieu, qu'est-ce qui lui pèse donc, à mon mari ?

"Tu ne veux pas qu'on la mette au courant, Liesel ?" demanda Paul. "Liesel ? Non. Tu crois qu'elle accepterait que je reste chez vous ?"

Paul se tut. Soudain, il y avait en sa Liesel qu'il connaissait depuis l'enfance et de A jusqu'à Z un endroit qui lui semblait inconnu, complètement opaque. Ils se plongèrent tous deux dans leurs pensées. "Ton Elli, dit alors Paul, ta première femme…" "Oui, et alors?" "Sa famille a tout de même une situation, des gens comme ça, ils en connaissent d'autres… Je ne devrais pas y faire un saut?" "Non! Elle est sous surveillance! En plus, tu ne sais pas ce qu'elle pense."

Ils continuèrent à ruminer. En face, derrière les toits, le soleil déclinait. Dans la ruelle, les réverbères étaient déjà allumés. Un reste de lueur du soir pénétrait encore, de biais, rase, comme si avant de s'éteindre elle visait les coins les plus reculés. Les deux hommes eurent d'abord l'impression que tout ce qu'effleuraient leurs pensées s'effritait. Ils épiaient tous deux les bruits de l'escalier.

Liesel remonta avec ses bouteilles, cette fois très surexcitée. "Bizarre, dit-elle, au troquet, quelqu'un a posé des questions à notre sujet." "Quoi? À notre sujet?" "Un homme a demandé à Mme Mennich où nous habitions. Mais s'il ne sait pas où nous habitons, il ne peut pas nous connaître."

Georg s'était levé: "Liesel, il faut que je m'en aille. Merci beaucoup, pour tout." "Bois une dernière bière avec nous, Georg." "Désolé, Liesel, il est tard. Alors…" Elle alluma la lumière: "Cette fois, ne laisse pas de nouveau une brèche dans notre amitié." "Non, Liesel." "Et où tu veux aller?" demanda Liesel à Paul. "Tu viens de m'envoyer chercher de la bière…" "J'accompagne seulement Georg jusqu'au coin de la rue, je reviens tout de suite." "Non, tu restes ici!" s'écria Georg. Paul répondit d'un ton calme: "Je t'accompagne jusqu'au coin. C'est mon problème."

Sur le seuil, il se retourna. Il dit: "Liesel, écoute-moi bien! Il ne faut dire à personne que Georg est venu chez nous." Liesel rougit de colère. "Donc il y a tout de même une entourloupe! Pourquoi vous ne me l'avez pas dit tout de suite?" "Je t'explique en remontant. Mais bouche cousue. Sinon, ça tournera mal, même pour moi et pour les enfants."

Elle resta debout, pétrifiée, derrière la porte qu'il venait de claquer. Tourner mal, pour les enfants, pour Paul ? Elle eut chaud et froid en même temps. S'approchant de la fenêtre, elle les vit tous deux, un grand et un petit, marchant entre les réverbères. Elle prit peur. Elle s'assit à la table et attendit, alors que la nuit tombait, le retour de son mari.

"Si tu ne t'en retournes pas immédiatement, disait Georg à voix basse, d'un ton rauque, le visage défiguré par la colère, tu cours à ta perte, et ça ne m'aide en rien." "Ta gueule ! Je sais ce que je fais. Tu vas aller là où je vais t'emmener. Tout à l'heure, quand Liesel est remontée et nous a fait paniquer, d'un coup, j'ai vu clair. J'ai une idée. Si Liesel tient sa langue, ce qu'elle va faire à coup sûr, parce qu'elle aura peur pour nous, tu es tiré d'affaire pour cette nuit." Georg ne répondit pas. Sa tête était vide, il ne pensait presque plus. Il suivit Paul vers le centre-ville. À quoi bon penser si cela ne mène plus à rien ? Son cœur battait, battait à tout rompre, comme s'il voulait être libéré d'un abri inhospitalier. Comme deux soirs plus tôt, quand il avait entrepris de retrouver Leni ! Il tenta de le calmer, ce cœur : tu ne peux pas comparer, il s'agit cette fois de Paul. Ne l'oublie pas. Ça n'a rien à voir avec des amourettes. Ça, c'est de l'amitié. Tu ne te fies à personne ? Il faut justement avoir aussi le courage de se fier à un ami. Calme-toi donc. Mon cœur, tu ne peux pas indéfiniment battre ainsi. Tu me déranges.

"Nous ne prenons pas le tram, dit Paul, on n'en est pas à dix minutes. Je vais t'expliquer où je te conduis. Ce matin, je suis déjà passé par ici, en allant chez ton maudit Sauer. J'ai une parente dans le coin, ma tante Katharina, elle a une entreprise de transports, ce n'est pas une grosse affaire, trois ou quatre voitures. Un frère de ma femme, qui vient d'Offenbach, doit travailler chez elle, il sort de prison, on lui a retiré son permis de conduire, il avait de l'alcool dans le sang. Il vient de nous écrire qu'il arriverait plus tard et m'a chargé de tout régler. Elle n'est pas au courant, d'ailleurs elle ne le connaît pas. Je vais te présenter. Tu répondras toujours oui, ou tu ne diras rien."

"Et les papiers ?" "Et demain ?" "Essaye de t'habituer à compter un, deux, trois au lieu de vouloir commencer par trois. Pour l'instant, il faut que tu partes. Il faut que tu passes la nuit quelque part. Tu préfères te retrouver mort cette nuit et avoir demain des papiers en bonne et due forme ? Demain, je ferai un saut. Le petit Paul, il lui viendra bien une autre idée."

Georg lui toucha le bras. Paul leva les yeux vers lui, lui fit une petite grimace comme quand on veut empêcher un enfant de pleurer. Son front était plus clair que le reste de son visage, parce qu'il avait moins de taches de rousseur. Sa seule présence rassurait Georg. Pourvu qu'il ne fasse pas soudain demi-tour. Georg dit : "On peut nous coffrer tous les deux n'importe quand." "À quoi bon y penser ?"

La ville était pleine de lumières et animée. De temps en temps, Paul croisait une connaissance, saluait, était salué en retour. À ces moments-là, Georg détournait la tête. "Pas besoin de toujours tourner la tête, dit Paul, on ne te reconnaît vraiment pas." "Mais toi, Paul, tu m'as tout de suite reconnu." Ils atteignirent la Metzgergasse. Il y avait là deux garagistes, un poste d'essence, quelques troquets. Comme Paul passait souvent dans le coin, on le saluait souvent. Heil Hitler, Heil Hitler, Paulo, Paulo ! Sous le porche, il y avait un autre petit groupe : des SA, deux femmes, le petit bonhomme du troquet donnant sur la cour. Sa trogne enluminée brillait ce soir comme un catadioptre. "On est tous au bistro, entre donc mon Paulo." "D'abord, je passe souhaiter bonne nuit à ma tante Katharina" "Aïe !" fit le vieux à qui ce nom donnait des frissons. "Allez, viens, petite trogne, viens", dirent les femmes en le prenant entre elles deux. Puis un camion sortit à vitesse réduite de la cour et les obligea à s'écraser contre le mur, à gauche comme à droite. Quand Georg et Paul entrèrent dans la cour, Mme Grabber, la tante Katharina en personne, était sur le seuil, elle venait de suivre le départ du chargement. Les déménagements pour l'étranger partaient de nuit.

“Le voilà!” dit Paul. “Ce gars-là?” dit la femme. Elle jeta un bref regard à Georg. Elle était vigoureuse, trapue, plus d’os que de chair. Les cheveux blancs frisottés sur son front hargneux et cabossé, les sourcils tout aussi blancs au-dessus de ses yeux mauvais au regard coupant ne lui donnaient pas l’apparence d’une vieille femme mais d’un être qui pour une raison quelconque arbore une crinière blanche. Elle lança à nouveau à Georg un rapide coup d’œil. “Alors, c’est pour quand?” Elle attendit un instant, puis flanqua en passant une bourrade dans son chapeau. “Ôte-moi ça! Il n’a pas de casquette?” “Ses affaires sont restées chez nous, dit Paul, mais notre petit Paul n’arrête pas de piailler, Liesel pense qu’il va avoir la rougeole.” “Je vous souhaite bien du plaisir! dit la femme. Pourquoi restez-vous plantés là dans le passage, entrez ou restez dehors.” “Salut, Otto, bonne chance”, dit Paul, qui avait gardé dans les mains le chapeau tombé de la tête de Georg. “Au revoir, tante Katharina, Heil Hitler!”

Dans l’intervalle, Georg avait examiné avec attention le visage de la femme: l’espace dans lequel il devra au cours des prochaines heures s’orienter. Maintenant, c’est elle qui l’observait pour la troisième fois, cette fois d’un air dur, l’examinant sous toutes les coutures. Il ne baissa pas les yeux – ils n’avaient ni l’un ni l’autre la moindre raison de se montrer aimable. “Quel âge avez-vous?” “Quarante-trois ans.” “Paul s’est fichu de moi, mon entreprise n’est pas une maison de santé.” “Commencez donc par regarder ce que je sais faire.” Les narines de la femme se dilatèrent. “Je sais d’emblée ce dont vous êtes capable, allez, allez, allez! Change-toi.” “Passez-moi une blouse, madame Grabber, mes bagages sont restés chez Paul.” “Hm?” “Je ne pouvais pas deviner qu’ici le boulot se fait de nuit.” La femme se mit alors à déverser pendant de longues minutes un torrent d’injures. Georg n’aurait pas été surpris qu’elle se mette à le frapper. Il l’écouta en silence, sur les lèvres un sourire furtif qu’elle ne remarqua pas ou qu’elle remarqua à la lueur du réverbère. Quand elle eut fini, il dit: “Si vous n’avez pas de blouse pour moi, je vais bosser pour vous en caleçon. Comment voulez-vous que je sache où sont les choses ici, puisque je suis là pour la première fois ?"

"Tu peux le ramener directement chez toi !" lança la femme à Paul qui soudain était de retour, tenant à la main le chapeau de Georg. Il avait foncé dans la ruelle, les autres l'avaient salué avec des Heil Hitler depuis les troquets, il avait levé le bras, et là, il avait remarqué le chapeau. Paul sursauta. Il fit la grimace. "Fais donc un essai jusqu'à demain, je repasserai et tu me diras ce qu'il en est." Il repartit, prenant ses jambes à son cou.

"S'il n'y avait pas Paul, dit la femme un peu calmée, un type comme vous pourrait crever. Mon affaire, c'est pas un sana. Bon, venez." Il la suivit à travers la cour bien trop éclairée et trop animée à son goût. Les gens entraient et sortaient par la porte de l'auberge donnant sur la cour et par les portes des maisons. Déjà, des regards s'attardaient sur lui. Un policier était campé dans le garage ouvert, posté devant une voiture vide. Il ne peut pas avoir été là avant moi, se dit Georg, qui sentit la sueur ruisseler. Le policier ne prêtait pas garde à lui, il réclamait certains papiers. "Cherchez-vous des fringues", dit la femme à Georg. La fenêtre d'une pièce qui servait de bureau donnait sur le garage. Le policier regarda sans mot dire Georg enfiler une des blouses grasses qui traînaient là. Puis il leva les yeux vers la fenêtre éclairée, vers la grande tête blanche de la femme. Il marmonna : "Quelle bonne femme !" Après son départ, la femme passa la tête par la fenêtre, appuyant ses bras d'une manière qui disait clairement que cette fenêtre était son poste de commandement. Elle gueula : "Allez, dehors, dans la cour, espèce d'empoté ! Dans une heure et demie on vient le chercher pour Aschaffenburg, allez, allez !"

Georg se posta sous la fenêtre. Il lança : "Voudriez-vous je vous prie m'expliquer calmement et de façon précise ce que je dois faire chez vous." Les yeux de la femme se rétrécirent. Ses pupilles s'enfonçaient dans le visage de ce type dont elle avait entendu dire que c'était un gars passablement dépravé, qui menait sa famille à la ruine. Mais elle avait beau le fouiller, ce visage qu'une chute, pensait-elle, avait défiguré, on ne pouvait plus rien lui faire. Alors que d'ordinaire, là où elle jetait les yeux se répandait un air glacial, pour la première fois elle ressentit à son tour un souffle glacé. Elle commença à expliquer tout à fait calmement comment il devait réviser la voiture. Elle le regarda faire avec attention. Au bout d'un moment, elle descendit, se campa à côté de lui pour lui faire augmenter la cadence. La main à moitié guérie de Georg n'avait pas tardé à se rouvrir. Alors qu'il remettait une guenille crasseuse dessus, l'attachant des dents et de la main gauche, elle lui lança : "Ou vous êtes guéri, et alors, au boulot, ou vous ne l'êtes pas, et vous dégagez !" Il se tut et cessa de regarder la femme, se dit : elle est comme ça et pas autrement, il faut la prendre comme elle est, tout finit par passer. Il obéit et poursuivit sa tâche, rapide, plein de rage, bientôt épuisé au point de ne plus pouvoir ni redouter ni penser quoi que ce soit.

Au même moment, Liesel était en train d'attendre dans sa cuisine obscure. Comme au bout de dix minutes Paul n'était toujours pas revenu, elle sut qu'il avait accompagné Georg loin d'ici. Que s'était-il passé ? Qu'avaient-ils mijoté tous les deux ? Pourquoi Paul ne lui avait-il rien dit ?

Ce soir-là, il régnait un silence de mort. Les coups de marteau au quatrième étage, les disputes au deuxième, les marches militaires sortant d'un poste de radio, les rires dans la rue et de fenêtre en fenêtre, rien ne pouvait couvrir le silence et surtout pas les pas étouffés montant l'escalier.

Liesel n'avait eu directement affaire à la police qu'une fois dans sa vie. Elle était alors enfant, dix ans, douze peut-être. Un de ses frères avait fait une bêtise, peut-être celui qui était tombé au front, car par la suite on n'avait plus jamais parlé de cette affaire dans la famille. Cette histoire était enterrée avec lui en Flandres. Mais la peur qui les avait alors tous torturés, Liesel la sentait encore dans ses veines en ce moment. La peur qui n'a rien à voir avec la conscience, la peur des pauvres, la peur de la poule devant le vautour, la peur des poursuites de l'État. Cette peur ancestrale qui montre mieux que toutes les constitutions et les livres d'histoire de quel côté se place l'État. Mais au même moment, Liesel décida de résister, de se défendre et de défendre sa couvée bec et ongles, par la ruse et l'artifice.

Quand il fut tout à fait certain que les pas qui avaient gravi les dernières marches venaient chez elle, elle bondit, alluma la lumière et se mit à chanter d'une voix sèche, envahie par la peur, le souffle court. Car elle se dit que chanter en pleine lumière témoignait d'une parfaite bonne conscience. Et d'ailleurs, l'homme arrêté devant sa porte hésita avant de sonner.

Il n'était pas en uniforme. La lampe de Liesel éclaira un visage indifférent, obtus, qui lui était inconnu et lui semblait fermé. Sans doute un de la secrète, se dit Liesel. Elle usait en pensée de telles expressions, qu'elle avait sans doute récupérées ici ou là, car Paul ne parlait presque jamais avec elle de ce genre de choses. Sûr qu'il porte sa plaque d'identité quelque part à l'intérieur de sa veste.

"Vous êtes Mme Röder?" dit l'homme. "Comme vous le voyez." "Votre mari est là?" "Non, dit Liesel, il est sorti." "Quand pensez-vous qu'il va rentrer?" "Vraiment, je n'en sais rien." "Enfin, il va tout de même finir par rentrer?" "Aucune idée." "Il est en voyage?" "Oui, oui, en voyage. Son oncle est mort." Elle surprit un frémissement sur le visage étranger, à demi masqué par la porte, à demi dans l'ombre, traduisant à l'évidence sa déception. Allez, dégage, se disait-elle. Mais l'homme se tourna à nouveau vers elle. "Ça fait longtemps qu'il est parti?" "Pas mal de temps." "Bon, alors, Heil Hitler!" Même son dos exprimait la déception, il haussa les épaules.

Une deuxième idée angoissa Liesel. Et s'il demande au chef d'immeuble?

En chaussettes, elle sortit furtivement de l'appartement et tendit l'oreille, mais il ne posa aucune question. Revenue à la fenêtre de la cuisine, elle le vit s'éloigner dans la ruelle silencieuse.

Ce soir-là, Franz s'était rendu chez les Röder, poussé par une sorte d'espoir, de sens de l'orientation le guidant vers une piste possible. Il était déçu et abattu, suivant maintenant les rues silencieuses vers sa station de tram. Il prit la direction de l'autre bout de la ville, vers sa sortie, où il avait laissé son vélo près d'une auberge. C'est alors seulement qu'il se dirigea vers la cité où vivait Hermann.

Hermann attendait Franz, absolument certain qu'il viendrait, si bien que son inquiétude croissait de quart d'heure en quart d'heure. Il était rare que Franz reste si longtemps sans passer. Ce soir-là, il se rendit compte que lui-même, auprès de qui Franz cherchait conseil, avait davantage besoin de ce dernier qu'il n'en avait eu conscience. Ce conseil que Franz avait coutume de lui demander, parlant calmement, le regardant calmement, pour le suivre fidèlement, il avait justement besoin de Franz pour prendre forme et franchir ses lèvres. Quand enfin le timbre de la bicyclette retentit sous sa fenêtre, Else nettoya la toile cirée de la table de cuisine en passant dessus son tablier. Hermann sortit le jeu d'échecs du tiroir, dissimulant sa joie.

Mais elle ne dura ce soir-là que jusqu'au moment où Franz fut enfin bien installé à sa table. Franz n'était pas comme d'habitude. Il garda d'ailleurs plus longtemps le silence.

Hermann lui laissa tout son temps. Franz finit par rompre le silence, ou bien le silence se rompit tout seul. Hermann commença par écouter seulement avec attention, puis avec surprise, enfin avec inquiétude. Franz racontait ce qui lui était arrivé, ses trois rencontres avec Elli, au cinéma, sous la halle du marché, dans la mansarde aux pommes. Rapportant comment ils avaient exploré la vie de Georg, se creusant la tête pour en faire surgir des noms, comment il avait suivi ces traces, possédé par l'idée de parvenir tout seul à retrouver Georg. Comme toutes ses tentatives avaient échoué et d'ailleurs… “Quoi, d'ailleurs ?” Mais Franz était retombé dans son mutisme et Hermann attendait. Que Franz lui parle maintenant seulement de tout cela et ait entrepris tant de démarches de sa propre initiative sans le consulter, sans en parler avec lui, c'était une mauvaise façon d'agir et ne servait à rien. Hermann regardait d'un air étonné le visage un peu fruste, un peu endormi de son ami, qui cachait bien son indomptable volonté.

Franz se remit à parler, mais ce n'était pas ce que Hermann avait attendu.

"Tu vois, Hermann, je suis un être tout à fait ordinaire. Tout ce que j'attends de la vie, ce sont les choses les plus ordinaires. Pouvoir rester là où je suis, car je m'y plais bien. Ce besoin de partir que d'autres éprouvent, d'aller aussi loin que possible, je ne le partage pas. Si je pouvais, je resterais toujours ici. Ce ciel, ni d'un bleu trop éclatant, ni trop gris. La campagne n'empiète pas sur la ville ni la ville sur la campagne. Tout coexiste, la fumée et les fruits. Si je pouvais avoir Elli, comme je serais heureux. D'autres ont envie de toutes sortes de femmes, de toutes sortes d'aventures. Pas moi. Je serais fidèle à Elli, et pourtant, je sais bien qu'elle n'a rien de si extraordinaire. Elle est seulement gentille. Mais ça me conviendrait, je serais capable de vivre avec elle jusqu'à ce que nous soyons vieux, grisonnants. Maintenant, plus question de seulement la revoir..."

"Non, certainement pas, dit Hermann, rien que d'aller la voir, c'était déjà trop..." "Sortir avec Elli le dimanche, c'est sûrement pas demander trop, mais c'est impossible. Non. Ne me regarde pas comme ça, d'un air surpris, Hermann. Donc, je ne peux pas avoir Elli. Vais-je pouvoir rester ici longtemps, c'est une grande question. Peut-être que dès demain je serai obligé de partir.

Dans ma vie, j'ai toujours désiré les choses les plus simples : une prairie ou une barque, un livre, des amis, une fille, le calme autour de moi. Mais ces autres choses ont envahi ma vie. L'ont envahie alors que j'étais encore très jeune – ce désir de justice. Et lentement, ma vie a changé, elle n'a plus maintenant que l'apparence du calme.

Tant de nos amis, quand ils imaginent à quoi ressemblera une autre Allemagne – mon Dieu, les rêves d'avenir qu'ils font.

Pas moi. Plus tard, je voudrais toujours être là où je suis en ce moment, mais autrement. Dans la même usine, où je serais un autre. Travailler ici, pour nous. Et revenir du travail l'après-midi, encore assez frais pour pouvoir apprendre, lire. Quand l'herbe est encore toute chaude. Mais c'est l'herbe d'ici que je veux, celle qui pousse au pied de la haie des Marnet. Et je veux que tout cela soit ici comme maintenant. C'est ici, dans la cité, que je veux habiter ou bien là-haut, pas loin des Marnet et des Mangold..."

"C'est une bonne chose de savoir tout ça dès maintenant, dit Hermann. Mais au fait, ce Röder, le copain de Georg, il est comment?"

"Petit, dit Franz. De loin on croirait un gamin. Pourquoi?"

"Si les Röder cachaient quelqu'un chez eux, ils auraient dû se comporter exactement comme tu l'as dit. Mais ils ne cachent sans doute personne."

"Quand je suis arrivé, la femme était seule avec ses enfants, dit Franz. J'ai écouté attentivement avant et après."

Hermann se dit: maintenant, il faut que Franz reste complètement en dehors de la partie. – La phrase "on croirait un gamin" lui avait presque fait peur; c'était la deuxième fois qu'il l'entendait aujourd'hui. Si j'avais le temps. Dès le début de la semaine, Backer devrait être à Mayence! Le temps, il ne me manque rien d'autre. Ce gars, on arriverait bien à le sortir d'ici, mais le temps – le temps... "Et ce Röder, il travaille où?" "Chez Pokorny. Mais pourquoi tu reviens là-dessus?" "Comme ça..." Mais Franz sentait, ou croyait sentir, que Hermann lui cachait une de ses réflexions.

Cette nuit-là, Paul et Liesel la passèrent sur leur canapé, dans leur cuisine, il lui caressait la tête, il caressait son bras rond, maladroitement, comme aux premiers jours de leur amour, il embrassa même son visage humide de larmes.

Paul ne lui avait d'ailleurs confié qu'une partie de la vérité, expliquant que la Gestapo était sur les talons de Georg pour des histoires anciennes. Aujourd'hui, d'après la nouvelle législation, tout cela était lourdement sanctionné. Mais aurait-il pu renvoyer Georg ?

"Pourquoi ne m'a-t-il pas dit la vérité, à moi ? Il mange, il boit à ma table !"

Liesel avait d'abord protesté, hurlé, tapant des pieds dans sa cuisine, rouge de colère. Puis elle s'était mise à gémir, puis à pleurer, maintenant, c'était fini. Minuit était depuis longtemps passé, et Liesel avait pleuré tout son soûl. Toutes les dix minutes, elle redemandait comme si c'était là l'essentiel : "Pourquoi ne m'avez-vous pas dit la vérité ?"

Paul finit par répondre d'un ton changé, sec : "Parce que je ne savais pas comment tu la supporterais, la vérité." Liesel retira son bras de ses mains, elle se tut. Paul poursuivit : "Si nous t'avions tout dit, si nous t'avions demandé d'abord s'il pouvait rester, tu aurais dit oui ou non ?" Liesel répondit avec véhémence : "J'aurais dit non, sûr et certain. Quoi ? Il est tout seul ! Et nous sommes quatre, cinq. Et même six, avec celui que nous attendons. On l'a même pas dit à Georg, parce qu'il a déjà rigolé de ceux qui sont là. Et tu aurais aussi dû le lui dire : mon cher Georg, tu es tout seul et nous sommes six…" "Liesel, pour lui, c'était une question de vie ou de mort…" "Oui, mais pour nous aussi."

Paul se tut. Il était désespéré. Pour la première fois, il se sentait seul au monde. Les choses ne seront plus jamais comme avant. Ces quatre murs, à quoi bon ? Ces bousculades d'enfants – à quoi bon ? Il reprit : "Et tu demandes encore qu'on te dise tout ! Qu'on te dise la vérité ! Imagine que tu lui as claqué la porte au nez et que deux jours plus tard, je te passe le journal où tu le retrouves, lui, Georg Heisler, à la rubrique 'Tribunal du Peuple', suivi de la précision 'le jugement a été immédiatement mis à exécution', tu n'aurais aucun remords ? Est-ce que tu lui claquerais encore la porte au nez, si tu pouvais le savoir à l'avance ?"

Il s'était un peu écarté d'elle. Elle se remit à pleurer en silence dans ses mains. Puis elle dit en sanglotant : "Maintenant, tu me juges mauvaise. Mauvaise, mauvaise. Jamais tu ne m'as jugée ainsi. Tu voudrais te débarrasser de cette méchante – ta Liesel. Oui, c'est ce que tu penses, que tu es tout seul et que pour toi, on ne compte pas du tout. Pour toi, il n'y a plus que Georg. Oui, sûr, si je l'avais su à l'avance, que ça allait se passer comme ça pour lui, avec le jugement mis à exécution, oui, alors, je l'aurais accueilli. Et peut-être que je l'aurais accueilli même sans savoir tout cela. En ce moment, je ne sais pas. Tout ne tient qu'à un fil. Oui, d'un seul coup, je me dis que je l'aurais accueilli." Paul reprit d'un ton plus calme : "Tu vois, Liesel, et c'est pour ça que je ne t'ai rien dit, car dans un premier temps, tu n'aurais peut-être pas voulu, et ensuite, quand on t'aurait expliqué, tu l'aurais regretté." "Mais il peut encore y avoir des suites fâcheuses. Et c'est toi qui devras faire face." "Oui, dit Paul, et je ferai face. C'est moi qui ai dû décider, pas toi. Parce que ici, je suis l'homme et le père de famille. Et parce que je suis capable de dire oui immédiatement à quelque chose à quoi tu dirais d'abord non et puis peut-être et en fin de compte oui. Mais tu aurais dit oui trop tard. Alors que moi, je me décide sur-le-champ." "Et comment vas-tu lui expliquer demain, à tante Katharina ?" "On en reparle plus tard. Maintenant, fais-nous donc un café comme tu en as fait un hier quand Georg s'est évanoui de fatigue."

"Il a tout complètement chamboulé ! En pleine nuit, du café !" "Si demain le chef d'immeuble te demande qui est venu chez nous aujourd'hui, tu lui diras que c'était Alfred de Sachsenhausen." "Mais pourquoi est-ce qu'on m'interrogerait ?" "Parce que eux, c'est la police qui les interroge, peut-être même que la police nous interrogera nous aussi." L'inquiétude de Liesel resurgit. "Nous, la police ? Mon Paul chéri, tu sais bien que je suis incapable de mentir. On le voit tout de suite. Déjà enfant, j'en étais incapable. À mes réactions, on voyait même que d'autres mentaient." Paul répondit : "Comment donc, tu en es incapable ? Parce que tout à l'heure, tu n'as pas menti ? Si tu n'arrives pas à mentir à la police, tout ici va être mis sens dessus dessous. Tu ne me reverras plus jamais. Mais si tu mens comme je te dis de le faire, alors je te promets qu'avec nos billets gratuits, ce dimanche, nous irons voir le match Westend-Niederrad." "Parce que tu as des billets gratuits ?" "Oui, j'en ai."

Peu après minuit, dans le garage, Georg s'était allongé, mais on l'avait immédiatement rappelé parce que le chauffeur qui venait chercher le véhicule avait une réclamation quelconque. Mme Grabber l'injuria, cette fois à voix basse, d'un ton acide. Au moment où il se rallongeait, arriva la deuxième voiture pour Aschaffenburg. Cette fois, Mme Grabber resta plantée derrière lui, ne quittant pas ses doigts des yeux, lui faisant payer le moindre geste un peu lent et en même temps ses fautes passées, ses vieux manquements. Cet Otto qu'il remplaçait devait avoir mené une vie plutôt minable, plutôt scandaleuse. Pas étonnant qu'il cherche à se faire porter pâle plus que de raison, qu'il renâcle devant le traitement de cheval que Paul lui avait prévu ici. Georg était sur le point de s'allonger, mais maintenant, il s'agissait de réviser les outils, de nettoyer le garage. Le matin était proche. Georg leva pour la première fois les yeux. La femme, surprise, s'interrompit. Ce type, était-il donc complètement indifférent à ce qui le broyait ? Et même, la manière dont il était traité en ce moment lui paraissait-elle relativement bénigne ? D'étonnement, elle se calma et l'autre eut aussi la paix. Elle se retira. Elle se pencha à nouveau par la fenêtre. Il s'était roulé en boule sur le banc. Elle se dit : j'arriverai peut-être tout de même à m'entendre avec lui. Georg, lourd comme le plomb, était étendu sous le manteau de Belloni. Même s'il n'était pas question de songer au sommeil, ses pensées avaient la continuité sans point ni fin, la souplesse des pensées que l'on rumine dans les rêves. Et si on ne revient plus jamais me chercher ? Si Paul me laisse tout simplement ici. À la place de cet Otto ?

Il imagina sa vie s'il lui fallait rester ici pour toujours. Sans avoir la force de quitter ce lieu. Ne plus jamais sortir de cette cour, oublié de tous. Plutôt encore s'échapper, aussi vite que possible, en ne comptant que sur lui-même. – Mais si pour finir on venait tout de même le secourir ? Alors qu'il serait déjà parti, et repris quelques heures plus tard ?

S'ils me reprennent, si on me ramène au camp, alors, que cela soit tant que Wallau vit encore. Si c'est inéluctable, je préfère que cela aille vite, que je meure avec Wallau ! S'il vit encore ! En cet instant, la fin lui sembla inéluctable. Ce qui d'ordinaire s'étend sur la durée d'une vie, sur un long cheminement d'années, toutes les forces bandées jusqu'à rompre qui ensuite s'amenuisent, et la douloureuse tension renouvelée, tout cela s'accomplit dans sa tête en l'espace d'une heure, de quelques minutes. Enfin, la partie était jouée. Il suivit d'un regard vide le lever du jour.

Chapitre Six

I

Allongé sur le dos, tout habillé, Fahrenberg laissait pendre du lit ses jambes bottées. Ses yeux étaient grand ouverts. Il épiait la nuit.

Il enroula sa tête dans la couverture. Maintenant au moins il y avait un bruit, ce ressac qui monte de l'intérieur de l'être. Ne plus avoir à tendre l'oreille ! Il attendait fébrilement un son, un signal d'alarme quelconque dont on ne pouvait savoir à l'avance d'où il provenait, portant à sa perfection cette écoute qui se rongeait elle-même. Loin sur la grand-route, un moteur, la sonnerie aiguë du téléphone dans un bureau, et pour finir des pas menant des bureaux à la baraque du commandant auraient pu mettre un terme à l'attente. Mais le camp était silencieux, un silence de mort régnait, depuis le moment où les SA avaient célébré à leur manière le départ des commissaires. Ils s'étaient soûlés jusque vers onze heures et demie, entre onze heures et demie et minuit et demie, les baraques des détenus avaient été "visitées" à la suite de l'incident de l'après-midi. Vers une heure, les SA étant aussi épuisés que les détenus, la danse fut soudain interrompue.

Au cours de la nuit, Fahrenberg avait sursauté à plusieurs reprises. Une automobile était passée, roulant vers Mayence, puis deux autres vers Worms, des pas avaient résonné sur la Piste de danse, dépassant la baraque et se dirigeant vers la porte de Bunsen, peu après deux heures, le téléphone avait sonné dans un bureau, il avait attendu qu'on lui fasse le rapport, mais ce n'était pas la nouvelle qu'on aurait dû lui transmettre à toute heure du jour ou de la nuit : la livraison du septième.

À moitié étouffé, Fahrenberg sortit sa tête de sous la couverture. Comme cette nuit était silencieuse ! Au lieu d'être envahie par les hurlements des sirènes, le crépitement des pistolets et le grondement des moteurs, par une quête monstrueuse à laquelle tous prenaient part, c'était la plus calme des nuits, une nuit ordinaire entre deux jours de la semaine. Pas de projecteurs sillonnant le ciel. Pour les villages alentour, les étoiles de l'automne étaient perdues dans la brume, seule la douce mais intense lumière de la lune s'amenuisant au cours de la semaine découvrait celui qui aspirait à l'être. Après une dure journée de travail, tout reposait, tout dormait calmement. D'ailleurs, tout était paisible, si l'on excepte quelques cris au camp de Westhofen, réveillant ici et là quelqu'un qui se redressait dans son lit, tendait l'oreille. Le bruit d'une troupe guerrière quittant la contrée sembla se renforcer une dernière fois, pour mourir complètement. Si bien que celui qui veillait encore n'était en aucun cas empêché de s'endormir par des voix extérieures.

Maintenant, je veux dormir, se dit alors Fahrenberg, il y a un bon moment qu'Overkamp est arrivé à destination. Pourquoi donc ai-je seulement indiqué un délai, pourquoi l'ai-je rendu public ? Maintenant, s'ils ne capturent pas ce Heisler, on ne peut pas m'en rendre coupable. En tout cas, maintenant, je dois dormir.

Il s'enroula à nouveau la tête dans la couverture. Et s'il a déjà quitté le pays ? Si on ne le retrouve pas parce qu'on ne peut pas le retrouver ? S'il est en ce moment même en train de passer la frontière ? Mais la frontière, elle est gardée comme en temps de guerre.

Il sursauta. Il était cinq heures. Du dehors, un vacarme de bruits mêlés. Oui, voilà, c'est arrivé. De la grand-route, de l'entrée du camp, des bruits de moteurs, les ordres lancés pour accompagner la réception des fugitifs. Puis un bruit sourd, s'élevant de manière inégale, ce n'est pas encore le ton habituel, la saveur douce-amère qui le caractérise. Le sang n'a pas encore coulé.

Fahrenberg avait allumé quelques-unes de ses loupiotes. Mais la clarté semblait atténuer son acuité auditive, il les éteignit toutes. Sur le point d'aller voir, il prêta l'oreille en direction de l'entrée du camp, porté par cet espoir torturant et sur le point d'être satisfait.

Dans les dernières secondes, le bruit accompagnant la livraison des détenus s'était amplifié. Maintenant, il ne semblait plus provenir d'individus isolés ni même d'une horde soumise tout entière à une puissance extérieure et néanmoins contestable. Une meute s'égaille – mais chacun de ses membres à sa propre initiative, vers la jungle sans limites. Maintenant, on a trouvé le ton, il s'évanouit, cet instant est déjà franchi. On a déjà goûté le sang, et comme tout sur terre, ce goût ne remplit pas lui non plus toutes les promesses. Les aboiements deviennent déjà rauques.

Fahrenberg fit un geste tout à fait humain. Il posa sa main sur son cœur. Sa mâchoire inférieure s'était décrochée. Ses joues flasques exprimaient la déception. À ses oreilles, il s'agissait d'une succession de sons cohérente, parfaitement explicable.

Au-dehors retentirent des ordres nouveaux. Fahrenberg se ressaisit. Il alluma quelques petites lampes. Il appuya sur des boutons, brancha des câbles.

En traversant quelques minutes plus tard la Piste de danse, Bunsen entendit à travers la porte fermée Fahrenberg se démener et hurler comme un possédé. Zillich venait de lui faire son rapport : huit nouvelles arrestations. Rien que des gens travaillant chez Opel à Rüsselsheim qui tous avaient quelque chose sur la conscience. Une petite cure, ça leur ferait mieux digérer ensuite les nouvelles normes de production.

Comme il s'y attendait, Zillich, visage fermé, sombre, subit une nouvelle vague d'insultes. La rage qui en général permettait à son chef de retrouver son souffle ne le déstabilisait pas. Mais cette fois, pas le moindre petit mot, pas une allusion, aussi cachée fût-elle, aux anciens temps, à leur camaraderie. Il attendait, au désespoir, sa grosse tête pendant sur sa poitrine. Lui qui suivait avec l'attention la plus aiguë tous les mouvements d'humeur de son chef – et cette attention n'avait d'utilité que dans ce but – sentait bien qu'au cours de cette semaine, Fahrenberg avait changé d'attitude à son égard : le lundi suivant l'évasion, ils étaient encore liés par une sorte de malheur commun. Au cours des jours suivants, Fahrenberg l'avait sans doute déjà rejeté. L'oublierait-il complètement ? Pour toujours ? Si ce que l'on disait était vrai, que le commandant allait être déplacé, que deviendrait-il, lui, Zillich ? Fahrenberg le fera-t-il à nouveau venir là où il se trouverait lui-même envoyé ? Ou devrait-il rester seul à Westhofen ?

Les yeux très rapprochés de Fahrenberg – non pas des yeux inspirant la peur, voués par la nature à plonger dans des abîmes, mais seulement des yeux destinés à inspecter des tuyaux bouchés, des entonnoirs – fixaient Zillich avec froideur, et même avec haine. En ce moment précis, Fahrenberg considérait vraiment ce type obtus comme le principal coupable. Cette pensée, elle lui avait plusieurs fois au cours de la semaine traversé la tête et s'y ancrait maintenant.

Zillich profita de la pause pour tenter une offensive, une sorte de mise à l'épreuve. Mon commandant – je vous demande l'autorisation de modifier comme suit les affectations – pour ce qui est de la relève des équipes accompagnant la colonne spéciale…

À ce moment-là, Bunsen put entendre du dehors la deuxième explosion de rage. Ce genre de divertissement ne se présentera sans doute plus très souvent. La commission d'enquête chargée d'examiner les circonstances de l'évasion et les événements qui suivirent n'a certes encore laissé aucune information filtrer vers l'extérieur. Mais au sein de la SS, on dit tout haut que le vieux ne tiendra pas une semaine de plus.

Deuxième pause. Bunsen entra, seuls ses yeux souriaient. Zillich prit congé. Il avait l'air d'un taureau dont on a rogné les cornes. Fahrenberg affirma du ton d'un homme dont les ordres relèvent de l'immuable, qu'il s'agisse de leur rayon d'application ou de leur pérennité : "Les nouveaux arrivants sont soumis aux mêmes sanctions que celles infligées à l'ensemble des détenus depuis le jour de l'évasion." Il les énuméra sur le même ton. Elles étaient renforcées à chaque énumération. Avec tout ça, se dit Bunsen, plus d'un parmi ces types qui déjà ne tiennent plus le coup va se retrouver à terre et ne se relèvera plus. Cette fois encore, il laisse complètement libre cours à sa rage.

Zillich était allé au mess. On y servait déjà le café. Il s'assit, l'esprit vide, en bout de table, à la place qui était la sienne. Depuis que Fahrenberg lui avait hurlé qu'il n'était plus responsable de la colonne spéciale, que c'était désormais Uhlenhaut, son regard était brouillé. Autour de lui, au mess, on sentait la présence de jeunes gars affamés et vigoureux qui plantaient leurs dents dans la nourriture la plus saine et la plus rustique : du pain et de la confiture de quetsches. Tout cela provient en abondance des environs. En plus, le budget du camp est cette semaine particulièrement favorable grâce aux restrictions de nourriture prévues dans le cadre des sanctions infligées aux détenus. Les grandes verseuses pleines de café au lait circulent en tous sens autour de la table. L'équipe accompagnant les détenus est l'invitée des SA de Westhofen. Les gars rient, mastiquent. "Il y avait un type dans le lot, il n'a pas fermé sa gueule un seul instant, on l'a mené tout droit au bunker, raconte un des gars, on a ouvert, il a regardé à l'intérieur et il a dit : quel magnifique lieu de travail !" Zillich, l'air hagard, regardait devant lui en se fourrant du pain dans la bouche.

II

Le brouillard s'était déplacé, flottant ici et là par lambeaux entre les pommiers des Marnet et ceux des Mangold. Franz avançait, cahotant sur son vélo, franchissait deux accidents de terrain, mais aujourd'hui, cela ne l'amusait pas, au contraire, tout cognait dans sa tête vide, épuisée. En traversant une nappe de brouillard, il sentit un air frais et léger frapper son visage las.

Au moment où il contournait la ferme des Mangold, le soleil perça un peu. Mais après la récolte, plus aucun éclat de lumière dans les arbres. Derrière la ferme, le terrain redescend vers une solitude infinie. On oublie que les usines Hoechst s'étendent un peu plus bas, dans le brouillard, que les villes les plus importantes de la région sont toutes proches, que les cyclistes par bandes entières vont dans un instant dévaler la rue en faisant tinter leurs timbres. C'est toujours le même paysage monotone sous les céréales. Toujours le même silence à trois cents mètres des portes de la ville. Une fois Ernst le berger passé avec ses bêtes, le sol est complètement nu. Cette monotonie est vraiment sauvage, qui d'ailleurs aurait voulu dompter un tel désert ? Maintenant, tout le monde doit, tout le monde veut le traverser. Ce soir, une fois rentré, on endurera un bon feu. Franz n'a jamais vraiment aimé Ernst, mais ce matin, Ernst lui manque, comme si c'était la vie elle-même qui était partie avec lui vers d'autres lieux.

Quand on a la ferme Mangold dans le dos, la contrée vallonnée est si calme dans un néant de vapeurs grises et dorées qu'on pourrait la croire encore inhabitée. On pourrait croire que jamais encore des humains ne sont montés jusqu'ici. Que jamais des légions ne peuvent avoir dressé ici leur campement, avec leurs insignes et leurs dieux. Ni les peuples se combattre. Que jamais un homme solitaire n'a pu seulement gravir ces pentes sur sa monture pour ouvrir une brèche dans ce monde sauvage, seul sur son petit âne, sur sa poitrine la cuirasse de la foi. Qu'en ces lieux jamais les puissants à la tête de leurs troupes n'ont marché vers leurs élections, leurs fêtes, vers les Croisades et vers les guerres. Ce néant gris et doré là, en bas, ne saurait avoir été le lieu où tout fut tant de fois tenté, perdu, et à nouveau tenté. À croire qu'une éternité s'est écoulée depuis qu'il s'est ici passé quelque chose, ou que rien n'y a encore véritablement commencé.

Franz se dit : si je pouvais seulement continuer à pédaler ainsi, si seulement cette route n'atteignait jamais Höchst. Mais au-dessus de lui, les sonnettes tintent déjà, et près du kiosque à eau de Seltz est posté Anton Greiner. J'aimerais voir le jour, se dit Franz, où ce gars réussira à passer par ici sans claquer son fric. Sur son visage qui jusqu'à l'instant d'avant ne reflétait que le silence et le vide de l'automne, une expression un peu mesquine se dessine. Puis se dissipe. Son visage prend une expression de tristesse. Il unit en une même pensée la fiancée d'Anton et Elli.

Par la fenêtre du kiosque s'échappait un peu d'air chaud. La demoiselle avait allumé son petit fourneau. Elle possède aussi une nouveauté – une plaque chauffante avec une machine à café pour les ouvriers des villages écartés. "Comment peux-tu donc encore boire un café, demanda Franz, alors que tu viens droit de chez toi ?" "Parce que tu voudrais faire des économies jusque dans mon porte-monnaie ?" demanda Anton. D'humeur maussade, ils dévalaient la pente. Ils se retrouvaient maintenant déjà au milieu de la foule. Soudain, coups de klaxon, tut, tutut, tous s'égayèrent à droite et à gauche, la SS motorisée arrivait, le cousin d'Anton Greiner. "Hier, il a dit des choses bizarres, remarqua Anton, il m'a aussi posé des questions à ton sujet." Franz sursauta, inquiet. "Il voulait savoir si tu étais de bonne humeur, si tu rigolais sous cape !" "Pourquoi je serais de bonne humeur ?" "C'est aussi ce que je lui ai demandé. Il avait un peu bu. Un type qui a un peu bu, c'est pire qu'un type complètement ivre, il s'accroche à tout le monde. La moto, elle lui appartient déjà, il a fini de la payer. Il a raconté qu'ils ont tous été réquisitionnés avec leurs motos pour passer la ville au peigne fin. Des rues entières ont été verrouillées." "Pourquoi ?" "Toujours à cause de l'évasion." "Avec des contrôles d'une telle ampleur, dit alors Franz, il ne doit vraiment pas être difficile de récupérer un homme tout seul." "C'est ce que j'ai dit à mon cousin, mais il a répondu qu'avec des contrôles de ce genre, il y a aussi un os." "Comment donc?" "C'est aussi ce que je lui ai demandé. Il a dit: des contrôles de cette importance sont eux-mêmes difficiles à contrôler. Au fait, il se marie bientôt, devine qui il épouse." "Anton, tu m'en demandes trop, dit Franz, comment veux-tu que je sache qui ton cousin épouse?" Il masquait son excitation. Ce cousin SS a-t-il vraiment demandé s'il était de bonne humeur? "Il va épouser la petite Marie de Botzenbach." "Mais ce n'est pas une des fiancées d'Ernst?" "De quel Ernst?" "Le berger!" Anton Greiner éclata de rire. "Hé, Franz, lui, il ne compte pas. Ernst, personne n'est seulement jaloux de lui."

Encore quelque chose que Franz ne comprenait pas. Mais il n'eut pas le temps de demander des explications. Dès les confins de Höchst, ils furent séparés. Franz se retrouva dans une ruelle que bouchaient deux camions-citernes. Tout le monde descendait de bicyclette et avançait lentement. Les visages étaient du même gris que l'air, seules les surfaces métalliques, les guidons des vélos, la gourde dépassant d'un sac, les arrondis des camions-citernes luisaient un peu dans la lumière du matin. Juste devant Franz, un groupe de jeunes filles en tabliers gris et bleu avançaient bras dessus, bras dessous, frissonnantes, épaules serrées les unes contre les autres. Franz se fraya un chemin avec sa bicyclette pour les dépasser et les filles grognèrent. L'une avait-elle dit "Franz"? Il se retourna à nouveau. D'un unique œil noir jaillit un regard tranchant. Il la connaissait, cette fille à la bouche tordue par une méchante grimace et dont une mèche masquait le visage horriblement défiguré. Il était déjà tombé sur elle, au début de la semaine. Elle le salua d'un signe de tête railleur.

Dans le vestiaire, des chuchotements insistants, Caboche-Tête-de-pioche, Caboche-Tête-de-pioche. "Qu'est-ce qui lui arrive, à Caboche-Tête-de-pioche?" "Il est de retour." "Quoi, où, ici?" "Non, non, il viendra peut-être lundi." "Ah bon, et d'où tenez-vous cette nouvelle?"

"Hier soir, j'étais à l'Ancre, au café, la boiteuse, sa fille, à Caboche-Tête-de-pioche, elle est passée. Il est revenu, a-t-elle dit, et je suis aussitôt monté avec elle. Il était assis dans son lit, sa femme lui posait des cataplasmes. Et il avait la tête bandée. Seigneur Jésus, Caboche-Tête-de-pioche, je lui ai dit, Heil Hitler! Oui, Heil Hitler, il a répondu, c'est gentil d'être tout de suite monté voir Caboche-Tête-de-pioche. En quoi donc c'est gentil, j'ai dit, mais vas-y, raconte. Et qu'est-ce qu'on t'a donc fait, hein, dis-moi donc. Alors, il a dit: Charlot, tu sais te taire? Évidemment! Eh bien, moi aussi, il a répondu. Il n'en a pas dit plus."

III

Elli fixait de ses yeux bruns l'homme qui, au bout de tant d'heures d'interrogatoire nocturne, n'était plus pour elle un étranger: Overkamp. "Vous êtes priée de rassembler vos idées, madame Heisler. Vous me comprenez? Peut-être votre mémoire fonctionnera-t-elle mieux au calme que si vous pouviez circuler librement. Il sera facile de s'en rendre compte."

Les pensées d'Elli étaient asséchées par cette lumière crue, elle ne pouvait plus penser que ce qu'elle voyait. Elle se disait: ces trois dents en haut, elles sont sans doute fausses.

Overkamp se campa droit en face d'elle, la lumière brutale frappa sa nuque rasée de près, si bien qu'enfin le visage d'Elli se retrouva à l'ombre. "M'avez-vous compris, madame Heisler?"

Elli dit à voix basse: "Non."

"Si rien ne vous revient alors que vous êtes libre, ce que vous ne devez d'ailleurs qu'au fait que vous vous êtes séparée en mauvais termes de ce Heisler, la détention, le cas échéant accompagnée de privation de lumière, peut avoir une influence plus favorable sur votre mémoire. M'avez-vous maintenant compris, madame Heisler?"

Elle dit: "Oui." Quand son front était dans l'ombre, elle parvenait à penser. Que vais-je donc manquer, s'il m'enferme? Le bureau? Deux douzaines de lettres par jour à des fabricants de chaussettes? Privation de lumière? Toujours mieux que cette lampe qui déchire la tête.

Ses pensées, dont elle n'était d'ordinaire qu'à demi consciente, souvent pleines de rêverie, firent en quelques secondes avec force et clarté le tour de ce qui pouvait encore être pris en considération, jusqu'à l'éventualité de sa mort. Une paix éternelle après des souffrances éphémères et des coups, comme on le lui avait un jour expliqué – ni le maître ni la petite écolière aux tresses brunes n'auraient pu imaginer que cette vague menace pourrait à l'occasion se trouver appliquée à la vie quotidienne.

Overkamp s'écarta. Elli se hâta de refermer les yeux devant la lumière blanche qui lui coupait le souffle. Overkamp se remit à l'observer avec une attention renouvelée. Aucun amant n'aurait fait mieux. Aujourd'hui, il s'était fait récupérer une bonne douzaine de gens tirés de leur premier sommeil, dont cette Elli Heisler. Cette jeune personne n'avait opposé à toutes ses questions que son oui ou son non pleins de douceur. Dans cette lumière assassine, son petit visage semblait fondre. Overkamp reprit son élan: "Donc, chère madame Heisler, reprenons au commencement. Au début de votre mariage, souvenez-vous, quand ce type était encore complètement amoureux de vous – rien d'étonnant à cela d'ailleurs – puis ensuite, quand le véritable amour s'est un peu endormi, on s'est alors vite rabiboché, tout était délicieux, c'est comme ça que ça s'est passé, n'est-ce pas, madame Heisler? Oui, et quand ce petit feu, tout doux, tout doux, ne voulait plus vraiment repartir, quand votre mari a commencé à aller voir ailleurs, à ce moment-là, quand vous n'aviez pas encore surmonté le choc, quand votre cher petit cœur était encore tout malheureux de voir que le grand, le bel amour allait à vau-l'eau... vous vous souvenez?"

Elli répondit doucement: "Oui."

"Oui, vous vous souvenez. Quand telle de vos amies, ou telle autre, lançait une petite pique. Le premier soir où il n'est pas rentré et ensuite, sans aucune gêne, la moitié d'une semaine, en plus, comme par hasard, avec cette fameuse personne. Vous vous souvenez?"

Elli répondit: "Non." "Quoi, non?"

Elli tenta de détourner la tête mais la lumière brutale avait le pouvoir d'empêcher tout mouvement, elle hypnotisait. Elle dit à voix basse : "Il n'est pas rentré, rien de plus." "Et vous ne voulez pas vous souvenir avec qui ?" Elli répliqua : "Non."

Au cours de l'interrogatoire, quand les questions parvinrent à ce point précis, les souvenirs pénibles traversaient par essaims la tête d'Elli, exactement comme Overkamp l'avait prévu. Sous la lumière crue de la lampe de la police, ils voletaient comme des mites : la grosse caissière, deux ou trois filles pleines de fraîcheur qui portaient, sur leur tablier bleu, le F brodé en rouge de la ligue Fichte*, une voisine, la grande perche de Niederrad, et une autre encore, la première dont elle avait été jalouse, et dont elle était restée jalouse le plus longtemps, alors qu'il n'y avait aucune raison à cela : Liesel Röder. Elle était loin à l'époque d'être la grosse Liesel d'aujourd'hui, elle était juste un peu rondouillette, blond auburn et pleine d'entrain. Au moment où, pendant l'interrogatoire, Elli fut parvenue à ce point précis, elle pensa aussitôt à toute la famille Röder, à Franz, et à tout le reste.

Overkamp avait donc comme d'habitude construit son interrogatoire exactement comme il convenait. Ses questions s'étaient insinuées dans la mémoire d'Elli et en avaient fait remonter ce qu'elles allaient chercher. Mais tout était resté à l'intérieur, au fond de la femme assise devant lui, douce et silencieuse. Overkamp avait l'impression que tout l'interrogatoire s'était cassé la figure, comme ils disaient entre eux. Il était parvenu à ce point diabolique des interrogatoires les plus réussis où le meilleur policier peut trébucher : l'individu, au lieu de se détendre une fois pour toutes, de s'écrouler sous le martèlement lancinant de mille questions, se rétracte soudain à la dernière seconde

* La ligue Fichte allemande, association nationaliste fondée en 1914 et qui devint un organisme de diffusion internationale de la propagande nazie.

et se barricade à nouveau. Oui, le martèlement, au lieu d'affaiblir, raffermit. En outre, si on voulait dissoudre les forces de cette jeune personne, il fallait d'abord la laisser les reprendre. Il éteignit la lampe. Une paisible lumière tombant du plafond éclaira la pièce presque vide. Elli poussa un léger soupir de soulagement. Sous la fenêtre aux volets fermés s'étendait une étrange raie dorée, la lumière du jour.

"Pour cette fois, vous êtes remise en liberté. Tenez-vous à notre disposition. Nous aurons à nouveau besoin de vous un jour ou l'autre. Heil Hitler!"

Elli regagna la ville. Elle titubait de fatigue. Dans la première boulangerie, elle s'acheta un escargot aux raisins tout chaud. Comme elle ne savait absolument pas où aller, elle suivit le chemin qui la menait chaque jour au bureau. Son espoir de n'y rencontrer personne sinon la femme de ménage, de pouvoir se planquer dans un coin jusqu'à neuf heures fut déçu. Le chef, un lève-tôt maniaque, était déjà là lui aussi. "Les gens qui se lèvent tôt, l'avenir… C'est ce que je dis toujours, et vous, ma chère Elli, c'est à vous qu'il appartient. Si ce n'était pas vous, je jurerais, ma chère, que vous avez fait la fête toute la nuit. Ne rougissez donc pas, Elli. Si vous saviez comme cela vous va bien, ce petit nez légèrement froncé, ces légers cernes bleus sous vos yeux."

Si j'avais une fois dans ma vie un vrai amoureux, se dit Elli. Georg, même s'il existe encore, il ne m'aimera plus jamais. Je ne veux même pas penser à ce Heinrich. Franz est un homme dont il ne peut être question. Cet après-midi, après le bureau, je vais aller retrouver mon père. Au moins, lui, ça lui fera plaisir. Il a toujours été bon avec moi. Il le sera toujours.

IV

J'ai été oublié dans cette cour, se disait Georg, depuis combien de temps y suis-je donc? Des heures, des jours? Cette sorcière ne me laissera plus jamais repartir. Paul ne reviendra plus jamais.

Des gens sortant des immeubles franchissaient le porche pour gagner la ville. "Allez, petite Marie, bonne journée. Déjà sur pied toi aussi ? Heil Hitler !" "Pas si vite, monsieur Maier, le travail ne va pas vous filer entre les doigts." "Bonjour, mon trésor." "Allez, Alma, à ce soir ?"

Mais pourquoi sont-ils tous joyeux ? De quoi se réjouissent-ils ? De ce qu'une fois encore, le jour s'est levé ? De ce que le soleil brille à nouveau ? Ont-ils gardé tout le temps leur gaîté ?

"Allons !" dit Mme Grabber, après un coup de marteau loupé. Elle était plantée derrière lui depuis quelques minutes.

Georg se dit : maintenant, si Paul m'oublie, si je dois rester pour toujours ici à la place de ce beau-frère... La nuit sur un banc dans le garage, pendant le jour ici, dans la cour. Tout ça s'adresse au beau-frère.

Mme Grabber dit : "Écoutez-moi, Otto ! J'ai parlé salaire avec votre beau-frère Paul, à supposer que je me décide tout de même à garder un type comme vous, ce qui est loin d'être chose faite ; cent vingt marks."

"Bon, répéta-t-elle, comme l'homme semblait hésitant, continuez. Je vais voir avec Röder, puisque c'est lui qui a servi d'intermédiaire." Georg ne répondit pas. Au fond de lui, le martèlement était si bruyant, si fort, la rue tout entière devait prêter l'oreille. Il se dit : Paul va-t-il seulement passer avant dimanche ? Et s'il ne vient pas même dimanche ? Combien de temps faut-il que je l'attende ? Je devrais peut-être filer en vitesse, me casser, de mon propre chef. Je ne veux pas ressasser ça tout le temps et tourner en rond, je ne veux pas continuer à me triturer les méninges. Paul, je lui fais confiance ? Oui. Alors, je dois l'attendre.

Mme Grabber était restée derrière lui. Il l'avait complètement oubliée. Soudain, elle lui demanda : "Et comment se fait-il qu'ils ne vous aient pas confisqué votre permis de conduire ?" "C'est une longue histoire, Mme Grabber, je vous la raconterai ce soir. À condition que nous nous mettions d'accord et que ce soir, je sois encore votre employé."

V

Quant à Paul, à son poste, lèvres serrées, solidement campé sur ses deux jambes quand la vis de fermeture était bien en place, perché sur une seule comme une cigogne quand il tournait la manivelle, il se creusait la tête, se demandant quel était ce matin l'homme qui pourrait l'aider.

Dans sa section, seize hommes sans compter le contremaître dont il ne pouvait pas du tout être question. Sur leurs torses nus, fumants, fermes ou empâtés, vieux ou jeunes, tous marqués de ces cicatrices que peut récupérer un homme, parfois à la naissance, parfois dans une bagarre, parfois dans les Flandres ou dans les Carpates, à Westhofen ou à Dachau, ou à son poste de travail. Paul l'avait vue mille fois, la cicatrice d'Heidrich sous son omoplate – un vrai miracle, la balle était entrée par le dos et ressortie devant, et pourtant, il était resté en vie, avait poursuivi son existence de soudeur chez Pokorny.

Paul se souvenait encore du retour inattendu d'Heidrich à Eschersheim en novembre 18, tout juste libéré de l'hôpital du front : les yeux creux, sur deux cannes, décidé à changer le pays. Lui, Paul, était alors en apprentissage. Ce qui l'avait le plus fasciné chez Heidrich, c'était cette grande cicatrice à l'endroit où était entrée la balle. Heidrich avait eu vite fait de lâcher ses deux cannes. Il avait l'intention d'aller s'installer soit dans la Ruhr, soit dans l'Allemagne centrale. Il voulait être là où il y avait des enjeux. Puisque de toute façon il était déjà farci de mitraille. Mais ces Noske et Watter et Lettow-Vorbeck, ils avaient été plus rapides à écraser par le feu les révoltes qu'il soutenait qu'il n'avait mis de temps à arriver d'Eschersheim. Les coups de feu n'auraient jamais pu saigner à blanc Heidrich autant que l'avaient fait les années de paix qui avaient suivi : le chômage, la faim, la famille, l'amenuisement de tous les droits, la division de la classe ouvrière, le temps précieux gaspillé à savoir qui avait raison au lieu d'entreprendre sans retard ce que la raison imposait de faire et, pour finir, en janvier 33, le coup le plus terrible. Éteinte, la flamme sacrée de la foi, la foi en soi. Paul était surpris de n'avoir rien remarqué des changements qui avaient transformé cet homme. Maintenant, tel que l'observait Paul ce matin-là, il ne voulait sans doute plus perdre le moindre petit cheveu de sa tête, mais garder son travail à tout jamais. Peu importait pour qui il travaillait et de qui il tenait cet emploi.

Emmrich peut-être, se dit Paul. C'était le plus vieux de l'équipe. D'épais sourcils blancs au-dessus de ses yeux sévères et un petit toupet blanc sur la tête. Autrefois, il avait été très actif au sein du syndicat : pour le 1er mai, il pavoisait toujours, sortant son drapeau rouge dès le 30 avril au soir pour qu'il puisse se déployer aux premières heures du jour. Soudain, ce détail était revenu à Paul. Avant, tout ça lui était égal, c'étaient des lubies, les marottes des gens. C'est sans doute parce qu'il faisait partie du noyau d'ouvriers indispensables et qu'il était assez âgé qu'Emmrich avait échappé au camp de concentration. Mais ses dents, maintenant, elles sont émoussées elles aussi. Il ne mordra plus à l'appât. Puis lui revint que par deux fois, Emmrich avait été vu assis avec le jeune Knauer et ses amis dans une auberge d'Erbenbeck, alors qu'ici, ils ne discutaient jamais ensemble, et même, on avait souvent vu Knauer sortir le soir de chez Emmrich. D'un seul coup, Paul s'y entendit à interpréter les chuchotements des hommes comme le personnage du conte qui, après avoir goûté à un certain plat, comprend ce que disent les oiseaux – oui, ils sont de connivence tous les trois, Berger aussi et peut-être même Abst. Il peut toujours avoir enroulé son drapeau, Emmrich, dans ses vieux yeux graves luit l'éclat de la vigilance. Lui et ses camarades, ils connaîtraient au moins une cachette pour mon Georg, se disait Paul, mais je n'ose tout de même pas leur demander. Ils sont collés ensemble, impossible de les approcher, ils ne me connaissent pas, se méfient. D'ailleurs, n'ont-ils pas raison ? Pourquoi me feraient-ils confiance, qui suis-je en fin de compte pour eux ? – Paulo.

Il avait toujours répondu, quand on lui avait demandé quelque chose : laissez-moi en dehors de tout ça : pour moi, l'essentiel, c'est que ma Liesel ait préparé ma soupe, même si ma cuiller ne tient pas debout dedans.

Et maintenant ? Et demain ? La voix rauque, au débit précipité, plus incarnée, plus durable que l'hôte lui-même, visage gris, sa main bandée, affalé sur le canapé de la cuisine : oui, et pourquoi donc crois-tu, Paul, qu'ils te la laissent, ta soupe, ton pain et les couches des petits, et huit heures de boulot au lieu de douze, et des vacances et des billets d'excursion en bateau… par bonté d'âme ? Par amour du prochain ? Ils te laissent tout ça parce qu'ils ont peur. Tu n'aurais rien de tout cela si nous ne te l'avions pas fait obtenir, nous et pas eux. Au long de tant d'années, au prix du sang et de la prison, des gens comme toi et moi.

Il avait rétorqué : T'es vraiment obligé même en ce moment de remettre tout ça sur le tapis ? Georg l'avait regardé avec attention, presque comme la veille au soir, quand il l'avait quitté, dans la cour de Mme Grabber. Les cheveux de Georg grisonnaient derrière ses oreilles, sa lèvre inférieure était sèche, toute mordillée.

Il est perdu si je ne trouve pas quelqu'un aujourd'hui même. Je ne dois penser à rien d'autre. Mais comment donc trouver quelqu'un ? Les mauvais me trahiront, les bons se cachent. Ils se cachent bien trop parfaitement.

À ce moment-là, comme juché sur ses deux jambes vigoureuses, se dressa Fritz Woltermann. Un serpent bleu à tête de femme enserrait tendrement son imposante poitrine. Autour de ses bras étaient tatoués des petits serpents du même style. Autrefois, il avait été soudeur sur un navire de guerre, cet homme n'avait peur de rien, il s'amusait à commettre des actes inouïs et connaissait d'autres gars comme lui. Il se fichait bien de risquer sa peau, c'était plutôt pour l'exciter.

Paul se dit : Woltermann, voilà mon homme ! – Maintenant, il se sentait joyeux.

Mais ce sentiment ne dura que quelques minutes. Puis il eut à nouveau le cœur serré. Soudain, il lui sembla que mettre ce qu'il avait de plus précieux au monde entre ces mains, ces bras intrépides cerclés de bleu, était un mauvais choix. Peut-être Woltermann se souciait-il comme d'une guigne de risquer sa peau. Mais lui, Paul, ne s'en fichait pas. Pas question de Woltermann.

Il était près de midi. D'habitude, il poussait toujours un soupir de soulagement quand le soleil atteignait le toit du préau. C'était sa pendule personnelle : quand la petite capsule de laiton de son aiguille lançait ses éclats, la pause n'était plus loin. Il se dit : il faudrait que je lui parle pendant la pause, à ce gars qui n'existe pas.

Peut-être Werner. C'était le plus paisible de tous. Quand quelque part deux gars se querellaient, il se précipitait et les rabibochait. Quand quelqu'un n'arrivait pas à se débrouiller, il donnait un coup de main. Et la veille, il lui avait bandé le bras comme l'aurait fait une mère.

C'était peut-être lui, celui qu'il fallait ! Presque un saint ! Et toujours silencieux. Oui, lui, se dit Paul, tout à l'heure, sans plus attendre. Dans la lumière de midi, la petite capsule de laiton étincelait. Fiedler l'appela doucement : Hé, Paul ! Cette fois-ci, Paul n'avait pas tourné la manivelle à la seconde précise.

Non, se dit Paul. Dans sa tête, quelque chose le mettait en garde : elle qui d'ordinaire ne faisait pas particulièrement preuve d'intuition ou de subtilité. Il se donnera bien trop d'importance, Werner. Il se lancera dans des grands mots, si je lui demande un service. Ce sera n'importe quel prétexte grandiloquent. Il veut pouvoir continuer à poser cent petits pansements sur des bobos, mettre fin à des disputes, réconforter de cent petits soucis.

Pour la deuxième fois, derrière lui, Fiedler, doucement, l'avertissait : Paul !

Ah, Fiedler lui non plus ne convenait pas. La semaine passée encore, il avait déclaré devant tout le monde – quand Brand lui avait demandé des explications, autrefois, Fiedler, tu n'as jamais manqué une seule grève, une seule manifestation – les temps changent, et nous avec eux.

Sans tourner la tête, Paul lorgna du coin de l'œil vers Fiedler. Hier déjà, Paul m'a soudain regardé d'un air bizarre, se dit Fiedler. Il a un souci ? Fiedler avait autour de quarante ans, il semblait solide, fort. Il faisait régulièrement de l'aviron, nageait. Son large visage était calme, son regard tout autant.

Dans la réponse qu'il a faite à Brand, se dit Paul, en fait, rien ne parle en sa défaveur. Une réponse transparente comme l'air. Prends-en une poignée, tu tiens quoi ? Toutes ces dernières années, Fiedler avait continué avec le même calme, presque poliment, de garder silence et de ne parler à personne. Certes, il s'était montré cordial et correct envers tout le monde. S'était montré, se disait Paul : comme si Fiedler venait de parvenir au terme de son ancienne vie et, attendant d'être accueilli, se tenait sur un seuil, sur un seuil dont lui, Paul, détenait la clé. Oui, il s'était bien comporté. Il y avait eu cette histoire d'ascenseur, sur le chantier. Elle était remontée jusqu'aux instances judiciaires compétentes, une affaire pénible. On avait fait venir deux ouvriers de leur section, l'ascenseur venait d'être installé, ils étaient parmi les premiers à se balancer en montant et en descendant, un câble s'était détaché, sans doute par la faute de Schwertfeger, et les quatre hommes qui se trouvaient dedans s'en étaient sortis grièvement blessés, Fiedler pour sa part avec une fracture de l'omoplate. Ils auraient pu demander une grosse indemnité au tribunal, ils auraient pu dénoncer Schwertfeger, qui en fin de compte était le responsable. Fiedler, à ce moment-là, avait incité les trois autres à présenter l'incident comme une bagatelle, et même sa propre fracture de l'omoplate, à ne pas mettre Schwertfeger dans la panade. Ce qui était une sacrée performance, quand on pense que derrière chacun des hommes concernés, il y avait une femme qui se lamentait, avec ses enfants, à cause de la perte de salaire et réclamait une indemnisation financière.

Est-ce assez pour faire confiance à Fiedler? se demandait Paul. Brand aurait peut-être agi de même, au nom de la cause commune, comment donc les nazis disaient-ils?

Mais peut-être aussi aurait-il affirmé : la responsabilité doit être assumée, la négligence résulte justement d'un sens défaillant de la cause commune, et Schwertfeger doit être puni en conséquence.

À toutes les réunions d'entreprise, Fiedler avait posé des questions discrètes, tranquilles. Il avait toujours vérifié que tout ce qui leur était dû avait été accordé. Là aussi, il était en parfait accord avec Brand.

La petite capsule en laiton sur l'aiguille se mit à briller. Il est presque midi. Le signal de la pause va retentir.

Lui revint à l'esprit un détail qui n'avait été ni une action ni une parole, un détail si ténu qu'il n'y avait jamais repensé. Au printemps, quand il avait été question de se rassembler pour écouter le discours du Führer et de se réunir après le travail dans la grande salle, une voix s'était élevée : Mon Dieu, je dois aller à la gare. Un autre avait dit : Bah, vas-y, ça ne se verra pas. Un troisième : D'ailleurs, cette fois, ce n'est pas obligatoire. Lui, Paul, avait ce jour-là dit lui-même : Si ce n'est pas obligatoire, je m'en vais retrouver ma Liesel. Ce qu'il va dire, on le sait d'avance. D'un seul coup, ils avaient été nombreux à s'en aller, ou plutôt, à en avoir l'intention, car les trois grandes portes avaient été verrouillées. À ce moment-là, quelqu'un s'était souvenu qu'il y avait encore une petite porte près de l'appartement du portier. La petite porte, c'était vraiment une porte de maison de poupée, alors qu'ils constituaient une équipe de plus de douze cents personnes, et comme il est courant dans ce genre de situation, soudain, ils avaient tous voulu passer par la petite porte, même lui, Paulo. Vous êtes fous, enfants que vous êtes, avait dit le portier. Dans la bousculade, quelqu'un avait lancé : "C'est comme le chas de l'aiguille par lequel le chameau réussit plus facilement à passer que…" Paul s'était retourné, les yeux tranquilles de Fiedler s'étaient alors mis à briller, une sorte de triomphe éclairant son visage grave, plein de retenue.

L'étincelle s'éteignit sur la pointe de la capsule. Le soleil éclairait maintenant la portion de mur proche des fenêtres donnant sur la cour. Retentit alors le signal de la pause.

“Il faut que je te parle en vitesse.” Il l’avait guetté dans la cour. Fiedler se dit : donc il a vraiment quelque chose sur le cœur. Qu’est-ce qui peut bien peser sur un bonhomme comme ce petit Paul ?

Paul hésita. Fiedler fut surpris de constater que de près, Röder était différent de ce qu’il avait imaginé, surtout ses yeux. Ils n’avaient l’air ni rusés ni enfantins, mais froids et graves. “J’ai besoin d’un conseil”, commença Paul. “Allez, vas-y, accouche !” dit Fiedler. Paul hésita à nouveau, puis prononça quelques phrases d’un ton calme, parlant distinctement : “Il s’agit des gens de Westhofen, tu sais bien, Fiedler – il s’agit des évadés. De l’un d’entre eux…”

Il blêmit en se confiant ainsi, comme quand deux jours plus tôt Georg s’était confié de même. Et presque dès le premier mot, Fiedler avait blêmi lui aussi, lèvres exsangues. Il ferma même les yeux. Quels murmures dans la cour ! Dans quel tourbillon étaient-ils tombés tous deux !

Fiedler dit : “Et pourquoi t’adresses-tu justement à moi ?” “Je ne peux pas t’expliquer. La confiance.”

Fiedler se contint. Il posa des questions, les sifflant entre ses dents, tellement directes, tellement dures, et Röder lui répondait de même, on aurait pu croire qu’ils se querellaient. Leurs fronts plissés, leurs visages blêmes exprimaient la haine, la lutte. Jusqu’au moment où Fiedler tapa doucement sur l’épaule de Paul et dit : “Trois quarts d’heure après la fin du boulot, va au petit bistro du coin, au Finkenhof, attends là. Il faut que je commence par réfléchir à tout ça. Pour l’instant, je ne peux rien te promettre.”

Ce fut la journée de travail la plus étonnante qu’ils aient jamais vécue, cette deuxième partie de la journée. Paul réussit de temps en temps à se tourner vers Fiedler. Était-il celui qu’il fallait ? En tout cas, il devait le devenir.

Comment est-il tombé sur moi ? se demandait Fiedler. Pouvait-on donc encore remarquer en moi quoi que ce soit ? Oui, Fiedler – Fiedler, tu t’es si bien et si longtemps contenu pour qu’on ne remarque rien que tout à coup, il n'y avait plus rien de ce que l'on ne devait pas remarquer. Tout était éteint. De ce fait, il n'y avait vraiment plus aucun danger de remarquer quoi que ce soit en te regardant.

Il devait tout de même être resté quelque chose, se dit-il, en dépit de toutes les précautions, sans que tu l'aies voulu. Quelque chose était resté, et Röder l'a senti.

J'aurais pu lui dire : Röder, je ne peux pas t'aider moi non plus, tu te trompes sur mon compte. Je n'ai plus aucun contact avec aucune direction, avec aucun camarade. Le contact avec les miens, je l'ai perdu depuis longtemps, peut-être n'aurait-il pas été impossible de le retrouver, peut-être que j'aurais pu le renouer. Mais j'ai laissé les choses se faire, et le contact, je l'ai perdu. Maintenant, je ne suis plus dans le circuit et je ne peux pas t'aider. Est-ce que j'aurais pu dire ce genre de choses à Röder, alors qu'il a confiance en moi ?

Comment est-ce donc arrivé, comment me suis-je d'un coup retrouvé seul, plus de contact ? Je ne l'ai pas retrouvé, après toutes ces arrestations, quand les liens se sont progressivement rompus. Ou bien, ce contact, ne l'ai-je pas recherché de façon vraiment sérieuse, comme on cherche ce dont on a un besoin vital ?

Je ne peux tout de même pas être tombé si bas, si bas. Je ne suis tout de même pas si insensible, blasé, je suis toujours dans le coup, car Paul a réussi à me retrouver. Je retrouverai aussi les miens. Retrouver le contact, je vais y arriver. Même sans contact, dans cette affaire, je dois l'aider. On ne peut pas éternellement attendre, on ne peut pas éternellement poser des questions.

Quand tout est allé de travers, j'étais seulement fatigué. On se dit : si ça va de travers, au mieux c'est six ou huit ans de tôle, et au pire, on y laisse sa tête. Et la réponse qu'on reçoit : Ce que tu me demandes là, Fiedler, je ne vais tout de même pas mettre ma vie en danger pour ça ! Et c'est ce que tu as fini par répondre toi aussi. J'ai pris un coup dans l'estomac quand la direction a été découverte. Mais maintenant, tout va rentrer dans l'ordre. Oui, j'ai arrêté quand la direction a été dénoncée, et c'est pile à ce moment-là que ce Georg Heisler a été dénoncé lui aussi.

VI

"Voilà, le dernier repas du condamné, dit Ernst. Si Messer, votre patron, n'avait pas vendu au printemps dernier à Prokaski le lopin de terre derrière le petit bois, je ne serais pas obligé, avec mes moutons, d'aller sur le terrain d'autrui." "Bah, ce n'est pas si loin que ça, dit Eugenie, je peux te faire signe de la fenêtre de ma chambre." "Séparer, c'est séparer, dit Ernst. Asseyez-vous donc encore un peu avec moi, mes dernières galettes de pommes de terre." "Et le temps de m'asseoir, je le prends où ?" rétorqua Eugenie. Mais elle s'installa tout de même de travers sur le rebord de la fenêtre, la tête au-dehors, les jambes dans la cuisine. "Il faut que je mette des plats au four, que je cuisine à l'avance, nos trois gars viennent demain, notre Max, du soixante-sixième, c'est sa première permission demain, notre Hansel revient de l'école et Josef, le petit chéri, il va se pointer aussi. Sûr qu'il veut de l'argent." "Dites donc, Eugenie, votre petit gars, il monte aussi parfois jusqu'ici ?" "Quel petit gars ? répondit Eugenie froidement. Non, non, le dimanche, il n'est jamais libre, mon Robert, il se forme à l'hôtellerie à Wiesbaden." "Voilà qui ne m'irait pas du tout", dit Ernst. "Il avance bien", répondit Eugenie, de la tendresse dans la voix. "Il a ça dans le sang, le contact avec les clients." "Et il monte ici de temps en temps ?" "Robert ? Pour quoi faire ? Messer ne serait peut-être pas contre. Hansel n'est jamais là, Max est gentil, mais Josef, s'il ouvrait sa gueule et que je le reprenais, on se disputerait, et ça, je ne le veux pas." "Et pourquoi il ouvrirait sa gueule ?" reprit Ernst, parce qu'il voulait retenir Eugenie qui était en train d'empiler ses assiettes vides, son verre et les couverts. "Le père du gamin, c'était tout de même pas un Juif." "Non, encore heureux, juste un Français", dit Eugenie. Elle s'était tout de même levée. "Bon, au revoir. Ernst, siffle donc ta Nelli, que je lui dise au revoir à elle aussi. Allez, adieu, Nelli. Qu'est-ce que t'es un gentil petit chien. Adieu, Ernst!"

Elle se rassit tout de même de travers sur le rebord de la fenêtre, pour suivre des yeux le départ du troupeau. Maintenant, Ernst tourne le dos à la maison. Il a noué son foulard souplement autour de son cou, une jambe en avant, un poing sur la hanche. Un regard perçant filtre sous ses paupières baissées, comme un chef de guerre qui réorganise ses bataillons et de la sorte peut-être aussi le monde entier, il émet à mi-voix des ordres brefs qui font filer le petit chien tantôt ici, tantôt là, jusqu'à transformer le troupeau en un nuage compact et allongé qui pénètre dans le petit bois de pins.

Comme il est vide, maintenant, le pré! Le cœur d'Eugenie se serre. Bien sûr, ce n'est pas à cause d'Ernst. Les trois jours pendant lesquels il a fait paître ses bêtes ici, ils ne lui ont valu que du travail et des bavardages stupides. Mais maintenant que le petit bois les a engloutis et alors qu'ils sont peut-être déjà en train d'en ressortir de l'autre côté, le pré va rester vide jusqu'à l'année prochaine! Cela rappelle à chacun tout ce qui est passé devant ses yeux, et dès que c'est loin, rien n'est plus comme avant, mais silencieux et vide à en pleurer.

Ce midi-là, en retraversant la cour après la pause, Hermann tomba sur Lersch, qui lançait des ordres brefs, avec une expression qui déplut vaguement à Hermann. Hermann leva les yeux. Le petit Otto était suspendu à un câble entre les roues d'un wagon, faisant tourner d'un geste malhabile le lourd piston. La cour était en contrebas de la rue. Grâce à son système d'élévation, le wagon pouvait être redressé ou orienté de manière à surplomber la cour. Le gamin se balançait légèrement, fermement cramponné. Il regardait alternativement dans la cour, qui de là-haut lui semblait très profonde, ou vers le wagon, qui semblait menacer de se renverser sur lui. Un jeune ouvrier qui contrôlait le système de poulies lui cria quelque chose, pas d'un ton cassant et railleur, mais en riant, avec vivacité. Otto avait sans doute eu un accès de peur et s'était montré malhabile, ce qui est fréquent pendant l'apprentissage.

Quand on le trouvait dans son atelier, en plein travail, Lersch avait quant à lui l'allure sereine d'un ouvrier spécialisé relativement âgé. Mais cette fois, le ton de sa voix, son sourire méprisant, l'éclat de ses yeux, ne correspondaient pas bien à cette procédure élémentaire : assurer la formation d'un gamin. Hermann passa auprès de lui en se disant que ce qui se passait ici ne le concernait pas. Trois mètres plus loin, il s'arrêta parce qu'il se disait que tout le concernait.

Hermann attendit près de l'escalier de fer que le petit ait subi son sermon. Il était presque au garde-à-vous devant Lersch, son visage blanc levé, sans ciller, sa bouche enfantine entrouverte. Lorsque Otto eut baissé les yeux et remonta avec Lersch, Hermann dit : "Ça arrive toujours au début. Il ne faut pas que tu te tiennes aussi raide, au contraire : de la souplesse. Et surtout ne pas penser que tu flottes. Les fixations du wagon, et les tiennes, elles ont été vérifiées cent fois. Au cours des dix ans que j'ai passés ici, il n'y a jamais eu d'accident. C'est ce qu'il faut que tu te dises quand la peur t'envahit. Mais personne n'a au début échappé à ce sentiment, moi pas plus qu'un autre !" Il posa sa main sur l'épaule du garçon. Mais le gamin retira insensiblement son épaule, faisant glisser la main de Hermann. Il regarda le vieil homme d'un air froid. Il se disait sans doute : il s'agit d'une affaire entre Lersch et moi, tu n'y comprends rien.

En poursuivant son chemin, Hermann entendit le jeune ouvrier éclater de rire. Lersch lui lançait un de ses ordres brefs, sur le ton de quelqu'un qui n'est pas dans une cour d'usine mais dans une cour de caserne. Hermann jeta à nouveau un rapide coup d'œil autour de lui, et vit le visage du garçon, blême à l'idée qu'il pourrait ne pas être à la hauteur, dans des circonstances qui étaient bien trop futiles pour des ordres ou de l'orgueil. Que va-t-il devenir, se demanda Hermann, ce gamin considère maintenant la bonté comme du bavardage et les gestes de solidarité comme des balivernes passées de mode. Un deuxième Lersch peut-être, et pire que le premier, parce que la leçon qu'on lui donnait allait dans ce sens.

Hermann traversa deux cours à hauteur de la rue. Il descendit dans le vacarme assourdissant de l'atelier, dans les incessants éclairs blancs et jaunes des installations de soudure. Çà et là, il surprenait sur les visages noircis un rictus, des regards en coin lancés par des yeux dont les globes blancs ronds comme des billes semblaient rouler de façon menaçante comme chez des Nègres, certains le hélaient mais leurs cris se noyaient dans le tonnerre environnant. Je ne suis pas seul ! se disait Hermann. Des pensées comme celles que je viens d'avoir à propos du gamin, c'est stupide, complètement stupide. Un gamin comme tous les autres. Je veux le parrainer, une sorte de parrainage secret. Ce gamin, je vais l'arracher à Lersch. Je vais réussir. Nous allons voir qui est le plus fort. Oui, mais pour cela, il fallait du temps ! Un temps qu'on ne lui accorderait peut-être pas. De cette mission à long terme qu'il venait de se fixer soudain – de façon si soudaine qu'il eut lui-même l'impression qu'elle lui avait été confiée –, ses pensées revinrent à la tâche la plus urgente et qui pouvait tout faire échouer. La veille, Sauer l'architecte l'avait guetté à la sortie de son travail à un endroit qui ne devait servir que dans les cas d'extrême urgence. Sauer était torturé par le doute, se demandant s'il avait eu raison de se débarrasser sans plus de réflexion de son visiteur, et la description qu'il en avait faite, petit, yeux bleus, taches de rousseur, correspondait exactement à la description qu'avait donnée Franz Marnet de Röder.

Si ce Röder travaille toujours chez Pokorny, un homme de confiance serait tout à fait en mesure de lui tirer les vers du nez, un homme d'un certain âge, solide, renfermé, qui n'avait pas été inquiété parce que deux ou trois ans avant Hitler, il avait pris quelque distance avec ses anciens camarades et passait pour fâché avec eux. Lundi, il pourrait approcher ce Röder. Hermann connaissait l'homme, il l'avait connu autrefois, le connaissait maintenant encore, on pourrait lui confier de l'argent et des papiers pour Heisler s'il était encore en vie. Hermann se demanda, tout en se plongeant corps et âme dans le vacarme et le flamboiement de cette matinée ordinaire, s'il était judicieux de miser tant sur une seule personne. Cet homme qu'il faudrait charger de tirer les vers du nez de Röder, c'était pratiquement le seul appui possible chez Pokorny. Était-il permis de mettre un homme en danger pour en sauver un autre? Permis à quelles conditions? Hermann pesa et soupesa tout encore une fois: oui, c'était permis. Pas seulement permis, mais nécessaire.

VII

Le service de Zillich cessait à quatre heures de l'après-midi. Même d'ordinaire, il ne savait pas vraiment comment occuper son temps libre. Il ne trouvait aucun intérêt aux excursions que faisaient ses camarades dans les villes voisines, ni à leurs distractions. À cet égard, il était demeuré un paysan.

À l'entrée du camp, un véhicule cahotant se préparait à emmener des camarades réunis pour une sortie sur le Rhin. Ils appelèrent Zillich, lui proposant de monter. Ils auraient certainement été surpris qu'il le fasse, et cela leur aurait même sans doute pesé. Aux regards qui le suivirent, à leurs rires de permissionnaires qui s'interrompaient, on remarquait bien que même entre eux et lui une distance subsistait.

Zillich avançait d'un pas lourd, sur le chemin de campagne descendant vers Liebach, dont le sol sablonneux et sec ne pouvait ternir l'éclat tout frais de ses puissantes bottes. Il traversa le chemin reliant la route nationale au Rhin. Devant la vinaigrerie, aujourd'hui encore une sentinelle montait la garde – la garde la plus avancée de Westhofen. Il salua, Zillich répondit. Il franchit encore quelques mètres au-delà de la fabrique. Il examina la canalisation par laquelle vraisemblablement ce Heisler avait rampé. Il regarda l'endroit où il avait vomi, selon les déclarations du Compère Cannelle. La Gestapo avait pu reconstruire avec une relative précision le chemin qu'il avait suivi jusqu'à l'école Darré. Zillich l'avait déjà parcouru plusieurs fois. Quelques douzaines de personnes sortirent de la vinaigrerie : la petite équipe de travailleurs saisonniers, des paysans du coin. Tous autant qu'ils étaient, ils avaient été cuisinés jusqu'à la moelle. Ils s'arrêtèrent derrière Zillich, considérant pour la centième fois la canalisation. Ils dirent pour la centième fois : Incroyable ! Ça suppose un sacré cran ! Et ils ne l'ont toujours pas repris ! Et pourtant – pourtant – tous ! Un jeune gars au visage d'enfant et qui flottait dans le bleu de travail de son père demanda sans détour à Zillich : "Alors, vous l'avez enfin repris ?" Zillich leva la tête et regarda autour de lui. Tous s'écartèrent alors, silencieux, pâles. Celui dont l'instant d'avant le visage reflétait encore une joie mauvaise la ravalait comme un drapeau interdit. Au gamin, les autres dirent : "Tu ne sais donc pas qui c'était ? – Le fameux Zillich !"

Dans le frais soleil de l'après-midi, Zillich traversa le chemin de terre. Ce pays était tout à fait semblable au sien, car d'ici, on ne voyait pas l'eau. Zillich était un proche voisin d'Aldinger. Il avait grandi dans un des villages reculés, au-delà de Wertheim.

On distinguait çà et là les fichus blancs et bleus de femmes courbées sur les champs. Quel mois sommes-nous, que récolte-t-on ? Des pommes de terre, des raves ? Dans sa dernière lettre, sa femme lui avait demandé si son absence allait se prolonger, parce que s'il revenait, on pourrait dénoncer le fermage. L'argent économisé, on pourrait le placer, en tant que famille d'un ancien combattant et avec une famille nombreuse, on avait telle ou telle réduction, et la ferme serait alors enfin tirée à moitié d'affaire, car les deux fils aînés étaient aussi forts que leur père, mais cela ne le remplaçait pas, s'il revenait, on pourrait reprendre la parcelle qu'il avait fallu louer, on pourrait en labourer la moitié, sur l'autre on pourrait laisser le trèfle pour les vaches qu'on allait maintenant pouvoir acheter.

Zillich posa une de ses bottes à l'endroit précis où Georg avait trouvé le ruban de la fillette. Il parvint en quelques minutes à l'embranchement où la grand-mère avait tourné, la mère Fourbi. Il ne monta pas jusqu'à l'école Darré, mais redescendit droit sur Buchenau. Il avait soif. Zillich ne buvait pas régulièrement, mais de manière imprévisible, obéissant à de soudaines impulsions.

Alors qu'il parcourait ainsi la contrée paisible sous ce ciel gris bleu, çà et là l'éclat d'une bêche, tout près du chemin, au bruit de ses pas, le visage d'une paysanne s'éleva, qui du poing essuya la sueur lui dégoulinant dans les yeux pour le suivre du regard, son sang ne fit qu'un tour à l'idée qu'il pourrait être à tout jamais renvoyé chez lui. Si Fahrenberg le laissait tomber ou était lui-même écarté de manière si effroyable qu'il lui deviendrait impossible de maintenir qui que ce soit en place, où pourrait-il, lui Zillich, aller sinon là-bas ? Un souvenir entre tous le torturait. À son retour de la guerre en novembre 18, dans sa ferme à l'abandon, partout des mouches, la moisissure, autant d'enfants que de permissions en plus des deux qui étaient là avant, sa femme, sèche et dure comme du pain rassis. Et elle lui avait demandé, timide, les yeux pleins de douceur, s'il ne voulait pas fixer avec des clous les garnitures destinées à rendre étanches les fenêtres, en commençant par l'étable, à cause du vent coulis. Elle lui avait apporté les outils rouillés. Il s'était dit alors que cette fois, ce n'était pas une permission où une fois chez soi, puisqu'il le fallait, on enfonçait quelques clous, avant de reprendre la route. Pour aller en ce lieu où il n'était pas question d'étanchéité, ni de quelques clous, et qui désormais lui tenait lieu de foyer, à tout jamais, sans plus pouvoir y échapper. Dès le premier soir, il était allé au café, un café de village tout à fait semblable à celui qu'il voyait éclairé au-delà des champs à l'entrée de Buchenau, briques rouges, lierre. Mais cette charogne d'aubergiste, ce jour-là, lui avait dit sa façon de penser, son amertume, d'abord, il avait ruminé, puis avait piqué une colère : “Eh bien, me voilà de retour dans ce bordel, oui, me voilà de retour ! Notre guerre, ils l'ont bousillée, oui, notre belle guerre bien propre, bousillée. Et me revoilà obligé de me débrouiller avec les vaches. Zillich, il va falloir qu'il gratte le moisi avec ses ongles, hein ? Regardez mes mains, regardez donc mon pouce. Une gorge, croyez-moi, délicate comme celle d'un rossignol. Zillich, a dit le lieutenant von Kuttwitz, sans toi, à l'heure qu'il est, je serais ange parmi les anges. Parce qu'ils avaient voulu lui arracher sa croix de fer de la poitrine, au lieutenant Kuttwitz, de la racaille, à la gare d'Aix-la-Chapelle. Mon lieutenant Fahrenberg, au moment de son évacuation, juste une éraflure, quand le lieutenant Kuttwitz a pris la relève, de sa civière, il m'a tendu la main."

"Étrange, avait alors dit quelqu'un dans le café, un ancien feldgrau lui aussi, mais sans épaulettes, que nous l'ayons perdue, cette guerre, tu y étais pourtant, Zillich." Zillich s'était jeté sur l'homme, il l'aurait étranglé. Ce jour-là, les autres auraient même appelé la police s'il n'y avait eu sa femme. Les années qui suivirent, dans le village, on l'avait toléré à cause des gémissements qu'elle poussait. Elle se tuait à la tâche sous leurs yeux, au début, ils venaient proposer de l'aide à Zillich, tantôt la batteuse, gratuitement, tantôt un outil. Mais Zillich répondait : plutôt crever que d'accepter quelque chose de cette racaille. La femme dit : pourquoi racaille ? Zillich répliqua : ils n'ont rien eu de plus pressé que de rentrer chez eux pour récolter leurs patates. En dépit de ce qui l'écrasait, de ce qu'elle endurait, la femme de Zillich éprouvait, mêlée à la crainte qu'il lui inspirait, une sorte d'admiration. Mais la ferme dépérissait, la crise frappait coupables et innocents. Zillich pestait avec ceux dont il n'avait pas voulu emprunter les outils. Il lui fallut quitter sa ferme pour celle, minuscule, de ses beaux-parents. Cette année-là avait été la plus horrible, tous entassés dans cet espace exigu. Comme les enfants tremblaient, le soir, à son retour ! Un jour, il était allé au marché de Wertheim, soudain on l'appela : Zillich ! C'était un camarade de guerre qui lui dit : "Viens donc, Zillich, rejoins-nous. C'est ce qu'il te faut, t'es un camarade, un vrai, un soldat, un nationaliste, tu es contre la racaille, contre le système, contre les Juifs." Il avait répondu : "Oui, oui, oui, je suis contre tout ça." À partir de ce jour-là, Zillich se fichait de tout le reste. Pour lui, cette paix poisseuse, c'était fini.

Sous les yeux stupéfaits du village, soir après soir, on venait chercher Zillich à moto, c'était parfois même en voiture militaire Hanomag. Si seulement un soir la bande de propres à rien de la briqueterie n'était pas entrée dans le local des SA ! Un regard avait entraîné une parole, et une parole un coup de couteau.

Bien sûr, en tôle, cela n'avait pas été pire qu'à la maison dans ce trou à rats puant ; c'était même plutôt plus propre et plus distrayant. Sa femme, morte de honte, pleurnichait, quelle infamie, mais elle s'essuya les yeux, et elle resta bouche bée quand la troupe d'assaut des SA marcha sur le village pour fêter son retour. Des discours ! Des cris, Heil ! Quelle beuverie ! Ils en faisaient des yeux, l'aubergiste et les voisins !

Deux mois plus tard, pendant le grand défilé de la SA, il reconnut à la tribune Fahrenberg, son ancien lieutenant. Au cours de la soirée, il se fraya un chemin jusqu'à lui. "Mon lieutenant me reconnaît-il ?" "Saperlotte, mon ami Zillich ! Et nous portons tous deux la même chemise !"

Moi, moi, se dit Zillich, je devrais continuer à trimer avec les vaches. Rien qu'en voyant la rue du village qui lui rappelait celle de chez lui, il sentit une peur diffuse l'envahir. Chez moi, se dit-il, la poignée de porte du troquet est tout aussi branlante qu'ici.

"Heil Hitler !" cria l'aubergiste en forçant le ton. Pour ajouter sur un ton normal pour un aubergiste : "Il y a une petite place au soleil dans le jardin, le camarade pourrait s'y installer."

Par la porte ouverte, Zillich jeta un coup d'œil vers le jardin. La lumière d'automne filtrait à travers les feuilles des marronniers, dessinant des taches d'ombre sur des tables inoccupées déjà dressées pour le dimanche, nappes à carreaux rouges. Zillich se détourna. Même cela lui rappelait les dimanches ordinaires, son ancienne vie, la plus infamante des paix. Il resta debout au comptoir. Il commanda un cidre. Les rares clients qui s'y trouvaient déjà pour déguster comme Zillich le cidre de l'année s'écartèrent tous un peu. Ils le considéraient en plissant le front. Zillich ne remarqua pas le silence qui l'entourait. Il en fut bientôt au troisième verre. Le sang sifflait déjà dans ses oreilles. Cette fois encore, il se laissa abuser par l'espoir d'un soulagement. Au contraire, la peur sourde continuait à grandir au fond de lui, déjà auparavant accumulée au fond de lui, prête à exploser. Il aurait voulu se mettre à hurler. Cette peur, il la connaissait depuis l'enfance. Elle l'avait déjà poussé aux actes les plus effroyables, les plus insensés. C'était la peur la plus primaire de l'être humain, aussi bestiales que soient ses manifestations. Sa raison innée, ses forces énormes s'étaient depuis l'enfance trouvées captives, privées de tout conseil, de toute solution, inutilisables.

Ce qu'il avait trouvé dans la guerre était unique et le soulageait. Il ne devenait pas fou à la vue du sang comme on dit que cela arrive aux assassins. Cela aurait encore constitué une sorte d'ivresse, qu'il eût peut-être été possible de guérir par d'autres ivresses. La vue du sang l'apaisait. Il devenait alors calme comme si par la blessure mortelle s'écoulait son propre sang, comme s'il assistait à sa propre saignée. Il regardait, retrouvait le calme et s'en allait, et ensuite, il dormait paisiblement.

À une des tables de l'auberge étaient installés quelques gars des Jeunesses hitlériennes, entre autres Fritz et son chef Albert, ce même Albert auquel la semaine passée encore Fritz aurait obéi aveuglément en toute occasion. L'aubergiste était son oncle. Les garçons buvaient du cidre doux ; devant eux une assiette de noix qu'ils cassaient les unes contre les autres, les jetant dans le cidre pour qu'elles s'en imbibent et quand le verre était vide, elles avaient pris un goût sucré. Ils discutaient pour organiser une sortie dominicale. Cet Albert, un garçon agile, au teint hâlé, les yeux vifs, avait déjà compris comment dans la conversation maintenir discrètement une légère distance entre lui et les garçons de son âge disposés à donner des conseils. Depuis l'arrivée de Zillich, Fritz avait cessé de prendre part à la discussion, de casser des noix. Son regard restait collé au dos de Zillich. Lui aussi le connaissait de vue. Lui aussi avait entendu des choses à son sujet. Il ne s'était pas cassé la tête pour comprendre.

Ce matin-là, Fritz avait été convoqué à Westhofen, il s'y était rendu le cœur battant la chamade, après une nuit sans sommeil. Et là, une surprise l'attendait. Il pouvait rentrer tranquillement chez lui, voilà ce qu'on lui avait dit, les enquêteurs étaient repartis, les convocations qui restaient n'étaient plus d'actualité. Fritz avait regagné son école, son soulagement était immense, il ne lui manquait plus maintenant que sa veste, mais c'était un prix qu'il était prêt à payer. Comme il s'était alors ce matin-là plongé à corps perdu dans le travail, le service, la camaraderie ! Il évita le jardinier Gültscher. Comment avait-il pu s'épancher auprès de ce vieux bonhomme toujours la pipe au bec ? Tout au long du jour, Fritz fut celui qu'il était une semaine plus tôt. Pourquoi s'était-il donc inquiété ? Qu'avait-il donc fait de mal ? Quelques paroles bafouillées ! Un non timide ! Ils étaient restés sans conséquence. Et ce qui n'a pas eu de conséquence, n'est-ce pas comme si cela n'avait pas eu lieu ? À cette table de gamins, c'était vraiment lui le boute-en-train, jusqu'à cinq minutes plus tôt. "Tu comptes les mouches, Fritz ?" Il sursauta.

Qui est-ce donc, ce Zillich ? En quoi me concerne-t-il ? Qu'est-ce que je peux avoir en commun avec lui ? Et lui, quel rapport avec nous ? Ce qu'on dit de lui, c'est vrai ?

Ce n'était peut-être vraiment pas la bonne veste. Il y a des gens qui se ressemblent à s'y tromper, pourquoi pas aussi des vestes – peut-être qu'en ce moment, tous les évadés ont été repris, le mien aussi. Il n'a peut-être pas reconnu cette veste comme étant la sienne. Ce Zillich, est-il des nôtres, tout comme Albert, est-ce que tout ce qu'on dit de lui est vrai ? Pourquoi avons-nous besoin de lui ? Pourquoi a-t-on aussi repris le mien ? Pourquoi s'était-il donc évadé ? Pourquoi avait-il été enfermé ?

Il fixait ces interrogations, fixait le large dos sous sa chemise brune. Zillich en était à son cinquième verre.

Soudain, une moto marqua l'arrêt devant le bistro. Un SS lança dans la salle, sans descendre de sa selle : "Hé, Zillich !" Zillich se retourna lentement. Il avait le visage d'un homme suspendu entre son état normal et l'ivresse sans atteindre l'un ou l'autre. Fritz suivait la scène avec attention sans savoir ce qui justifiait une telle fébrilité. Après un rapide coup d'œil, ses copains avaient repris leur discussion, car il n'y avait plus rien à voir. "Monte derrière moi, dit le SS, on te cherche partout. J'avais parié que tu serais ici."

Zillich quitta la salle d'auberge, d'un pas un peu lourd, mais droit sur ses jambes. Sa peur s'était évanouie ; car il éprouvait lui aussi une certaine satisfaction, on l'avait recherché, on avait besoin de lui. Il monta à l'arrière de la moto. Ils démarrèrent.

L'un dans l'autre, la scène n'avait pas duré plus de trois minutes. Fritz s'était installé de biais pour assister au départ. Le visage de Zillich l'avait effrayé ainsi que le regard échangé par les deux hommes. Il sentit le froid l'envahir. Dans son jeune cœur s'agitait quelque chose, avertissement ou doute, un sentiment dont certains affirment qu'il est inné en l'homme alors que selon les autres, ce n'est pas le cas et il se développerait progressivement, et que d'autres enfin disent qu'il n'existe pas du tout. Mais ce sentiment frémit dans le cœur du garçon et trembla aussi longtemps qu'il entendit le moteur de la moto.

"Pourquoi avez-vous besoin de moi ?" "À cause de Wallau. Bunsen l'a interrogé à nouveau lui-même."

Ils gagnèrent la baraque où s'étaient installés, au début de la semaine, Fischer et Overkamp. Des SA et des SS, petit groupe animé, se tenaient devant la porte. À chaque étape de son interrogatoire, Bunsen, qui prenait manifestement la succession d'Overkamp, appelait quelques personnes par leur nom. Quand il ouvrait la porte, tous observaient avec une attention particulière celui qu'il faisait venir.

Au moment où Wallau avait été amené dans la baraque, celui-ci avait éprouvé l'espoir confus qu'Overkamp ne soit pas parti et que c'était seulement la reprise de cette inutile comédie de l'interrogatoire. Mais il n'y avait dans la baraque que Bunsen, ainsi qu'Uhlenhaut, ce type qui devait succéder à Zillich à la tête de la colonne spéciale. Sur le visage de Bunsen, on pouvait lire que c'était la fin.

Maintenant, Wallau n'éprouve plus qu'une seule sensation : la soif. Quelle soif terrible ! Il ne pourra plus jamais l'étancher. Il a sué jusqu'à la dernière goutte de sueur de son corps. Il se dessèche. Quel brasier. Par tous les interstices, on dirait que monte de la fumée, tout s'évapore, comme si c'était la fin du monde, et pas seulement la sienne.

"Tu n'as rien voulu dire à Overkamp. Nous allons mieux nous comprendre, nous deux. Heisler était ton ami, ton confident. Il t'a tout raconté. Alors, comment s'appelle sa fiancée ?"

Donc ils ne le tiennent pas encore, se dit Wallau, libéré une dernière fois de lui-même, du caractère unique de sa propre fin. Bunsen nota l'éclat de lumière dans l'œil de Wallau. Il lui flanqua un coup. Wallau alla heurter le mur.

Bunsen disait, tantôt doucement, tantôt fort : "Uhlenhaut ! Attention ! Alors, comment s'appelait-elle ? Son nom ! Oublié, déjà ? On va le récupérer tout de suite !"

Pendant que Zillich filait à travers champs vers Westhofen, Wallau gisait déjà sur le sol de la baraque. Il lui semblait que ce n'était pas sa tête qui explosait, mais ce monde fragile, imparfait.

"Son nom ! Comment s'appelait-elle ? Alors ? Elsa ? Erna ? Ou alors Martha ? Frieda ? Ou Amalie ? Ou Leni ?"

Leni, Leni, à Niederrad, mais pourquoi Georg m'a-t-il donc dit tout ça ? Pourquoi est-ce que cela me revient maintenant ? Pourquoi est-ce que ça ne continue pas ? J'ai dit quelque chose ? Est-ce que ça m'est sorti tout seul de la bouche ? “Alors ? Katharina ? Ou Alma ? Allez, faisons une pause, remets-le debout !”

Bunsen regarda par la porte et les étincelles qui brillaient dans ses yeux allumèrent des étincelles semblables dans toutes les paires d’yeux qui attendaient un signe de sa part. Il aperçut Zillich, lui fit de la main signe d’entrer.

Couvert de sang, Wallau était assis contre le mur. De la porte, Zillich regarda tranquillement dans sa direction. Un peu de lumière au-dessus de l’épaule de Zillich, ce minuscule carré bleu de l’automne confirma pour la dernière fois à Wallau que le monde restait solidement planté là et y resterait, quels que soient les combats à mener. L’espace d’un instant, Zillich resta figé à la porte. Personne ne l’avait jamais regardé avec un tel calme, dans un tel rapport d’égalité. C’est la mort, se dit Wallau. Lentement, Zillich referma la porte derrière lui.

Il était six heures du soir. Personne d’autre n’assistait à la scène. Mais dès le lundi matin, un billet fit le tour des usines Opel de Mannheim, où dans des temps anciens Wallau avait été membre du conseil d’entreprise : notre ancien conseiller d’entreprise, le délégué Ernst Wallau, a été abattu samedi à dix-huit heures à Westhofen. Ce meurtre pèsera lourd au jour du Jugement.

La colonne des détenus fut parcourue d’un tremblement perceptible quand le samedi soir ils constatèrent que l’arbre de Wallau demeurait vide. La chape de plomb pesant sur le camp, le retour précipité de Zillich, un bruit contenu, le rassemblement des SA, tout cela les avait déjà préparés à la vérité. Désormais, les prisonniers n’auraient plus été en mesure d’obéir, même au prix de leur vie. Dans la colonne, certains s’écroulèrent, tel ou tel perdit le rythme, de minuscules irrégularités qui toutes mises bout à bout brisaient l’ordre rigide. Les menaces incessantes, les punitions toujours plus sévères, la fureur des SA qui se déchaînait maintenant soir après soir dans les baraques des détenus, tout cela ne pouvait plus intimider personne, parce que chacun d'entre eux se considérait désormais comme perdu.

La mort de Wallau avait aussi détruit au sein des SS et des SA ce qui quelques jours auparavant les avait encore retenus de commettre l'acte ultime : son assassinat. Maintenant seulement se produisait tout ce qui était imprévisible, inimaginable, ce qui se produit après l'irréparable. Peltzer, Albert et Füllgrabe ne furent pas massacrés aussi vite que Wallau, cela démarra lentement. Uhlenhaut, qui désormais était à la tête de la colonne spéciale, voulait montrer qu'il était un second Zillich. Lequel voulait montrer qu'il était resté lui-même. Fahrenberg voulait montrer qu'il exerçait toujours le pouvoir sur le camp.

Mais déjà, d'autres voix se faisaient entendre parmi les puissants de Westhofen. Ils trouvaient la situation insupportable. Ils pensaient qu'il fallait destituer Fahrenberg au plus vite, qu'avec lui devait disparaître cette engeance qu'il avait amenée ou rassemblée autour de lui. Ceux qui en jugeaient ainsi ne voulaient pas que cesse l'enfer ni que commence la justice, ils voulaient que l'ordre règne même en enfer.

Certes, Fahrenberg, en dépit de la violence de son comportement ultérieur, n'avait que toléré l'assassinat de Wallau et tout ce qui suivit. Il n'en avait pas donné l'ordre. Ses pensées étaient depuis longtemps fixées sur un seul être, et elles ne pouvaient s'en détacher tant qu'il n'aurait pas lui aussi disparu. Fahrenberg ne dormait plus, ne mangeait plus, comme s'il était lui-même l'homme pourchassé. Les dispositions précises sur la façon de traiter Heisler si on le ramenait vivant furent les seules qu'il décréta en toute autonomie, et jusque dans le moindre détail.

VIII

"La journée est finie, monsieur Mettenheimer", s'exclama Fritz Schulz, premier ouvrier peintre, sur un ton joyeux, à l'entrain contagieux. Mais il lui avait fallu une demi-heure pour préparer cette phrase. Mettenheimer fit d'ailleurs la réponse attendue : "Schulz, vous me laisserez le soin de l'annoncer."

"Mon cher Mettenheimer, dit Schulz, réprimant un sourire, car il aimait bien le vieil homme sur son échelle, avec son visage sévère et sa moustache triste. Le colonel Brand va finir par vous décorer. Mais descendez, maintenant, tout est vraiment fini." Mettenheimer répondit : "Fini, pas possible. Mais fini pour autant que Brand ne remarquera pas ce qui ne l'est pas." "Vous voyez bien." "Mon travail doit être irréprochable, que ce soit pour Brand ou pour Sondheimer."

Amusé, Schulz leva les yeux vers Mettenheimer, perché sur son échelle comme un écureuil sur sa branche, pleinement conscient de faire son devoir sous les yeux d'un client exigeant et invisible.

Quand, parcourant les pièces vides et déjà resplendissantes de couleurs, il gagna la cage d'escalier, tous les peintres ronchonnaient, et le nazi Stimbert faisait en grognant des allusions à un excès d'autorité, parlant de durée de travail et de responsabilités qu'il faudrait assumer. Schulz, très calme, les yeux rieurs, dit tandis que les autres riaient sous cape : "Parce que vous n'êtes pas prêt, pour une fois, à rajouter une heure pour votre colonel ?" Le visage de Stimbert changea alors d'expression. Tous les visages affichèrent une mine à la fois réjouie et gênée. Sur le seuil de la première pièce donnant sur l'escalier se tenait Elli, elle était montée sans faire de bruit, silencieuse. L'apprenti qui venait de passer le balai se tenait derrière elle et sourit. Elle demanda : "Mon père est encore là ?" Schulz lança : "Monsieur Mettenheimer, votre fille !" Mettenheimer répondit du haut de l'échelle : "Laquelle ?" Schulz réagit de même : "Votre Elli !" Comment se fait-il qu'il connaisse mon nom ? se demanda Elli.

Mettenheimer sauta au bas de son échelle comme un jeune homme. Il y avait des années qu'Elli n'était pas venue le chercher à son travail et la fierté, la joie rajeunirent son visage quand il vit sa fille préférée dans cette vaste maison vide prête à être habitée, l'une des nombreuses maisons qu'en rêve il avait tapissées pour elle. Il remarqua immédiatement la préoccupation dans ses yeux, la fatigue, qui rendait son visage encore plus délicat. Il lui fit faire le tour des lieux pour tout lui montrer.

Le petit apprenti fut le premier à se ressaisir et fit claquer sa langue. Schulz lui donna une petite tape. Ses camarades dirent : "C'est une fille bien. Comment ce vieux grognon a-t-il pu mettre au monde une si jolie fille ?"

Schulz se changea en vitesse. Il les suivit à quelque distance, le père et la fille descendant la Miquelstrasse, se donnant le bras. Elli disait : "Voilà donc ce qui s'est passé cette nuit, et ils reviendront me chercher, peut-être même dès la nuit prochaine. Quand j'entends des pas, je sursaute. Je suis tellement lasse." Mettenheimer dit : "Rassure-toi, mon enfant. Tu ne sais rien, et basta. Pense toujours à moi. Je ne t'abandonnerai pas. Mais maintenant, oublie tout ça pour une demi-heure. Viens, nous allons nous asseoir ici. Qu'est-ce qui te fait envie, une glace panachée ?"

Elli aurait de loin préféré une tasse de café bien chaud, mais elle ne voulut pas gâcher le plaisir de son père. Quand elle était petite fille, il l'avait toujours invitée à déguster une glace. Il ajouta : "Et une gaufre en plus."

Venant de la rue, Schulz, son premier ouvrier peintre, entra alors dans le café. Il s'approcha de la table. "Vous venez bien sur le chantier demain matin, Mettenheimer ?" Mettenheimer répondit d'un ton surpris : "Oui." "Bon, alors on se voit demain", dit Schulz. Il attendit un instant, se demandant si Mettenheimer allait l'inviter à prendre place à la table. Il tendit la main à Elli, la regardant droit dans les yeux. Elli n'aurait vu aucun inconvénient à ce que cet homme de belle allure au visage honnête, ouvert, s'asseye auprès d'eux. Le tête-à-tête avec son père était tout de même un peu pesant. Mais Mettenheimer se contenta de considérer Schulz d'un air revêche, jusqu'à ce qu'il ait pris congé.

IX

"Eh bien, y a eu du grabuge à la maison, monsieur Röder, que vous vous sentiez mieux ici, chez nous ?" demanda le patron du café Fink, dans la petite cour. "Pas question de querelle entre ma Lisbeth et moi, mais ce soir, elle ne me laisserait tout de même pas rentrer si je revenais sans invitations. Demain, c'est la finale entre Westend et Niederrad. C'est pour ça que je vous fais gagner de l'argent de si bon matin, monsieur Fink." Paul attendait déjà depuis plus d'une heure Fiedler dans ce troquet qui portait le nom de son patron, le vieux Fink. Par la fenêtre, il lorgnait dans la rue. Les réverbères étaient déjà allumés ! Fiedler avait dit qu'il serait là à six heures. Mais il avait insisté pour que Paul l'attende coûte que coûte.

Dans l'embrasure de la fenêtre, deux bouteilles gainées de liège, taillées comme des nains coiffés de leurs bonnets. Elles y étaient déjà quand il venait là enfant, avec son père. Les gens accumulent toutes sortes de babioles, se dit Paul à propos des bouteilles, comme s'il ne faisait lui-même déjà plus partie d'un monde où les gens accumulent des babioles. Il se disait : mon père, il est tranquille – le père de Paul, de petite taille tout comme l'était son fils, était mort à seulement quarante-six ans des suites du paludisme qu'il avait attrapé à la guerre. Ce que je voudrais faire tant que je suis encore en vie, avait dit son père, c'est aller en Hollande, à Amerongen, et chier devant la porte de Wilhelm.

Maintenant, le mieux serait que je puisse manger du porc fumé à la choucroute, se dit Paul. Mais je ne peux pas faire ça à Lisbeth, lui boulotter en plus l'argent du dimanche. Il se commanda une autre blonde. Quelqu'un, en passant, lui demanda : "Tu es encore là, ou déjà là ?" Voilà Fiedler, se dit soudaint Paul, et il n'a trouvé personne. Le visage de Fiedler était grave, tendu. Il fit mine de ne pas remarquer Paul tout de suite. Mais pendant qu'il se tenait debout au comptoir, il sentit sur lui son regard insistant. Ce n'est qu'en sortant qu'il lui tapota l'épaule, s'asseyant l'air de rien sur le bord de la chaise voisine : "Huit heures et quart, avant la séance, cinéma Olympia, à l'endroit où tout le monde se gare, une petite Opel bleue, voilà le numéro. Il faudra qu'il y monte immédiatement, on l'attend. Maintenant, écoute-moi bien, je veux savoir si tout s'est bien passé. Quand ma femme passera chez vous, qu'est-ce qu'elle peut donner comme prétexte à ta Lisbeth ?" Pour commencer, Paul cessa alors seulement de le regarder, fixant le vide devant lui. "La recette des brioches à la vapeur." "Dis à ta femme que tu m'en as fait goûter une. Quand ma femme viendra chez vous pour demander la recette, si tout s'est bien passé pour Heisler, fais-nous souhaiter bon appétit, mais si quelque chose a foiré, fais-nous dire de ne pas nous coller une indigestion." Paul dit : "Je vais directement retrouver Georg. N'envoie ta femme que dans deux heures."

Fiedler se releva aussitôt et s'en fut. Sa main avait à nouveau effleuré l'épaule de Röder. Paul demeura un instant assis, immobile. Il ressentait encore la faible pression exercée par la main de Fiedler, expression des plus discrètes d'un respect qui ne passait pas par les mots, d'une confiance fraternelle, une sorte de contact qui pénètre l'être plus profondément que n'importe quelle marque de tendresse. C'est alors seulement qu'il comprit la portée de la nouvelle que Fiedler lui avait transmise. À la table voisine, un type se roulait une cigarette. "File-m'en une, camarade."

Quand il était au chômage, il avait fumé une quelconque cochonnerie pour calmer sa faim, puis il avait écouté Lisbeth et avait cessé de fumer pour faire des économies. Maintenant, ce truc mal roulé lui laissait des miettes entre les doigts.

Il bondit sur ses pieds. Il n'avait pas la patience d'attendre pour changer de tram, il gagna la ville à pied. Les rues et les gens s'évanouissaient sur son passage, mais au moins, il participait à son tour au cours des choses. Il attendit sous le porche obscur jusqu'à sentir le calme revenir en lui. Il s'écrasa contre le mur pour laisser passer un groupe de clients du restaurant. En ce samedi soir, le bruit habituel montait de la ruelle. Lui aussi, il avait toujours essayé alors d'échapper à Liesel en allant au café, on était assez les uns sur les autres le dimanche. La cour elle aussi était encore plus peuplée que la veille. Il aperçut Georg accroupi, en train de donner des coups de marteau à la lumière des réverbères. C'était à cette heure-là qu'il l'avait amené ici la veille. La fenêtre de la pièce donnant sur le garage était éclairée, donc la femme était là.

Georg se pencha davantage encore, comme à chaque fois que des pas s'approchaient dans son dos. Il donnait des coups de marteau sur une tôle – déjà aplatie bien avant, elle était à nouveau déformée – et il tapait dessus pour la redresser à nouveau. Il sentit quelqu'un s'arrêter derrière lui. "Hé, Georg", il jeta un coup d'œil furtif. Il tourna vite à nouveau ses regards vers le sol et tapa par deux fois légèrement, d'une main souple. Dans le visage de Paul, quelque chose aurait pu le rendre fou. Deux longues secondes s'écoulèrent, qui le mirent à la torture. Il ne réussissait pas à comprendre ce qu'exprimait le visage de Paul, cette gravité d'une extrême solennité éclairée d'une once de malice. Paul s'agenouilla à côté de lui, examina la tôle. Il dit: "Ça va marcher, Georg. À huit heures un quart à la sortie latérale du cinéma Olympia, une petite Opel bleue. Voilà son numéro. Monte immédiatement." Georg recommençait à déformer à coups de marteau la bordure qu'il venait de remettre droite. "C'est qui?" "Je n'en sais rien." "Je ne sais pas s'il faut que je le fasse." "Tu le dois. Sois tranquille. Je connais l'homme qui a arrangé ça." "Son nom?" Paul dit après une hésitation: "Fiedler." Georg chercha à toute allure dans sa mémoire, un amas de visages et de noms à travers toutes ces années. Mais aucun souvenir ne remontait. Paul répétait seulement: "C'est un gars comme il faut, sûr et certain." Georg dit: "Je vais le faire." "Je vais aller régler la chose avec ma tante pour que tu puisses tout de suite aller chercher tes affaires."

Au grand soulagement de Paul, Mme Grabber ne fit pas de difficultés. Elle se retira derrière la table qui occupait presque toute la pièce. La lampe descendue bien bas depuis le plafond éclairait son abondante chevelure, cette crinière d'un blanc éclatant. Sur la table, le livre de comptes, des tableaux, des calendriers, quelques lettres sous le presse-papier en malachite. Une montagne de malachite contenait à la fois une montre, un encrier figuré par une source, une profonde crevasse destinée à recevoir plumes et crayons. Âgée de seize ans, jeune fiancée, elle avait aimé cette garniture de bureau. La table était des plus ordinaires, le bureau donnant sur une cour l'était tout autant. Il n'y avait ici d'extraordinaire qu'elle-même. De ce lieu où le hasard l'avait fait échouer, elle avait tiré ce qu'il était possible d'en tirer. La cour tout entière avait vu son mari la tabasser. La cour tout entière avait vu comment elle en était venue à le tabasser en retour. Pendant la guerre, ils étaient tous les deux tombés, le mari et l'amant. Et l'enfant, étouffé par la coqueluche, reposait depuis une bonne vingtaine d'années à Königstein, dans la partie du cimetière appartenant aux Ursulines. Quant à l'époque elle était revenue, elle avait compris à la façon dont toute la cour l'avait considérée avec de grands yeux que ses secrets n'en étaient pour personne. Ses charretiers avaient pensé : pour une fois, ça lui a coupé le sifflet. Elle avait tapé du pied et gueulé : “Vous êtes payés pour bayer aux corneilles ? Allez, allez !” De cet instant, plus personne chez elle n'avait pu se reposer, et surtout pas elle.

Peut-être un peu tout de même maintenant, peut-être ce soir. Doit-elle interdire à cet homme de passer récupérer ses affaires chez les Röder ? Pourquoi donc Paul n'a-t-il pas tout apporté directement ? Qu'il file, et basta, qu'il aille chercher ses fringues. Quant au salaire, on en reparlera quand il aura fait son trou pour de bon ici. Il me plaît, se dit-elle. Elle lui tirera bien les vers du nez. Il a quelque chose qui lui semble familier. Il vient lui aussi de cette contrée où le vent souffle sa froidure – et ensuite, le moindre petit courant d'air semble tiède. On pourrait dire que c'est un compatriote. Pour l'instant, il faut qu'il commence par préparer son déménagement. Il dormira sous le hangar du garage. Il pourra installer le châssis du lit de son défunt Grabber – qui va servir à quelque chose.

Paul était revenu vers Georg. Il dit : “Bon, Georg…” Georg répliqua : “Oui, Paul ?” Paul hésitait à s'en aller, mais Georg lui dit : “Vas-y, va.” Sans un au revoir, sans un regard, il se dirigea d'un pas rapide vers la ruelle. L'un comme l'autre sentaient maintenant au fond de leur cœur, sur-le-champ et au même moment cette petite brûlure que rien n'éteint et que l'on n'éprouve que quand on pressent qu'on ne se reverra plus jamais.

Georg se posta de manière à garder sous les yeux la pendule dans la salle de restaurant qui donnait sur la cour. Au bout d'un moment, Mme Grabber sortit et s'approcha de lui. “Arrête-toi maintenant, dit-elle, et va chercher ton bazar.”

Georg répondit : “Je préfère terminer tout ici moi-même, et je passerai la nuit chez les Röder.” “Il y a la rougeole.” “J'ai ça derrière moi, ne vous faites pas de souci pour moi.”

Elle s'arrêta derrière lui, mais elle n'avait aucune raison de le rudoyer. “Viens, lui dit-elle soudain, allons boire à ta nouvelle place.” Il sursauta de peur. C'est seulement dans la cour du garage, absorbé par son travail, qu'il était en relative sécurité. Il craignait le moindre incident de toute dernière minute. Il dit : “Depuis le coup de guignon qui m'est arrivé j'ai décidé de ne plus boire du tout.” Mme Grabber se mit à rire. “Et tu veux tenir comme ça combien de temps ?” Il fit mine de réfléchir sérieusement un instant, puis il répondit : “Encore trois minutes.”

Dans l'auberge bondée, ils furent accueillis à grand bruit. La femme était une habituée. Ils furent salués de toutes parts, puis personne ne prit plus garde à eux. Ils restèrent debout au comptoir.

C'est alors que le regard de Georg tomba sur deux petits vieux : mari et femme. Assis tous deux, serrés l'un contre l'autre, parmi les autres, avec leurs chopes de bière, tous deux un peu rondouillards, tous deux satisfaits. “Mon Dieu, ce sont eux, les Klapprod, les gens du service des ordures. De quelle demande s'agissait-il donc, où la femme était pour et le mari contre, et ils se crêpaient le chignon jusqu'au moment où ils piquèrent tous les deux une colère parce que nous n'avions pas pu nous empêcher de rire. Mais pour l'instant, vous deux, vous n'avez pas le droit de vous retourner. Mes chers Klapprod, je vous aurai donc revus. Seulement, vous n'avez pas le droit de vous retourner vers moi." "Santé", dit Mme Grabber. Ils trinquèrent. Maintenant, il ne peut pas revenir en arrière, se dit Mme Grabber, maintenant, c'est parfait. "Bon, maintenant, je vais chez les Röder. Merci, Mme Grabber, Heil Hitler ! Au revoir !"

Il traversa la cour et se changea. Il plia soigneusement la blouse d'emprunt. Il se disait : je vais bientôt te rapporter ton manteau et toutes tes affaires. Je vais te chercher, te retrouver, où que tu sois. J'irai le soir voir ton spectacle. Je regarderai tes tours. Ton double salto, ah non, seulement simple. Ensuite, je t'attendrai et chacun racontera à l'autre comment il a échappé à cette vie. Je veux tout savoir de toi, il ne devra plus rester de zone d'ombre entre nous deux. Füllgrabe prétend que tu es mort. Mais qui croira un Füllgrabe ?

Arrivé au porche, il hésita une seconde avant de sortir, de gagner la rue. Il avait l'impression que derrière lui, dans la cour, il abandonnait quelque chose d'important, d'indispensable. Il se dit : je n'ai rien laissé traîner. D'ailleurs, je suis dans la rue. Je viens de franchir trois ruelles. Donc j'ai bel et bien quitté cette cour. Pour autre chose, il est trop tard.

Au bout de la Schäfergasse, il voyait déjà le mur aveugle recouvert d'affiches bariolées, les lumières le précédaient sur l'asphalte, des lettres brisées – rouges et bleues, dépourvues du moindre sens. Dans son ancienne vie, il avait déjà connu une nuit ainsi éclaboussée de telles lumières bleues et rouges. La cathédrale était glaciale, et ce jour-là, il était l'un des plus jeunes, envahi d'une peur enfantine. Il longea les automobiles garées au long de la ruelle, aperçut l'Opel bleue, en vérifia le numéro. C'était le bon. Pourvu que tout corresponde ! Pourvu que Paul ne se soit pas fait rouler. Je ne t'en voudrai pas du tout, Paul. Bien d'autres que toi se sont fait rouler. Seulement dommage que ça finisse par capoter maintenant.

Quand Georg s'approcha, la portière fut ouverte de l'intérieur. La voiture démarra sur-le-champ. Quelle drôle d'odeur dans cette bagnole, douce, lourde. Ils traversèrent quelques ruelles pour déboucher sur la Zeil, la célèbre rue commerçante de Francfort. Georg jeta un coup d'œil vers l'homme assis au volant. Muet, raide, il lui prêtait aussi peu d'attention que s'il n'était pas monté dans la voiture. Ses lunettes sur un nez plutôt long, les pommettes mâchonnant d'excitation, à qui bon Dieu tout cela fait-il penser ? Ils prirent la direction de la gare de l'Est. Une lumière soudaine permit à Georg de comprendre d'où venait cette odeur lourde qui l'avait étrangement inquiété : un unique œillet blanc dans un petit tube à côté de la fenêtre latérale. Ils avaient déjà dépassé la gare de l'Est. Ils atteignirent les soixante à l'heure, l'homme au volant était toujours aussi muet, on aurait dit qu'il n'avait pas noté la présence de son passager. Je suis peut-être vraiment transparent, se dit Georg. À qui me fait-il penser – ah mon Dieu, bien sûr : à Pelzer ! Tiens donc. Nous n'aurions jamais imaginé un trajet comme celui-ci. Sauf que Pelzer, on lui a cassé ses lunettes, c'était dans le village de Buchenau, et les tiennes sont brillantes, entières. Pourquoi ne parles-tu pas ? Où allons-nous donc ?

Cette question, il ne l'avait cependant pas posée à haute voix, comme s'il s'était soumis au désir de l'homme, comme s'il n'était pas monté dans la voiture. L'homme ne le gratifiait pas d'un seul regard ; il était assis de travers, inconfortablement, comme si la présence de Georg ne deviendrait réalité que s'il le touchait.

Ils laissèrent derrière eux le parc de l'Est. Il se disait : maintenant, le piège peut se refermer à tout moment. Puis il pensa : non, quand on pose un piège, on ne se comporte pas comme ça, on bavarde, on tartine des discours, on embobine. En pareille situation, un Pelzer aurait agi comme cet homme. Puis il se dit à nouveau : mais si c'est tout de même un piège, alors… Ils entrèrent dans la cité de Riederwald. Ils s'arrêtèrent dans une rue tranquille, devant une petite maison jaune. L'homme était descendu de voiture. Il ne le regarda pas davantage à ce moment-là. Il lui indiqua juste d'un mouvement d'épaule de descendre, puis d'entrer dans le couloir, et de là dans une pièce.

La première chose que Georg perçut alors, ce fut un fort parfum d'œillets. Un gros bouquet blanc était posé sur la table, douce lueur dans la pénombre. La pièce était basse de plafond, mais assez grande, la lampe dans le coin n'en éclairait qu'une portion. De ce coin, quelqu'un s'avança, blouse bleue, mi-gamin, mi-gamine, mi-femme, la maîtresse de maison. Elle n'avait pas l'air particulièrement accueillante en s'approchant des deux hommes, semblait dérangée plus tôt que prévu dans sa lecture, elle jeta son livre sur la chaise derrière elle.

"Un camarade de classe, il est de passage, je n'ai pas hésité à l'amener, il va pouvoir passer la nuit ici, non ?"

La femme répondit d'un ton de parfaite indifférence : "Pourquoi pas !" Georg lui tendit la main. Ils se dévisagèrent rapidement. L'homme, immobile, regardait son passager comme s'il était le personnage d'un rêve se transformant en un être en chair et en os. La femme dit : "Peut-être voulez-vous d'abord passer dans votre chambre ?"

Georg lança un coup d'œil à l'homme qui fit un signe de tête imperceptible. Peut-être même le regarda-t-il pour la première fois vraiment derrière ses lunettes. La femme passa devant.

Un simple sentiment de sécurité lui suffisait, même pas une certitude, juste l'espoir d'être en sûreté, et il prenait plaisir à voir les tapis bariolés de l'escalier, la peinture blanche vernie, les longues jambes de la femme, ses cheveux lisses coupés court.

Un miracle, pouvoir être seul dans cette chambre, pouvoir penser. Une fois que la femme fut sortie, il ferma à clé. Il tourna les robinets, renifla le savon, but un peu d'eau.

Il se vit dans la glace, tellement étranger à lui-même qu'il évita de regarder à nouveau.

Au même moment, Fiedler entrait chez ses beaux-parents, où il disposait d'une pièce avec sa femme. Il aurait sans doute accueilli Heisler chez lui s'il avait vécu seul. Aussi avait-il pensé au professeur Kress, qui autrefois avait travaillé chez Pokorny puis chez Cassela. Fiedler l'avait aussi rencontré à des cours du soir destinés aux ouvriers. Kress y enseignait la chimie. Ils s'y rencontrèrent souvent et Kress apprit à son tour de son élève. Kress était d'un naturel très craintif, mais en 33, il avait courageusement défendu ce dont il avait reconnu la justesse. Kress avait alors déclaré, paroles lourdes de conséquences : "Mon cher Fiedler, ne me sollicite plus pour des pétitions, des journaux interdits, je ne veux plus risquer ma vie pour une brochure. Si tu as quelque chose qui en vaille la peine, alors, tu peux revenir." Il y a maintenant trois heures, Fiedler l'a pris au mot.

Enfin, se dit Mme Fiedler en entendant son mari gravir les marches. Même si elle ne détestait rien tant qu'attendre, elle était trop fière pour se joindre aux autres à la cuisine. Autrefois, ils prenaient leur repas du soir tous ensemble. Après quelques différends, on s'était mis d'accord et les deux jeunes passaient la soirée de leur côté. En fait, les Fiedler n'étaient plus si jeunes que cela. Ils étaient mariés depuis déjà plus de six ans. Mais il en allait pour eux comme pour bien des gens depuis le début du Troisième Reich. Les circonstances extérieures de leur vie et leurs relations étaient devenues opaques et précaires, tout comme leur relation au temps. Ils avaient l'impression de flotter et étaient vraiment surpris quand à nouveau une année était révolue.

Au début, les Fiedler ne voulaient pas d'enfant parce qu'ils étaient au chômage et ils se croyaient d'ailleurs destinés à autre chose qu'élever des enfants. Maintenant – du moins le croyaient-ils –, il fallait qu'ils soient libres, sans lien, pour descendre dans la rue, pour se battre pour la liberté dès qu'on les appelait. Maintenant – c'est ce qu'ils croyaient alors –, ils étaient encore tout à fait jeunes, si jeunes que plus tard, ils seraient encore assez jeunes ; car ce maintenant leur était apparu proche du plus tard comme le matin l'est du soir. L'un et l'autre faisant partie du même jour plein de promesses. Sous le Troisième Reich, ils n'avaient pas voulu d'enfants parce que ensuite ils auraient été affublés de chemises brunes et soumis à l'entraînement qui fabrique les soldats.

Mme Fiedler avait dès lors peu à peu concentré toute sa sollicitude sur son mari. Elle l'avait observé, s'était occupée de lui, presque comme il convient pour des enfants que l'on doit à tout prix faire grandir, tandis que tout ce qui est adulte peut de temps en temps prendre le risque de la destruction, le doit même. Ils s'étaient tous deux, en particulier au cours de l'année écoulée, fondus l'un en l'autre, ce qui était bon et mauvais à la fois. Car ils avaient tous deux vécu pendant la première année sous Hitler comme deux jeunes gens placés devant le même danger, soumis au même vent froid. Leur amour n'avait pas souffert de ce qu'ils se seraient mutuellement ménagés. Par la suite, quand leurs vieux amis furent arrêtés les uns après les autres ou se tinrent plus ou moins à l'écart, Mme Fiedler s'était souvent demandé si son mari était en train de réfléchir à d'autres moyens d'agir ou se contentait d'attendre que cela passe. Quand elle l'interrogeait, il lui donnait en général les réponses indécises qu'il se faisait à lui-même. Ce soir-là, comme il ne rentrait pas, elle interpréta toutes ces demi-réponses comme des réponses à part entière, et plus elle l'attendait, lui qui était devenu la ponctualité faite homme, plus elle avait la certitude qu'il en était empêché par un événement lié à leur ancienne vie. Cette ancienne vie commune cependant était telle qu'un souffle, un simple souvenir, suffisait pour se sentir complètement rajeuni.

Il était encore dans le couloir qu'elle se rendit compte que le visage de Fiedler s'était animé et que ses yeux brillaient. “Écoute-moi bien, Grete, dit-il, tu vas monter chez les Röder. Sa femme, tu la connais de vue, rondouillette, avec une poitrine avantageuse, tu lui demanderas la recette des brioches à la vapeur, elle va te la recopier et ajoutera une phrase à laquelle tu feras très attention. Ce sera ou bien : Bon appétit ! ou bien : N'en mangez pas trop. Il faudra seulement que tu me répètes ce qu'elle aura dit. En tout cas, fais un détour, à l'aller comme au retour. Vas-y tout de suite."

La femme acquiesça de la tête et se mit en route. Donc, plus d'hésitation. Les anciens fils étaient renoués ou ne s'étaient jamais brisés. Elle venait de se mettre en route, faisant un détour, pour aller chez les Röder, et il lui sembla que d'autres encore s'étaient remis en route avec elle, après une longue interruption, et maintenant, ils avançaient sans peur.

Mme Fiedler ne reconnut pas tout de suite Liesel Röder, car son visage était bouffi tant elle avait pleuré. Déçue, désespérée, Liesel fixait cette visiteuse inconnue, espérant qu'elle allait tout de même finir par se métamorphoser et redevenir son Paul.

Mme Fiedler en conclut que quelque chose avait foiré. Mais elle ne voulait pas rentrer chez elle sans nouvelle. Elle dit : "Heil Hitler ! Pardonnez-moi, madame Röder, de vous tomber sur le dos à cette heure avancée. Je n'ai d'ailleurs pas l'impression d'avoir choisi le meilleur moment. Je voulais juste vous demander la recette des brioches à la vapeur. Votre mari en a fait goûter au mien. Ils sont copains. Je suis Mme Fiedler, vous vous souvenez. Vous ne me reconnaissez pas ? Votre mari ne vous a pas parlé de la recette, il ne vous a pas dit que j'allais passer ?

Allons, calmez-vous, madame Röder, asseyez-vous tranquillement, et puisque je suis montée chez vous, et que nos maris sont amis, je peux peut-être vous être utile. Ne vous gênez pas, madame Röder, nous ne nous gênons pas ensemble. Surtout dans des temps comme ceux-ci. Maintenant, arrêtez donc de pleurer. Qu'est-ce qui ne va pas ?" Elles avaient fini par atterrir dans la cuisine, sur le canapé. Liesel, au lieu d'arrêter, versait à nouveau des torrents de larmes.

"Madame Röder, madame Röder, disait Mme Fiedler, en tout cas, ce n'est pas si grave. Si ça le devient, nous ferons un beau pansement. Donc votre mari ne vous a rien dit? Il n'est pas rentré?" Liesel dit entre deux sanglots: "Il n'a fait que passer." Mme Fiedler dit: "On est venu le chercher?" "Il a dû y aller de lui-même." "De lui-même?" "Oui, il le fallait bien", dit Liesel d'un ton las. Elle essuya ses larmes en se passant ses bras nus sur le visage. "La convocation était là quand il est arrivé, il était si tard." "Alors, il ne peut pas encore être de retour, dit Mme Fiedler. Calmez-vous donc." Liesel haussa les épaules. "Si, il pourrait. Ou bien il revient, ou bien on le garde là-bas, on va le garder, c'est sûr." "Mais vous ne pouvez pas le savoir, madame Röder, lui aussi, il doit attendre. Les gens sont convoqués à tour de bras, de jour comme de nuit, à jet continu." Liesel ruminait. Au moins, pour quelques minutes, elle avait épuisé ses larmes. D'un mouvement brusque, elle se tourna vers sa visiteuse: "Quelle recette? Les brioches à la vapeur? Ah non, Paul ne m'a rien dit. Il était affolé par cette convocation, il a filé immédiatement." Elle se leva et fouilla maladroitement, avec ses yeux gonflés par les larmes, dans le tiroir de sa table de cuisine. Mme Fiedler aurait voulu poser d'autres questions, elle se sentait capable de tout faire dire à Liesel. Mais elle avait scrupule à l'interroger sur des choses que son mari n'avait pas voulu lui confier.

Pendant ce temps-là, Liesel avait retrouvé son petit bout de crayon. Elle avait déchiré une feuille de son petit cahier de dépenses. "Je tremble de tous mes membres", dit-elle. "Si vous écriviez vous-même!" "Écrire, quoi donc?" demanda Mme Fiedler. "Cinq pfennigs de levure, dit Liesel entre deux sanglots, deux livres de farine, verser du lait pour obtenir une pâte ferme, un peu de sel. Bien pétrir..."

Sur le chemin du retour, en traversant les rues obscures, Mme Fiedler aurait pu se dire que maintenant, tous ces innombrables hasards impossibles à préciser, toutes ces menaces à moitié réelles, à moitié imaginaires prenaient corps et qu'on aurait pu les toucher. Elle n'avait plus le temps de se livrer à ce genre de réflexions. Elle veillait seulement à faire le détour qu'il fallait et à ne pas être suivie. Elle poussa un soupir de soulagement. Elle retrouvait l'air auquel elle était habituée, qui caresse les tempes, comme raidi par le gel. L'ancienne obscurité protectrice quand on collait des affiches, dessinait des slogans sur des palissades, glissait des tracts sous des portes. Si ce midi on l'avait interrogée sur l'état de leur travail de militants, sur les perspectives de la lutte, elle aurait tout comme le faisait son mari haussé les épaules. Maintenant, elle n'avait rien vécu de plus qu'une démarche inutile auprès d'une femme en larmes, mais elle était de nouveau engagée dans son ancienne vie, soudain, tout était redevenu possible, en un clin d'œil, parce que soudain, il dépendait aussi d'elle que tout s'accélère. Tout devenait possible dans ce temps qui venait de s'ouvrir : le bouleversement de tout ce qui structurait les existences et en particulier la sienne, plus vite qu'on ne l'eût espéré, et que l'on était encore assez jeune pour saisir ensemble cette chance après tant d'amertume. Bien sûr, il était aussi possible que Fiedler courre à sa perte, plus vite et de façon plus horrible qu'ils ne l'avaient redouté au cours des luttes auxquelles il avait participé. C'est seulement en des temps où plus rien n'est possible que la vie s'écoule comme une ombre. Mais dans les temps où tout devient possible, c'est là qu'on trouve la vie tout entière et l'anéantissement.

"Tu es sûre que personne ne te suit ?" "J'en mets ma tête à couper." "Alors écoute bien, Grete, je fais mon bagage, le strict nécessaire. Si quelqu'un me demande, je suis dans le Taunus. De ton côté, tu vas aller à la cité du Riederwald, Goetheblick, au numéro 18, c'est là qu'habite le professeur Kress, une belle maison jaune."

"Le Kress du cours du soir ? Avec des lunettes ? Il passait son temps à se chamailler avec Balzer au sujet du christianisme et de la lutte des classes ?"

"Oui, mais si on t'interroge, tu n'as jamais de ta vie rencontré Kress. À lui, tu diras de ma part : Paul est à la Gestapo. Laisse-lui le temps de digérer la nouvelle. Il faudra alors qu'il te dise où on pourra le joindre par la suite. Grete chérie, fais très attention, jamais de ta vie tu n'as été mêlée à une affaire aussi chaude. Ne me pose aucune question.

Bon, je file. Mais je ne vais pas encore dans le Taunus. Demain matin, tu iras à la cabane de notre jardin. Si cette nuit la police a débarqué chez nous, tu mettras ton imperméable. Sinon, tu mettras ton beau tailleur. Si tu ne viens pas, je saurai qu'on est venu te chercher.

Si tu portes ton tailleur neuf, alors je peux tranquillement te rejoindre dans la cabane. Et la coupe aura été écartée de nos lèvres. Il te reste encore de l'argent sur le budget du ménage?"

Grete lui donna la petite somme qui lui restait. Elle lui prépara en silence ses quelques affaires. Ils ne s'embrassèrent pas mais leurs mains s'étreignirent. Quand son mari fut parti, elle enfila aussitôt l'imperméable, car elle était d'un naturel pratique; et elle se dit que si les choses tournaient mal, elle n'aurait guère le temps de changer de vêtements. Si la nuit était tranquille, elle aurait tout son temps le lendemain matin pour mettre son beau tailleur.

Kress n'avait pas bougé, il était resté au même endroit, dans la partie obscure de la pièce. La femme s'assit sans le regarder à la place où elle avait l'habitude de s'installer. Elle ouvrit le livre à l'endroit où l'arrivée des deux hommes l'avait interrompue. Ses cheveux lisses, ternes, de jour d'un blond plutôt mat, brillaient maintenant plus fort que la lumière qui les éclairait. Elle faisait penser à un gamin souffreteux qui s'est affublé pour rire d'une espèce de casque. Elle dit, penchée sur son livre: "Si tu me regardes fixement, je ne peux pas lire."

"Tu as eu toute la journée pour le faire. Maintenant, parle avec moi." La femme répondit sans lever les yeux de son livre: "Pour quoi faire?" "Parce que ta voix me calme." "Pourquoi te faut-il donc être calmé? Ici, chez nous, la paix, on n'en manque pas." L'homme continua à la regarder fixement. Elle tourna deux ou trois pages. Soudain, il dit, d'une voix changée : “Gerda !” Elle plissa le front. Mais elle se maîtrisa, sans doute la force de l'habitude et parce qu'elle se disait que Kress était son mari, fatigué par son travail et que la soirée commune, en fin de compte, avait commencé. Elle posa le livre ouvert sur son genou, alluma une cigarette. Puis elle dit : “En fait, qui donc as-tu ramassé ? Quel drôle de citoyen.” L'homme gardait silence. Elle fronça involontairement les sourcils et le regarda avec une attention plus intense. Dans la pénombre, elle ne discernait pas ses traits. Qu'est-ce qui faisait briller son visage ? Était-il donc si pâle ? Il finit par dire : “Frieda est absente jusqu'à demain ?” “Jusqu'après-demain matin.” “Écoute-moi, Gerda. Tu ne dois dire à personne que nous avons de la visite. Si quelqu'un t'interroge, réponds : un camarade de classe.”

Sans marquer d'étonnement, elle répondit : “Bien.” L'homme s'était approché d'elle. Maintenant, elle pouvait presque distinguer les traits de son visage. “Tu as entendu, à la radio, cette évasion de Westhofen ?” “Moi, à la radio ? Non.” “Ils sont quelques-uns à avoir filé”, dit Kress. “Ah bon.” “Tous ont été repris.” “Dommage.” “Sauf un.”

Les yeux de la femme se mirent à briller. Elle releva la tête, son visage n'avait été aussi lumineux qu'à une seule époque, au début de leur vie commune. Autrefois comme maintenant, cette lueur s'était aussitôt éteinte. Elle le considéra avec attention, de haut en bas, s'exclama : “Ça alors.” Il attendit. “Je ne t'en aurais pas cru capable. Ça alors.”

Il recula. Il dit : “Quoi ? Cru capable de quoi ?” “De ça ! De tout ça ! Vraiment, alors… pardon.” Kress dit : “Mais de quoi donc parles-tu ?” “De nous deux.”

Dans sa chambre, Georg se disait : je veux descendre. Qu'espérais-je donc trouver ici, en haut ? Pourquoi faut-il que je sois seul ? Pourquoi était-il obligé de se mettre à la torture dans ce bunker fermé de l'intérieur, au sol revêtu de tapis bleus et jaunes tissés à la main, avec l'eau courante sortant de robinets chromés, avec un miroir qui gravait implacablement en lui exactement la même image que celle de l'obscurité ?

Du lit bas émanait la bonne odeur du linge blanchi de frais. Mais lui, recru de fatigue, allait et venait, de la porte à la fenêtre, comme si pour punition il lui était interdit de s'allonger. Est-ce mon dernier refuge ? Le dernier, oui, mais après, quoi ? Il faut absolument que je descende, que je retrouve les gens. Il déverrouilla la porte.

Dès l'escalier, il entendit les voix de l'homme et de la femme, ils ne parlaient pas fort, mais avec passion. Il fut surpris. Ces deux-là lui avaient presque paru muets, ou en tout cas silencieux à l'extrême. Devant la porte, il hésita. Kress disait : "Pourquoi est-ce que tu me tortures ?" Georg entendit la voix un peu grave de la femme : "Parce que pour toi, c'est une torture ?" Kress répliqua d'un ton plus calme : "Dans ce cas, il y a autre chose que je veux te dire, Gerda, tu te fiches de savoir pourquoi ce type est en danger, qui il est – tout ça, tu t'en fiches complètement. Pour toi, l'essentiel, c'est le danger. Qu'il s'agisse d'une évasion ou d'une course automobile, tu revis. Tu étais comme ça, tu l'es restée." "Tu as raison, mais seulement à moitié. J'étais peut-être comme ça autrefois, et je le suis peut-être de nouveau. Tu veux savoir pourquoi ?" Elle attendit un instant. Que l'homme veuille tout savoir ou préfère de loin ne rien savoir, elle poursuivit d'un ton résolu : "Tu as dit pendant tout ce temps qu'il n'y a rien à faire contre ce qui se passe, et qu'il faut attendre. Attendre, voilà ce que je me suis dit, il veut attendre jusqu'à ce que tout ce qui lui était cher soit piétiné, détruit. Comprends-moi donc. Quand j'ai quitté ma famille pour te suivre, je n'avais pas encore vingt ans, et je suis partie de la maison, parce que chez moi, tout me révulsait, mon père, mes frères, le silence, soir après soir, dans notre salon. Mais ici, chez nous, ces derniers temps, le silence était tout aussi profond qu'à la maison."

Kress écoutait, encore plus surpris que Georg devant la porte. Au cours de milliers de soirées, il avait dû lui arracher les mots de la bouche. "Autre chose encore : chez nous, à la maison, rien ne devait changer, jamais. C'était leur fierté de se dire que tout restait en l'état. Puis tu es arrivé ! D'un seul coup, tu m'as expliqué que même chez les pierres, rien ne demeure pétrifié, immuable, pas même une seconde, et encore moins chez les humains. – Sans doute à une exception près : moi ! Quoi ? Car tu dis de moi : voilà celle que tu étais, tu es restée la même."

Il attendit un instant pour être sûr qu'elle avait fini. Il posa sa main sur sa tête. Elle regardait à nouveau devant elle d'un air indifférent, et même un peu têtu. Il empoigna ses cheveux au lieu de la caresser. Elle était tendre et dure, bonne à aimer, à éduquer et peut-être, Dieu seul le sait, à transformer. Il la secoua d'abord un peu.

Georg entra dans la pièce. Ils s'écartèrent brusquement l'un de l'autre. Bon Dieu, pourquoi a-t-il fallu qu'il raconte tout à la femme, sur le visage de laquelle on ne lisait plus l'ancienne indifférence mais une froide curiosité ? Georg déclara : "Je n'arrive pas à dormir. Je peux rester ici avec vous ?" Kress le fixa, appuyé au mur : aucun doute, l'hôte était là, il avait accepté l'invitation, c'était irrévocable. Il dit alors du ton du maître de maison : "Que prendrez-vous ? Un thé ? Un schnaps ? Un jus de fruits ? Ou une bière ?" La femme dit : "Il a faim." "Du thé et un schnaps, dit Georg. Et à manger, ce que vous aurez."

Pour quelques minutes, ces mots mirent en mouvement l'homme et la femme. Ils dressèrent la table devant lui, déposèrent des plats, des petits plats, des bouteilles furent débouchées. Ah, manger dans sept petites assiettes, boire dans sept petits verres, personne n'est tout à fait à l'aise en telle circonstance, Kress et sa femme ne font l'un et l'autre que mine de manger. Georg fourra la petite serviette blanche dans sa poche, bon pansement pour une main blessée : il la ressortit, la lissa de la main. Maintenant, il était rassasié et fatigué à tomber de sa chaise. Seulement ne pas être obligé de rester seul. Il écarta couverts et assiette, posa la tête sur la table.

La soirée était bien avancée quand il la releva. Autour de lui, la table avait depuis longtemps été débarrassée, la pièce était envahie de fumée. Georg ne sut pas immédiatement où il était. Kress était à nouveau adossé au mur. Georg essaya, Dieu sait pourquoi, de lui sourire, le reflet de son sourire apparut sur le visage de son hôte, tout aussi bancal et contraint. Kress proposa : "Allez, continuons à boire." Il rapporta ses bouteilles. Il versa, sa main tremblait un peu et il tacha la nappe. C'est justement cette façon tremblotante de verser qui rassura complètement Georg. Un homme bien, un homme à qui cela coûte beaucoup de m'accueillir. Mais il m'a accueilli.

La femme revint, s'assit à la table et fuma en silence, car les deux hommes s'étaient tus eux aussi.

Sur la chaussée, on entendit le sable crisser sous des pas furtifs, légers. Ils s'arrêtèrent devant la porte de la maison. On entendit des grattements sur les dalles, comme si quelqu'un cherchait la sonnette. Les deux hommes sursautèrent, et pourtant, ils s'y attendaient, à ce coup de sonnette. "Vous m'avez rencontré par hasard devant le cinéma, dit Georg à voix basse et d'un ton assuré. Vous m'avez connu au cours de chimie." Kress acquiesça de la tête. Comme tant de gens craintifs, il était calme dès le moment où le danger était réel. La femme se leva et alla à la fenêtre. Sur son visage se lisait de l'orgueil, un air un peu railleur, comme c'était toujours le cas à chaque entreprise un peu osée. Elle s'approcha du volet, lorgna dehors et annonça : "Une femme." "Ouvrez-lui, dit Georg, mais qu'elle reste dehors."

"C'est à toi en personne qu'elle veut parler, dit-elle à son mari. Elle a l'air tout à fait comme il faut." "Comment se fait-il qu'elle sache que je suis à la maison ?" "Elle le sait. Tu as parlé avec son mari à six heures." Kress sortit. La femme se rassit à la table avec Georg. Elle fumait et lui jetait de temps en temps un bref regard, comme s'ils étaient tous les deux en plein virage ou en train de gravir une pente abrupte complètement gelée et diablement difficile.

Kress revint. Georg comprit en le regardant que le pire s'était produit. "Je dois vous transmettre la nouvelle, Georg, que votre ami Paul est à la Gestapo. Par précaution, le mari de cette femme est déjà parti de chez lui. Nous devons lui dire où nous allons maintenant nous rendre ou vous tout seul, Georg, pour qu'on puisse vous retrouver." Il se versa à boire.

Il n'a pas fait de tache, se dit Georg. Sa tête était complètement vide, comme si, au lieu de l'emplir de choses nouvelles, on l'avait balayée jusqu'à son dernier recoin.

"Nous pouvons encore vous déposer quelque part en voiture, ou bien faut-il que nous partions tous ? À trois dans la voiture ? Pour aller n'importe où ? Directement à la gare de l'Est ? Ou tout simplement loin d'ici, à l'intérieur du pays. À Cassel ? Ou bien est-il préférable que nous nous séparions tout de suite ?" "Ah, je vous en prie, taisez-vous un instant..."

Dans sa tête vidée, les pensées revenaient toutes. Donc Paul avait été balancé. Stop, pourquoi donc balancé ? Était-on venu le chercher ? Avait-il juste été convoqué ? On n'avait rien dit à ce sujet. En tout cas, ils le tiennent. Mais Paul lui-même ? S'ils ont pu prouver qu'il l'avait hébergé chez lui, s'ils ont vraiment réussi à le prouver, Paul ne livrera jamais la nouvelle planque. D'ailleurs, Paul la connaissait-il seulement ? Non, en tout cas pas la planque. Si l'intermédiaire était sérieux, si c'était vraiment un des nôtres, il ne lui a pas donné de nom. Mais Paul connaît le numéro de la voiture, ça suffit. Georg se souvenait d'autres gars, plus forts que Paul, forts comme des géants ; futés, expérimentés dans toutes les luttes auxquelles ils avaient pris part depuis leur jeunesse. On les avait fait craquer, la peur de la mort avait fait sourdre les informations par tous les pores. Mais Paul ne le livrera pas. Dans la tête de Georg se déroule ce raisonnement hasardeux réclamant toute son intrépidité et une décision immédiate. Il faisait confiance à Paul. Il sera allongé là où d'autres l'ont été avant lui, les dents serrées, leur mutisme rebelle ne leur coûtant peu à peu plus aucun effort, devenant définitif.

D'ailleurs, si ça se trouve, c'est juste un interrogatoire. Il est planté là, l'air bêta, tout petit, il a donné avec une prudente habileté des réponses qui n'engagent à rien. Georg dit : "Nous restons ici." "Ne vaudrait-il pas mieux partir, à tout hasard?” “Non, faire autrement ne nous apportera que des difficultés. C’est ici que l’on doit me faire parvenir des informations, de l’argent et des papiers. Si je suis obligé de partir d’ici, je suis à nouveau perdu.”

Kress gardait silence. Georg devina ses pensées: “Si vous me faites partir parce que vous avez peur...” Kress répondit: “Si je devais avoir peur, ce n’est pas pour autant que je vous ferais partir. Vous seul le connaissez, ce Paul. Désormais, tout est entre vos mains.”

“C’est bon, dit Georg, dites à la femme qui attend dehors que nous restons là où nous sommes.”

Kress sortit aussitôt. Peu à peu, il plaisait de plus en plus à Georg: la manière dont la part la plus faible de son être, après une résistance brève et perceptible, se soumettait à la plus forte, et même la franchise de sa peur qui ne se transformait pas un instant en vantardise ni en bavardages. Il plaisait d’ailleurs plus à Georg que sa femme, qui avait vidé son paquet de cigarettes et soufflait sur la fumée pour la dissiper. Cette femme n’avait sans doute encore rien possédé qu’elle eût redouté de perdre.

Kress revint et s’adossa au mur. Ils suivirent de l’oreille les pas qui s’éloignaient en direction de la cité. Quand le silence fut complètement rétabli, la femme dit: “Pour changer, allons donc à l’étage.” “Oui, répondit Kress, de toute façon, nous ne dormirons pas.”

Kress avait aménagé son domaine sous le toit avec quelques centaines de bouquins. De sa fenêtre, on pouvait se rendre compte que cette maison était au bout de la nouvelle rue, un peu à l’écart de la cité du Riederwald. Le ciel était limpide. Il y avait longtemps que Georg n’avait pas vu le ciel étoilé, dégagé, au bord du Rhin il y avait eu du brouillard. Il leva les yeux, ce que font tous ceux qui courent un danger extrême, comme si la voûte du ciel les protégeait. La femme ferma les volets et alluma le radiateur, toutes choses que d’ordinaire Kress faisait lui-même à son retour en début d’après-midi. Elle dégagea quelques chaises et le bord de la table des livres qui les recouvraient. En ce moment, Paul subit la torture, se dit Georg, et sa Liesel est assise et attend. Son cœur se serra de peur et de doute. Avait-il eu raison de lier sa vie à Paul ? Paul était-il assez fort ? Maintenant, bien sûr, il était trop tard. Il ne pouvait plus sortir d'ici. Les Kress se tenaient tranquilles, ils le croyaient en train de s'endormir. Mais lui, le visage caché par ses mains, prenait conseil auprès de Wallau. Qu'il se calme ; la cause dont il était ici question ne portait que par hasard depuis une semaine le nom de Georg.

Soudain, Georg se tourna plein d'entrain vers son hôte, lui demandant son âge, et le domaine dans lequel il travaillait. Il avait trente-quatre ans, répondit Kress. Il était spécialiste de chimie physique. Georg lui demanda de quoi il s'agissait. Kress, soulagé lui aussi, tenta quelques explications. Au début, Georg écouta attentivement, puis il se remit à penser à Paul perdant son sang, à Liesel, toute à son attente. Kress interpréta à sa façon le silence de Georg. "Maintenant, il serait encore temps pour tout", dit-il doucement. "Temps pour quoi ?" "Pour partir d'ici." "N'avons-nous pas décidé de rester ? N'y songez plus." Cependant, Georg lui-même était incapable de penser à autre chose. Il se leva et fouilla dans les livres. Il en connaissait deux ou trois, depuis l'époque où il était avec Franz. Cette époque-là avait été la plus joyeuse de sa vie. Mais les jours simples et tranquilles étaient ensevelis sous les souvenirs obsédants d'années plus troublées. Pourquoi oublie-t-on l'essentiel, se dit Georg. Parce qu'il ne se détache pas et ne demeure pas au-dehors de soi, mais au contraire y pénètre sans bruit. Georg se tourna vers la femme et lui demanda sans détour d'où elle venait et quelle avait été son enfance. Elle sursauta un peu, ce qui était tout à fait nouveau pour Kress. Elle se mit aussitôt à raconter : "Mon père était très jeune à son départ pour l'armée. Il n'avait pas d'aptitude particulière, si bien qu'il en revint tout jeune major de quarante-quatre ans. Nous étions quatre frères et moi, et il a pu nous harceler jusqu'à ce que nous soyons adultes." "Et votre mère ?"

Georg n'eut pas le temps d'en apprendre plus sur la mère, car une voiture s'arrêta si près qu'ils en eurent tous trois le souffle coupé. Elle repartit, mais l'envie de parler leur était passée. Georg pensa à nouveau à Paul, lui demandant pardon d'avoir eu peur à l'instant même, comme si, à l'instar de Kress, il envisageait toutes les éventualités. Et pourtant, peu après, à la voiture suivante, il sursauta tout autant. Maintenant, ils ne parlaient plus, tandis que la nuit s'écoulait avec une lenteur infinie et que la pièce s'emplissait de fumée.

Chapitre Sept

I

Il faisait encore presque nuit, on remarquait tout juste que les champs et les toits restaient blancs, même sans clair de lune, à cause de la gelée, quand une toute petite bonne femme venant de la route de Kronberg se dirigea pesamment, un sac sur le dos, vers la route nationale. Le sac et un bâton noueux lui donnaient une allure de sorcière, soudain surgie avant le jour au milieu des champs, marmonnant toute seule et regardant furtivement autour d'elle. Cette allure de sorcière s'atténua quand elle se rapprocha, car il s'agissait d'un simple sac à dos, elle portait un manteau en loden tout à fait ordinaire, avec une petite peau de lapin et un petit chapeau agrémenté d'une garniture, enfoncé pardessus son fichu de tous les jours.

Elle franchit le fossé longeant la chaussée peu avant la ferme des Mangold, se pencha vers le champ comme si elle y pressentait quelque chose, marmonna d'un air fâché, recula d'un bond et monta la route jusqu'à la maison de Messer. Au rez-de-chaussée, la fenêtre de cuisine de Messer était déjà éclairée – la première lampe allumée dans le coin. Du Streuselkuchen tout chaud pour accompagner le café du dimanche, c'était ce qui revenait aux bons fils de la maison. Et à ceux qui avaient mal tourné ? Eh bien, ça se justifiait d'autant plus, pour les ramener un peu à de meilleurs sentiments avec cette garniture sucrée délicieusement mélangée au beurre.

D'un bond, la vieille femme franchit le fossé, mais sans se diriger vers la fenêtre de cuisine, elle plongea plus avant dans le champ de Messer. Elle se pencha un instant, puis elle entra sans hésiter dans le petit bois en suivant exactement le chemin emprunté par le troupeau la veille. Il s'agissait de la mère d'Ernst le berger, elle avait coutume de le remplacer auprès de son troupeau pour quelques heures les jours fériés, et les crottes de mouton sur le champ de Messer lui indiquaient où ils avaient pâturé la veille. Elle connaissait l'itinéraire. Aujourd'hui, ils devaient déjà être chez les Prokaski, sur la commune de Mamolsberg.

Quand elle ressortit du petit bois pour déboucher sur le terrain que Messer avait cédé au printemps à Prokaski afin de maintenir sa ferme en dessous des limites de superficie dans la perspective de la transmission du bien par héritage, elle remarqua l'hôtel jaune de plain-pied en bas à droite, au bord de la route de Kronberg, près d'un groupe isolé de sapins couverts de gelée blanche. Les champs descendent en pente douce, tranquille, mais pour remonter tout aussi doucement et tranquillement de l'autre côté de la route, et le regard ne parcourt pas un vaste panorama mais bute sur la hêtraie plantée sur les plus hautes des collines situées à moins de deux heures d'ici. Au lever du soleil, la grande vallée arrondie en cuvette resplendira des couleurs de l'automne. Maintenant, au point du jour, ce n'est qu'un monde sans couleur et couvert de gelée. La lune est si pâle qu'on la cherche. La mère d'Ernst, en descendant la pente grise et blanche, ne dessine pas la plus petite ombre.

Soudain, elle s'arrête. À deux cents pas de là, dans la zone dégagée, une fille court entre les petits groupes de sapins et la bande boisée. La mère d'Ernst oublie un instant que sa visite du dimanche la mène vers le fils, et non plus le père ; une fille s'éloignant ainsi lui a depuis toujours mieux indiqué la direction à suivre que toutes les crottes de moutons du monde. Elle pousse un cri de corneille dans l'aube pâle, appelle de sa petite voix claire : "Hé, mademoiselle !"

La fille s'arrête, prise d'une peur panique. Elle regarde, regarde autour d'elle ; rien que silence, grisaille, à des lieues à la ronde. La mère d'Ernst surgit dans son dos, descendant la colline. “Hé, mademoiselle!” La fille sursaute à nouveau. “Mademoiselle, vous avez perdu quelque chose!” “Où? Quoi?” “Un tout petit cheveu blond.” Mais la fille a déjà retrouvé ses esprits, elle est rondelette, solide, pas particulièrement craintive. “Eh bien, mettez-le dans votre livre de prières.” La vieille rit ou toussote. La fille lui tire encore une belle langue musclée et s’en va en courant.

De l’autre côté, la lune semble réapparaître, plus nette parce que le ciel bleuit. C’est alors que la fille entrevoit qui peut être cette vieille, ce qui la contrarie au point d’en avoir la nausée. Les carillons commencent à retentir dans les villages. Comment donc a-t-elle pu se mettre à fréquenter un gars comme celui-là! Quand Ernst était derrière chez elle avec ses moutons, elle a réussi à se retenir. Maintenant qu’il est parti du côté de Mamolsberg, voilà qu’elle lui court après! Ouh là là! Cette vieille, sa mère, va en répandre, des cancans à son sujet! Mais la vieille sorcière, ne cancane-t-elle pas sur le dos de toutes les filles bien sages? N’a-t-elle pas dit des choses sur le compte de la petite Marie de Botzenbach? La petite Marie, une enfant de quinze ans, promise au SS Messer de Schmiedheim, qui ne prendrait sûrement pas une fille avec un défaut? En sortant du petit bois, devant la fenêtre de la cuisine d’Eugenie, elle se sent déjà fière et mélancolique comme une innocente jeune fille qui fait l’objet de cancans injustifiés. Elle frappe: “Heil Hitler! Eugenie, puisque tu es déjà en train de faire des gâteaux, passe-moi donc une petite pointe de vanille, si tu peux.”

“Une gousse entière, Sophie, pas juste une petite pointe.” Eugenie a dans ses bocaux brillants une jolie petite provision de tous les ingrédients. “Tu es ma première visiteuse, Sophie”, dit-elle en apportant une gousse de vanille et sur sa pelle à tarte une part de Streuselkuchen toute chaude.

La bouche toute sucrée, parfait alibi de ce délicieux gâteau, Sophie Mangold traverse la rue d’un bond pour gagner sa propre cuisine, où sa mère est déjà en train de moudre le café.

La nuit avait fini par passer. Les deux hommes sursautaient dès qu'une auto montait depuis la cité du Riederwald ou seulement les pas d'une patrouille nocturne, de plus en plus violemment et durablement, comme si au cours de cette nuit-là leurs corps avaient perdu de leurs poids.

Quand la femme ouvrit les volets et se retourna vers la pièce maintenant claire, les deux hommes lui parurent vieillis, amaigris, son mari tout comme l'étranger. Elle frissonna. Elle jeta un regard vers le pied en nickel de la lampe, son propre visage était intact, les lèvres un peu pâles. Elle lança: “La nuit est finie, pour ma part, je vais prendre un bain et mettre ma robe du dimanche.” “Moi, je vais faire du café, dit Kress. Et vous, Georg?”

Pas de réponse. Quand la fenêtre avait été ouverte, laissant entrer à flots l'air frais du matin, Georg avait été submergé, à moitié sommeil, à moitié épuisement. Kress s'approcha de la chaise sur laquelle Georg était affalé, le front sur le bord de la table. Parce que cela lui marquait le visage, Kress lui prit la tête et la retourna. Tout au fond de son cœur s'élevait une question: combien de temps lui, Kress, devrait-il encore donner asile à cet hôte? À cette partie de son moi qui osait poser une telle question il intima l'ordre de se taire. Tu te trompes, se dit-il à lui-même, j'abriterais chez moi même son cadavre.

Peu après, Georg sursauta et se redressa, peut-être parce qu'une porte avait claqué. Dans un demi-sommeil, il essaya, conformément à sa vieille habitude, d'identifier tous les bruits de la maison: là, le moulin à café, la salle de bains. Il voulut se lever, descendre rejoindre Kress à la cuisine. Il voulait lutter contre le sommeil qui l'envahissait à nouveau, un mauvais sommeil. Mais il était déjà submergé, et eut tout juste le temps de savoir que ce qui de nouveau allait le menacer ne serait qu'un rêve dans lequel il ne voulait pas se laisser entraîner. Or déjà, le rêve était plus fort que lui.

Il avait donc tout de même été repris. Ils le poussaient dans la baraque numéro huit. Il saignait par de nombreuses blessures, mais la peur de ce qui l'attendait l'empêchait de sentir la douleur. Il se dit : courage, Georg. Mais il savait que ce qui l'attendait dans cette baraque était plus terrible que tout. L'attendait déjà.

Derrière la table sur laquelle s'amoncelaient les fils électriques et les installations téléphoniques, mais qui sinon faisait plutôt penser à une table d'auberge – parmi les fils, on voyait aussi quelques sous-bocks –, Fahrenberg en personne le regardait fixement en plissant les yeux, regard perçant, sourire pétrifié sur les lèvres. Il était entouré sur sa droite et sur sa gauche de Bunsen et Zillich, qui tournèrent la tête dans sa direction. Bunsen éclata de rire. Mais Zillich garda l'air sombre qui lui était habituel. Il comptait les cartes d'un jeu. La pièce était sombre, seule la zone au-dessus de la table était un peu plus claire, et pourtant Georg ne distinguait pas de lampe. Un des fils entourait par trois fois le tronc puissant de Zillich, ce qui glaça Georg d'horreur. Il se dit cependant très distinctement : ils sont vraiment en train de jouer aux cartes avec Zillich. Il y a donc des tables où les différences de classe sont vraiment surmontées.

"Approche", dit Fahrenberg. Mais Georg s'arrêta, pour le défier et parce que ses genoux tremblaient. Il s'attendait à ce que Fahrenberg se mette à lui hurler après, mais il se contentait de cligner des yeux, exprimant une connivence incompréhensible. Georg sut alors que ces trois-là avaient mijoté quelque chose de nouveau – de particulièrement infâme, sournois, qui le toucherait dans une seconde, l'atteignant dans sa chair et dans son âme. Mais la seconde s'écoula, ils se contentaient tous trois de le regarder. Reste sur tes gardes, se dit Georg, bande tes dernières forces. Un tout petit bruit s'éleva alors, comme quand crissent des os ou des branches très sèches. Georg fut saisi d'étonnement, il regarda de l'un à l'autre. Et commença à remarquer que la joue que Zillich tournait vers lui était creusée, comme si sa chair était en train de disparaître, et qu'une des oreilles du beau crâne longiligne de Bunsen s'effritait, ainsi qu'un bout de son front. Georg comprit alors qu'ils étaient morts tous les trois, assis là, et que lui aussi, qu'ils accueillaient dans leur entente éternelle, il était déjà mort.

Il hurla : Maman ! Il empoigna un pied de lampe, la lampe tomba par terre par-dessus sa jambe. Ses deux hôtes se précipitèrent. Georg s'essuya le visage et regarda autour de lui, cette pièce claire pleine de désordre. Il s'excusa, gêné.

La femme aux bras nus et maigres, aux cheveux frisottés humides, semblait toute jeune, pure, ce qui le rassurait. Ils l'emmenèrent et l'assirent entre eux à la table, lui versèrent du café en le servant l'un et l'autre. "À quoi pensez-vous en ce moment, Georg ?" "À quoi tient-il que cette puissance nous domine ? Si j'étais libre, je serais peut-être en ce moment en Espagne, sur une position menacée. Il me faudrait attendre la relève et peut-être que cette relève aurait été abattue. Je pourrais aussi prendre une balle dans le ventre, ce qui n'est pas plus agréable que les coups de pied de ces bandits de Westhofen, et pourtant, je serais dans un tout autre état d'esprit. À quoi cela tient-il ? À toute cette procédure ? Au pouvoir ? Ou rien qu'à moi ? Combien de temps puis-je à votre avis rester ici, au pire des cas ?" "Jusqu'au moment de la relève", répondit Kress d'un ton très ferme, comme s'il n'avait pas passé son temps à s'interroger en silence, se demandant combien de temps il pourrait supporter cette attente.

II

À la même heure, Fiedler était déjà hors de la ville, dans l'abri de jardin qu'il avait loué avec un de ses beaux-frères. Avant de s'y rendre, il s'était assuré que sa femme portait le vêtement convenu pour indiquer que la nuit avait été calme.

Donc pour l'instant, Röder n'avait rien avoué. Il n'avait pas trahi l'intermédiaire. Sinon, la meute se serait déjà jetée sur lui. Pour l'instant. Pour l'instant, ce qui ne signifiait qu'un certain degré d'endurance, rien de définitif.

Mme Fiedler avait allumé le petit fourneau qui servait au chauffage et à la cuisine. À l'extérieur, la cabane en planches était peinte avec soin et l'intérieur était parfaitement rangé, comme si les Fiedler n'avaient plus envisagé de grands déménagements. Et au cours de l'année écoulée, qui avait été plus calme, Fiedler avait consacré beaucoup de soin à cette cabane. Mme Fiedler lui prépara un café sur la table pliante qu'il avait conçue lui-même, un objet pliant selon les besoins, muni de nombreuses charnières, fait en simple bois de pin mais avec un joli veinage, ce que Fiedler avait fait ressortir à force de coups de rabot et de polissage.

Par la petite fenêtre bien nette qu'il avait bricolée de ses mains, dans le lointain, derrière une haie peu fournie d'églantine éclairée d'innombrables fruits, derrière l'ondulation brun et or des buissons et des haies, il distinguait les clochers de la ville. Si Röder n'avait rien dit cette nuit, il était possible qu'il commence à parler demain, en fait maintenant. Il lui revint l'histoire de Melzer, qui passait pour un gars bien. Il était resté muet pendant trois jours, mais au quatrième, ses tortionnaires l'avaient conduit à travers l'usine, une grande imprimerie, et il leur avait désigné tous ceux dont il pensait ou supposait qu'ils étaient suspects. Qu'avaient-ils fait à Melzer ? Par quel poison, avec quelles tenailles lui avaient-ils arraché son âme alors qu'il était encore en vie ? Si demain Röder venait à l'usine, suivi de deux mouchards auxquels il désignerait Fiedler ? "Non", proclama Fiedler à haute voix. Même le Röder imaginaire se révoltait d'être mêlé à cette trahison imaginaire. "Quoi, non ?" demanda sa femme.

Il se contenta de hocher la tête avec un étrange sourire. Heisler ne pouvait en aucun cas rester longtemps à l'endroit où il se trouvait. Conseils et secours étaient nécessaires. Fiedler ne s'était-il pas tout au long de l'année affirmé à lui-même qu'il était complètement isolé et ne savait plus vers qui il aurait pu se tourner ? Il y avait peut-être tout au plus une unique personne – mais existait-elle vraiment ? Même si cette unique personne était dans la même usine, Fiedler l'évitait depuis longtemps. Pourquoi ? Pour tout un ensemble de raisons entremêlées dont – comme toujours quand on en met en avant tout un ensemble – la véritable et principale était absente. Par exemple, Fiedler avait cru éviter cet homme parce qu'il ne voulait pas faire peser sur lui le moindre soupçon, car éventuellement il avait un rôle important à jouer chez Pokorny. Une autre fois, Fiedler s'était imaginé devoir éviter ce même homme parce que ce dernier l'avait connu avant et aurait pu tenir à son sujet des propos imprudents. Il l'avait par conséquent évité pour deux raisons opposées, par méfiance et par extrême confiance. Mais maintenant qu'il s'agissait de Heisler, il n'y avait plus de temps à perdre. Maintenant, plus question de gaspiller une minute à ruminer autour de cet entremêlement de raisons. Soudain, Fiedler eut la certitude qu'il avait seulement évité cet homme parce que le jour où il se trouverait devant lui, il n'y aurait plus moyen de reculer. Et qu'alors serait une fois pour toutes établi si Fiedler avait l'intention de s'abstenir, de se retirer une fois pour toutes de tout et de rompre avec tous, ou s'il voulait continuer à faire partie du mouvement. Cet homme aussi avait à sa manière la force de faire sortir des êtres ce qu'ils avaient au plus profond d'eux-mêmes.

L'homme – il s'appelait Reinhardt – en qui Fiedler plaçait une telle confiance était allongé sur son lit dans la pénombre de sa chambre, il savourait le dimanche. Il percevait dans un demi-sommeil les bruits de son appartement.

À la cuisine, sa femme faisait manger leur petit-fils, car sa fille était à une quelconque fête de vignerons avec l'Organisation Kraft durch Freude. Il s'était marié très jeune. Ses cheveux étaient d'un gris mêlé, on ne savait pas s'ils commençaient tout juste à grisonner ou étaient depuis longtemps gris et rongés par la poussière de métal.

Sur son visage maigre et sans âge, on ne lisait rien de particulier si on n'entrait pas dans la zone qu'embrassaient ses yeux; encore fallait-il que la personne concernée suscite l'attention de ces yeux. Ils s'éclairaient alors, bonté, méfiance et aussi esprit railleur et espoir d'un nouvel ami se mêlant.

En ce moment, bien qu'il fût depuis longtemps réveillé, il gardait les yeux clos. Une minute encore, et il lui faudrait se lever. Cette fois, rien à attendre du dimanche. Il devait essayer de trouver l'homme auquel il pensait depuis une heure. Pourvu qu'il ne soit pas en excursion avec son entreprise ! Reinhardt connaissait certes de vue ce petit Röder dont Hermann lui avait parlé ; mais il était impossible qu'il l'aborde lui-même, qu'il risque tant, dans ce clair-obscur de rumeurs et de suppositions. Et l'homme auquel il pensait était justement celui qui convenait pour faire parler Röder.

Tout cela n'était peut-être qu'invention. Certes, on citait des noms, des lieux. On avait aussi ratissé quelques rues, perquisitionné. Peut-être n'utilisait-on ces rumeurs d'évasion que pour procéder à quelques arrestations, pour faire quelques contrôles aléatoires. Depuis hier, la radio se taisait. Peut-être Heisler avait-il déjà été repris. Il ne sillonnait plus la ville en tous sens que dans les rumeurs répandues, se cachant dans des recoins inventés, échappant toujours grâce à d'innombrables ruses, dans un rêve collectif. Lui, Reinhardt, une telle hypothèse lui semblait tout à fait probable. Mais il y avait eu cette enveloppe jaune remise par Hermann, destinée à ce Georg fantomatique. Un passeport d'emprunt destiné à une ombre. En ces temps où la vie des gens était délimitée à en étouffer, tout était possible dans le monde des souhaits et des rêves.

La dernière minute de paix du dimanche matin était écoulée. En soupirant, il posa les pieds par terre. Il devait se rendre sans tarder auprès de cet homme du département de Röder qui saurait faire émerger ce qu'il y avait de réel dans cette affaire. Quant à lui, Reinhardt, il lui fallait envisager que cette histoire d'évasion se dissipe comme une nuée tout en la prenant complètement au sérieux et alors, il n'y avait pas un instant à perdre. Hermann aussi, son meilleur ami, avait en dépit de tous les doutes agi comme si le doute était impossible. Il s'était dès la toute première minute occupé de l'argent, des papiers. Les yeux de Reinhardt se mirent à briller en pensant à Hermann : un homme qui donne aux autres la force de faire non seulement une foule de choses très difficiles, mais de le faire peut-être inutilement. Le gris de ses yeux s'éteignit en pensant alors à celui chez qui il lui fallait maintenant se rendre, l'homme du département de Röder. Il plissa le front.

Certes, cet homme pourrait lui donner des informations sur Röder. Il travaillait depuis des années avec lui chez Pokorny. Il garderait assurément silence au sujet de celui qui l'interrogerait. Mais ce qui allait plus loin, l'homme hésiterait sans doute comme il le faisait lui-même depuis longtemps. Et Reinhardt l'avait bien observé. Parviendrait-il aujourd'hui, cet homme, à faire sortir de lui l'être apeuré, intimidé?

Il s'assit sur son lit, enfila ses chaussettes. À la porte d'entrée, la sonnette retentit. Pourvu qu'il n'y ait aucun contretemps, car lundi, il pourrait être trop tard, il fallait qu'il tente cette démarche aujourd'hui même, immédiatement. Sa femme passa la tête dans la chambre, annonçant un visiteur. "C'est moi", dit Fiedler en entrant dans la pièce. Reinhardt remonta la jalousie pour reconnaître son visiteur. Fiedler sentit alors sur lui ces yeux dont il avait eu peur au long de toute une année. Ce fut pourtant Reinhardt qui baissa les yeux le premier et dit d'un ton gêné, comme honteux: "Tu sais, Fiedler, je voulais justement passer te voir!" "Et moi, dit Fiedler d'un ton déjà très calme et libéré, j'ai décidé de venir. Je me trouve dans une situation telle que j'ai besoin de me confier à quelqu'un. Seulement, je ne sais pas si tu comprendras pourquoi je suis resté si longtemps en dehors de tout."

Rapidement, Reinhardt affirma qu'il comprenait. Comme s'il lui revenait à lui de s'excuser, il parla d'une vieille histoire remontant à l'année 1923. Il se trouvait, dit-il, dans la région de Bielefeld quand le général Watter était entré dans la place, et ce jour-là, il avait été saisi d'une peur panique qui l'avait poussé à se cacher pendant des semaines. À la fin, alors que la peur s'était évanouie, la honte, la rage d'avoir eu peur l'avaient poussé à agir.

Ainsi dispensé par son interlocuteur de justifier son propre comportement, Fiedler expliqua en détail ce qui l'amenait. Reinhardt l'écouta en silence. Le ton cassant sur lequel il posa quelques questions, l'interrompant à plusieurs reprises, contrastait avec l'expression de son visage. Elle montrait un homme qui enfin avait sous les yeux en chair et en os ce qu'il y avait pour lui de plus important au monde, ce pour quoi il s'était complètement engagé, dont il pressentait l'existence durable, souvent à une distance qu'on s'épuiserait à franchir, caché au point d'en douter, et qui maintenant se présentait, était même venu à lui.

Après avoir entendu tous les détails, Reinhardt se leva et laissa Fiedler seul pendant deux minutes, ce qui donna à ce dernier le temps de prendre pleinement conscience du pas qu'il venait de franchir, si facile et si difficile à la fois. Puis Reinhardt revint ; il posa devant lui une grosse enveloppe. La grosse enveloppe jaune renfermait des papiers au nom du neveu du capitaine d'un remorqueur hollandais qui faisait régulièrement avec son oncle le trajet de Mayence et retour. Cette fois, on avait pu le joindre à Bingen à temps pour qu'il puisse céder ses papiers, son passeport, car il avait en outre en poche un laissez-passer ordinaire. De plus, la photo du passeport avait été corrigée d'une main très habile pour ressembler aux photos des avis de recherche.

Dans ce passeport se trouvait de l'argent, quelques billets. Reinhardt lissa l'enveloppe du plat de la main, geste utile et plein de tendresse à la fois. Cette enveloppe était l'aboutissement d'un travail de fourmi, difficile et dangereux, de démarches, de recherches, de ruses, du travail des années révolues, le fruit d'anciennes amitiés et d'anciens réseaux, de l'union des marins et des ouvriers dans les ports, ce filet jeté sur mers et fleuves. Mais la vie de celui qui en ce moment se cramponnait aux mailles de ce filet était incertaine, précaire, et en ces temps-là, ces quelques billets représentaient une somme énorme, réservée par la caisse de la direction régionale aux urgences extrêmes.

Fiedler empocha l'enveloppe. "Tu vas la remettre toi-même ?" "Non, ma femme." "Elle fera l'affaire ?" "Peut-être mieux que moi."

Aveuglée par les larmes après une nuit de veille, Liesel Röder avait fait déjeuner les enfants, les avait habillés. "Mais c'est dimanche", avait dit l'aîné quand elle avait apporté un pain au lieu de petits pains. Le dimanche, Paul avait coutume d'aller chercher des petits pains tout chauds chez le boulanger d'en face. À ce souvenir, Liesel se remit à pleurer et les enfants, apeurés et grincheux, déjeunèrent, trempant leur pain.

Donc son Paul n'est pas revenu, la vie commune a pris fin. Les sanglots qui secouent Liesel donnent à penser que la vie avec ce Paul qu'elle a perdu était exceptionnelle. Liesel s'y est entièrement vouée, de toutes ses forces, à cette vie commune, sans se projeter dans l'avenir, même pas celui de ses enfants, mais ancrée dans l'instant présent. En regardant dans la rue, avec ses yeux gonflés, sans rien voir, elle s'est mise à haïr tous ceux qui ont osé l'ébranler, par des poursuites, des menaces, ou même par la promesse de jours meilleurs.

À la table, ses enfants avaient fini de boire mais restaient étonnamment silencieux.

Est-ce qu'on le brutalise ? se demandait Liesel. Elle voyait sa propre vie détruite, avec toutes les conséquences, tous les détails de cette destruction. Mais la vie de l'autre, détruite elle aussi, il était plus difficile de se la représenter, même si cet autre était Paul. Si on le frappe jusqu'à lui faire avouer où est Georg ? Dans ce cas, pourra-t-il rentrer à la maison ? Tout simplement rentrer chez lui ? Tout peut-il redevenir comme avant ?

Liesel cessa de remuer ces pensées. Ses larmes elles aussi s'arrêtèrent. Son cœur fut saisi d'une prescience lui disant que le simple fait de penser plus loin était interdit. Rien ne pourrait plus être comme avant. Liesel d'ordinaire ne maîtrisait que sa propre vie bien délimitée. Elle ne comprenait rien à l'ombre qui se dresse derrière les bornes limitant le réel, ni surtout aux étranges événements qui se déroulent entre ces limites : quand le réel glisse vers le néant et s'y engloutit, ou que les ombres tentent de revenir en arrière pour une dernière fois sembler réelles.

En cet instant, Liesel comprit aussi ce que peut être un monde des apparences, un Paul de retour dans le mensonge, un Paul qui n'est plus lui-même, une famille qui dès lors ne peut plus davantage être une famille, les longues années d'une vie commune qui par une nuit d'octobre, dans une cave de la Gestapo, par quelques mots d'aveu, a cessé d'être une vie.

Liesel secoua la tête, se détourna de la fenêtre. Elle s'assit près de ses enfants sur le canapé de la cuisine. Elle dit à l'aîné d'ôter ses chaussettes sales et de mettre les propres qui avaient séché sur la tringle du fourneau. Elle prit la fillette sur ses genoux et recousit un de ses boutons.

III

Mettenheimer se disait certes qu'il était toujours sous surveillance, mais à cette idée, il n'éprouvait plus l'ancienne peur. Qu'ils me surveillent, se disait-il avec une espèce de fierté, eh bien, ils feront la connaissance d'un honnête homme.

Il continuait pourtant à faire des prières pour que Georg disparaisse de sa vie sans qu'il arrive de mal à Elli, mais aussi sans qu'il soit nécessaire de se charger d'une quelconque faute.

Le petit bonhomme un peu minable qui s'était assis sur le banc à côté de lui était peut-être le successeur de l'homme au chapeau melon qui l'avait presque poussé au désespoir la semaine passée. Mettenheimer attendait tout de même presque sereinement la famille du gardien qui allait bientôt revenir de l'église et devait lui ouvrir la porte. Une splendide demeure, se disait Mettenheimer, ceux qui les premiers l'ont fait édifier n'avaient pas la rage au ventre

La maison blanche de deux étages au toit bas un peu arrondi et dont le portail suivait la même courbe paraissait plus grande qu'elle ne l'était derrière le jardin automnal s'élevant en pente douce. Elle était en dehors de la ville avant que la ville ne s'étende jusqu'à elle. À cet endroit, la rue faisait un coude car cette maison était trop belle pour être démolie. Une maison pour des amants assurés de la durée de leurs sentiments comme de celle de leurs conditions de vie et qui dès leur mariage pensaient à leurs petits-enfants.

"Une gentille maisonnette", dit le petit bonhomme minable. Mettenheimer l'examina. "Quelle chance qu'enfin tout ait été rénové, reprit-il, que de nouveaux occupants s'installent." "Vous êtes le nouveau locataire?" demanda Mettenheimer. "Mon Dieu! Moi!" Le petit bonhomme fut pris d'un fou rire. "Parce que je suis le peintre", répondit sèchement Mettenheimer. Le petit bonhomme le considéra d'un air plein de respect. Comme Mettenheimer évitait toute conversation, il se releva bientôt, lançant Heil Hitler! puis s'esquiva. Ce n'était sans doute même pas un mouchard, se dit Mettenheimer.

Il s'apprêtait à se lever pour aller vérifier si peut-être il avait manqué le portier et sa famille, quand son premier compagnon, Schulz, arriva, venant de l'arrêt du tram. Mettenheimer fut surpris de voir Schulz montrer tant d'empressement, surtout un dimanche.

Mais Schulz n'était pas pressé d'aller sur le chantier. Il s'assit à côté de Mettenheimer sur le banc baigné de soleil. "Bel automne, monsieur Mettenheimer." "Oui." "Ça ne durera pas. Hier soir, le ciel était d'un rouge." "Ah bon." "Monsieur Mettenheimer, dit Schulz, votre fille Elli, qui est venue vous chercher hier soir..." Mettenheimer se retourna brusquement. Schulz se sentit gêné. "Et alors, que vient faire Elli ici?" demanda Mettenheimer, d'un ton fâché sans qu'on sache pourquoi. "Elli? Rien, dit Schulz troublé. Elle est vraiment jolie. Y a de quoi être surpris qu'elle ne soit pas depuis longtemps remariée." Les yeux de Mettenheimer prirent un air mauvais. Il dit: "C'est à coup sûr l'affaire d'Elli." "En partie, répondit Schulz. Elle a divorcé de ce Heisler?" Mettenheimer se mit en colère. "Vous pouvez le lui demander vous-même." Il a vraiment du mal à comprendre, se dit Schulz. Il répondit calmement: "Bien sûr que je peux. J'ai seulement pensé que vous préféreriez que nous parlions d'abord de tout cela tous les deux." "De quoi donc?" demanda Mettenheimer, stupéfait. Schulz soupira. Il commença, et son ton avait changé: "Votre famille, monsieur Mettenheimer, je la connais depuis maintenant près de dix ans. C'est à peu près le temps depuis lequel nous travaillons ensemble dans la même entreprise. Les premières années, votre Elli, elle passait souvent sur le chantier, et quand hier je l'ai revue, je me suis senti tout remué."

Mettenheimer attrapa sa moustache et se mit à la mordiller. Enfin! se dit Schulz. Il poursuivit: "Je n'ai pas de préjugés, il y a cette histoire avec ce Georg Heisler, on en a entendu parler. Bon, ce type, je ne le connais pas. Entre nous, monsieur Mettenheimer, je lui souhaite vraiment du fond du cœur de réussir à s'échapper. Je dis seulement ce que les autres pensent. Votre Elli pourrait immédiatement porter plainte pour abandon de domicile. Et en plus, il y a ce gamin, l'enfant de Heisler. Oui, je sais. Si c'est un enfant gentil, eh bien, il y a déjà un enfant, tout simplement."

Mettenheimer dit doucement: "Il est gentil." "Oui. À la place de ce gars, Heisler, je me dirais: je préfère voir un type comme Schulz, un homme dans mon genre, s'occuper de mon enfant, plutôt que de le voir tomber aux mains de ces bandits et de le voir transformer lui-même en bandit. Avant que l'enfant de Heisler nous accompagne sur le chantier, leur splendeur, elle aura vécu."

Mettenheimer sursauta. Il regarda autour de lui. Mais aussi loin qu'il puisse regarder, ils étaient seuls dans le soleil d'automne. "Mais si Heisler est repris, dit Schulz en parlant spontanément à voix basse, ou peut-être est-ce déjà fait, car ni aujourd'hui ni hier il n'a été question de lui à la radio, alors, le pauvre gars, il n'a plus aucun moyen d'échapper, sa vie est foutue, Elli n'a même plus besoin de déclarer son abandon de domicile."

Ils regardaient devant eux. Les feuilles mortes venant des jardins jonchaient la chaussée de cette rue calme et ensoleillée. Mettenheimer se dit : ce Schulz est un ouvrier sérieux, il a du cœur, de la raison. C'est un mari comme lui que j'ai toujours souhaité pour Elli. Pourquoi ne fait-il donc pas depuis longtemps partie de ma famille ? Tant de choses nous auraient été épargnées.

Schulz dit : "Vous avez autrefois eu un jour la gentillesse, monsieur Mettenheimer, de m'inviter chez vous. À ce moment-là, je n'ai pas répondu à votre invitation. Permettez-moi maintenant, monsieur Mettenheimer, d'y revenir.

Mais promettez-moi une chose, monsieur Mettenheimer, ne révélez rien à Elli de ce que nous venons de convenir ensemble. Si quand je passe votre Elli est justement chez vous, ce sera pur hasard. Des femmes comme elle ne supportent pas que les choses soient arrangées. Elles veulent un soupirant qui surgisse comme le diable sur la scène du théâtre en plein air du Römer, à Francfort."

Quand on est condamné à l'attente, à une véritable attente, que c'est une question de vie ou de mort, dont on ne peut connaître à l'avance l'issue ni la durée, des heures ou des jours, on prend les dispositions les plus étranges pour tuer le temps. On édifie une sorte de digue, on tente de la colmater même quand elle subit déjà les assauts du temps.

Georg, toujours assis à une table avec les Kress, s'était d'abord associé à cette lutte. Puis il avait insensiblement pris distance. Il avait décidé de ne pas attendre plus longtemps. Kress racontait comment et où il avait rencontré Fiedler. D'abord, Georg s'était forcé à l'écouter, ensuite, il s'était intéressé pour de bon à son récit. Kress décrivait Fiedler comme un être aux positions immuables, que ni doutes ni peurs ne pouvaient atteindre. Soudain, Kress s'interrompit, un brouhaha de voix venait d'éclater sous la fenêtre. Simple excursion dominicale, comme ils le comprirent aussitôt. Kress essaya autre chose, il se leva et alluma la radio et des bribes d'un concert matinal occupèrent le temps pour quelques minutes. Georg le pria d'aller chercher une carte et de se rasseoir pour lui expliquer un certain nombre de choses qu'il voulait encore savoir tant qu'il vivait. Il n'y avait pas deux semaines qu'un nouvel arrivant à Westhofen avait bricolé de quelques copeaux sur le sol humide une carte d'Espagne en dessinant du bout du doigt le théâtre des opérations; Georg se rappelait comme l'homme l'avait sans tarder effacée de sa galoche à l'approche de la sentinelle. Il s'agissait d'un petit imprimeur venu de Hanau. Georg se tut et le temps s'engouffra dans son silence. Soudain, la femme, comme si on venait de lui donner l'ordre de répondre, dit qu'un de ses frères était allé en Espagne, du côté de Franco, et que son ami d'enfance, Benno, l'ami de ce frère, avait aussi voulu y aller. Elle continua, pour ne pas laisser le temps les écraser, comme quand on s'empare de ce qu'on a sous la main pour combler une brèche. "Je me suis d'ailleurs longtemps demandé qui choisir, toi ou Benno." "Moi ou Benno?" "Oui, en fait, il m'était plus familier. Mais je voulais partir ailleurs." Son aveu fut inutile, car ces quelques mots n'avaient pratiquement eu aucune durée.

"Allez travailler, Kress, ou faites ce que vous avez prévu, dit Georg, ou prenez votre femme par le bras et faites votre promenade dominicale, oubliez pour quelques heures que je suis là. Je monte."

Il se leva, l'homme et la femme furent surpris. "Il a raison, dit Kress, si on pouvait vraiment agir ainsi, il aurait raison." "Oui, on le peut, dit la femme, et je vais maintenant au jardin transplanter mes oignons de tulipes."

Röder ne me trahira certes jamais, se dit Georg une fois seul, mais il peut commettre une maladresse. Il ne sait pas comment on répond, il ne sait pas comment on se comporte. Il ne faut pas lui en vouloir. Quand on est affaibli par les coups, malade de ne pas dormir, on perd toute finesse d'esprit. Même le plus astucieux devient stupide, d'ailleurs on a sans doute vu Paul jour après jour en compagnie de ce Fiedler. La Gestapo aura vite fait de remonter cette piste. Mais on ne peut rien reprocher à Paul. Georg s'interrogea à nouveau, ne vaudrait-il pas mieux quitter cette maison? Dans l'hypothèse la plus favorable – que Paul se taise –, si Fiedler, saisi par la peur, se taisait lui aussi? Ce que Georg avait redouté dans la cour, chez la mère Grabber, était encore davantage possible ici. On le laisserait là. Personne ne le retrouverait. Kress n'était sans doute pas homme à l'aider pour la suite. Ne valait-il pas mieux partir aujourd'hui que d'attendre des jours et des jours?

Tout espace clos lui était insupportable, aussi s'était-il approché de la fenêtre. Il regardait la rue blanche qui traversait la cité. Derrière cette cité semblable à un village trop propre, on distinguait des parcs, des forêts. Georg fut submergé par le sentiment de ne plus être chez lui nulle part, et aussitôt, presque en un même mouvement, par la fierté. Qui sinon lui pouvait contempler ce vaste ciel d'automne d'un bleu acier, cette rue qui pour lui seul menait vers un désert total? Il regardait les gens passant à ses pieds, des gens en tenue du dimanche, avec des enfants et des vieilles petites mères et chargés d'étonnants bagages: un motocycliste, sa fiancée sur le tansad, deux gamins des Jeunesses hitlériennes, un homme portant dans un sac un bateau pliant, un SA tenant un enfant par la main, une jeune femme portant un bouquet d'asters.

Juste après, on sonna à la porte d'entrée. Bah, on doit souvent sonner à cette porte, se dit Georg. La maison et la rue restèrent calmes. Kress monta: "Venez un instant dans l'escalier." Georg examina en fronçant les sourcils la jeune femme au bouquet d'asters, qui soudain se tenait trois marches plus bas dans la maison de Kress. "Je suis chargée de te remettre quelque chose, dit-elle, et en outre de te dire ceci: tu dois être demain matin à cinq heures et demie au ponton, à Mayence, au pont sur le Rhin qui relie la ville à Kastel, le bateau s'appelle *Wilhelmine*, on t'y attend." "Oui", répondit Georg sans changer de place. La femme, qui n'avait pas lâché son bouquet, déboutonna la poche de sa veste. Elle lui tendit une grosse enveloppe en commentant son geste: "Donc je t'ai remis cette enveloppe." De sa manière d'agir il ressortait qu'elle pensait avoir affaire à un camarade qui était contraint à la clandestinité sans savoir de qui il s'agissait. Georg répondit : "C'est entendu."

Liesel venait de moudre du malt pour préparer une boisson pour les enfants, si bien qu'elle n'avait même pas entendu la porte du couloir s'ouvrir. Paul tenait à la main un sachet de petits pains pour les enfants qu'il avait achetés en rentrant. Il dit : "Liesel, lave-toi le visage à l'eau vinaigrée, change-toi, nous arriverons à temps sur le terrain de sport, eh, Liesel, pourquoi donc tu pleurniches encore ?"

Il lui passa la main dans les cheveux, car elle avait posé sa tête sur la table. "Allons, arrête maintenant, ça suffit. Je ne t'avais pas promis de revenir ?"

"Dieu du ciel !" s'exclama Liesel "Il n'a rien à voir avec tout cela, ou autant qu'avec n'importe quoi. En tout cas il n'a pas spécialement à voir avec la Gestapo. Tout s'est passé comme je l'avais imaginé. Une immense mascarade ! On m'a pressé comme un citron pendant des heures, ils sondent les reins et les cœurs. Seulement je n'aurais jamais imaginé qu'il y aurait des gens assis pour noter ce que je leur raconte, il a fallu ensuite que je signe de mon nom pour confirmer que j'étais bien l'auteur de tous ces bavardages. Quand j'avais rencontré Georg, où, combien de temps je l'avais fréquenté, qui étaient ses amis, qui étaient les miens. Ils m'ont aussi demandé qui j'avais accueilli chez moi avant-hier.

Et en même temps, on me menaçait de tous les maux imaginables. Il ne manquait que les feux de l'enfer. Mais sinon, ils voulaient vraiment que je les prenne pour les cavaliers de l'Apocalypse. Alors qu'ils sont bien loin de tout savoir. Ils savent ce qu'on leur dit."

Ensuite, une fois que Liesel, déjà un peu rassérénée, s'était changée et avait habillé ses enfants en dimanche, avait lavé son visage à l'eau vinaigrée, Paul reprit : "La seule chose qui m'étonne, c'est que les gens parlent autant. Et pourquoi ? Parce qu'ils croient qu'ils savent déjà tout.

Moi, je me suis dit : personne ne peut prouver que Georg a vraiment été chez moi. Même si quelqu'un l'a vu, je peux nier.

En dehors de lui, personne ne peut apporter la preuve du contraire. Bon, et s'ils le tiennent, de toute façon tout est fichu. Seulement s'ils l'avaient, ils ne me poseraient pas tant de questions."

Vingt minutes plus tard, ils partaient vers la ville. Ils firent un crochet pour déposer les aînés dans leur famille. Le plus jeune, c'est la femme du chef d'immeuble qui l'avait pris, c'était convenu depuis quelques jours déjà. Paul soupçonnait certes fortement la femme d'avoir fait une déposition à son sujet, mais en dehors de cela, elle était très serviable et gentille avec les enfants.

Soudain, Paul dit à Liesel d'attendre avec les petits, une urgence à régler. Il se décida et franchit le porche. Comme toujours, la petite fenêtre du garage était éclairée alors qu'il faisait parfaitement jour dans la cour. Paul courut vers la fenêtre pour ne pas faire attendre sa famille et pour se débarrasser de cette désagréable obligation. Il appela : "Tante Katharina !"

Quand la tête de la mère Grabber apparut, Paul dit d'un ton précipité : "Mon beau-frère te demande de l'excuser. On lui a fait parvenir une convocation de la police d'Offenbach. Il a fallu qu'il repasse par chez lui, on peut se demander s'il reviendra, désolé, vraiment, tante Katharina, je n'y suis pour rien."

La mère Grabber garda silence un moment, puis se mit à hurler : "Il peut bien rester où il est ! Je l'aurais de toute façon renvoyé chez lui ! Ne t'avise pas de me recommander de nouveau ce genre de canaille !"

"Allons, allons, dit Paul, tu n'y as rien perdu, en fin de compte. Il t'a révisé ta bagnole à l'œil. Heil Hitler !"

La mère Grabber se rassit à son bureau. Le chiffre rouge sur son calendrier lui fit comprendre qu'on était dimanche. Le dimanche, les camions de déménagement restaient en général à leur lieu de destination. Elle n'avait plus de famille, et si elle en avait eu une, elle ne serait pas allée la voir. Son énorme déception n'était pas en rapport avec le fait que le beau-frère de Paul ne prenne en fin de compte pas la place, simple bagatelle. Cette convocation n'était sans doute qu'un prétexte, chez elle, ça ne lui avait pas convenu. Mais alors, il n'aurait pas dû trinquer avec elle la veille au soir. Il n'aurait pas dû, se disait-elle, furieuse, ce type, il avait mal agi.

Elle considéra autour d'elle cet incontournable vide du dimanche, déluge de solitude, sur les flots duquel flottaient quelques objets, une petite montagne de malachite, une lampe, un gros registre, un calendrier.

Elle se précipita à la fenêtre et lança dans la cour : "Paul !" Paul était déjà loin, avec sa Liesel, en route vers le terrain de sport de Niederrad.

Hermann écoutait, à la fois amusé et plein de remords, sa femme qui se faisait belle pour l'invitation dominicale chez les Marnet de devant, tout en chantant. Avec ses cheveux brossés humides, sa petite chaîne de cou, sa robe empesée et repassée, ses yeux purs, elle ressemblait à une vigoureuse jeune fille prête pour sa confirmation. Il n'y en avait que pour dix minutes à gravir la pente, mais elle percha tout de même un chapeau sur sa tête ronde. "Pour en remontrer aux Marnet de devant." Qu'Else, la stupide petite Else, ait trouvé mari en la personne de ce cheminot plus tout jeune et bien payé, sa cousine Auguste Marnet ne l'avait toujours pas digéré.

Quand ils furent à proximité de la maison des Marnet, Hermann contempla d'un air amusé le visage de son Else. Il connaissait tous ses gestes, comme on a vite fait de s'y retrouver parmi les mouvements d'un oiselet. Comme elle était fière de ce mariage à ses yeux indestructible. "Pourquoi donc me regardes-tu aujourd'hui d'un air si bizarre ?" Qu'elle commence à poser des questions, était-ce bien ou non ?

En gravissant la pente de Schmiedheim, on se demandait quelle lueur d'un bleu intense brillait derrière le grillage du jardin des Marnet. Ce n'est qu'en approchant qu'on comprenait qu'il s'agissait de la grosse boule en verre qui surplombait le massif d'asters.

Dans la cuisine des Marnet régnait une chaleur moite. Autour de la table, la famille était au grand complet, entourée de tous ses visiteurs. Une fois par an, après la récolte des pommes, il y avait ici des gâteaux sur des plaques presque aussi grandes que la table. Le jus des fruits et le sucre faisaient briller tous les becs, ceux des enfants et les gueules des soldats, et jusqu'aux lèvres minces et mesquines d'Auguste. Sur la table, l'imposante cafetière avec le pot à lait plus petit et ses tasses à motif bleu fleur d'oignon semblaient constituer une famille entière. Mme Marnet et son petit paysan, ses petits-enfants, le petit Ernst et le petit Gustav, sa fille Auguste, son gendre et son fils aîné, tous deux en uniforme SA, leur soldat de fils, tout neuf, tout brillant, le deuxième fils de Messer, jeune recrue, le cadet en uniforme SS, mais la tarte aux pommes reste la tarte aux pommes, Eugenie, si fière, si belle, Sophie Mangold un peu éteinte. Ernst le berger, cravaté et sans son écharpe – en ce moment, sa mère le remplaçait auprès du troupeau –, Franz, qui bondit sur ses pieds à l'arrivée d'Hermann et d'Else. Tout en haut de la table, à la place d'honneur, était assise sœur Anastasia, une des Ursulines du couvent de Königstein. Les pointes blanches de sa coiffe étincelaient au-dessus de la table dressée pour le café.

Else prit fièrement place auprès des femmes de sa famille. Sa ferme main d'enfant ornée de son alliance glissait allègrement sur la table pour atteindre la tarte aux pommes. Hermann s'était assis à côté de Franz. "La semaine dernière, Dora Katzenstein m'a fait ses adieux", dit sœur Anastasia. "Autrefois, j'achetais dans sa boutique le tissu pour habiller mes orphelins. Ne le dites à personne, ma sœur, a dit Dora, mais nous allons bientôt partir tous. Et elle pleurait à chaudes larmes. – Hier, les volets sont restés fermés chez les Katzenstein, et la clé était sous le paillasson. Quand on a ouvert la porte, dans la petite boutique, tout était vide, tout avait été vendu ! Il n'y avait plus que le mètre sur le comptoir."

"Ils ne sont pas partis avant d'avoir liquidé leur dernier coupon de cotonnade", dit Auguste. Sa mère commenta : "Si nous étions obligés de partir, nous attendrions aussi d'avoir rentré nos dernières patates." "Tu ne peux tout de même pas comparer nos patates et les cotonnades des Katzenstein." "On peut tout comparer." Le SS fils de Messer dit : "Une Sarah de moins." Il cracha. Mais Mme Marnet aurait préféré qu'il ne crache pas comme par hasard sur le sol de sa cuisine. Il est d'ailleurs difficile de répandre l'angoisse dans la cuisine des Marnet. Même si les quatre cavaliers de l'Apocalypse entraient en trombe par ce beau dimanche placé sous l'égide de la tarte aux pommes, ils attacheraient leurs chevaux au grillage du jardin et une fois entrés, ils se comporteraient en hôtes sensés.

"Alors, t'as pas été long à avoir une permission, Fritz, mon ami", dit Hermann à Marnet, son cousin par alliance. "T'as pas lu dans le journal ? Chaque mère doit se réjouir, le dimanche, en accueillant chez elle une recrue toute neuve."

Eugenie dit : "On se réjouit de voir son fils, quelle que soit la tenue qui est la sienne." Tout le monde la regarde d'un air un peu consterné, mais elle ajoute calmement : "Une vareuse neuve comme celle-là est bien sûr plus belle que si elle était trouée, surtout quand les trous sont profonds."

Mais les autres sont contents que sœur Anastasia, après cet intermède glacial, revienne sur le sujet précédent : "Dora, elle était très gentille." "Elle n'arrivait pas à chanter le moindre air juste, dit Auguste, nous avons été ensemble à l'école." "Très gentille", dit Mme Marnet. "Et des rouleaux de cotonnade, elle en a trimballé sur son dos." Dora Katzenstein est déjà à bord du bateau qui l'emporte vers l'exil, mais un petit drapeau flotte en son honneur dans la cuisine des Marnet, comme un hommage funèbre.

"Alors, vous deux, bientôt fiancés?" demande sœur Anastasia. "Nous?" s'exclament Sophie et Ernst. Ils s'écartent nettement l'un de l'autre. Mais la religieuse ne peut pas seulement, de la place d'honneur qui est la sienne, suivre ce qui se passe sur la table, elle voit aussi ce qui se déroule en dessous. "Quand donc seras-tu enfin soldat? demande Mme Marnet. Ça te ferait du bien, Ernst, tu ne pourrais plus te débiner à tout bout de champ." – "Ça fait des mois qu'on ne l'a pas vu à l'exercice", dit Marnet le SA. "Je suis dispensé de tout exercice, dit Ernst, je suis à la défense anti-aérienne." Tout le monde rit sauf Messer le SS, qui considère Ernst d'un air réprobateur. "Parce que tu dois sans doute faire essayer des masques à gaz à tes moutons?" Ernst se tourne d'un mouvement brusque vers Messer, dont il a senti le regard. "Et alors, et toi, Messer? Ça te sera sûrement pas facile d'échanger ton beau frac noir contre un manteau de soldat ordinaire." "J'en aurai même pas besoin", dit Messer, mais avant que s'installe un silence glacé ou que le ton monte, sœur Anastasia commente: "Ça, t'as appris à le faire chez nous, Auguste, râper de la noix sur la tarte aux pommes."

"Bon, je vais prendre l'air", dit Hermann. Franz l'accompagne au jardin. Le ciel change de couleur au-dessus de la plaine et les oiseaux volent plus bas. "Demain, fini, le beau temps, dit Franz. Ah, Hermann..." "Pourquoi ah?" "Hier et aujourd'hui, on n'a rien entendu à la radio, plus d'avis de recherche, rien au sujet de Georg." "Franz, arrête de te creuser la cervelle avec cette histoire, ça vaudrait mieux pour toi et pour tout le monde, elle prend bien trop de place dans ta tête, tout ce qu'on pouvait faire pour ton Georg l'a été."

L'espace d'un instant, le visage de Franz s'anima, et l'on pouvait alors comprendre que cet homme n'était pas du tout lent et endormi, mais capable d'agir et d'éprouver toutes sortes de sentiments. Il s'exclama: "Alors, il est sauvé?" "Pas encore..."

IV

Peu de temps après, Hermann s'en retourna, car il était d'équipe de nuit. Il laissa Else avec la tarte aux pommes des Marnet. Franz fit un bout de chemin avec lui. Comme il n'avait aucun rendez-vous pour le reste du dimanche, il se proposait de regagner la maison. Mais soudain, il n'eut plus aucune envie de ces bavardages de cuisine, et pas davantage de se retrouver seul dans sa chambre. Soudain, Franz se sentit abandonné comme on ne peut le ressentir que le dimanche. Il était malheureux, se sentait lourdaud, de mauvaise humeur.

Se balader tout seul à travers bois ? Effrayer des amoureux dans les clairières, dans le feuillage chaud et sec de l'automne ? Puisqu'il était seul en ce dimanche, il préférait l'être en ville. Il poursuivit en direction de Höchst.

Il était étrangement las, alors qu'il avait dormi tout son soûl. Il ressentit profondément les effets d'une semaine de dur labeur. Hermann avait certes à nouveau insisté, lui disant de lâcher prise et de laisser tomber les affaires de Georg, ce qui pouvait être fait pour Georg l'avait été. Mais les pensées, impossible de les débrancher d'un seul coup.

Franz s'installa à la première terrasse venue. Elle était pratiquement vide, l'aubergiste balaya quelques feuilles mortes de la nappe et lui demanda s'il voulait du cidre. Il n'était pas vraiment sucré mais piquait un peu, ce qui déplut à Franz. Il aurait mieux fait de commander un authentique Rauscher, un simple jus de pommes fermenté. Une petite fille entra en courant dans le jardin, faisant bruire les feuilles amassées contre le grillage ; puis elle se précipita vers Franz et commença à tirailler la nappe de sa table. Son visage était encadré par un petit bonnet, elle avait des yeux presque noirs.

Franchissant la porte, sa mère rattrapa la fillette, la houspillant, la grondant. Franz avait l'impression de reconnaître sa voix rude, comme brisée ; une silhouette jeune, maigre, visage un peu caché par une petite casquette campée de travers, une grande boucle masquant à moitié ses traits. Franz dit, parlant de l'enfant : “Ce n'est vraiment pas grave.” La femme le dévisagea rapidement, le considérant d'un regard un peu fixe de son œil dégagé. Franz poursuivit : “Nous nous sommes déjà vus, n'est-ce pas ?” Au moment où elle avait brusquement détourné la tête, un coin de son œil gauche, sans doute abîmé par un accident du travail, était apparu. “Oh oui, nous nous sommes déjà vus quelque part, on peut bien le dire”, répliqua-t-elle d'un ton railleur. Vus, à plusieurs reprises, se disait Franz, mais où ai-je entendu sa voix ? “Je vous ai bousculée il n'y a pas longtemps avec mon vélo.” “Oui, entre autres”, répliqua-t-elle d'un ton sec, l'enfant qu'elle tenait étroitement serrée lui retourna presque le bras. “Mais nous nous sommes aussi rencontrés ailleurs, il y a bien plus longtemps.” Elle le regardait encore droit dans les yeux, puis les paroles jaillirent brutalement : “Franz.” Il leva les sourcils, son cœur battit, deux coups, mise en garde légère, due à l'habitude. Elle lui laissa un peu de temps. “La partie de barque, la petite île sur la Nidda, à l'endroit du camp de l'association Fichte, où toi-même…” “Une noix”, s'écria l'enfant qui fricotait autour des pieds de tables. “Eh bien, casse-la sous ton talon”, dit la femme sans quitter Franz des yeux. Quant à lui, un froid l'envahit, il se sentit oppressé, sans savoir lui-même exactement pourquoi, il la dévisageait, fouillant dans sa mémoire. Elle se pencha brusquement en avant et lui dit en face, d'un ton de complet désespoir : “Mais voyons, Lotte, c'était moi !” Il voulut s'écrier “impossible !”. Il parvint au dernier moment à ravaler ses paroles.

Elle éprouvait cependant le besoin de deviner ce qui se jouait en lui. Elle le regardait fixement, comme si elle attendait un signe indiquant qu'il l'avait reconnue, qu'il avait retrouvé un reflet, aussi pâle fût-il, de tout ce qu'elle était jadis. Une jeune fille étincelant de joie, des membres sveltes hâlés par le soleil, les cheveux si brillants, si drus, telle la crinière d'un animal en bonne santé.

Quand la femme remarqua qu'il commençait enfin à la reconnaître, l'ombre d'un sourire passa sur son visage, et c'est alors seulement qu'il la reconnut vraiment, à cette ombre. Il se souvenait d'elle distribuant les repas au camp de vacances, sur une planche posée sur deux souches. Il la revoyait revenant du canoë, en petite blouse bleue. La revoyait assise par terre, les genoux relevés. Portant le drapeau, lasse et souriante, un peu de neige sur son épaisse chevelure. Une fille si belle, si hardie, qu'elle semblait être un symbole, la figure de proue de notre navire pressé. Il se souvenait même qu'elle s'était vite mariée, épousant un homme de belle stature, lumineux, un cheminot descendu d'Allemagne du Nord, il s'appelait Herbert, ça lui revenait. Il n'avait plus jamais repensé à cet homme, tout comme on cesse de penser à ce dont toute trace a disparu. "Mais Herbert, où est-il donc ?" demanda-t-il, regrettant immédiatement sa question. "Où veux-tu donc qu'il soit ?" dit la femme. "Là !" Elle indiqua du doigt le sol, la terre brune de ce jardin d'auberge, sous la terre, jonchée de feuilles de noyer, avec quelques bogues et leurs piquants, toutes ridées. Son geste était si précis, si tranquille, que Franz lui-même eut l'impression que Herbert, qu'il avait complètement perdu et n'avait même plus tenté de retrouver, ne pouvait que se trouver sous ses pieds, sous ce jardin dans lequel il s'était assis par hasard, sous les feuilles sèches et les hautes bottes des SS et des SA et sous les bottines de leurs femmes, car entre-temps, le jardin s'était rempli. Rien que des uniformes et leurs fiancées, jeunes et jolies, mais Franz les trouvait toutes repoussantes. "Assieds-toi donc, Lotte", dit-il. Il commanda du cidre pour elle et une limonade pour l'enfant.

"J'ai tout de même eu de la chance, expliqua Lotte d'une voix changée, sèche, parce que Herbert nous avait quittées, il était parti à Cologne où on l'a balancé. Ils ont aussi voulu me récupérer. Mais juste à ce moment-là, il y avait eu un accident dans notre secteur, une tuyauterie avait explosé, j'étais à l'hôpital où j'ai failli crever, une personne de ma famille avait emmené la gamine à la campagne, elle était encore toute petite. Quand j'ai été remise sur pied, l'enfant savait marcher, et Herbert, eh bien, Herbert, il était mort. Ensuite, il ne m'est plus rien arrivé, je suis passée entre les mailles…

Il ne faut pas que tu souffles, il faut que tu aspires dans ta paille", dit-elle à l'enfant, ajoutant en guise d'excuse à l'adresse de Franz : "C'est la première fois qu'elle boit ce genre de boisson."

Elle lui redressa son petit bonnet et dit : "Être morte, parfois, ce serait pas mal, mais la gamine ! Je ne peux tout de même pas leur abandonner la gamine ! Inutile de me sermonner, Franz, ni de me consoler. On se sent parfois seule. On se dit alors que vous autres, vous avez tout oublié."

"Vous autres ? Qui donc ?" "Vous ! Vous ! Toi comme les autres, Franz. Parce que Herbert, tu ne l'as pas oublié ? Tu penses peut-être que je ne l'ai pas lu sur ton visage ? Si tu as oublié jusqu'à Herbert, combien en as-tu donc encore oublié ? Et si tu oublies… C'est ce qu'ils attendent…" D'un mouvement d'épaule elle indiqua la table voisine qu'occupaient des SA et leur cour. "Ne dis pas non, tu as oublié bien des choses. Quand on devient indifférent, c'est terrible, et qu'on oublie un peu le mal qu'ils nous ont fait. Mais qu'on oublie le meilleur dans toute cette horreur, c'est pire encore. Te rappelles-tu, quand nous étions tous ensemble ? Moi, je n'ai rien oublié."

Franz tendit la main, avant même d'en avoir vraiment eu l'intention. D'un geste plein de douceur, il écarta cette boucle qui ne ressemblait à rien, caressa l'œil esquinté, le visage tout entier qui sous ses doigts devint encore plus pâle et se refroidit. Elle ferma les yeux. Et son visage retrouva encore plus son aspect antérieur. Oui, Franz avait l'impression qu'il suffirait qu'il passe encore un peu sa main dessus pour que la blessure guérisse, que reviennent sur ce visage l'ancien éclat, la beauté perdue. Mais il retira sa main brusquement. Elle le fixait sèchement de son œil sain, maintenant si noir que la pupille y disparaissait et qu'il en paraissait presque trop grand. Elle sortit de sa poche un petit miroir, le posa contre le mur et remit de l'ordre dans ses cheveux.

"Allons, Lotte, dit Franz, la journée commence tout juste, viens donc passer un moment là-haut avec les miens." "Tu es marié, Franz, tu as tes parents ici ?" "Ni l'un ni l'autre, de la famille. Je suis quasi tout seul."

Ils marchèrent pendant près d'une heure, remontant la rue en silence. L'enfant ne les dérangeait pas. Elle courait devant eux, poussée par le désir de monter toujours plus haut. Car elle ne quittait pas souvent Höchst. Au bout de quelques minutes, elle s'arrêtait pour voir le paysage déployé à ses pieds, et en même temps le ciel. Il suffit qu'on arrive assez haut, se disait-elle, et au lieu de villages et de champs, on devrait découvrir tout autre chose, le bout du monde, l'endroit d'où viennent les nuages, le vent qui se fondait dans la lumière dorée de l'après-midi et ne pouvait se déployer davantage.

Franz distinguait déjà la maison des Mangold. Il n'avait encore rien dit à Lotte, mais parler n'était pas nécessaire, cela les aurait seulement dérangés. Au kiosque à eau de Seltz, il acheta à la petite une gaufre et à Lotte une tablette de chocolat. Quand ils entrèrent dans la cuisine des Marnet, Auguste en resta bouche bée. Tous ouvraient de grands yeux en voyant Franz, Lotte et l'enfant. Lotte les salua d'un ton tranquille. Elle donna immédiatement un coup de main pour la vaisselle. Il ne restait hélas plus qu'un bout de croûte de la tarte aux pommes grande comme la table. On le mit dans la main de l'enfant à qui l'on permit d'aller regarder de près la boule en verre bleue au-dessus du carré d'asters. Ernst, qui ne quittait pas Lotte des yeux, même si elle ne lui plaisait pas vraiment, était énervé de voir que Franz, ce Franz endormi, avait tout de même une femme en réserve. Plus tard, Mme Marnet apporta sa liqueur de quetsches. Les hommes en burent tous un petit verre, et parmi les femmes, seules Lotte et Eugenie firent de même.

Pendant ce temps-là, l'enfant avait ouvert la porte du jardin et gagné le pré. Elle s'arrêta sous le premier pommier. L'enfant de Lotte et de Herbert qu'on avait assassiné.

L'enfant vit d'abord seulement le tronc, passant son doigt sur les crevasses de l'écorce. Puis elle rejeta la tête en arrière. Les branches tournoient, se tordent et s'enfoncent puissamment dans l'air, et pourtant, la cime est immobile. L'enfant elle aussi est immobile. Les feuilles, qui vues d'en dessous semblent noires, frémissent d'un mouvement incessant, et entre les interstices apparaît le ciel du soir. Oblique, un unique rayon de soleil jaillit à travers le branchage, il atteint en plein milieu quelque chose, doré, rond.

"Y en a encore une", crie l'enfant.

À la cuisine, tous se précipitent, ils se demandent ce qui se passe. Ils courent dehors, tout le monde lève les yeux. On va alors chercher une perche. Comme la petite n'est pas assez forte, on guide sa main qui se cramponne à la lourde perche comme à un crayon géant. Maintenant, elle l'accroche, la pomme dégringole, bonsoir, la pomme!

"Tu peux l'emporter", dit Mme Marnet, qui se sent très généreuse.

V

Fahrenberg se campa devant la colonne qui ce dimanche-là à six heures, regagnait le camp comme tous les jours de la semaine. Pour la première fois, à la tête des SA, ce n'était pas Zillich, mais son successeur Uhlenhaut. Et à la tête des SS ce n'était pas Bunsen, qui était en permission, mais un certain Hattendorf, un type au long crâne chevalin. Après les tortures de la semaine écoulée, les détenus, autrefois attentifs au moindre changement, se trouvaient dans un étrange état d'indifférence sourde, obstinée.

Aucun d'entre eux n'aurait pu dire si les trois derniers évadés que l'on traînait jusqu'aux arbres étaient morts ou vivaient encore. Devant la baraque, la Piste de danse tout entière semblait une escale à mi-chemin, sans aucune réalité, ni dans ce monde ni dans l'autre. Quant à Fahrenberg, campé ainsi devant eux, il semblait tout ratatiné et amaigri, et paraissait avoir subi les mêmes tortures qu'eux.

Dans les têtes abruties des prisonniers, sa voix se creusait un chemin, des mots isolés, il parlait de justice et du bras de la justice, du peuple et des tumeurs qui le rongeaient, de l'évasion et du jour de l'évasion, demain cela ferait une semaine. Mais les détenus tendaient l'oreille, pour entendre le chant des paysans ivres bien loin des villages.

Soudain chacun d'eux, la colonne tout entière, sursauta. Qu'avait dit Fahrenberg à l'instant même ? Si Heisler avait été repris, c'était la fin.

"C'est fini !" dit l'un d'eux sur le chemin du retour ; on n'entendit prononcer aucune autre syllabe.

Mais une heure après, dans la baraque, un homme dit à un autre sans remuer les lèvres, car il leur était interdit de parler : "Tu crois qu'ils l'ont vraiment ?" Et l'autre répondit : "Non, je ne le crois pas." L'un était Schenk, chez qui Röder s'était présenté en vain, l'autre le nouvel arrivant, un des ouvriers de Rüsselsheim, qu'on avait directement fourré dans le bunker. Et le premier ajouta : "Tu as vu leurs têtes consternées ? Les clins d'œil qu'ils ont échangés ? Le vieux, sa voix n'a pas réussi à percer. Non, cette fois, ils ne parlaient pas vrai. Ils ne l'ont pas."

Seuls ceux qui étaient les plus proches purent comprendre les paroles des deux hommes. Mais de l'un à l'autre, tout au long de la soirée, leur sens se répandit dans la baraque.

Bunsen était en permission, il avait emmené deux jeunes amis, de fiers et joyeux gaillards, même s'ils n'étaient pas aussi brillants que lui, donc ce faisant parfaits pour constituer sa suite.

Au moment où Fahrenberg tenait son discours, ils s'arrêtaient devant le Rheinischer Hof à Wiesbaden. Ses deux acolytes dans son dos, Bunsen, embrassant la scène d'un rapide coup d'œil, s'était rendu sur la piste de danse qui n'était pas encore très animée. Les musiciens jouaient une des anciennes valses lentes qui avaient remplacé le jazz. Sur le parquet éclairé, à peine une douzaine de couples ; l'espace permettait aux danseurs d'évoluer à leur aise et les longues robes blanches ou colorées des femmes rendaient les mouvements plus doux, plus amples. Les hommes étaient pour la plupart en uniforme, aussi eût-on dit la célébration de la victoire ou une de ces fêtes organisées en l'honneur de la paix conclue.

À l'une des tables, près de la piste, Bunsen avait aperçu son beau-père et l'avait salué d'un signe de tête. Ce beau-père était représentant pour Henkel, le consul du champagne, comme il se qualifiait lui-même, ajoutant qu'il était collègue de l'ambassadeur Ribbentropp qui était issu de la même profession. Maintenant, Bunsen découvrait aussi sa fiancée parmi les danseurs. Il eut le sentiment, doublement saisi de jalousie, qu'elle dansait avec un étranger, jusqu'au moment où il reconnut dans le tout jeune lieutenant son cousin. La danse terminée, la fiancée vint vers lui, dix-neuf ans, brune et pâle, douce, un regard insolent, et ils perçurent l'un et l'autre avec plaisir les regards d'admiration. Bunsen s'approcha avec ses deux compagnons, on réunit des tables, le petit serveur se précipita pour piler de la glace avec son petit marteau. Hanni, la fiancée, déclara que c'était sa soirée d'adieu, le lendemain allait commencer la formation de six semaines à l'école des fiancées de la SS. Rien de plus important, affirma Bunsen, avait-elle l'intention de donner des cours de soutien aux autres fiancées ? Le père de Hanni le regarda d'un air sévère, considérant presque aussi sévèrement chacun de ses compagnons. C'était un veuf rusé et plein d'esprit. Il n'avait pas vraiment été séduit par le joli garçon dont sa fille s'était amourachée. Les fonctions exercées par Bunsen à Westhofen lui semblaient d'ailleurs un poste assez excentrique pour un gendre. Mais il s'était renseigné au sujet des parents de Bunsen, des parents très ordinaires : petits fonctionnaires du Palatinat, des gens tout à fait comme il faut. Qu'ils aient mis au monde ce fils absolument extravagant, se dit le veuf après la fastidieuse visite de convenance dans leur salon mal aéré dans le Palatinat, c'était le résultat du génie de la race.

La salle s'était remplie. Les valses alternaient avec des Rheinländer, et même des polkas. Le beau-père de Bunsen, et d'ailleurs tous les gens d'un certain âge présents, souriaient quand on jouait un air qui leur était familier en se remémorant les distractions d'avant la guerre. On n'avait depuis longtemps plus connu ici une telle atmosphère de fête, de gaîté sans ombre, sans entraves. Il en va ainsi dans tous les lieux analogues, dans toutes les villes du monde, quand se divertissent ceux qui ont échappé à un grand danger, ou pensent y avoir échappé. Ce soir-là, il n'y avait pas de trouble-fête, pas de mauvais joueurs. On a fait le nécessaire pour cela. Sur le Rhin avance toute une flotille de l'Organisation Kraft durch Freude ; l'entreprise du père de Hanni a offert à chaque embarcation une caisse de Henkel brut. Aux portes de la salle, pas de spectateurs qui feraient la grimace ; il y a tout au plus ce jeune serveur au visage impénétrable en train de piler la glace avec son petit marteau.

Dans la même ville, les Kress avaient garé leur Opel devant l'établissement thermal. Ils avaient déposé Georg à Kostheim. Pour la nuit, il fallait qu'il se trouve un hébergement comme marinier, avec les papiers qu'il avait, il pouvait difficilement rester dans la petite voiture bleue. Au cours de la dernière demi-heure, Kress était resté silencieux tout comme lors de leur premier trajet vers la cité du Riederwald, l'hôte qui peu à peu s'était incarné s'évanouissait et par conséquent continuer à lui parler était inutile. Pas d'adieux. Ensuite, le couple avait continué à se taire. Sans se consulter, ils s'étaient rapidement dirigés vers cet endroit, car maintenant, ils avaient envie de lumière, de gens autour d'eux. Ils s'assirent dans un coin du hall car ils détonnaient un peu dans leurs vêtements poussiéreux d'excursionnistes. Ils regardaient autour d'eux. La femme finit par rompre le silence qui durait depuis près d'une heure. "Il a dit quelque chose au dernier moment ?" "Non, seulement : merci !" "C'est étrange, dit la femme, j'ai l'impression que c'est moi qui dois le remercier, quelles que soient les conséquences qui peuvent encore découler pour

nous de toute cette histoire – le remercier pour sa visite."
"Oui, moi aussi", dit l'homme aussitôt. Ils se regardèrent, surpris de cet accord entre eux, nouveau, encore inconnu.

VI

Quand Kress l'eut déposé devant une auberge, Georg réfléchit rapidement et, au lieu d'y entrer, se dirigea vers le Main. Il flâna parmi les promeneurs qui profitaient du dimanche et du soleil d'automne, dont ils se disaient qu'il était un peu passé, comme le cidre, et ne tiendrait plus bien longtemps. Georg franchit un pont gardé par une sentinelle. La plaine s'élargissait, il avait atteint bien plus tôt qu'il ne l'avait imaginé l'endroit où le Main se jette dans le Rhin. Devant lui le fleuve, derrière lui la ville qu'il avait traversée quelques jours plus tôt. Ses rues et ses places où il avait sué sang et eau s'étaient fondues en une citadelle grise se reflétant dans les flots. Entre les tours les plus hautes, un essaim d'oiseaux, triangle noir et pointu, griffait le ciel rouge de l'après-midi comme dans les villes dessinées sur les blasons. Georg s'avança de quelques pas et aperçut entre deux de ces tours, sur le toit de la cathédrale, saint Martin penché sur son cheval pour partager son manteau avec le mendiant de son rêve : Je suis celui que tu persécutes.

En franchissant le pont suivant, Georg aurait pu gagner immédiatement un des endroits où se logeaient les mariniers, et y chercher une chambre. En cas de rafle, ses papiers étaient en ordre. Mais il craignait de s'embrouiller s'il fallait répondre à des questions. Il préférait passer la nuit sur la rive droite pour monter immédiatement à bord le lendemain matin.

Il faisait encore jour, il décida donc d'envisager à nouveau toutes les éventualités. Il fit demi-tour et arpenta sans se presser les prés qui longent le Main. Une petite bourgade, Kostheim, bordait le fleuve de noyers et de châtaigniers. La première auberge qui se présenta portait une enseigne, "Chez l'Ange", surmontée d'une couronne de feuilles marron, signe qu'on y trouvait du cidre.

Il monta jusque-là et prit place dans le minuscule jardin, l'endroit le plus propice pour tout simplement, assis là, regarder l'eau et laisser les choses arriver d'elles-mêmes. Il lui faudrait alors prendre une décision.

Il s'installa tout contre le mur, tournant le dos au jardin. La serveuse déposa devant lui un verre de cidre. Il dit : "Mais je n'ai pas encore commandé." Elle reprit le verre et dit : "Mon Dieu, que voulez-vous donc commander ?" Il réfléchit : "Du cidre ?" Ils rirent tous deux. Elle lui rendit le verre, le lui mettant dans la main sans le poser sur la table. Il but une gorgée qui lui donna aussitôt l'envie de vider le verre d'un coup. "Un autre." "Attendez donc un instant." Elle s'approcha des clients de la table voisine.

Une demi-heure passa. Elle lui avait plusieurs fois lancé un bref regard. Il avait bu avec une soif sauvage, et maintenant, il contemplait les prés avec insistance. Les derniers clients quittaient maintenant le jardin pour rentrer dans la salle d'auberge. Le ciel avait rougi ; un vent léger mais pénétrant agitait jusqu'aux feuilles de vigne grimpant sur le mur intérieur.

J'espère qu'il a laissé l'argent sur la table, se disait la serveuse. Elle sortit pour vérifier. Il était toujours assis là, comme l'instant d'avant. Elle lui demanda : "Vous ne voulez pas le boire à l'intérieur, votre cidre ?"

Pour la première fois, il la dévisagea. Une jeune femme portant une robe foncée. Sur son visage qui s'animait à ce moment-là était inscrite la lassitude du dimanche. Elle avait une forte poitrine, un cou gracile. Elle lui paraissait connue, presque familière. À quelle femme des années enfuies lui faisait-elle penser ? Ou à quel désir ? Cela n'aurait guère pu être un désir particulier, impossible à satisfaire. Il répondit : "Apportez-moi mon cidre dehors, ne vous en faites pas."

Il s'assit de biais, puisque le jardin était vide. Il attendit qu'elle revienne avec son verre. Il ne s'était pas trompé : elle lui plaisait ; pour autant qu'à cette heure quelque chose pût lui plaire. “Faites une pause.” “Allons donc, la salle est pleine de clients.” Mais elle appuya un genou contre la chaise et posa un bras sur le dossier. Une petite croix en grenat fermait son col. Elle demanda : “Vous êtes ici pour le boulot ?” “Je suis sur un bateau.” Elle le regarda, coup d’œil rapide et pénétrant. “Vous êtes du coin ?” “Non, j’y ai seulement de la famille.” “Parce que vous parlez presque comme les gens d’ici.” “C’est toujours par ici que les hommes de ma famille viennent chercher leurs femmes.” Elle sourit sans effacer de son visage une ombre de tristesse. Il la regardait, elle se laissait regarder.

Une auto s’arrêta dans la rue ; traversant le jardin, tout un essaim de SS entra dans la salle. Elle avait à peine levé les yeux ; son regard tomba sur la main de Georg qui se cramponna au dossier de la chaise. “Qu’est-ce qui est arrivé à votre main ?” “Un accident. Une blessure mal guérie.” Elle la lui saisit d’un geste si rapide qu’il n’eut pas le temps de la retirer et la regarda avec attention. “Vous avez dû la mettre dans des tessons de verre, ça peut se rouvrir.” Elle lui relâcha la main. “Faut que j’aille faire le service à l’intérieur.” “Des clients raffinés comme ceux-là, on ne les laisse pas attendre.” Elle haussa les épaules. “Ce n’est pas si dur, par ici, nous sommes blasés.” “Par rapport à quoi ?” “Par rapport aux uniformes.” Elle rentra, et il lui lança : “Encore un verre !”

Il faisait déjà frais, le ciel était gris. Je voudrais qu’elle revienne, se disait Georg.

Elle prenait les commandes. Tout en se disant : il a quoi sur la conscience ? Parce qu’il a quelque chose. Elle termina son service avec sa gaîté fière et habile. – Il n’y a sûrement pas longtemps qu’il est sur un bateau. Ce n’est pas un menteur, mais il ment. Il a peur, mais il n’est pas trouillard. Et sa main, d’où il tire ça ? Il a eu peur quand je l’ai prise. Il s’est enfoncé les ongles dans la paume quand la troupe a traversé le jardin. Est-ce qu’il y a un lien ?

Elle finit par remplir son verre. Il y avait en lui quelque chose qui clochait, mais son regard, il ne clochait pas. Elle sortit du jardin pour se faire voir à l’intérieur.

Assis dans la fraîcheur du soir, il n'avait pas encore touché à son deuxième verre. "Et le troisième verre, vous allez en faire quoi ?"

"Pas grave", dit-il. Il rapprocha les verres. Il lui prit la main. Elle ne portait qu'un mince anneau orné d'une coccinelle porte-bonheur comme on en gagne aux fêtes foraines. Il dit : "Pas de mari ? Pas de fiancé ? Pas de petit ami ?" Par trois fois, elle fit non de la tête. "Pas de veine ? Une mauvaise expérience ?" Elle le regarda d'un air surpris. "Mais pourquoi ?" "Eh bien, parce que vous êtes seule." Elle se tapota le cœur. "Ah, c'est là qu'est la réponse." Elle s'éloigna d'un mouvement brusque. Il la rappela à sa table au moment où elle passait la porte. Il lui donna un billet, il fallait qu'elle lui fasse la monnaie. Elle pensa : donc, ce n'est pas non plus ça la cause. Et comme elle ressortait pour la quatrième fois de la maison, entrant dans le jardin sombre avec la soucoupe de monnaie, faisant crisser les graviers, il prit son courage à deux mains.

"Avez-vous une chambre d'hôte ? Ça m'éviterait de retraverser pour aller à Mayence." "Ici, dans la maison, vous vous imaginez quoi ? Ici n'habitent que les propriétaires." "Et là où vous habitez ?" Elle lui ôta vivement sa main, et du coup, il s'attendit à une réponse brutale. Après un court silence, elle dit simplement : "Oui, bon", puis ajouta : "Attendez-moi ici. J'ai encore à faire à l'intérieur. Ensuite vous me suivrez."

Il attendit. Son espoir de voir en fin de compte cette évasion réussir se mêlait d'une impatience à la fois joyeuse et angoissée. La serveuse finit par arriver, portant son manteau, sans regarder dans sa direction. Il la suivit au long d'une rue interminable, la pluie s'était mise à tomber. Il pensait, comme étourdi : ses cheveux vont se mouiller.

Quelques heures plus tard, il sursauta. Il ne savait plus où il était. "Je t'ai réveillé, dit-elle, j'ai été obligée. Je ne supportais plus de t'entendre. Tu vas finir par réveiller ma tante."

“Parce que j’ai crié ?” “Tu soupirais, tu criais. Dors, calme-toi.” “Quelle heure est-il ?” Elle n’avait pas fermé l’œil de la nuit. À partir de minuit, elle avait entendu sonner toutes les heures, aussi put-elle répondre : “Bientôt quatre heures. Dors, calme-toi. Tu peux dormir tranquille. Je te réveillerai.” Elle ne sut pas s’il se rendormit ou resta seulement allongé, éveillé. Elle se demandait si les tremblements qui s’étaient emparés de lui dans son premier sommeil allaient reprendre. Non, l’homme respirait paisiblement.

Fahrenberg, le commandant du camp, avait cette nuit-là comme toutes les précédentes donné l’ordre qu’on le réveille dès qu’une nouvelle du fugitif parviendrait. L’ordre était superflu, car cette nuit-là non plus, Fahrenberg ne dormit pas un seul instant. Il épiait à nouveau le moindre bruit qui aurait pu être lié à la nouvelle attendue. Si les autres nuits l’avaient mis à la torture par leur silence, celle du dimanche au lundi le tortura par des bruits de klaxons se succédant à brefs intervalles, par des aboiements de chiens, par les hurlements de paysans pris de boisson.

Mais tout finit par s’estomper. La campagne sombra dans le profond sommeil qui sépare minuit de l’aube. Il tenta de se représenter cette campagne sans pour autant cesser d’épier les bruits, tous ces villages, ces rues, ces chemins reliés entre eux et les trois grandes villes, une nasse en triangle dans laquelle l’homme aurait dû se prendre s’il n’avait pas été le diable en personne. Il ne pouvait tout de même pas s’être évanoui dans les airs. Il devait avoir laissé des traces, l’empreinte de ses chaussures sur la terre humide, il avait fallu quelqu’un pour lui procurer ces chaussures. Une main avait dû couper du pain pour lui, avait dû lui remplir son verre. Une maison devait l’avoir abrité. Pour la première fois, Fahrenberg envisagea nettement l’éventualité que Heisler ait pu s’échapper. Mais cette éventualité, elle n’existait pas. N’avait-on pas raconté que ses amis le reniaient, que sa femme avait depuis longtemps un amant, que son propre frère prenait part aux recherches ?

Fahrenberg poussa un soupir, soulagé. La solution, c'était qu'il avait sans doute cessé de vivre. Il a dû se précipiter dans le Rhin ou dans le Main, demain on le retrouvera échoué. Soudain, Heisler lui apparut, après le dernier interrogatoire, sa bouche esquintée, ses yeux pleins d'insolence. Fahrenberg eut alors la certitude que son espoir était vain. Ni le Rhin ni le Main ne rejetteraient jamais son cadavre, car cet homme était toujours en vie et il le resterait. Pour la première fois depuis l'évasion, Fahrenberg sentit qu'il n'était pas en train de poursuivre un individu isolé dont il connaissait les traits, dont les forces pouvaient s'épuiser, mais qu'il s'agissait d'une puissance sans visage, dont on ne pouvait imaginer la force. Au bout de quelques minutes, de telles pensées lui devenaient insupportables.

"Maintenant, tu dois partir." Elle aida Georg à s'habiller, lui passant ses habits l'un après l'autre, comme les femmes de soldats quand s'achève la dernière nuit d'une permission.

J'aurais pu tout partager avec elle, se disait Georg, ma vie tout entière, mais je n'ai pas de vie à partager.

"Bois encore quelque chose en vitesse." Dans la lumière du petit matin, il vit ce qu'il lui fallait aussitôt abandonner. Elle frissonna. La pluie battait les carreaux. Le temps avait tourné pendant la nuit. Une légère odeur de camphre sortait de l'armoire quand elle en sortit un vêtement, un lainage foncé, moche. Comme je t'en aurais acheté, de beaux habits, rouges et bleus et blancs.

Debout, elle le regarda boire son café. Il était parfaitement calme. Elle passa devant, ouvrit la porte de la maison, puis remonta. À la cuisine et dans l'escalier, elle s'était demandé si elle ne devait pas tout de même lui dire qu'elle se doutait de quelque chose à son propos. À quoi bon ? Cela ne ferait que l'inquiéter.

Elle rinça sa tasse. La porte de la cuisine s'ouvrit ; une vieille femme coiffée d'une petite natte grise, emmitouflée dans une couverture, parut sur le seuil. Elle siffla à une allure incroyablement rapide : "Espèce d'idiote, tu ne le reverras jamais, je te le parie. T'as ramassé un drôle d'oiseau, dis-moi, t'es vraiment folle, tu ne le connaissais pas en sortant hier après-midi, hein ? Alors, t'as avalé ta langue ?"

Depuis l'évier, elle se retourna lentement ; son regard lumineux frappa la vieille qui grogna et rentra la tête entre les épaules. La jeune femme regardait vers le bas des marches, perdue dans ses pensées, un sourire fier et serein sur les lèvres. Son heure était venue. Mais elle n'avait eu d'autre témoin que cette vieille tremblant de froid et de rancœur, qui eut vite fait de regagner la chaleur de son lit.

Heureusement, j'ai le manteau de Belloni ! se disait Georg en suivant les rails, tête basse. La pluie giflait son visage. Enfin, les maisons s'éloignèrent. Sur la rive opposée, des rideaux de pluie pendaient devant la ville. Elle semblait dénuée de toute réalité devant ce ciel démesurément trouble. Une ville comme celles que l'on invente dans son sommeil pour le temps d'un rêve, et qui ne tiendra même pas ce temps-là. Mais cette ville avait déjà tout supporté pendant deux mille ans.

Georg arriva à la tête du pont de Kastel. La sentinelle l'interpella. Il montra ses papiers. Il était déjà sur le pont quand il se rendit compte que son cœur n'avait pas battu plus vite. Il aurait pu tout aussi tranquillement franchir dix autres têtes de ponts. C'est donc une situation à laquelle on parvient à s'habituer. Il sentit son cœur armé contre la peur et les dangers, mais peut-être aussi contre le bonheur. Il ralentit un peu l'allure, pour ne pas être en avance ne serait-ce d'une minute. En baissant le regard vers l'eau, il aperçut le chaland, la *Wilhelmine* avec sa bande transporteuse verte se reflétant dans l'eau, tout près de la tête de pont, malheureusement pas directement contre la berge, mais accoté à une autre péniche. Georg s'était moins fait de souci pour la sentinelle de la tête de pont à Mayence que pour la manière de franchir ce bateau étranger. Son inquiétude n'était pas justifiée. Il n'était pas même à vingt pas du ponton qu'à bord de la *Wilhelmine* surgit la tête d'un petit bonhomme presque dépourvu de cou, un visage tout rond qui de toute évidence l'attendait, un visage un peu replet avec des narines grand ouvertes, des petits yeux enfoncés, un visage qui ne laissait rien attendre de bon, et pour cette raison même, en des temps comme ceux-là, le visage qu'il fallait pour un homme honnête qui risquait gros.

Le lundi soir, les sept arbres de Westhofen ont été abattus. Les choses s'étaient succédé très rapidement. Le nouveau commandant avait pris ses fonctions avant même qu'on eût appris le changement prévu. C'était sans doute l'homme qu'il fallait pour remettre de l'ordre dans un camp où s'étaient déroulés de tels événements. Il ne hurlait pas, parlait au contraire sur un ton normal. Il ne nous laissa pourtant pas le moindre doute: au plus léger incident, on nous liquiderait. Il avait tout de suite fait couper les croix car ce n'était pas son genre. Dès le lundi, Fahrenberg s'était paraît-il rendu à Mayence. Installé à l'hôtel Fürstenberger Hof, il se serait tiré une balle dans la tête. Mais ce n'était qu'une rumeur. Et ça ne correspondait pas vraiment à Fahrenberg. Cette nuit-là, à l'hôtel Fürstenberger Hof, c'en est peut-être un autre qui s'est tiré une balle dans la tête, à cause de dettes ou d'un chagrin d'amour. Fahrenberg s'est peut-être retrouvé en haut de l'échelle, disposant d'un pouvoir accru.

Tout cela, à ce moment-là, nous ne le savions pas encore. Par la suite, il s'était passé tant de choses que l'on ne pouvait plus être certain de rien. Certes, nous avions cru que l'on ne pouvait pas vivre des événements plus extrêmes que ceux que nous avions vécus. Une fois dehors, il nous fallut constater que ça pouvait aller encore bien plus loin.

Mais le soir où la baraque des prisonniers fut chauffée pour la première fois, et que fut consumé le petit bois dont nous pensions qu'il provenait des sept croix, nous nous sentîmes plus proches de la vie que jamais par la suite et aussi plus que tout ce qui s'était senti vivant.

Le SA qui montait la garde avait déjà cessé de considérer la pluie avec étonnement. Il se retourna brusquement pour nous prendre sur le fait d'une action interdite. Il se mit à hurler et à distribuer quelques punitions. Dix minutes après, nous étions allongés sur nos bat-flancs. Dans le feu, les dernières petites étincelles s'éteignirent. Nous devinions les nuits qui nous attendaient. La froidure humide de l'automne transperçait nos couvertures, nos chemises, notre peau. Nous sentions tous combien les puissances extérieures pouvaient atteindre l'homme, jusqu'au plus profond de lui, mais nous sentions aussi qu'il y avait là, en lui, quelque chose d'inviolable et d'indestructible.

Postface

La septième croix
par Christa Wolf

“Maintenant, c’est nous qui sommes ici. Ce qui survient nous concerne”, peut-on lire au premier chapitre du roman *La Septième Croix.* Cette ouverture, puissante introduction d’un grand sujet, ne trouve pas d’égal dans la littérature allemande contemporaine : le regard embrasse la plaine du Rhin et du Main ; le berger Ernst, fier et gouailleur, est campé là, le bout de son cache-col rouge vif vole “comme si le vent soufflait en permanence” : le brouillard matinal se dissipe, la fumée des usines lointaines s’élève, la douceur du soleil voilé aide les pommes à mûrir. Les éléments de ce beau paysage nourrissent de leur splendeur intacte l’intense joie de vivre des hommes : “… avoir sa place en cet endroit, avec ses habitants et l’équipe du matin qui se rendait à Höchst, et avant tout, être au nombre des vivants.”

À ce moment-là, les sept détenus se sont déjà évadés. Au camp de Westhofen, leur fuite a été découverte. Déjà, les sirènes se sont mises à hurler, les équipes de surveillance sont sur pied, les chiens policiers lâchés. Sur la digue plantée de saules, Georg Heisler, tapi dans un taillis, se cramponne aux broussailles, seul l’épais brouillard le protège encore. Avant même de le rencontrer, nous découvrons sa terre natale, où vivent ses amis, les femmes qu’il a aimées, les camarades avec lesquels il a travaillé. Et les villes et villages qui jalonneront sa fuite ; qui lui paraîtront beaux parce qu’ils le cachent, le protègent, le sauvent : son pays.

Rarement paysage aura été décrit avec une telle intensité. Sous nos yeux des gestes, des actions, des réflexions s'incarnent et tissent l'étoffe résistante de la vie quotidienne du peuple. Sans pathos, les fils qui de tout temps la structurent apparaissent au grand jour, plus durables que beaucoup d'autres choses et que plus d'un qui de son vivant se déclarait immortel. Sans passion sont évoqués les destins de riches et de puissants qui se croyaient éternels et ont depuis longtemps disparu, périssant de mort violente ou vaincus par l'inexorable temps qui passe. Une succession de collines s'étendait là, longtemps "bout du monde", car le Limes des Romains leur semblait tracer à tout jamais la frontière entre la civilisation et les terres sauvages – elles qui de nos jours n'empêchent même pas les enfants d'aller passer l'après-midi chez leurs proches et de se régaler de café et gâteaux ; le frêle moine qui s'engagea, chevauchant sa monture, dans ces terres sauvages, "protégé par la cuirasse de la foi" – mais "dans son blason la ville située en contrebas n'a conservé ni l'aigle ni la croix, elle arbore la roue celtique, la roue de ce soleil…". Sur ce coin de terre se rassembla l'armée franque, y furent élus les empereurs. Ici, les Jacobins dressèrent leurs arbres de la Liberté. Le Deuxième Reich s'y propagea, le "Troisième" désormais le domine ("Des milliers de petites croix gammées dessinant des volutes dans l'eau !"). Tous autant qu'ils soient, potentats et usurpateurs, ils ne peuvent ébranler la fière indifférence d'Ernst, le berger qui, comme le pays lui-même, ignore tout cela et cependant semble le savoir, comme s'il "ne se tenait ainsi en ce lieu que pour cette raison".

Nul n'a jamais encore vu ce pays ainsi. Quiconque le connaissait le verra désormais tel. Qui le découvre le reconnaîtra. "Puissance, éclat de la vie ordinaire", où tout est décidé d'avance : la banalité comme la poésie. La saveur du pain quotidien et le combat de chaque jour pour l'obtenir. L'âpreté des luttes que mène le peuple et sa grandeur. Tout cela nourrit le livre, même si le souvenir d'un homme comme Heisler, des sept croix, de l'ombre funeste qu'elles jettent sur l'Allemagne, sera loin d'être aussi douloureux pour les lecteurs à venir qu'il le fut pour nous. Il ne cessera pas d'éveiller chez ses lecteurs la conscience brûlante d'être en vie, de leur faire éprouver joie et douleur mêlées. Et comment mieux l'exprimer qu'en ces termes : "Ce qui survient nous concerne."

Alors qu'elle brosse cette vaste fresque de la vie de son peuple terriblement asservi, auquel sont infligées de grandes souffrances, cette vie faite de résistance, d'hésitation ou de capitulation, Anna Seghers ne peut se fier qu'à sa vision intérieure, à la fidélité de sa mémoire, à l'infaillible sûreté de son imagination. L'Allemagne lui est inaccessible. La sixième, la septième année de son exil accompagnent la rédaction de ce roman. Elle est déjà une écrivaine expérimentée quand en débute l'écriture.

Ses sujets de prédilection, la condition sociale et les luttes de ce siècle, ont leur place dans ses premiers récits (*Grubetsch*; *Les Ziegler*) et prédominent dans son premier livre : *La Révolte des pêcheurs de Sainte-Barbara*. La nouveauté du ton, le caractère particulier de cette évocation d'un soulèvement de pêcheurs sur fond de paysage imaginaire d'une île de la mer du Nord et qui prend la forme d'une parabole, presque d'une légende, avaient suscité l'étonnement jusque dans les rangs de la critique littéraire bourgeoise. Ce livre valut à Anna Seghers le prix Kleist. La même année, en 1928, alors âgée de vingt-huit ans, elle adhère au Parti communiste.

Fille d'un marchand d'art, elle a grandi à Mayence, dans les paysages de *La Septième Croix*. Au cours de son enfance et de son adolescence, elle se familiarise avec les traditions culturelles du peuple auquel elle appartient ainsi que celles d'autres peuples. Elle étudie l'histoire de l'art, voyage en Europe. Elle traverse avec lucidité les années d'espoir et d'incertitudes qui suivent la Première Guerre mondiale. Elle fréquente au cours de ses études des exilés qui, après l'échec de tentatives révolutionnaires en Europe de l'Est et du Sud-Est, ont quitté leur pays. De leurs récits, de l'expérience de la solidarité internationale est issu son deuxième livre : *Les Compagnons*. Quand Hitler arrive au pouvoir, elle et sa famille sont contraintes à l'exil.

L'Allemagne, et Anna Seghers n'est pas la seule dans ce cas, est son unique sujet de préoccupation au cours des années d'émigration. Après 1933, dispersée dans de nombreux pays, la littérature allemande socialiste assume le rôle qui lui incombe : éclairer le peuple sur les raisons profondes de la catastrophe.

En 1933, Anna Seghers engage avec *La Capitation* la rédaction de son grand cycle romanesque consacré à l'Allemagne – unique tentative jusqu'alors pour représenter, à travers une œuvre épique globale, le destin des Allemands depuis la fin de la Première Guerre mondiale. Après cette étude sans complaisance des raisons qui amènent un village allemand à s'abandonner au fascisme paraît à Amsterdam en 1937 *Die Rettung**, récit consacré aux mineurs pendant la grande crise du début des années 30.

L'écrivaine engage alors le travail qui aboutit à l'écriture de *La Septième Croix*. Pour rassembler les éléments de son livre, établir les faits, elle interroge des gens qui ont réussi à fuir l'Allemagne hitlérienne. On lui parle des croix érigées dans un camp et destinées à des détenus évadés. Elle a l'habitude d'inciter les gens à parler, elle sait recueillir et adapter leurs histoires. Historienne, elle sait comment exploiter les informations diffusées par la presse, les documents, les archives ; marxiste, elle sait procéder à des choix sûrs et féconds.

Elle écrit dans des cafés, dans son appartement de Bellevue, en banlieue parisienne. Ce que personne ne peut lui apporter, elle le trouvera en elle-même – et c'est l'essentiel, l'assurance presque effrayante avec laquelle elle caractérise les êtres, leur métamorphose sous la dictature fasciste, qu'ils soient déformés ou transfigurés. L'authenticité dont elle sait faire preuve en la matière, la fidélité quasi documentaire de son imagination qui respecte mille détails importants, sont essentielles. Il faut réduire au maximum la distance

* *Le Salut*, non traduit en français.

issue de l'éloignement. Aussi rare et admirable que soit une telle prouesse, elle n'a rien de mystique. Seul en est capable l'artiste accoutumé à englober dans chaque instant de l'existence l'ensemble des moments passés – ceux qu'il a su saisir et les occasions manquées – ainsi que toutes les éventualités à venir, bonnes ou mauvaises.

L'écrivaine écrit pour des lecteurs à venir dans un futur imprévisible. Elle s'adresse à ses compatriotes, aux Allemands qui vivent dans le Troisième Reich de Hitler, elle les conjure, les met en garde. Ils n'auront cependant guère l'occasion de se pencher sur ce livre avant la fin du Reich. Mais il faut le savoir : ils se retrouveraient plus vite eux-mêmes s'ils le connaissaient... Le talent, la connaissance des faits n'auraient pas suffi pour écrire ce roman, il fallait aussi du courage, il en fallait davantage, accompagné de persévérance et d'abnégation, que n'en requiert d'ordinaire l'écriture.

Le manuscrit naît dans des circonstances matérielles particulièrement précaires : quelques mois seulement après son achèvement, les bottes de la Wehrmacht battent le pavé parisien, l'écrivaine est obligée de se cacher, et l'un des livres les plus importants de cette époque est soumis aux incertitudes d'un destin hasardeux. Dans une lettre du 19 décembre 1939 à F. C. Weiskopf*, Anna Seghers écrit : "J'ai terminé mon roman et l'ai envoyé à mon éditeur** qui se trouve actuellement à New York." Dans cette même lettre ainsi que dans une autre qui lui fait suite en mars 1940, Anna Seghers demande que tout soit fait pour que *La Septième Croix* puisse paraître au plus vite en traduction anglaise : "... car ce livre m'est particulièrement

* Franz Carl Weiskopf (1900-1955), né à Prague, fils d'un employé de banque juif allemand et d'une mère tchèque, adhère au Parti communiste tchécoslovaque en 1921. En 1928, il s'installe à Berlin et devient membre de l'Association des écrivains prolétariens révolutionnaires. Il participe en 1930 avec Anna Seghers à une conférence d'écrivains communistes à Kharkiv.

** Un ancien collaborateur des éditions Kiepenheuer. (*Note de Christa Wolf.*)

cher… J'espère que vous y parviendrez bientôt. J'en serais extrêmement heureuse et vous serrerais avec effusion dans mes bras, car, comme je l'ai déjà dit, ce livre a pour moi une signification particulière…"

Entre-temps, à Paris, Anna Seghers est recherchée par la Gestapo. Elle parvient au bout de plusieurs mois à gagner avec ses deux enfants le sud de la France, une petite ville, en zone libre, à proximité du camp du Vernet où son mari est interné avec d'autres opposants allemands au fascisme sur ordre du gouvernement de Vichy. À Marseille, au cours de sa quête épuisante pour obtenir les autorisations nécessaires à leur départ pour le Mexique, elle entreprend la rédaction de *Transit* – un livre qui attend encore d'être découvert par les lecteurs allemands –, travail qu'elle poursuit sur le bateau qui l'emmène vers le Mexique.

La Septième Croix ne paraît qu'en 1942 chez un éditeur américain, et sera ensuite publié dans un tirage énorme par un des plus grands clubs de lecture du pays. Les États-Unis sont entrés en guerre, Roosevelt dirige le pays ; ce genre de livre suscite alors beaucoup d'intérêt et le sujet est jugé digne d'être porté à l'écran à Hollywood. De nombreux lecteurs peu familiers de la situation en Allemagne découvrent alors que le fascisme vise d'abord la population autochtone qui est aussi la première à lui résister.

Le livre, qui paraît presque simultanément chez l'éditeur des exilés, "Il Libro Libre", à Mexico, est la première édition intégrale en langue allemande (les deux premiers chapitres ont paru avant la guerre à Moscou dans la revue *Littérature internationale*). Même si cette première édition en allemand fait l'objet d'un tirage limité, c'était à tous égards une prouesse dans le contexte complexe d'une publication en pays étranger.

Tous les précédents livres d'Anna Seghers témoignent d'un grand talent. Familière de l'importance d'infimes modifications, elle est loin d'ignorer combien il est difficile de décrire ce qui fait l'originalité de *La Septième Croix*. Il n'est guère possible d'en rendre compte selon les catégories habituelles de la critique littéraire. La synthèse parfaite entre problématique sociale et problématique nationale que propose ce livre ne saurait tout expliquer, en dépit de son importance. D'où vient alors que l'œuvre s'élève à un tel niveau de perfection ? Elle s'est débarrassée de tous les artifices littéraires. La vérité s'y exprime elle-même, dépouillée, indiscutable. Les moyens employés pour l'atteindre – l'évocation des souffrances et de l'amour, du deuil et de la nostalgie de la terre natale, de l'espoir et de la colère – passent au second plan. Les strictes limites d'une description précise des faits sont respectées. C'est avant tout de cette dimension maîtrisée et néanmoins toujours présente que le livre tire sa chaleur, sa densité.

Dès l'achèvement de son roman, en décembre 1939, Anna Seghers projetait un "important essai sur la vie toute simple et ses dangers, travail d'une grande actualité". Il ne fut pas écrit. Mais la tension entre ces deux extrêmes, "simplicité" et "dangers", est l'un des éléments essentiels de *La Septième Croix*, constitue l'un des principes de sa composition, un moteur de l'action à travers cette contradiction même. C'était en ces années une expérience essentielle pour les opposants au fascisme persécutés, engagés dans la lutte clandestine, tout comme Georg Heisler : il constate avec étonnement que la vie ordinaire se poursuit, éprouve le désir de s'y fondre ; et Franz Marnet est déçu quand il comprend que la nouvelle des sept évasions "ne parvenait pas à irriguer peu à peu le sol aride de la vie ordinaire". Elle protège l'homme traqué : "La vie ordinaire s'écoule si calmement que son flot entraîne celui qui y met le pied." Le plus difficile, c'est de supporter d'en être mis à l'écart ; se trouver contraint d'épier un homme qui lui aussi s'appelle Georg dans une nuit d'amour ; brûler de jalousie pour la plus banale des jeunes filles. Croiser des douzaines de gens qui accomplissent leurs tâches quotidiennes, plonger dans l'harmonie qui semble se suffire à elle-même de destins étrangers. Comme on le comprend, Franz Marnet – lui qui est depuis longtemps prêt à affronter tous les dangers –, quand il se demande longuement “si ce bonheur simple ne pouvait pas contrebalancer tout le reste. Un peu de bonheur ordinaire, tout de suite, au lieu de cette lutte terrible, impitoyable pour le bonheur ultime d’une humanité dont lui, Franz, ne ferait alors peut-être plus partie”.

La réponse à cette question, elle lui a déjà été apportée, dans un autre passage du livre, par une femme qu’il ne rencontrera jamais, Mme Bachmann. C’est justement cela que la faiblesse et la trahison de son mari ont détruit : sa “vie ordinaire avec les combats ordinaires pour le pain et les chaussettes des enfants. Mais une vie forte, hardie aussi, participant dans son ardeur à ce qui valait d’être vécu”.

Prendre conscience combien vie ordinaire et vie au cœur du danger sont une menace l’une pour l’autre, c’est aussi reconnaître le lien indissociable qui les unit. Chacun de ceux devant lesquels se présente le fugitif ou l’un de ceux qui lui portent assistance se trouve confronté à la question : es-tu prêt à renoncer à tout ce qui t’est cher pour le préserver ? Il s’avère alors que celui qui tient le plus éperdument à cette vie, celui qui souffre le plus de ne pas y avoir place, est aussi celui qui apporte la meilleure réponse. Il y a quelque chose d’étrange dans le caractère inexorable d’une telle épreuve dont ceux qui l’affrontent n’ont pas tous conscience : il suffit qu’un collègue se demande si l’on serait ou non capable d’apporter l’aide nécessaire pour qu’on soit élu ou rejeté.

Pas question d’affirmer que ceux qui sont jugés dignes qu’on agisse, qu’on se sacrifie pour eux sont à l’abri de toute critique, de tout défaut. À propos de Koloman Wallisch, le dirigeant ouvrier autrichien pendu en 1943, Anna Seghers fait dire dans un entretien* : “Pour la classe ouvrière, il était

* Dans un récit en forme de reportage, *Der letzte Weg des Koloman Wallisch* (“Les derniers pas de Koloman Wallisch”, non traduit), écrit en 1934 et publié en 1936 dans *Neue deutsche Blätter*, revue qui paraît en exil.

chair de sa chair, chair torturée… Aussi cet homme n'est-il pas mort sanctifié, mais faillible, vivant." De même se construit "dans les villages et les villes de sa terre natale […] l'opinion qu'on avait de lui [Georg], stèle indestructible", alors qu'il traînait autrefois derrière lui toutes sortes d'histoires, s'était permis toutes sortes de mauvais coups, qui ne sont plus que bagatelles quand à Westhofen les nazis cherchent à le briser, lui tout particulièrement, lorsqu'il peut montrer sa véritable nature.

Celui qui connaît la fascination qu'exerce la vie quotidienne et n'éprouve aucun mépris même pour la plus infime de ses manifestations, qu'il s'agisse de recourir à quelques expressions d'un langage commun colorées par les paysages ou de cette inclination du peuple à utiliser des surnoms, lui seul peut évoquer de façon crédible les terribles menaces, les dangers qui pèsent sur cette vie ordinaire à laquelle se cramponnent des milliers d'êtres comme au salut de leur âme sans comprendre que ce faisant, ils tombent dans un piège. De chaque instant, l'auteure tire la quintessence, car chacun d'eux peut pour Georg s'avérer décisif. Les scènes de tous les jours acquièrent ainsi un sens double. Elles ne pourraient produire un effet plus intense, dans leur quotidienneté, mais aussi par le charme qui en émane, sans le poids d'une telle menace. Ces petites choses regorgent d'une saveur colorée, odorante, elles sont délicieuses : la veste du jeune Helwig, le foulard d'un blanc immaculé sur la tête de sa petite amie, les pendants d'oreilles en corail rouge d'Elli Mettenheimer, les brioches à la vapeur de Liesel Röder, la tarte aux pommes grande comme la table de cuisine des Marnet à laquelle même les quatre cavaliers de l'Apocalypse, par ce si beau dimanche que cette tarte illumine, "se comporteraient comme des hôtes sensés". Dans des moments particulièrement intenses, des thèmes très anciens venus de l'univers du conte illuminent des situations complexes où l'être est face à lui-même. "N'y a-t-il pas un conte dans lequel un père promet au diable l'être qu'il croisera en premier sortant de sa maison ?" se demande le vieux Mettenheimer, torturé dans son amour pour son enfant préférée. Paul Röder, tributaire de l'aide d'un homme digne de sa confiance, sait soudain déchiffrer le murmure des gens comme l'homme du conte qui se met à comprendre les chants des oiseaux après avoir goûté d'un certain mets. Et ce repas du fugitif chez le couple Kress, qui se déroule dans une atmosphère pesante, dans un complet silence: "Ah, manger dans sept petites assiettes, boire dans sept petits verres, personne n'est tout à fait à l'aise en telle circonstance."

"Depuis deux mille ans, l'art a produit un nombre limité de sujets fondamentaux. Les variations sont multiples", a écrit Anna Seghers. Dans ce livre aussi se trouvent les multiples variations de "sujets fondamentaux": premières questions posées par l'enfant, premier amour, tourments d'une première déception, amitiés à la vie, à la mort, infidélité, trahison – voilà qui arrive en permanence à chacun de nous. On les reconnaît, on se sent démasqué. Une petite adjonction, parfois minime, rend le passé présent, des vies que l'on voit passer devant soi deviennent nôtres, destins qui nous touchent au plus profond. La tension extrême entre force de l'immuable et danger, métamorphosée, devient le présent de chaque lecteur. L'auteure a une conscience du présent, un sentiment de "l'actualité de l'époque" qui de ce matériau font l'œuvre d'art qui franchira le temps pour sa fidélité à son époque. Anna Seghers a indiqué elle-même la source de son travail et de tout art: "Nous avons accueilli dans notre peuple ce que Goethe a qualifié d'impression originelle, marque première profonde et par conséquent inimitable que laissent toutes les formes de la vie, toutes les circonstances de la vie sociale, et qui nous sert à tout jamais de façon consciente de pierre de touche et de mètre étalon."

Un grand talent n'est pas caractérisé par le fait qu'il récolte sans peine ce qui aux autres demande effort. Il l'est bien davantage par son aptitude à user au mieux pour s'accomplir de tous les moyens que son temps lui offre. Dans les années 30, avant de travailler à son livre, et pendant sa rédaction, Anna Seghers s'est confrontée de diverses manières à la problématique dont il traite.

Lors du Congrès international des écrivains pour la défense de la culture réuni à Paris en 1935 et dont elle fut l'une des initiatrices, il se trouve que c'est elle qui s'exprime au sujet de "l'amour de la patrie", expression puissante, riche de sens et souvent interprétée à tort. Avec sérieux, sans rancœur nationaliste ni germanophobie, elle en étudie les significations possibles au moment précis où elle l'emploie et qui plus est pour des Allemands.

"Il n'y a pas très longtemps, des hommes ont souffert ou ont subi une mort atroce au nom de 'l'amour de la patrie'. Aux débuts de la société bourgeoise, l'État-nation offrit une forme nouvelle et vaste, adaptée à des aspects nouveaux de la société, constitua un creuset dans lequel fut réduit ce qui subsistait de la féodalité. En ce temps-là, être patriote ou révolutionnaire, c'était du pareil au même... La question première, quand on parle d''amour de la patrie', c'est de savoir ce que vous aimez en votre pays. Les biens sacrés de la nation consolent-ils ceux qui n'ont rien ? Et la 'terre sacrée de la patrie', console-t-elle les sans terre ? Mais quiconque a travaillé dans nos usines, manifesté dans nos rues, lutté dans notre langue ne mériterait pas d'être qualifié d'homme s'il n'aimait pas son pays... Arrachons les véritables biens culturels nationaux des mains de ceux qui se prétendent chargés de les administrer. Aidons les écrivains à édifier de nouvelles patries, et l'antique grandeur des authentiques chantres de la liberté guidés par le sentiment national retrouvera sa valeur."

Anna Seghers a vite compris qu'à son époque, un écrivain allemand ne trouvait guère de tradition épique à laquelle se rattacher. Le grand roman social allemand n'existait pas. Lors du congrès de Paris, elle affirme, comme elle le fera souvent par la suite :

"Notre langue est rarement parvenue à créer une image globale de la société. Il existe de grandes œuvres isolées, souvent elles inquiètent, elles déroutent souvent l'étranger, la langue semble toujours se briser contre la muraille que dresse la société... Songez à l'incroyable liste de jeunes écrivains allemands qui renoncèrent après quelques efforts démesurés. Il ne s'agit pas de marginaux, ni de beaux esprits faiblards, ce sont au contraire les meilleurs : Hölderlin, mort dans les brumes de la folie, Georg Büchner en exil, le cerveau malade, Günderode suicidée, Kleist suicidé, Lenz et Bürger atteints de folie. Ici, en France, c'était l'époque de Stendhal, puis de Balzac. Ces poètes et écrivains allemands composaient des hymnes à la gloire de leur pays, eux qui s'étaient fracassé le front contre la muraille dressée par la société. Et cependant, leur pays, ils l'aimaient. Ils ignoraient que ce qu'on aimait dans leur pays, c'étaient justement les coups dont, solitaires, ils frappaient sans relâche cette muraille, sans vraiment être perçus par leurs compatriotes. Ils sont ainsi devenus à tout jamais l'incarnation de leur patrie."

En 1938, dans un contexte analogue, elle écrit, déjà engagée dans la rédaction de *La Septième Croix* : "Nous n'avons pas eu de Barbusse ni de Romain Rolland allemands." Dès ce moment, elle étudie chez les auteurs français ce qu'il convient d'entendre par "roman social moderne" (quand elle est contrainte à fuir Paris, elle lit tout Balzac qu'elle emprunte à la bibliothèque d'une petite ville du sud de la France), et se tourne aussi vers les Russes (Tolstoï, Dostoïevski). À un ami moscovite qui l'interroge sur l'influence qu'a exercée sur elle la littérature russe, elle répond : "... Dans les livres russes, les idées et actions, jusqu'aux plus importantes, venaient directement de la vie. Une vie plus dense que la mienne, les gens étaient plus humains, leur souffrance était plus vraie, leur liberté l'était aussi davantage, la neige, le blé étaient plus authentiques. Et parce que tout venait droit de la vie, cela me donna aussi le courage d'écrire. Je compris qu'il n'est rien que l'on ne puisse écrire... J'appris (sans en avoir conscience) combien quand on écrit il importe que la conscience émane de l'être. Que révolution et contre-révolution sont liées à toute forme de quotidien."

Ces phrases prennent aujourd'hui les accents d'une analyse de sa propre œuvre. Maintenant qu'elle existe et constitue un tout achevé, "image globale de la société dans notre langue", elle ne nous semble plus si complexe qu'elle a dû lui paraître à ses débuts : arracher à cette marmite infernale qu'est la réalité la matière de son écriture, développer les sujets (car : "ce qui peut être narré est surmonté") ; montrer l'Allemagne dans les soubresauts et la lumière violente de son passage de l'ancienne à la nouvelle société ; évoquer ce chaos et ce bouillonnement, expression de la lutte des classes. Donner forme signifie : comprendre, faire accéder à la lumière de la conscience ce qui n'y est encore jamais parvenu. L'essentiel, dans chacun de ses livres, c'est de "dévoiler l'humain, laisser entrevoir tel l'éclair son visage véritable".

Lors de ce fameux congrès parisien, en 1935, Anna Seghers conclut son discours par une strophe de l'Italien Manzoni, citation qu'elle renouvelle dix-sept ans plus tard, de retour dans sa patrie, devant des étudiants berlinois – dans l'attitude pleine de retenue mais aussi d'emphase du professeur qui sait qu'avec la défaite infligée au fascisme, la lutte pour les âmes ne fait que commencer :

Malheur à qui méconnut le drapeau,
Qui, une fois passés souffrances et sacrifices,
Quand s'embrasa le flambeau de la victoire,
Se voila la face, disant : je n'y étais pas.

S'il fallait se contenter de ces quatre vers, ils pourraient constituer le noyau dur idéologique de son livre. – Incitée à cela au hasard d'une conversation avec un ami, Anna Seghers lit à ce moment-là *Les Fiancés* de Manzoni. Elle cherchait comment présenter à travers une histoire très simple une vue en coupe de la société allemande tout entière. Le roman de Manzoni décrit les errances de deux fiancés de basse condition dans l'Italie du XVIIIe siècle. Contenu et matière en sont très éloignés des intentions de l'auteure allemande, qu'il inspira néanmoins pour la structure de son livre : au cours de sa fuite, Georg Heisler entrera en contact avec toutes les couches de la société dont seront ainsi illustrés l'état dans lequel elle se trouve et l'attitude morale. La fuite réussie de cet individu particulier détruira la légende de la toute-puissance des nazis. Le point essentiel où convergent l'idée inspiratrice et la fiction d'un livre était atteint. – En 1942, déjà installée à Mexico, où *La Septième Croix* est sur le point de paraître, Anna Seghers écrit à propos de l'impression que lui laisse le livre de Manzoni : "Et même l'œuvre d'un auteur comme Manzoni, classique au sens habituel du terme, plein de mesure dans sa construction, dans chacune de ses phrases, présente le peuple italien vu de l'intérieur et du dehors comme un tout. Ce n'est pas la fougue d'un conflit politique, mais une circonstance privée dérisoire, presque banale, l'amour d'un quelconque noble pour une jeune paysanne vivant sur ses terres, qui permet au poète d'illustrer tous les conflits qui ébranlent son peuple dans toutes les couches de la société, à travers chacun des individus qui la composent."

Lorsque *La Septième Croix* parvint enfin jusqu'à nous, le livre avait déjà, traduit dans d'autres langues, atteint un succès universel. Vers la fin de la guerre, un tirage énorme en format de poche avait été destiné aux troupes américaines. Un Allemand, soldat sous l'uniforme américain, avait écrit à Anna Seghers : "Quand nous avons franchi le Rhin, à Mayence, j'ai ôté mon casque en ton honneur et en l'honneur de tous nos amis de *La Septième Croix*." À ce moment-là, personne en Allemagne ne connaît le roman. Il n'y sera édité aux éditions Aufbau qu'en 1946.

Je revois dans l'écriture vieillotte de ma vieille professeure ce nom et ce titre étranges inscrits au tableau de notre classe : Anna Seghers. *La Septième Croix*. Elle nous invita – sans doute en 1948 – à l'étudier, après Goethe et Rilke, disant que de nos jours, il le fallait. Sans idées préconçues, si possible. Je revois l'édition Rowohlt, fragile livre broché imprimé sur presse rotative que nous avons alors effectivement lu. Qu'avons-nous alors découvert ? L'histoire à couper le souffle d'une évasion, celle d'un communiste. Nous lui souhaitions de réussir – comment faire autrement ? Mais nous étions surpris : ne pensions-nous pas savoir ce qu'avait été l'Allemagne de ces années-là ? En ce temps-là, nous pensions encore que nos souvenirs d'enfants étaient dignes de confiance. Sous une surface lisse, qui souvent nous semblait heureuse, un homme comme Heisler, et avec lui tant d'autres de ses semblables, aurait alors cherché le salut dans la fuite, nous l'aurions peut-être côtoyé ? Et les autres, les adultes, l'avaient-ils accueilli ? L'avaient-ils livré ?

Les questions que ce livre suscitait en nous étaient étroitement liées à celles que nous nous posions sur cette époque. Elles nous pesaient tant, s'imposaient avec tant de force que nous étions bien loin de reconnaître ce livre à sa juste valeur et de le comprendre. Pour en être capable, il faut avoir lu beaucoup de bons livres. Nous en étions bien loin aussi. Or c'est justement à nous qu'était demandé ce qui en notre peuple était resté vivant, sain, capable d'évoluer.

Aujourd'hui, ce roman nous semble "classique". Nous percevons son aspect visionnaire, les difficultés qui ont présidé à sa rédaction. Et sa moindre qualité n'est pas d'avoir contribué à l'image que nous avons de ces années-là. Ce n'est que progressivement que nous nous sommes approprié le monde de l'écrivaine. Ce qui reste sans doute en fin de compte, c'est la lumière particulière, intense, qui émane de cette œuvre en dépit du caractère tragique de certaines scènes, de la fin douloureuse de certains épisodes : celle d'une foi difficile à conquérir, d'une foi tout sauf superficielle et facile en ce peuple que plus d'un au cours de ces années a pensé devoir renier, que l'auteure ne renia jamais parce qu'elle le connaissait mieux. Sept croix érigées symbolisent cette lumière. Elle jaillit de l'idée qui porte et éclaire l'action de bout en bout. Elle s'impose parfois d'emblée – comme dans la grande scène de l'interrogatoire de Wallau ; la plupart du temps, elle s'efface devant l'action. Elle se ranime parmi les détenus de Westhofen quand ils ont la certitude que Heisler a réussi à échapper : "Un triomphe modeste, certes, mesuré à notre impuissance, à nos tenues de prisonniers. Mais un triomphe tout de même qui permit à chacun de ressentir soudain sa propre force après si longtemps, elle qui avait bien assez, même par nous, été considérée comme l'une des nombreuses forces banales de ce monde, de celles que l'on mesure, que l'on exprime par des chiffres, alors que nulle autre ne saurait ainsi atteindre soudain la démesure, devenir imprévisible."

Ce livre rend largement au peuple ce qui lui revient. Il fut écrit dans la certitude inébranlable et fondée qu'il ne le serait pas en vain. Car sa matière est indestructible et vouée à durer comme peu de choses au monde, elle s'appelle : "Justice."

1963

Bonjour, nous vous remercions d'avoir acheté ce livre et nous aimerions pouvoir vous connaître mieux, lire vos commentaires sur nos publications, vous informer de nos nouveautés, vous offrir la primeur des premiers chapitres de nos textes à paraître, vous prévenir quand nous organisons une rencontre près de chez vous. Pour ce faire il vous suffit de nous envoyer votre mail et la ville dans laquelle vous habitez à : **redaction@metailie.fr**.

Rappelons aussi qu'en scannant le QR code ci-dessous ou en entrant **metailie.premierchapitre.fr** dans la barre d'adresse de votre navigateur (sur ordinateur, tablette ou smartphone), vous accédez directement aux derniers extraits de nos nouveautés à paraître. Gardez cette adresse dans vos favoris ou sur l'écran d'accueil de votre smartphone et vous serez constamment à la page !

Bibliothèque allemande
dirigée par Nicole Bary

Marcel Beyer
Kaltenburg
Secrets

Volker BRAUN
Le Roman de Hinze et Kunze
Le Grand Bousillage

Sherko Fatah
En zone frontalière
Petit Oncle
Le Navire obscur
Un voleur de Bagdad
Otages

Fritz Rudolph Fries
Les Nouveaux Mondes d'Alexandre

Roman Graf
Monsieur Blanc

Maja Haderlap
L'Ange de l'oubli

Christoph Hein
La Mise à mort
Le Jeu de Napoléon
La Fin de Horn
L'Ami étranger
Willenbrock
Dès le tout début

Prise de territoire
Paula T. une femme allemande
Le Noyau blanc
L'Ombre d'un père

Stephan HEYM
Chronique du roi David

Wolfgang HILBIG
Provisoire

Jochen JUNG
Venezuela
Une lame si douce

Gerhard KÖPF
La Chouette, le facteur et le perroquet
Le Fou de Hemingway

Angela KRAUSS
À tire-d'aile

Kristof MAGNUSSON
C'était pas ma faute
Urgences et sentiments

Andreas MAIER
Le Mardi de la forêt

Thomas MELLE
3 000 euros

Herta MÜLLER
La Convocation

Melinda NADJ ABONJI
Pigeon, vole

Christoph PETERS
Hanna endormie

Elisabeth REICHART
Viens, traverse le lac

SAÏD
Paysages d'une mère lointaine

Evelyn SCHLAG
L'Ordre divin des désirs

Ruth SCHWEIKERT
Ohio

Anna SEGHERS
La Septième Croix

Erich Wolfgang SKWARA
Esquisse d'un retour

Galsan TSCHINAG
Ciel bleu
Le Monde gris
Vingt jours et un
Sous la montagne blanche
L'Enfant élu
Chaman

Vladimir VERTLIB
L'Étrange Mémoire de Rosa Masur
Lucia et l'âme russe

Cet ouvrage a été composé par
Atlant'Communication
au Bernard (Vendée)

ACHEVÉ D'IMPRIMER SUR ROTO-PAGE
PAR L'IMPRIMERIE FLOCH À MAYENNE
EN FÉVRIER 2020

N° d'édition : 2046002 – N° d'impression : 95802
Dépôt légal : janvier 2020

Imprimé en France